BASTEI
LÜBBE

Von Hannes Wertheim sind bei Bastei Lübbe Taschenbücher lieferbar:

12519 Der Kapuzinermönch
12743 Der Kardinal des Satans
12817 Der Sklavenkönig

HANNES WERTHEIM

Die Visionen der Seidenweberin

Historischer Roman

BASTEI LÜBBE

BASTEI LÜBBE TASCHENBUCH
Band 15803

1. Auflage: Januar 2008

Bastei Lübbe Taschenbücher in der Verlagsgruppe Lübbe

Dieser Titel erschien erstmals 1999 in der Verlagsgruppe Lübbe.
Titelillustration: Weibliches Bildnis um 1519 © Artothek
Umschlaggestaltung: Atelier Versen
Satz: hanseatenSatz-bremen, Bremen
Druck und Verarbeitung: Ebner & Spiegel, Ulm
Printed in Germany
ISBN 978-3-404-15803-4

Meiner Mutter

Prolog

Der trockene Geruch von Frost. Erstarrte Welt. Steinerne Teufel kauern frierend in Dachrinnen, grinsen schadenfroh. Eisbögen ragen aus ihren Schlünden. Am Horizont bohrt sich der stumpf gebliebene südliche Domturm in den gläsernen Himmel. Keck wie eine Hutfeder sitzt ein Holzkran auf dem unvollendeten Dach. Der nördliche Turmzwilling ist nur Fragment. Dem Höchsten so fern. Seit fünf Jahren stehen die Arbeiten an Kölns gewaltiger Peterskirche still. Kein Abbild des Himmels – ein aufgegebener Versuch. Brüchig ist die Gemeinschaft in Christo geworden. Das ganze Jahrhundert hallt wider vom Lärm unnützer Theologen, vom eitlen Wortgezänk der Frommen und der Frömmler. Alles zerfasert in tausend Glaubenszweifeln. Längst sind auch vom Kern der lutherischen Lehre immer radikalere Gruppen abgesplittert: Wiedertäufer, Mennoniten, Hugenotten, Calvinisten, Zwinglianer, Pantheisten, Sakramentierer, Zungensprecher, Engelsbrüder. Eifernde Schwärmer.

»Was wir lehren ist die Wahrheit, was wir nicht lehren ist Lüge«, das sagen sie alle. Man hat Gott vom Himmel auf die Erde geholt und in die Übel der Welt verstrickt. Die Religion ist nicht mehr Führerin der Politik, sondern ihre Dienerin. Im Getöse der Waffen, dem Lärm der Worte werden die Schreie der Opfer, die Klagen der Leidenden und der Gequälten leicht überhört.

Überall werden die Ketzer wie Treibvieh gejagt – Frankreich, Spanien, England, die Niederlande. Jeder Unzufriedene wird von den Papisten als Protestant bezeichnet – oder wahlweise von den Protestanten als Ketzer gegen den eigenen Glauben. Man tötet wegen Meinungen, verbrennt Gedanken, richtet Träume hin. Die Päpste hüben, die Abtrünnigen drüben.

Wer seiner Kirche – welche es auch sei – nicht gehorcht, wird auch gegen seinen Kaiser, seine Fürsten, seinen Herrn ungehorsam und fordert am Ende gleiches Recht für alle.

Das ist das Ende.

Ganze Nationen liegen im Streit um die rechte Religion. Blutig sind die Gemetzel der Glaubensparteien. In Deutschland herrscht ein gläserner Friede. Vor zehn Jahren zu Augsburg gemacht. »Cuius regio, eius religio« – wes Untertan du bist, des Glauben ist dein. Freilich kursieren auch hier Spottblätter, auf denen deutsche Landesfürsten im Namen des rechten Glaubens nichts anderes als eine Lotterie betreiben: der eine wird evangelisch und gewinnt alle kirchlichen Pfründe, der andere bleibt katholisch und erobert sich abtrünniges Land hinzu.

In der Domstadt Köln ist man gutkatholisch, schon aus Gewohnheit. Und doch – auch in diesem Rom und Jerusalem des Nordens scheuen jetzt viele die Kosten und Mühen für einen so gewaltigen Bau wie den Dom, den die Vorfahren mit inbrünstiger Frömmigkeit begonnen haben. Die Augen himmelwärts. Vorbei. In Zeiten wie diesen, nach dem Pestsommer des vergangenen Jahres 1565, gibt man seine Groschen und Gulden lieber für Ablässe her, für Bittmessen und Zwölf-Stunden-Andachten, kauft Kerzen für die Madonna von Kalk, stiftet Votivgaben, um den Zorn Gottes zu besänftigen. Schließlich ragt überall der Tod ins Leben. Was bietet dagegen eine Kathedrale an Hoffnung, an Trost? Dieses Labyrinth von feinen Streben, Pfeilern, Stützen und Maßwerk. Die schmalgesichtigen, überschlanken Steinfiguren der Propheten, Apostel und Jungfrauen entsprechen nicht mehr dem Geschmack und waren von jeher unwillkommenes Zeugnis des erzbischöflichen Bestrebens, die Freie Reichsstadt und ihre stolzen Bürger ganz unter die Macht des Krummstabs zu zwingen. Und frei will man sein zu Köln, frei vor allem. Im Handel liegt Zukunft, und Geld ist keine Glaubensfrage, schon gar nicht, wenn soviel davon aus den Händen von Niederländern stammt, die es – leider, leider – immer öfter mit dem elenden Calvin halten. Ihrem Geld sieht man es nicht an.

Man hält sich in Köln – so es geht – heraus aus dem elenden Religionsgezänk, jagt Ketzer nur, wenn die Vernunft es gebietet und der Friede. Und Friede liegt an diesem Tag über der Stadt wie der trockene Geruch von Frost. Keiner ahnt, daß dieser Friede so gläsern wie jener von Augsburg ist. Für die Familie des Kaufherrn van Geldern währte er nicht einmal einen einzigen Tag.

I.

Die Eisläuferin

1

Columba beugte sich tief über die Brüstung des Treppenturms, der das Kaufmannshaus im Sankt-Alban-Viertel hoch überragte. Wuchtig schob sich der nahe Rathausturm vor ihren Blick, Zeuge des irdischen Fleißes der Hanse- und Handwerkerstadt am Rhein. Still jubelnd sah sie in das gleißende Blau des letzten Januarmorgens. Unten im Hof klapperten und schlitterten Metzgersboten über das eisglatte Pflaster, Ochsenschlegel auf den Schultern. Karren voll frisch geschlachtetem Federvieh, Kapaune, Gänse, ein zuckender Schwan, wurden herangerollt. Ihren weichen Leibern entstieg noch der warme Atem des Lebens. Federn taumelten wie Schneeflocken durch die Luft. Blanke Fische schillerten in hölzernen Tonnen, die ein Fuhrknecht in den Hof zerrte.

Die Küchenmägde veranstalteten ein Geschrei über den lahmen Gang der Lieferanten, nur darum, weil sie selbst sich zur nimmermüden Eile anmahnen wollten und doch zum Warten verurteilt waren. Das Fleisch zum Braten, das Geflügel zum Rupfen, der zu putzende Fisch kamen spät. Der feierliche Einzug der spanischen Delegation aus den Niederlanden hatte den Weg vom Hafen ins Ratsviertel und den Heumarkt mit seiner Fleischhalle versperrt. Ketten hatten die Gaffenden in den Gassen zurückgehalten.

Ein Holzknecht hob nun neckend ein gewaltiges Scheit und drohte mit Prügeln, kreischend sprang eine Magd zur Seite, glitt aus auf einer Spur von Ochsenblut und Eis, fiel fluchend hin und sorgte für noch mehr Gelächter, Geschrei. Eile, Eile, ein Fest mußte vorbereitet werden. Im Küchenhaus an der Stirnseite des Hofes loderten längst die Flammen im mannshohen Kamin, glühten und sangen die Eisenkessel, sausten die Messer auf den Kohl herab, simmerte es in den Töpfen.

Kein Geringerer als Don Cristobal de Castellanos, Finanzsekretär der spanischen Regentin der Niederlande, wurde für den Abend im Haus des Kaufherrn Arndt van Geldern erwartet. Dessen Tochter Columba drehte sich unternehmungslustig im Wandelgang der Turmspitze, bis es ihr schwindelte. Ein Fest am Abend, nun ja, aber solch ein Morgen! Die eisige Luft des letzten Atemzugs strich über ihre Lungen, ihre Zähne waren stumpf und glatt vor Kälte. Sie wollte nur eines – hinaus. Hinaus zum Rhein, der seit vier Tagen eine feste Eisdecke hatte und die Schiffe der Spanier, die unterwegs waren, um dem zur Jahreswende gekürten Papst Pius V. in Rom zu huldigen, zur Rast zwang. Eben jetzt war die Gelegenheit für einen Ausflug günstig: Die Luft in den Gassen war winterlich rein, der Vater fortgeeilt zum Empfang des hohen spanischen Gesandten ins Rathaus, das Gesinde geschäftig, die Schwester gewiß im Lautenspiel versunken. Juliana liebte es zu glänzen als Kleinod, Schmuckstück, Engel des Vaters. Wie er war sie flämisch blond, dazu weiß und weich und demütig fromm und – dachte Columba, indem sie die Gedanken an die Ältere energisch abschnitt – verschlagen wie ein Roßtäuscher. Sie spuckte aus.

In ihrem Rücken klapperten Schritte, keuchte es die Treppen herauf. »Hab ich es doch gewußt, hab ich doch«, tönte es stoßweise, »gewußt, daß Ihr, puuh, daß Ihr hier seid.« Die ältliche Zofe stand – nach Atem ringend – auf der obersten Stufe. Spät kam ihr Entsetzensschrei: »Und nur in Mieder und Rock. Der Tod wird Euch holen.« Ihre mageren Hände griffen nach Columbas Kleid, zerrten energisch daran.

Das Mädchen riß sich lachend los. »Ist es nicht herrlich hier? Eine Wonne, eine Lust? Mertgin, komm, ich zeige dir den Himmel und Gottes Thron«, rief sie übermütig.

Die Magd bekreuzigte sich rasch und murmelte ein frommes Sprüchlein, dann raffte sie die Röcke, packte Columba beim Handgelenk und zerrte sie die Wendeltreppe hinab in den zweiten Stock des Hauses, wo das Schlafgemach der jungen Herrin lag.

Bald darauf klappten Truhendeckel, wühlte die Zofe in Miedern, Leibtüchern, Seidenschürzen und Spitzen. »Der goldene Brokat, wo ist der goldene Brokat? Das Mieder aus Granatapfelsamt? Das Kleid mit den goldenen gestickten Papageien? Oh, diese Hast, diese unvermutete Aufregung«, greinte sie.

Columba zuckte stumm mit den Schultern. »Es wird sich schon finden, oft habe ich es in letzter Zeit nicht getragen.«

»Heute abend werdet Ihr es tragen«, erwiderte Mertgin ungewohnt streng. »Die Ehre des Hauses gilt es zu zeigen. Die Spanier lieben die Zeremonie, die Würde.«

Columba lief zur Tür des Zimmers. »Wo wollt Ihr wieder hin?« fragte die Zofe scharf. »Euer Haar muß gewaschen und neu geflochten werden. Fünfzig Perlen und das goldene Netz liegen bereit. In der Badstube brennt bereits der Kamin. Wir müssen eilen, bevor Juliana zum Bad geht. Euer Vater will auch Euch von Eurer schönsten Seite sehen. Und das Kleid, der goldene Brokat, muß gebürstet und parfümiert werden.«

Columba zerrte trotzig schweigend einen wollschwarzen

Umhang von zweifelhafter Sauberkeit aus einer Truhe unter ihrem Bett.

»Ihr bleibt«, befahl die Zofe im panisch scharfen Ton der Untergebenen, die einem noch höheren Herrn Rechenschaft schuldig ist.

Columba trat an die Tür und warf den Umhang über.

»Wie eine Vogelscheuche seht Ihr aus.« Die Stimme der Magd schraubte sich krächzend in lächerliche Höhen. Columba warf ihr einen halb mitleidigen, halb frechen Blick zu. Mertgin wußte es nicht besser. Die Ehre des Hauses war ihr Credo und ihr Sanctus, ihre Morgenandacht und ihr Abendgebet. Das verblühte Weiblein, das nie im Besitz von Anmut oder – was mehr zählte – genügend Brautgroschen gewesen war, liebte die Sippe van Geldern abgöttisch. Da sie Columba zugeteilt war, war Columba der Mensch, in dem sie ihre Erfüllung, ihren Ausdruck suchte. Fanatisch wie ihre Liebe war, scheute sie auch vor Kränkungen nicht zurück. Wo der geliebte Schützling nicht dem hehren Bilde glich, das Mertgin sich von ihr machte, war sie unbarmherzig.

Aber nein, eine Vogelscheuche war Columba nicht, eher ein wilder, ungezähmter Vogel. Schwarz wie Rabenschwingen schimmerte ihr schweres Haar unter der weinroten Samtkappe, die sie sich nun überstülpte. Vergnügt blitzten die haselnußfarbenen Augen, und ihr breiter Mund hob sich zu einem verächtlichen Lächeln. Verachtung war die letzte Antwort auf die erstickende Fürsorge dieser Magd.

Alles war groß und ausdrucksvoll in Columbas Gesicht, wenn auch nicht schön. Zu dunkel, urteilten die Anbeter der blonden Venus Juliana, ihrer Schwester. Zu dunkel, dachten die mächtigen und reichen jungen Freier argwöhnisch, um die ihr Vater sich beständig bemühte. Zu dunkel, warnte selbst der Beichtvater des Hauses van Geldern und roch die Sünde, sah den lockenden Teufel im goldenen

Blick der Achtzehnjährigen. Kein Zweifel, zu dunkel, dunkel wie die Nacht der Ungläubigen, wie der Schatten Satans, der auch Köln von Zeit zu Zeit verdüsterte.

Zu aufsässig, das war es, was ihr Vater manchmal bei sich dachte, während er mühsam das Gefühl unsinniger Zuneigung zu seiner Jüngsten niederkämpfte. Gefühle störten das Geschäft. Leidenschaften waren ein Luxus, der jeden Gewinn verderben konnte. Den einer vernünftigen Ehe zum Beispiel. Zu aufsässig, zu keck, zu vorwitzig, das war Columba. Ihr fehlte die Zucht. Wäre sie ein Sohn, Arndt van Geldern hätte sich keinen besseren wünschen mögen, zumal Melchior, sein einziger männlicher Nachkomme, verloren war, kaum noch eine Erinnerung, verschollen bei einer Seefahrt in die Neue Welt, ein unglückseliger Glücksucher auf den Spuren des Silberschatzes von Peru.

Als Opfer seiner Leidenschaft für Abenteuer hatte er die Handelsvertretung seines Vaters in Lissabon jäh und heimlich verlassen, überdrüssig der Zahlenkolonnen, der Rechnungsbücher, der gelben Akten, kaum begabt für das besonnene Geschäft des Bankiers und Händlers. »In den Kolonien verdienst du in einem Monat mehr als hier in einem Jahr«, hatten ihm die Werber der Kauffahrteischiffe zugeraunt. Mit ihm war nicht mehr zu rechnen.

Columba hingegen handhabte schon als Kind das Rechenbrett im Kölner Kontor des Kaufmanns flink wie sein bester Gehilfe, begriff später im Spiel die Gesetze von Zinsfuß, Schuldbrief und Verschreibung, fuhr mit dem Finger auf den knisternden Landkarten eines Mercator die Handelswege quer durch Europa nach. Kaum daß sie zehn Jahre alt war, wußte sie eine Galeone von einer Karacke zu unterscheiden. All das ginge an, denn auch Töchter konnte man im Geschäft gebrauchen, müßte man nicht in diesem Falle den Verdacht hegen, daß Columba sich manchmal an Deck eines Kauffahrteischiffes träumte – hinaus, nur hinaus.

Columba öffnete die Tür. »Die Tante Rebecca verlangt mich zu sehen«, log sie. »Ich soll ihr helfen, einen gestickten Seidenmantel aus ihrer Webstube als Geschenk für unseren heutigen Gast, den Gesandten, auszuwählen, und ein Geschenk für Seine Heiligkeit den Papst selber.«

»Torheiten, elende Lügenmärchen«, schnaubte Mertgin.

»Eine Torheit, dem Heiligen Vater zu Rom ein Chortuch zu verehren? Aber Mertgin, das aus deinem Munde!« scherzte Columba boshaft.

Die Magd überging die Frechheit. »Nichts habt Ihr auf den Gassen zu suchen, denkt an den Skandal im letzten Sommer, Eure unvorsichtige Dummheit im Weingarten Eures Vaters. Außerdem hängen überall noch die Pestzettel an den Haustoren.«

Columba nestelte ein Samtband unter ihrem Mieder hervor, an dem eine silberne, fein ziselierte Kugel baumelte. »Ich trage meinen Riechapfel bei mir, und der Frost bannt die pestilenzischen Dämpfe. Seit dem Dreikönigstag gab es keine Opfer mehr. Der Schwarze Tod hat seine Ernte eingefahren.« Eine stattliche Ernte. Auf jedes der vierundzwanzigtausend Kölner Häuser, hieß es, kam ein Toter.

»Was, was«, schimpfte daher Mertgin, »erst gestern hörte ich, daß ein Kupferdreher aus der Schmiedegasse selbst Maß nahm für seinen Sarg. Die Pest ist ihm in die Lunge geschossen, bald stirbt es wieder schlimm zu Köln. Die Muhme Oligschläger sah auch den schwarzen Hund auf den Dächern spazieren, der Teufel ist unter uns.«

Ihr Schützling wandte sich verächtlich schnaubend ab. »Die Oligschläger ist eine alte Vettel, der der Dachstuhl verrückt ist. Eine Wichtigtuerin, die überall die Hexen ins Feld pinkeln sieht, um Regenschauer auf längst verfaulte Ernten herabzuziehen. Übles Geschwätz.«

»Ihr wißt nicht wovon Ihr sprecht«, meinte Mertgin kopfschüttelnd. »Ihr seid so jung und unerfahren, wenn es um die Welt geht. Satan sitzt überall.«

Columba schritt achselzuckend zur Tür.

Mertgin richtete sich behende auf, um ihr den Weg zu versperren. Columba war schneller, riß die Tür auf, schlüpfte durch den Spalt und schlug sie zu. Von außen legte sie den Riegel vor, und Mertgin blieb nichts übrig, als ihre Gefangenschaft laut krakeelend kundzutun. Der schwere Gobelin vor der Tür, der den zugigen Wind des Winters abhielt, erstickte ihre Stimme wie eine verwehende Kerzenflamme. »Tod« war das letzte Wort, das an Columbas Ohr drang. Sie lachte. Mertgin würde genug Zeit haben, den goldenen Brokat zu suchen, bevor sie selbst gesucht und gefunden würde.

Mit leisen Schritten eilte ihr Schützling über die wachsduftenden Dielen der oberen Galerie. Vorbei an dem verlassenen Schlafgemach der Mutter – Gott hab sie selig –, in dem diese nur wenige Stunden nach Columbas Geburt den letzten Atemzug getan und ihre Seele Gott anbefohlen hatte. Eine geweihte Kerze der Ursulinerinnen in der Rechten, das Kruzifix in der Linken und eine Lache verdorbenen, klumpenden Bluts trocknete zwischen ihren Schenkeln. Sie war achtundzwanzig Jahre alt geworden, ihr Körper erschöpft von der Zeugungskraft des Gatten und neun Geburten, drei verfehlten, drei unglücklichen mit toter Frucht, zwei glücklichen und einer für sie tödlichen – Columbas.

Die hielt nun den Atem an. Das Zimmer der Schwester lag vor ihr, und die Tür stand offen, die weich gezupften, schwebenden Töne ihres Lautenspiels verrieten es.

Juliana war ein neugieriges, träges Geschöpf, süchtig nach Klatsch und den Geheimnissen anderer. Columba kannte sie als geübte Denunziantin mit blauen, schrägstehenden Lammaugen, die ihre Seligkeit darin fand, andere zu bezichtigen und zu verraten. Sei es aus Langeweile, aus bösartigem Vergnügen oder um von eigenen Verfehlungen abzulenken. Vom Schöpfer mit Schönheit und vom Vater mit Geschenken und Komplimenten verwöhnt, nie dazu angeleitet, einer anspruchsvollen Beschäftigung nachzugehen, war sie zu einer hohlen Puppe verkommen. Ihre leere Seele neigte zu Neid und Mißgunst, wenn sie funkelnde Lebenslust in den Augen anderer wahrnahm.

Columba mußte an ihr vorbei, um die Treppe zu erreichen. Wie ein Kind, das hofft, nicht entdeckt zu werden, sog sie lautlos die Luft ein, hielt den Atem in ihren Lungen fest und kniff die Augen zu. Auf Zehenspitzen schlich sie sich an, um mit einem beherzten Sprung die Türöffnung zu passieren. Als flinker Schatten wollte sie entkommen. Sie setzte an und wurde entdeckt.

»Columba!« Der strenge Klang der Stimme verdarb den letzten Lautenton.

Die Angerufene erstarrte im äußersten Winkel der Türöffnung und warf einen wütenden Blick durch den zurückgeschlagenen Gobelin. Juliana saß mit gelöstem Haar und Mieder auf einer gepolsterten Truhe, die Laute ruhte wie eine hölzerne Birnenhälfte in ihrem Schoß. Notenblätter entfalteten sich zu ihren Füßen wie ein keusches Gesangbuch. Melina, ihre schwarze Zofe – ein großzügiges Geschenk des Vaters von einer Reise nach Venedig –, stand in ihrem Rücken und kämmte hingebungsvoll ihr Haar. Elfenbein und Ebenholz. Der Kontrast zwischen den beiden jungen Frauen hätte jeden Maler gereizt und viele Männer lüstern gemacht.

Fürwahr, Juliana war ein Engel. Wie süßer Rahm glänzte das schwellende Fleisch ihrer Brüste, die das Hemd eben bedeckte. In aller Demut – die sie der Welt so überzeugend vorzuspielen wußte – war Juliana einer Todsünde verfallen: der maßlosen, selbstverliebten Eitelkeit.

»Setz dich zu mir, liebe Schwester. Laß uns über den Abend reden, was wirst du tragen?« Ein beinahe tückischer Zug lag um ihren Mund, der den klaren Blick ihrer Augen Lügen strafte. »Ich hörte Vater sagen, der Freiherr Fritjof van Ypern wird unter den Gästen sein, er kam mit dem Gesandten, nur um dich in Augenschein zu nehmen. Lange hat Vater darum Verhandlungen geführt. Willst du ihm nicht gefallen? Der erste Eindruck entscheidet vieles.«

Columba seufzte. Der immer wieder angekündigte Junker Fritjof, Graf und Freiherr eines kleinen Sprengels bei Brügge und im Besitz einiger Hafenrechte in Dordrecht, was sollte sie ihm groß gefallen? »Er wird mich ohnehin heiraten, der Mitgift wegen, so verschuldet wie er ist«, erwiderte sie trotzig. Und sie würde ihn heiraten, seines Titels und seiner Hafenrechte wegen, die dem Vater nützlich waren. Ja, sie würde ihn wohl heiraten. In einem halben, in einem Jahr vielleicht. Das war weit hin. Die Ehe, die Liebe – falls es sie gab, was Columba ernstlich bezweifelte –, all das hatte Zeit. Kein Grund, diesen Tag nicht zu nutzen, um durch die Gassen zu streifen, den Hafenkai beim Holzmarkt entlangzuschlendern und vielleicht eine ...

»Schwester, was drückst du dich dort im dunklen Winkel bei der Tür herum, komm herein«, gurrte Juliana mit dem gefährlich freundlichen Unterton einer Spionin, die vor einer Entdeckung steht. »Sehe ich richtig? Du trägst einen Umhang? Wozu?«

»Es ist kalt draußen«, gab Columba keck zurück.

»Draußen? Was solltest du draußen wollen? Ohne Mertgin darfst du nirgends hin. Schon gar nicht nach dem Aufruhr, den du im letzten Sommer verursacht hast.«

Columba wandte sich ab. Sie zögerte kurz. Das Fest, der Abend, die hohen Gäste, Verhandlungen – es würde Juliana nicht viel Zeit und Gelegenheit bleiben, sie beim Vater anzuzeigen. Und morgen? Morgen war ein anderer Tag und vielleicht Tauwetter, das alle Straßen und Pfade in unwegsamen Schlamm verwandeln würde. Beherzt schritt sie auf die Treppe zu.

»Columba«, kam es nun schrill von Juliana, die vergessen hatte, ein Engel zu sein, denn es fehlte an Bewunderern. »Komm sofort zurück, ich darf nicht dulden, daß du unsere Familie zum Spott der Gasse machst! Eine van Geldern ohne Begleitung auf der Straße. In grober Bauernkutte! Du machst uns zum Refrain der Bänkelsänger. Gerade an diesem Tag! Die ganze Stadt blickt auf unser Haus. Die Spanier bei uns, noch dazu auf dem Weg nach Rom, und du in dieser Verkleidung. Was wird der Vater davon halten?«

Die letzte Frage bedurfte keiner Antwort. Columba sprang dennoch die Stiegen hinab, mit jeder Stufe stieg ihr Mut. Hinter ihr riß Juliana – ein rächender Engel – den Gobelin zur Seite.

»Willst du den Neidern unseres Vaters noch mehr Stoff für ihr Gerede geben, willst du die Schandmäuler nähren? Reicht es dir nicht, daß man dich für eine Freundin der Wiedertäufer hält, die in unserem Weingarten entdeckt wurden? Dein ganzes Wesen ist unziemlich. Im Gottesdienst tuschelt man über dich, ich höre alles.«

Hörte sie auch, was man von ihrer Prunksucht sagte, von ihrer allzu heiligen Miene, von ihrem Hochmut, ihrer herablassenden Freundlichkeit, ihrer aufdringlichen Frömmigkeit und ihrem lockenden Lächeln für den jungen, gutaussehenden Diakon von St. Alban?

Columba drehte sich um. Ihre Augen funkelten zornig. »Nun, Schwester, auch ich höre gut. Besonders nachts, wenn das Haus in Stille liegt und die Stiegen unter deinen Schritten federn. Ich höre oft, wie du dich fortstiehlst, durch unsere Kapelle in die Kirche von Sankt Alban. So wie in der letzten Nacht.«

Sie haßte sich für diese Sätze, kaum daß sie sie ausgestoßen hatte. Sie haßte sich dafür, daß sie sich mit der Schwester gemein machte. Ihre Art war es sonst nicht, Geheimnisse zu verraten, und der Triumph, den sie nun damit erzielte, schmeckte schal.

Juliana erbleichte unter der Weiße ihrer Haut wie der Tod. Ihr Kiefer spannte sich so stark, daß die Wangen blau und durchsichtig schimmerten. Die dunkle Zofe trat hinter sie, zog sie sanft flüsternd in das Zimmer zurück und schloß die Tür.

Nachdenklich und ein wenig bedrückt trödelte Columba zum ersten Stockwerk des Hauses hinab. Dahin, wo sich die Hauskapelle, der Tanz- und Prunksaal, das Empfangszimmer, das Büro, die Bibliothek und das Schlafgemach des Kaufmanns befanden. Sie warf einen flüchtigen Blick nach links. Hinter einer Biegung des Ganges gab es noch ein Zimmer, eines mit doppelt verriegelter Tür. Sie krauste die Stirn. Mochte sie noch so heiter gestimmt sein, in diesem Haus holten sie an jeder Ecke trübe Gedanken ein.

Hatte Juliana wirklich ein Geheimnis, das dunkler als die Nacht selber war? So dunkel wie die Nacht, in der die Bewohnerin des verriegelten Zimmers lebte, selbst wenn es lichter Tag war? Seufzend verharrte Columba und strich mit dem Finger über die steinerne Nase einer Treppenfigur. Müßte sie ihrer Stiefmutter nicht eine bessere Tochter sein, mitleidiger in ihrem Empfinden für diese wilde, zerquälte Kreatur, die der Vater seit Monaten vor der Welt in jenem Zimmer verschloß?

Armes Weib, von Gott gestraft und eine Strafe Gottes. Der Tod ihres einzigen, langersehnten, aber mißgestalteten Kindes hatte sie wirr gemacht. Die letzte Pest hatte den fahlgesichtigen Wurm, einen Sohn, noch vor der Taufe verzehrt. Den Gatten klagte die späte Mutter des Kindsmordes an, da er, der Geschäfte wegen, mit der Familie nicht rechtzeitig vor der Seuche auf sein Landgut bei Zons geflohen war. Ein Strom unflätiger Worte brach abwechselnd mit irrwitzigen Liebesschwüren aus der Wahnsinnigen, wann immer sie ihn sah, der aufgestaute Wust und Aushub ihres Lebens zwischen Messe und Haushalt, Kirchenstuhl und Stuhlgang, Bett und Beichte. Und dann immer wieder dieses Flehen um die Lust und die Lenden des Gatten. Das Wimmern um Zuneigung. Liebe zählte zu den gefährlichen Krankheiten, da hatten die gelehrten Mediziner durchaus recht.

Columba biß sich auf die Lippen. Dieses unglückliche Haus erdrückte sie: der verlorene Bruder, die irrwitzige Stiefmutter, die katzengleiche Schwester, der kaltgesichtige Vater, die nörgelnde Mertgin. Wie Dämonen hockten sie in ihrer jungen Seele und verdunkelten sie oft. Nur oben auf dem Treppenturm wehte die Luft der Freiheit. Luft!

Sie vergaß das Zimmer linker Hand, die Schwester, das Dunkel, gab der Treppennymphe einen Nasenstüber und nahm mit einem Sprung zwei Stiegen – wie ein Kind im Nu wieder lustig. Ihre tänzelnden Schritte verrieten die Rückkehr der Fröhlichkeit. Summend passierte sie das ebenerdige Kontor, wo emsige Fakturisten über Kontobüchern hockten, mit dem Prüfmesser Münzen schabten und ihre Federn übers Papier kratzen ließen. Sie trat in den Hof und trank sich satt am Frost, am Geschrei, am Gezänk, am Gurren der Tauben. Sie liebte das Leben.

Niemand schien sie zu beachten, sie schlug den Umhang enger um sich, zog die Kapuze tief ins Gesicht und huschte durch den Torweg hinaus auf die Gasse. Ein steinerner Adler blickte ihr nach, das Wappentier der van Gelderns: Ein Bündel von Blitzen trug den Greifvogel, die er nur mühsam zu bändigen schien.

Columbas schleichender Verfolger würdigte den Vogel keines Blickes.

2

Wie ein gieriges Flämmchen schoß der Schmerz hoch, durchstach ihm die Blase, loderte unter der Bauchdecke auf und fraß sich brennend durch die Gedärme fort bis in sein zerfurchtes Fuchsgesicht. Arndt van Geldern zuckte. Die Krankheit war sein ständiger Begleiter, aber bezwingen sollte sie ihn nicht. Er knirschte mit den Zähnen und umklammerte mit der knochigen Linken die Lehne des Stuhls, der neben ihm in der Fensternische stand. Dieses verfluchte Steinleiden. Was hatte er nicht alles dagegen versucht. Viele Quart Tönnissteiner Sprudel getrunken, den Aderlaß vornommen, bis sein Blut dünn wie Wasser war. Die Mittel der Drecksapotheke – vom Pferdemist bis zum Schweinekot – hatte er auf seinen Unterleib gestrichen, ein ganzes Nonnenkonvent zum Schutzheiligen der Blasenkranken, den heiligen Stephanus, beten lassen. Nichts kurierte, nichts linderte. Die Chirurgen rieten ihm, den Stein zu stechen, doch der Schnitt, das Blut, der Schmerz, der Brand und vielleicht der Tod, nein, dann lieber der Schmerz. Er ließ schon nach, und van Gelderns Züge entspannten sich unter seiner gelblichen Haut.

Sein Blick fiel auf den Alten Markt vor dem Fenster: Krämerbuden, Apfelweiber, buntes Gewimmel, Feilschen, Schwätzen und Krakeel. Er liebte den Anblick der Geschäftigkeit. Leben. Obgleich er beinahe zweiundsechzig Sommer gesehen hatte, blieb noch so vieles zu tun, wenn nicht alles verloren sein sollte. Der Name, das Geld, das Haus, das Ziel, einer der reichsten und vornehmsten Bürger seines Vaterlandes – so nannten die Kölner ihre Stadt – zu sein und zu bleiben. Begründer einer Sippe, die in nicht allzu ferner Zeit in den erlauchten Kreis der kaum zweiundzwanzig Kölner Familien aufsteigen sollte, die die Geschicke dieser stolzen Stadt seit Jahrhunderten bestimmten, ihre Bürger- und Rentmeister stellten.

Mit einem versuchten Lächeln, das leichter als eine Feder wog, wandte der Fernhändler sich um und betrachtete die Ratsherren in ihren schwarzen Amtsroben und Hauben, die, aus dem Rathausturm kommend, über den Löwenhof hierher in die neue Empfangshalle strömten. Der Ratskellermeister und seine Knechte erwarteten sie bereits, um süßen Malvasier auszuschenken und kleine Honigkrapfen zu reichen.

Die Begrüßung des spanischen Gesandten und seiner Gefolgschaft war vorüber, die offiziellen Reden und eine kurze Ratssitzung im Beisein des Gastes gehalten. Nun ging es an die kleinen Besprechungen, das Flüstern und Plaudern, Horchen und Lauschen. Wer die Kunst beherrschte, Zwischentöne zu hören, der konnte vielleicht etwas erfahren über die Pläne der spanischen Krone und ihres Trägers, Philipps II., des mächtigsten europäischen Herrschers in diesen Tagen, Herr über ein Reich, in dem die Sonne nie unterging – ein zerrissenes Reich, übernommen von seinem Vater. Von Philipps Kriegsabsichten oder Friedensangeboten hingen Handel und Wohlstand ganz Europas, auch Kölns, ab. Die Ungläubigen rüttelten an den Türen der Welt – französische Hugenotten, die Schweizer Calviner, deutsche Lutheraner, Heiden, Türken, Indianer, alles eins. Sie ließen dem König, dem Erlöser der Völker, dem Hort der Armen und dem Schild der Reichen, wie der Habsburger sich nannte, keine Ruhe. Philipp hatte wie schon sein Vater – der selige Kaiser

Karl V. – geschworen: »Ich spüre die Ketzer mit Hunden auf, jage sie mit Wölfen, schlage sie mit Feuer, rotte sie aus. Brennt die Ketzer ohne Unterschied, sage ich. Wenn nötig, heißt es, alle opfern dem einen, einzigen Gott.« Er liebte die Menschheit so sehr, daß der einzelne ihm nichts bedeutete.

Der alte Kaufmann verharrte in seiner Ecke. Er konnte warten, das Fest am Abend würde ihm genug Gelegenheit bieten, mehr über Philipps Politik zu erfahren. Plante er wieder einen Waffengang gegen die jungfräuliche Engländerin Elisabeth, die frech die Hugenotten in Frankreich unterstützte und auch den vom Ketzertum infizierten Niederländern Hilfe im Kampf gegen ihre spanischen Herrscher gewährte? Wenn ja, so konnte dies eine erneute Handelssperre zwischen den Niederlanden und England bedeuten. Das spanisch regierte Antwerpen, die satte Stadt an der Schelde, wäre wieder einmal blockiert für den Warentausch zwischen Flandern, London und Köln. Arndt van Geldern fürchtete eine solche Behinderung, die ihn in ernsthafte Schwierigkeiten bringen würde. Sein Handel hing seit beinahe zehn Jahren ganz von den Nordländern ab. Die Zeiten, in denen er selbst den Rheinstrom hinauf- und hinuntergefahren war, die Alpen überquert oder die Seeroute nach Portugal gewagt hatte, um venezianischen Samt und indische Gewürze einzukaufen, waren vorbei. Jahre, die angefüllt waren mit Wagnissen, Glücksstreichen, Niederlagen, ertragreichem Handel und dem bedauerlichen Sieg der südländischen Kaufleute über ihre Konkurrenz aus dem Norden. Nun wollte van Geldern – in seinem Kölner Kontor residierend – die Ernte einfahren, deren Saat er in den Niederlanden und England ausgebracht hatte. Doch das elende Gezänk um Religion und Freiheit des Gewissens, wie die törichten Flamen es nannten, drohte die Ernte zu verderben. König Philipp würde es nicht dulden, daß seine Niederländer endgültig der Ketzerpest anheimfielen, eher würde er das ganze Land verbrennen.

Mit zusammengekniffenen Augen betrachtete der Kaufmann die in bunte Seidenmäntel und Paradeuniformen gekleideten Spanier. Sie nippten mit unbewegten Mienen an ihren Silberbechern und suchten fröstelnd die Nähe der Kohlebecken. Eifrig fachten die Ratsdiener die Glut an. Der Kellermeister verehrte Don Cristobal mit zierlicher Geste vier Fässer des besten Ratsweins aus Bacharach und versprach, sie auf sein Schiff bringen zu lassen.

Kein Zweifel, dem Rat lag viel an Ruhe und Handelsfreiheit des niederländischen Umschlagplatzes für englische Tuche, rheinische Weine, Getreide, Fisch, kölnischen Waffenstahl, exotische Spezereien und alle anderen Köstlichkeiten dieser Welt. Flandern und Brabant waren das Herz des kölnischen Handels, der Rhein war seine Ader. Antwerpen gesperrt, das hieße, sich rasch umzuschauen, neue Stapelplätze und Häfen für den Englandhandel zu finden. Dordrecht, solange es dort nicht gärte, sinnierte van Geldern, Emden etwa, Hamburg vielleicht. Aber die Kosten!

Vielleicht drohte von Philipp überdies eine neue Türkensteuer, die sein Vetter, Kaiser Maximilian II., im Heiligen Römischen Reich Deutscher Nation verkünden würde. Es hieß, die Galeeren Sulaimans planten neue Angriffe im Mittelmeer. Dann müßte man rasch eine Kommission einbestellen, um gerechte Gründe zur Verweigerung eines zu hohen Beitrags zu formulieren. Köln, eine der letzten katholischen Bastionen im Deutschen Reich, war Philipp teuer, er konnte es nicht über die Maßen bluten lassen. Nicht so, wie er es mit den Spanien direkt unterstellten siebzehn niederländischen Provinzen tat, seinem »wahren Indien«, wie die gebeutelten Flamen mit bitterem Spott fluchten, wenn sie des Königs gefräßige Kriegskasse im Kampf um den Glauben erneut zu füttern hatten.

Arndt van Geldern selbst wartete auf einige Renten und beträchtliche Anteile am peruanischen Erzschatz, die der König wie auch die Silberbergwerke von Akmaden, seine Salzlager, Monopole für Papier, Spielkarten und Sklaven längst in aller Welt verpfändet hatte. Vom Finanzsekretär Cristobal hoffte er dringend auf Nachricht über seine ausstehenden Zinsen und Gewinne.

Ein Schiffsunglück bei Oostende im vergangenen Herbst, ein mißratenes Getreidegeschäft im Baltischen und gewaltige Außenstände in London hatten seine Finanzen böse strapaziert. Schon saßen ihm Gläubiger im Nacken. Er brauchte keine windigen Wechsel, keine leeren Titel, er – schmerzlich verzog er den Mund – brauchte Geld. Ihm, vor dem Bischöfe mit einschmeichelnder Miene sich verneigt hatten, um Geld für die Edelsteine in ihrer Mitra zu erbitten, vor dem Ritter hinter aufbrausender Art ihre Furcht verborgen hatten, mit ihren Wechseln abgewiesen zu werden, ihm fehlte es an Barschaften.

Wieder grub van Geldern seine Finger in die hölzerne Stuhllehne, nicht eines Schmerzanfalls wegen, sondern um sich zu beruhigen. Es galt, die Miene des Unbeteiligten zu machen, den nichts drängt und der niemanden bedrängt. Heitere Gelassenheit kennzeichnete den Erfolgreichen, und van Geldern war geübt darin, so elegant wie ein Seiltänzer zu lächeln, so als sei der Seiltanz die natürlichste Gangart des Menschen.

In der Mitte des Saales erschien nun Bürgermeister Konstantin von Lyskirchen in hermelinbesetztem Mantel und schwergoldener Amtskette. Neben ihm ging der hochgewachsene Cristobal de Castellanos, dessen vorgebeugte Schultern den Schreibtischmann verrieten. Ein hochmütiger Spanier, der die wieselnden Ratsherren minderer Bedeutung wie wimmelndes Gewürm zu betrachten schien. Zwei Mitglieder der Waffenschmiedezunft, rotgesichtig und prall, glitten auf ihn zu und machten ihm in geradebrechtem Spanisch ihre Komplimente.

Cristobals Dolmetscher übersetzten, um die lästigen Schmeichler zu kränken, die plumpen Laute artig in reines Deutsch. Cristobal lächelte leicht verächtlich. Der Finanzsekretär der spanischen Regentin in den Niederlanden war vieler Sprachen mächtig und legte keinen Wert auf Komplimente aus ungebildetem Mund.

Van Geldern war klar, was die ungeschickten Handwerkermeister wollten: Informationen über die Freiheit des Waffenhandels in den Niederlanden. Ein heikles Thema, denn wer in Zeiten wie diesen ausgerechnet in den calvinistisch durchsetzten Niederlanden und in Nachbarschaft zum feindlichen England mit Arkebusen und Harnischen, Luntenrohren und Hellebarden sein Geschäft zu machen suchte, stand schnell im Verdacht, skrupellos an die Feinde Spaniens zu liefern. Doch genau das, überlegte van Geldern mit dem wachen Instinkt des Kaufmanns, war ein einträgliches Geschäft. Wenn ich nur Geld dazu aufbringen könnte, dann ...

»Sie sind zu eifrig«, bemerkte ein stattlicher Mann im ehrwürdigen Gelehrtenhabit, der an die Seite van Gelderns getreten war, mit leiser, dunkler Stimme. Der Kaufmann zuckte leicht zusammen, waren seine Gedanken auf seiner Stirn zu lesen? Nein, beruhigte er sich, nein, er meint die Waffenschmiede, und nickte seinem Nachbarn zu, Doktor Theodor Birckmann, Mitglied der berühmten Kölner Drukker- und Verlegerdynastie und Fürstlicher Leibarzt. »So werden sie nie erfahren, welche Erschwernisse oder Vergünstigungen die Spanier für unseren Handel erwägen. Die Lage ist heikel.«

Van Geldern nickte abwartend, ob nicht vielleicht Birckmann durch weitere Worte einige seiner Geheimnisse – oder das, was er dafür hielt – preisgeben würde. Der Arzt und Verleger Birckmann, ein Antwerpen- und Englandhändler wie er, war ein Mann nach seinem Geschmack. Berechnend, ganz auf seinen Vorteil bedacht und von kühlem Gemüt. Kein religiöser Schwärmer, kein Glaubensfanatiker wie es zur Zeit so viele gab, die sich und andere in Gefahren brachten.

Birckmanns magenstärkendes Ingwerpulver war bei Elisabeths engstem Ratgeber, dem Staatskanzler William Cecil, so beliebt, daß die Birckmannschen Druckerzeugnisse ohne Kontrolle der englischen Zensurbehörde in London ausgeliefert werden konnten. Eine stolze Leistung für einen Kölner Verlag, der für sein gutkatholisches Schrifttum berühmt war und im protestantischen England ohne Protektion längst hätte scheitern müssen. Zu diesem Zweck benutzt, war die Medizin ein heilsamer Segen. Und ein preiswerter. Van Geldern seufzte in Gedanken an die hohen Bestechungssummen, die er zahlen mußte, um in London unbehelligt mit Stahl handeln zu können, der von billigerer englischer Ware bedroht war.

Birckmann plauderte im geschmeidigen Ton des hoferfahrenen Menschen weiter. »Man sagt, in den Niederlanden lauern an jeder Ecke die elenden Zaunprediger vom neuen Glauben. Die Flamen folgen ihnen wie der Faden dem Weberschiffchen. König Philipp hat wohl klug daran getan, im Oktober dort die Inquisition einzuführen. Die Niederlande sind ein gefährliches und ein gefährdetes Land.«

»Und ein geschäftiges Land. Die Flamen zählen selbst im Traum noch die Dukaten. Sie lassen mechanische Webstühle laufen und setzen ihre vierjährigen Kinder daran. Der Handel ist ihnen heilig, sie werden sich besinnen«, warf van Geldern ein, der Gespräche über die Religion haßte.

Als geborener Flame tat er gut daran, sich aus dem Streit zwischen Bibel und Meßbuch herauszuhalten, zumal erst im letzten Sommer in seinem Weingarten nahe der Severinstraße siebenundfünfzig Wiedertäufer entdeckt und verhaftet worden waren. Und das just zu dem Zeitpunkt, als seine jüngste Tochter dort eingekehrt war. Eine lästige Geschichte.

Der Arzt neben ihm lächelte still und verstand. »Das Geschäft heilig, van Geldern? Ich möchte wohl hoffen, daß es vor allem der Glaube und die einige und einzige Kirche sind, die unseren Nachbarn heilig ist.« Er pausierte kurz, seine Mundwinkel zuckten in mildem Spott. »Heilig wie uns selbst.«

»Gewiß«, versicherte sein Gegenüber lau, »nichts gegen die Religion, die einige und einzige. Ich selbst stifte der Kirche genug und habe eben erst wieder einen großen Ablaß erworben für bald fünfzig Goldgulden.«

»Ich sah den Zettel darüber im Fenster Eures Kontors hängen, ein hübscher Beweis für Eure Frömmigkeit, das gefällt den heimischen Kunden«, bestätigte Birckmann. »Keiner kann an Eurer Gottesfurcht zweifeln. Ich selbst habe dieser Sache im Juni letzten Jahres nie ...«

»Mich dünkt«, unterbrach ihn van Geldern mit ungeduldiger Kopfbewegung, die die goldene Kette auf seinem Barett klirren ließ, »daß nicht nur die neue Religion die Köpfe der Flamen und Brabanter verwirrt. Bedenkt die große Teuerung im Land der Schelde. Ein Ei, so heißt es, kostet in Antwerpen heute so viel wie eine Henne am vergangenen Martinstag, dazu die immer neuen Steuern der Spanier und die schlechten Ernten. Das Volk ist unruhig und läuft aus den Dörfern, die Wölfe ziehen ein, und ihnen nach die neuen Prediger. Sie nutzen die Angst und den Zorn der Leute, um sie für ihren Gott zu gewinnen.«

»Es ist ein ekle Hefe, die dort gärt«, stimmte Birckmann

ernst zu. »Not und religiöse Verwirrung sind gefährliche Geschwister. Wir haben nach Luther gesehen, wozu das führt, zu Spaltung und Unfrieden. Philipp hat recht, wenn er sagt, daß der Aufstand gegen die Religion immer im Aufstand gegen die Fürsten endet.«

»Gewiß, gewiß, aber darum die Inquisition bei einem freiheitsliebenden Volk wie den Flamen in aller Schärfe einzuführen, ist das klug?« fragte van Geldern leise, »Feuer, Eisen und Grab – so heilig sie sind – verhärten die Menschen. Was, wenn die niederländischen Fürsten, wie einige unserer deutschen, die Gunst der Stunde nutzen, die neue Religion annehmen, und das Volk gegen die spanische Herrschaft aufwiegeln?«

»Ein Bürgerkrieg wäre zweifelsohne die Folge«, schloß Birckmann trocken, »und unsere Geschäfte wären dahin. Wir würden zwischen den Fronten zermahlen wie ein Bündel Papierlumpen.«

»Achttausend flämische Tuchweber sind vor der Inquisition schon nach England geflohen. Man empfängt sie gern, denn sie sind Künstler ihres Fachs. England wird den Profit davon haben. Antwerpen liegt derweil wie tot, berichtet mein Agent, die Schiffe fliehen aus dem Hafen, man rennt als hocke die Pest in der Stadt, sogar die Huren gehen zur Messe.«

Birckmann nickte kaum merklich, er öffnete den Mund, um etwas zu sagen, doch Lamberth Galisius, Dominikanerpater und Abgesandter des Kölner Kurfürst-Erzbischofs, kam ihm zuvor, ein hageres, unscheinbares Männlein in schlichter grauweißer Ordenstracht, dessen hervorstechendstes Talent der lautlose Gang war. Kein Wunder, denn neben anderen Geschäften gehörten die Inquisition und die Ketzerverfolgung zu seinem Aufgabengebiet. In seinen blauschimmernden Fingern balancierte er einen Silberbecher mit Ratswappen. »Nun, nun, das nenne ich ein freigeistiges

Gespräch. Wohlgetan. Hier in Köln darf man es sich ja leisten. Aber für spanische Ohren klänge es nach blankem Aufruhr.«

Er lächelte listig, die beiden Kaufleute strafften die Schultern wie zur Abwehr. Was hatte dieser elende Glaubensspitzel mitangehört?

»Die Inquisition verhärtet die Menschen?« zitierte Galisius. »Nein, und nochmals nein, sie ist ein ganz und gar zärtliches und edles Instrument, denn sie dient der Rettung der Seelen. Die Inquisition verdirbt das Geschäft? Was für ein frevlerischer Gedanke, Mijnheer van Geldern. Unser Geschäft ist es doch, viele tausend Seelen vor der ewigen Verdammnis zu retten. Wozu sonst sollten wir hier auf Erden wandeln?«

»Was führt Euch hierher, Pater?« fragte Birckmann mit gefährlich freundlicher Miene. »Wollt Ihr dem Gesandten eine Nachricht für den neuen Papst übermitteln? Geht es darum, ob Seine Heiligkeit unserem kurfürstlichen Erzbischof endlich seine Affirmation erteilen wird? Eine wirklich lästige Sache, wenn ein Erzbischof noch nicht in seinem Amte bestätigt ist. Es kommt noch soweit, daß Seine Heiligkeit zu Rom von Eurem hochlöblichen Herrn, dem Kurfürsten Friedrich von Wied, verlangt, sich zum Priester weihen zu lassen. Pius, so sagt man, ist streng in Fragen der Religion seiner Kirchendiener.«

Galisius wand sich. Birckmanns Anspielungen auf die fehlenden Weihen seines Herrn waren eine Frechheit, schließlich waren die meisten seiner Vorgänger auch nicht zum Spenden der heiligen Sakramente berechtigt gewesen. Aber unter diesen Umständen, in Zeiten der katholischen Gegenreformation, konnte er das mehr weltliche Wesen seines Herrn schlecht verteidigen. Heuchelei war das Gebot der Stunde, und so lächelte Galisius süßlich, als er sagte: »Niemand kann an der Tiefe des Glaubens unseres hochlöblichen Kurfürsten zweifeln. Seine Durchlaucht geißelt täglich seinen Leib, dünn wie Papier scheint seine Haut bereits, so viele Krusten trägt sein Rücken, so roh ist sein edles Fleisch, daß er sich kaum zu setzen vermag.«

Angewidert verzog der Mediziner Birckmann den Mund, ihm schien, als schmecke sein Speichel plötzlich nach Eisen. Diese heilige Marter hatte den Geschmack blutiger Wollust – wie die ganze Inquisition.

Ein Mitglied der spanischen Delegation schlenderte vorbei, sein Degen schleppte auf den glasierten Bodenziegeln leise nach. Van Geldern betrachtete ihn kurz und runzelte die Stirn. Der dunkle, hübsche Kerl, dessen Wangen gegen die Mode glattrasiert waren, erinnerte ihn an jemanden. An wen nur?

Galisius verneigte sich tief zu dem Fremden hin und verschüttete von dem Wein, der rot wie Blutstropfen auf seinen weißen Kuttenärmel fiel. Wie erfrischt wippte er wieder nach oben und fuhr – um eine Spur lauter, vielleicht um die Ohren des Spaniers zu erreichen – mit seiner Predigt fort: »Ein herrliches Werk hat Philipp im Flanderland begonnen. Er hat drei neue Erzbischöfe eingesetzt, fünfzehn Bischöfe, hundertzweiundsechzig Inquisitoren, tausend Schergen, zehntausend Denunzianten. Gute Hirten, treue Wächter des Glaubens. Was, wenn in seinem Hause jeder glauben darf, was er will? Das Land würde wimmeln von tausend Sekten. Die Erde wäre verloren für den Herrn.«

»Und die Niederlande für Philipp«, murmelte Birckmann kaum hörbar.

»Wie?« Galisius horchte auf und schnellte nach vorn, eine Hand an seinem rechten Ohr. »Wo wir von Sekten sprechen, werter van Geldern, was haben die Turmwächter inzwischen erfahren von diesen garstigen Wiedertäufern, die man in Eurem Garten fand?«

Van Geldern zog den Marderkragen seines Mantels näher an den Hals. Ihn fror.

»Der Anführer ist, wie Ihr wißt, längst enthauptet, die Weiber sind der Stadt verwiesen, einen Rest verhört man peinlich«, erklärte er widerstrebend, »und erfährt nicht viel außer schimpflicher Gotteslästerei. Sie glauben nicht, daß Brot und Wein in den Leib und das Blut Christi verwandelt wird, sondern es Brot und Wein bleibt, und anderen Unsinn.«

»War nicht auch Eure Tochter an jenem Abend zugegen?« Das war ein gemeiner Schlag. Van Geldern mußte ihn direkt parieren, obwohl er wußte, daß eine Verteidigung immer den Beigeschmack einer Selbstanklage hatte.

»Sie liebt die Kühle und das lachende Grün der Gärten. Sie kam spät von einem Spaziergang vor den Mauern heim und wollte kurz in unserem Kelterhaus ausruhen. Niemand«, van Geldern betonte das Wort, »hat je daran gezweifelt.« Birckmann blickte zur Seite – auch diesmal nur auf seinen Vorteil bedacht, und der lag nicht darin, sich in Gespräche über Wiedertäufer einzumischen.

»Die Weiber sind leicht verführbar«, bemerkte Galisius spitz. »Der beste Ort für hitzige Weibsgemüter ist und bleibt das Kloster, möchte ich meinen. Darin gebe ich den von mir so hochverehrten Jesuiten völlig recht. Ein Segen sind sie, gerade hier in Köln. Dieser Glaubenseifer, diese Frömmigkeit.« Verzückt riß er die Augen auf.

»Ich denke, daß meine Familie fromm genug ist«, entgegnete van Geldern heftig. »Meine Schwägerin Rebecca lebt seit vier Jahren als Begine in einem von ihr gestifteten Konvent von zwölf Frauen. Sie setzt ihr ganzes Vermögen dafür ein.« Der letzte Satz war unterfüttert mit Abscheu.

»Beginen!« rief Galisius verächtlich. »Sie waren schon dem letzten Papst ein Dorn im Auge. Legen keine ewigen

Gelübde ab, dürfen ihr Vermögen frei verwalten und behalten, können jederzeit den Bund mit Gott wieder lösen. Und dann erst die Vielzahl der Häretikerinnen, die sich unter ihnen befinden! Das ist zuviel der Freiheit. Gefährliche Weiberbündnisse sind das, der Teufel hat ein leichtes Spiel mit den Beginen.«

Das Gespräch wurde van Geldern lästig. Wiedertäufer, Lutheraner, Jesuiten. Im Laufe dieses bewegten Jahrhunderts hatte man bisher viele Ideen zu Staub zerfallen sehen, und immer reiften neue nach. Man konnte ein ganzes Volk verbrennen, aber nicht Ideen. Wann würden Menschen wie dieser Galisius es jemals begreifen? Sie steuerten einen Nachen in wildbewegtem Meer und glaubten den Brechern entkommen, sie sogar lenken zu können. Die Zeit würde über sie hinwegrollen. Längst war die Hälfte aller deutschen Landesfürsten protestantisch.

Mit gutem Grund, denn so durften sie die kirchlichen Güter einziehen, wertvolle katholische Pfründen selbst verteilen und verwalten. Ein einträgliches Geschäft, und die Zukunft liegt im Geschäft, dachte der Kaufmann. Philipp und alle unerbittlichen Glaubensverfechter waren Herrscher der Vergangenheit und des Vergehenden. Aber er hütete sich, das zu sagen, denn diese Männer, die dem Jenseits auf Erden zu seinem Recht verhelfen wollten, waren die Männer, die seine Welt regierten. Im katholischen Köln war es am nützlichsten, katholisch zu sein. Das war eine einfache Mathematik, und van Geldern liebte die Welt der Zahlen weit mehr als die Welt der Ideen und Gedanken, in der alles unberechenbar war.

Er haßte die Glaubenshelden wie die Glaubensmärtyrer, und er spürte seinen kalten Haß so deutlich wie die Steine, die in die feine Haut seiner Blase schnitten und sie zu zerspalten schienen. Er biß auf seine dünnen Lippen und schluckte.

»Die Steine?« fragte Birckmann, froh, von Galisius und dem Religionsgespräch ablenken zu können.

Van Geldern nickte, Schweiß verklebte ihm die fahl gewordenen gelben Stirnhaare.

»Ich empfehle Euch das Harfenspiel«, sagte der Doktor fröhlich. »Wenn mir nicht wohl ist, lege ich mich zu Bett und lasse einen Harfenspieler kommen. Ganz so wie die griechischen Medici es empfahlen.« Er war mit Leidenschaft den humanistischen Wissenschaften zugetan, der heiteren Welt der Antike, die so licht ins Dunkel der Glaubensstreitigkeiten schien und den Anfang des Jahrhunderts so golden überglänzt hatte.

»Heidnischer Unsinn«, protestierte Galisius eifernd. »Hingegen ein oder zwei Rosenkränze, die Berührung eines heiligen Knöchelchens wirken leicht Wunder.«

Birckmann verdrehte leicht die Augen, er hielt nicht viel von der Weißen Magie der Kirche, schwieg aber. Van Geldern reckte den Hals, um dem frömmelnden Geschwätz zu entgehen. Der Bürgermeister verbeugte sich eben vor Don Cristobal und zog davon, um in der Morgenansprache vom Balkon am Rathausplatz die neuen Edikte über das Halten von Schweinen in den Gassen und die Beseitigung des Schmiedeabfalls zu verlesen. Die Kölner waren recht nachlässig in Fragen der Sauberkeit, und trotz Androhung des Halseisens ließen die Brauer und Bäcker ihre Säue und Ferkel noch immer im Straßenkot schnüffeln und sich dort suhlen.

Don Cristobal sah sich suchend um.

»Wirklich, van Geldern«, schwatzte Galisius, »ich muß mich wundern über Eure Freigeisterei, und das im Beisein von Vertretern seiner heiligen katholischen Majestät und ...«

Dann der Triumph. Der Blick des Spaniers traf van Geldern. Der Grande beugte vornehm und wie erleichtert sein

Haupt. Van Geldern war ausgezeichnet vor allen. Das Fest am Abend würde ein Weiteres tun, um ihn über die Niederungen kleingeistigen Gezänks zu erheben. Er war wieder wer, unverzichtbar für die höchsten Kreise, seine Wechsel stiegen unmittelbar im Wert.

Er raffte energiegeladen seinen Mantel und warf einen letzten Blick auf Birckmann, der in die Betrachtung des Alten Markts vor dem Fenster versunken schien. Van Geldern folgte Birckmanns Blick und stutzte. Zorn flammte in ihm auf, brennender als jeder Blasenschmerz. Zwischen den Gaddemmen und Kauflauben sah er eine schlanke Gestalt im schwarzen Umhang. Die Kapuze war ihr vom Kopf geweht, darauf leuchtete eine Kappe aus weinrotem Samt.

Mit geröteten Wangen eilte Columba über den Markt.

Was zum Teufel hatte seine Tochter auf der Straße verloren? Schon wieder allein! Nein, nicht ganz allein, mit einem Aufseufzen erkannte van Geldern den Verfolger.

3

Dem widerlichen Gestank des Filzengrabens wußte auch der Frost nichts anzuhaben. Columba drückte ihre Hand vor Mund und Nase, während sie neben dem stinkenden Bächlein von Springstein zu Springstein hüpfte. Gerberlauge, Waidmus und die Filzabfälle der Hutmacher ließen das dunkel verfärbte Rinnsal in der Mitte der Gasse dampfen. Kinder in schmutzigen Kitteln und mit laufenden Nasen setzten Holzscheite hinein und trieben ihre Schiffe mit Stecken dem Hafen zu.

Columba lächelte. Sie hatte den gleichen Weg. Dumpfes Huftrappeln ließ sie aufhorchen, sie wandte sich um, gerade noch rechtzeitig, um sich gegen die Wand eines Häuschens zu drücken. Drei geharnischte Reiter, einer in kölnischer, zwei in spanischer Soldatentracht sprengten heran. Die Nüstern der Gäule dampften, sie schlitterten auf den vereisten Pfützen, und die Reiter lenkten sie durch das Bächlein, wo sie die Schiffe der Kinder zertraten und den Schlamm aufspritzen ließen. Die Männer hielten mit grimmigen Mienen auf den Thurnmarkt zu, wo die spanische Delegation in Kölns vornehmsten Gasthäusern logierte. Der Kölner holte mit einem Stock aus und schlug nach einem Gassenjungen, der mit einer Peitsche aus Aalhaut einen Kreisel tanzen ließ. »Fort da, Lausepack, macht Platz. Räumt die Gasse!«

Columba runzelte ärgerlich die Stirn, was sollte das? Warum erlaubte die Stadt den Spaniern ein solches Auftreten in ihren Mauern? Sie beugte sich zum Bach hinab und rettete eines der Schifflein. Der kleine Besitzer dankte stumm. Columba tat einen letzten Sprung, und der ärgste Teil der Straße lag hinter ihr. Zur Rechten erhob sich das Zunfthaus der Faßbinder mit seinem modischen Stufengiebel und dem bunten Wappenschmuck. Mit wenigen Schritten passierte sie den Holzmarkt mit seinen bemalten Kaufmannshäusern, erreichte die Stadtmauer mit dem überdeckten Wachgang und durchquerte im Gedränge von Hafenarbeitern und Marktgängern das Tor zum Kai.

Auf der anderen Seite begrüßte ein Branntweinhocker johlend das Mädchen. Er hatte ein aufgebocktes Holzbrett vor sich, auf dem das kleine Faß stand, aus dem er zapfte. »Einen Trunk für einen Weißpfennig, Mädchen!« rief er zahnlos. Sein Gesicht war ein Netz von roten Adern, er selbst sein bester Kunde. »Macht die Wangen voll und rund. Komm, ich schenk dir ein. Gib mir deine Gunst.«

Die umstehenden Schiffer- und Ruderknechte in ihren groben Lederblusen und Leinenkutten, die das Eis zum

Müßiggang zwang, klatschten angeregt Beifall. So angespornt streckte der Branntweinhändler die knotige Hand nach Columbas Röcken aus. »Komm, meine Schöne, du bist gerade recht, nicht zu dünn und nicht zu dick.«

Geschickt wich das Mädchen zur Seite, der Mann fiel, wobei ihm Brett und Faß folgten, vornüber.

Seine Trinkgesellen lachten übermütig, einer tat, als wolle er das Faß rauben, weshalb der Branntweinhändler sich auf ihn warf. Ein Gerangel war die Folge, bis der Torwächter mit dem Schaft seiner Hellebarde grob dazwischenstach. Ein eifriges Männlein hatte ihn auf das Geschehen aufmerksam gemacht und beobachtete im Schatten des Tores zufrieden den Wächter, der unnachsichtig auf die am Boden liegenden Männer eindrosch. Einen Augenblick zu lange genoß er das Bild roher Kraft, über die er selbst nicht verfügte. Als er sich wieder nach dem Mädchen umsah, war es verschwunden. Fluchend löste er sich aus dem Torbogen.

Columba war fröhlich in das Gewimmel am Kai eingetaucht. Sie fand bei all diesen groben Kerlen, was Herrensöhne bei ihren Stallknechten fanden: eine rauhere und freiere Welt fern von Vorschriften und leeren Regeln, die Ausdünstung menschlicher Wärme, den Wechsel zwischen schweißtreibender Arbeit und ungehemmter Faulenzerei, eine von Schimpfen und Sprüchen gewürzte Sprache, kölschen Singsang und kehlig-rauhe, holländische Töne, die ihr geheimnisvoller und lebendiger schienen als das gezierte Reden der Vornehmen.

Fuhrknechte, Sackträger und Gewölbediener eilten mit Schubkarren einher. Be- und entluden die Nachen, Fähren und Kauffahrteischiffe. In Fässern, Kisten und Körben wurden Heringe aus Holland zum Fischhaus gerollt, Winterkohl von der anderen Rheinseite marktfertig verpackt, Tuche aus England und baltisches Getreide zum Stapelhaus transportiert, wo die Zöllner die Sachen prüften und die Kölner Kaufleute drei Tage lang das Vorkaufsrecht auf diese fremdländischen Waren hatten, bevor sie weiter rheinauf verschifft werden konnten. Leihzähler standen neben den Schiffsstegen und registrierten im Auftrag der Schiffspatrone die Ladung.

Columba bewunderte das bunt bewimpelte Ratsschiff, mit dem Kölns Regierung hohen Besuchern das Geleit zu geben pflegte. Daneben ankerte das Schiff der spanischen Delegation, eine hübsche holländische Koef mit seitlichen Kielbrettern, Heckruder und zwei Segeln, blau und silbern beflaggt. Bei ihrer Weiterfahrt würden die Spanier in ein zierlicheres Boot umsteigen, um sich den Rhein hinauf treideln zu lassen, sobald das Wetter es erlaubte. Columba blickte über den Rand des Kais und bewunderte die spiegelnde Eisfläche, die die Schiffe fest umschloß. Tief darunter gurgelte grünlichschwarz der Rhein, aber kein Zweifel, die Schicht war fest genug, um ...

Eine magere Hand krallte sich in ihren rechten Arm. Erschrocken fuhr Columba herum und blickte in das Gesicht eines zahnlosen Weibleins. Ein grobes Tuch hing ihr tief in die Stirn und über das linke Auge, ganz so, als habe sie etwas zu verbergen. Das Brandzeichen einer Diebin vielleicht.

Columba griff nach dem kleinen Geldbeutel an ihrem Gürtel, umschloß ihn fest mit der Hand und riß sich heftig von der Alten los, die heiser kicherte. »Hast Angst, schöne Taube vor einer Eule wie mir? Lahm wie ich bin und halb blind?«

Sie zog das Tuch aus der Stirn, und Columba blickte halb entsetzt, halb fasziniert in eine leere Augenhöhle. Ein Gesicht, an dem der Tod bereits seine Künste geprobt hatte. »Ich will dir nichts, schöne Taube, zarte Taube.«

Columba stutzte bei der beharrlichen Wiederholung dieser Anrede, die die deutsche Entsprechung ihres Namens war. »Was willst du?«

»Ich sag dir die Zukunft für nur einen Groschen.«

»Ein Groschen! Du bist ja toll.« Sie wandte sich ab.

»Du hast viel mehr zu geben, das sehe ich«, schimpfte die Alte, »und was ich weiß, schöne Taube, ist soviel wert wie zwei Quart Wein.«

»Zwei Fettmännchen kannst du haben, das reicht für ein Pintgen«, feilschte das Mädchen. Sie griff in die Geldbörse und ließ die kölnischen Kupfermünzen hüpfen.

Die Alte leckte sich beim Klimpern die Lippen. »Gib deine Hand«, sagte sie fast grob und riß Columbas Linke zu sich heran, drehte sie um und beugte sich mit schräggelegtem Kopf darüber. Ihr rechtes Auge schien die feinen Linien abzutasten, sie murmelte tonlos vor sich hin und tat ganz plötzlich einen Schrei, schrill und hoch. Sie ließ Columbas Hand fahren. »Was soll das?« fragte ihre Kundin ungehalten, »dafür gebe ich kein Geld. Rede endlich.«

»Erst die Münzen.« Columba zahlte. Das Weib tat zwei schleichende Schritte zurück, dann hob sie das Haupt und starrte das Mädchen böse an: »Du wirst noch heute dem Tod begegnen, meine Taube. Das ist es, was ich sehe, auch wenn ich nur noch ein Auge habe. Du bist eine Gezeichnete.« Flink drehte sie sich nach diesen Worten um, tauchte unter dem Arm eines Fuhrknechts weg und war verschwunden, bevor Columba etwas erwidern konnte. Kopfschüttelnd sah die Kaufmannstochter der Alten nach.

»Branntweindrossel«, murmelte sie, »geschieht mir recht, daß ich mein Geld los bin. Nur gut, daß sie nicht den Freiherrn von Ypern in meiner Hand gesehen hat.«

Achselzuckend wandte sie sich nach rechts und lief mit hüpfenden Schritten bis auf die Höhe vom Werthchen, einer kleinen, vorgelagerten Insel. Und richtig, auf den Treppen, die zum Strom hinabführten, saßen sie, die Schlittschuhläufer. Sehnsüchtig betrachtete Columba die Schar. Es waren müßige Schifferknechte, freie Handwerksgesellen und vorwitzige Mägde – darunter vielleicht einige Hübschlerinnen aus dem Hurenhaus vom Berlich –, die den Umgang mit den Kerlen nicht scheuten und ihre Frechheiten munter parierten. So frei müßte man sein, nicht auf seinen Ruf bedacht, überlegte Columba, wenigstens dieses eine Mal.

Sie fing den Blick eines drallen Mädchens auf, dessen strohfarbenes Haar wirr unter einer weißen Haube hervorstand. Ihre Wangen waren erhitzt und glatt vor Kälte, die hellblauen Augen blitzten unternehmungslustig. Das Mädchen war Columba auf Anhieb sympathisch. Eben band sie sich blankpolierte, spitz zugefeilte Ochsenrippen unter die Schuhe und fing dabei Columbas neugierigen Blick auf.

»Was schaust du? Möchtest du auch einmal übers Eis gleiten?« fragte die Blonde. Columba nickte begeistert, das gutmütige Gesicht des Mädchen nahm ihr jede Scheu.

»Na, dann komm, zier dich nicht, ich werde dir meine Schienen leihen.« Mit flinken Fingern löste sie die eben geschnürten Lederbändchen, riß sich die Knochen vom Fuß und winkte damit. Columba sprang die Stufen hinab und setzte sich neben sie.

»Tringin«, maulte ein junger Bursche in der groben Kutte des Färbergesellen, »du hast mir einen Lauf zur Schiffsmühle versprochen, was ist, hast du nur geprahlt? Wenn du dich nicht traust bis in die Mitte des Stroms zu laufen, ich lege gern meinen Arm um dich. Obwohl«, er warf einen Blick auf Tringins Hüfte, als wolle er Maß nehmen, »mein Arm dazu ein wenig kurz ist.« Beistimmendes Gelächter von den Umstehenden. Tringin gab ihm einen Klaps auf die Schulter.

»Meine Freundin hier möchte es einmal probieren, vielleicht hast du einen Arm für sie übrig.«

Columba knüpfte eifrig die Lederbändchen über ihrem Spann und schüttelte ungestüm den Kopf. »Ich möchte es schon alleine wagen, so schwer kann es wohl nicht sein.«

Tringin wog den Kopf und krauste spielerisch ihre Nase. »Das hat schon so mancher Esel gesagt. Du wirst dich wundern, diese Ochsenrippen da sind ganz besonders schnell. Luthger, der gebrannte Kopf, ein Knochensammler von der Alten Mauer am Bach, hat sie geschnitzt. Der versteht sich darauf wie kein zweiter, das kannst du mir glauben.« Sie packte Columba unter dem Arm und half ihr, sich aufzurichten.

»Von der Alten Mauer am Bach?« fragte Columba mit einem Anflug von Mißtrauen. Keine gute Gegend, von der Tringin da sprach. Sakramentierer, Wiedertäufer und andere Sektierer sollten da hausen, ganz Köln munkelte es.

»Gewiß«, antwortete das Mädchen Tringin arglos, »der Luthger ist ein braver Kerl, alle Welt weiß das.«

Na denn, die Tringin sah nicht aus wie eine Ketzerin, so frei und unbekümmert wie sie lachte.

Vorsichtig geleitete das Mädchen die Kaufmannstochter die Böschung hinab. Columba streckte den rechten Fuß vor und setzte ihn aufs Eis, zog den Linken nach und stand unsicher, ihre Knie zitterten.

»Traust du dich wirklich?« fragte Tringin betont zweifelnd.

»Und ob«, gab Columba zurück.

»Na denn.« Tringin versetzte ihr einen herzhaften Stoß, und Columba schoß vorwärts. Sie beugte, der Stoßrichtung gehorchend, den Oberkörper nach vorn, ruderte wild mit den Armen, um das Gleichgewicht zu halten, und kam langsam wieder in die Höhe. Der Umhang behinderte sie, sie schlug ihn hastig hoch. Noch immer glitten die Schienen mit ihr übers Eis, was nun? Unwillkürlich löste sich ein kleiner panischer Schrei von ihren Lippen.

»Warte«, hörte sie Tringin hinter sich, »ich komme gleich. He, Mathys, leih mir deine Schienen.«

Columba löste den rechten Fuß von der spiegelnden Fläche, schwankte bedenklich, hörte hinter sich grölendes Gelächter, verächtliche Pfiffe. Sie setzte den Fuß wieder auf und stieß sich trotzig ab, löste den linken Fuß vom Eis, schwankte und – stürzte nicht. Das Gelächter verebbte. Sie lief, und es war wunderbar. Sie schwebte, sie glitt, sie flog, der Wind strich über ihr Gesicht. Der Umhang blähte sich im Wind wie schwarze Vogelschwingen. »Es ist herrlich«, schrie sie und erschrak ein wenig über die Kraft der eigenen Stimme.

»Nicht wahr«, kam es aus einiger Entfernung von Tringin. Der Wind schmeckte frisch wie Metall und füllte ihren warmen Mund, mischte sich mit ihrem Atem, schnitt über die Zähne. Oh, dachte Columba, wie ich dieses Mädchen Tringin liebe, einfach darum, weil sie mir diesen Genuß verschafft hat.

Aber es blieb keine Zeit zu denken, die Schienen unter ihren Füßen waren fürwahr ein Kunstwerk. Leicht aber scharf schnitten sie sich in das Eis. Columba tat, was sie zuvor bei den anderen Läufern beobachtet hatte, und wagte weit ausholende, lange Schritte, beugte sich leicht vor und hatte im Nu das Ufer der Insel vor sich im Blick. Flößer stapelten dort ihr Lang- und Schnittholz, zimmerten Floßtafeln und Ruder. Columba sah sie nur als undeutliche Schatten, ihr Blick war fest auf das unebene Ufer gerichtet. Immer näher kam ein kleiner Sandausläufer, schon sah sie die ersten Befestigungssteine und einen knorrigen, armdikken Ast, der weit übers Eis ragte. Sie steuerte direkt darauf zu und bemerkte zum ersten Mal, daß sie zwar zu laufen, nicht aber zu bremsen verstand.

»Tringin!« schrie sie in plötzlich aufwallender Panik. »Tringin, was jetzt?«

Ihr Ruf kreuzte sich mit dem des blonden Mädchens: »Halt an, verflucht, halt an! Dreh dich zu mir.« Der silberfarbene Ast bohrte sich in Columbas Blick, seine toten Zweige streckten sich wie Knochenfinger nach ihr aus. Der verfluchte Ast würde sie aufspießen. Ein letzter Schrei löste sich von Columbas Lippen und stieg in den Himmel wie eine aufgescheuchte Krähe.

4

Man war auf dem Weg zur Ratskapelle St. Maria in Jerusalem.

Würdig schritt der Bürgermeister mit seinem hölzernen Regimentsstab in der Rechten voran, neben ihm wiederum Don Cristobal. Es folgten in geordnetem Zug die neunundvierzig Ratsherren und boten dem gaffenden Volk das Schauspiel einer einträchtigen, ehrwürdigen Regierung. Die anderen Spanier, die geladenen Gäste, unter ihnen van Geldern und, wenn auch ernstlich beleidigt über den hinteren Platz im Zug, der Mönch Galisius folgten. Es waren nur wenige Schritte durch die Rathaushalle und über den Rathausplatz.

Der Zweite Bürgermeister ging an der Seite van Gelderns und plauderte aufgeräumt. Zweifelsohne eine weitere Auszeichnung, die sich der Kaufmann dadurch verdient hatte, daß Don Cristobal de Castellanos ihn zum Abschluß des Empfanges persönlich und mit zierlichen Worten begrüßt hatte.

»Werter van Geldern«, kam es kurzatmig vom Bürgermeister, der ein genußfreudiger Sanguiniker und darum wohlbeleibt war, »immer wieder eine Ehre, Euch in unserer Mitte zu haben. Wiewohl Ihr den cursus honorum der Ratsämter nicht durchlaufen habt, schätzen wir Eure Einschätzung der Lage, Eure Weitsicht als Fernhändler, der die Welt buchstäblich erfahren hat ...«

Er unterbrach sich, denn der Zug kam zum Stehen. Der Erste Bürgermeister erläuterte Don Cristobal das Maßwerk der Kapelle und die steinernen Figuren der Schutzpatrone St. Gereon und St. Ursula. Die Reihen lockerten sich ein wenig. Aus den Augenwinkeln heraus entdeckte van Geldern wieder den glattrasierten jungen Spanier, der sich wie zufällig zu ihnen gesellte.

»Darum«, fuhr der Zweite Bürgermeister inzwischen fort, »ist es uns auch ein Anliegen, ein Herzensanliegen möchte ich sagen, daß Ihr am heutigen Abend, so es Euch zupaß kommt und gelegen scheint, dem hohen Gaste gegenüber noch einmal ein Anliegen unseres ehrsamen Rates vorbringt.« Er pausierte schnaufend und – trotz der Kälte – erhitzt.

»Und dieses Anliegen wäre?« fragte van Geldern knapp, während sein Blick weiter auf dem jungen Spanier ruhte, der ein unbeteiligtes Gesicht machte. Lauschte er?

»Nun, die Geschäfte und die Lage der Niederlande sind besprochen, aber es ist uns auch daran gelegen, daß Don Cristobal Rom einen günstigen Eindruck von der Rechtgläubigkeit unserer Stadt vermittelt. Ihr wißt, der verstorbene Papst – Ehre seiner Asche – hegte Zweifel, drohte gar mit dem Entzug gewisser Privilegien für Köln.«

»Ihr meint die Subsidien für die Universität und die Schulen, die er für einen Hort der Ungläubigen hielt?«

Der Zweite Bürgermeister nickte gemütlich. »Ja, diese Zuschüsse und andere, gewiß. Nun, es liegt an Euch und Don Cristobals Bericht, welchen ersten Eindruck Seine Heiligkeit, Pius der Fünfte, von Köln gewinnt. Wir können erst später einen Gesandten schicken, andere Geschäfte sind dringlicher.«

Van Geldern nickte. »Was in meiner Macht steht, werde ich tun. Zumal ich auch auf Eure Großzügigkeit vertraue, wo es um den Erweiterungsbau meines Hauses geht.«

Der Zweite Bürgermeister lächelte süßlich. Van Geldern war zufrieden. »Ich werde mit Don Cristobal sprechen. Ihr wißt, mein Herz schlägt für unsere Kirche.«

Galisius stieß heftig den Atem aus. Ein Mißgünstiger hätte es für einen Laut der Verachtung nehmen können. Der glattrasierte Spanier betrachtete ihn amüsiert.

Der Zweite Bürgermeister achtete nicht auf den Spanier und erst recht nicht auf Galisius. Schon aus Prinzip: Man liebte die Erzbischöfe und ihre Höflinge nicht zu Köln, sie waren zu machtgierig, immer noch darauf bedacht, die herrliche Freie Reichsstadt unter ihre Herrschaft zu bringen. »Nun, lieber van Geldern«, hob lächelnd der Zweite Bürgermeister wieder an, »Eure Fürsprache wird die Sache richten.« Er senkte die Stimme. »Und dazu noch unser besonderes Geschenk an Don Cristobal und sein Gefolge.«

»Ein Geschenk?« fragte mit gedämpfter Neugier der Kaufmann.

Der Zweite Bürgermeister kicherte. »Sozusagen. Wir haben uns entschieden, eben heute, dieses widerliche Nest von Wiedertäufern auszuheben, von dem unsere gefangenen Ketzer geplaudert haben. Nahe der Alten Mauer am Bach. Die Namen sind uns schon lange bekannt. Der Gebrannte Kopf und ähnliches Gelichter. Die dafür angeworbenen kölnischen Söldner sammeln sich bei den Spaniern auf dem Thurnmarkt. Eine gemeinsame Unternehmung, das schweißt zusammen und tötet die Langeweile.«

Täuschte sich van Geldern oder hatte der junge Degenträger mit dem glatten Kinn eben mit dem Kopf gezuckt. Woher nur kannte er dieses Gesicht?

»Ihr wißt, van Geldern«, flüsterte nun der Zweite Bürgermeister mit listigem Blick, »unser Rat vermeidet im allgemeinen zuviel Aufhebens um diese elenden Glaubenszweifler, aber Don Cristobal deutete an, daß den Spaniern unser freizügiger Handel mit den niederländischen Calvinisten ein Dorn im Auge ist. Daher ist es sinnvoll, ein hochlöbliches Exempel zu setzen.« Der Bürgermeister senkte seine Stimme noch weiter. »Ein Exempel, das unseren Handelsinteressen nicht zuwiderläuft, Ihr versteht?« Natürlich verstand der Kaufmann. Die niederländischen Calviner, mit denen man Handel trieb, waren reich und brachten viele Gulden in die Stadt, man wollte sie schonen. Die Wiedertäufer hingegen fanden ihre Anhänger vor allem beim armen Gesindel, kleinen Handwerkern und unbedeutenden Häuslern. Sie konnte man leicht der Verfolgung opfern, um ein Beispiel der eigenen Rechtgläubigkeit zu liefern.

»Es ist nicht ratsam«, nahm der Zweite Bürgermeister das Gespräch wieder auf, »hochstehende, angesehene Händler anzugreifen« – wie die calvinischen, fügte van Geldern im Geiste hinzu –, »das könnte den Pöbel auf falsche Gedanken und in Aufruhr gegen die Ordnung bringen. Ein Ketzerverdacht ist schnell gestreut, aber er sollte sich nicht gegen ehrbare Bürger und unseresgleichen richten, nicht wahr?«

Der Zug setzte sich wieder in Bewegung, der Bürgermeister machte eine unbeteiligte Miene, das Gespräch war beendet. Van Geldern genoß zum ersten Mal, von allen Sorgen befreit, die klare Luft des Frostes. Man hatte ihn eingeweiht in die geheimsten Pläne des Rates, man hatte ihm diesen ärgerlichen Zwischenfall im Weingarten endgültig vergeben, ja man hatte ihn vergessen, weil er

Zugang zu dem mächtigen spanischen Höfling hatte. Nur das zählte. Das Glück lachte ihm, er freute sich auf die Messe in der Ratskapelle und war bereit, den Herrn zu lobpreisen und ihm zu danken. Sein Herz schlug hoch, als er die Flügeltür der Kapelle erreichte. Der Duft von Weihrauch kräuselte sich in die Luft. Doch bevor der Kaufmann hinter dem Zweiten Bürgermeister eintreten konnte, zupfte ihn ein hageres Männchen am Ärmel. Ärgerlich blickte van Geldern in das ihm wohlbekannte vertrocknete Gesicht.

»Was willst du«, zischte er ungehalten, »dein Platz ist woanders.«

»Mit Verlaub«, flüsterte der Schwarzgekleidete, »Eure Tochter!«

»Was ist mit meiner Tochter?«

»Ich habe sie beim Kai am Holzmarkt aus den Augen verloren.«

»Törichter!«

»Das Gewimmel, Herr, die Menge an Leuten.«

»Wo könnte sie sein?«

»Ich weiß es nicht. Ein Fuhrknecht meinte, er habe ein Mädchen im schwarzen Umhang auf dem Fluß laufen sehen.«

»Auf dem Fluß? Erzählst du mir von biblischen Wundern?«

»Beim Eislauf, Herr. Mit zwielichtigem Gesindel, dem finstersten Gelump.«

»Erkläre dich, du sprichst von meiner Tochter. Was sollte sie mit irgendwelchen Rabauken zu tun haben? Welches Gesindel meinst du?«

»Burschen und Mägde von der Alten Mauer am Bach. Mit einer soll sie verschwunden sein. Wohin, weiß ich nicht.«

Der Kaufmann erbleichte, wieder stachen die Steine, ein

greller Schmerz durchzuckte ihn. Das Geläut der Kapellenglocke setzte munter ein. »Lauf«, befahl er seinem Spitzel, »lauf zur Alten Mauer, halte nach meiner Tochter Ausschau, bring sie, wenn nötig, mit Gewalt von dort fort.«

»Ich verstehe nicht.«

»Egal, nur lauf.« Das Männlein hob die Brauen, zögerte aber nicht länger und flitzte davon, die dünnen Beine gingen wie Trommelschlegel.

Verstohlen blickte van Geldern sich um. Galisius hielt ihm mit höflichem Gesicht den rechten Flügel der Kapellentür auf. Verfluchter Galisius, verfluchte Columba, verfluchte Ketzerjauche! Sein Blick suchte ein weiteres Gesicht und fand es nicht. Der Glattrasierte war verschwunden – war auch er ein Spion?

König Philipp unterhielt eine Armee von Spitzeln, überredete Tausende durch Gewalt, Bestechung, Erpressung, Schmeichelei und Lügen, ihre Nächsten, Geschäftsfreunde, Verwandten auszuspähen und zu verraten. Alles wurde ausgeforscht: Das Heilige und das Gemeine, die Ideen und die Taten, das Öffentliche und das Private. Bis in ihre Nacktheit spürte er die Menschen aus und bewahrte ihre Geheimnisse, bis sie ihm nutzten oder verwelkten. Hatte Don Cristobal nun den Glattrasierten auf den Kölner Kaufmann angesetzt, dem die spanische Krone soviel schuldete? Van Geldern war sich wohl bewußt, daß die spanische Inquisition einer Wünschelrute glich: Sie schlug besonders heftig aus, wo Gold war und die Schulden Seiner Majestät der Begleichung harrten.

Der Klang der Orgel rauschte auf, das Introitus ertönte, feierlich zogen die Meßdiener ein. Dumpf fiel die Kapellentür hinter van Geldern ins Schloß. Er fühlte sich wie gefangen. Das blitzende Weiß der Chorhemden erinnerte ihn an Leichengewänder. Wie nah lagen Gottes Gnade und Zorn beieinander. Van Geldern kniete nieder. Neben ihm in der Kirchenbank saß maliziös lächelnd der Inquisitor Galisius und betete inbrünstig um ein Gelingen der Ketzerhatz.

5

Columbas Schrei war kaum verklungen, als sie einen Ruck verspürte. Die Schlittschuhe glitten kratzend nach vorn, liefen ziellos auseinander, sie stürzte, fiel nach hinten; schmerzhaft prallte sie aufs Eis. Ihre Röcke schlugen hoch, bedeckten ihr Gesicht. Es blitzte vor ihren Augen, und ein Schmerz, scharf wie ein Messer, jagte durch ihren Kopf. Columba schloß kurz die Augen. Als sie sie wieder öffnete, blickte sie in Tringins erschrockenes Gesicht. »Das wäre aber was, wenn eine wie du in meinen Armen stürbe«, sagte die Magd halb vorwurfsvoll, halb erleichtert. »Du ungestüme Idiotin, warum hast du nicht einfach einen Schwung nach rechts oder links gemacht?«

»Der Ast, ich habe nur diesen vermaledeiten Ast gesehen, wie der Sensenmann sah er aus, ein Gerippe aus Gestrüpp, schauerlich!«

Das Gesicht der Einäugigen tauchte kurz vor ihr auf, doch Tringin lachte. Lachte die Fratze einfach weg. »Du bist ein Schwarmgeist, den Tod am hellichten Tage sehen! Komm, steh auf, kannst du laufen?«

»Ich denke schon, gib mir die Hand.«

Tringin legte ihre Rechte in die Columbas und zog sie hoch. Ein wenig schwindlig und benommen schaute Columba sich um. In der Nähe zog der plumpe Mathys elegante Kreise. Sie ärgerte sich über ihre Ungeschicklichkeit. Ihr Stolz erwachte. Sollte sie vor den anderen etwa wie eine dumme Bürgergans aussehen? Ein geziertes, schönes Püppchen wie die Schwester? »Laß los, Tringin, ich schaffe es allein zurück.« Sie stieß erneut ab und jagte los.

Tringin folgte kopfschüttelnd. »Warte auf mich!« Am Ufer beim Kai holte sie Columba ein. »Schneid hast du, das muß ich dir lassen, aber«, sie hielt erschrocken inne, »du blutest ja, da an der Stirn.«

Columba tastete mit steifgefrorenen Fingern die Haut ab und fühlte eine warme Feuchtigkeit. Kurz unter dem Haaransatz sickerte das Blut hervor. »So kann ich nicht nach Hause gehen«, meinte sie trocken, »das muß verschwinden, sonst bin ich verraten.«

»Verraten?« fragte Tringin neugierig. »Was heißt das? Wo kommst du her? Ich meine, deine Kleider – bis auf den Umhang – sind vornehm genug, aber da du alleine hier herumstreifst, dachte ich ...«

»Was dachtest du?«

»Nun ja, es hätte mich nicht gewundert, wenn du einen roten Mantel getragen hättest.«

Columba hielt empört die Luft an. Das also sah Tringin in ihr. Eine Hure, die den vom Rat vorgeschriebenen Schandmantel nicht trug, was freilich keine Hure in Köln tat. »Du fünfmal törichtes Weibsbild«, setzte sie wütend an, besann sich aber im gleichen Moment, schließlich hatte sie selber ähnliches über Tringin gedacht.

»Schon gut«, beruhigte das blonde Mädchen sie, »ich habe gemerkt, daß du reinen Geistes bist. So unschuldig, wie du den Mathys anlachst, lacht nur ein blödes Kind. Von der Liebe zwischen Mann und Weib weißt du weniger, als in einen Fingerhut paßt. Komm mit, bei uns in der Nähe wohnt ein Bader, der kann deine Wunde behandeln. Er ist sehr geschickt, mit Alaunstein und Spinnweben stillt er jede Blutung, ganz ohne Schmerz.«

Die Mädchen lösten die Schienen von den Schuhen,

grüßten die anderen Läufer zum Abschied und kehrten bei der Schifferkirche St. Maria in Lyskirchen in die Stadt zurück. Die Glocke schlug hell die Mittagsstunde, alte Weiblein eilten zum Gebet, die Bettler vor dem Kirchentor öffneten die Hände und begannen ihr Tagwerk. »In Christi Namen erbarmt Euch unserer Gebrechen, im Himmel wird es Euch vergolten.« Sie schlugen ihre Lumpen zurück, zeigten brandige Schwären, wickelten die Tücher von Beinstümpfen herab und klapperten mit ihren Bechern.

Columba kramte in ihrer Gürteltasche. »Willst du denen etwas geben?« fragte Tringin. »Laß mal, der da mit den faulenden Geschwüren am Bein, den kenn ich, ein übler Seffer, der sich mit einer Salbe einstreicht, die ihn verwandelt, als ob er krank sei. Wenn er ins Bad geht, fallen die Schwären ab, und er ist frisch wie der Tau am Morgen. Das ist rotwelsches Pack, kein ehrlicher Bettel. Ich hab es selbst gesehen, er ...«

»Ach was«, unterbrach Columba die eifernde Tringin und zog sie fort durch die Witschgasse. »So dumm, wie du meinst, bin ich nicht. Na ja, jedenfalls fast. Ein elendes altes Weib hat mich vorhin um zwei Fettmännchen geprellt, um mir eine Begegnung mit dem Tod zu prophezeien.«

Tringin prustete. »Das war aber mal ein schlechter Handel.«

»Hier«, Columba zog ihre letzten fünf Fettmännchen hervor, »wird das noch für den Bader reichen?«

Tringin hakte Columba unter und wich geschickt einem stinkenden Mistpfuhl aus. »Das wird er umsonst machen. Er liebt hübsche Dirnen wie dich, mußt nur ein wenig mit deinen hübschen Augen zwinkern.«

»Tringin, ich bin keine, keine ...« Der Anstand verbot ihr, das Wort auszusprechen. Ihre Freundin lachte schelmisch. »Na dann«, sagte Columba knapp, »werde ich mir von meinem Geld Schlittschuhe kaufen bei deinem gebrannten Kopf.«

»Schlittschuhe? Na, die bekommst du auf jeden Fall umsonst.«

»Wo führst du mich hin? Ins Paradies für Habenichtse?«

»So könnte man es nennen, wobei die meisten uns für Taugenichtse halten.«

Lachend zogen sie weiter bis zum Waidmarkt, wo sich der Gestank vom Waidmus der Blaufärber mit dem der Misthaufen mischte, die die Schraffler hier zusammentrugen. Sie rafften die Röcke, um durch den Straßenkot zu waten.

»Wie soll ich das nur der Mertgin erklären?« Columba seufzte mit Blick auf den zwei Handbreit hoch verschmutzten Saum ihres Rockes. Sie erreichten den Blaubach, den ein steinernes Brückchen überquerte. Von der Hochpforte quälten sich Fuhrwerke zum Bach herab, die Zugpferde stolperten auf dem hartgefrorenen Grund. Ringsum war Geschrei aus Kutschermäulern, Gotteslästerei, Fluchen und Peitschen. Columba, die merkwürdig fror und zitterte, sehnte sich zum ersten Mal an diesem Morgen in ihr geheiztes Schlafgemach zurück. Sogar ein Bad schien ihr verlockend, die würzige Wärme von Ambra und Zibetöl. Sie verharrte kurz. Wäre es nicht besser, nach rechts abzubiegen, sich Mertgins Schelte geduldig anzuhören und mit reuigem Gesicht um Nachsicht zu bitten? Der Ast, der Sensenmann, die Alte mit dem toten Auge, war das nicht Warnung genug gewesen? Mertgin hätte keinen Zweifel gehabt. Dann fiel ihr Julianas tückisches Grinsen ein, ihr falsches Engelsgesicht. Trotz stieg in ihr hoch. Was waren schon ihre harmlosen Abenteuer gegen Julianas seltsame Geheimnisse.

6

Der letzte Glockenschlag von St. Alban schwebte über dem Viertel. Juliana ließ sich in die dampfende Zinkwanne sinken. Die blonden Flechten ihres Haares sogen sich mit Wasser voll, lösten sich und umflossen ihren weichen Leib wie dunkle Schlangen. »Den Schaber«, befahl sie knapp, ihre dunkle Stimme hallte von den bleigedeckten Wänden und dem Boden des Badraumes wider.

Die Magd Melina reichte ihr das silberne, stumpfe Gerät, und Juliana fuhr sich damit über Arme und Beine, um sich von Schmutz und toter Haut zu befreien. Melina schäumte mit den Händen Seife auf und massierte damit die Schultern ihrer Herrin. Juliana schloß wohlig die Augen. Endlich schob sie die Hände der Magd beiseite und verlangte nach dem Spiegel. Genußvoll betrachtete sie sich im Spiegel. »Bin ich schön?« fragte sie und schaute die schwarze Frau aus halbgeöffneten Augen an.

Melina nickte langsam und antwortete mechanisch, als wiederhole sie einen einstudierten Vers: »Ihr seid schön und rein wie die Milch der Jungfrau.«

Juliana blickte sie zufrieden an; sie bemerkte nicht den kalten Hauch der Eifersucht, der Melinas Augen verdunkelte. Hätte sie ihn entdeckt, so hätte er sie befriedigt.

»Heute nacht wird der Diakon wieder zu uns predigen. Immer wieder muß ich an seine wundervollen Worte von den Rehzwillingen denken. O Melina, wasche mich gründlich, ich will rein wie der Erste Engel sein, wenn er vom Sakrament der Liebe spricht.« Sie seufzte erneut und ließ sich unter Wasser gleiten, während Melina Jasminöl in die Wanne träufelte.

»Glaubt Ihr, daß Ihr es seid, die er dereinst zur heiligen Hochzeit bittet?« fragte Melina mit sanfter Stimme.

»Wen sonst sollte er sich zum Ersten Engel wünschen?

Hast du nicht seine Blicke bei der letzten Versammlung bemerkt? Sie galten mir und wohl kaum dieser törichten Elisabeth, die sich wunders was einbildet auf ihren Vater, den Ratsherrn.«

»Wohl kaum«, kam es verhalten von ihrer Magd, die ein Seufzen unterdrücken mußte.

Das Bild des jungen, schönen Diakons erschien vor Juliana, die melancholisch geschwungenen Brauen, die bleichen Wangen, die dunkel glühenden Augen, wenn er das Evangelium auf seine Weise deutete. Sein weicher Mund, so ersehnte sie es sich, sollte sie die Spiele und Tändeleien der Liebe lehren, seine schlanken Hände einmal ihren versiegelten Brunnen ertasten, voll heiliger Ehrfurcht. Sie wollte die erste in seiner geheimen Schar sein.

Eine Schar von verirrten Schwärmern, die sich in unregelmäßigen Abständen nächtens in der Krypta von St. Alban traf. Für Juliana war der Diakon ein Mittler Gottes, seine mögliche Anbetung lockender als die plumpen Artigkeiten ihrer Verehrer. Sein erleuchtetes Antlitz schien ihr anziehender als die Porträts der feisten Kaufmannssöhne mit Nelken, die als Brautwerbebilder an ihren Vater gesandt wurden.

Juliana und der Diakon teilten ein Geheimnis, das größer war als jede herkömmliche Liebe und bald, ihr Mund entspannte sich in einem genießenden Lächeln, vielleicht schon heute nacht, würden sie sich im Fleische erkennen, das Hohe Paar bilden, wie der Diakon es in seinen Predigten über die Schönheiten der fleischlichen Liebe nannte.

Ihr Körper erzitterte im süßen Schweben der Lust, als ein Schrei sie jäh auffahren ließ. Wasser schwappte über den Rand der Wanne. Der Schrei verebbte, schwoll wieder an. Hastige Schritte wurden auf dem Gang laut, der Schrei näherte sich der Tür zum Bad. »Melina rasch, ist die Tür verriegelt?« fragte Juliana in atemlosem Entsetzen.

Die Magd glitt zur Tür. Zu spät. Eine Gestalt drang ein, ein schweres vierschrötiges Weib mit häßlich verzerrtem Gesicht. Beherzt warf Melina sich gegen die Tür, um das Weib hinauszudrängen.

»Auch du hast Schuld am Tod meines Kindes«, schrillte die Stimme, »du Pfaffenhure, babylonische Sau, Götzendienerin, verdorbene Teufelssklavin, dein Fleisch ist faul von deinen tausend Sünden.«

Der Rest der Flüche ging unter in einem gräßlichen Gurgeln, Speichel troff der Rasenden vom Mundwinkel herab. Unwillkürlich hatte Juliana sich aus dem Bad erhoben, leuchtend weiß hob sich ihr Körper vom Dunkel des Bleis ab. Wasser rann zwischen ihren Brüsten herab. Die tolle Frau sah es und verfiel in erneute Raserei, bis endlich eine starke Magd und ein Knecht sie umschlangen und hinauszerrten. Wild um sich schlagend und kreischend wehrte das Weib sich dagegen.

»Seht ihr nicht ihre Schuld, seht ihr nicht die Würmer, die sich in ihren Leib bohren?« Doch was die Magd – besorgt – und der Knecht – lüstern – sahen, war die nackte Juliana und ihre vor Schreck geweiteten Augen über totenfahler Haut. Kein Wunder, die Stiefmutter jagte den meisten Bewohnern des Hauses eine Gänsehaut über den Rükken, wenn man nur ihren Namen erwähnte. Kurze Zeit später erschien noch einmal die Magd an der Tür, klopfte artig und trat auf Julianas Geheiß ein.

»Verzeiht die Unruhe, ich wollte ihr die Suppe zum Mittag bringen. Sie entwischte, kaum daß ich die Tür geöffnet hatte.«

Juliana, von Melina in ein großes Tuch gehüllt, schaute die Wächterin der Stiefmutter verächtlich an. Ihre Furcht war heißem Zorn gewichen. »Dummes Weib, deine Unachtsamkeit wird noch einen in diesem Haus das Leben kosten. Wo ist der Vater? Er soll einen Exorzisten rufen, nein, besser die Wärter vom Blödenhaus, es wird Zeit, daß sie weggeschafft wird.«

»Das wäre ihr Tod«, warf die Magd schüchtern ein, »bedenkt, was für ein elendes Loch das Blödenspital ist, nicht viel besser als ein Gefängnis.«

»Der Tod wäre ihre Erlösung«, sagte Juliana kalt.

»Aber«, warf die Magd erschrocken ein, »sie ist eine geborene Scarpenstein, eine Tochter aus vornehmstem Geschlecht.«

»Sie ist keine Scarpenstein mehr, nur eine elende, besessene Kreatur.« Mit wachsendem Mut fuhr Juliana fort: »Hast du nicht gehört, wie sie mich – eine van Geldern – beschimpfte? Wo ist der Vater? Man soll ihn holen, er muß dem unwürdigen Gebaren dieses Weibsbilds ein Ende setzen.«

»Ich habe nach der Muhme Rebecca, ihrer Schwester, geschickt.«

Juliana schüttelte unwirsch den Kopf. »Das ist eine ebensolche Närrin wie meine Stiefmutter Katharina selbst.«

»Die ehrwürdige Rebecca ist ein fromme Frau, manche sagen, sie sei eine Heilige.«

»Törichtes Geschwätz, sie ist eine elende Begine, die sich in Gottesvisionen gefällt, um die Leute zu narren. Eine Heilige, pah, das gefiele Rebecca gut. Sie wäre nicht die erste Begine, die man als Betrügerin entlarvt. Warum sollte eine reiche Kauffrau ihr ganzes Vermögen an einen Konvent frömmelnder Weiber verschwenden? Wohl nur, um sich großzutun.« Juliana war in ihrem Element: Sie streute Verdächtigungen gegen andere aus.

Die Magd schlug die Augen nieder. Es war nicht ratsam, der Tochter, noch dazu der Lieblingstochter des Hauses, zu widersprechen, also nahm sie Zuflucht zur Lüge. »Euer Vater selbst gab Anweisung, daß man in einem Falle wie diesem nach Rebecca rufen solle. Sie ist geschickt in der Krankenpflege.«

»Verschwinde«, zischte Juliana und drehte sich zu Melina um. Die schwarze Magd streifte das Tuch von Julianas Schultern und reichte ihr einen flammendroten Samtmantel. Einen Moment dachte die Magd an der Tür, daß Rot die Farbe des Teufels ist, ehe sie lief, um Rebecca zu holen.

7

Columba schob den Gedanken an Juliana beiseite und warf einen Blick auf Tringin, die eben einem Fuhrknecht beherzt ihr Evangelium der Nächstenliebe predigte: »Du Hundequast, du Saukerl, was schindest du deine arme Mähre wie toll? Siehst du nicht, wie erschöpft das Tier ist? Der Teufel wird dich holen, du unbarmherziger Schlagetot.«

»Stinkende Funz«, belferte der Angegriffene zurück und hieb weiter auf den Rücken des Pferdes ein. Columba zog Tringin weiter, obwohl sie den Mut der Gefährtin bewunderte. So sehr bewunderte, daß sie ihre Furcht vor der Alten Mauer lächerlich fand.

Sie gingen am Haus des Ratsherrn Weinsberg vorbei, scheuchten schnatternde Gänse und Enten vor sich her, freuten sich an der frischen Luft, die über den kahlen Gärten des Weißfrauenklosters lag, und bogen endlich in die Alte Mauer ein, ein enges, dunkles Gäßchen voller Bretterbuden, Viehställen, abgebrannten Ruinen, die der Rat nicht schleifen ließ, da er die Kosten dafür scheute. Horn- und Knochenreste und anderer tierischer Auswurf, Blut, Gräten, Fischköpfe, ausgesogene Lohe und Kalkschlamm häuften sich vor den Hütten der Knochensammler, Abdecker, Riemenschneider und Leimsieder, die hier zum gegenseitigen Nutzen ihrem unappetitlichen Handwerk nachgingen. Columba erschien es, als sei sie nun endgültig in die Hölle hinabgestiegen.

Mißtrauische Blicke streiften sie, mißtrauische Blicke warf sie zurück. Orte wie diese suchte keiner der reichen Bürger freiwillig auf, schon gar nicht deren Töchter. Hinaus, hinaus, hallte es höhnisch in ihrem Kopf wider. Der summte mächtig, und ihr Mut sank wieder. Das war nicht ihre Welt, aber sie brauchte Hilfe. Tringin hingegen wurde merklich fröhlicher, grüßte und scherzte, übersah Mißgunst und Boshaftigkeit in den Blicken einiger Gassenbewohner.

Bei einem Saitenmacher blieb sie kurz stehen und hielt ein Schwätzchen, während der Handwerker Schafsdärme schabte und in einem Bottich mit Pottaschenlauge entfettete. »Ein Auftrag, Goswin?«

»O ja, und ein großer dazu. Der Lautenmacher vom Katzenbauch will hundert Strang feinste Darmsaiten. Das nenne ich Glück, daß die feinen Herrschaften die Lauten neuerdings so lieben. Spanische Moden haben auch ihre Vorteile. Sie verschaffen mir mein Brot, während sie andernorts den Leuten den Kopf kosten.«

»Deine Saiten sind die besten, die man sich wünschen kann.«

»Sag es nicht zu laut, die Nachbarn neiden einem wie mir ohnehin schon sein Glück.«

»Ach, laß sie doch. Wirst sehen, eines Tages läßt du diese freudlose Gasse hinter dir, logierst beim Alter Markt und arbeitest für die Harfenmacher des Kurfürsten.«

»Eher geht ein Kamel durch ein Nadelöhr, als daß ein Reicher in den Himmel kommt. Mir reicht, was ich habe, solange ich in Frieden leben kann.«

Tringin lachte unbekümmert. Columba zupfte das Mädchen schüchtern am Ärmel. Der stechende Geruch der Pottasche verursachte ihr erneut Schwindelgefühle. »Mein Gott, Columba, ganz grün siehst du aus. Schnell, wir gehen zu unserem Haus, dann hole ich den Bader. Er muß dich sofort behandeln. Gott mit dir, Goswin, und gutes Gelingen.«

»Gott mit dir, Tringin«, er senkte die Stimme zu einem Flüstern und blickte sich verstohlen um, »und zwar der richtige.« Laut fuhr er fort: »Sag deinem Vater, ich brauche von ihm noch zwölf Lot Asche bis zum Abend, er soll auch seinen Anteil an meinem Glück haben.«

Im Schatten der vorragenden Häuser stapften die Mädchen bis zu einem dunkel geschwärzten, geduckt dastehenden Fachwerkhaus, dessen zweiteilige Tür trotz der Kälte offenstand. Beißender Rauch schlug ihnen entgegen. Columba hustete. Sie traten in einen niedrigen, düsteren Raum, in dessen Mitte ein Feuer loderte. Ein Eisenkessel summte. Es roch nach verbranntem Tiergebein.

»Mein Vater ist Knochensammler und brennt Asche davon für den Saitenmacher, und das Beinschwarz, das er herstellt, ist bei den Malern der Schildergasse hochgerühmt«, erklärte Tringin. »Aber das ist nicht alles. Er ist auch ein wunderbarer Knochenschnitzer, du solltest die zierlichen Würfel sehen, die er macht, mit wunderhübschen Bildern darauf.« Sie zog die widerstrebende Columba weiter in die schwarze Hütte.

»Vater!« rief Tringin, und ein Schatten löste sich aus dem Dunkel hinter dem Kessel.

»Was ist?« brummte der Mann mißmutig.

»Ich habe eine Freundin bei mir, die sich verletzt hat. Ich laufe rasch und hole den Bader.«

Der Mann näherte sich schlurfend, und Columba erschrak sichtlich. Sein Gesicht war schwarz vom Ruß, und doch erkannte sie, daß darunter keine glatte Haut lag, sondern ein Netz aus Narben, die sich knotig erhoben, eine Gebirgslandschaft, die den Mann entstellte. Das linke Ohr fehlte ihm ganz, seine Nase war eine unförmige Masse. »Das, liebe Columba, ist mein Vater Luthger«, stellte Tringin mit lauter, etwas zu lauter Stimme vor.

»Sag ruhig, wie ich wirklich genannt werde«, knarzte der Mann, »gebrannter Kopp. Deine Freundin schaut mich ja schon an wie den Leibhaftigen.«

»Ich wollte nicht ...«, begann Columba eingeschüchtert, doch ihre Stimme erstarb.

Der Mann riß ein brennendes Scheit aus der Feuerstelle und hielt es dicht an sein Gesicht. »Hier, schau nur genau hin, so sieht einer aus, dem man seinen Glauben nicht läßt, obwohl er nichts hat auf dieser Welt als seinen aufrechten Glauben.«

»Vater«, unterbrach Tringin ihn warnend.

»Was ist, soll ich vor einem dummen Mädchen feige werden? Ich? Ich habe der römischen Tyrannei Schach geboten, den leeren Riten und den trügerischen Sakramenten abgeschworen. Das brennen sie mir mit tausend Feuern nicht aus. Jeder soll sehen, was sie im Namen Gottes tun, diese elenden Papisten.« Seine Stimme nahm den etwas zu entschiedenen Ton eines Mannes an, der um jeden Preis überzeugen will und häufig sich selbst überlisten.

Columba wich erschrocken zurück. Voll Verachtung warf der gebrannte Kopf das Scheit in das Feuer zurück. Funken stoben auf. Columba glaubte sich nun wirklich in der Hölle. Dazu der Schmerz, der Schwindel, sie taumelte.

»Da siehst du Vater, was du wieder angerichtet hast«, schimpfte Tringin und lief nach einem Schemel. Der Vater krümmte sich unter ihrer tadelnden Stimme, und seine Miene wurde plötzlich weich.

»Es tut mir leid«, murmelte er verwirrt, »es tut mir leid, so leid, Tringin.«

Hörte Columba richtig? War dieser kleinlaute Mensch derselbe wie der, der sie eben so sehr erschreckt hatte?

»Hab keine Angst«, flüsterte Tringin ihr zu und reichte ihr eine kleine Sturzbütte Wein, »trink das. Ich bin gleich wieder da. Vater wird dir nichts tun, er ist ein herzensguter Mensch, nur ein wenig leidenschaftlich und aufbrausend.«

Zweifelnd hob Columba den Blick, doch Tringin war bereits durch die Tür. Sie nippte an dem Wein, ein saurer Hund, wie ihn die armen Leute tranken. Sie versuchte so unsichtbar wie möglich zu sein und atmete flach, um nicht von dem erstickenden Rauch einzuatmen, der in dichten Schwaden zur Tür hinauszog.

Aus der Tiefe des Raumes drang fast schüchtern die Stimme Luthgers zu ihr. »Ich wollte dich nicht erschrecken, Mädchen. Ich hasse nur diese starrenden Blicke der Menschen. Es ist jedesmal, als würde ich wieder durchs Feuer gehen.«

Columba schluckte tapfer. »Wie, wie ist das geschehen? Wer hat Euch das angetan?«

Der Alte schnaubte, und Columba befürchtete einen neuen Zornesausbruch. »Wollten uns ausräuchern, verfluchte katholische Ketzerjäger. Vermuteten ein Konventikel von Wiedertäufern im Weinkeller meines Herrn. Kaufmann in Brügge, guter Mann, wußte von nichts, wollte es verhindern, aber sie haben Fackeln in den Keller geworfen. Fünf sind rausgelaufen, drei davon wurden gefangen. Ich hielt aus.« Er lachte bitter. »Ich hielt aus, bis der Herr das Feuer löschen und mich herauszerren konnte. Ich war mehr tot als lebendig.«

Er schwieg, die Scheite knisterten leise. Flämmchen leckten an dem Kesselboden. »Seid Ihr«, begann Columba schüchtern, »seid Ihr denn ein Wiedertäufer?«

»Damals war ich noch keiner, wenn du es wissen willst, hörte nur der Predigt zu, war ein blöder Faßbindergeselle, sonst nichts. Aber wenn einer durchs Feuer gegangen ist für den Glauben, dann macht ihn das hart wie Stahl. Zwei Wochen später ließ ich mich nach den Regeln unseres Glaubens wieder taufen. Denn eines ist wohl wahr, Kinder sind nicht fähig, das Sakrament der Taufe zu begreifen. Sie wissen nichts von Gott. Ich aber bin für ihn durchs Feuer gegangen, und er hat mich gerettet.«

Columba wollte das nicht hören, nicht verstrickt sein in diese ganze Glaubensraserei. »Wie konntet Ihr weiterleben – nach allem. Wer hat Euch geholfen?«

»Der Kaufmann. Halb hing er auch schon dem neuen Glauben an, hielt es aber wohl eher mit den Calvinisten. Elendes Pack, genauso verdorben wie die Katholischen, wenn du mich fragst. Lesen die Bibel nicht richtig, aber er war ein guter Herr.«

Dieses widerwärtige Religionsgezänk! Columba hustete, um das Gespräch zu beenden. Luthger schien zu verstehen.

»Bist keine von uns, he? Tringin ist wahllos bei ihren Freunden.« Er schwieg kurz, dann griff er seine Erzählung, die ihn mit bitterem Stolz zu erfüllen schien, wieder auf. »Nun ja, dieser Kaufmann war ein anständiger Mensch, egal welchen Glaubens. Er ließ mich von einem Apotheker behandeln, gab mir Geld und schickte mich hierher, zu einem Handelspartner. Ein Freund, der mir helfen würde, eine neue Stelle als Faßbinder zu finden. Ein Freund!« Luthger lachte grimmig. »Seine Antwort auf den Geleitbrief, den ich am Tor seines Hauses abgab, war die Drohung, mich dem Gewaltrichter und seinen Bütteln zu übergeben. Das Geld, das ich ihm mit dem Brief geschickt hatte, um mir den Bürgerbrief zu kaufen und einer Gaffel beizutreten, behielt er. Diese reichen Hanse, diese Gierhälse schlucken alles, was sie in die Finger bekommen.«

Columba nahm einen weiteren Schluck Wein. »Aber warum habt Ihr nicht dem Kaufherrn in Brügge eine Nachricht darüber geschickt? Gewiß hätte er Euch noch einmal geholfen, seinen Freund gemahnt.«

Luthger schüttelte den Kopf. »Ich konnte damals weder lesen noch schreiben. Und als ich es später von einem unserer Prediger gelernt hatte, war es wohl zu spät. Zwar schrieb ich einen Brief und gab ihn einem Metzger, der eine Herde zum Markt von Brügge trieb, aber ich erhielt keine Antwort. Nun ja, vielleicht hatte es mein ehemaliger Herr mit der Angst zu tun bekommen. Briefe mit einem Ketzer wechseln! Schon seine eigene Nachricht an seinen Freund und Handelspartner war für ihn gefährlich gewesen. Der hätte ihn leicht verraten können, und es kann gut sein, daß er das am Ende auch getan hat. Ich verfluche ihn, diesen elenden van Geldern ...«

Der Weinbecher entglitt Columbas Händen und kollerte mit dumpfem Geräusch über den Lehmboden der Hütte. »Van Geldern?« fragte sie atemlos.

Der gebrannte Kopf blickte auf. Seine stumpfen Augen verengten sich zu bösen Schlitzen. »Du kennst Arndt van Geldern?«

Tringins fröhliche Stimme ersparte Columba eine Antwort. »Hier sind wir. Ich mußte bis zur Weyerstraße laufen, um den Bader zu holen. Er wird gleich kommen, hab ihn von der Wanne eines Kunden weggezerrt, dem sitzen jetzt noch die Schröpfköpfe auf ...«

Weiter kam sie nicht, wildes Geschrei, der Schlag von Pferdehufen, heiser gerufene Kommandos und das Klirren von Waffen unterbrachen sie. Schon erhob sich am anderen Ende der Gasse das Wimmern von Weibern. Soldatenschreie übertönten es bald. Die Befehle waren deutlich zu verstehen.

»Fangt das ganze Pack, diese Ketzerjauche, schlagt sie,

treibt sie aus den Häusern, keiner soll entkommen!« Waffenstahl krachte an Holztüren. Und dann: »Wo ist das Haus von Luthger, dem gebrannten Kopf?«

Ein Satz wie ein Grabstein. Tringin schrie leise auf, Columba erhob sich schwankend von ihrem Schemel. Nein, nicht noch einmal, nicht wieder. Es war ein Alptraum »Endlich greift ihr durch. Wir haben diese stinkenden Gotteslästerer lange genug geduldet«, jaulte es auf der Gasse, »stehlen unsere Arbeit und unseren Lohn. Da, der Saitenmacher ist einer von ihnen!«

Columba tat einen Schritt nach vorn. Es war ein Schritt ins Leere. Ihr wurde schwarz vor Augen. Niemand fing sie diesmal auf.

8

Sie bat um das Geschenk der Tränen, das donum lacrimarum. Flehend zitierte sie den heiligen Kirchenvater Petrus Damianus: »O Tränen, geistliche Genüsse über Honig und Honigseim und süßer als jeder Nektar.« Vergebens, die Süßigkeit Gottes teilte sich ihr nicht mit. Vorbei die Zeiten, als sie von der Fülle ihrer Empfindungen wie hinweggeschwemmt wurde. Hinüber in eine andere Welt, wo sie ganz bei Gott war und so durchdrungen von seiner Liebe, so daß sie völlig frei, einfach und rein geworden und sich wie im unschuldigen Zustand des Paradieses befand. Diese leuchtenden Visionen hatten sie einst den Entschluß fassen lassen, der Welt zu entsagen, ihre eleganten Kleider gegen die grobe, graue Tracht zu tauschen und nur noch nach der unio mystica, der zärtlichsten, heiligsten Verbindung mit dem Allmächtigen zu streben.

Wie Franziskus hatte sie sich zur Närrin um Christi willen gemacht. Nicht einen Tag hatte sie den Abschied vom Lärm und Gezänk der Welt bereut. Der Lohn war einzig. Doch nun, seit einigen Tagen – Nächten besser –, hatte sich der strahlende Weg in einen Höllenpfad verwandelt, und keine noch so innige Andacht half. War es Satan, der sie in Versuchung führte? War es eine Prüfung des Herrn? Sie kannte die Legenden der großen Mystikerinnen und wußte, daß die meisten wenigstens einmal in ihrem Leben mit den Dämonen rangen und der Leibhaftige ihnen als Schöpfer aller Dinge entgegentrat.

Seufzend erhob sich Rebecca vom Mittagsgebet, schlug ein Kreuz vor der geschnitzten Madonnenfigur, die zärtlich lächelte, und strich ihre grobe graue Beginentracht glatt. Ihr immer noch schönes, schmales Gesicht mit den weit auseinanderstehenden grauen Augen entspannte sich für einen Moment. Mit einem Seufzen blickte sie sich in ihrer Kammer um. Alles war hell und frisch. Die gefegten Holzdielen, die wenigen Möbel – ein Bett, ein Stuhl, ein Stehpult – erhöhten den Eindruck aufgeräumter Leere. Nichts war da, das die innere Einkehr störte. Nichts bis auf den Stickrahmen in der Ecke. Rebecca runzelte die Stirn. Ein Leintuch war darübergehängt, ihr Blick verfing sich in seinen Falten. Sie wollte widerstehen und unterlag der Versuchung. Mit einem Ruck zog sie das Tuch vom Rahmen. Farben sprühten ihr entgegen, Seidenfäden schimmerten blutrot, schillerten in glänzendem Schwarz, goldene Tupfer lockten das Auge, alles fügte sich zusammen zu einem halbfertigen Bild von bestechender Klarheit und schrecklicher Eindringlichkeit. Die Welt – eine Hölle. Ihre Welt.

Rebecca tastete mit den Augen die rechte Ecke ab, die sie in der letzten Nacht gearbeitet hatte. Mit feinen Stichen hatte sie die Knoten geschlungen, und der Ausdruck des Gesichts war ganz nach der Natur. Die schreckensweiten

Augen, der zum Schrei geöffnete Mund trugen ganz ihre Züge. Aber das Blut auf ihrer Stirn ... das eingeschnittene Kreuz, man sah bloßes Fleisch, die Schädelknochen. Dazu diese Teufelsfratze hinter ihrem Körper. Wer gab ihr nur seit wenigen Nächten diese Bilder ein? Begonnen hatte sie einen hübschen Teppich zur Verherrlichung von Mariä Verkündigung, doch nun arbeitete sie in nächtlicher Trance an einem ganz und gar anderen Bild.

Warum wurde sie immer wieder bezwungen von dieser Lust an der Grausamkeit? War es die Grausamkeit ihrer eigenen Seele? Sie betrachtete die unvollendete Himmelsgestalt, die über allem schwebte: den Nachtgeistern, den Nonnen mit Teufelsfüßen, den lüsternen Predigern mit Bockshörnern, den Kaufleuten mit Trichterhauben und Katzenschwänzen, den beflügelten Ratsherrn. Alle Gestalten hatten vertraute Gesichter. Auch die Teufelsfratze hinter dem toten, schreienden Frauengesicht. Eine Tote schrie nicht. Rebecca schlug das Tuch zurück, als brenne der Stoff in ihren Händen.

Unter ihr wurde wieder das Klappern der Webstühle laut. Die Mitschwestern hatten das Mittagsgebet ebenfalls beendet und setzten ihre Arbeit an den von den Dominikanern bestellten Meßgewändern fort. Zeit hinabzugehen und sich dem Tagwerk zu widmen. Die Konvents-Meisterin zögerte. Erinnerung an das Fieber der vergangenen Nacht hielt sie zurück, an Träume von Tod und Verdammnis. Die immer gleichen Gesichter in Qual und Zorn verzerrt. Häßliche Fratzen, monströse Handlungen, widerwärtige Ausschweifungen, Dämonie der Seele. Der Teppich hielt alles mit erbarmungsloser Genauigkeit fest.

Columba, Juliana, ihr Schwager Arndt, die Schwester Katharina, der Diakon von St. Alban, der ihr Beichtvater war. Sie sträubte sich, die Namen zu denken, aber sie buchstabierten sich von selbst.

Schweiß trat auf ihre Stirn. Zögernd näherte sie sich wieder dem Abdecktuch, faßte nach einem Zipfel und atmete tief ein. Ein Klopfen hielt sie davon ab, das Tuch erneut herabzureißen. Wie ertappt wirbelte sie herum und rief heiser: »Tritt ein!«

Es war die Schaffnerin Anna, Pfennigmeisterin und Buchhalterin des Konvents. »Liebe Magistra, eine Magd aus dem Hause van Gelderns wartet unten. Sie bittet um dein Kommen, es scheint, deine Schwester fühlt sich unwohl.«

Sie begleitete ihre Worte mit einem breiten Lächeln, das ihrem Gesicht nicht bekam. Es war ein Gesicht von derbem Reiz, kräftig in seinen Farben, rot und weiß, die Augen von kaltem Blau, der schmale Mund grausam. Annas Blick heftete sich fest auf den Stickrahmen. In ihren Augen flackerte kurz ein Ausdruck wissender Schläue auf, der Rebecca widerlich war. Sie ahnte, daß Anna ihre Neugier nicht immer zu zügeln wußte.

»Es ist gut«, sagte Rebecca schroffer als beabsichtigt, »ich bin gleich unten.«

Anna verharrte in der Tür.

»Darf ich dich darauf hinweisen«, bemerkte die Schaffnerin und ihr Lächeln wurde um eine Spur breiter, zu breit, um harmlos zu sein, »daß du in diesem Monat schon zweimal die Regel gebrochen hast und über Nacht fortgeblieben bist?«

»Es handelt sich um meine Schwester. Sie ist krank.« Rebecca fühlte Zorn in sich aufsteigen.

»Gewiß, gewiß, ein hochlöblicher Akt der Nächstenliebe und Krankenpflege ist unsere heiligste Pflicht«, bestätigte Anna eifrig nickend und mit einem rasch angenommenen Ausdruck von Unterwürfigkeit. »Es ist nur, daß einige Mitschwestern vom Geist des Neides besessen sind.« Rebecca atmete hörbar ein, Anna fuhr ungerührt fort. »Sie murren unziemlich, da sie selber sich an das Ausgangsverbot halten. Um acht ziehen sie sich zurück ...«

»Ich kenne die Zeiten des Verschlusses«, unterbrach Rebecca sie mit schneidender Stimme, »und da du so sehr um meine Pflichttreue besorgt bist, schlage ich vor, daß du mich diesmal begleitest.«

Anna schlug die Augen nieder und heuchelte milde Bestürzung.

»Wie du weißt, findet ein Fest im Hause deines Schwagers van Geldern statt. Die ganze Stadt spricht davon. Was wird man sagen, wenn eine Begine daran teilnimmt?«

»Davon kann keine Rede sein.« Rebeccas Stimme war jetzt hart und laut. »Falls ich über Nacht im Hause van Gelderns bleiben muß, ist jeder Regel Genüge getan, denn du wirst verhindern, daß ausschweifende Freude in mir aufkommt. Geh nach unten und gib der Magd Bescheid, daß wir kommen.«

Anna fand zu ihrem Lächeln zurück und verschwand.

Rebecca vergrub die Finger in ihren Handflächen und drückte ihre Fingernägel hinein bis sie schmerzten. Wie nachgiebig und sanft war sie stets mit Anna verfahren. Vergebens. Sie hatte die mittellose Frau, die als bettelnde Begine durch Köln gezogen und sogar der Hurerei verdächtig war, vor drei Jahren barmherzig aufgenommen in den Konvent. Sie hatte die mißmutige Frau gegen alle Anwürfe der Schwestern verteidigt, denn sie glaubte, daß mangelnde Anerkennung die Wurzel allen Übels im Charakter Annas war. Deshalb hatte sie ihr in diesem Jahr sogar die Position der Stellvertreterin zugewiesen. Sie hatte sie ausgezeichnet vor den anderen, um ihre ziellose Gier zu stillen. Alles hatte Rebecca getan, um Annas verirrter Seele Frieden zu schenken und das Gegenteil erreicht. Jede Güte, die sie ihr zuteil werden ließ, schien Annas Mißgunst gegenüber der Gönnerin zu steigern. War es der Einblick in ihre Vermögensverhältnisse, die Anna so aufbrachte? Neidete sie der Magistra die Hausrenten, die Anteile an den Schiffsmühlen, die Barschaften, die sie in ihren Zeiten als Seidenweberin und Kauffrau angehäuft hatte? Warum? Das Vermögen kam den Kranken, den Armen und dem Konvent zugute, war ihm testamentarisch vermacht, nährte sie und ihre Mitschwestern reichlicher, als es deren Tätigkeiten, die Krankenpflege, das Seifensieden, die Hostienbäckerei oder das Kerzendrehen vermocht hätten. Ohne ihr Vermögen wäre der Konvent verloren, denn das einträgliche Weben, die Haubenstickerei, das Garnspinnen hatten die mächtigen Zünfte der Seidenmacherinnen ihren preiswerten Konkurrentinnen im geistlichen Gewand verbieten lassen. Nur einigen kirchlichen Auftraggebern durfte man noch zuarbeiten.

Rebecca betrachtete fragend die Madonna. Deren Lächeln blieb zärtlich. Es tröstete nicht. Die Begine spürte den Schmerz der wirklich Einsamen, die ihr ganzes Wesen abtrennt von der Welt und ihren seltsamen Begierden.

Doch wie es schien, entließ die Welt keinen Menschen aus ihren Klauen, alle waren verstrickt in das Übel – wie die Gestalten ihres gestickten Teppichs. Ein letzter Blick auf den Stickrahmen, dann schob sie ihre gefältelte Haube und den Schleier zurecht. Rebecca öffnete die Tür, das Sausen der Webstühle empfing sie. Mit jedem ihrer Schritte wurde es lauter. Sie stieg die Treppe zu den Gemeinschaftsräumen und der Werkstube hinab.

Seltsam, ihre Stimmung hob sich mit dem anwachsenden Lärm. Rebecca hatte die Lust am Lebendigen nicht in sich abgetötet. Sie empfand es als einen Moment schüchternen Glücks, der sie mit der Welt wieder verband. Munter und wie zur Bestätigung nickte ihr die Küchenmeisterin zu, die einen Sack Gerste über die Fliesen schleifte und sich gleichzeitig mit einem Bissen Brot stärkte. Eine wohlgenährte, fröhliche Person, der man ansah, daß Gerste allein nicht ihre Kost war. »Verzeih, Magistra«, sagte sie kauend und schluckend, »ich höre, du gehst zu van Gelderns Haus?«

»Meine Schwester ist krank«, erwiderte Rebecca schnell und ärgerte sich im selben Moment, daß die Antwort wie eine Rechtfertigung klang. Das war Annas Werk.

Ein Ausdruck aufrichtigen Bedauerns flog über das Gesicht der Köchin, wich dann gutmütigem Eifer. »Eine traurige Sache, aber vielleicht werden ein guter Hasenschlegel in Honig oder ein paar Krammetsvögel in Ingwer sie kurieren. Heute hält man in ihrem Hause ein Festessen, nicht wahr?« Ein sehnsüchtiges Blinken stahl sich in ihre Augen. Schuldbewußt setzte sie hinzu: »Die richtige Diät hat schon so manche Krankheit kuriert. Euer Essen soll eure Medizin sein, heißt es doch schon bei den Griechen, nicht wahr?«

»Ich fürchte«, sagte Rebecca kopfschüttelnd und konnte dabei ein Lächeln kaum unterdrücken, »meine Schwester Katharina gelüstet es nicht nach üppiger Kost. Im Gegenteil.«

Die Köchin seufzte. »Was ein Jammer.« Der Kummer fand keinen rechten Platz in ihrem runden Gesicht. »Liebe Magistra, wäre es nicht eine willkommene Einsparung für unseren Konvent, wenn du etwas von dem wunderbaren Essen, das heute übrigbleibt, für uns erbitten könntest?«

Rebecca hob halb tadelnd, halb belustigt ihre rechte Braue.

»Ich, äh, denke dabei daran«, setzte die Köchin ertappt, aber kaum verlegen fort, »daß wir unsere Tageskost dann den Bettlern von Sankt Alban spenden könnten. Es wäre mir eine heilige Freude, es ihnen selbst auszuteilen.« Sie nickte zufrieden und streichelte zärtlich, fast verzeihend den Gerstensack.

»Ich werde mit der Köchin meines Schwagers sprechen«, versicherte Rebecca freundlich.

Vom Hof her klang Annas ungeduldige Stimme zu ihnen herein. »Magistra Rebecca?«

Die Köchin schnaubte verächtlich. Rebecca warf ihr einen tadelnden Blick zu. »Und wenn ich deshalb drei Rosenkränze zu beten habe, sage ich es trotzdem«, maulte die Küchenmeisterin. »Traut der Schwester Anna nicht. Sie ist listiger, als es Gott gefällt, sie streut Zwietracht und redet dir Übles nach. Außerdem streicht sie ständig um deine Kammer herum, als lauere sie einer Ratte auf. Erst gestern gegen Abend sah ich sie herauskommen und ...«

»Du spitzelst deiner Schwester nach? Das macht fünf Rosenkränze, und ein Bittgebet für Schaffnerin Anna«, schloß Rebecca das Gespräch und eilte in den Hof.

»Und zehn für dich! Deine Güte ist gefährlich, dabei dachte ich immer, du hättest die Gabe der Herzensschau und der Weissagung«, murmelte die Köchin kopfschüttelnd. Verträumt setzte sie ihren Weg und erfreulichere Gedanken fort. »Krammetsvögel!«

9

Wimmern und Johlen, Angstschreie und Anfeuerungsrufe mischten sich mit dem Klirren von Ketten und Waffen. Ein Pferd stieg hoch, ein Söldner ließ das Schwert sausen, Menschen sprangen zur Seite, scharten sich wieder um den Ketzerkarren, pöbelten die darauf stehenden Gefangenen an. Man empörte sich redlich, allen voran die Kupplerinnen und anderer Bodensatz aus der nahen Schemmergasse.

Gesindel wimmelte von allen Seiten herbei, drang durch

aufgerissene Türen in die leeren Häuser der Verhafteten ein, stahl, plünderte, warf lachend und lärmend den minderen Hausrat auf die Straße. Einige uniformierte Spanier taten mit, mehr aus Prinzip denn aus Gier, vor allem der Unterhaltung wegen. Die Beute selbst hatte kaum Reiz. Tonkrüge zerbarsten in tausend Splitter, Töpfe zersprangen, Pfützen von Milch und Bier sammelten sich zwischen gefrorenen Lehmfurchen.

»Wir haben euch lange genug geduldet!«

»Erstickt die Ketzerpest, schlagt die Gottlosen in Fetzen!«

Es war ein Fest des Pöbels. Die wenigen Besonnenen schauten einfach weg. Die Kölner Söldner ließen die zürnenden Hungerleider und Tagelöhner gewähren, da sich ihre Wut ganz gegen ihresgleichen richtete. Schließlich war es eins, wer dem Ketzerpack das Fell gerbte.

Columbas Kopf schmerzte, als würde er wieder und wieder gegen den harten Lehmboden geschlagen, auf dem sie lag. Sie zwang sich, die Augen zu öffnen. Langsam schälten sich die Umrisse eines herumeilenden Menschen aus dem Dunkel der Küche. Grau und Schwarz waren die Farben, die sie unterschied. Ein Kessel schleifte über den Boden. Ein grober Tisch wurde vor die zugeschlagene Flügeltür geschoben. Es war Tringin, die ihn allein über den unebenen Boden wuchtete, sich den Schweiß von der Stirn wischte, den hilflos zappelnden Vater in eine Ecke des Raumes drückte, eine schmutzige Decke über ihn schlug und »still, nur still« flüsterte. Laut und vernehmlich drang eine muntere, selbstgewisse Stimme durch das Holz der Tür. Sie stand in lächerlichem Gegensatz zu dem wilden Geschrei auf der Gasse.

»Hier, werter Herr, hier wohnt der gebrannte Kopf. Ganz durch Zufall war ich in der Nähe. Man sagte, ein Kind sei von einem Schwein gebissen worden. Da konnte ich schlecht nein sagen, obwohl in der Weyerstraße mein bester Kunde, ein höchst vornehmer Fleischhauer ...«

Ein Knurren unterbrach ihn. »Ich sehe, Ihr seid in Eile, wie ich, die Schröpfköpfe warten ... Wohl denn, Ihr wißt nun, was Ihr wissen wollt. Wenn ich nun um die versprochene Belohnung bitten darf?« Münzen klimperten. »Alsdann«, verabschiedete sich der fröhliche Judas.

»Der Bader«, zischte Tringin tonlos, »und ich dachte, er sei uns wohlgesonnen.« Unbekümmerte, heitere Tringin.

Columba hob ihren Kopf und zwang sich zu sprechen. »Er hat euch verraten?«

Tringin nickte traurig, legte den Zeigefinger vor die Lippen und blieb neben dem versteckten Vater hocken. Was für ein verzweifelter Unsinn, dachte Columba und kämpfte gegen das Dröhnen in ihrem Kopf an. So würde sie sich nicht verkriechen, wie eine elende Ratte, nach der schon die Katze angelt. »Gibt es keinen Weg hinaus?« flüsterte sie.

Tringin schüttelte den Kopf. Hartes Klopfen. Rufen. »Öffnet die Tür, öffnet die Tür sofort. Im Namen eines ehrsamen Rates öffnet die Tür!«

»Fangt ihn, den schäbigen Lausewenzel Luthger. Fangt ihn, fangt ihn!« skandierten dazu Gassenlümmel und Gaffer, die – was selten war – aufrichtige Freude an der amtlichen Handlung der Ordnungshüter hatten.

Tringin wimmerte leise. »Perdón«, erklang es in höflichem Spanisch vor der Tür, dann krachte Stahl gegen das Holz. Die Menge skandierte. »Haut drauf, haut drauf.«

Columba stemmte sich hoch und wollte zu Tringin hinüberkriechen. Holz splitterte in den Angeln, der obere Türflügel gab nach und schwang seufzend auf, und Columba blickte in die grimmigen Gesichter einiger Kölner Stadtsoldaten. Rot und Weiß waren ihre Farben.

»Da!« schrien sie. »Da, das Mädchen, und da in der Ecke

noch mehr von ihnen. Sie haben die Tür verrammelt. Halten wohl gerade ein Konventikel.«

»Perdón?« mischte sich wieder der Spanische ein und drängte die Kölner beiseite. Murrend ließen sie es geschehen.

»Haut drauf! Haut drauf! Nun macht schon, packt sie!«

Geschmeidig wie eine Katze schwang sich der Spanier in das Haus, hockte sich auf den Tisch. Seine Augen suchten die Wände ab, streiften Tringin und das Deckenbündel, das verdächtig zitterte. Er sprang vom Tisch und machte einen Schritt in Tringins Richtung. Hinter ihm rumorten die Soldaten. »Schiebt den Tisch beiseite, Don Werauchimmer. Scheißspanier!« rief einer vorlaut.

»Zügele dich, Kerl«, mahnte ihn einer der Hauptleute. »Der Spanier soll seinen Spaß haben. Du kennst den Befehl: gemeinsame Sache mit den Iberern.«

Der Angeredete lachte dröhnend. »Spaß wird er haben. Ein hübsches Weib, das da rechts am Boden liegt, und ihn kann kein Mensch hindern zuzupacken. Glücklicher.« Sein schmutziger Finger zeigte auf Columba. Die drückte sich enger an den Boden. »Er soll sie haben. Du da, hinters Haus, daß keiner uns auskommt.«

»Haut endlich drauf! Fort mit dem Lumpenpack!«

Columba erkannte aus den Augenwinkeln, daß Tringin sich an ein Buch klammerte, es wie ein Schutzschild gegen ihre Brust preßte. Herr im Himmel, eine Ketzerbibel. »Wirf sie ins Feuer!« rief Columba scharf.

Der Kopf des Spaniers fuhr herum. Sein Blick traf den ihren. Sie hielt ihm trotzig stand. Seine Miene erregte ihren Widerwillen. Überlegener Spott lag in den dunklen Augen. Ein kaltes Lächeln umspielte einen hübschen, etwas arroganten Mund über glattrasiertem Kinn. Nein, der würde keinen Spaß haben, nicht an ihr. Columba richtete sich zornig auf. »Was willst du?« fragte sie laut und fest.

Er machte einen Schritt auf sie zu. Sein Degen kratzte über den Boden, ritzte eine scharfe Spur in den Lehm.

»He! Laß uns welche von dem Pack da drinnen übrig«, schrie draußen ein Stadtsoldat. »Wir müssen wenigstens einen Teil unversehrt auf den Turm führen, denk dran.« Und zum Volk gewandt, fuhr er launig fort: »Der Rat legt wieder einmal Wert auf Milde, weiß der Himmel warum.«

Wie die meisten Söldner nur mäßig im Glauben, verstand der brave Mann die Zurückhaltung der Politiker nicht. Er verrichtete seine Arbeit gewissenhaft, ohne Hast und ohne Mitleid, schon gerade gegen Ketzer wie die hier. Solche grindigen Habenichtse wirkten auf die wohlgenährten Haudegen wie ekelerregendes Ungeziefer, das auszurotten leicht und richtig war.

Der Spanier näherte sich Columba mit schlendernden Schritten.

»Wag es nicht, du Dreckskerl. Du weißt nicht, wen du vor dir hast. Ich bin eine ...«

»Van Geldern?« beendete der Spanier vage fragend ihren Satz.

Columba kam nicht dazu, zu antworten. Aus Tringins Ecke ertönte ein wütender Schrei, der bis in die Gasse hinaus gellte. Der gebrannte Kopf sprang auf, riß sich die Decke herab.

»Nicht, Vater.« Tringin versuchte den rasenden Mann zu beruhigen. Der stürzte auf Columba los. »*Sie* hat uns verraten, wie ihr Vater«, schrie er toll vor Zorn, bereit zu töten. »Noch einmal verkrieche ich mich nicht. Sie soll büßen!«

Der Spanier fing ihn ab, riß ihn zu Boden, umklammerte seine Handgelenke mit eisernem Griff. Luthger wand sich wie ein Frettchen, kämpfte mit seinem ganzen Leib, brüllte, spie aus. Sein von Narben gezacktes Gesicht war ein Abbild des Bösen.

»Vater«, schluchzte Tringin.

Luthger riß eine Hand los und schlug sie dem Spanier ins Gesicht. Was aber tat der? Columba mußte sich täuschen. Aber nein, sie täuschte sich nicht, er gab den Kampf mit dem Tobenden auf, lag nun unter ihm. »Sosegado!« rief er auf spanisch. Dann senkte er die Stimme und wiederholte beschwörend in flämischer Zunge: »Beruhige dich, beruhige dich.« Fast klang sein Flüstern wie ein Flehen.

Solch ein Feigling, dachte Columba verächtlich.

»Luthger, erkennst du mich nicht? Ich bin es.«

Columba stutzte. Der Alte ließ nach in seiner Raserei, sein Gesicht zeigte Erstaunen und – ja – einen wirren Anflug von Freude.

Vor der Tür entstand neue Unruhe. Die Verzögerung des Spektakels mißfiel der Menge, und ihr Zorn drohte sich auf die Zauderer zu richten. »Ist das Gerechtigkeit?« schrie einer. »Sollen wir weiter das Gift der Gotteslästerer atmen? Greift endlich ein!«

Die Stadtsoldaten warfen sich mit aller Wucht gegen die Tür, der Tisch schwankte, fiel, die Soldaten stürmten und stolperten hinein, die Menge von der Gasse drängte nach. Der gebrannte Kopf schrie wie ein Besessener, löste sich von dem Spanier und stürzte auf die Eindringlinge zu.

Columba richtete sich auf, sah sich suchend nach Tringin um. Ein Soldat packte das Mädchen eben grob um die Taille, hob es in die Luft. Tringin biß und spuckte, trat aus. Der Söldner fluchte. Ein vorwitziger Gassenlümmel, dessen gehetzter Ausdruck den Mann verriet, auf den man gewöhnlich die Hunde hetzt, griff sich eine Hellebarde. Ungelenk wog er sie in seiner Hand, dann zog er dem Mädchen den Schaft kurz und hart über den Kopf. Tringin glitt leblos zu Boden. Ihre Hände hielten noch immer das verräterische Buch umklammert. Der feige Totschläger lachte rasselnd und entwischte nach draußen. Columba schrie auf. Roh packten die Soldaten nun Luthger, streiften dabei sein Hemd von den knochigen Schultern, auch sie waren vernarbt, verbrannt.

»Der ist es, jawohl«, eiferten die Gaffer, die ihre Gesichter durch die Tür steckten. »Haut drauf!« Es waren häßliche Fratzen, die Münder nur Löcher.

Columba wich zurück, kämpfte gegen Übelkeit und Erbrechen, sauer schoß es aus ihrem Magen nach oben, grobe Hände streckten sich jetzt nach ihr aus. »Nehmt die auch mit!«

»Widerwärtige Götzenanbeterin!«

Columbas Herzschlag setzte aus. Das Gesicht des Vaters tauchte kurz vor ihr auf, ein kaltes, starres Gesicht. Eine schmutzige Hand riß an Columbas rechtem Arm.

»Perdón.« Zum drittenmal diese lächerliche Höflichkeitsformel, diesmal direkt neben Columbas linkem Ohr. Der Spanier. Rechts zerrte ein anderer. Mit einem einzigen Fausthieb schlug der Glattrasierte ihn zu Boden. Dann riß er Columba so nah an sich heran, daß sie den Terpentinduft seiner Stiefel atmete. »Laß mich«, fauchte sie, »lieber soll mich der Pöbel zerschlagen, als daß ich dir Spaß bereite.« Er achtete nicht darauf, zog sie hinter den Rücken der Soldaten, die das Gassenvolk in der verrauchten Küche zu bändigen versuchten, zur Tür. Als sie Tringin passierten, beugte Columba sich zu ihr hinab.

Der Spanier riß sie hart zurück. »Laß das, du Närrin, ich kann nur eine von euch unsinnigen Katzen retten«, stieß er zwischen den Zähnen hervor, die er sogleich wieder zu einem Lächeln entblößte, so als wäre das seine gefährlichste Waffe.

»Ich muß ihr helfen«, parierte Columba angriffslustig.

»Zu spät«, sagte ihr Begleiter, der mit gezogenem Degen zwischen die Gaffer trat. Die spuckten aus, entrüsteten sich, wagten aber nicht nach der vermeintlichen Ketzerin zu greifen.

Der Spanier führte sie auf den Ketzerkarren zu. »Das nennst du Rettung?« empörte sich Columba. Als sie die Mitte der Gasse erreichten, schloß sich der Ring der Schaulustigen wieder vor der Tür von Luthgers Hütte. Der Spanier machte kehrt, schlug die andere Richtung ein. Das Volk war abgelenkt, denn jetzt wurde der gebrannte Kopf hinausgeführt, seine leblose Tochter hinausgetragen. Krakeel und Beifall. Endlich Tote. Die Gefangenen auf dem Ketzerkarren blickten müde.

Columba drehte den Kopf und erkannte den Saitenmacher, seine Hände waren mit dem Produkt seiner Kunst verschnürt. Er blickte nach oben, als suche er ein Stück Himmel über dem Dunkel der Gasse. Er räusperte sich und hob an, heiser zu singen. Ein Psalm. De profundis.

»Aus der Tiefe rufe ich, Herr, zu dir. Herr, höre meine Stimme! Wenn du, Herr, Sünden rechnen willst, wer wird bestehen? Denn bei dir ist die Vergebung, daß man dich fürchte. Meine Seele wartet auf den Herrn von einer Morgenwache bis zur andern. Denn bei dem Herrn ist die Gnade und viel Erlösung bei ihm. Und er wird Israel erlösen aus allen seinen Sünden.« Andere auf dem Karren stimmten erst zaghaft, dann mit Inbrunst ein. Es hagelte Knochen und Kot. Unbewegt sangen die Gefesselten weiter.

»Aus der Tiefe rufe ich, Herr, zu dir.«

Tringins Körper wurde auf den Wagen gehoben. Das Blond ihres Haares leuchtete im Kontrast zur blutig klaffenden Wunde. Der Saitenmacher schluchzte. Ein Soldat entriß den Händen des bewußtlosen Mädchens die Bibel und warf sie in den Schmutz. Gassenjungen stürzten sich darauf, zerfledderten das Buch, falteten Hüte und Schiffchen aus dem seidendünnen Papier. »Aus der Tiefe rufe ich, Herr, zu dir.«

Columba wollte sich vom Spanier losreißen. Er packte sie so hart, daß es schmerzte.

Sie schrie auf. Ein Kölner Hauptmann, der beim Karren stand, drehte sich um. Unwillig runzelte er die Stirn und kam mit schnellen Schritten auf sie zu.

»Was willst du mit der Ketzerdirne, Spanier? Sie gehört dem Gewaltrichter.« Jetzt erkannte er den Glattrasierten. »He, du warst es doch, der im Haus von dem Ketzer da so kläglich versagte. Nicht einmal diesen mageren Knochensack Luthger hast du überwältigt. Nennst du das Soldatenkunst? Machst uns zum Gespött der Gasse. Der Tumult hätte leicht umschlagen können in blutige Pöbelei.« Sein abfälliger Blick glitt über die engen Beinkleider, den beschmutzten Parademantel und den Zierdegen des Spaniers.

Der Glattrasierte lächelte fein, fast galant. Mit hartem kastilischem Akzent bemerkte er leise: »Wenn ich Euch«, er machte eine Pause, um die Höflichkeit der Anrede wirken zu lassen, »an die Anweisungen des Rates erinnern darf? Gemeinsame Sache mit den Spaniern.«

Der Hauptmann knurrte unwillig, der Glattrasierte sprach hastig weiter. »Dieses Mädchen würde mir große Freude machen. Was bedeutet ein Ketzer mehr oder weniger für Euch? Wir Spanier wissen Gastgeschenke zu würdigen, und um ein Geschenk handelt es sich hierbei«, er deutete auf den Ketzerkarren, »Ihr versteht?«

Columba wollte protestieren, der Spanier verschloß ihr den Mund mit der Hand, sie schmeckte das glatte Leder seiner Handschuhe.

»Scher dich fort mit ihr.«

Der Spanier neigte elegant sein Haupt. »Gracias.«

Columba grub ihre Zähne in die Finger des Kerls, sein Griff lockerte sich, sie schrie wieder auf. Seine Hand erstickte den Schrei. »Halt endlich deinen Mund, du lästiges

Mädchen«, knurrte er gar nicht galant und ohne jeden kastilischen Akzent.

Columba stutzte. »Du bist überhaupt kein Spanier!« rief sie empört.

»So wenig wie du eine Wiedertäuferin bist«, versetzte ihr Begleiter. Grob zog er das verblüffte Mädchen mit sich fort. Niemand beachtete die beiden weiter – niemand, bis auf ein schmächtiges Männchen, das heftig nach Atem ringend seine Beine ausschüttelte, die von der Anstrengung eines schnellen Laufs zitterten. Seine Anstrengungen sollten noch kein Ende haben. Sein vorsichtig abwägender Blick heftete sich an den Degen des Entführers, tastete sich zu seinen kräftigen Schultern hinauf.

10

Ganz verstohlen schaute Anna, die Begine, sich in dem vornehmen Schlafgemach der Kaufmannsgattin um. In schweren Falten fielen Brokatvorhänge vor den Fenstern herab. Geschnitzte Schränke mit reichem Rollwerk schmückten die Wände. Überall brannten Kerzen, wiewohl es Tag war. Purpurfarben waren die Wände beschlagen, überall Heiligenbilder und Kreuze, die von Dutzenden von Spiegeln widergespiegelt wurden. Auf einem Tisch lag ein Rosenkranz aus Elfenbein, daneben ein in Gold gefaßter Bezoarstein gegen die Pest, vielfarbiges Geschmeide neben einem goldgerahmten Spiegel. Die Kaufmannsgattin besaß alles, was ein Weiberherz begehren konnte. Nur eines hatte sie für immer verloren: den Verstand.

Voll kalter Abscheu blickte Anna zu den beiden Frauen hinüber. Katharina, die bleich und greinend in den weichen

Kissen lag, und Rebecca, ihre Schwester, die daneben hockte und beruhigend auf sie einsprach.

»Liebe Schwester, es ist alles gut.«

»Ich will nicht sterben, hörst du, nicht sterben. Nicht in diesem Haus, ein Pfuhl der Sünde, die Hölle ist hier, Rebecca. Er nahm mir mein Kind, ich will ein zweites, hörst du? Mein Schoß ist noch fruchtbar. Nicht sterben«, jäh richtete Katharina sich auf. Fieber flackerte in ihren Augen, Speichel lief aus ihren Mundwinkeln. Der Wahnsinn hatte ihren Körper längst verwüstet und sich in ihr ehemals schönes Gesicht gefressen.

»Was redest du«, sprach tröstend die Begine, »der Tod ist fern.«

Katharina grinste häßlich. Ihre Augen rollten. »Ich will seinen Leib, seine Lust, sein Fleisch. Er will meinen Tod, er will mein Geld.« Die Worte brachen aus ihr heraus wie gärender Most aus einem Faß, dem der Spund geöffnet wird.

»Es ist gut, beruhige dich.«

Ein tückisches Glitzern schlich sich in Katharinas Blick. Flüsternd fuhr sie fort, schraubte ihre Stimme immer weiter in die Höhe, endete in einem entsetzlichen Kreischen: »Heillose Schwätzerin, auch du willst mich sterben sehen, nicht war? Ich weiß, du bist seine Buhlschaft, elende Hure, Asseln und Läuse sollen deine Brüste zernagen. Ich will nicht sterben!«

Rebecca betete und zeigte der Schwester das Kreuz, das sie um den Hals trug, silbern und zierlich schimmerte der Gekreuzigte. »Sieh hier diesen, der für alle gestorben ist. Es gibt keinen Tod mehr, alles ist vergeben, Schwester, auch dir. In alle Ewigkeit. Gott ist in dir, wie in uns allen.«

Ketzerei, wollte Anna halb wütend, halb triumphierend schreien, Ketzerei, und schwieg doch.

Katharina sank in die Kissen zurück, keuchte, als empfinge sie ihren Gatten. Dann schlug sie sich mit ihren Händen, daß es widerhallte, krümmte sich zu einem Bogen, sank wieder hinab. Rebecca strich ihr sanft die nassen Haare aus der Stirn.

Anna preßte mißbilligend die Lippen aufeinander, so daß sie einen harten, schmalen Strich bildeten. Verschwendetes Zartgefühl, dieses mehr tierische Wesen in den Kissen war es nicht wert. Überhaupt, warum hatte der Schöpfer eben diesen beiden Schwestern soviel zuteil werden lassen? Die eine war blödsinnig, die andere wußte ihre Schätze nicht besser zu verwenden, als einen Konvent voll alberner Weiber damit zu finanzieren. Wenn sie nur selber etwas von diesem Geld besäße ... Grün schillerten ihre neidischen Augen, als sie wieder den Tisch mit dem Geschmeide betrachtete. Bis sie den Blick von Mertgin, der Magd, auffing – ein wissender, fast strafender Blick. Anna zog die Lippen über die Zähne – es sollte ein Lächeln werden und mißlang wie schon so oft. Mertgin beachtete sie nicht weiter und näherte sich auf Zehenspitzen Rebecca.

»Herrin? Auf ein Wort.«

Rebecca wandte sich um. Das steife Leinen ihres Schleiers knisterte. »Mertgin! Ich bin nicht deine Herrin, sie ist es.« Rebecca deutete auf die Gestalt im Bett.

Anna rollte angewidert mit den Augen. Mertgin aber erbleichte, stotternd mühte sie sich, das Mißverständnis aufzuklären. »Ich wollte nicht, ich meine, natürlich ja, Katharina ist meine Herrin, aber auch ihr, ich meine ...« Es bereitete dem armen Wesen tatsächlich Schmerzen, daß man sie fälschlicherweise für unbotmäßig hielt. Und schließlich wäre es doch gut möglich, daß Rebecca heute Hausherrin wäre, hätte sie nicht den Schleier einer Braut Christi dem Brautschleier van Gelderns vorgezogen. Mertgin zuckte über diesem Gedanken zusammen. Wie lästerlich!

Die Begine lächelte. »Beruhige dich, Mertgin. Ich mag es nur nicht, wenn man mich noch Herrin nennt. Eine Dienerin Gottes bin ich, das ist mir der liebste Titel. Ich wünschte mir, du würdest zu einem vertrauteren Ton finden. Wir kennen uns nun schon so lange.«

Mertgin schaute beschämt und verwirrt zu Boden. Was nun? Herrin sollte sie nicht sagen, ein einfaches Rebecca wollte ihr nicht über die Lippen, und doch war es der Wunsch der Begine, der Wunsch einer Tochter aus bestem Patriziergeschlecht, der Wunsch einer Scarpenstein. Wunsch oder Befehl? »Re ...« Nein, das klang falsch, besser sie ließe es ganz einfach fort. Sie straffte die mageren Schultern und begann von vorne. »Ich sorge mich um Columba, sie ist nun schon den ganzen Morgen fort, Mittag ist vorbei und noch immer kein Zeichen von ihr.«

Rebecca schüttelte mit leiser Mißbilligung den Kopf, doch das Lächeln, das ihren Mund umspielte, verriet, was sie insgeheim von den Ungezogenheiten ihrer Nichte hielt. »Hast du sie denn schon überall gesucht, Mertgin? Es herrscht ein reges Treiben im ganzen Haus, vielleicht hockt sie im Keller beim Weinzapf, du weißt, wie gerne sie mit dem Gesinde scherzt.«

Auf Mertgins Stirn zeigte sich kurz eine steile Falte des Zorns, doch sie faßte sich rasch.

»Nun, äh, ich hatte noch nicht viel Zeit zur Suche, ich war nämlich ...« Sie biß sich auf die Lippen und warf einen kurzen Blick auf Anna, die mit ausdrucksloser Miene ein Bild des Gekreuzigten zu betrachten schien. Aber Mertgin ließ sich nicht täuschen, die trügerischen Mienen der Lauscher waren ihr vertraut. Sie beugte sich zu Rebecca hinab und flüsterte: »Meine Herrin hat sich einen Scherz erlaubt, ganz harmlos freilich, sie versperrte die Tür ihres Zimmers, und ich war gefangen. Sie muß mich übersehen haben.«

Rebecca verbiß sich mit Mühe ein Lachen. Sie warf einen prüfenden Blick auf die Kranke im Bett. Ihr Gesicht hatte sich verwandelt, sie träumte einen einsamen Traum. Hinter geschlossenen Lidern jagten ihre Augäpfel hin und her, als suche sie nach lichten Bildern. Ein Lächeln suchte einen Platz in ihrem Gesicht und fand ihn nicht.

»Anna«, wandte sich Rebecca an ihre Konventsschwester, »hab eine Weile acht auf meine Schwester. Ich habe mit Mertgin im Haus zu tun.«

Sie erhob sich. Anna räusperte sich, einmal, zweimal. »Ich soll allein mit dieser ...?«

Rebecca runzelte die Stirn. »Scheust du dich?«

»Nein, natürlich nicht. Solange sie schläft.«

Mertgins Miene spiegelte Empörung wider. Diese widerspenstige, arbeitsscheue Begine war geeignet, alle bösen Zungen in Gang zu setzen, die von den bettelgrauen Frauen nur das Allerschlimmste behaupteten: Ihre Demut sei in Wahrheit nichts anderes als Trägheit, ihre selbstgewählte Klausur ohne strenge Kirchenaufsicht nichts als ein Vorwand für die Hingabe an Wohlleben und Faulenzerei. Wirklich, dieses Weib war widerwärtig.

»Komm«, unterbrach Rebecca ihre Gedanken und entriegelte die mehrfach gesicherte Tür. Aus der gedämpften Stille des Schlafgemachs traten sie in den Korridor. Vom Festsaal drang der Lärm der Zimmerleute zu ihnen herüber. Das Podest für die Musiker wurde aufgestellt. Mit schwerem Silberzeug beladen, klapperten Mägde und Knechte die Treppe herauf, scheppernd ging ein Teller zu Boden, tanzte klimpernd auf dem Steinboden. Die zornige Stimme des Hausherrn schalt den unaufmerksamen Diener.

»Der Herr van Geldern«, hauchte Mertgin entsetzt. »Was, wenn er mich nach Columba fragt?«

»Laß mich nur machen.« Forsch schritt Rebecca zur Treppe. Eben bog der Kaufmann um die Ecke. Sein Gesicht verriet unterdrückten Zorn und äußerste Anspannung. Ein gefallener Teller konnte kaum der Grund dafür sein. »Ich grüße dich, Schwager.« Hell und freundlich klang Rebeccas Stimme.

An der düsteren Miene des Kaufherrn prallte sie ab. Er erwiderte den Gruß nicht. »Was führt dich in mein Haus?« fragte er knapp und warf der hochgewachsenen Frau einen kalten Blick zu.

»Man rief mich wegen Katharina – ein Anfall. Es ist schon vorbei, doch es scheint mir besser ...« Weiter kam sie nicht.

»Vater, liebster Vater.« Oben auf der Treppe zum zweiten Stock stand Juliana. Das Blondhaar kunstvoll in ein Netz geflochten, den Leib in Wolken aus goldener Seide gehüllt, dazu die goldfarbene Haube, die einer Strahlenkrone glich, sah sie aus wie eine üppig geratene Himmelskönigin. Mertgin ärgerte sich. Nun würde Columba auf ihren goldenen Brokat verzichten müssen, gewiß hatte Juliana mit Absicht dieselbe Farbe gewählt, wohl wissend, daß sie eigentlich Columba am besten zu Gesicht stand. Columba, wo steckte sie nur! Erschrocken trat Mertgin in den Schatten zurück.

Juliana schwebte die Treppe herunter, nur mit den Fußspitzen berührte sie die Stufen. Arndt van Geldern sah es mit Wohlgefallen. Dieses Mädchen verstand es, Ehre einzulegen, sie war sein Stolz, sein Schmuckstein, eine vortreffliche Partie für einen Edelmann. Die Wonne seines Alters. Ach was, Alter. Geschmeidig streckte er die Hand aus und half der Tochter die letzte Stufe herab.

Sie küßte zart seine Hand. »Ihr seht müde aus, Vater«, begann Juliana schmeichelnd. »Mertgin rasch, einen Trunk. O Rebecca, du bist gekommen. Vielleicht weißt du ein Mittel gegen Vaters Schmerzen, dieses schlimme Gebrechen seines Alters. Du ...«

Der Schmuckstein verlor seinen Glanz. Arndt van Geldern löste unwirsch seine Hand aus der seiner Tochter. »Ich will nichts von Schmerzen hören. Ich habe zu tun.« Er wandte sich ab und eilte auf sein Empfangszimmer zu. Vor der Tür hielt er kurz inne, drehte sich um. »Mertgin, zu mir.« Die alte Dienerin zuckte zusammen. »Ich sehe, du weißt, worum es sich handelt.«

Schwer wie die Glieder einer Kette fielen seine Worte. Mertgin zitterte so stark, daß Rebecca sie stützen mußte. Die Magd war unfähig, einen Schritt zu tun.

»Albernes Weibsbild!« donnerte der Kaufmann vom anderen Ende des Flures, und die herumsausenden Diener beeilten sich, den sicheren Festsaal zu erreichen. »Wie konntest du Columba aus dem Haus lassen?«

Die Blicke der drei Frauen ruhten auf ihm. Rebeccas mit leisem Widerwillen, Julianas voll von Triumph, Mertgins in wilder Angst. Ein greller, hoher Schrei erlöste sie.

»Das ist Katharina«, entfuhr es der Begine. Sie stürzte zurück zur Schlafkammer der Schwester und zog Mertgin mit sich.

»Elendes Weiberpack«, stieß van Geldern angewidert hervor. Juliana leckte sich die Lippen, als habe sie soeben einen köstlichen Leckerbissen verzehrt.

11

Sie hatten das Gassengewimmel hinter dem Neumarkt verlassen und bogen in die Schildergasse ein. Der fette Geruch von den Farben und dem Leinöl der Schildermaler empfing sie, dazu die angenehmen Geräusche geregelter Geschäftigkeit und die prachtvollen Fassaden ehrwürdiger Zunft- und Bürgerhäuser. Hausierer und Kleinhändler schrien ihre Waren aus. Rattenfänger boten ihre Dienste an. Kirchgängerinnen eilten dahin, Weltgeistliche, Mönche und Kanonissen. Keiner wußte und niemanden kümmerte, was eben an der Alten Mauer geschehen war.

Die Hand des Spaniers schloß sich nur noch leicht um Columbas Arm. »Ich bringe dich nach Hause, was sonst«, hatte er grimmig ihre halb wütenden, halb furchtsamen Fragen nach dem Wohin beantwortet. Die Angst und die Anspannung waren gewichen, aber keine angenehmen Gefühle an ihre Stelle getreten. Columba achtete nicht auf die Menschen, denen sie begegneten, nicht auf den falschen Spanier, nicht auf den Weg. Sie wollte nur fort von Tringin, dem Tumult, dem Tod.

»Sie wird nie mehr Schlittschuh laufen«, murmelte sie endlich tonlos.

Der Bartlose warf ihr einen erstaunten Seitenblick zu. »Was sagst du?«

»Es ist meine Schuld«, Columba schluchzte laut auf. »Jetzt ist sie tot. Ich bin dem Tod begegnet, genau wie die Alte gesagt hat. O mein Gott, verzeih mir. Sie ist tot.« Ein Kiepenträger blieb stehen, betrachtete sie interessiert und kratzte seinen grindigen Schädel. Konnte spannend werden hier. Columba weinte hemmungslos, schrie fast. »Ich habe den Tod auf sie herabgezogen. Ich bin verflucht.« Ein Mönch wandte seinen Kopf.

Der junge Mann zog Columba energisch mit sich fort. Sie lachte hysterisch auf. Er faßte sie hart bei den Schultern, stieß sie in eine schmale, kaum handtuchbreite Gasse und preßte ihre Schultern mit beiden Händen gegen eine Hausmauer. Eine harte, erbarmungslose Geste. Sein Gesicht war so dicht an ihrem, daß keine Feder dazwischen Platz gefunden hätte. Columba erwachte aus ihrer Raserei, sah, daß die Gasse menschenleer war, sah seine funkelnden Augen. War das Zorn oder der Glanz der Gier? Sein Mund berührte beinahe den ihren, sie spürte die seidige Haut seiner Lippen. Also doch! Sie hob in Panik die Fäuste, bereit sich zu wehren.

»Wage es nicht«, stieß sie hervor. Ihr Atem mischte sich mit seinem.

Der Glattrasierte musterte sie eindringlich, seine Augen bohrten sich in ihr Gesicht, als wolle er ein Geheimnis ergründen. »So gefällst du mir«, murmelte er kalt.

»Wenn du mich anrührst«, keifte Columba, »dann ...« Sie wußte nicht weiter. Der Kerl ließ sie so plötzlich los, wie er sie gepackt hatte.

»Überschätze deine Reize nicht. Ich wollte nur verhindern, daß du uns mit deinem Geschrei ins Unglück stürzt. Kein Wort mehr von Tod und Mord, hörst du! Kein Wort von der Alten Mauer, verflucht. Es war schwer genug, dich von dort wegzubekommen.« Stille, dann Schluchzen. Mit dem Rücken zur Wand sank Columba in den Schmutz.

»Du verstehst nicht. Wäre ich nicht gewesen, wäre Tringin noch unten am Rhein, nicht tot«, sagte sie halb kläglich, halb trotzig, »alles ist meine Schuld.«

»Deine Schuld? Was bildest du dir nur ein.« Abscheu färbte seine Augen dunkel. »Du willst schuld daran sein, daß das Jahrhundert im Blut ertrinkt? Schuld an der Ketzerhatz? Du willst schuld daran sein, daß diese neugläubigen Toren aus einem verfaulten in einen lecken Kahn springen und einem ganz neuen Wahn verfallen, den sie den wahren Glauben nennen? Dafür brennen, dafür die lächerlichsten Tode sterben?« Er brach ab, sein Gesicht verriet leisen Ekel und wirkte älter, als er an Jahren zählte. Müde fuhr er fort: »All dieses müßige Gezänk um den rechten Glauben. Das Leid der Welt liegt viel tiefer, aber du weißt nichts von alldem.«

Columba erstarrte verwirrt. Sie schluckte. Was sollte dieser Ausbruch, dieses weinerliche Geschwätz? Was wollte dieser aufbrausende Kerl nur von ihr, dieser Geck in seiner Paradeuniform, dieser Narr mit seinem albernen kastilischen Akzent und seinem »Perdón«. Heller Zorn löschte jede andere Regung in ihr aus: »Du bist ein Betrüger, ein Blender, ein Schwätzer«, stieß sie aufgebracht hervor. Langsam schob Columba sich an der Mauer wieder nach oben. »Was willst du von mir?«

Der falsche Spanier hatte wieder die glatte Miene des arroganten Hasardeurs angenommen, dem das Leben ein Spiel ist. »Ich rette gerne törichte Kinder aus reichem Hause.«

»Ich bin kein törichtes Kind.«

»Was hattest du dann an einem Ort wie dem da verloren? Was hast du mit solchen Leuten wie diesem Luthger und dieser Tringin zu schaffen?«

»Ich war nur Schlittschuhlaufen.«

»Und du willst kein Kind sein?«

»Du bist widerwärtig. Laß mich gehen, oder ich schreie. Ich schreie, bis die ganze Straße zusammenläuft, und dann wirst du sehen, wer töricht ist. Du Tölpel weißt gar nicht, wen du vor dir hast. Ich bin eine ...«

»Van Geldern. Was übrigens machte den armen Luthger so rasend, als er den Namen hörte?«

»Ich weiß es nicht, und es geht dich nichts an.« Der Bartlose legte den Kopf in den Nacken und lachte. Ruckartig wandte Columba sich ab, wollte ihm entfliehen, seinen Fragen, dem Bild des aufgebrachten Luthgers, dem eigenen Namen – van Geldern. Sie spürte wieder diesen tosenden Schmerz in ihrem Kopf.

»Warte, du blutest.« Fast klang die Stimme besorgt. Lächerlich.

»Das ist nichts, nichts.« Blut rauschte in ihren Ohren, sie schlug seine Hand fort. »Spar dir deine Fürsorge. Es wäre besser gewesen, du hättest sie Tringin zuteil werden lassen. Warum hast du sie nicht gerettet? Auf eine Lüge mehr oder weniger wäre es nicht angekommen.«

»Es gibt Dinge und Menschen, die man verloren geben muß. Ich war gekommen, um sie und ihren Vater zu warnen, aber es gibt Zeiten zu kämpfen und Zeiten zu fliehen.«

»Elender Feigling. Hoffst du vielleicht auf eine Belohnung von meinem Vater, weil du mich anstelle der armen Leute gerettet hast? Warst du darum so interessiert an mir?«

»Du überschätzt schon wieder deine Reize. Um dich war mir nicht zu tun, ich kam ...«, er brach ab, »zu spät.«

Columba glaubte endlich zu verstehen. Das Flüstern, Luthgers Erstaunen, der Anflug von Freude auf seinem zerfurchten Gesicht.

»Du bist also selbst ein Ketzer!« stieß sie voll Abscheu hervor.

»Ich bin nicht gläubig genug, um ein Ketzer zu sein«, kam es verächtlich von dem Mann. Seine Verachtung stachelte Columba nur weiter an.

»Aber du warnst sie vor der Verfolgung. Das wird für eine Anklage reichen.«

»Anklagen willst du mich?«

»Recht würde es dir geschehen, einem Gotteslästerer, einem Abtrünnigen.« Sie wußte, daß ihr Zorn ungerecht und unsinnig war, aber sie haßte diesen Mann. Ja, sie haßte ihn und wollte sein selbstzufriedenes Lächeln ersticken.

»Wenn die Ketzer dir so widerwärtig sind, warum trauerst du – ein braves Bürgermädchen – dann um Luthger und Tringin?«

»Um Luthger soll ich trauern? Diesen rasenden Hund? Nie. Aber Tringin, ja, sie war eine Verführte, sie hätte den Täufern gewiß abgeschworen und wäre gerettet. Ihr Vater hat es nicht anders verdient, er ...« Columba brach ab. Das hatte sie nicht sagen wollen. Die Narben. Die Narben.

»Du bist nicht nur ein törichtes, du bist ein grausames Kind, das nichts vom wahren Evangelium der Barmherzigkeit weiß.« Die Stimme ihres Begleiters bebte.

»Ich höre die Messe gewiß öfter als du und gehe regelmäßig zur Beichte«, gab Columba aufgebracht zurück und wußte, wie albern es klang. Messen. Beichte. Gesangbücher. Die Bibel in Tringins totenweißen Händen. Sie errötete. Das Gesicht des jungen Mannes war hart geworden.

»Du bist wie alle, die ihre Frömmigkeit durch die Gassen tragen, prahlend und satt. Du bist eine ärgere Gotteslästerin als jeder Wiedertäufer und Sakramentierer. Du bist so grausam wie der Kerl, der Tringin erschlug. Er tötet mit Knüppeln, du tötest mit Worten.«

Columba holte aus und schlug ihm ins Gesicht. Der falsche Spanier hob nur kurz die rechte Braue, so als sei ihr ein hübsches Scherzwort gelungen.

»Ich sehe, daß du wieder bei Kräften bist, also kann ich mich verabschieden«, sagte er knapp.

Columba öffnete den Mund, um etwas zu erwidern. »Du kannst mich hier nicht alleine lassen.«

»Du bist nicht allein, du hast deinen Gott. Leb wohl, kleine Schlittschuhläuferin.«

Er verließ das Gäßchen, trat ins Licht. Noch einmal wandte er sich um. »Wenn du mich anzeigst, dann hüte dich davor, anzugeben, wo du mich entdeckt hast. Eine van Geldern beim gebrannten Kopf ... Ich fürchte, das könnte selbst eine Heilige wie dich verdächtig machen.«

Er war fort. Columbas Wangen brannten, als habe sie selber eine Ohrfeige empfangen. Und das von einem Ketzer, der die Nächstenliebe predigte. Nach Hause, tönte es in ihrem Kopf, nach Hause. Zumindest trieb man dort keinen gefährlichen Unsinn mit der Religion.

Bei diesem Gedanken gewann ihr trotziges Wesen wieder die Oberhand. Der falsche Spanier sollte ihr gestohlen bleiben, sie würde ihn ohnehin nicht wiedersehen. Columba strich ihre Röcke glatt, wischte sich das Blut mit einem Zipfel ihres Umhangs aus der Stirn und trat mit hocherhobenem Haupt aus der Gasse. Wenige Schritte vor sich erkannte sie einen schmächtigen Mann in Schwarz. Vaters Spitzel, dachte sie voll Widerwillen. Egal, sollte er seinen Vorsprung nutzen und daheim berichten, was er wollte, den Tag konnte es nicht schlimmer machen, als er ohnehin schon war. Und was zählten Vorwürfe und Schelte gegen das, was Tringin ... Nein, nicht mehr daran denken, lieber daran, daß sie fror und hungrig war.

12

Ihr Leib bäumte sich auf wie in jagendem Schmerz, erstarrte in einem Bogen über der schweißnassen Matratze. Sie stöhnte wie ein verendendes Tier, um im nächsten Moment zu grunzen wie ein brünstiges. In der Schlafkammer roch es nach Todesangst und dem Talg der nie verlöschenden Kerzen. Dunkelheit bereitete der Kranken Höllenqualen. Rebecca betrachtete ihre Schwester schweigend, voll Mitleid. Warum soviel Leiden, warum keine Erlösung für diese arme, geschundene Kreatur? Der Krampf ließ nach, Katharinas Körper entspannte sich, fiel zurück auf das Bett. Sie keuchte mit geschlossenen Augen und wimmerte.

»Es geschah, als ich mich über sie beugte. Sie sah meinen Schleier und schrie. Sie ist besessen, und der Leibhaftige wehrt sich gegen mich«, sagte die Begine Anna voll kalter Abscheu. »Nie sah ich so deutliche Anzeichen. Sie ist besessen. Unser Beichtvater muß kommen. Wir brauchen einen Exorzisten, Weihwasser, das Bild des Gekreuzigten, sogleich!«

»Wir brauchen ein Lot Baldrianwurzel, einige Quentchen getrockneten Lavendel, Hopfenblüten und Ingwer.« Rebecca überging gelassen den Einwurf ihrer Mitschwester. »Ich werde zum Apotheker auf dem Alter Markt gehen und einen Beruhigungstrunk bereiten, bleibe du hier und wasche ihre Glieder mit Essig und Wasser.«

»Ich soll hierbleiben? Alleine mit ihr? Ich sage dir, sie ist besessen. Was ist, wenn die Teufel auch in mich fahren? Eine Dienerin Gottes, danach steht ihnen immer der Sinn, es ...«

»Auch ich bin eine Dienerin Gottes, und doch greift kein Dämon nach mir.«

»Nun ...«, begann Anna und beendete den Satz nicht, doch ein listiger Ausdruck kehrte in ihre Augen zurück.

»Es ist gut, du kannst mich begleiten.« Rebecca seufzte erschöpft. »Mertgin, wasche du deine Herrin.«

Auf dem Weg zum Alter Markt schwiegen die Frauen. Im gewölbten Laubengang unter dem Rathaus, neben dem Leinenkaufhaus, hatte der Apotheker seine Läden zur Straße hin ausgeklappt. In rechteckigen Fächern verströmten Kräuter und Samen den Geruch bitterer Würze. In Gläsern waren gedörrte Storchenherzen zur Kräftigung von Wöchnerinnen verwahrt, daneben lagen kleine Kügelchen von Hirschmark zur Stärkung der Leisten und ganze Tiere wie getrocknete Asseln und Krebse gegen Wurmbefall. Im Dunkel des Ladenkellers hinter der Auslage wirtschaftete der Apotheker, ein kleiner schiefer Mann mit ungleich hohen Schultern. Das Kratzen eines Mörsers war zu hören und konzentriertes Murmeln. Der Apotheker sagte sich selbst ein Rezept her: »Zwei Lot Aloe, ein Quentlein Lärchenschwamm, eine Prise Zittwer ...«

»Hat Euch die Schwermut gepackt, Meister Sechsschneider?« rief Rebecca ihn an.

Der Apotheker fuhr herum und lächelte. »Frau Rebecca! Ihr habt das Rezept also erkannt?«

»Gewiß. Ein taugliches Mittel gegen Melancholie und zuviel schwarze Galle.«

»Und nächtliches Gliederreißen, ich habe es selbst versucht. Was führt Euch her?«

»Ich brauche eine Arznei für meine Schwester.«

Der Mann mit den krummen Schultern nickte. »Sie liegt schon bereit.« Er eilte ins Dunkle und klapperte mit Gläsern.

»Das ist ein Irrtum, ich habe nichts bestellt«, wunderte sich Rebecca.

»Nein, nicht Ihr. Eine Magd ist es gewesen. Tumbes Ding, wagte kaum es vorzutragen, dabei ist es im Volk ein übliches Mittel. Oft erprobt, selbst die vertrocknetsten Weiblein werden davon wieder fruchtbar wie junge Mäuse, heißt es.« Stolz hielt er ein Glas ins Licht. Eine graue, trockene Masse lag darin. »Ganz frisch gedörrt«, sagte er stolz.

Rebecca ahnte, um was es sich handelte: die getrockneten Genitalien einer läufigen Hündin. Mit spöttischem Gesicht wandte Anna sich ab.

»Meister Sechsschneider, seid Ihr am Ende dem Aberglauben verfallen?« meinte Rebecca lachend. »Die Kirche sieht so etwas nicht gern, wie Ihr wißt.«

Der Apotheker zuckte die Achseln und zitierte munter: »Imaginatio facit casu, die Einbildung macht krank. Ich sage, sie kann auch heilen und helfen.«

»Nicht bei der«, murmelte Anna boshaft.

Ihre Meisterin beachtete sie nicht. »Habt Dank für Eure Mühe. Ich werde es mitnehmen, doch nun brauche ich noch ...« Sie nannte in knappen Worten ihre Wünsche.

Der Apotheker öffnete Gläser, füllte Kräuter mit zierlichen Schäufelchen in Leinensäckchen, wog ab und rechnete.

»Das dürfte reichen, werte Rebecca. Ich muß sagen, Ihr versteht Euch auf die Arzneikunst besser als mancher Medicaster und sogar einige Doctores von unserer Universität, die an den Betten der Kranken trefflich disputieren, bis ihr Casus verröchelt ist. Die Weiber und Greise Eures Viertels nennen Euch eine Heilige, weil Ihr das Leid so vieler lindert.«

Anna biß sich auf die Lippen, Zorn stieg in ihr hoch: Heilige! Auch das noch. Wie oft hatte sie sich nun schon die Lobgesänge auf die Künste der Magistra anhören müssen. Nur weil sie ein paar lächerliche Kräutergeheimnisse kannte. Sie selber war auch bewandert, ihre Jahre zwischen Gesetz und Straße hatten sie vieles gelehrt, von dem die Magistra keinen Schimmer hatte. Genausowenig wie von dem Grund für ihre merkwürdigen Träume der letzten Nächte. Wie dumm diese Frau war, wie blind! Wie einfach war es, sie für all ihre Überheblichkeit zu bestrafen – und doch noch immer unbefriedigend.

Rebecca hob indessen abwehrend die Hände. »Sprecht nicht davon, Ihr wißt, wie nah das Heilige im Glauben des Volkes beim Teuflischen liegt. Eine mißlungene Medizin, und man würde mich als Hexe verdammen.«

Der Apotheker nickte seufzend. »Wie recht Ihr habt. An einem Tag rennen sie zu einer Gleisnerin, die behauptet, ihnen die Liebe herbeizaubern zu können, am nächsten Tag rennen sie zum Gewaltrichter und zeigen dieselbe Frau an, weil der Ehemann sich nicht eingestellt hat. Wenn ich Euch nun noch etwas für Euren werten Schwager empfehlen darf?«

Rebecca runzelte gegen ihren Willen die Stirn.

»Nein«, der Apotheker lachte, »nichts von toten Hunden. Ein einfacher Ratschlag nur. Gegen sein Blasenleiden. Gebt glühende Kieselsteine in Wein und laßt ihn das langsam trinken, der kurfürstliche Leibarzt verriet mir das Rezept. Womit es völlig unverdächtig ist, nicht wahr?«

Ketzerei und abermals Ketzerei, dachte Anna. Was wagten die zwei nur für einen freimütigen Ton und trugen dabei die Mienen von selbstgerechter Frömmigkeit. Einfache Leute wie sie würde man für solche Worte ins Halseisen legen oder gar brennen, aber diese eingebildeten Leute aus gutem Hause kamen ungeschoren mit den ärgsten Blasphemien davon. Wie ungerecht die Welt war. Wut drückte ihr die Kehle zu.

Rebecca neigte voll Grazie ihr Haupt. »Ich danke für den Rat.«

»Mit gutem Grund, er ist nämlich kostenlos.« Der Apotheker lachte und freute sich an seinem Scherz. Die Frauen verabschiedeten sich.

Nach einigen Schritten räusperte sich Anna. »Wegen der Fruchtbarkeitsarznei ...«

»Ja?« Ihre Begleiterin hob unwillig den Kopf.

»Nun, ist es nicht ein Frevel, daß ausgerechnet du, eine Begine ...«

Weiter kam sie nicht, ein erstaunter Ausruf Rebeccas unterbrach sie.

»Columba!« Rebecca drückte der Schaffnerin ihre Einkäufe in den Arm und eilte auf die gegenüberliegende Seite des Marktplatzes. Die Apfelweiber und Butterhändlerinnen schüttelten mißbilligend den Kopf über die hübsche Begine mit den fliegenden Röcken. Anna betrachtete angewidert die Pakete in ihrem Arm, doch plötzlich schlich sich ein kleiner, böser Gedanke in ihren Kopf. Warum Rebecca nur ärgern, warum nicht ... Angestrengt dachte sie nach und bot den Marktweibern das trügerische Bild innerer, weltabgewandter Einkehr.

Atemlos erreichte Rebecca die andere Seite des Platzes und stürzte auf die Gestalt im schwarzen Umhang zu, die sich interessiert über die Körbe eines Süßkrämers beugte. »Columba!«

Das Mädchen drehte sich um, die Backen voll und heftig kauend. Beim Anblick der Tante begann sie zu schlucken.

»Columba, was machst du hier? Mertgin ist in heller Sorge um dich, dein Vater aufgebracht ...«

»Wann wäre er das nicht?« Columba schluckte ungerührt den letzten Bissen ihrer Brezel.

»Kind, du redest ungehörig. Überhaupt, dein Aufzug, und was ist das an der Stirn?« Rebecca schob Columba das Haar aus dem Gesicht. »Das ist ein böser Schnitt«, stellte sie mehr sachlich als mitfühlend fest. »Komm jetzt, ich werde dir ein Flachspflaster auflegen.« Ihre Stimme duldete keinen Widerspruch und tat dem Mädchen seltsam wohl. Welch eine Erleichterung es wohl wäre, mit Rebecca über Tringin zu sprechen. Prüfend musterte sie die Frau in der frommen Tracht. Würde sie verstehen? Sie war immer sanft und dabei doch unbestechlich. Sie war der eigenen, verwirrten Schwester von Herzen zugetan, duldsam und dabei doch scharf im Verstand. Columba schätzte Rebecca, wenngleich sie deren völlige Hinwendung zum frommen Leben nicht begriff.

Wußte Rebecca etwas vom Evangelium der wahren Barmherzigkeit? Verfluchter Spanier. Columbas Stirn verfinsterte sich. Rebecca faßte sie entschlossen bei der Hand. Columba gefiel es, sie ließ sich wegziehen wie ein Kind. Kind? Das Mädchen ließ die Hand der Tante fahren. Nein, sie war kein Kind mehr!

»Ich habe keine Schmerzen, ich kann alleine gehen.«

»So?« Rebecca hob tadelnd die Augenbrauen. »Ich möchte meinen, du bist heute genug alleine herumgelaufen, und das, obwohl du längst gebadet und für das Fest gekleidet sein solltest.«

»Das Fest! Oh, Rebecca, bitte, bitte, sag dem Vater, daß ich krank bin, daß ich leide, daß ich nicht erscheinen kann. Oder male es ihm als schreckliche Strafe für eine ungehorsame Tochter aus, wenn er mir das Fest verbietet, nur laß mich nicht auf das Fest gehen.« Flehend schaute sie zu der Tante auf.

»Und du willst kein Kind sein.« Wieder dieser Satz. Nein, sie war kein Kind, aber sie wollte in keinem Falle zu dem Fest. Alles daran war ihr widerwärtig, die Musik, die Fröhlichkeit, der Tanz. Nicht heute. Und dazu überall spanisch Uniformierte. Obwohl – *er* würde gewiß nicht darunter sein. Er war ja nur ein falscher Spanier. Wo er wohl die Gewänder herhatte? Wahrscheinlich war er nichts als ein gewöhnlicher Dieb. Gab es unter Dieben auch schon Ketzer?

»Anna, das ist Columba, sie ist die zweite Tochter meines Schwagers van Geldern.«

Ohne Interesse blickte Columba in das Gesicht der zweiten Begine. Eine hübsche, dralle Frau mit häßlichem Wolfsgrinsen. Ihr Knicksen beantwortete Columba mit dem flüchtigen Senken ihrer Augenlider. Was fand ihre Tante nur an der Gesellschaft solch armseliger, dummer Weiber? Es mußte eine Strafe sein, mit ihnen zusammenzuleben.

13

Ein Spanier, ausgerechnet ein Spanier. Mit unbewegter Miene verfolgte van Geldern den Bericht des Spitzels. »Er packte sie und führte sie fort, während die Elenden auf dem Ketzerkarren verbotene Gesänge anstimmten. In den Niederlanden wäre allein der Gesang Anlaß genug gewesen, sie alle zu richten, zu brennen, die Frauen lebendig zu begraben. Wer dort im Trunke ein Heiligenbild schief anschaut, dem rösten sie einen Tag später die Füße.«

Der Dürre in Schwarz verlor sich in Schilderungen spanischer Inquisitionsurteile, zählte mit schnarrender Stimme auf, was man sich von den Greueln dieses Instruments erzählte. Er sammelte solche Gerüchte – und Gerücht war vieles davon –, als handele es sich dabei um außergewöhnliche Schmetterlinge. Er konservierte sie, spießte sie in seinem Gedächtnis auf und führte seine Sammlung gerne vor.

»Weiter«, unterbrach der Kaufmann den Schwärmenden scharf. Sein Spitzel verstand – ein schmiegsamer, biegsamer Kerl, den sein Eifer auszeichnete. »Er führte sie fort, ich fürchtete bereits um das Leben Eurer Tochter, ein so ungewöhnliches Kind, so ungestüm und so reizvoll, dabei klug, eine echte van Geldern.« Der Kaufmann stieß einen knurrenden Laut aus. Ein Schmeichler konnte auch zu weit gehen. Rasch beeilte sich der Dürre, seinen Bericht abzuschließen. Van Geldern schwieg und schob die Kugeln eines Rechenbretts hin und her.

»Sein Name?« fragte er endlich ohne aufzublicken.

Sein Gegenüber suchte mit flitzenden Augen die dunklen Ledertapeten des Kaufherrnbüros ab, so als wäre der Name des Mannes dort vermerkt. Die blinkende Rüstung eines Ritters fing seinen Blick ab. »Ich«, er schluckte und atmete den trockenen Staub der Akten, »ich weiß ihn nicht.«

»Wofür bezahle ich dich, Kerl?« Van Geldern richtete sich in seinem hohen Stuhl auf.

»Ich verlor seine Spur bei der Hohen Straße, ein umgefallener Gemüsekarren, Geschrei, das Gedränge so groß, unmöglich, unmöglich.« Kläglich brach er ab.

»Nun, wo ist dann meine Tochter?« Der Angesprochene zog es vor zu schweigen, seine Miene zeigte einen Anflug von Beleidigung. Was denn noch? Schließlich konnte er unmöglich zwei Menschen zugleich verfolgen, und schließlich hatte er sich mutig für den Degenträger entschieden.

»Geh, suche sie. Bring sie hierher.«

Der Spion zögerte, van Geldern erhob sich langsam aus seinem Stuhl, jede seiner Bewegungen war eine Drohung. Der Dürre lief rückwärts, bei jedem Schritt eine Verbeugung andeutend. Er glich einer verirrten Taube. Als er die Tür erreichte, wurde diese aufgestoßen, das Türblatt schlug ihm in den Rücken. Unfreiwillig stolperte er in den Raum zurück, fiel vor der Ritterrüstung auf die Knie. Van Geldern beachtete ihn nicht. Sein Blick fuhr zur Tür. Rebecca stand im Rahmen.

»Columba ist wieder da.«

Der Mann am Boden blieb auf den Knien hocken und schaute mit Geieraugen von einem zum anderen, lauschend, wie es seine Gewohnheit war.

»Verschwinde endlich, geh!« Der Dürre gehorchte, fest entschlossen, mit neuer Beute zurückzukehren. Sein Weg würde ihn in die Hafenschenken führen, zu den Ruderknechten der Spanier. Drei, vier Pintgen Wein sollten deren Zungen schon lösen.

Als er mit Rebecca allein war, nahm van Geldern wieder Platz. Seine Hände umklammerten ein Papiermesser, mit dem linken Daumen fuhr er über die Klinge, nur mühsam unterdrückte er seine Erregung.

»Ich fand Columba auf dem Alter Markt«, sagte die Begine ruhig. Auch ihre Miene verriet keine Erregung. »Es ist ihr nichts geschehen, nur ein Spaziergang.«

Van Geldern hob rasch die Augen. »Nur ein Spaziergang! Sagt sie das?« fragte er mit beißendem Spott.

Rebecca vermied eine Antwort. Der Kaufmann betrachtete nachdenklich das weiße Gesicht seiner Schwägerin, die glatte Stirn unter der gefältelten Haube, die ruhigen grauen

Augen. Katharina war in ihrer Jugend schöner gewesen als sie, aber Rebecca hatte das Alter – sie mochte nun sieben- oder achtunddreißig Jahre zählen – nichts angehabt. Im Gegenteil, die Reife ihrer Züge erhöhte den Eindruck von Sanftheit. Was, wenn er sie damals ... Wäre sie nur zu diesem Zeitpunkt schon Witwe gewesen, ihr Vermögen übertraf das ihrer Schwester inzwischen bei weitem. Und alles würde bei ihrem Tode dem Konvent dieser närrischen Weiber zufallen. Was wäre mit diesem Geld alles zu machen! Das Haus gerettet, alle Gläubiger abgewehrt, neue Wagnisse möglich, die sich hundertfach auszahlen würden, aber stattdessen. O ja, Rebecca war eine fromme Frau, eine gute Frau, eine gefährliche Frau. Sie wußte, daß Columba nicht nur einen Spaziergang unternommen hatte, aber sie schützte das Kind. Torheit. Einen van Geldern betrog man nicht, er selber kannte die besten Tricks.

»Katharina verlangt nach dir«, sagte die Begine in die Stille hinein.

»Ich habe zu tun, geh und sorge dafür, daß sie Ruhe bewahrt. Gib ihr etwas, damit sie schläft, wenn die Gäste kommen. Einen starken Trank, hörst du?«

»Ein zartes Wort von ihrem Gatten, und ich denke, ihr Seelenfrieden wäre wiederhergestellt. Sie leidet unter deiner Abwesenheit.« Sie machte eine kurze Pause. »Du weißt, sie war und ist dir von Herzen zugetan.« Ein Ton von Mißbilligung schwang in ihrer Stimme mit.

Van Geldern deutete ärgerlich mit der Spitze des Papiermessers in ihre Richtung. »Was weißt du von ihrem Seelenfrieden? Wüste Beschimpfungen, widerwärtigster Unflat ist alles, was sie für mich übrig hat. Schwatzt davon, daß ich sie töten wolle. Als wäre ihr Erbe von so großem Reiz. Die Diener tragen all diese Anschuldigungen weiter, der Tratsch davon läuft bereits die Gassen hinauf und hinunter. Es wäre wahrlich besser, sie würde für immer schweigen.«

»Schwager, du versündigst dich.«

»Weil ich einer Leidenden die Erlösung wünsche? Gib ihr irgendeinen deiner Tränke, und sorge auch dafür, daß Columba gebadet und gekleidet wird. Mertgin weiß nicht mit ihr umzugehen.«

»Du willst auch deine Tochter nicht sprechen?«

»Was ich zu sagen habe, erfährt sie früh genug. Ich hoffe, die Furcht davor zähmt sie für diesen Abend. Geh! Die ersten Gäste werden bald eintreffen. Ich will sie würdig empfangen, ohne Hast. Mich ekelt dieser ganze kleinliche Aufruhr.« Er warf das Messer auf den Schreibtisch, griff nach Papier und einem Federkiel.

In seiner Hand, dachte Rebecca, ist dies die bei weitem gefährlichere Waffe. Stumm zog sie sich zurück.

Vor der Tür, ganz nah davor, wartete Anna, einen Krug Honig in der Hand. »Ich«, begann sie mit geröteten Wangen, »habe Honig geholt, damit du eine Latwerge rühren kannst. Die Kräuter sind bereits zerstoßen. Diese Arznei wird sie gewiß schlafen lassen.«

Rebecca warf ihr einen mißtrauischen Blick zu, wie neugierig war dieses Weib?

II.

Ein Totentanz

1

Das Licht von fünfzig Fackeln, flackernden Talglichtern und zitternden Kerzenflammen erhellte den Hof des Kaufmannshauses. Funkelnd hoch standen dazu die Sterne am frostklaren Nachthimmel, wie die Bilder goldener Töne. Süß füllte Musik die Luft. Das melancholische Schweben der Laute mischte sich mit dem jubilierenden Klang heller Flöten, das satte Moll der Viola da Gamba mit dem zirpenden Klingeln von Zimbeln. Der ganze Hof atmete festlichen Glanz.

Theodor Birckmann registrierte es mit einem Anflug neidischer Bewunderung, während er den Leuchtenmann, der ihn durch finstere Gassen hergeführt hatte, entlohnte. Van Geldern entfaltete also seinen ganzen Kaufmannsluxus. Was war da zu halten von den Gerüchten über zerrüttete Finanzen, mißglückte Geschäfte, überreizte Kredite?

Schwere, lockende Düfte wehten von der Küche zu ihm herüber. Tropfendes Fett von Mastochsen, der stechende Geruch von Ingwer, fast schmeckte Birckmann das Salz der geräucherten Austern auf der Zunge. Das Trappeln von Hufen ließ den Doktor herumfahren. Eitle Spanier! Was für ein Unsinn, den unebenen Weg vom Hafen auf Pferderücken zurückzulegen. Zu Fuß kam man sicherer und schneller voran. Die Fackelträger des Trosses steckten ihre Lichter in die Erde und packten die mit reichen Schabracken geschmückten Tiere beim Zaumzeug. Cristobal de Castellanos saß ab und rückte sein Barett gerade. Hochmütig stand er da und wartete, bis ein Page seine Stiefel abgewischt hatte. Dann drehte er kurz den Kopf und nickte einem Begleiter zu, der an seine Seite trat. Feierlich schritten sie auf das Eingangstor des Wohnhauses zu. Birckmann grüßte und ließ den Ehrengästen den Vortritt. Deren niedere Gefolgschaft freilich wartete er nicht mehr ab.

Die Sporen des Finanzsekretärs klirrten auf dem Steinboden der Halle, Diener standen bereit, seinen Umhang entgegenzunehmen. Suchend und leicht verärgert schaute der Grande sich um. Wo war der Hausherr? Birckmann lächelte fein. Van Geldern, dieser luziferische Fuchs! Das mußte man ihm lassen, er verstand es, seine Macht zu demonstrieren. Mit vollendeter Grazie stand er, in prahlendes Rot gehüllt, am oberen Rand der Treppe, um von hier aus die Gäste zu empfangen. Neben ihm wartete Juliana, den hochmütigen Blick des Vaters kopierend. Angemessener wäre es gewesen, den Spaniern entgegenzueilen, doch van Geldern streckte nur langsam seine Rechte aus. Juliana lächelte hoheitsvoll, wie unter sanftem Zwang.

Der Spanier und sein Vertrauter gingen ihnen langsam entgegen, so als überlegten sie jeden Schritt. Es ist, als träfen Könige aufeinander, dachte Birckmann kopfschüttelnd und befreite sich aus einem mit Marder gefütterten Umhang.

»Ich heiße Euch willkommen in meinem Haus, Don Cristobal, Euch und alle Diener Ihrer hochverehrten Durchlaucht, Margarethe von Parma, Regentin der Niederlande. Es ist mir eine Ehre und Freude, Euch zu empfangen und zu bewirten. Meine Tochter.«

Juliana neigte sehr tief das Haupt, deutete geschmeidig

einen Knicks an. Eine wie zufällig gelöste Strähne ihres Haares fiel in ihren Ausschnitt, der nach italienischer Mode tief geschnitten war.

Das ist wohlkalkuliert, dachte Birckmann, eine berechnende Person, ganz wie der Vater. Er suchte den Flur hinter der Treppe ab. Ihm war danach, die andere Tochter zu entdecken, die er bei weitem reizvoller und unterhaltsamer fand. Columba war zwar nicht wirklich gebildet, sie sprach kaum Latein, aber von lebhaftem Geiste.

Don Cristobal behielt seine strenge Miene, während er die blonde Verführerin und ihre reine, nach Seife und Veilchen duftende Haut betrachtete. Sie schien nicht nach seinem Geschmack. Was Wunder, sinnierte Birckmann, war man doch in Spanien der Ansicht, daß nur Huren und Kranke badeten. Den Mauren von Granada hatte man diese arabische Sitte gleichzeitig mit ihrer Religion verboten, selbst König Philipps Gattin, die junge Französin Elisabeth von Valois, mußte Krankheit vortäuschen, wollte sie in ihre silberne Wanne steigen, die sie über die Pyrenäen bis nach Madrid hatte tragen lassen.

Don Cristobals Begleiter schien weniger kritisch, was das Baden betraf. Mit auffallendem Interesse musterte er die Tochter des Hauses.

»Wenn Ihr mir folgen wollt«, sagte nun van Geldern und schloß mit seinem Blick auch Birckmann ein.

Juliana trat beiseite, die Männer durchschritten ein Spalier von Dienern und Mägden. Im Festsaal erhoben sich die wartenden Gäste, darunter vornehme Kanonissen, Ratsherren, Doktoren, italienische und portugiesische Kaufleute, flämische Tuchhändler, Bankiers und ihre reich geschmückten Frauen. Man plauderte über Kriegsanleihen, den harten Frost und den Karneval, der in den Gassen bereits begann. Man kritisierte die wüsten Studentenraufereien ebenso wie die Diakone, die vermummt den ärgsten Schabernack trieben und betrunken versehentlich aus evangelischen Predigtbüchern lasen.

Die Musik verstummte. Van Geldern führte den Finanzsekretär zu einem Podest an der Stirnseite des Raumes, auf dem eine Tafel für die Ehrengäste stand. Darüber schwebte ein Baldachin aus roter und weißer Seide – die Farben Kölns. Schwarze Flämmchen waren hineingestickt als Symbol für die elftausend heiligen Jungfrauen der Ursula, die ihren Märtyrertod in der Domstadt gefunden hatten.

Der Begleiter des Spaniers blieb zurück und suchte einen Platz beim Kamin. Verfrorene Leute, diese Spanier, bemerkte Birckmann für sich. Eine Lobrede wurde gehalten und erwidert, Speisen in silbernen Schüsseln wurden aufgetragen, ungarische Weine ausgeschenkt, die so verschwenderisch gewürzt waren, daß sie in der Kehle wie Schießpulver brannten. Noch immer keine Spur von Columba.

Birckmann wandte sich seufzend seinem Tischnachbarn zu, dem Prediger der Spanier. Es war ein vornehmer Jesuit, aber auch ein entsetzlich langweiliger. Mit seinem grauen Bart und dem finsteren Gesicht sah er aus wie ein sehr ernstes Gespenst. Ohne Umschweife verwickelte er den Mediziner in ein Gespräch über die Verhaftung der Ketzer am Morgen des vergangenen Tages.

»Ein gottgefälliges Werk, das die Kölner Soldaten heute mit Hilfe unseres Kriegsvolks vollbracht haben. Zwölf Wiedertäufer auf einen Schlag gefangen! Löblich, höchst löblich. Die Kölner Milde hat nun hoffentlich ein Ende. Man darf die Ketzer nicht schonen. Saul hat die Amalekiter geschont, und Gott verdarb ihn.«

»So steht es geschrieben«, sagte Birckmann knapp und zerkrümelte Brot zwischen seinen Fingern, »sogar in den deutschen Ketzerbibeln.«

»Es ist eine Sünde, Gottes Wort zu übersetzen«, tadelte der Prediger streng, »aber wie ich weiß, sind meine Ordensbrüder hier zu Köln so stark und eifrig wie nirgends sonst in Deutschland und kämpfen um jeden wahren Christen.« Fragend blickte er seinen Tischnachbarn an – eine deutliche Aufforderung.

»Gewiß, sie katechisieren an den Straßenecken, selbst Kinder und Bettler lehren sie die Grundregeln des Glaubens. Sie haben großen Zulauf.«

Der graubärtige Jesuit nickte. »Recht so, nur wer die Kirche liebt, liebt auch seine Herren und die schöne Ordnung der Welt.« Er war ein frommer Mann, der wußte, daß die Interessen seines Königs und Gottes dieselben waren. »Philipp«, fuhr er fort, »ist ein großer Monarch, denn er versäumt nichts, was zur Besserung der Menschen dient. Hart und barmherzig wird er auch in diesem scheußlichen Nebelland, den Niederlanden, durchgreifen. Sobald er das Geld hat, wird er Truppen entsenden und das heilige Werk beginnen.« Der Prediger hob seinen Becher und prostete Birckmann zu. Der freute sich, daß an der Tür Unruhe entstand und ihm eine Antwort erspart blieb, die eine Lüge gewesen wäre.

Ein junger Mann war mehr hereingestolpert als eingetreten. Alle Köpfe wandten sich ihm zu. Kein Wunder, denn dieser Herr war eine Erscheinung besonderer Art: Fritjof von Ypern, prall und vierschrötig, war schon seinem Körperbau nach eine imposante Figur, doch erst seine Ausstattung machte ihn bemerkenswert. In einer Wolke aus Jasmin stand er da, ein buntschillernder Geck, der in seinen Stulpenstiefeln fast ertrank. Er schleppte einen riesigen Raufdegen nach und lüpfte einen zitronengelben Hut, auf dem eine Reiherfeder schwankte.

»Seid gegrüßt, seid gegrüßt, werte Freunde. Ich verspäte mich nur ungern, wenn es um ein Fest geht«, rief er in die

Runde und überhörte das Räuspern einiger Gäste. »Aber«, fuhr er ungerührt fort, »ein Kavalier muß auf seine Dame warten. Das tat ich, und seht her, dieses Fräulein ist das Warten wert.« Er trat beiseite, bemüht, seinen feisten Bauch einzuziehen; sein Gesicht rötete sich bei dieser Anstrengung.

Die Gesellschaft reckte die Hälse, um die weibliche Entsprechung dieses Gecken kennenzulernen. Einige Frauen tuschelten und kicherten. Juliana lächelte schadenfroh. Diese Schmach tat Columba nur recht. Und tatsächlich empfand Columba die Ankündigung als Schmach. Es war ihrem Gesicht deutlich anzusehen, als sie den Saal betrat und sofort zur Seite wich. Arndt van Geldern gab seinen Musikern ärgerlich ein Zeichen. Was für eine Frechheit des Freiherrn seine Tochter so selbstverständlich als sein Fräulein zu bezeichnen! Freilich, die Heirat war auch für den Kaufherrn beschlossene Sache. Gerade nach dem heutigen Tag lag ihm daran, Columba so rasch wie möglich aus seinem Haus und aus Köln zu entfernen. Aber so selbstverständlich sollte man eine van Geldern auch wieder nicht nehmen, es bedurfte noch der Verhandlungen. Zu wohlfeil wollte er selbst Columba nicht hergeben, gerade jetzt nicht, und schon gar nicht an einen adligen Gecken, der zwar interessante Privilegien besaß, aber auch unter einer drükkenden Schuldenlast litt.

Van Ypern verstummte erstaunt, als die Musik heftig einsetzte, dann zuckte er die Achseln und drehte sich nach Columba um. Die aber hatte die Gelegenheit genutzt und war neben Birckmann an die Tafel geschlüpft. Der Freiherr war schnell getröstet beim Anblick des saftstrotzenden Ochsen, der nun hereingetragen wurde. Blattgold schmückte seine Hörner. Händereibend folgte der Freiherr dem Rindvieh.

»Was für ein farbenfroher und munterer Auftritt«, bemerkte Birckmann mit leiser Ironie. Columba verdrehte die Augen voll Abscheu.

Der Prediger mißverstand. Behaglich beugte er sich vor. »Ich verstehe die junge Dame«, sagte er, »auch mir sind die flämischen Adligen zuwider. Ausschweifende Verschwender, Spieler, Modetoren und nur im Zechen tapfer.« Wie zur Bestätigung schüttete der bunte Geck am gegenüberliegenden Tisch gerade seinen zweiten Becher voll und stürzte den Inhalt hinunter. »Wie gesagt«, kam es voll trokkener Abscheu vom Jesuiten, »im Zechen tapfer, in der Religion schwach. Reden von Religionsfreiheit, wie dieser Egmont, dieser Wilhelm von Oranien, die das Volk aufwiegeln. Alles gelogen! Diese Herren Fürsten denken nur an ihr eigenes Wohlleben, ihre Privilegien und wollen Philipp vom Thron stoßen. Dafür sind sie bereit, Gott zu verleumden. Ihr tut recht, mein Fräulein, wenn Ihr so einen mit Verachtung straft. Seid fest im Glauben und tüchtig im Gebet.«

Columba, die bis dahin höflich zugehört hatte, wandte sich abrupt ab und verlangte laut: »Mehr Wein.«

Birckmann verbiß sich ein Lächeln und bemühte sich, die Mißbilligung des Predigers zu dämpfen. »Hochwürden, heute ist ein Abend des Feierns, er hat keine Zeit für Disputationen, die Jugend fordert ihr Recht.« Er sprach mit der Nachsicht eines Mannes, der den Seelen nur das Wenige abverlangte, was zu geben sie bereit waren. Man konnte sich die Frommen nicht backen wie Brezelmännchen.

Dem Prediger mißfiel es, er schwieg. Wieder so ein ekles Beispiel der humanistischen Toleranz; dieser Birckmann war gewiß ein Freund dieses Gelehrten Cassander. Der war ein dummer Religionsversöhner und Feind der Jesuiten. Hier zu Köln schrieb und lehrte er, daß man Protestanten und Katholiken mit ein wenig Toleranz versöhnen könne. Toleranz? Pah, es ging um den einen, den einzigen Gott und die ewige, die hierarchische Kirche.

Ihm gegenüber erhob sich nun Juliana von ihrem Platz, strich mit zarter Geste ihr goldschimmerndes Mieder glatt, wobei sie wie unabsichtlich die üppigen Formen ihres Körpers nachzeichnete. Ihre Geste war nicht verschwendet, die Blicke der Festgesellschaft ruhten auf ihr. Sittsam schlug sie die Augen nieder, ihre Lippen bebten leise.

Arndt van Geldern erhob sich und verkündete mit stolzer Stimme: »Meine Tochter Juliana wird nun für uns musizieren, bringt die Laute!«

Zwei Diener, Knaben noch, eilten herbei. Ihre schlanken Leiber waren in weiße Tuniken gehüllt, so als seien sie kleine, heidnische Waldgeister aus den Wäldern Kretas. Man applaudierte. Melina kniete sich – im leichten Gewand einer libyschen Sklavin – vor ihre Herrin und reichte ihr die Laute. Einige Kanonissen sogen halb mißbilligend, halb wollüstig den Atem ein. Juliana nahm zwischen den Knaben Platz, die nach antiker Sitte einen Bogen aus Eibisch und trockenem Lorbeer über sie hielten. Weich schlug Juliana die Saiten an.

»Ein Engel, fürwahr ein Engel«, flüsterte der Freiherr von Ypern laut und schenkte Wein nach.

Der Prediger runzelte strafend die Stirn. »Heidnischer Unsinn.«

Columba stieß einen verächtlichen Laut aus.

»Wem galt das?« flüsterte Birckmann in ihr Ohr. »Dem Engel oder Gottes ehernem Statthalter hier neben uns?«

Columbas Lippen kräuselten sich zu einem Lächeln. »Ich verachte weder Engel noch die wahren Statthalter des Herrn«, gab sie leise zurück, »aber ich denke nicht, daß sie in diesem Moment unter uns sind.«

Birckmann schüttelte warnend den Kopf.

Don Cristobal lauschte dem Lautenspiel mäßig entzückt,

seine Augen schweiften durch den Festsaal. Er taxierte mit dem geübten Blick des Finanzsekretärs und Steuereintreibers den Wert der flämischen Teppiche, die die Wände schmückten. Er schätzte das Gewicht des Silbers, auf dem serviert wurde, und prüfte die Ringe, die an den Händen seines Tischnachbarn funkelten. Van Geldern war seiner Beachtung wert.

»Ein würdiges Fest«, bemerkte er huldvoll und nickte dem Kaufherrn anerkennend zu.

»Ehre, wem Ehre gebührt, geehrter Don Cristobal. Es gilt alles nur Euch.«

»Oh, ich bin nur ein bescheidener Diener Seiner Majestät König Philipp und nehme diese Auszeichnung in seinem Namen an. Es würde ihn gewiß erheitern in einer so düsteren Zeit wie dieser.«

Van Geldern verstand, nun wollte Castellanos zu den eigentlichen Themen kommen.

»Hattet Ihr kürzlich Nachricht vom spanischen Hofe?« fragte der Kaufmann in leichtem Ton.

Castellanos senkte die Stimme, um zu antworten. »Ihr wißt, daß unseren Truppen im vergangenen September ein vernichtender Schlag gegen die Türken auf Malta gelang.«

Van Geldern nickte. »In letzter Minute, so heißt es.«

Mit einem Anflug von Ärger straffte der Grande seine Schreibtischschultern. »Müßiges Geschwätz. Man wirft Philipp gerne vor, er sei ein Zauderer, der nichts zur rechten Zeit erledige und zuviel Akten verfasse. Einige Höflinge, die die Neue Welt verwalten, scherzen sogar, daß sie mehr als hundert Jahre alt würden, wenn der Tod aus Philipps Spanien käme.« Er hielt inne, um die Reaktion seines Gegenübers abzuwarten.

»Welch ein böser Scherz.«

»Ihr sagt es. Philipp ist kein lauer Träumer. Vom Lächeln bis zum Dolch ist es bei ihm nur die Breite eines Messerrückens.« Cristobal pausierte, um seine Worte wirken zu lassen. Als Mann der Feder drohte er gern mit der scharfen Lanze seines Herrn. Der Kaufmann sollte wissen, wie schwankend die Gunst seines Königs war. Dann fuhr er fort: »Der Sieg von Malta straft seine Spötter Lügen. Ihm fehlte nur das Geld für die Galeeren, sonst hätte er früher zugeschlagen, sonst hätte er auch längst Truppen in die aufrührerischen Niederlande entsandt. Es fehlt ihm nicht an ritterlichem Mut, nur an dem elenden Geld.«

Der Grande schwieg, van Geldern wartete. Man mußte seinen Gesprächspartnern genügend Zeit lassen, sich zu äußern, dann würden sie ihre wahren Absichten verraten und ihre Zinsangebote auf Geldanleihen nicht zu niedrig gestalten. Doch der Grande war keine leichte Beute. Er umtänzelte sein Thema weiter wie ein Degenfechter, der die elegante Klingenführung dem Zustoßen vorzieht.

»Freilich war es nicht nur das Geld, das Philipp fehlte. Der Mangel an kampfwilligen Matrosen hinderte ihn. Alle seetüchtigen Männer drängt es auf die Kauffahrteischiffe nach den Kolonien – diese elende Gier nach Gold.« Er schüttelte tadelnd den Kopf. »Der König mußte schließlich den Katalog strafwürdiger Taten ordentlich erweitern, um genügend Ruderer für die Galeeren aufzubringen.«

»Philipp ist ein weiser Mann.«

»Und ein siegreicher. Doch was hilft es? Nun haben wir Nachricht, daß Sultan Sulaiman einen erneuten Angriff plant.« Der Grande blickte sich verstohlen um, senkte seine Stimme weiter, um die Wichtigkeit seiner Mitteilung zu unterstreichen. »Es soll gegen Österreich gehen. Schon einmal standen die Türken vor Wien, ihr wißt, wie gefährlich das ist.«

»Vor allem, wenn man die Unruhen in den Niederlanden mit einrechnet«, warf van Geldern wie fragend ein. Die Lage im Nachbarland war es, was ihn interessierte. Sollten die Türken nur kommen. Hauptsache, die Handelsplätze an der Schelde blieben vom Krieg verschont.

Der Finanzsekretär der Niederlande schien zu verstehen. »Macht Euch darum nicht mehr Sorgen als Philipp selbst. Die Zeit ist sein Acker, sagt er. Er läßt sich nicht drängen. Die Türken freilich ...« Weiter malte er die Gefahr aus.

Van Geldern tat, als ob er lausche, während er insgeheim überlegte, ob Philipp der Türken wegen eine weitere Anleihe bei ihm tätigen wollte. Wenn ihm nur Geld zur Verfügung stünde, dann könnte er leicht einen Zinsfuß von zehn, fünfzehn Prozent aushandeln. Die Fugger in Augsburg machten es vor. Nun gut, das würde sich weisen. Schon morgen vielleicht, wenn Cristobal ihm seinen Anteil aus den peruanischen Silberschätzen, die Zinsen für die letzte Anleihe, aushändigen würde. Er könnte einen Teil sogleich wieder mitnehmen, doppelt belastet natürlich.

Van Geldern entspannte sich bei diesem Gedanken. Herrlicher, fruchtbarer Kreislauf des Geldes! Er fühlte sich wie ein Meister der Wirklichkeit. Nicht einen Moment kam es ihm in den Sinn, daß er Philipp so gefährlich war wie die Türken. Er ahnte nichts von der störenden Macht der Geldsäcke und Merkbücher, die Könige und Kaiser immer tiefer in die Niederungen der gemeinen Welt verstrickte. Philipp war im Namen seines heiligen Krieges gezwungen, aufmüpfigen Baronen, lasterhaften Äbten, selbst ketzerischen Krämern zuzulächeln, nur um ihr Geld zu leihen. Kein Wunder, daß es mit der Ausrottung der Abtrünnigen und Glaubenslästerer nicht voranging, wenn man auf ihr Geld angewiesen war.

So oder ähnlich schienen Cristobals Gedanken zu laufen, denn nun wechselte er mit angenommener Kälte das Thema. »Ihr seid ein rechtgläubiger Mann, van Geldern, so hörte ich. Ein Mann, der seine Familie zu lenken weiß, und der für seine untadelige Frömmigkeit bekannt ist.«

Der Kaufmann schreckte hoch aus seinen Träumen von Prozenten und Zinsen. Seine Augen verengten sich zu Schlitzen, während er nach einer Antwort suchte. War das eine inquisitorische Anspielung, eine Drohung? Was wußte Cristobal von dem vermaledeiten Ausflug seiner Tochter? Ein Mann in Schwarz lenkte seine Aufmerksamkeit ab. Der Dürre! Sein Spitzel drückte sich wie eine vorsichtige Ratte an der Wand entlang auf ihn zu.

»Laßt uns morgen über die Geschäfte sprechen«, sagte der Kaufherr zu Cristobal gewandt, »nun ist es an der Zeit zum Tanz. Ich sehe, meine Tochter Juliana hat ihr Spiel beendet. Es wäre mir eine unermeßliche Ehre, wenn Ihr sie zum Tanze führen würdet.«

Der Grande war höflich genug, um zu danken. Er erhob sich, stieg vom Podest herab und verneigte sich mehr geziert als zierlich vor Juliana. Die streckte ihm die Hand entgegen, doch der Spanier krauste die Stirn. Das Mädchen verstand. Widerwillig zog sie ein Taschentuch aus dem Mieder und hielt es dem Granden hin. Die Flöten setzten ein. Don Cristobal geleitete Juliana nach spanischer Art zum Tanzboden: er faßte nur das Taschentuch. Der wahrhafte Kavalier mußte führen, ohne zu berühren; so verlangte es das ebenso strenge, wie schmucklose Hofzeremoniell, und Don Cristobal war es genehm, da er an der Gesellschaft von Frauen keinen Gefallen hatte.

»Ein widerwärtiger Sodomit, seinem eigenen Geschlecht zugetan?« fragte van Geldern in diesem Augenblick bei seinem Spitzel nach, als habe er nicht recht verstanden. Der Späher nickte genüßlich, der Kaufherr lächelte zufrieden. Diese Nachricht eröffnete Möglichkeiten.

»Es heißt, sein besonderer Günstling sei dieser Mann.« Der dürre Finger des Spions deutete kurz zum Kamin.

Van Gelderns Blick folgte ihm wie der Faden der Nadel. Der Glattrasierte! Der spanische Spitzel! Angewidert verzog van Geldern den Mund. »Der da huldigt also der verkehrten Liebe mit dem Granden?«

»Nein, nein, davon kann keine Rede sein. Don Cristobal ist klug genug, sich in seiner Liebe zu teilen. Sein Leib gehört niederen Pagen und groben Stallburschen, die er leicht zum Schweigen bringen kann. Seine Seele aber schenkt er wechselnden Begleitern, und zur Zeit eben dem da. Dieser Günstling soll eher verwegen im Geist als im Fleische sein. Man versichert, daß er die Weiber hinlänglich schätzt und vor allem die Weiber ihn.«

Van Geldern studierte eingehend das Gesicht des Jünglings, der spöttisch die Festgesellschaft betrachtete. Warum kam dieses Gesicht – das herrisch vorspringende Kinn, die gerade Nase, die breiten Wangenknochen unter dunkel leuchtenden Augen – ihm nur so seltsam vertraut vor?

»Sein Name ist Lazarus Ossianus.«

»Ossianus?« Sein Gesicht blieb ausdruckslos, der Name bedeutete ihm nichts.

Der Mann in Schwarz machte eine wegwerfende Geste. »So nennt er sich nach humanistischer Sitte. Ein zweifelhafter Philosoph. Niemand weiß etwas Rechtes über ihn. Es heißt, er stammt aus Flandern, aus Brügge, aber er ist weit gereist, die Welt ist sein Zuhause; vielleicht aus Notwendigkeit, vielleicht aus Lust daran.«

Er pausierte, erstaunt über die Wirkung seiner Worte. Die Erwähnung Brügges schien seinen Herrn ernsthaft alarmiert zu haben, dabei war das nur der unwichtige Teil seiner Nachricht. Er räusperte sich, um seine Stimmbänder von Schleim zu befreien, dann sagte er:

»Er ist der Mann, der Eure Tochter entführte.«

»Was sagst du?« van Geldern fuhr auf.

»Er ist der Mann, der Eure Tochter aus den Fängen der Ketzerjäger befreite«, sagte der Dürre kalt und hoheitsvoll. Dies waren die Momente, die er genoß, die Momente, in denen sein Wissen ihm Macht verlieh und sein Herr zum Gehetzten wurde, zum Opfer seiner Forschung, zum Werkzeug seines Spähers.

Van Geldern sah die Möglichkeiten schwinden, die sich soeben so golden eröffnet hatten. Geheimnis stand nun gegen Geheimnis. War dieser Lazarus der Günstling Don Cristobals und tatsächlich sein Spitzel, dann hatte er seinem Herrn gewiß von dem Abenteuer bei der Alten Mauer berichtet. Van Geldern unterdrückte ein Seufzen. Und er selber hatte seiner Tochter befohlen, an diesem Fest teilzunehmen, sich zu zeigen. Hätte er es nicht getan, wer weiß? Vielleicht hatte der Glattrasierte erst an diesem Abend entdeckt, wen er da aus den Klauen der Ketzer geraubt hatte. Aber warum hatte er das überhaupt getan? War es ein Akt der Aufschneiderei vor den Kölner Soldaten gewesen oder vielleicht eine flüchtige Begierde?

Nachdenklich wanderte van Gelderns Blick zu Columba hinüber. Sie lächelte und scherzte mit Birckmann. Gewiß, sie war reizvoll in Momenten wie diesen, aber er zweifelte nicht an dem ersten Bericht seines Spitzels, der ihm versichert hatte, Columba sei wie eine Katze auf den Kerl losgegangen, habe ihn geschlagen. Lazarus hatte also noch mehr Grund sie zu hassen und zu verraten.

Kurzentschlossen machte van Geldern dem Späher ein Zeichen, der beugte sich herab. »Der Grande hat sein Zimmer im zweiten Geschoß, sorge dafür, daß ihm heute nacht ein Knabe zugeführt wird.«

»Was für ein Knabe?«

»Ein nackter.«

Der Dürre machte ein enttäuschtes Gesicht: »Und Ihr glaubt, der Sekretär geht in ein so grobes Netz?«

»Das ist egal. Sorge du nur dafür, daß eine arglose, fromme Magd, ich denke an Mertgin, ihn entdeckt, wenn er auf den Knaben trifft.«

»Ich verstehe.« Der Späher nickte eifrig. »Mertgin ist eine treue Seele, die keinen Eid für Euch scheut, selbst wenn der Spanier den Knaben aus seiner Stube tritt.«

»Die Treue der meisten Menschen gleicht einem Salatkopf, sie welkt rasch. Wenn Mertgin versagt, wird Don Cristobal trotzdem die Botschaft meines Geschenks begreifen. Sein Laster ist in diesem Hause kein Geheimnis. Das sollte mir reichen.«

»Ich schätze Eure Klugheit mehr als die jedes anderen«, lobte der Dürre anmaßend.

»Ich schätze Eure Verschwiegenheit mehr als Euer Leben«, erwiderte van Geldern kalt und wandte sich ab.

2

Doktor Birckmann ist unter den Gästen, ich werde ihn holen.« Entschlossen richtete Rebecca sich auf. Anna tat entsetzt, griff sie beim Arm. »Aber das wäre deinem Schwager nicht recht. Sein Fest darf nicht gestört werden, ich hörte selbst, wie er es sagte.«

Verärgert schaute Rebecca der Schaffnerin ins Gesicht. »So? Das hörtest du? Deine Ohren sind bemerkenswert scharf, sie hören sogar durch Holz und Wände!«

Anna schwieg mit der Miene der zu Unrecht Gekränkten.

»Ich muß Birckmann holen, meine Schwester atmet kaum noch, zu tief ist ihr Schlaf. Eine merkwürdige Geschichte; an meiner Medizin kann es nicht liegen.«

»Vielleicht«, schlug Anna mit listigem Blick vor, »gab der Apotheker dir ein falsches Kraut. Schnell verwechselt man Tiegel und Töpfe.«

»Unsinn«, sagte Rebecca unwirsch, »er ist der Beste seines Fachs, ich selber habe die Kräuter gemischt und mit dem Honig, den du mir gabst, verrührt.« Sie bemerkte nicht den triumphierenden Blick ihrer Mitschwester und machte sich auf den Weg zur Tür. Es war Mertgin, die ihr den Weg vertrat.

»Verehrte Rebecca«, lange hatte sie an dieser Anrede gearbeitet und war zufrieden damit, »der Herr wünscht tatsächlich keine Störung. Bedenke, wie wichtig die Spanier für ihn sind. Was, wenn ihnen etwas von Krankheit zu Ohren kommt? Die Pest ist noch nicht abgeklungen in Köln, ein jeder, der Latwerge kauft und schluckt, gilt schon als verdächtig. Was, wenn die vornehmen Herren sich darüber beunruhigen, daß eine Begine erscheint und einen Doktor von der Tafel holt? Alle Welt weiß, daß Ihr, du, daß ...« Sie verhaspelte sich. »Man kennt die Begine Rebecca als Krankenpflegerin, das will ich sagen. Die Spanier würden es erfahren und gewiß das Haus fliehen. Der Herr aber braucht die Spanier, es geht um entscheidende Geschäfte.«

Anna lauschte höchst interessiert, war aus dieser Sachlage ein weiterer Vorteil zu schlagen?

Die Beginenmeisterin zögerte kurz. Mertgin hatte recht. Von Krankheit zu reden, hieß in diesen Tagen, die Pestangst beschwören. Sie blickte zu Katharina hinüber. Die Brust der Kranken hob sich kaum noch, flach atmete sie aus, und in viel zu langen Abständen. Ich kann sie nicht den Geschäften meines Schwagers opfern, dachte die Begine, es wäre ein Hohn gegen sie, die glaubt, daß schon ihr Kind der Geldmacherei des Gatten zum Opfer fiel.

»Mertgin, geh du und hole Columba, finde einen häuslichen Vorwand, niemand wird dabei Verdacht schöpfen.«

»Columba?« fragte Anna erstaunt. »Was soll dieses tör ...« Mertgin sandte ihr einen strafenden Blick. Anna schluckte: »Was soll das Mädchen an einem Krankenlager?«

»Nichts, ich werde sie gleich wieder zurückschicken, damit sie Birckmann herführt. Sie ist geschickt genug, um dabei kein Aufsehen zu erregen. Die Tochter des Hauses hat alles Recht, einen Gast im Hause herumzuführen, ohne daß jemand an Tod oder Krankheit denken muß.«

Mertgin nickte. »Das wird gehen. Ich warte, bis ein paar Diener neue Schüsseln auftragen, und schlüpfe hinein. Niemand wird mich beachten.« Sie entriegelte die Tür und verschwand.

»Wenn es kein falsches Kraut ist, dann muß es doch ein Teufel sein«, begann die lästige Anna.

»Du hast eine seltsame Lust an Dämonen, scheint mir«, erwiderte Rebecca kalt, »ich rate dir, gib acht, daß du nicht die Aufmerksamkeit unseres Beichtvaters auf dich ziehst. Teufelsgeschwätz hat schon manchen in Verdacht gebracht.«

Anna biß sich auf die Lippen. Wußte sie es doch, ihre angebliche Wohltäterin wollte ihr in Wahrheit Böses. Wie gut, daß sie diesem Lammblick von Anfang an mißtraut hatte, diesem sanften Getue, dieser verdächtigen Nachsicht und aufdringlichen Hilfsbereitschaft. Oh, wie sie Rebecca für all diese Tugenden haßte, die ihr die Bewunderung der Welt eintrugen. Aber sie haßte sie noch mehr, weil sie sie um ihr Geld beneidete.

3

Van Ypern sprang mehr als er tanzte, die Reiherfeder hüpfte mit. Columba hingegen bemühte sich um ruhiges Gleichmaß in ihren Schritten. Es war so peinlich vor der ganzen Festgesellschaft.

»Ich weiß«, keuchte der Freiherr, »daß Ihr unter einem

Tänzer wie mir zu leiden habt, aber verflucht, diese Trommelschläge fahren mir direkt in die Beine.« Ein Hüpfer folgte. Columba mußte wider Willen lächeln. Die unbekümmerte Fröhlichkeit des Flamen wirkte ein wenig ansteckend.

»Hat der Prediger Euch die Laune verhagelt, mein Täubchen? Ich mag Euren Namen, wißt Ihr«, sagte der Freiherr in vertraulichem Ton. »Lacht weiter, mein Täubchen. Vergeßt diese Pfaffen, alles Leuteverführer und trokkene Schwätzer. Sie übertreiben die Sünden ihrer Schafe, um sich zu ihren Hütern aufzuschwingen.« Ein weiterer Hüpfer.

»Nicht so laut, man könnte Euch hören«, warnte Columba den rotbackigen Mann.

Der warf den Kopf in den Nacken und lachte herzhaft. »Soll man mich ruhig hören, ich gelte ohnehin als Narr, darin liegt meine ganze Freiheit.«

Die Farben seines Gesichts, die ganze übermütige Lebensfreude des Kerls erinnerten Columba seltsam an Tringin, und ihr vom Wein erhitzter Sinn wurde milde gegen den Tänzer. »Ihr lacht und trinkt sehr gern, Mijnheer, nicht wahr?«

»Gewiß, schönes Mädchen, ich liebe das Leben licht und heiter, wer weiß, wie kurz es ist. Überall stirbt es, und der Trost ist ein Himmelreich, von dem mir lauter düstere Männer erzählen. Mir will es nicht gelingen, ihr Himmelreich so bunt zu finden wie dieses Fest.«

Columba lachte, löste ihre Hand aus der des Mannes und wirbelte zum Klang der Trommeln herum bis ihr schwindelte. Es tat gut, fröhlich zu sein. Mit freundlichen Blicken streifte sie den bunten, hüpfenden Dicken. Vielleicht würde es ihm gelingen, Gefühle in ihr zu wecken – andere Gefühle als die, die sie zur Genüge kannte.

Wieder betrachtete sie den Flamen, der nun von einem

Bein aufs andere sprang und mit der Rechten den Musikanten zuwinkte. Er würde vielleicht ein angenehmer Mann sein – sie hätte ihre Freiheiten; sein Verstand war wach, wenn auch nicht übermäßig flink – sie würde ihn lenken können. Ihre Mitgift gäbe ihr Einfluß, und er, er würde sie immerhin erheitern. Seine Leichtigkeit, sein munterer Sinn – war das nicht gerade das rechte für sie nach all den trüben Jahren in diesem düsteren Haus?

Sie lächelte van Ypern herzlich zu, als eine Hand leise ihre Schulter berührte. Wie ertappt fuhr sie herum, und eine Zornesfalte durchzuckte ihre glatte Stirn. Der falsche Spanier schmunzelte. »Du bist noch einmal so hübsch, wenn du zornig bist, das bemerkte ich schon am Nachmittag.«

»Ich bin nicht zornig«, zischte Columba, »ich bin fröhlich wie mein Tanzherr.« Sie wiederholte ein Lächeln in dessen Richtung. Van Ypern ließ seine Reiherfeder wippen.

»Überlaß das Lächeln lieber deiner Schwester«, bemerkte Lazarus, »sie taugt mehr zum schmiegsamen Engel.«

»Und du, falscher Spanier, taugst nicht dazu, einer Frau schönzutun«, gab Columba ernsthaft zornig zurück. Sie hatte Julianas sanften Augenaufschlag in Richtung des Glattrasierten durchaus bemerkt. Van Ypern war ein Verehrer, den sie Columba gönnte, der Glattrasierte hingegen war zu hübsch und stattlich, um seine Aufmerksamkeit an die Schwester zu verschenken.

»Ich glaube kaum«, sagte Lazarus, »daß du Wert auf einen Mann legst, der sich für dich zum possierlichen Schoßhündchen macht.«

»Der Freiherr van Ypern ist kein Schoßhund«, gab Columba heftig zurück und sah aus den Augenwinkeln, wie der Angesprochene nach einem Silberbecher griff, ihn auf die Stirn setzte und unter dem Gelächter der Umstehenden durch den Raum balancierte.

Columba drehte ihm den Rücken zu und sah Lazarus entschlossen an. »Er ist ein edler Mann, ich bin ihm versprochen und er ...« Sie brach ab, als van Ypern dröhnend wie ein Bär zu lachen begann.

Lazarus verzog seinen schönen, arroganten Mund. »Ich schätze, ein jeder hält seine Eule für ein Täubchen«, bemerkte er und wandte sich ab. Das Geplänkel hatte nur eine Pavane gedauert, die Instrumente schwiegen. Columbas Laune verdüsterte sich. Würden viele so über sie sprechen, wenn sie erfuhren, daß van Ypern ihr künftiger Name sein sollte? Die Bilder, die sich nun auftaten, waren weniger fröhlich als eben. Sie sah sich als ständig gekränkte Frau, die sich fortwährend für die Torheiten eines Bruder Lustig entschuldigte, der im Fett seines Leibes erstickte. Ihr Kopf schmerzte heftig. Der Bruder Lustig eilte auf sie zu, und Columba glaubte den Hohn und den Spott in den Gesichtern der Umstehenden zu lesen. Erst recht, als nun ein Schwan auf einer goldenen Platte hereingetragen wurde und der Freiherr händereibend vom Weg abkam, um dem gebratenen Vogel statt seinem Täubchen entgegenzueilen.

Staunend wie ein Kind stand er vor der Platte, denn man hatte dem Tier alle Federn wieder eingesteckt, seinen Schnabel mit Krapp rot gefärbt und die Flügelspitzen vergoldet. In der Mitte des Raumes setzte man den Vogel ab. Der Koch wetzte schabend zwei Messer, senkte dann eines in den Bauch des Tieres. Es schien zu zucken, Federn flogen, die Festgesellschaft hielt den Atem an. Ein glatter Schnitt, und der Bauch des Tieres öffnete sich, ein Piepsen war zu vernehmen, ein ängstlicher, kleiner Vogelschrei, noch einer, dann schlüpfte der erste Spatz aus dem Leib des Schwans, andere folgten, die ersten schüttelten die Flügel und stoben in den Raum. Die Gäste applaudierten und wiesen lachend auf die ängstlich flatternden Vögel, die –

ihrem heißen Gefängnis entkommen, in das man sie nach dem Braten des Schwans eingenäht hatte – sich das Genick an Deckenbalken und Fenstern brachen.

»Was für ein köstlicher Einfall!« schrie van Ypern und haschte mit fetten Fingern nach einem Sperling. Andere schlugen mit Hüten danach, die Augen voll unschuldigster Mordlust. Man nahm den Tod der Kreatur gerne von der heiteren Seite: sei es bei einer Hinrichtung, sei es bei der Kochkunst. Was für ein vortrefflicher Küchenmeister! Was für eine gelungene Überraschung. Ähnliches kannte man sonst nur von Fürstenhöfen.

Columba war froh, sich vom Tanzboden schleichen zu können. Sie hielt den schmerzenden Kopf gesenkt. Überall Sterben. Wahrhaftig, selbst die Sperlinge dauerten sie. Es war Lazarus, der sie beim Arm packte. »Du hast keine Freude an dem Spiel?« fragte er ernst.

Columba hob den Blick und ärgerte sich über die Tränen, die ihr in die Augen stiegen. »Ich verachte alle Spiele mit dem Leben wehrloser Wesen. Es ist unanständig und feige. Genau wie dieser elende Gassenlümmel, der Tringin erschlug. Es war ein ekler Kerl und ein feiger Mord.«

Lazarus sah sie aufmerksam an, Spott schimmerte in seinen Augen: »So gäbe es in deinen Augen auch einen mutigen Mord?«

Columbas Augen blitzten angriffslustig. »Einem ernstzunehmenden Feind würde ich jederzeit mit der Waffe entgegentreten und ihn nicht schonen.«

Ihr Gegenüber lächelte leise und fuhr vertraulich fort: »Ich würde es dir zutrauen, daß du mit einem Messer ...«

Weiter kam Lazarus nicht, weil Mertgin an Columba herantrat. »Verzeiht, aber der Pastetenkoch möchte Euch sprechen.« Verwirrt schaute Columba in Mertgins Gesicht. Was hatte sie mit den Köchen zu tun? Die Magd fuhr mit scharfem Blick auf Lazarus fort: »Es geht um die Speisenfolge, er ist sich nicht sicher, wie viele Schüsseln er mit einem Mal auftragen lassen soll.«

Noch immer schien Columba die Magd nicht zu verstehen. »Aber ...«

»Auch Rebecca weiß sich nicht zu helfen«, sagte Mertgin mit eindringlicher Stimme.

»Re ..., ich komme sofort.« Verärgert blickte Lazarus den beiden Frauen nach.

»Ich bitte dich, nein, ich befehle dir, tanze du mit der Tochter des Hauses«, sagte neben ihm einer auf spanisch. Don Cristobal. Lazarus wandte sich ihm zu. »Was ist mit dir, Freund Lazarus, hat die kleine Braune dich verärgert? Warte, bis du erst die schamlose Wollust der Blonden zu spüren bekommst. So vornehm sie tut, ich wette, sie würde dich mit Freuden und nassem Schoß bei Nacht empfangen. All diese geheuchelte Tugend der Weiber widert mich an.«

Lazarus nickte, dann sagte er nachdenklich: »Ich habe noch einen Besuch zu machen, wenn Ihr erlaubt.«

»Einen Besuch um diese Zeit? Bis auf einige Radaubrüder und Trunkenbolde schläft ganz Köln.«

»Die Person, die ich meine, schläft gewiß nicht.«

»Eine Hure also?« fragte der Grande gelangweilt. »Du hast einen schlechten Geschmack. Tanze vorher mit der Blonden, es gilt, van Geldern zu besänftigen, bevor du ihm morgen die Briefe überbringst.«

»Ich?« fragte Lazarus.

»Man sagt, daß es der Überbringer schlechter Nachrichten ist, den man haßt.«

»Die Griechen pflegten sie zu töten«, bemerkte der Bartlose knapp.

»Nun, ich jedenfalls ziehe nicht gerne den Haß eines Krämers auf mich. Es ist unter meiner Würde, Freund. Die

Briefe liegen in deinem Zimmer im Gasthaus. Wozu nähre ich dich so großzügig, wenn du mir nicht dann und wann eine Gefälligkeit erweist? Da dir meine besondere Gunst mißfällt und du die einer Hure vorziehst, sollst du mir wenigstens anderweitig von Nutzen sein.«

»Ein Mann kann gegen seine Religion verstoßen, nicht gegen seine Natur.«

Die Augen Don Cristobals verdunkelten sich bei dieser Antwort. »Deine Spitzfindigkeiten haben mir lange gefallen, hübscher Philosoph, aber sie beginnen mich zu langweilen wie dein spröder Leib. Und glaube mir, ich weiß, was du an meiner Seite gesucht hast. Informationen, nicht wahr? Die Finanzlage Philipps interessiert dich. Dich und einige niederländische Rebellen.«

Lazarus erbleichte. »Wie könnt Ihr mich eines solchen Verrats für schuldig halten?« Ungerührt fuhr der Grande fort: »Meine Soldaten berichteten mir von deinem seltsamen, warmen Interesse an den Ketzern von der Alten Mauer.«

»Es handelte sich nur um einen ehemaligen Diener meines Vaters, ich wollte ihm helfen.«

Der Grande fuhr sich mit der Zunge über die Schneidezähne, suchte nach Fleischfetzchen in den Zwischenräumen. Schmatzend beendete er die Suche und sagte kalt: »Wenn ich wollte, könnte ich dich allein dafür vernichten.« Wie unabsichtlich streifte die Hand des Granden Lazarus' glatte Wange. Es war eine Geste des Abschieds. Lazarus wußte, daß der Abschied des Granden endgültig war, und wenn es Don Cristobal gefiel, auch tödlich. Lazarus verbeugte sich tief und wandte sich ab, ohne den Blick des Finanzsekretärs noch einmal zu suchen. Der hatte sich längst anderen Vergnügungen zugewandt. Mit großer Freundlichkeit betrachtete er einen jungen, schlanken Faun in weißer Tunika, der sich auf einen Auftritt vorbereitete: ein griechisches Ballett nach antikisierender Mode. Der Grande bemerkte nicht, daß zwei Augenpaare ihn zufrieden beobachteten.

4

Seltsam.« Doktor Birckmann deckte die Kranke behutsam wieder zu. »Wirklich seltsam. Baldrian, Ingwer, Melisse, war das wirklich alles, was Ihr der Kranken gegeben habt?«

Rebecca nickte.

»Nun, wenn ich nicht wüßte, wie trefflich Ihr Euch auf die Krankenpflege versteht, ich würde schwören, daß Frau Katharina ein einschläferndes Gift zu sich genommen hat. Ihr wißt, daß sie eine ihrer Mägde oft zum Apotheker schickte, vielleicht ...«

»Nein«, Rebecca schüttelte den Kopf, »sie nahm nichts außer meiner Latwerge zu sich. Ich war danach die ganze Zeit bei ihr.«

»Und«, Birckmann näherte sich Rebeccas Ohr, »Eure Mitschwester?«

Rebecca schüttelte stumm den Kopf.

»Van Geldern?« Die Begine runzelte ärgerlich die Stirn. »Ihr glaubt doch nicht den bösen Zungen und Tratschweibern?«

Birckmann schüttelte den Kopf. »Nun denn, bringt mir etwas Brechwurz und einige Krüge Milch, ich will sehen, was sich tun läßt.«

»Und einen Bader?« schlug Anna eifrig vor, während Mertgin lief, um das Verlangte zu holen.

»Nein, ein Aderlaß empfiehlt sich nicht. Die Kranke ist zu erschöpft.«

Was für neumodische Ansichten, dachte Anna bei sich. Ein Kurpfuscher und Quacksalber war dieser Birckmann, sogar eine Urinbeschau hatte er abgelehnt. Nun, ihr sollte es recht sein, nur an ihrem Eifer sollte keiner zweifeln.

Columba betrat den Raum. »Was tust du noch hier?« fragte Rebecca. »Geh zurück zum Fest, dein Vater wird deine Abwesenheit bemerken.«

»Ich mag nicht«, erwiderte Columba trotzig und trat neben Birckmann an das Bett der Stiefmutter. Wieder sah sie Tod und Verderben. »Steht es schlimm?« fragte sie, und ihre Stimme klang heiser.

Birckmann sah zu ihr auf und stutzte. »Mädchen«, sagte er erschrocken, »was ist mit dir? Du blutest, deine Stirn.«

»Ach das, nichts, ich schlug mir heute den Kopf auf.«

Rebecca schob energisch die Haube hoch, die Columbas Stirn bedeckte. Das Mädchen zuckte unter der Berührung zusammen. Der Arzt entfernte das Pflaster aus Flachsfasern.

»Eine tiefe Wunde. Schwindelt es dir?« Er legte beide Hände an ihre Schläfen. »Du fieberst.«

Ein Krug fiel zu Boden und zerbrach. Mertgin klapperte auf hölzernen Trippen zu ihrer jungen Herrin hinüber. »Meine Seele, oh, welch ein Unglück, sie blutet schon wieder, und wie schwarz ihr Blut ist. Ich habe es gleich gesagt, sie hat sich die Pest geholt«, jammerte Mertgin. »Bei diesen Lumpensammlern und Knochensiedern, diesen Ketzern, diesem Heidenpack, da sitzt der Schwarze Tod in jedem Winkel, jedem Lappen.« Rebecca warf ihr einen warnenden Blick zu. Zu spät.

»Welche Lumpensammler? Welche Knochensieder?« fragte Birckmann scharf.

»Und welches Heidenpack?« warf mit schmeichelnder Stimme Anna ein.

»Mertgin, bringe deine junge Herrin in ihre Kammer«, sagte Rebecca scharf. »Doktor Birckmann wird sich um sie kümmern, sobald er Katharina beigestanden hat.«

Ihre Stimme duldete keinen Widerspruch, und Birckmann gehörte nicht zu den Menschen, die mit aller Macht die Geheimnisse anderer ausforschten. Und doch, seltsam war es, daß einmal mehr Columbas Name in Zusammenhang mit Ketzern genannt wurde.

Rebecca drückte ihm einen Tiegel mit Brechwurz in die Hand, Birckmann zerrieb es zu Pulver und mischte es mit Milch. »Haltet den Kopf Eurer Schwester, und du«, er wandte sich ohne jede Höflichkeit an Anna, »schlage die Decke zurück und bring eine Schale.« Mit geübten Fingern schob er die Kiefer der Kranken auseinander, fuhr ihr tief in den Rachen. Es folgte ein Würgen, dann Husten. »Es ist gut, sie kann noch schlucken«, sagte er und führte einen Becher an ihre Lippen. Mit behutsamen Bewegungen flößte er ihr die Milch ein. Wieder Würgen, Schlucken. Birckmann setzte erneut an.

Die Kranke bewegte langsam, wie abwehrend, den Kopf. Der Arzt arbeitete geduldig und ohne Hast, bis der Becher zur Hälfte geleert war. Plötzlich bäumte die Kranke sich auf, ihr Kopf entglitt Rebeccas Händen, Katharina beugte sich über den Rand des Bettes, und in einem mächtigen Strahl schossen Blut, Magensaft und halbverdauter Brei aus ihrem Rachen.

»Die Schüssel«, verlangte der Doktor barsch. Anna kniete sich hin und hielt sie der Kranken hin. Wieder bäumte die sich auf, röchelnd spuckte sie mehr Milch, mehr Magensaft, so lange, bis nur noch weiße Galle kam.

»Was immer es war, das ihr Blut und Galle vergiftet hat«, sagte Birckmann, »sie hat es ausgespuckt. Ich glaube kaum, daß ihr nun noch Gefahr droht. Haltet gute Wache über sie und gebt Ihr nichts außer ein wenig Wein zu trinken. Nichts mehr von der Arznei, hört Ihr? Vielleicht hat sich ja doch der Apotheker vertan.«

Rebecca nickte ernst.

Der saure Geruch des Erbrochenen stach Anna in der Nase. Am Boden hockend verfluchte sie ihr Schicksal, aber die Nacht war noch lang.

5

Ein paar von den niederländischen Studenten, die in Köln so zahlreich waren, verfolgten ihn grölend bis zur Drachenpforte vor dem Domhof. »Spanischer Geck!« riefen sie im Schutz der Dunkelheit und in der Annahme, er könne sie nicht verstehen, »Freudentöter, Leuteschinder, Hurensohn.«

Als Lazarus den Bogen der Pforte durchschritten hatte, ließen sie von ihm ab. Sie fürchteten die Wachleute der Hacht, des erzbischöflichen Gefängnisses, und kannten eine Schenke, die noch offen war. Der volle Mond wies ihnen den Weg.

Hartgefrorener Lehm brach knirschend unter dem Tritt von Lazarus' Stiefeln. Im Schein seiner Fackel überquerte der Mann in der spanischen Uniform den Domhof, warf einen Blick nach oben und bewunderte die Streben des Chors, die sich im sternenbestickten Schwarz des Himmels verloren. Der Bau war ein Meisterwerk von Menschenhand, und nur das nährte seinen Respekt. Er ging weiter, bog um eine Ecke und erreichte eine schmale Klosterpforte. In einer Nische blakte ein trauriges Licht zu Füßen einer Madonnenfigur. Lazarus pochte sacht an das Holztürchen. Er wartete eine Weile und klopfte erneut, diesmal lauter. Schlurfende Schritte waren zu hören, so zögernd, daß ein deutlicher Vorwurf darin mitklang.

Die Fensterlade im Tor wurde zurückgeschlagen, das verknitterte Gesicht eines Mönches tauchte hinter dem Gitter auf. Flink musterten blaßblaue Augen den nächtlichen Besucher, erkannten die spanische Uniform. Mit unterdrücktem Zorn fragte der Klosterbruder: »Was wollt Ihr?«

»Cassander erwartet meinen Besuch«, sagte Lazarus knapp.

»Ihr kommt spät«, murrte der Mönch, »wir haben bereits die Nachtgebete gesprochen.«

»Ist Cassander denn nicht noch wach?«

»Der scheint nie zu schlafen, will dem Tod wohl ein Schnippchen schlagen und seine Lebenszeit verdoppeln«, meinte der Klosterbruder, während er die Tür entriegelte und sie langsam öffnete.

Lazarus antwortete nicht. Durch weißgetünchte Gänge folgte er dem Mönch über einen kleinen Kreuzgang in den Krankentrakt des Klosters St. Maria ad Gradus. Vor einer Zelle am äußersten Ende des Ganges machte der Mönch halt und stieß ohne Umstände eine Tür auf. Der Mann in der Zelle hob ärgerlich seinen grauen Kopf. »Was ...«, hob er an und entdeckte den jungen Mann in spanischer Uniform, der sich am Mönch vorbei in den kleinen Raum drängte.

»Lazarus!« Der Glattrasierte beugte das Knie und senkte sein Haupt. Der Mönch in der Tür schüttelte den Kopf, seltsamer Spanier, seltsam. Überhaupt empfing dieser auf den Tod kranke Greis und Gelehrte Cassander merkwürdige Besucher. Ja nun, er war Gast des Domdechanten, da hielt man sich besser heraus und lächelte dazu. Der Mönch zog sich gähnend zurück.

Alles an dem Mann in der Zelle schien grau: sein Gesicht, die Haare, der lange, spitze Bart, sein Gelehrtengewand. Er trat hinter einem Stehpult hervor, auf dem sich ein klösterliches Pergament schnappend zusammenrollte, streckte seine gichtknotigen Hände aus und reichte sie Lazarus. Der ergriff und küßte sie, als seien sie mit dem Ring eines Bischofs geschmückt.

»Lieber Lazarus, es ist eine Freude, dich zu sehen. Deine Botschaft hat mich entzückt. Wie lange ist es her, daß wir im Hause deines Vaters beisammensaßen? Ein Jüngling warst du damals, heute bist du ein Mann.« Seine Augen glitten wohlgefällig über die hübsche männliche Gestalt des jungen Flamen.

»Fünfzehn Jahre, verehrter Cassander, und doppelt so alt bin ich heute. Ihr spracht damals von Erasmus, der Freiheit des Geistes, den Gesetzen der Toleranz, der Notwendigkeit, die Religionen miteinander zu versöhnen. Ich sprach vom Umsturz, vom Ende des katholischen Götzendienstes und der papistischen Riten. Ich wollte den trockenen, schnellen Weg, wie die Alchimisten es nennen. Eine reinigende Explosion, um die Menschen zur Freiheit zu führen und zu einem wahren, evangelischen Gott.«

Cassander lächelte müde. »Ja, du warst ein Hitzkopf und hieltest mich für einen lächerlichen Greis, einen Zauderer und Mann der Vergangenheit.«

Beinahe beschämt blickte Lazarus zu Boden, ein Ausdruck, den nur wenige an ihm kannten. »Sprecht nicht davon. Die Welt, die ich aus den Angeln heben wollte, hat mich eines Besseren belehrt.«

»Und Calvin?« kam es ohne Vorwurf von Cassander, der immerhin ein scharfes Pamphlet – die Defensio adversus Johannis Calvini – gegen den reformierten Prediger und unerbittlichen Dogmatiker verfaßt hatte, der eine eigene universelle Kirche aufbauen und die katholische vernichten wollte.

»Und Calvin«, kam es bitter von dem jungen Mann, »der erst recht brachte mich von meinen Torheiten ab.«

Cassander ließ seine Hände sinken und schlurfte müde zu einem Lehnstuhl bei einem Kohlebecken.

»Du glühst also nicht mehr für diesen begabten Verführer und Zuchtmeister?«

»Wie könnte ich«, stieß Lazarus verächtlich hervor, »nach dem, was er meinem Vater angetan hat.«

»Dein Vater war ihm treu ergeben.«

»Treuer jedenfalls als ich. Als wir noch in Brügge lebten und die Verfolgung der Andersgläubigen allerorten auflebte, schämte er sich für seinen Mangel an Mut, sich zu dem neuen Glauben offen zu bekennen, der so schlicht und wahr erschien, so menschennah. Er betrachtete es als seine größte Sünde, nicht gegen die Verknechtung der Menschen durch eine korrupte Kirche und liederliche Pfaffen zu protestieren, darum ging er endlich nach Genf.«

»In Calvins Gottesreich«, kam es ohne Spott von dem Gelehrten.

»Ein Reich, dessen Gott allein Calvin heißt«, erwiderte Lazarus. »Ein finsterer Gott. Jeder Genuß galt ihm als Sünde. Kunst verpönte er, Musik war ihm verhaßt, selbst die Kirchenglocken ließ er schweigen. Eislauf und ähnliche Vergnügungen waren ihm Strafen wert. Es gab keine Festtage, keine Weihnachts- und Osterfeiern. In Genf wird alles kontrolliert, was den Menschen Vergnügen macht, die Rocklängen, Frisuren, ihre Vorratskammern, ob sich darin nicht ein Fitzelchen Pastete versteckt. Die lauschigen Lauben am Rhôneufer wurden nach Liebespaaren durchsucht. Calvins Gott will nicht geliebt und gefeiert, sondern nur gefürchtet werden. Alles Irdische ist – laut Calvin – Schmutz und Nichts. Die Menschen sind eine zuchtlose Rotte von Sündern. Einmal die Woche wurden wir, seine Bürger, von Schnüfflern vernommen, nächtens gab es Visitationen. Widerlichste Spitzel lauerten überall.« Erschöpft hielt Lazarus inne.

Cassander nickte beistimmend. »Ich sehe, der Glaube an den Humanismus in dir ist nicht verloschen. Das ist viel.

Ich bin froh, daß ich auf deine Ausbildung soviel Sorgfalt verwandte, sie war nicht verschwendet.«

»Ihr irrt, Cassander. Ich bin ein schlechter Schüler. Auch an die Menschheit glaube ich nicht, noch weniger allerdings an die Religionen, weder die katholische noch die reformierte.«

Cassander schüttelte beinahe mitleidig den Kopf, doch die Freimütigkeit des jungen Flamen schreckte ihn nicht. Er selbst kannte die Schriften heidnischer Philosophen zu Genüge, die eine Menge skandalöser Ansichten über die Natur der Seele, die Nichtexistenz Gottes und die Sinnlosigkeit aller Frömmigkeit enthielten. Er aber hielt es mit Aristoteles, der in allen Fragen des Denkens – Medium tenere beati – den goldenen Mittelweg empfahl.

»Nur durch die andauernden müßigen Zänkereien haben beide Parteien sich ins Extrem verloren«, sagte Cassander jetzt. »Es fehlen solche, die sich von aller Parteileidenschaft und Erregung frei halten und in ehrlichem, redlichen Sinne lediglich die göttliche Wahrheit suchen, wie Christus sie verkündet. Nur wer das tut, behält die Fähigkeit, an Gott und die Menschen zu glauben, so wie es dein Vater tat. Die Welt des Lichts ist euch näher als eure Hände und Füße es sind, sie ist in euch, heißt es in der Bibel.«

»Es heißt so vieles in der Bibel.«

»Du glaubst nicht einmal mehr an die Schrift?«

»Ich glaube an ihre Vieldeutigkeit. Ich hasse alle Reformierten, die eine abgöttische Verehrung der Bibel propagieren und sich zu deren einzigen Deutern aufschwingen. Die Wahrheit ist so unendlich vielfältig, daß ich davon abgekommen bin, sie zu einem Idol zu machen. Ich bemühe mich nur noch um einige Richtigkeiten ...«

»Du bist fürwahr bitter geworden, Lazarus, ich erkenne den jungen leidenschaftlichen Mann nicht wieder, der alles für die Besserung der Welt wollte. Das Leben war dir eine Lust, die Menschheit deine Berufung.«

»Dieser Narr verbrannte mit seinem Vater, Cassander.«

Die Augen des zarten, alten Mannes verdunkelten sich. »Er ist für eine Wahrheit gestorben, die größer war als Calvin, der selbsternannte Gott. Macht dich das nicht stolz?«

Lazarus zögerte. »Er ist gestorben, weil er einen vollendeten Narren verteidigte.«

»Den katholischen Spanier Michael Servet, nicht wahr? Ja, das war ein seltsamer, verlorener Schwärmer.«

»Einer von vielen, nur übermütiger. Er schrieb aus sicherer Entfernung, aus Frankreich an Calvin, wollte ihn belehren, daß auch der Teufel ein Teil der Substanz des Göttlichen sei, und behauptete, daß Calvin irre.«

»Du verurteilst das? Er tat nur seine Meinung in einem religiösen Disput kund. Für diese Freiheit treten wir Humanisten ein.«

»Nun, ich verurteile keine Meinungen, sie sind mir alle gleich, ich verurteile nur Fanatiker. Servet hätte wissen müssen, daß ein Calvin an eines so fest glaubte wie an Gott: nämlich die eigene Unfehlbarkeit. Warum also gerade ihn überzeugen wollen? Calvin war ein Mann, an dem man nur zerbrechen konnte oder der einen zerbrach. Servet war ein ebenso verblendeter Eiferer wie Calvin selbst, auch er glaubte an seine Unfehlbarkeit und kam nach Genf, um darüber zu streiten.«

»Streit ist die größte Lust der Fanatiker«, sagte Cassander seufzend. »Gleichwohl, de morituis nil nisi bene. Servet starb für seine Wahrheit auf dem Scheiterhaufen.«

»Aus überheblicher Dummheit. Er kam aus Frankreich nach Genf, obwohl er wußte, daß Calvin ihn bereits an die katholische Inquisition verraten hatte, um sich selbst den Mord an einem eifernden Widersacher zu ersparen.«

»Das hat Calvin getan?« fragte der Gelehrte entsetzt.

»O ja, er scheute auch davor nicht zurück, dieser kaltherzige Tyrann. Er ließ Briefe schreiben, die Servet enttarnten. Als Servet jedoch der französischen Inquisition entkam und – selbstbegeisterter Tor, der er wiederum war – in Genf nächtigte, nahm Calvin ihn heimtückisch gefangen, wozu er kein Recht hatte. Er erzwang die Verurteilung des fremden Staatsbürgers. Aus reiner Eitelkeit ließ er den Dummkopf grauenhaft foltern und brennen. Und meinen Vater kurz nach ihm. Was für ein unnützer Tod, was für ein Opfer für einen Verblendeten, wie Servet es war.«

»Du irrst, Lazarus, du irrst. Dein Vater starb nicht für Servet. Er starb, weil er wie ich daran glaubte, daß es ein grausamer Mord ist, einen Menschen seines Glaubens wegen zu verbrennen, und keine Verteidigung einer Lehre. Nur das sagte er.«

Grimmig nickte Lazarus und starrte ins Feuer. »Ja, nur das sagte er. Im geheimen zunächst, dann in Briefen. Doch man hat ihn verraten. Wißt Ihr, wer ihn verriet?«

Cassanders Blick wurde für einen kurzen Moment unstet. Lazarus registrierte es genau. »Ihr wißt es, Cassander. Mein Vater wechselte Briefe mit Euch, wie mit anderen früheren Freunden, die Calvin verhaßt waren. Einer von ihnen muß es getan haben. Ihr wißt, wer es war.«

Cassander blickte dem jungen Mann fest in die Augen. »Das alles ist nun zwölf Jahre her. Ich kann es dir nicht sagen, mein Sohn. Vielleicht waren es auch meine eigenen Briefe, die deinen Vater verrieten. Man sagt, Calvins Spitzel saßen überall, auch unter den Boten und Kaufleuten, die Nachrichten überbrachten. Gleichviel, dein Vater hat zu seiner Überzeugung gestanden, sie nie geleugnet. Und wie er wiederhole ich: Um einer Lehre willen tötet man keinen Menschen. Nirgends in der Bibel steht, daß man Ketzer verfolgen soll.«

Lazarus nickte wieder. »Das ist eine der wenigen Thesen, die ich anerkenne, auch wenn der Tod meines Vaters mich kalt und wütend macht. Hätte er nur seine Aufrichtigkeit und Wahrheitsliebe für einen klügeren, edleren Menschen als Servet aufgespart.«

»Ihm zählte jeder Mensch gleich viel, wie dir jede Meinung«, sagte Cassander, »eben darin lag seine Größe. Dein Vater starb für eine großartige Idee, nämlich die, daß man in die Seelen der Menschen keine Fenster brechen soll.«

Lazarus sah, daß der alte Mann tief bewegt war und zugleich heiter lächelte. Er sah, daß vor ihm ein großer Mann saß, und doch reizten ihn seine Worte zum Widerspruch. All diese leeren Menschheitsträume.

»Ich hasse es, wenn Menschen für Ideen sterben, gleichviel für welche. Und darum bin ich auch hier. Ihr, Cassander, könntet einige Narren vor dem Feuer retten, die man heute verhaftete. Ich weiß, daß Ihr für die Wiedertäufer, die man im letzten Jahr fing, Euer Bestes getan habt. Dem Prediger unserer Delegation seid Ihr ein spitzer Pfahl im jesuitischen Fleische.«

Cassander krauste die Stirn. »Es war nicht genug, einer wurde dennoch gerichtet, und auf einen weiteren wartet nämliches Schicksal. Umsonst bat ich beim Erzbischof um Milde.«

»Immerhin, man hört auf Euch, sogar der verstorbene Kaiser Ferdinand gab viel auf Eure Worte, Cassander, überlegte sogar die Zulassung der Priesterehe und des Laienkelches.«

»Das bedeutet nichts.« seufzte Lazarus. »Sein Neffe Philipp ist in Fragen der Religion der wahre Herrscher in Europa, und sein Glaube ist von steinerner Unduldsamkeit. Dabei gibt es auch in der katholischen Kirche vortreffliche Männer, die an Reformen dringend interessiert sind. Ich fürchte, ich habe wenig erreicht. Einige meiner Schriften stehen seit dem Trienter Konzil auf dem kirchlichen Index. Die Jesuiten feinden mich ordentlich an.«

»Eine Ehre, die Ihr mit Erasmus, dieser lichten Zierde unseres dunklen Jahrhunderts, teilt.«

Cassander lächelte. »Gleichviel, Ideen, einmal gedacht und in die Welt gesetzt, gehen nicht verloren.«

Lazarus schwieg – kein Gespräch mehr über Ideen. »Am Nachmittag hat man ein gutes Dutzend Wiedertäufer auf den Frankenturm gebracht, um den Spaniern Kölns Rechtgläubigkeit vor Augen zu führen. Die armen Teufel sind Habenichtse, die mich dauern. Vor allem Luthger, der ein Faßbinder im Haus meines Vaters war, und ihm besonders zugetan. Ich wollte ihn hier in Köln besuchen, um vielleicht von ihm etwas über den Verräter meines Vaters zu erfahren. Nun ist er verhaftet. Er hat schon einmal für seinen Glauben gebüßt, warum sollte er ein zweites Mal dafür vor die Schranken treten?«

Cassander nickte. »Ich erinnere mich an ihn, ein fröhlicher Geselle.«

»Das hat man ihm ausgebrannt«, kam es zynisch von Lazarus.

»Ich werde ihn wie die anderen morgen aufsuchen, bevor der Turmmeister sie verhört, vielleicht kann ich beide besänftigen und sie zum Einlenken bringen.«

Lazarus dankte und ging zur Tür. Dann drehte er sich noch einmal um. »Eine Bitte habe ich noch.«

»Überfordere mich nicht, ich bin ein alter Mann und habe nicht mehr viel Zeit.«

Erst jetzt sah Lazarus, wie müde und schwach der Greis in Wahrheit war. Das Gespräch hatte noch einmal sein Feuer entfacht, doch nun sah er die kalte Glut des Todes in seinen Augen.

»Ich bitte Euch, fragt nach dem Schicksal von Luthgers Tochter, Tringin heißt sie.«

»Woher kennst du sie?«

»Nicht ich, ein Mädchen, das ich kenne, ist sehr an ihr interessiert.«

Der Abglanz eines Lächelns streifte noch einmal Cassanders Gesicht. »Und du an dem Mädchen.« Lazarus errötete. Cassanders Lächeln vertiefte sich.

Lazarus zögerte, dann zuckte es um seinen Mund. »Ich bin nicht mehr der leidenschaftliche Mann, den Ihr kanntet, erinnert Euch an Eure Worte.«

»Wie heißt es denn, dieses Mädchen?«

»Columba«, sagte Lazarus, als handele es sich um eine Nebensächlichkeit.

»Die Taube. Ein hübscher Name, ist sie es auch?«

»Viele behaupten das Gegenteil.«

»Und du?«

Ausweichend antwortete der junge Mann: »Ihr fehlt jede mädchenhafte Sanftheit und Tugend. Ein kindischer Hitzkopf ist sie und ganz vernarrt in das Leben. Sie glaubt an seine Süße. Besser, sie glaubte daran, bis die Sache mit Tringin geschah.«

»Also ist sie ganz und gar anders als du.« Lazarus überhörte den ironischen Ton. »Ist sie ein Bürgermädchen?«

»Die höchst vornehme Tochter eines ehemaligen Handelspartners und Freundes meines Vaters.«

Cassander hob verwundert die Augen. »Eines Freundes aus Köln? Ich erinnere mich nicht, daß er einen Kölner zum Freund hatte.«

»Er stammt aus Flandern. Sein Name ist Arndt van Geldern, vielleicht kennt Ihr ihn.«

Cassander richtete sich jäh in seinem Stuhl auf. »Van Geldern? Ein Freund?«

»Ich habe schon bemerkt, daß er in Köln seine Feinde hat, aber mein Vater sprach früher sehr warm von ihm, lobte seinen Kaufmannsfleiß und seinen unbestechlichen Verstand. Schon morgen werde ich van Geldern wiedersehen. Er scheint fürwahr ein Mann von umsichtiger, wenn auch kalter Klugheit zu sein. Sein Spitzel heftete sich den ganzen Nachmittag an meine Fersen, weil er mich mit Columba sah.«

Cassander schwieg eine Weile, dann hob er die Stimme und sagte mit großem Ernst: »Ich rate dir, in keinem Fall Leidenschaften an das Haus van Geldern zu verschwenden.«

»Geschäftssinn zählt nicht unter die Leidenschaften.«

»Ich denke an die Tochter.«

»Und ich an den Vater. Er könnte mir nützlich sein, da ich meinen Dienstherrn eben heute verlor, und der Kaufherr steht in meiner Schuld. Mich reizt es, für eine Weile in Köln zu bleiben.«

Cassander blickte ihn scharf an, dann seufzte er. »Ich warne dich, es liegt ein Fluch auf diesem Geschlecht.«

»Ihr seid kein Mann des Aberglaubens«, kam es spöttisch von Lazarus.

»Nein, und dennoch sage ich: Hüte dich vor van Geldern, und verrate ihm vorerst nicht deinen richtigen Namen.«

»Den habe ich auf meinen Reisen längst abgelegt, ich riß ihn von mir wie ein brennendes Kleid, da ich allen Parteien verhaßt bin.«

»Ich rate dir zur Vorsicht. Lerne van Geldern erst kennen, urteile und entscheide dann, was du ihm anvertrauen kannst.«

Lazarus öffnete den Mund zu einer Frage.

»Geh«, beschied ihn der Gelehrte mit plötzlicher Heftigkeit, »geh, ich habe zu tun. Es ist fast Mitternacht, und meine Zeit auf Erden ist knapp bemessen.«

6

Das Fest war zu Ende. Jeder Gast erhielt im Hof eine Fackel, um sicher den Weg nach Hause zu finden. Ein Nachtwächter rief die erste Stunde des neuen Tages aus. Die Pferde der Spanier schnaubten wohlversorgt im Stall, ihre Reiter ruhten – bis auf Lazarus – wohlversorgt in den Gästekammern des Hauses. In manchen Fenstern flackerte noch das Licht von Kerzen. Gähnend schlurften die Küchenmägde zu ihren Lagern hinter der Küche. Der Festsaal wurde verschlossen und verriegelt, tote Sperlinge schwammen in Weinpfützen neben zerbrochenen Krügen und abgenagten Knochen. Morgen würde man alles hinauskehren.

Arndt van Geldern saß im bestickten Samtmantel in seinem Büro und wartete auf einen Becher heißen Gewürzwein. Vor ihm auf dem Schreibtisch türmten sich wieder die Akten. Seufzend sah er Wechsel durch, sortierte sie immer und immer wieder nach ihrem Wert. Der Haufen der uneinlösbaren und wertlosen Scheine war entschieden höher als der der geldwerten. Wirklich beängstigend war jedoch der Stapel seiner offenen Rechnungen und eigenen Schuldverschreibungen. Nach diesem Fest würde er noch weiter anwachsen. Nun, Philipps Silber und etwaige weitere Türkenanleihen sollten ihn fürs erste retten. Es würde ihm Zeit genug bleiben, um im Frühjahr einen vertrauenswürdigen Mitarbeiter nach London zu entsenden, um dort die Außenstände einzutreiben, bevor die unberechenbare Königin Elisabeth etwa den hansischen Stalhof schloß und unter windigem Vorwand die Vermögen deutscher Kaufleute beschlagnahmte. Der jungfräulichen Monarchin waren solche Winkelzüge zuzutrauen.

Aber wen konnte er mit der Londonreise betrauen? Er hielt es wie der ferne Monarch Philipp: Er gab sich den Anschein, als liebe er die Menschen, und mißtraute allen. Wenn er nur jünger wäre, wenn er nur selbst reisen könnte! Die Blasensteine meldeten sich mit einem heißen Stechen. Seine Gesundheit glich einem ewigen Sterben. Wehmütig dachte er an seine goldenen Jahre, als ihm alles gelang, an die vielen eingegangenen Wagnisse, die glücklich ausgegangen waren, und an die Schliche, die unentdeckt blieben und sich ausgezahlt hatten. Und nun? Ohne Verschulden war er in Not geraten, weil die Welt nun einmal nicht der Mathematik gehorchte.

Es klopfte, der Dürre erschien mit dem Wein, seine Aufdringlichkeit war anmaßend.

»Was willst du noch?«

»Ich bringe den Wein, den Ihr verlangt habt.«

»Nicht von dir.«

»Ich bringe auch Nachricht.« Wie einen Köder warf er den Satz hin. Der Schein der Kerzen verwandelte sein hageres Gesicht in eine flackernde Fratze. Van Geldern bemühte sich, jedes Anzeichen von Neugier auf seinem Gesicht zu ersticken.

»Eure Frau ist schwer erkrankt.« Der Kaufherr sah auf. »Aber auf dem Wege der Besserung.« Van Geldern senkte den Blick wieder.

»Der Knabe ist bereit. Es kostete nur einen Gulden.«

»Sprich nicht davon, es ist der Rede nicht wert. Geh.«

Der Dürre deutete seine Verneigung nur noch an, der Kaufherr war doch längst seinesgleichen, ein Geheimniskrämer wie er. Das Gedächtnis des Dürren war gut, er pflegte Geheimnisse darin aufzubewahren, bis sie verdorrt und nutzlos waren. Die van Gelderns waren frisch wie die Blumen des Sommers, und er hegte sie fleißig. Befriedigt schloß er die Tür.

Katharina schwerkrank, dachte der Kaufmann kalt. Nicht krank genug. Das Vermögen, das ihr gehörte, wäre ihm willkommen. Wieviel besaß sie noch? Die Zinshäuser im Severinsviertel, soviel wußte er, aber sie warfen nur mäßiges Einkommen ab. Anteile an den Schiffsmühlen im Rhein? Rebecca hatte welche, das war gewiß. Vermaledeites Kölner Erbrecht, das den Frauen aus Patriziergeschlecht Verfügungsrecht über ererbtes Vermögen und Wirtschaftsfreiheit einräumte. Selbst in ihren liebesschwachen Stunden hatte Katharina darauf nicht verzichtet, und sie um Geld zu bitten ging gegen den Stolz des Kaufherrn. Er hatte sie lange genug und all die Verachtung und den Hohn des schon dünkelhaft standesbewußten Vaters ertragen, der am Ende nur des Geldes wegen nachgab. Seine Tochter sollte dieses hochmütige Spiel nicht weiter mit ihm treiben. Seltsam, dachte van Geldern plötzlich, nie habe ich gewußt, wie sehr ich Katharina haßte, ich hielt es nur für gewöhnliche Abscheu, aber es war Haß. Er lächelte bei diesem Gedanken – selbst diese Form der Leidenschaft war Vergangenheit.

Es klopfte wieder, und beinahe gleichzeitig betrat seine Tochter das Zimmer. Ihre Haare waren bereits gelöst, ein golden verbrämter Nachtmantel lag um ihre Schultern. Demütig – so jedenfalls glaubte er, der den trägen Blick Julianas stets mißverstand – blickte sie den Vater an.

»Ich wünsche Euch eine gute Nacht, Vater.«

»Bleib einen Augenblick.«

Juliana glitt in den Raum und setzte sich mit anmutig fließenden Bewegungen auf einen gepolsterten Stuhl beim Kamin. Die Flammen brachten ihr Goldhaar zum Glänzen. Van Geldern betrachtete sie mit Wohlgefallen.

»Ich sah dich heute mit den Spaniern tanzen.«

»Don Cristobal«, meinte seine Tochter gelangweilt und spielte mit einer Strähne ihres Haares, » ist ein schweigsamer Mann.«

»Nein, ich meine den anderen, seinen Begleiter.«

Juliana ließ die Strähne fahren. »Ein noch unhöflicherer Mann, dieser Flame in spanischer Uniform«, bemerkte sie ärgerlich.

Unhöflich? fragte sich van Geldern und dachte bei sich, daß der Dürre sich getäuscht hatte. Auch der Glattrasierte fand also keinen Gefallen an weiblichen Rundungen.

»Er sprach die ganze Zeit nur von Columba.«

»Columba?« Alarmiert blickte van Geldern auf. »Was sagte er?«

»Er lobte ihre Lebendigkeit und«, verächtlich stieß sie es hervor, »ihren Verstand. Als ob sie davon mehr hätte, als in eine Nußschale paßt. Denkt nur an ihr unziemliches Betragen von heute morgen. Wenn wir nur wüßten, wo sie war. Nach der Sache im vergangenen Sommer ...« Eine Frage schwebte im Raum, van Geldern beantwortete sie nicht.

Columba hatte Verstand, dieser Lazarus täuschte sich nicht. Und ja, lebendig war sie, lebendig wie er selbst einst gewesen war. Seine Gedanken wanderten zurück in seine Kindheit. Er sah das unwillige, haßerfüllte Gesicht des eigenen Vaters, ein unbedeutender, flämischer Stahlschmied von mäßigem Vermögen und keinem Funken unternehmerischen Geistes, der nur Abscheu für seine Pläne hatte, dafür eine große Leidenschaft für Fragen der Religion. Nichts von ihm erkannte er in sich selber wieder, dafür ... Columba. Empfindungen stiegen in ihm hoch, die ihm unheimlich waren. Sie mußte rasch verheiratet werden.

»Ihr studiert wieder die Akten? Eure Augen werden leiden.« Die Worte seiner Tochter rissen ihn in die Gegenwart zurück. Er sah, wie sie rasch die Augen niederschlug, die eben noch nach den Papieren geschielt hatten. Spione, er war umgeben von Spionen.

»Schließe die Tür, wenn du gehst«, sagte er.

Juliana glitt vom Stuhl. »Ich werde in der Hauskapelle noch zur Nacht für Euch beten«, sagte sie, »und für Katharina. Sie hatte einen schweren Anfall, heißt es, einen beinahe tödlichen. Vielleicht hat Gott bald Erbarmen mit ihr.«

Van Geldern überhörte den lauernden Ton in ihren Worten. Juliana verschwand mit der Lautlosigkeit eines Schattens.

7

Columba fieberte heftig. Ihr Kopf stand in Flammen. Flammen waren es, die sie in ihren Träumen sah, und Tringin, die ihre runden Arme nach ihr ausstreckte. Sperlinge umflatterten ihr Haupt, brennende Sperlinge, die entsetzlich kreischten. Tringin öffnete den Mund zu einem stummen Schrei. Columba stöhnte.

Besorgt legte Rebecca ein nasses Tuch auf ihre Stirn. Sie machte sich Vorwürfe. Sie war so sehr mit dem Leid der Schwester befaßt gewesen, daß sie die Wunde des Mädchens unterschätzt hatte. Katharina war wieder wohl, sie schlief. Birckmann war ein vortrefflicher Arzt. Mertgin wachte nun bei Katharina. Anna hatte es abgelehnt, mit der Entschuldigung, daß die Kranke sich über ihren Anblick schon einmal bis zum Wahnsinn entsetzt habe. Von Teufeln hatte sie nicht mehr gesprochen.

Teufel, was wußte sie schon davon! Rebecca strich sich müde über die Stirn. Ein Gutes hatte ihre Pflicht als Krankenwärterin, sie lag nicht wachträumend in der eigenen Zelle, wurde nicht heimgesucht von den Bildern einer Höllenwelt, die sie immer wieder an diesen vermaledeiten

Teppich im Stickrahmen zwangen. Wenn er fertig war, würde sie ihn verbrennen und mit ihm all die schrecklichen Bilder ihrer Seele, von denen niemand etwas wußte. Wie nahe das Heilige dem Teuflischen war! Das Höchste dem Niedrigsten.

Vielleicht war es Gott, der ihr in den letzten Nächten diese grauenvollen Visionen eingegeben hatte, um sie für ihren Hochmut zu strafen. Den Hochmut der Frommen, die glaubt, von Gott besonders bevorzugt zu sein. Ja, das hatte sie lange geglaubt, so lange, wie ihre Visionen süß und friedvoll gewesen waren.

Gleichviel. Man mußte den Teufel an die Wand malen, um ihn zu bannen, hieß es. Sie würde ihn bannen, dann würden ihre Gebete wieder klar und aufrichtig sein.

Columba hob im Traum ihre Hände, wie um den Alp abzuwehren, der ihr auf der Brust saß. Armes Ding, dachte Rebecca, wie sehr hatte die Ketzerhatz sie mitgenommen. Vom Fieberfrost geschüttelt, hatte sie alles gebeichtet, während die Tante ihr das Mieder löste, das Hemd abstreifte und ihr den kalten Schweiß vom Leib rieb. Sie war so jung, wo es um die Welt ging. Natürlich hatte sie schon Menschen brennen sehen, das Schwert herabsausen auf bloße Nacken, aber es waren gewöhnliche Diebe und Mörder, die sie sterben sah. Columba begriff nicht, daß Tringin, ein Mädchen ihres Alters, ein fröhliches, unbekümmertes Geschöpf ohne Falschheit im Herzen, den Tod gefunden hatte. Wirr hatte sie gesprochen, sich selbst die Schuld am Sterben Tringins gegeben, nur weil eine dumme, einäugige Hexe ihre Kunst an ihr probiert hatte. »Wird man sie alle verbrennen?« hatte die Fiebernde gefragt. »Auf das Rad flechten? Was wird mit ihnen geschehen, Tante?«

Rebecca hatte sie beruhigt, so gut es ging. »Nicht in Köln, liebes Mädchen, nicht in Köln. Man wird sie auf den

Turm gebracht haben, eine Weile verhören und die meisten freilassen, wenn sie ihrem Irrtum abschwören.«

»Die meisten?« hatte Columba zitternd geflüstert.

»Denke nicht daran.«

»Wäre es nicht sinnvoller, ein Märtyrer der Barmherzigkeit als einer des Glaubens zu werden und sich an die Seite eines Sterbenden auf den Scheiterhaufen zu stellen? Wäre das nicht wahrhaft christlich gehandelt? Würde das dem Wahn nicht ein rasches Ende bereiten?«

Sie war so jung. Rebecca hatte den Kopf geschüttelt. »Der Wahn, wie du es nennst, geht tiefer, zwischen den Menschen ist seit Urzeiten ein Haß, den kein Glaube heilt, kein Akt der Barmherzigkeit.«

»Das hat er auch gesagt«, hatte das Mädchen seufzend gemeint und war endlich in einen unruhigen Schlaf gefallen. Wer er war, wußte Rebecca nicht. Nur gut, daß Anna bei diesem Gespräch nicht zugegen gewesen war, mit Freude hätte sie davon dem Beichtvater oder noch besser einem Beauftragten der Inquisition berichtet. Wie gut, daß Anna schlief.

Rebecca irrte, Anna schlief nicht.

Ein Klopfen an der Tür von Katharinas Schlafgemach hatte sie hochgeschreckt. Durch die dünnen Wände ihres kleinen Verschlages, in dem sonst die Zofe der Hausherrin schlief, hörte sie ein geflüstertes Gespräch. Eine Männerstimme, die Mertgin aufforderte, dem spanischen Gesandten einen Schlaftrunk zu bereiten. »Ich kann die Herrin nicht allein lassen«, wehrte Mertgin ab, »schick eine der Küchenmägde.«

»Der Herr van Geldern hat diesen Dienst ausdrücklich von dir verlangt.«

Mertgin schwieg und betrachtete unsicher die Kranke.

»Du weißt, wie sehr er dich schätzt, der Auftrag ist eine Ehre«, kam es schmeichelnd von dem Mann. Die Geräusche verrieten, daß Mertgin sich erhob.

»Noch eins«, mahnte der Mann, »es wäre besser, du würdest ein ordentliches Gewand anlegen, schließlich handelt es sich um einen vornehmen Mann, du kannst ihm nicht im Hemd entgegentreten.«

»Aber meine Herrin ...«

»Ich werde so lange hier warten.«

Die Tür der Schlafkammer öffnete und schloß sich. Annas Ohren erforschten angestrengt das Dunkel. Noch einmal öffnete und schloß sich die Tür, der Mann war also ein Lügner. Warum hatte man Mertgin fortgelockt?

Anna atmete leise und lauschte, endlich fühlte sie sich sicher genug, den Verschlag zu verlassen. Das Licht der Kerzen fing sich in den vielen Spiegeln, warf einen blutigen Schimmer auf die Bilder der Heiligen.

Anna schlich durch den Raum. Gierig betrachtete sie das Geschmeide auf dem Tisch beim Vorhang, griff nach einem perlenbestickten Band und legte es um ihren Hals. Im Spiegel überprüfte sie die Wirkung und lachte ihr wölfisches Grinsen. Jede konnte eine Herrin sein. Mit der Rechten nahm sie das Tuch, mit dem sie ihren geschorenen Kopf des Nachts bedeckte, ab. Die Haare wuchsen nach. Sie hatte schöne Haare gehabt, bevor der Henkersknecht sie ihr geschoren hatte, weil sie ihr Lager gegen Geld mit Pilgern und anderen Männern geteilt hatte. Rebecca wiederholte den Haarschnitt regelmäßig. Verfluchte Konventsregeln. Ihre Haare waren so begehrt gewesen wie ihr Leib, die Beginentracht hatte den Reiz nur noch erhöht. Daß sie nun zum einfachen Rock auch noch das einfache Leben führen mußte, war ein Schicksal, das sie der Magistra übelnahm.

Ein Geräusch ließ sie hochfahren. Jemand schob den Türriegel hoch. Panisch blickte Anna sich um, entdeckte den Vorhang, schlüpfte dahinter.

Das Licht einer Kerze schimmerte durch den Stoff, ein Mantelsaum schleppte über den Boden des Zimmers.

»Katharina?« Stille. »Katharina?« Ein Seufzen war die Antwort. Jemand zog den Bettvorhang zurück, die Messingringe schabten über die Eisenstange.

»Du?« Katharinas Stimme klang geschwächt. »Du bist gekommen, zu mir?«

Van Geldern nickte langsam und betrachtete das verwüstete Gesicht seiner Frau. Bleich war es, das grau durchsträhnte Haar fiel wirr in ihr Gesicht, sie schwitzte, ihr Mund war geöffnet, die meisten Zähne waren fast schwarz. Van Geldern sah, daß der Schmerz sie noch häßlicher machte. Katharina hatte ihr Talent für die Liebe verloren, jede Geste war falsch, jedes Wort ein Fehler.

Mit fahrigen Händen schob sie ihr Hemd hoch. »Ein Kind«, stöhnte sie, »ich will ein Kind. Ich bin nicht alt, hörst du?«

Ein Nachhall ihres einst so herrischen Tons schwang in der Stimme mit. Wie erbärmlich sie war.

»Steh auf«, befahl van Geldern.

»Ich kann nicht, ich kann nicht.«

»Wie krank bist du, Weib?«

»Nicht zu krank für ein Kind.«

»Steh auf!« Anna zog ihren Vorhang ein Stück zur Seite. Die Kranke hatte zitternd die Decke zur Seite geschlagen, schob ihre Beine über die Kante des Bettes. »Warum quälst du mich?«

»Weil ich will, daß du lebst«, sagte der Kaufmann kalt.

»Du lügst.«

»Ich lüge nicht.«

»Liebst du mich?«

»Genug, du weißt es.« Widerwillen lag auf seinem Gesicht.

Katharina fiel beinahe aus dem Bett, sank auf ihre Knie. »Ein Kind, Arndt, ein Kind, es ist mein einziger Wunsch.«

»Erhebe dich. Es ist deiner unwürdig, zu knien.«

Katharina kroch näher an ihn heran, schlang ihre Arme um seine Knie, drückte ihr Gesicht in seinen Nachtmantel. »Ich gebe dir alles für ein Kind. Hörst du? Alles.« Sie blickte mit einem Ausdruck von List zu ihm auf. Er würde sie lieben, wenn sie ihm einen Sohn schenkte, dessen war sie gewiß. Ein Sohn.

Der Kaufherr wollte sie abschütteln, aber sie krallte sich fester in den Stoff. »Ich weiß, daß du Geld brauchst, geliebter Gatte. Viel Geld. Ich habe es. Ich gebe es dir, gleich morgen.«

Van Geldern erstarrte und blickte voll Abscheu auf Katharina. Nie war sie ihm so häßlich erschienen, so töricht, so bloßgestellt. Er streckte seine Hand vor, sie haschte danach wie eine Ertrinkende, riß sie an ihren Mund, bedeckte sie mit Küssen. Der Kaufmann ließ es geschehen, Katharina zog sich hoch, setzte sich wieder auf das Bett, zog den Gatten nach, bis er über ihr war. »Ich gebe dir alles, hörst du?« Sie kroch unter die Decke, umklammerte immer noch seine Hand. Er spürte ihre Wärme. »Gott will es so«, flüsterte Katharina lüstern.

»Du lästerst.«

Katharina spürte seinen Leib, schob den Mantel auseinander, tastete nach dem Saum seines Hemdes. Sie schloß die Augen und atmete seine Wärme, seinen Körper. »Du liebst mich«, sagte sie triumphierend.

»Schweig.« Mit metallischem Klirren fiel etwas zu Boden.

Anna warf einen letzten Blick zum Bett. Ihre Augen hefteten sich auf das Papiermesser, das im Schein der Kerzen glühend schimmerte.

8

Ersticktes Schreien. Ein Becher fiel zu Boden und kollerte über die Holzdielen. Die Nacktheit des Mannes war häßlich, die gebogenen Schultern, die magere Brust. Noch häßlicher gegen den schlanken, zarten Knabenleib, der weiß daneben schimmerte. Mertgin löste sich aus ihrer Erstarrung. Don Cristobal war mit einem Satz aus dem Bett gesprungen, suchte mit den Augen den Degen. Sie wartete nicht, bis er ihn fand, wirbelte herum durch die Tür, die sie polternd schloß, und floh über den Korridor. Hinter ihr war nichts außer einem Schatten – der Schatten des Dürren, der leise Zustimmung nickte. Hastige Geräusche wurden laut. Der Grande verriegelte seine Tür. Zu spät, dachte der Dürre, er war entdeckt.

Mertgins Herz raste, dieses Geheimnis konnte ihren Tod bedeuten, sie wußte es. Wohin fliehen? Sie verbarg sich in einer Fensternische und schlang den Vorhang fest um sich. Sie schloß die Augen und hielt den Atem an. Nach einer Weile begann sie zu zählen. Ihre Lungen schmerzten, sie holte leise Luft, teilte sich die Zeit nach Atemzügen ein. Stille, nichts als Stille und Warten auf die Dämmerung, die nicht einsetzen wollte.

Endlich warf sie einen Blick durch den Vorhang. Rechts befand sich die Kammer Columbas. Sie riß den Vorhang zur Seite und lief mit großen Schritten darauf zu. Sie stieß die Tür auf und fiel beinahe hinein. Rebecca. Die Begine schreckte aus unruhigem Schlaf hoch, wandte erschrocken den Kopf zur Tür.

»Mertgin! Was ist? Was ist mit meiner Schwester?« fragte sie aufgeregt.

Die Magd fiel auf die Knie. »Nichts, nichts, oh, es ist so schrecklich.« Don Cristobals weiße Nacktheit, Mertgin zitterte, erst jetzt packte sie das ganze Ausmaß des Entsetzens und der Angst, einer Angst, die direkt aus der Hölle kam. »Es ist Sünde, Verdammnis, Teufelswerk.« Die Magd schluchzte.

Rebecca legte den rechten Zeigefinger auf die Lippen. »Beruhige dich, erzähle, was geschehen ist.« Schluchzen. Die Begine stand auf und wollte zur Tür – Katharina! »Geht nicht, Rebecca, laßt mich nicht allein, er wird mich töten!«

»Wer?«

»Der Spanier. Er wird mich töten.«

Rebecca runzelte die Stirn. »Welcher Spanier? Warum sollte dich jemand töten wollen?« Wieder nur Schluchzen, Flehen. »Laßt mich nicht allein.« Rebecca zog die Frau energisch hoch. »Komm, wir gehen zu Katharina, Columba schläft ruhig.« Sie warf einen Blick zum Bett, dessen Vorhänge gegen die Kälte der Nacht zugezogen waren.

Mertgin ließ sich willig mitziehen, den stillen Korridor entlang, die Treppe hinab. Die Schlafzimmertür stand offen, kein Geräusch, eine unheimliche Stille, man meinte, das Brennen der Kerzen zu hören. Rebecca beschleunigte ihre Schritte, ließ Mertgins Arm fahren, rannte fast. Ein schreckliches Bild stieg in ihr hoch, das blutverschmierte Gesicht, das Kreuz aus Seidenfäden auf der Stirn der schreienden Frau. Ihre Nachtschatten, ihre Visionen, der furchtbare Bilderteppich. Draußen setzte endlich die Dämmerung ein.

9

Melina lehnte ihren Kopf an die Brust des Diakons, beide lauschten dem steten Tropfen von Wasser, das durch das Mauerwerk des Tonnengewölbes sickerte, sich eine Rinne suchte und schließlich herabfiel. Der Geruch kalten Weihrauchs mischte sich mit der Feuchtigkeit des unterirdischen Raumes. In einem Becken glühten die Kohlen aus, daneben lagen sie in einem Meer aus Kissen auf einem uralten Steinaltar, der einst der römischen Göttin des Liebreiz und der sinnlichen Begierde geweiht gewesen war. Bei Bauarbeiten an den Fundamenten von St. Alban hatte man die Stufen zu dem kleinen Geviert des Tempels hinter einer brüchigen Mauer entdeckt. Die Maler hatten sie rasch wieder vergessen, der Diakon nicht. Begarden hatten ihn einst die Bedeutung der heidnischen Göttin Venus gelehrt, leiblich und geistig. Gemeinsam hatten sie in der Bibel und in den apokryphen Schriften gesucht nach Worten und Bildern, die vom Leib, der Liebe und der heiligen Lust des Fleisches sprachen. Nie hatte der Diakon die Macht der zärtlichen Spiele vergessen. Nun lehrte er sie in blumiger Sprache und mit seraphischen Worten anderen und genoß die eigene Macht.

Hier in den unterirdischen Gängen und Kanälen, die die Stadt seit Römertagen durchzogen und sich von Keller zu Keller und Lager zu Lager verzweigten, versammelte er in unregelmäßigen Abständen seine Gemeinde der Engel. Tief unter St. Alban predigte er, daß sie Gottes Erwählte seien, daß es unter Engeln weder Scham noch Eifersucht geben könne, und auch kein Verbot, was den zärtlichen Gebrauch des Körpers betrifft. Törichte Bürgerstöchter und gelangweilte Kaufmannssöhne, ein paar verderbte Mönche und wollüstige Greise waren seine Jünger. Er verachtete sie im geheimen alle, sie waren so leicht zu verführen und weniger an Gott als an der sündigen Seite seiner Lehren interessiert. Der Diakon suchte nach mehr und fand es nicht bei seinen Jüngern und Jüngerinnen.

Die schwarze Melina und die schöne Juliana hielten sich dank ihrer mit Bildern der Heiligen Schrift angefüllten und aufgeheizten Phantasie für eine Sulamith und eine Eva. Auch sie lockte mehr die Ketzerei des Fleisches als eine Ketzerei des Geistes.

Gemeinsam brach man unter der Kirche gesegnetes Brot, tauschte Küsse zur Feier der Wandlung, sang verbotene Verse eines apokryphen Evangeliums des Johannes. Dann und wann schenkte der Meister im Anschluß an die seltsamen Feiern seine besondere Gunst einer der Jüngerinnen, indem er sie liebkoste und ihren nackten Leib streichelte. Heilige Hochzeit nannte er es, die Vermählung der auserkorenen Leiber. Die Bürgerstöchter buhlten um ihn, als handele es sich um einen reizvollen Wettbewerb.

Die Zeremonie war lange vorüber.

Absichtsvoll hatte der Diakon Melina für diese Nacht erwählt, um Juliana zu demütigen. Er hatte die schwarze Zofe einige harmlose Spiele der Liebe gelehrt und ihre hochmütige Herrin Juliana die ernsthaften Qualen der Verschmähten. Er fühlte seine Macht. Sie erfüllte ihn mit Schauern der Wollust. Er, ein kleiner Diakon, beherrschte die Tochter eines van Geldern wie eine mechanische Puppe. Er lächelte, groß fühlte er sich und großmütig, doch in Wahrheit ging sein Begehren nur auf eine einzige, eine wahrhaft heilige Frau, deren graue Augen so betörend sanft, so klar und voll der wahren Liebe Gottes waren. Ihr, nur ihr wollte er sich mit Leib und Seele ganz anvermählen. Umsonst hofften seine Jüngerinnen, ihn jemals ganz als Mann zu empfangen.

»Ihr Schoß ist wie ein runder Becher, dem nimmer Getränk mangelt«, hauchte der bleiche junge Mann im Meßgewand, das er aus der Sakristei von St. Alban zum Frevel entwendet hatte, genau wie seine Sätze aus dem Hohelied des Salomon.

Melina wußte nichts davon, kannte weder Bibel noch Hohelied. Sie schloß die Augen und atmete still den Duft des Mannes. Die Zofe kannte keine Liebe, hatte sie nie gekannt, darum hielt sie die abgeschmackten Zärtlichkeiten des Diakons dafür und ahnte nicht, daß er in seinen Gedanken bei einer anderen war.

»Die Liebe ist langmütig und freundlich, die Liebe eifert nicht, die Liebe treibt nicht Mutwillen, sie blähet sich nicht, sie stellet sich nicht ungebärdig, sie suchet nicht das Ihre, sie läßt sich nicht erbittern, sie rechnet das Böse nicht zu«, zitierte sie, wie sie meinte, die Weisheiten ihres angebeteten Predigers. Sie schlug die Augen auf. »Meine Herrin wird mich dennoch schlagen.«

»Die Liebe verträgt alles, sie glaubet alles, sie hoffet alles, sie duldet alles«, hielt ihr der Diakon mit kalter Stimme Verse des Korintherbriefs entgegen.

»Sie liebt dich.«

»Sie liebt nicht genug, um Gott zu empfangen.«

»Du verlangtest ein Opfer so stark wie der Tod. Was soll sie tun?«

Der Diakon schob Melinas Kopf hoch und erhob sich. »Der Tod und die Liebe sind eins«, sagte er geheimnisvoll. Melina spürte nur Kälte. »Du sagtest, sie muß den Menschen opfern, den sie am meisten liebt. Wen meintest du?«

»Komm«, sagte der Diakon und glitt vom Altar. Sie nahm seine Hand, gemeinsam gingen sie die Stufen hinauf. Er schob einen Vorhang zur Seite. Sie durcheilten das Gewölbe, in dem Kerzen vor den Heiligenfiguren flackerten, stiegen hoch in den Kreuzgang. Der Diakon ließ Melinas Hand fahren. »Geh allein, ich werde nun beten.«

»Zu wem?« flüsterte Melina und fühlte Scham beim Anblick der Heiligen Mutter in der Seitenkapelle.

Der Diakon antwortete nicht, er beugte das rechte Knie vor dem Kreuz. Die Maria vor ihm, so glaubte er, hatte graue Augen.

Melina erklomm die Stufen zum Triforium, von dem aus

eine Tür direkt in die Hauskapelle der van Gelderns führte, in der sie von einem Fenster aus die Messen verfolgen konnten. Leise öffnete und schloß sie die Tür. Wieder das Gesicht einer Madonna. Dann ein schrecklicher Schrei.

10

Die Tote lag bequem. Ein Engel stand an ihrer Seite.

Rebecca glaubte für kurze Zeit an einen Traum, flughafte Schemen von Schmerz und Trost. Die Wirklichkeit war anders. Es war Juliana, die mit gelöstem Haar dastand und auf Katharina starrte. Einen Moment beruhigte sich Rebecca bei deren Anblick. Die Stirn der Schwester war unversehrt, und verzückt ihr Lächeln. Erst dann glitt Rebeccas Blick dahin, wo auch Julianas Augen fast wollüstig verweilten: Die bloße Brust der Toten war zerteilt von rohen Schnitten. Blut sickerte in blasigen Tropfen aus den Wunden, die die Form eines Kreuzes hatten. Der Längsbalken reichte bis zum Nabel. Keine häßliche Wunde, nein, sie war von seltsamer Schönheit. Weniger roh als das Messer, das stumpf von Blut in Columbas Hand ruhte. Mit dem Rücken zur Wand stand sie da, die Augen schreckensweit.

Ein verkehrtes Bild, dachte Rebecca mit seltsamer Kaltblütigkeit, völlig falsch. Sie ging zu dem Mädchen hinüber und löste mit festem Griff das Messer aus ihrer Hand. Sie kannte die Waffe, es war das Papiermesser des Kaufmanns. Verkehrt, dachte Rebecca immer wieder, auch das verkehrt.

Columba hob ihre Augen. »Ich weiß nicht, wie ich herkam«, flüsterte sie, »ich weiß nicht, was ich tat. Ich glaubte zu träumen, bis eben. Aber das Messer! Ich muß ...«

Rebecca verschloß den Mund des Mädchens mit der

Rechten. »Still«, sagte sie tonlos. Dann ging sie hinüber zum Fenster und öffnete es, damit die Seele Katharinas unbehindert entweiche. Mit ebensolcher Ruhe trat sie dann an die Tote heran und schloß ihr die Augen, damit sie niemanden nachziehen konnte. Entsetzte Stille lag über dem Raum, bis sich aus Mertgins Kehle der lange unterdrückte Schrei löste. Der Schrei, den auch Melina hörte. In den Gängen des Hauses schlugen Türen, Schritte wurden laut.

Die Geräusche erlösten Rebecca aus dem Gefühl kalter Erstarrung, sie zog Columba aus dem Zimmer.

»Mörderin«, zischte Juliana hinter ihr her. Wieder lag Triumph in ihrer Stimme.

»Gehe in dein Zimmer«, befahl ihr Rebecca, und zu Mertgin gewandt sagte sie: »Bedecke deine Herrin und verschließe die Tür hinter uns. Ich werde gleich wieder bei dir sein, um sie zu waschen und ihr das Totenkleid anzuziehen, bevor der Diakon ihr die letzten Sakramente erteilt. Rede bis dahin zu niemandem, hörst du? Niemandem.«

Mertgin atmete keuchend, doch sie verstand und nickte.

Wo, schoß es Rebecca mit einem letzten Blick auf Katharina durch den Kopf, wo aber war Anna? Vor den Fenstern hob sich fahl das Licht der Dämmerung, fast träge schob es die Nacht beiseite.

III.

Von Engeln und Ketzern

1

Gewirr von Stimmen, eifriges Murmeln, geflüsterte Zahlen, getuschelte Meinungen und unnachgiebiges Feilschen. In einem Laubengang nahe dem Rathaus hatten Kölns Kaufherrn, ihre ausländischen Konkurrenten und Partner sich zur Börse versammelt. Sie war eine der ersten, die mit Augsburg, Nürnberg und Hamburg 1553 im Deutschen Reich gegründet worden war. Für dieses Jahr plante man die Fertigstellung eines machtvollen Gebäudes in der Bolzengasse für die Zusammenkünfte.

Sudermann war an diesem Morgen da, der Syndicus der Hanse und ihr eifrigster Verfechter. Wieder einmal warb der gebürtige Kölner für den Bau eines bombastischen Kontors der Handelsvereinigung in Antwerpen. Zehntausend Karlsgulden hatte der Rat bereits zugeschossen, doch Kölns Kaufleute blieben skeptisch, auch wenn Don Cristobal nicht von direkter Kriegsgefahr in den Niederlanden gesprochen hatte. Dennoch: Was zählten die Residenz und die hansischen Privilegien, die man den Antwerpenern teuer bezahlen mußte, gegen die neuen Gesetze des Marktes.

Die Befreiung von Kran- und Kaigeld, Hafensteuern, Entladegeld, Reinigungsgebühr und gewissen Zöllen war zwar angenehm, doch dafür die vielen Verpflichtungen!

Die Vorschrift etwa, Waren wie baltisches Korn oder kölnische Tuche zunächst in Antwerpen anzubieten, bevor es weiter nach England ging. Die Flamen würden es nutzen, um die Preise zu drücken. Schon im letzten Sommer hatten sie es gewagt, vierundzwanzigtausend Last Korn wegen aufflammender Hungersnöte zu beschlagnahmen und zurückzuhalten. Viele Händler, darunter van Geldern, hatten dabei böse Verluste gemacht.

Dazu das Verbot für Hanseaten, in unruhigen Zeiten gewisse andere Häfen und Handelsplätze zu nutzen. Solche Beschränkungen luden ausländische Kaufleute dazu ein, in die Bresche zu springen. Die Hanse war ein überkommenes Bündnis, so sicher wie Eisen Rost ansetzt. In Köln ärgerte man sich zudem über die Verpflichtung, anderen Hansestädten in ihren Kriegen beizustehen. Lübeck etwa, das sich seit beinahe zwei Jahren mit Schweden befehdete und Geld für Truppen einforderte. Welchen Nutzen hatte das für Köln?

Es galt, wendig zu sein. Die Politik hatte es längst begriffen und gehorchte den Gesetzen eines Machiavelli, der kalt aufgezeigt hatte, daß Moral und Bündnistreue nicht immer dem Machterhalt dienen, der doch vornehmstes Ziel jedes wahren Herrschers war. Galt für die Wirtschaft nicht das gleiche? Ganz Europa war ein Pulverfaß, da mußte man Handelsplätze rasch aufgeben. Handelsplätze wie Antwerpen etwa, aus dem schon jetzt viele Kaufleute flohen.

Doch Sudermann, selbst Stahl- und Tuchhändler, verhandelte eifrig über eine noch engere Verbindung zwischen der Hanse und den Niederlanden. Laut beschwerte er sich gegen die Hansestadt Hamburg, weil sie die Engländer während der letzten niederländisch-englischen Handelssperre in seinem Hafen anlanden ließ.

»Ein jeder«, so dozierte der magere Mann mit dem gelockten Bart, der langen Nase und dem schielenden Blick, »ist nur noch auf seinen Vorteil bedacht, aber es gilt, an den gemeinen Nutzen zu denken. Die Hanse ist nur stark, wenn jeder sein Scherflein beiträgt.«

Birckmann stand neben ihm und wiegte nachdenklich den Kopf. »Lieber Freund, ich schätze Euren aufrichtigen Eifer, aber wie stark ist die Hanse noch? In London wird sie von den aufstrebenden Merchants bedroht, die ihrer Königin – im Namen einer neuerwachten Vaterlandsliebe – viel weitreichendere Privilegien abschmeicheln und abkaufen, als die Hanse sie je hatte. In Antwerpen wird die Hanse am Ende zu den letzten gehören, die dem Hafen noch treu bleiben, wenn es zum Krieg kommt.«

Sudermann seufzte. »Wer weiß das schon? Ich warne nur vor den Folgen, wenn die Hanse zerfällt. Ein jeder von uns würde dann den anderen zerfleischen, ein Krieg aller Kaufleute gegen alle wäre die Folge, die Geldgier des einzelnen unbegrenzt zum Schaden aller. Seht doch nur, was geschieht, wenn die Gesetze der Zünfte nicht mehr gelten. Die Preise fallen, die Gesellen verlieren Lohn und Brot, weil vor den Städten dahergelaufene Tagelöhner ihre Arbeit zu billigstem Lohn verrichten – ohne eine rechte Ausbildung zu haben.«

Birckmann schwieg. Es lohnte nicht, mit Sudermann darüber zu streiten, ihre Standpunkte waren nicht vereinbar. Der eine hielt fest am alten Herkommen, der andere sah, daß die neue Zeit nicht aufzuhalten war.

»Da kommt van Geldern«, lenkte Birckmann deshalb ab.

Sudermann runzelte die Stirn, strich sich den Bart. »Van Geldern hier? Ich hörte, wie die Gaffelboten in den Gassen verkündeten, daß gestern nacht seine Frau verstarb. Wie kann er da an das Geschäft denken?«

»Er denkt an nichts anderes«, bemerkte Birckmann trokken. »Vielleicht ist es gut so, es lenkt ihn ab.«

»Wart Ihr zugegen, als Katharina starb?«

Birckmann schüttelte ernst den Kopf. »Nein, aber Rebecca, die Schwester war bei ihr.«

»Eine vortreffliche Krankenwärterin, selbst als die Pest umging, scheute sie den Gang zu den Kranken nicht. Eine wahrhaft verehrungswürdige Frau.«

Wieder nickte Birckmann, diesmal kräftiger, wie um alle weiteren Fragen auf einmal zu beantworten.

»Und es war nicht die Pest, die Katharina hinwegraffte?« mischte sich ein anderer Händler mit gedämpfter Stimme ein.

Der Arzt schüttelte so energisch den Kopf, als wolle er lästige Fliegen vertreiben. »Nein, die war es in keinem Fall. Ich habe die Frau Katharina noch am gleichen Abend gesehen, ihr Leib wies weder Flecken noch Schwären auf. Auch Pocken oder der englische Schweiß waren es nicht.«

»Aber ungewöhnlich plötzlich kam der Tod doch. Nicht einmal die Letzte Ölung konnte sie empfangen, sagt man«, beharrte der andere hartnäckig.

»Der Diakon von Sankt Alban hat die Sterbesakramente nachträglich erteilt. Sie lag schon lange krank – una meute capta –, eine Irrsinnige. Die Anfälle kamen immer heftiger, ein jeder konnte tödlich sein«, wich Birckmann aus. Er würde mit Rebecca sprechen, das nahm er sich vor. Wenn man ihn schon im Haus van Geldern heute nicht vorließ, so doch im Konvent. Vielleicht waren einfach seine Maßnahmen verfehlt gewesen oder zu spät gekommen, vielleicht hatte sich die Atmungslähmung wiederholt, vielleicht hatte er sich überhaupt getäuscht und alles war nach der Natur gegangen. Gestorben wurde schließlich alle Tage.

»Sie war so krank wie die Finanzen ihres Gatten«, behauptete der neugierige Händler nun frech. »Ich nehme an, daß ihr Tod zumindest dieses Leiden kuriert.«

Er wandte sich ab, als die Augen van Gelderns ihn trafen. Der Kaufherr stieg die Stufen zum Laubengang herauf. Er hatte die Worte sehr wohl vernommen, tat aber, als sähe er die mißtrauischen Blicke nicht, mit denen die meisten ihn empfingen.

Birckmann gab seiner Trauer mit knappen, leisen Worten Ausdruck. Sudermann kondolierte stumm und suchte ein anderes Grüppchen auf.

»Er wirbt schon wieder für Antwerpen?« fragte van Geldern mit seinem fuchshaften Grinsen.

»Er kennt kein anderes Thema.«

»Außer dem Tod meiner Frau, nehme ich an.« Der beißende Spott in seiner Stimme verärgerte Birckmann.

»Werter van Geldern, Sudermann ist kein loses Schwatzweib und kein Gerüchtemacher.«

»Nein, das besorgen andere. Ich mag alt sein, aber mein Gehör ist scharf wie das eines Pirschgängers. Ich vernahm auf dem Weg hierher genug. Seit Wochen laufen scheußlichste Lügen über mich um. Nur weil ich nicht wimmere wie ein dummes Weib, heißt das nicht, daß ich nicht verletzbar bin. Der Tod meiner Frau kam unerwartet für mich. Alsdann!« Er drehte sich um und stieg die Stufen wieder hinab.

»Ihr wollt schon gehen?« rief der Doktor. »Habt Ihr keinen Handel zu besprechen, keine Geschäfte?«

»Ich habe heute nur Geschäfte mit dem Sargmacher, den Leichenträgern und dem Priester, wie Ihr Euch denken könnt.« Die Lüge kam glatt von seinen Lippen und verfehlte ihre Wirkung nicht. Der Doktor biß sich auf die Lippen, kam sich töricht vor.

Fast genüßlich fuhr van Geldern fort: »Gott mit Euch, Birckmann, ich hoffe Euch bei der Totenmesse zu sehen. Katharinas Leib wird Sonntag zu Sankt Alban ausgesegnet und in der Marienkapelle beigesetzt. Es wäre ihr sicher tröstlich zu wissen, daß sie ganz in der Nähe der Mutter Gottes liegen wird. Schon bald werde ich ihr zu Ehren ein Altartuch für die Kapelle stiften, wie Köln noch keines sah. Katharina soll nie vergessen werden, ich jedenfalls kann es nicht.«

»Gewiß, gewiß«, antwortete der Arzt und schwieg bestürzt. Er hatte van Gelderns Zartgefühl unterschätzt. Was für ein einsamer, bitterer Mann der Kaufmann war. Vielleicht verbarg er unter der harten Schale ein wahres Gefühl von Schmerz. Kosten für ein ehrwürdiges Begräbnis jedenfalls scheute er nicht.

2

Mit zusammengekniffenen Augen begutachtete Lazarus die steinerne Wucht des Gefängnis- und Wehrturms an der Frankenwerft. Schmale Schießscharten unterbrachen das feste Mauerwerk, das vier Stockwerke hoch in den kahlen Himmel ragte. Am Eingang stand ein Wachposten mit blinkender Hellebarde und grimmigem, vom Frost geröteten Gesicht.

Mißmutig betrachtete er den Mann in spanischer Uniform. Was wollte der hier? Sich überzeugen, daß man mit den Wiedertäufern hart und unbarmherzig widerfuhr? Alles eitle Kerle, diese Spanier, hielten sich für die verwegensten Degenfechter und Gottes erste Söldnerschar. Der Wachmann spuckte aus. Soviel war klar, der kam ihm nicht hier herein, egal welche Passierscheine und fremdländische Siegel er vorzuweisen hatte.

Lazarus spähte den steinernen Kai in Richtung des Doms hinab, suchte mit den Augen die wogende Menge der Fuhrknechte, Kaufleute, Marktweiber und Zöllner ab. Würde Cassander sein Versprechen einlösen?

Ein Trupp Vermummter, verfrühte Freunde des Karnevals, kamen des Weges. Sie lärmten mit Trommeln und Pfeifen, sangen Spottverse dazu. Einer war als Bär gewandet und in Erbsenstroh gehüllt. Mit seinen Tatzenhandschuhen schlug er nach vornehmen Kaufleuten aus, brüllte drohend, schüttelte sein falsches Fell. Die Kumpanen taten, als wäre er kaum zu bändigen, gaben ihm zum Scherz die Peitsche und zerrten an seinem Lederhalsband. Der Bär spielte mit und riß sich los, tollte auf den Wachmann zu, der große Furcht markierte. Das Untier tauchte unter seinen Armen durch und verschwand im Turm. Gelächter und Gebrüll. So einfach war es also, in den Turm zu kommen, dachte Lazarus kurz.

Da stürmte der Bär wieder heraus und auf den vermeintlichen Spanier los, schlang seine Arme um Lazarus. Der lachte und wand sich. »Wir lassen dich nicht aus, Spanier, bis du ein Trinkgeld zahlst, wie es Brauch ist«, drohte ein grober Geselle mit Bocksmaske.

»Der ist so dumm und versteht kein Wort«, brummte ein Schalknarr mit Schellenkappe. Der Bär stieß ein Brüllen aus.

»He!« rief ihn endlich der Turmwächter an. »Es ist genug. Ihr wißt, daß das Fangen und Halten von Leuten verboten ist. Laßt ab von dem Kerl, auch wenn es nur ein verdammter Spanier ist.«

»Sei froh, daß ich keiner bin«, erwiderte Lazarus, »sonst hätte ich die Beleidigung mit meinem Degen pariert.« Der Wachmann zuckte zusammen. »Beruhige dich, ich verstehe einen Spaß so gut wie ihr. Uns Flamen ist die Fastnacht nicht fremd.« Er griff nach dem Geldbeutel in seinem Wams, suchte Münzen für die Vermummten heraus. »Das sollte selbst einen Bärendurst löschen.«

Mit einem Trommelwirbel sagte die Schar Dank und trollte davon, der Bär schlug ein Rad. Der Wachmann nahm wieder Haltung an.

Lazarus drehte sich lachend zum Dom und blickte in ein vertrautes Gesicht. Leises Erschrecken blitzte darin auf. Für einen kurzen Moment, dann hatte van Geldern sich wieder im Griff.

»Ich grüße Euch«, sagte er höflich und neigte knapp sein Haupt.

Lazarus erwiderte den Gruß. »Was führt Euch hierher?« fuhr der Kaufmann fort.

»Ich suche den Gewaltrichter. Es geht um die Ketzer, die gestern verhaftet wurden«, antwortete Lazarus.

»Seid Ihr als Zeuge geladen, oder wollt Ihr eine Anzeige machen?« Das elende Abenteuer seiner Tochter Columba hatte der Kaufmann über seine vordringlichste Sorge vergessen. Nun holte es ihn in der Gestalt dieses gefährlichen Fremden ein. Scharf musterte er ihn.

Lazarus öffnete erstaunt den Mund, um eine Antwort zu geben, als von hinten hinkend ein weiterer Mann an ihn herantrat.

»Ich bin gekommen«, sagte Cassander knapp und stützte sich schwer auf seinen Gehstock, »laß uns hineingehen, ich habe nur wenig Zeit, und die Kälte bekommt meinen gichtigen Knochen nicht.« Cassander würdigte van Geldern keines Blickes und zog den jungen Mann mit sich fort.

»Ich habe Briefe von Don Cristobal für Euch«, rief Lazarus über die Schulter dem Kaufmann noch zu, »ich werde Euch noch heute aufsuchen.«

»Vor meinem Haus brennen die Trauerkerzen, das rote Kreuz ist aufgestellt. Die Tote ist noch nicht kalt, geduldet Euch einen Tag«, rief van Geldern zurück.

»Columba?«

Van Geldern schüttelte unwillig den Kopf und antwortete mit einem warnenden, fast drohenden Blick. »Meine Frau ist es, die starb. Was läßt Euch an meine Tochter denken?«

Cassander packte Lazarus Arm mit erstaunlicher Kraft und hielt ihn fest. »Laß uns passieren«, verlangte er vom Wachmann. Der trat gehorsam beiseite. »Wir wollen den Turmmeister sprechen.«

Van Geldern blieb gedankenverloren zurück. Was auch immer der Fremde mit dem glatten Gesicht in dem Turm zu schaffen hatte, um eine Anzeige handelte es sich gewiß nicht, schon deshalb, weil der gelehrte Ketzerverteidiger dabei war. Es war Zeit, sich dem Wesentlichen zuzuwenden. Er trat auf den Wachmann zu. »Ist der Gewaltrichter zugegen?«

Der Wachmann nickte. »Gewiß, er visitierte heute früh die gefangenen Wiedertäufer und will später den Verhören beim Turmmeister beiwohnen.«

»Haben die Verhöre schon begonnen?«

Der Wachmann schüttelte den Kopf. »Noch sitzt der Gewaltrichter in seiner Kammer, um andere Anzeigen entgegenzunehmen. Als hätte man nicht genug zu tun mit dem Ketzerpack. Früh am Morgen war eine Person hier, um einen Mord in einem vornehmen Kaufmannshaus anzuzeigen.«

Vom Gerücht zum Gericht war es also nur ein kurzer Sprung gewesen, van Geldern hatte es geahnt. Wie unbeteiligt fragte der Kaufmann. »Einen Mord?«

»Gewiß, dieses Stück Mensch hatte es sehr eilig, Anzeige zu machen, scheint sich um einen ernsten Fall zu handeln. Ganz aufgeregt war die Person.«

»Wer?« fragte der Kaufmann scharf. Zu scharf für den Geschmack des Spießträgers. Sein Gesicht nahm eine amtliche Miene an. »Ich bin weder befugt noch ist es üblich, die Namen von Anklägern zu nennen.« Das galt zwar nur für Ketzer- und Hexenbezeigungen, aber dem Wachmann war danach, seine Macht herauszustreichen.

Unwirsch schob van Geldern ihn zur Seite und trat

durch den Torbogen in den Turm. Im niedrigen Gewölbe des Vorraums saß ein Schreiber und fragte nach seinem Begehr. Van Geldern nannte seinen Namen, wurde notiert und erhielt Erlaubnis, den Gewaltrichter aufzusuchen. »Er sitzt in seiner Kammer im ersten Stock. Du da«, der Schreiber rief einen der Boten an, die müßig auf einer Holzbank hockten, »führe den Herrn van Geldern hinauf.«

Der Bote gehorchte und stieg die schiefen Steinstiegen voran. Der Kaufmann folgte ungeduldig und fühlte, wie sein Herz vor Aufregung sprang. Wer war die unbekannte Person, und was genau hatte sie an diesem Morgen angezeigt? Mit aller Kraft zwang er sich zur Ruhe. Es gab keine Beweise für einen Mord. Rebecca hatte klug gehandelt, auch wenn sie ihn nicht täuschen konnte. Nein, Beweise gab es nicht, aber gab es einen Zeugen?

»Herein!« rief der Gewaltrichter. In van Gelderns Rükken wurden klirrende Sporen laut. Ein Mann drängte – von oben kommend – an ihm vorbei, seine Miene verriet höchste Aufregung. Er achtete nicht auf den Kaufmann im pelzverbrämten Rock, sondern sprang elegant die Stufen weiter hinab. Es war Lazarus, der nach draußen lief und vor dem Turm den Weg ins St.-Alban-Viertel einschlug.

3

Mit ärgerlicher Geste riß Columba sich das feuchte Tuch von der Stirn. Das Fieber war vorbei. Sie wollte nicht länger liegen. Mit einem Ruck erhob sie sich von der schmalen Pritsche und schaute sich in dem hellen, weißgetünchten Raum um. Er atmete Weltabkehr und Frieden. Sie betrachtete die hölzerne Madonnenfigur in der Nische, den Betstuhl davor, den einfachen Tisch und den Hocker, auf dem Rebecca gewöhnlich ihr Mittagsmahl zu sich nahm. Die Tante hatte Columba am Morgen hierhergebracht, weg von dem unnützen Geschrei der Mägde und Diener, weg vom boshaften Geflüster Julianas, dem Wimmern Mertgins und der Unruhe der spanischen Gäste, die zum Aufbruch rüsteten.

Das Mädchen erhob sich und wanderte unruhig durch die Kammer. Etwas in ihren Zügen hatte sich geändert, die gewohnte Leichtigkeit und Sicherheit war von ihr abgefallen. Sie bekreuzigte sich, versuchte einen schüchternen Knicks vor der Madonna und ein Gebet. Nein, es wollte nicht gelingen. Zu unruhig war sie für die Andacht, in den Gewandfalten der Figur meinte sie einen Dolch blitzen zu sehen, aber es war nur silberne Litze.

Der Stickrahmen! Vielleicht würde er sie ablenken. Die Tante malte mit der Nadel köstliche Bilder. Einen Engel mit Taube hatte sie Columba in Kindertagen geschenkt. Das Mädchen schlug erwartungsfroh das Tuch hoch und erstarrte. Die Fratzen Gequälter und Gemarterter sprangen sie an, Teufelshörner schienen durch die Leinwand zu stoßen, gräßlich geflügelte Gestalten, beseelten Insektenlarven gleich, griffen nach ihr und zogen sie an. Freilich kannte sie greuliche Bilder vom Weltgericht von den Altären, doch dies war anders, denn die Hölle war ganz in ihre eigene Welt versetzt, und keines der Gesichter unbekannt. Ihr Blick fiel auf die rechte untere Ecke des Bildes. Katharinas entstelltes, totes Gesicht und dahinter ... Nein, das konnte nicht sein. Weiter irrten ihre Augen über den Teppich, fanden wieder ein vertrautes Gesicht. Ihr eigenes, blutrünstig sah es aus, wild in jedem Fall, zwei Gestalten rissen an ihren Armen, bocksfüßig die eine, waffenstarrend die andere, kopflos beide. Wer? Das Geräusch fester Tritte und eine zeternde Frauenstimme ließen sie aufschrecken. Noch bevor sie den Stickrahmen bedecken konnte, wurde die Tür aufgerissen. Columba fuhr herum, schreckensbleich und wie ertappt. Vor ihr stand Lazarus. Sein Blick traf sie wie ein Blitz, er stürzte auf sie zu.

»Columba, ein Diener deines Vaters sagte mir, du seist hier. Ich habe eine wundervolle Nachricht für dich.«

Das Zetern seiner Verfolgerin holte ihn ein. »Elender Spanier, was Ihr hier tut, gehört sich nicht. Nur unten schenken wir an zahlende Gäste Bier aus, wie in den Klöstern üblich. Hier oben habt Ihr nichts zu suchen, auch wenn wir keine Nonnen sind!« Anna erreichte keuchend die Zelle, trat ein.

Eben noch rechtzeitig besann sich Columba, drehte sich von Lazarus weg und zog das Tuch über dem Stickrahmen herab, das Bild war bedeckt. Die Schaffnerin blinzelte überrascht.

»Verzeiht, ich wußte nicht, daß Ihr wohl genug seid, um Männerbesuch zu empfangen«, stieß sie hervor, »die Regeln freilich verbieten es.«

»Die Regeln«, gab Columba hochmütig zurück, »gelten nicht für mich. Für dich aber schreiben sie, soweit ich weiß, fleißiges Tagwerk vor.«

Anna atmete hörbar ein.

»Verzeih.« Lazarus sprang Columba bei, drängte die Schaffnerin zur Tür hinaus und schloß sie mit dumpfem Knall.

Columba dankte es ihm nicht. »Was fällt dir ein, mich so zu überfallen? Verschwinde, ich will dich nicht sehen.«

»Dann schließe die Augen und höre mich wenigstens an. Eben war ich auf dem Frankenturm. Ich sah Tringin. Sie lebt.«

Diesmal war es Columba, die auf ihn zustürzte, sie krallte ihre Hände in den Samt seines Mantels. »Lüg mich nicht an!«

»Ich lüge nicht, begreife doch, sie lebt, sie ist schwer verletzt, doch sie lebt, sie spricht. Ich habe eben einen Arzt zu ihr gesandt.«

Columba schlug die Hände vor ihr Gesicht, sie lachte und schluchzte, kam kaum zum Atmen, so heftig waren ihre Empfindungen, so heftig drängten sie nach Ausdruck. Vergessen der Teppich, all die grausamen Bilder wie weggewischt, das Leben hatte sie wieder.

Endlich wirbelte Columba herum, ließ sich vor der Madonna auf die Knie fallen und rief mit kindlicher Unschuld: »Heilige Mutter Gottes, ich danke dir.« Stirnrunzelnd fuhr sie fort: »Auch wenn ich es nicht verdient habe. Ich werde nie wieder mein Gebet versäumen.« Sie zögerte kurz und schloß mit einem trotzigen: »Ehrlich.«

Lazarus verbiß sich mit Mühe ein Lachen. Was für ein Kind diese Columba doch war, aber das übermütige Kind war ihm lieber, als das ernste, verlorene, das ihm, als er durch die Tür trat, entgegengeblickt hatte.

»Sag mir, wie es ihr geht, leidet sie Schmerzen, spricht sie?« bestürmte Columba ihn nun.

»Sie fluchte sogar, als sie mich sah.«

Columba lachte hell auf. »Dann besteht keine Gefahr für ihr Leben. Ich muß sie sehen, führ mich hin.« Eifrig suchte sie den Raum nach ihrem Umhang ab, lief zu einer einfachen Truhe hinüber, riß den Deckel hoch, zog Bettwäsche heraus und warf sie auf der Suche nach einem Umhang achtlos auf den Boden.

»Du kannst keine Ketzer auf dem Turm besuchen.«

»Wer soll mir das verbieten? Du etwa?«

»Was würde man denken, wenn eine van Geldern Mitleid mit Wiedertäufern zeigt?«

Columba unterbrach ihre Suche und fuhr trotzig herum.

»Bist du nicht der Kerl, der mir gestern die Predigt vom wahren Evangelium der Barmherzigkeit hielt? Alles nur Worte, was? Ich bin ein Mensch der Tat. Wenn du mich nicht begleitest, gehe ich allein.« Sie umklammerte mit den Fingern ein Bettuch, würgte es fast in ihrer wütenden Entschlossenheit. »Ich gehe, hörst du.«

»Und wirst deinen Vater treffen, ich sah ihn im Turm«, meinte Lazarus warnend.

»Was, was will er da?« fragte das Mädchen verblüfft.

Lazarus zuckte mit den Schultern. »Er sprach davon, daß euer Haus in Trauer liegt. Ich fürchtete ... Nun, wer starb?«

»Katharina, meine Stiefmutter«, antwortete Columba tonlos, dann leuchtete Entsetzen in ihren Augen auf. »So hatte die Wahrsagerin doch recht«, flüsterte sie, »zwar lebt Tringin, aber Katharina, ich ...«

Unwirsch schüttelte Lazarus den Kopf. »Fang nicht wieder damit an. Du sprichst wie eine abergläubische, alte Vettel.«

»Aber das Messer«, sagte Columba gedankenverloren.

Sie ließ das Leintuch fallen, es sank zu Boden, erst jetzt entdeckte Lazarus die Blutspuren darauf, sie waren verlaufen, aber er erkannte deutlich die Form eines Kreuzes. Columba sah es nicht.

»Woran starb die Frau Katharina?« fragte er drängend.

»Wer seid Ihr?« fragte eine Stimme von der Tür her. Lautlos war Rebecca eingetreten. Der Mann in der Uniform drehte sich um.

»Mich freut, daß du Besuch hast, Columba. Stell ihn mir vor«, setzte die Begine, bemüht um einen leichten Plauderton, fort, gleichzeitig huschte sie zu dem Tuch am Boden, hob es auf und rollte es zusammen.

»Er ist ein Begleiter der spanischen Delegation. Sein Name ist Lazarus«, sie schaute den jungen Mann herausfordernd an, »sagt er.«

»Lazarus Ossianus, ja. Ich wollte mich nach dem Befinden des Mädchens erkundigen. Gestern auf dem Fest schien es, daß sie fieberte und unwohl war«, erklärte der Bartlose rasch. Kein Wort von Ketzern, kein Wort von Tringin.

»Nun, wie Ihr seht, geht es ihr gut«, sagte Rebecca, »und ich muß Euch nun bitten zu gehen.«

»Ich begleite ihn die Treppe hinab«, rief Columba eifrig und war schon bei der Tür. Die grauen Augen der Begine blieben sanft, während sie das Leintuch in die Truhe fallen ließ.

Lazarus verneigte sich tief und folgte dem Mädchen.

Am Fuß der Treppe hielt sie an und wandte sich ihm zu. »Gib mir bald Nachricht, wie es Tringin geht«, bat sie.

Er nickte, froh, daß sie wieder zu ihrer Lebendigkeit zurückgefunden hatte. Mit besorgtem Blick beugte er sich zu ihr hinab, wollte etwas fragen.

Schroff wich Columba zurück. »Hab Dank für die Nachricht«, sagte sie.

In ihrem abweisend kalten Blick erkannte Lazarus den Vater wieder. Cassanders Worte klangen in seinem Ohr. »Ich rate dir, keine Leidenschaft an die van Gelderns zu verschwenden.« Unsinn, was er fühlte, brannte so lau, daß es durch Columbas Art ganz abgekühlt wurde. Ärgerliches, stolzes Kind. Grußlos ging er in den Hof und verschwand durch das Tor.

4

Die Becher waren halb geleert. Van Geldern strich sich den Bart und ließ seinen Blick am Gewaltrichter vorbei über die knatternden Wimpel der Schiffe gleiten, die durch das Fenster zu sehen waren. Freundlich hatte man über das Ausmaß von Rohheit und Gewalt in Kölns Gassen geplaudert, gemeinsam über die Zügellosigkeit der Studenten geklagt, sich über die Festsetzung der Ketzer gefreut und die ganze Zeit ausführlich bedauert. Van Geldern wußte, daß er nun den ersten Schritt unternehmen mußte. Alles war letztlich eine Frage des Geldes, nur wie darauf kommen, ohne das Gefühl für Anstand seines Gegenübers zu verletzen? Kein Zweifel, der Mann nahm die Dukaten wie Birnen. Es war bekannt, daß er Bußgelder großzügig bemaß, in die eigenen Taschen steckte und vornehme Gefangene gegen Belohnung vornehm zu behandeln wußte, aber er legte Wert darauf, daß man ihn bestach ohne ihn bestechlich zu nennen.

»Ein schönes Amt, das Ihr innehabt«, begann van Geldern und drehte den Weinbecher auf dem Tisch, »ein ehrenvolles Amt, um das sich die Höchsten bewerben.«

Der Gewaltrichter seufzte: »Gewiß, und den Höchsten schlägt es zur Ehre aus. Sie können sich mit den Ratszeichen begnügen, die man am Ende des Jahres erhält, um im Ratskeller einige Pinten Wein abzuholen. Unsereins hingegen muß bei dem Amt kräftig zuzahlen. Allein das Essen, das ich jedes Jahr den Zunftbrüdern geben muß, um meine Würde zu zeigen, bohrt mir ein tiefes Loch in die Tasche. Den Sonntag nach Ostern ist es wieder soweit. Ihr könnt Euch denken, was nach dem Ende der Fastenzeit dann von mir erwartet wird. Nicht weniger als acht Gänge, und sechs davon mit bestem Fleisch.«

Van Geldern nickte mit dem Gesicht eines verständnisvollen Leidensgenossen. »Ich weiß, wovon Ihr sprecht, erst gestern gab auch ich wieder ein Fest.«

Der Gewaltrichter rutschte auf seinem Stuhl nach vorn, hin und her gerissen zwischen Stolz und Verachtung. Stolz, weil ein so reicher Kaufherr sich mit ihm verglich, Verachtung, weil er sich dadurch mit ihm gemein machte. Im Grunde gehörte sich das nicht. Trotzdem griff er ahnungsvoll das Stichwort auf, ganz braver Komödiant.

»Gewiß ein prachtvolles Fest. Aber wie traurig, daß es ein solches Ende fand. Eure Frau starb in der Nacht.«

»Ja«, sagte van Geldern sinnend und schlug andeutungsweise ein Kreuz. »Der Herr gibt, und der Herr nimmt. Der Tod meiner lieben Frau schmerzt mich sehr, vor allem, weil ich in ihrer schwersten Stunde nicht bei ihr war.«

»Wie schrecklich für einen liebenden Gemahl.«

Ärger stieg in van Geldern hoch, weil der Mann die Posse unnötig verlängerte. »Noch schrecklicher freilich«, fuhr der Kaufmann fort, »weil so grausame Gerüchte über den Tod meiner hochverehrten Katharina durch die Gassen laufen. Ihr habt davon gehört?«

Der Gewaltrichter leckte sich die Lippen und überlegte, wie weit er noch gehen durfte.

Van Geldern wartete ab und betrachtete wieder die Schiffswimpel. Ein falscher Satz vom Gegenüber, und er würde das Thema fallenlassen. Zu teuer sollte ihn die Information nicht zu stehen kommen, es gab auch andere Mittel.

Der Gewaltrichter war klug genug, um die Laune des Kaufmanns richtig zu deuten. »Im Vertrauen, werter van Geldern, ich habe tatsächlich davon gehört. Ich hörte mehr, als mir lieb war.«

Der Kaufmann lehnte sich entspannt zurück. »Kein Mensch kann in Frieden leben, wenn sein Nachbar es nicht will, so ist es nun einmal. Aber wie grausam, bloße Gerüchte an einen Gewaltrichter heranzutragen. Wäret Ihr nicht ein so vernünftiger, so rechtgläubiger Mann, jeder anständige Bürger zittern müßte.«

Der Gewaltrichter lächelte bescheiden. »Nun ja. Obwohl

es sich nicht nur um Gerüchte handelt. Um die Wahrheit zu sagen, jemand hat bereits Anzeige wegen der Sache gemacht. Sprach von feigem Mord und trug noch weit gefährlichere Anklagen vor.«

Van Geldern schüttelte betrübt den Kopf. »Was bleibt einem rechtschaffenen Bürger für ein Trost in so schwerer Stunde, wenn er solche Verleumdungen über sich ergehen lassen muß. Mord! Ich bitte Euch, in meinem Haus! Wie sollte das möglich sein? Dutzende von Menschen wissen das Gegenteil zu bezeugen.«

Heftig zustimmend nickte der Richter. »Sprecht nicht weiter. Es schmerzt mich, Euch als Verteidiger Eures Namens zu hören. Ein Name wie der Eure bedarf keiner Verteidigung. Es ist elend, aber meine Pflicht, jeder Anzeige nachzugehen, selbst wenn sie von so niederträchtiger Art ist und die Anklägerin von so geringer Herkunft.«

Mit Mühe unterdrückte der Kaufmann Wut und Erregung. »Ich verstehe Euch, nicht nur die Pflicht, auch die Not, Euer Geld zu verdienen, zwingt Euch. Wie schön wäre es, wenn Ihr genug Geld hättet, um Eure Sorgfalt nur auf die ernsthaften Verbrechen konzentrieren zu können.«

»Ihr sagt es, van Geldern, Ihr sagt es. Ein Drittel aller Bußgelder steht mir zu, aber wie wenig ist das, wenn ich immer wieder meine Aufmerksamkeit auf unsinnige Anklagen richten muß und mir die wahren Schurken und Schandbuben derweil durch die Finger rutschen.«

»Und wie viele zusätzliche Gewaltknechte könntet Ihr anstellen, wenn Ihr nur mehr Geld besäßet. Was könntet Ihr nicht allein mit hundert Dukaten ausrichten.«

»Hundert Dukaten – was für eine herrliche Summe, vor allem wenn es sich um echte handelt, nicht die mit den geschabten Ecken, von denen die kleinen Münzbetrüger bereits ihr Scherflein abgeschliffen haben.«

Der Preis war ausgehandelt, van Geldern nickte nur bedeutsam. Der Richter verstand. »Wunderbare Träumereien, die wir hier teilen, van Geldern. Statt dessen muß ich mich mit einer wie dieser Begine herumschlagen.«

»Einer Begine?«

»Gewiß, diese Schaffnerin Anna, die am Morgen, im Schutz der Dämmerung, was ihre Gesinnung deutlich entlarvt, herkam, um Anzeige zu erstatten.«

Schluß mit dem Komödienspiel, Schluß mit der blödsinnigen Zeremonie.

»Wen klagte sie an?« forderte van Geldern seine teuer bezahlte Ware ein.

»Ihr werdet es nicht glauben, so lächerlich ist es. Ach hätte ich nur diese hundert Dukaten, von denen Ihr eben spracht, dann könnte ich mich mit ganz anderen Rabauken und Halunken befassen.«

»Sie sind auf dem Weg zu Euch, sobald ich wieder in meinem Kontor sitze. In zwei Stunden habt Ihr Muße und Zeit genug, um Euch ganz auf die Ketzer zu werfen, diesen Abschaum, diese ekle Hefe der Gottlosen.«

Der Gewaltrichter mimte leidende Dankbarkeit. »Wie recht Ihr habt. Ihnen sollte mein gerechter Zorn gelten und nicht einer so edlen Frau, einer so hervorragenden Kölner Bürgerin, die gewiß nichts mit dem Tode Katharinas zu schaffen haben kann.«

»Eine Frau?«

»Gewiß. Diese Anna klagte Eure Schwägerin an, Rebecca.«

Van Geldern fuhr auf, seine Hand suchte nach Halt und griff nach der Kante des groben Tischs, der zwischen ihnen stand.

»Rebecca eine Mörderin?«

»Weit schlimmer noch. Dieses Weib Anna behauptet, Satan selbst habe Rebecca bei dem Anschlag die Hand geführt. Eine Teufelsbuhle, Ketzerin und Hexe sei sie, im Gewand einer Heiligen. Denkt nur, was eine solche Anklage bedeuten kann.«

»Einfach genug«, sagte kalt der Kaufmann, »es wäre ihr Tod.«

»Sprecht nicht davon.« Der Gewaltrichter spielte die Komödie mit gut gemimtem Entsetzen zu Ende und schloß ganz tragisch: »Sie wäre fürwahr verloren, und mit ihr der ganze Konvent, ihr ganzes herrliches Werk und all ihr Vermögen. Freilich, die Hälfte fiele der Anklägerin zu, die andere Kirche und Rat. Die Gesetze der Inquisition sind von grausamer Unbestechlichkeit, nicht wahr?«

Van Geldern ließ den Mann mit der Frage allein.

5

Feinste Brüsseler Spitze rieselte aus ihrem Ärmel. Juliana tauchte die Finger der Rechten ins Weihwasser und schlug hastig ihr Kreuz. Ein nachlässiger Knicks vor der Madonna in der Seitenkapelle, dann schlüpfte sie in den hölzernen Beichtstuhl. Die Seide ihres Kleides raschelte, während Melina die Holztür hinter ihr schloß und stumm zum Gebet in einer nahen Bank Platz nahm. Zukkende Kerzenflammen malten Schatten auf die bemalten Kirchenwände, die Gesichter der Heiligen waren voll Schmerz.

Juliana atmete hörbar. Durch das vergitterte Fenster sah sie schemenhaft das Gesicht des Diakons. Sein Predigergewand roch nach Wollfett und Weihrauch. Gierig sog sie den halb tierischen, halb heiligen Duft ein.

»Nun, meine Tochter. Du bist gekommen, um zu beichten. Nenne mir deine Sünden und verschweige nichts.«

»Du sahst, was ich tat.«

»Ich verstehe dich nicht.«

»Du sahst Katharina, du sahst ihren Leib, noch warm, am frühen Morgen, als du ihr die letzten Sakramente gespendet hast. Sie lag in ihrem Blut.«

»Ich sah eine Tote, die friedlich starb.«

»Nachdem Rebecca sie wusch und bekleidete. Alles List und Verstellung. Ich schwöre, daß ich das Opfer darbrachte, um das du mich gebeten hast.«

»Du bist voll Hochmut, wo du Demut zeigen solltest. Dein Herz ist voll Hoffart und Weltlust. Und du lügst im Angesicht Gottes.«

Juliana legte ihre weißen Finger in das Gitter des Fensters, der Diakon wich zurück.

»Du klagst mich der Lüge an? Du, für den ich log, seit ich ihn kenne?«

»Nur vor einer Welt, die nicht versteht und voll von teuflischer Heuchelei ist. Wo ich bin, darf nur Wahrheit sein, denn ich bin der Mittler Gottes.«

»Ich belüge dich nicht. Es ist Zeit, daß du die Tiefe meiner Liebe fühlst. Keine ist würdiger, deine Gefährtin zu sein. Ich habe geopfert, was ich liebte, das schwöre ich vor der Gemeinschaft der Engel.«

Noch weiter wich der Diakon zurück, ein Hauch von Kälte fuhr Juliana an.

»Du lügst doppelt, denn die Frau, die starb, liebtest du nicht. Du warst voller Haß gegen sie. Ich weiß es genau.«

»Von Melina, der Hure, nehme ich an«, zischte Juliana. »Sie ist zerfressen von Eifersucht gegen mich.«

»Unter den Engeln gibt es keine Eifersucht und keine Huren, merke dir das. Sowenig wie du eine Mörderin bist, ist unsere Schwester Melina ein Schandweib.«

»Soll eine elende Zofe deine Erwählte, dein Erster Engel werden?« giftete Juliana empört.

»Genug. Du bist zu tief in die Niederungen der Sünde verstrickt, um die ewige, die fraglose Liebe zu empfangen. Du mißachtest das Mysterium der Liebe genauso wie den Tod.«

»Wärest du bereit zu töten, was dir am liebsten ist?«

»Gewiß, denn es gibt keinen Tod, wo die Liebe wohnt, nur ewige Vereinigung.«

»Dann töte Melina, und ich werde dir in allem, hörst du, in allem, und für immer zu Willen sein. Töte, was du liebst.«

»Du hast nichts begriffen, nie wird dir wahre Erleuchtung zuteil werden«, stieß der Diakon mühsam hervor, dann schwieg er. Er dachte an die Frau, die er liebte, an graue Augen, einen sanften Blick, an Rebecca.

Einen kurzen Moment lauschte Juliana noch in das Schweigen hinein, dann erhob sie sich mit triumphierendem Blick und stieß die Tür des Beichtstuhls auf. Wie eine Königin trat sie in den Kapellenraum.

Melina kniete in der Bank, Tränen strömten über ihr dunkles Gesicht, sie betete um ihr Leben – »Herr, erbarme dich meiner« – und lächelte inbrünstig der weißen Juliana zu, deren goldenes Haar im Schein der Flammen einen Kranz von Strahlen warf.

6

Meine gute Gerste!« zeterte die Köchin und Kornmeisterin des Konvents aufgebracht. »Was fällt dir ein!«

Columba zuckte mit den Schultern und warf den lebhaft gurrenden Tauben im Innenhof des Schwesternhauses eine weitere Handvoll hin. Gierig und flügelschlagend pickten sie die Körner vom frostigen Grund.

»Eine wie du kann gut freigebig sein«, maulte die Dicke und zog das gutmütige Gesicht in Falten, die darin gar keinen Platz fanden. Sie nahm noch immer übel, daß Meisterin Rebecca nicht an die Krammetsvögel, die Ochsenreste und die Kalbsfüße aus der Küche van Gelderns gedacht hatte. »Besser, du machst dich nützlich, da hinten steht der Reisigbesen, kehr mir den Weg zur Latrine.«

Columba stemmte die Arme in die Seiten. »Du weißt, ich bin krank«, protestierte sie. »Gesund genug, um Männer zu empfangen und Tauben zu füttern. Die Magistra sagte, ich solle ein Auge auf dich haben, damit du nicht Trübsal bläst. Unsinn, du bist so munter, daß du deine Kraft sinnvoll verwenden kannst. Faulheit ist Sünde.«

»Ich hatte ein schweres Fieber«, trotzte das Mädchen.

»Und junges Blut, deine Backen sind rot wie zwei Äpfelchen.«

»Was erlaubst du dir für einen Ton!«

»Der, der mir paßt.«

Columba begann der Streit Freude zu machen. »Niemand spricht so mit mir, und einen Besen hatte ich noch nie in der Hand.«

»Schlimm genug. Ich kann noch viel deutlicher werden.«

»Ach ja?«

»Solche wie dich habe ich besonders gern. Zum Fressen gern.«

Columba hob die Augenbrauen und funkelte die Köchin angriffslustig an. »Ich dachte, du zögst Gerste vor.«

Um den Mund der Köchin zuckte es. »Der Besen«, sagte sie barsch und drehte sich schimpfend um. Zu spät. Columba hatte deutlich das Lächeln gesehen, das ihren Mund umspielte, sie hätte es gern ganz gesehen.

Statt dessen steckte nun Anna den Kopf zur Tür heraus. »Was tust du da? Es wäre besser, du kämst ins Haus und würdest in Stille Andacht halten und beten. Dein lautes Wesen ziemt sich nicht, hast du keinen Respekt vor den Toten?«

»Falsche Frömmlerin«, brummte die Kornmeisterin und gewann Columbas Herz damit ganz.

Anna aber fuhr zeternd fort. »Hast du keine Scham, keinen Anstand, keine Frömmigkeit in dir? Was würde Rebecca sagen?«

»Sie würde sagen, geht alle ins Haus und schließt die Tür, der Frost kriecht durch jede Ritze. Die Feuerung ist teuer genug.«

Anna erschrak, als sie die Stimme der Magistra so plötzlich vernahm, die durch das gegenüberliegende Tor in den Hof getreten war.

»Rebecca!« rief Columba und sprang mit offenen Armen auf die Tante zu. »Hast du etwas über das Messer erfahren?« fragte sie flüsternd.

Die Begine lächelte und strich ihr übers Haar. »Es freut mich, dich so munter zu sehen.«

Anna zog mit lautem Klappen die Tür ins Schloß.

»Die«, zischte Columba, »hält meine Munterkeit für eine Todsünde.«

Rebecca seufzte. »Kannst du das nicht verstehen?«

Columba senkte den Blick. »Hältst auch du mich für herzlos, weil ich mich so über Tringins Rettung freue und nicht um Katharina trauern kann?« Sie schlug die Hand vor den Mund und erbleichte. »Verzeih, ich habe vergessen, daß Katharina ..., daß du, um deine Schwester ..., o verzeih. Ich bin so dumm, so schamlos. Es tat nur so gut, hier draußen zu sein, bei den Tauben, weg von dem schrecklichen Haus meines Vaters. Endlich Licht nach dieser Nacht, die nie zu enden schien.«

Rebecca nahm ihre Hand. »Es ist gut, Columba. Ich weiß, daß zwischen deiner Stiefmutter und dir keine Neigung bestand. Sie war euch Töchtern fremd und am Ende verwirrt. Schäme dich nicht für deine Freude an diesem Tag und Tringins Leben. Ich nahm dich mit hierher, damit du dem Kummer für eine Weile entkommst.« Sie gingen zum Haus.

»Für eine Weile?« kam es zaghaft von Columba. »Ich bitte dich, Tante, laß mich hierbleiben. Dem Vater wird es recht sein, ich bereite ihm nichts als Ärger, er haßt mich. Laß Juliana ihn trösten.«

»Columba, dies ist ein einfacher Konvent, wir haben nur harte Pritschen als Lager, die Kost ist grob, alles ist einfach, du bist es nicht gewöhnt.«

Columba lief nach dem Besen und schwenkte ihn eifrig. »Ich brauche den Luxus nicht, sieh her, ich werde mich auch nützlich machen. Bitte, laß mich hierbleiben.« Sie ließ den Besen sinken, und fuhr ernst fort: »Ich kann nicht zurück, versteh mich doch, das schreckliche Zimmer, die Wunde, das blutige Kreuz, der blutige Dolch in meinen Händen ...« Sie brach ab und starrte ins Leere.

Die Begine schaute sich um, der Hof war leer, ganz nah trat sie an das Mädchen heran. »Daran starb sie nicht, hörst du«, sagte sie leise.

»Nicht?« Erstaunt schaute Columba ihr in die Augen, das klare Grau beruhigte sie.

»Nein.« Rebecca schüttelte den Kopf. »Ich weiß nicht, wer den Frevel mit dem Messer beging. Eine furchtbare, man möchte meinen, eine teuflische Tat, aber die Wunden gingen nicht tief. Katharina starb im Schlaf.«

»Im Schlaf? Bist du sicher?«

Die Begine nickte. Daß der erlösende Todesschlaf der Schwester vielleicht ein künstlicher gewesen war, behielt sie für sich.

»Aber selbst dann«, flüsterte Columba und fror plötzlich, »bleibt die Frage, was ich mit dem Messer tat.«

»Du wirst es aufgehoben haben, dein Fieber war auf dem Höhepunkt.«

»Es ist wahr, ich erinnere mich an nichts. Ich wünschte, jemand wäre bei mir gewesen, als ich das Zimmer betrat.«

Eben das wünschte Rebecca sich nicht. »Komm ins Haus.«

»Mir ist nicht nach Gebeten. Sie wären gewiß nicht ganz aufrichtig.«

Die Magistra mußte gegen ihren Willen lachen. »Keine Angst, mein Kind, es gibt im Haus genug anderes zu tun. Die Köchin findet bestimmt etwas für dich, oder du kannst im Webraum das Garn kämmen.«

»Ist die Schaffnerin Anna dort?«

»Nein. Außerdem habe ich mit ihr ein Gespräch zu führen, fürchte dich nicht.«

»Fürchten? Vor Anna? Nicht vor der Schaffnerin.«

Noch am Tag zuvor hätte Rebecca ihr lebhaft, wenn auch nicht mit solch offenen Worten beigestimmt, doch zwischen gestern und heute lagen ein unerklärlicher Tod und die Geheimnisse der Nacht.

7

»Noch Fleisch?«

Fritjof van Ypern nickte heftig kauend, und Mertgin reichte ihm eine weitere Schüssel mit Ochsenfleisch und Kraut. Er griff nach dem Weinbecher und spülte den letzten Bissen eines Kapauns herunter. »Ein Lob auf euren Koch«, rief er fröhlich, »man merkt es kaum, daß dies nur Reste sind.«

Reste! Die waren längst an die Krüppel, Bettler und Findlinge vor dem Südportal des Doms verteilt. Mertgin schüttelte unwillig den Kopf und trat hinter den Stuhl des

Freiherrn, um seine Munterkeit nicht ertragen zu müssen. Doch dem Junker war nach fröhlichem Gespräch und Mertgin die einzige im kleinen Morgensaal gegenüber dem Kontor. »Die Spanier sind schon früh aufgebrochen. Steife, humorlose Kerle, so gierig wie geizig, so bescheiden, daß es eine Eitelkeit ist und dabei voller Sünde. Vor allem dieser Don Cristobal. Weißt du, was man sich von ihm in Brüssel erzählt?« Er warf achtlos einen Knochen auf die mit Binsenmatten bedeckten Fliesen.

Mertgins Lippen begannen zu zittern, sie faltete die Hände wie zum Gebet, aber hätte sie lieber genutzt, um die Ohren zu verschließen. Nur nichts mehr über Don Cristobal hören!

Der Freiherr drehte sich im Stuhl um und hob seinen Becher. »Ich sag es dir, und du darfst lachen, weil es keiner hört. Dieser Don Cristobal, so heißt es, ist so geizig und stolz, daß er sogar die Locken verwahrt, die ihm der Barbier abschneidet. Vielleicht glaubt der Dummkopf, daß man sie dereinst als Reliquie verehrt. Sie sind toll, diese Spanier.« Mertgin stieß einen entsetzten Laut aus.

»Mein Herr!«

»O hab dich nicht, verstehst wohl keinen Spaß? Dabei sagt man, gerade in Köln sei der Frohsinn zu Haus.«

»In diesem Haus ruht eine Tote: meine Herrin.« Mertgin zügelte sich nur mühsam.

»Freilich, freilich. Ein Jammer, sag ich. Und doch, eben weil der Tod so grausam pünktlich ist und alles Leben zur Unzeit erstickt, halte ich es mit der Fröhlichkeit. Was ist dir, Weiblein? Uns alle trifft es einmal. Den vornehmen Junker ebenso wie dich, die dumme Magd. Ist das nicht eine herrliche Gerechtigkeit?« Er leerte den Becher in einem Zug und lachte dröhnend.

»Der Herr möge Euch alle Sünden vergeben«, murmelte Mertgin und knetete ihre Schürze.

»Es ist keine Sünde zu leben«, gab der Freiherr friedfertig zurück. »Und wenn meine Stunde kommt, werde ich willig und voll Demut die Augen schließen. Anders als manche ach so gläubigen Herrn. Kennst du die Geschichte von der Rettung des Don Carlos, König Philipps Sohn?«

Mertgin schüttelte den Kopf und suchte nach einer Ausrede, um sich zu entfernen.

Der Junker streckte die Hand nach ihr aus und zog sie am Schürzenzipfel zu sich heran. »Komm, Alte, das wird dir gefallen. Don Carlos, ein schwächlicher, fieberkranker, geiler Tölpel, stürzte auf der Jagd nach einer Hausmeisterstochter die Treppe herab. Man fürchtete, er würde es nicht überleben. Da ließ sein Vater einen Koch aus dem Kloster von San Diego holen ...«

Er machte eine Pause und Mertgin atmete auf. Über das Essen zu reden, konnte nicht lästerlich sein. »Ja?« fragte sie darum vorsichtig. »Und was tischte der dem Kranken auf?«

»Seine eigenen Knochen.« Kichernd schlug der Junker sich auf die Knie.

Mertgin erbleichte und fuhr zurück. »Ihr seid ein schrecklicher Schalknarr, Herr.«

»Iwo, es ist die Wahrheit. Der Koch war ein angeblich heiliges Skelett, hatte Engelsvisionen am Kochherd gehabt. Man legte seine Gebeine dem fiebernden Infanten ins Bett. Er schlief neben dem Gerippe und berichtete anderntags, er habe köstlich gespeist, und schon hatte Spanien einen neuen Heiligen. Ganz wie Philipp es liebt. Aus Flanderns Kirchen raubt er alle heiligen Knöchlein. Seine Reliquiensammlung, sagt man, wird einen ganzen Saal im künftigen Escorial füllen. Was hat er uns für diesen Bau nicht schon an Geldern abgepreßt, nur um ihn mit modernden Knochen zu füllen. Er baut sich ein Totenhaus.«

»Er muß ein tiefgläubiger Christ sein«, bemerkte Mertgin streng.

»Jaja, soll er ruhig alle Knochen haben. Bring mir mehr Wein, das Gespräch mit dir ist wahrlich trocken.«

Froh, dem feixenden Gotteslästerer zu entkommen, klapperte Mertgin auf ihren Holztrippen zur Tür. Dort traf sie auf van Geldern. Sie verneigte sich und sah mit Wohlwollen sein ernstes, ablehnendes Gesicht. Der Herr würde den Junker in seine Schranken weisen und ihn lehren, was sich ziemte im katholischen Köln. Lose Reden waren unter seinem Dach nicht erwünscht, auch wenn er selbst ein Flame war.

»Ihr seid wohlauf, Junker Fritjof, und wie ich hoffe, gut gestärkt.«

Der Freiherr sprang auf und neigte knapp das Haupt. »Euer Haus ist sehr gastfreundlich, ich danke.«

»Es ist mir eine Freude, Euch hierzuhaben. Nur, wer meiner Familie wirklich nahesteht, kann in einer Stunde wie dieser den Schmerz ermessen und helfen, ihn zu teilen.«

Verlegen wischte sich der Freiherr den Mund, versuchte die lebenspralle Fülle seines Leibes hinter dem Lehnstuhl zu verbergen. Dieser ernste alte Mann sah nicht aus, als ob er zu erheitern wäre.

Van Geldern ging über die schwarzweißen Fliesen zum Kamin herüber und wärmte seine Hände über dem knisternden Feuer.

»Ich hoffe, Ihr bleibt noch eine Weile mein Gast, um die Familie besser kennenzulernen. Meine Töchter Juliana und ...«

»Columba.« Der Freiherr nickte eifrig.

»Sie gefällt Euch?«

»Über die Maßen. Ein so lebendiges, frohes Geschöpf. Wenngleich sie gestern ein wenig erschöpft wirkte. War es mehr als eine Weiberlaune?«

Van Geldern richtete sich auf und kämpfte gegen seine Verachtung an. »Sie erlitt einen Sturz und fieberte, jetzt ist sie wieder wohl.«

»Ich bitte um Erlaubnis, ihr einen Krankenbesuch abzustatten. Vielleicht ein Spaziergang im Garten hinter dem Haus? Man sagt von mir, ich könnte sogar Tote zum Lachen bringen.«

Van Gelderns Gesicht zuckte, er schwieg bedeutsam. Der Junker bemerkte endlich seinen Fehler. »Verzeiht. Wie unbedacht.«

»Genau«, sagte van Geldern kalt. Dann besann er sich seiner Pflichten als Vater. »Meine Tochter Columba macht einen Besuch im Konvent ihrer Tante Rebecca. Sie sucht Trost und Ruhe. Wenn Ihr Euch nur zwei Tage gedulden wollt, so wird sie ganz für Euch da sein. Sie kann sehr unterhaltsam sein.«

Der Freiherr kniff die Augen zusammen. »Spielt sie Laute wie ihre Schwester?«

»Ich fürchte, nein«, seufzte der Vater.

Der Freiherr stimmte in das Seufzen ein, wenn auch aus anderem Grund. »Ich befürchtete es schon. Frauen, die sich der Musik hingeben, sind mir auf Dauer nicht genehm. Gefühlvolle Schwärmerinnen sind mir verhaßt. Ich mag eine, die anzupacken versteht, die meine leidigen Geschäfte führen kann, wenn ich anderweitig beschäftigt bin. Was durchaus vorkommt.«

Van Geldern lächelte erleichtert und beinahe froh. »Ich kann Euch beruhigen. Meine Tochter Columba zog das Kontor stets den Kinderspielen und weiblichen Beschäftigungen vor.« Das Glück schien ihm wieder hold, wenn auch nur in Gestalt eines drallen, hochverschuldeten Schwiegersohns mit einigen Hafenrechten in Dordrecht. Der aber setzte plötzlich eine nachdenkliche Miene auf.

»Das Kontor war ihr lieber als jedes Spiel?«

Der Kaufmann beeilte sich nun, die Munterkeit der Tochter in bunten Farben auszumalen, was ihm seltsam leicht fiel.

»Reitet sie?« fragte der Freiherr streng.

»Wie keine zweite. Sie liebt die herbstliche Jagd vor den Mauern Kölns und führt die Armbrust sicher.«

»Trefflich, trefflich, auch ich liebe die Jagd und mag keine verzagten Frauenzimmer.«

»Verzagt? Das ist das letzte, was man von meiner Tochter sagen kann. Fragt, wen ihr wollt. Ich kenne keinen Sport, den sie nicht liebt.«

»Darauf trinkt einen Becher mit mir.« Er stürzte auf Mertgin zu, die eben wieder den Saal betrat, und entriß ihr den Krug. Großzügig schenkte er aus. Der Kaufherr nahm einen Schluck.

»Läuft Eure Tochter vielleicht sogar Schlittschuh?«

Ein Husten war die Antwort, van Geldern hatte sich heftig verschluckt. Der Flame klopfte ihm herzhaft den Rükken.

Als van Geldern wieder zu Atem kam, musterte er seinen möglichen Schwiegersohn mißtrauisch. Dessen Gesicht verriet vollkommene Ahnungslosigkeit. »Auf Columba, das Täubchen!« rief er.

»Auf Columba«, prostete der Hausherr erleichtert. Das Geschäft ließ sich gut an, das Erbe Katharinas würde die Mitgift sichern. Vielleicht in drei Wochen schon, würde der Junker Ring und Gottesheller für die Braut prägen lassen. Die leichtfertige Columba wäre endlich aus dem Weg und die Dordrechter Hafenrechte sein. Dazu noch die Gelder Philipps. Er war ein geretteter Mann.

Mertgin nahm sich vor, noch vor Mittag in der Hauskapelle um das Seelenheil ihres Schützlings Columba zu beten. Ein Gotteslästerer wie der da! Pfui Teu ..., sie bekreuzigte sich und beschloß, noch heute an einer Straßenkatechese der

Jesuiten teilzunehmen. Die wußten, wie man Gotteslästerern das Handwerk legte.

»Entschuldigt mich nun«, sagte van Geldern, »die Geschäfte.«

»Gewiß, ich habe auch zu tun. Man sagt, der Dom sei ein Wunder, das will ich prüfen, denn einem echten Wunder wollte ich schon immer mal begegnen.«

Mertgin warf einen schaudernden Blick zur Decke.

8

Ärgerlich schlug Anna die nasse Kutte auf den Waschstein. Wieder und wieder. Das Wasser spritzte nach allen Seiten und durchtränkte ihre Schürze. Feuchte Schwaden durchzogen das kleine Waschhaus im Hinterhof des Konvents, im Kessel brodelte die Seifenlauge. Was für eine Arbeit! Die Wäsche der Dominikaner in den Händen einer Schaffnerin statt in denen der Novizinnen. Rebecca übertrieb es mit den Strafen. Wenngleich ... Hätte sie gewußt, warum Anna am frühen Morgen im Zimmer Katharinas gefehlt hatte, und wo sie tatsächlich gewesen war, ihre Strafe wäre wohl härter ausgefallen. Anna lächelte böse, tunkte eine harte Bürste in die Lauge und begann die Kutte zu schrubben. Ihre Zeit würde kommen. Egal, wie abweisend der Gewaltrichter sich gegen sie gegeben hatte. Sie erkannte einen gewissenlosen Schurken, wenn sie einem gegenüberstand. Was sie brauchte, war ein mächtiger Verbündeter, der seinen Vorteil erkannte und die Anzeige mit Nachdruck vortragen würde.

Eine Hand berührte leise ihren Arm. Mit einem kleinen Schrei fuhr die Schaffnerin herum. Vor ihr stand ein dürrer Mann in Schwarz, in dem sie für einen Moment den Tod sah. Doch es war nur ein Bleichling mit verschlagenem Gesicht.

»Wer bist du? Was willst du hier?« zischte sie den Fremden an.

»Was wolltest du heute morgen beim Frankenturm?«

Anna krallte die Finger in die Bürste, bis sie schmerzten. »Wer bist du?« wiederholte sie beherrscht.

»Ein ergebener Diener des Herrn van Geldern.« Drohend trat er an sie heran. »Sag, Elende, was hast du auf dem Turm getan, nachdem du dich in der Dämmerung aus seinem Haus geschlichen hast?«

»Das geht dich nichts an«, gab sie frech zurück und wich zurück. Dunst aus den Waschkesseln verhüllte ihr Gesicht wie ein nasser Schleier.

Seine Hand schnellte vor, packte sie hart an der Schulter. »Weiß deine Magistra, was du außerhalb der Krankenstube der Frau Katharina getrieben hast?« Er spürte, daß die Begine zitterte, und faßte sie härter.

Anna wußte, daß sie nun einen Trumpf ausspielen mußte, wenn ihr Spiel nicht ganz verloren sein sollte.

»Bist du auch ein Diener meiner Herrin? Dann wirst du bald in Konflikt geraten.«

Die Hand des Dürren fuhr zurück. »Was redest du da, dummes Weib.«

»Was weißt du von dem Tod Katharinas?«

Die Lippen des Mannes zuckten. Er konnte seine Augen nicht überall haben. Anna trat einen Schritt vor, ihre Stirn glänzte feucht. War es Wäschedunst oder Angstschweiß? Die Nasenflügel des Dürren nahmen vergeblich Witterung auf. Anna wischte sich mit der Schürze die Stirn und zog ihre graue Haube zurecht.

»Auch mir liegt viel am Wohle deines Herrn, an seiner Wohlfahrt, seinem Reichtum, seinem Seelenheil«, begann sie furchtlos. »Niemand sollte heimtückisch seine Ehre oder die seiner Familie beschmutzen. Darum war ich auf dem Frankenturm, um Lügen und Böses zu vermeiden.«

Der Dürre zögerte einen Moment. Er wußte, daß er es mit einer listigen Schlange zu tun hatte. Sie lockte ihn mit einem Apfel vom Baum der Erkenntnis, der süßer für ihn war als alle Geheimnisse Evas. Sie schien etwas zu wissen, das van Geldern schaden konnte, aber würde sie ihm die Wahrheit verraten? Egal, er mußte sie reden lassen.

»Wie sollte das gehen?« fragte er argwöhnisch.

»Kennst du denn die Gerüchte nicht, die wie Ratten durch die Gassen flitzen? Der Tod deiner Herrin, kam er nicht merkwürdig früh und ihrem Gemahl gelegen?«

Der Dürre seufzte halb erleichtert, halb enttäuscht. »Diese Gerüchte sind älter als Methusalems Bart.«

»Auch die von dem Papiermesser des Kaufherrn neben Katharinas Bett?«

»Wer«, fuhr der Dürre auf, »behauptet das?«

»Niemand«, höhnte die Begine. Mit schmalen Lippen fügte sie hinzu: »Bis jetzt.«

Der Dürre ließ ein verächtliches Lachen hören. »Und du willst das ändern? Elende Erpresserin, ist das dein Geheimnis? Es ist nichts wert. Einen van Geldern erpreßt du nicht.« Seine Hände schossen nach vorn und griffen nach ihrer Kehle.

Anna schlug nach seinen Händen und schrie beinahe: »Ich rede von Rebecca.«

Der Dürre prallte zurück.

»Nun bist du vollkommen irre. Sie soll eine Mörderin sein und den eigenen Schwager des Mordes anklagen? Du törichte Närrin, was sollte dabei ihr Nutzen sein?«

»Sie ist besessen wie ihre Schwester, deren Wahnsinn die Raserei Satans war. Sie will deinen Herrn vernichten.« Van Gelderns Spion verengte seine Augen zu Schlitzen. Ungerührt fuhr Anna fort: »Und eine Besessene ist nur auf den Nutzen eines einzigen bedacht, den des Leibhaftigen.«

Kopfschüttelnd winkte der Dürre ab. »Du redest irre, du bist ein abergläubisches Weib wie die meisten Beginen. Niemand wird auf dich hören.« Wie gelangweilt wandte er sich zum Ausgang des Holzhäuschens.

»Bist du dir da sicher?«

Er wandte langsam den Kopf. »Ich bin kein Freund eurer Weibergemeinschaft, aber eines wirst du mir und der Welt nie einreden, daß eine Rebecca des Teufels ist, die den eigenen Schwager verderben will. Meinem Herrn droht keine Gefahr, auch nicht von einer Schwätzerin wie dir.«

Anna biß sich auf die Lippen. Ihr Trumpf war zu früh ausgespielt, der andere machte noch keinen Einsatz. Vielleicht half ausnahmsweise die Wahrheit.

»Wenn du von Nutzen sprichst«, begann sie vage, »so meinst du sicher Geld und andere irdische Vorteile, nicht wahr?«

Der Spitzel wandte sich ihr flink zu, endlich sprach sie eine verständliche Sprache. Er hob eine Augenbraue zur Frage.

Anna überlegte kurz. Mit einem einzigen Satz zerriß sie ihr eigenes Lügennetz, es war nicht geeignet, um den fetten Fisch, nach dem es sie gelüstete, zu fangen. »Es gäbe einige Menschen«, ihre Stimme sank zu einem Flüstern herab, »denen Rebeccas Schuld von großem Nutzen wäre. Sie hinterläßt, wenn sie stirbt, ein beachtliches Erbe.«

Der Diener in Schwarz runzelte kurz die Stirn, ordnete seine Gedanken, sein Blick klärte sich. »Ich verstehe.«

»Ich sah, wie gesagt, das Messer. Vielleicht sah ich es ja in ihrer Hand.«

»Du lügst, und das wird nicht genügen.«

»Wie schade, daß du nicht an Teufel glaubst.«

»Nur an einen. Er heißt van Geldern.«

Schmeichelnd näherte sich ihm die Begine, ihre Wangen waren rot von der feuchten Wärme, ihre Augen glitzerten, ihr Atem bildete feine Federwolken. »Warum schließen wir keinen Bund mit ihm?« fragte sie lockend.

»Du überschätzt dich. Er ist schlau und ein kalter Rechner.«

»Ist er so schlau, wie du?« Sie legte eine Hand, eine warme, liebkosende Hand dahin, wo ihn sonst nur Huren zu berühren pflegten. »Und so kalt?«

Jetzt erst erkannte der Dürre auch die Eva in ihr. Eine Eva, die eine Hure war.

9

Mit düsterer Miene betrat Lazarus die Schenke an der Frankenwerft. Mißmutige Blicke streiften seine Uniform, Kakerlaken wimmelten aufgeschreckt durchs Bodenstroh, als er mit festen Tritten den Wirtsraum durchquerte. Hochmütig ließ Lazarus den Blick über die Gäste schweifen. Lotterbuben und Lumpenpack, darunter einige Huren vom Bordell auf dem Berlich. Beinerne Würfel kollerten über die derben Schanktische, in einer finsteren Ecke war ein rotbemalter Schemel für den Henker und seine Knechte reserviert. Mit einer Mischung aus leisem Entsetzen und unverhohlener Bewunderung registrierten die Gäste, daß der Spanier ganz ungerührt direkt neben dem Schemel des Ehrlosen und Unberührbaren Platz nahm, als scheue er Tod und Teufel nicht.

Lazarus bestellte Gerstenbrei und Bier, beides so scheußlich wie das pockenzernarbte Gesicht des Wirtes. Doch besser Getreidebrei als Fleisch, Innereien, Blut. Es flößte ihm seit einiger Zeit Ekel ein, etwas zu essen, was gezuckt und gelebt hatte. Columbas weher Blick beim Anblick der sterbenden Sperlinge während des gestrigen Festes fiel ihm ein. Auch sie war begabt, mit der Kreatur zu leiden. Eine seltene Gabe. Und doch – ihr Gerede vom Messer, das blutige Leintuch, Cassanders Warnung. Was hatte das zu bedeuten?

Stumm löffelte er sein Essen, als die hölzerne Tür ein zweites Mal aufgeschlagen wurde und mit der Kälte ein seltener Gast in die Schenke trat.

Mit einem Blick des Ekels zog der seinen pelzverbrämten Mantel enger um sich, hob den Saum während er durch das faulige Stroh stakte. Der Wirt deutete eine leutselige Verneigung an. Doktor Birckmann winkte grimmig ab und verlangte einen heißen Gewürzwein. Dann entdeckte er Lazarus neben dem Henkersschemel und runzelte verärgert die Stirn.

»Einen seltsamen Platz habt Ihr Euch ausgewählt«, sagte er, als er auf den bartlosen jungen Mann zutrat. »Henker, Abdecker und Abtrittfeger pflegt man in Köln zu meiden.«

»Nicht nur in Köln«, kam es knapp von Lazarus. »Eben deshalb schien mir diese Winkelschenke für ein vertrauliches Gespräch geeignet. Was wir zu bereden haben, taugt nicht für vornehme oder zimperliche Ohren.«

Birckmann griff sich einen Hocker und nahm seufzend Platz. Stumm warteten beide, bis der Wirt den dampfenden Wein gebracht hatte, erst dann begannen sie flüsternd ihr Gespräch.

»Nun?«

»Diese Tringin ist ein zähes Mädchen, sie wird die Wunde überleben. Ich habe die beste Pflegerin der Stadt für sie ausgewählt, die Begine Rebecca. Ich schickte ihr einen Boten.«

Lazarus schaute rasch auf, dann sagte er knapp: »Ich

danke Euch für die Mühe, Cassander sagte, daß Ihr ein Menschenfreund seid.«

»Dankt nicht mir, dankt Cassander und Columba. Wäre er nicht so ein bedeutender und todkranker Mann, und sie nicht ein so angenehmes Geschöpf, ich hätte diesen Gang gewiß nicht getan. Wie geht es Columba?«

Lazarus zuckte die Achseln. »Das Fieber ist vorbei, ihr Temperament aber nach wie vor hitzig.«

Birckmann lächelte zum ersten Mal. »Ja, sie hat Quecksilber im Blut. Ein ungestümes Wesen, das Element des Feuers ist das ihre, so war sie schon als Kind.«

Lazarus wischte sich den Mund und schob die Tonschüssel von sich weg. »Wo Ihr vom Feuer sprecht, was hat Cassander bei den Ketzern erreicht?«

Birckmanns Augen wurden wieder trübe, ärgerlich schüttelte er den Kopf. »Ein widerwärtiges Geschäft, ich würde mich lieber heraushalten. Einen Saitenmacher konnte er zur Vernunft bringen, der Mann wird abschwören wie die meisten. Man wird sie in die Verbannung schicken. Dieser Luthger hingegen ist ein starrköpfiger Schwärmer und Aufwiegler. Gestern entriß er dem Priester, der eine Messe im Beisein der Ketzer feierte, die geweihte Hostie, brach sie entzwei und rief: ›Der Heiland ist größer als solcher Tand.‹ Unverbesserlich!«

Lazarus seufzte. »Ich dachte es mir.«

»Dieser halbtote Greis trotzt dem Verhör und fürchtet weder Folter noch Schwert, nur um laut seinen Glauben zu bekennen, indem er sagt, daß die Menschen allesamt sündhaft und für die Hölle bestimmt sind.«

»Den Armen gefällt dieser Satz, weil er bedeutet, daß vor Gott alle gleich sind.«

»Und abgrundtief schlecht. Ein gutes Beispiel für die dogmatische Torheit der Evangelisten. Sie kennen nicht den Begriff der Gnade.«

»Sie verachten das Geschäft mit der Sünde, die Ablässe, die Versprechungen durch bloße Gebete. Sie suchen Gott in ihrer Seele, nicht in Zeremonien und Riten. Sie wollen Gerechtigkeit hier auf Erden, nicht erst beim Jüngsten Gericht.«

»Sie verachten das Leben wie den Tod«, urteilte der Doktor mit angewidertem Blick.

»Aus diesem Holz sind die Märtyrer geschnitzt«, warf sein Gegenüber mit einem leisen Unterton der Ironie ein.

Birckmann warf ihm einen lauernden Blick zu. »Cassander erzählte mir vom Unglück Eures Vaters unter dem Tyrannen Calvin. Ist das der Grund für Eure Ketzerliebe?«

Lazarus schüttelte grimmig den Kopf. »Ihr täuscht Euch, ich liebe die Ketzer nicht, ich hasse nur die Verschwendung von Menschenleben. In dieser verworrenen Welt gibt es nur wenige Gesetze, an die ich mich zu halten pflege. Eines davon ist, Menschen in Bedrängnis zu helfen. Oder könnt Ihr als Katholik und Arzt Euch den heiligen Martin vorstellen, der neben einem Verwundeten ausruht und sich bei Wein und Weib amüsiert? Gott hat in der Welt der Körper keine Macht, hier auf Erden kann er nur durch uns Menschen handeln.«

Birckmann seufzte, er liebte das Philosophische nur, wenn es sich nicht in die unmittelbaren Belange seiner Existenz mischte; sein Gegenüber hingegen schien vollkommene Wahrheit und unvollkommene Wirklichkeit in ungesunder Weise zu vermischen. Beide bildeten nur selten ein stimmiges Paar.

»Nun«, meinte er schließlich, »wenn man diesen Luthger dem Hochgericht überstellt, dann ist es um ihn geschehen, und wenn ich mich nicht irre, ist diese Tringin von so treuer Natur, daß sie ihn begleitet.«

Lazarus' Mund zuckte. »Es sei denn, man fände einen

ganz anderen Ausweg für beide. Vorbei am Hochgericht, direkt in die Freiheit. Ich hörte, daß der Frankenturm seine Schlupflöcher hat, lose Steine in den heimlichen Gemächern, nachlässige Wächter.«

Birckmann verschluckte sich an seinem Getränk und hustete.

»Schnell einen Arzt!« grölte von einem Schanktisch her ein Witzbold. »Der Herr Doktor verreckt uns.« Der Wirt schlug mit einem Lappen nach ihm.

Birckmann suchte in seinen Taschen nach einem Tuch und wischte sich Mund und Bart. Pfeifend schöpfte er Atem. »Junger Mann, was Ihr eben gesagt habt, habe ich nicht gehört. Es ist schlimmer als alle Ketzereien. Ohnedies ist es hohe Zeit, daß ich mich wieder meinen Geschäften widme.« Er erhob sich und warf einige Münzen auf den Tisch.

»Auf ein Wort noch«, flüsterte der Uniformierte eindringlich.

Ungeduldig blickte Birckmann ihn an. Lazarus erwiderte den Blick mit beinahe feindseliger Entschlossenheit.

»Was wißt Ihr vom Tod der Katharina van Geldern?«

Der Doktor erbleichte. »Wie meint Ihr das?«

Lazarus' Augen wurden hart wie polierter Stein. »Ich hörte, ein Messer war dabei im Spiel.«

Fassungslos starrte Birckmann auf ihn herab. »Ein Messer«, brachte er schließlich mühsam hervor, »wer sagt das?«

»Euer Liebling. Columba.«

Birckmann ließ den Saum seines Mantels fahren und sank zurück auf seinen Hocker. Er stöhnte.

»Was wißt Ihr?« bohrte Lazarus weiter.

»Nichts. Nichts von einem Messer.«

Lazarus sah, daß hinter der Stirn des Mannes seine Gedanken in wilder Jagd rasten. »Eines noch. Was ist von Rebecca, der Begine, zu halten, die Ihr als Pflegerin zu Tringin schicktet?«

Der Mediziner hob die Augen, maßloses Entsetzen stand darin. »Was soll diese Frage bedeuten? Was wollt Ihr andeuten? Wie könnt Ihr!«

»Nichts deute ich an. Sagt mir nur, wie gesund ist der Geist dieser Frau? Neigt sie zu mystischen Visionen wie andere Beginen?«

Columba hatte zu spät gehandelt, er hatte das Bild im Stickrahmen gesehen.

Birckmanns Miene verhärtete sich, hart spannten sich seine Kiefer. »Rebecca ist eine hochangesehene, kluge Frau aus dem Geschlecht der Scarpenstein. Als Seidenweberin gehörte sie zu den reichsten Frauen der Stadt. Selten begegnete mir eine Frau von so klarem Verstand.«

»Was man von ihrer Schwester nicht behauptet«, bemerkte Lazarus.

»Sie verkraftete den Tod ihres einzigen Kindes nicht, nur das verwirrte ihren Geist.«

Lazarus strich sich mit den Fingern seiner Rechten nachdenklich über die Wange. »Und wie«, fragte er schließlich in sanftem Ton, »steht es um Seele und Geist Columbas?«

Birckmann fuhr hoch, Zorn verzerrte seine Züge. »Ihr seid nichts als ein dummer Schwätzer, seht Gespenster, wo es keine gibt. Mischt Euch zu den Apfelweibern und verbreitet da Euren Tratsch. Ich will mit diesem Geschwätz nichts zu tun haben. Laßt Frau Katharina in Frieden ruhen, sie starb im Schlaf.«

»Nichts liegt mir ferner, als die Ruhe einer Toten zu stören. Aber ich sah ihr Blut.« Denn ihr Blut mußte es gewesen sein, das auf dem Leintuch war, das Rebecca so eilig versteckt hatte.

Birckmann wandte sich wortlos ab. »Schwätzer«, stieß er ein weiteres Mal hervor.

»Es mag sein«, erwiderte Lazarus kalt, »daß ich ein Schwätzer bin, aber ich warne Euch. Tote schlafen nicht gern allein, vor allem wenn man sie gegen ihren Willen in die Grube hinabgestoßen hat.«

Birckmann drehte sich ein letztes Mal um. »Ich warne Euch, junger Mann, die Familie van Geldern beleidigt niemand ungestraft. Verlaßt Köln, ehe Eure Lügen und Maskeraden Euch selbst vernichten – Ketzerfreund.«

Eilig machte er sich davon, nicht eilig genug, um sich selbst und seinen nagenden Zweifeln zu entkommen.

10

Nach drei Tagen ging der Frost so plötzlich wie er gekommen war. Tauwetter setzte ein. Nächtens knirschte zunächst das Eis unter den Schiffskielen. Gurgelnd und tiefschwarz schoß der Rheinstrom nach oben, am Morgen trieben schwere Eisschollen stromab. Schleppboote zogen die Koef der Spanier in die Strömung. Auf der Höhe von Rodenkirchen warteten die Rhinghalfen genannten Treidelknechte mit ihren schweren Seilen und Pferdegespannen auf das spanische Gefährt. Sie ruderten das Seilwerk zum Schiff hinüber, zurrten es fest, spannten die Pferde auf den Leinpfaden an. Damit die schweren Rösser schief zum Strom hin liefen, legte man ihnen Scheuklappen zur Flußseite hin an. »Schäl Sick« – blinde Seite – nannten die Kölner darum gemeinhin die rechte Rheinseite. Das Gespann wurde mit Schreien, Schlägen und Pfiffen angetrieben, die Rhinghalfen legten sich ins Zeug, und das Schiff bewegte sich gemächlich gegen die starke Strömung, endlich verschwand es gen Bonn.

Zurück blieb Lazarus, die spanischen Briefschaften an

den Kaufherrn noch immer in seinen Händen. Er wußte, welche Botschaft sie enthielten, und zögerte, sie zu überbringen. Immer wieder schützte er dringende Angelegenheiten vor, um den Besuch bei van Geldern hinauszuschieben. Zuletzt war seine Entschuldigung, daß er das Begräbnis der Hausherrin hatte abwarten wollen.

Man trug Frau Katharina an einem Sonntag zu Grabe. Ein würdiger Leichenzug, an dem neben den vier Orden der Dominikaner, Augustiner, Karmeliter und Minoriten vornehme Bürger, Ratsherren und Prälaten teilnahmen. An der Spitze des Kondukts schritten zwei Gaffelboten, ihnen folgte das von Meßdienern getragene Pfarrkreuz aus Gold und Kerzenträger mit nicht weniger als acht Wachslichtern, ein Zeichen für die hohe Würde der Toten. Die Alexianerbrüder trugen den mit schwarzem Damast verhängten Sarg. In der Marienkapelle von St. Alban fand die Unglückselige ihre letzte Ruhestätte, und van Geldern schmückte sie mit einer schweren, teuren Platte aus grünem Marmor. Er bezahlte sie aus Katharinas Erbe, genau wie fünfhundert Gedächtnismessen und Ablaßgebete in zwei Klöstern, um die Seele der Verstorbenen von mehr als zehntausend Jahren Fegefeuer zu befreien. Einmal im Monat würden zudem vier Beginen aus dem Konvent Rebeccas auf dem Grabe liegend Stundengebete sprechen. Wenigstens dieser Dienst der Klageweiber kostete van Geldern nichts, Rebecca bot ihn von sich aus an.

Mit steinerner Miene verfolgte ihr Schwager die Zeremonie, zu seiner Linken Columba, zur Rechten Juliana, die sich in köstlichste schwarze Spitze gehüllt hatte, eine steife Halskrause lag wie ein Spinnennetz um ihren schlanken weißen Hals. Als der Diakon von St. Alban das Miserere anstimmte, warf sie ihm einen hochmütigen Blick zu. Hinter ihr kniete Melina, deren Rücken von den Schlägen ihrer Herrin schmerzte.

Als die Messe vorbei war, zogen die van Gelderns in langsamem Zug zu der Treppe, die zum Triforium und von dort direkt zur Tür ihrer Hauskapelle führte. Eine private Andacht beschloß die Trauerfeierlichkeiten.

Für den Abend waren nur engste Freunde, Gesinde und Angestellte zum Reuessen, dem Leichenschmaus im kleinen Kreis, geladen. Van Geldern scheute in diesem Fall jeden Pomp und Prunk. Zu schnell geriet man in Verdacht, bei ausgelassenen Totenfeiern nichts als das eigene Vergnügen im Sinn zu haben. Schon hieß es in Köln über diese Feste, sie dienten dazu »das Fell des Toten zu versaufen«, und in seinem Falle kam dieser derbe Spruch der Wahrheit gefährlich nahe, auch wenn er nicht vorhatte, Katharinas Erbe sinnlos zu verprassen.

Eben deshalb rief der Kaufherr nach der Andacht in der Hauskapelle Columba in sein Büro. Mit blassem Gesicht folgte ihm die Tochter in sein Arbeitszimmer.

»Du wirst den Konvent deiner Tante noch heute verlassen und heimkehren«, sagte er in einem Ton, der keinen Widerspruch duldete. Columba wagte nur einen flehenden Blick. Van Geldern wandte sich ab und schaute durch die grünen Glasfenster in den winterkalten Garten darunter.

»Vater«, begann seine Tochter schüchtern.

»Da unten sehe ich den Junker Fritjof. Geh hinab und leiste ihm Gesellschaft, er hat lange genug auf dich gewartet, und endlich bin ich in der Lage, ihm eine angemessene Mitgift für dich anzubieten.«

»Vater«, begann Columba noch einmal, diesmal mit einem Anflug von Trotz.

»Geh, sage ich. Dein Ungehorsam ist mir bitter genug. Man sah dich gestern mit Rebecca im Frankenturm. Es mag angehen, daß sie dort der Krankenpflege nachgeht, aber für dich gilt eine solche Entschuldigung nicht. Du bist keine Begine.«

Der Dürre!, dachte Columba zornig. Verfluchte Spitzelei, sie mußte einen geschickteren Weg finden, um seinen Augen zu entkommen.

Der Kaufmann drehte sich um und schaute der Tochter direkt ins Gesicht. »Ich dulde deinen Umgang mit dieser Ketzerdirne nicht, hörst du? Ich wünsche, daß du deine zärtlichen Gefühle ganz auf den Freiherrn beschränkst.«

Columba zog die Augenbrauen zusammen. »Und was, wenn ich es nicht täte?«

Arndt van Geldern lachte hart. »Ich scheue mich nicht, dich in diese Ehe zu prügeln, zwinge mich also lieber nicht. Ansonsten stehen dir der Weg ins Kloster und die selbstgewählte Armut frei. Reizt dich das?« Columba erschrak heftig, der Kaufherr registrierte es mit Befriedigung. »Du kannst froh sein, einen so eifrigen Anbeter zu haben, der nichts oder wenig über deine unsinnigen Neigungen zu Aufwieglern weiß. Rede nicht mit ihm davon.«

»Warum verwendet Ihr soviel Mühe auf meine Verehelichung? Warum darf Juliana unbedrängt ihre Freiheit genießen?«

Der Kaufmann stieß einen Laut des Unmuts aus. »Die Freiheiten, die deine Schwester genießt, geziemen sich einer vornehmen Tochter. Was du treibst, könnte den Untergang unseres Hauses bedeuten. Außerdem hat Juliana so viele Freier wie Finger an der Hand, sie kann sich Zeit nehmen, um zu wählen.«

»Es ist ungerecht, es ...«

Ein Klopfen unterbrach sie. Der Dürre trat ein. Mit gespielter Demut verharrte er auf der Schwelle. Columba warf ihm einen haßerfüllten Blick zu, unter dem er sich zu winden schien. Doch dabei glitzerten seine Augen tükkisch.

»Verzeiht, ich wollte Euch nicht in Eurem Gespräch stören.«

»Du störst nicht«, erwiderte sein Herr und sah über seine Tochter hinweg, als sei sie eine Puppe wie die Ritterfigur neben seinem Schreibtisch.

Der Dürre registrierte es mit Befriedigung. »Lazarus Ossianus wartet unten und bittet um eine Unterredung. Er trägt Briefe des spanischen Königs bei sich.«

»Laß ihn noch eine Weile warten, dann schicke ihn herauf. Sage, ich habe zu tun.«

Der Dürre verneigte sich, Columba wollte das Gespräch über den Freiherrn wieder aufnehmen. Ein Blick des Vaters brachte sie zum Schweigen. »Geh in den Garten, sagte ich. Es gibt nichts mehr zu sagen.«

Mit höhnischem Grinsen hielt der Dürre die Tür für sie offen. Als sie sich hinter beiden schloß, drängte er Columba beiseite und sprang auf mageren Beinchen die Treppe hinab.

Columba trödelte langsam die Stufen hinunter. Das finstere Haus hatte sie wieder. Auch der Gedanke an den Flamen im Garten hob ihre Stimmung nicht. Obwohl ... Er würde ihr helfen, diesem trüben Gefängnis mit all seinen Geheimnissen auf immer zu entfliehen. Eine Heirat konnte nicht schlimmer sein als das hier. Wenn nur die Geschichte mit Tringin zu einem guten Ende zu bringen wäre, dann würde sie mit einem Lachen das Haus verlassen. Sie warf einen Blick über das Treppengeländer hinauf bis zur Galerie im zweiten Stock. Endlich weg von hier und Julianas niederträchtiger Verleumdung, daß sie, Columba, das Messer in jener Nacht nicht nur aufhob, sondern ... Nein, schüttelte sie stumm den Kopf, diese unsinnige Idee konnte nicht einmal Juliana ihrem Vater einreden.

Sie erreichte die unterste Stufe und schaute zur Tür des Morgensaals. Der Dürre hatte seine Botschaft bereits überbracht und war in den Hof geeilt, neuen Geheimnissen auf der Spur. Die Gelegenheit war günstig, um über Tringins Schicksal zu sprechen. Tringin, ja, nur darum mußte sie noch einmal mit diesem lästigen Mann sprechen.

Entschlossen öffnete Columba die Tür und fand Mertgin in vertrautem Gespräch mit Lazarus. Die Magd flüsterte dem jungen Mann etwas ins Ohr. Als sie das Geräusch von Columbas Schritten vernahmen, lösten sie sich voneinander. Mertgin blickte schuldbewußt. Mit gesenkten Augen ging sie auf ihre Herrin zu und knickste.

»Soll ich Euch einen Becher Wein bringen?« fragte sie. »Das Begräbnis hat Euch sicher mitgenommen. Suchtet Ihr mich?«

»Nein«, antwortete Columba scharf und musterte sie mißtrauisch. Was hatte der galante Lazarus ihr nur entlockt? »Ich bin auf dem Weg in den Garten, um den Freiherrn zu treffen.«

Mertgins Miene veränderte sich und nahm den für sie typischen ärgerlichen Ausdruck an, wo es um das rechte Betragen und Wohl ihres Schützlings ging. »Ach, der Freiherr«, spuckte sie fast.

Der Junker hatte in den vergangenen Tagen mit seinen losen Reden und derben Scherzen alles getan, um ihr Wohlwollen endgültig zu verlieren. So ein Tollkopf und ihre ungestüme Herrin, das gäbe ein gott- und sittenloses Paar. Über ihren Kopf hinweg bemerkte Columba, daß Lazarus' Lippen sich zu einem amüsierten Lächeln verzogen.

»Ich wünsche nicht, daß du so abfällig von meinem künftigen Verlobten sprichst«, schalt Columba einer spontanen Eingebung folgend. Lazarus' Lächeln verschwand nicht, sondern vertiefte sich. Mit blitzenden Augen wandte Columba sich an Mertgin. »Er ist ein fröhlicher, vornehmer und angenehmer Mann«, fuhr sie hitzig fort, als müsse sie Mertgin davon überzeugen, ihn zu ihrem Ehegemahl zu wählen.

»Fröhlich? So nennt Ihr seinen ewigen Gottesschimpf und seinen Rebellensinn? Er ist Untertan des spanischen Königs und führt nichts als lose Reden über Seine katholische Majestät. Behauptete gestern, der Herrscher führe seine Geliebte als Page verkleidet mit sich und habe dem eigenen Sohn die Braut ausgespannt.« Atemlos und wütend hielt Mertgin inne. »Ach, was rede ich und wiederhole seine Derbheiten, er ist ein ...«

»Hüte dich«, warnte Columba nicht minder erzürnt, »denn ich liebe ihn.« Lazarus lachte leise.

»Was fällt dir ein, dummer Spanienknecht?« funkelte das Mädchen nun ihn an.

»Columba!« Mertgin war ehrlich entsetzt. »Er ist der Bote des Finanzsekretärs und Gast Eures Vaters. Entschuldigt Euch.« Hoch richtete sie sich auf, jeder Zoll eine strenge Erzieherin. »Sofort.«

Columba kniff trotzig die Lippen aufeinander und wirbelte herum zur Tür.

»Wenn du erlaubst«, Lazarus verneigte sich gegen Mertgin, »werde ich mit deinem Schützling ein paar Worte wechseln, die sie gewiß beruhigen.«

Columba stoppte abrupt. »Von dir will ich nichts mehr hören!«

»Ich habe Nachrichten, um die du mich gebeten hast.«

Mertgin schaute verwirrt zwischen beiden hin und her, warum der vertrauliche Ton, woher das traute Du?

»Von einer Freundin«, fügte Lazarus hinzu.

Mertgin wunderte sich immer noch. Die wutglitzernden Augen ihrer jungen Herrin, das bartlose hübsche Männergesicht mit dem leicht überheblichen Mund, die geröteten Wangen Columbas, die sie hübsch strahlen ließen, die dunklen Samtaugen des Mannes – endlich fügte sich alles zu einem klaren Bild zusammen. Mertgin erschrak kurz, dann verengten sich ihre Augen listig. Immer noch besser ...

Entschlossen knickste sie nach beiden Seiten. »Wenn Ihr erlaubt, ziehe ich mich nun zurück, es gibt noch so viele Dinge zu ordnen, zu ...«

Sie brach ab und eilte zur Tür. Bevor Columba sie zurückhalten konnte, war sie hinaus und die beiden allein. Allein! Was fiel ihrer Magd nur plötzlich ein?

»Ich brauche dich als Boten nicht«, fuhr Columba den jungen Mann an, »ich war gestern selbst bei Tringin. Verzeih, wenn ich nun gehe, aber mein Bräutigam erwartet mich.«

Lazarus machte einen Schritt nach vorn, leise klirrten seine Sporen auf den Fliesen. »Deine Verlobung macht fürwahr rasche Fortschritte. Erst war er nur ein vornehmer Mann, dann dein künftiger Verlobter und nun ist er schon dein Bräutigam. Meinst du nicht, du solltest den jungen Mann zunächst von seinem Glück unterrichten? Vielleicht würde er gerne selber den Antrag machen. Ich glaube, auch in Köln ist es so Sitte, nachdem die Eltern sich geeinigt haben.« Wieder kräuselte sich sein Mund zu einem Lächeln.

Columba machte einen weiteren Schritt zur Tür. Der junge Mann verstellte ihr mit einer raschen Drehung den Weg.

»Laß mich!« zischte Columba.

»Du läufst in dein Unglück, wenn du diesen Tölpel heiratest. Und sag mir nicht, daß du eine so gehorsame Tochter bist, daß du dir eine Ehe aufzwingen läßt, die nur Unglück bedeutet.«

»Er ist kein Tölpel.«

»Er muß einer sein, wenn er glaubt, ein törichtes Kind wie du wäre sein Glück.«

Columba prallte zurück, was sollte diese Beleidigung? Sie öffnete den Mund zu einer Erwiderung, und Lazarus verschloß ihn mit einem harten, fast schmerzhaften Kuß, bis Columba nachgab und ihn – einem plötzlichen Rausch nachgebend – erwiderte.

Stille folgte, beide atmeten sie gierig ein.

»Liebst du den Freiherrn noch?« fragte der Mann endlich spöttisch. Der hochmütige Spott verletzte das Mädchen mehr, als sie sich einzugestehen wagte.

»Ich liebe niemanden«, gab Columba wütend zurück, »und ganz sicher nicht dich.«

»Mehr wollte ich nicht wissen«, sagte Lazarus. »Verrate es nur deinem Verlobten nicht, albernes Kind.«

Columba packte den Türriegel. Der junge Mann legte seine Hand auf ihren ausgestreckten Arm.

»Eins noch. Tringin ...«

»... ist wohlauf und erholt sich prächtig, ich sagte schon, als Bote brauche ich dich nicht.« Sie riß die Tür auf und warf den Kopf in den Nacken.

»O ja, sie erholt sich prächtig«, rief Lazarus, »für den Henker. Luthger und sie werden noch diese Woche dem Hohen Geistlichen Gericht übergeben. Birckmann hörte es im Rat.« Die Tür fiel ins Schloß.

Bleich und zitternd starrte Columba hinter sich, wo eben noch Lazarus' Gesicht zu sehen war. Das Hohe Gericht! Warum hatte Tringin ihr nichts davon gesagt? Warum sich ihr nicht anvertraut? Weil du ein albernes Kind bist, antwortete eine höhnische Stimme in ihrem Kopf.

Sie biß sich auf die Lippen, ob Lazarus einen Ausweg wußte? Nein, nicht er, er hatte zu häßlich über sie gelacht, er war unverschämt, anmaßend und selbstverliebt. Sie wischte sich mit dem Handrücken den Mund – weg mit diesem ekelhaften Kuß.

Schritte bei der Tür zum Hof. Der Dürre. »Solltet Ihr nicht im Garten sein?« fragte er, wie nur ein Spitzel fragen kann. Der Freiherr! Columba eilte davon.

11

Er hatte nicht einmal gelächelt, als sie sein Meßgewand wie unabsichtlich mit der Hand gestreift hatte. Juliana betrachtete sich – ausnahmsweise – ohne Wohlwollen in ihrem Spiegel. Sie nahm ein silbern eingefaßtes Zahntuch aus Leinen und rieb mit heftigen Bewegungen ihre Zähne, bis sie perlmuttfarben schimmerten. Stumm löste Melina den schwarzen Spitzenschleier aus ihrem Haar und begann zitternd, es zu bürsten. Die Bürste verfing sich in einem Lockennest.

»Ungeschickte Metze!« fuhr Juliana sie an und schlug nach ihr. Das schwarze Mädchen empfing die Ohrfeige still. Ihre einzige Waffe gegen den Unmut der Herrin war ihr Schweigen und keine Tränen. Juliana erhob sich von ihrem gepolsterten Schemel und rauschte zu ihrem Bett. Wütend warf sie sich in die seidenen Decken und griff nach einem Kissen. »Ich werde ihn sehen, noch heute nacht. Ohne dich, hörst du?«

Die Magd nickte. Julianas Zorn vertiefte sich. Sie erkannte, daß Melina bei ihr und ihm sein würde, auch wenn sie abwesend war. »Was hat er zu dir in jener Nacht gesagt?«

»Er sprach von der Liebe des Herrn. Wie immer.« Sie senkte den Blick. »Und von der Eifersucht.«

Juliana riß einen pelzbesetzten Pantoffel von ihrem Fuß und warf ihn nach ihr. Dumpf fiel er zu Boden.

»Eifersüchtig, ich? Auf eine wie dich! Er wagte es nur nicht, mich so plump anzugehen, wie er es mit einer Magd machen kann.« Wieder schwieg Melina.

»Wann, sagte er, will er die nächste Versammlung halten?«

Melina zögerte. »Davon sagte er mir nichts.«

Juliana nickte. »Du siehst, er sehnt sich nicht nach dir, er sucht deine Gesellschaft nicht. Hole mir mein weißes Kleid, das mit dem Atlasmieder und den perlenbesetzten Samtärmeln.«

»Herrin!« rief die Magd entsetzt. »Es herrscht Trauer in diesem Haus, Ihr könnt kein Weiß tragen. Nur Königinnen trauern in dieser Farbe. Und Ihr könnt unmöglich zu ihm gehen. Ihr würdet ihn und uns alle verraten.«

»Willst du es mir verbieten?« Juliana stützte den Kopf auf ihre Rechte und betrachtete Melina verächtlich. »Ich sehe es genau, die Eifersucht liegt in *deinem* Blick. Könnte er dich nur so sehen, wie ich dich sehe. Ich habe ihm das verlangte Opfer gebracht, während du seine Hure warst.«

»Das war ich nicht! Er hat mich nicht zu seiner Braut gemacht. So glaubt mir doch!«

»Ich habe getötet, und ich könnte es wieder tun.«

Melina nahm all ihren Mut zusammen, denn das Gespräch begann sie zu entsetzen. »Sprecht nicht so, ich bitte Euch, ich weiß, daß Ihr es nicht getan habt. Ihr selbst nennt Eure Schwester die Mörderin, obwohl auch das nicht wahr sein kann.«

Juliana lachte. »Weshalb nicht? Wenn ich einen zweiten Menschen opfern kann, so muß es dem Diakon doch noch besser gefallen.« Sie genoß mit boshafter Grausamkeit das ehrliche Grauen ihrer Magd. »Was hingegen hast du ihm dargebracht? Er sucht nach größeren Mysterien, nach einer Göttin, die so zärtlich wie grausam ist. Er will eine Liebe, die über den Tod erhaben ist. Ich verstehe seine Worte, ich allein.«

Melina betrachtete das weiße, schöne Gesicht, das wie gemeißelt war, und fror. »Herrin«, begann sie tonlos, »Ihr irrt. Das Opfer, das er von uns, seinen Engel erwartet, ist unser eigener Tod. Das meint er mit dem größten Opfer. Wir selbst sind die Wesen, die wir am meisten lieben. Seine Sehnsucht geht auf den eigenen Tod, darin sollen wir uns mit ihm vermählen. In Ewigkeit. Darum hat er uns erwählt. Und ich will ihm folgen, auch wenn ich nicht der Erste Engel in seiner Schar bin.«

Juliana schwieg einen Moment. Dann lachte sie gellend. »Niemals würde er das von mir verlangen! Mich töten! Aber von mir aus, töte dich. Nur zu! Ich werde ihm von deiner entsagenden Liebe berichten. Wußte ich doch, daß eine Närrin wie du seiner nicht würdig ist.« Wieder lachte sie, erleichtert, befreit, selig fast.

12

Ich hoffe, daß mein Tod niemanden zu einem solchen Lachen reizt.« Sie starrten hinauf zu dem offenen Fenster im zweiten Stockwerk des Hauses, das eine schwarze, schlanke Hand eben schloß. Der Freiherr schüttelte mißbilligend den Kopf und riß einen kahlen Ast von einem Strauch. »Bei Gott, ich kann einen Scherz vertragen, aber ein so häßliches Lachen habe ich in einem Trauerhaus selten vernommen. Wäre sie meine Tochter, ich würde sie hiermit zum Weinen bringen.«

Columba sah ihn von der Seite an. Wirklich hübsch war der Freiherr nicht, aber ob er beim Küssen kunstfertig war?

Er hob den Kopf und lächelte sie gutmütig an. Wie wohl das tat. Sie faßte Vertrauen und ein Herz. »Junker Fritjof, man sagt, daß in den Niederlanden die Hälfte der Leute es mit den Ketzern hält, was ist wahr daran?«

Der Junker setzte ein verschmitztes Lächeln auf. »Habt Ihr Angst, mir in ein Land voller Abtrünniger zu folgen? Fürchtet Euch nicht, einige Arme sind von der Schlichtheit des Evangeliums angetan, die meisten aber sind gute Katholiken wie ihr in Köln. Wir sind fröhliche, lebenslustige Menschen.« Er pausierte kurz, um einen Apfelbaum zu inspizieren. »Der Sünde zugeneigt, im Fleische schwach, um es genau zu sagen, und darum bei den Katholiken besser aufgehoben, die Buße und Begnadigung kennen.«

Seine unbekümmerte Offenheit in Fragen der Religion gefiel und ermunterte Columba. »Was haltet Ihr selbst von den Ketzern?«

Der Junker stupste sie neckisch mit dem Zweig an. »Wollt Ihr wissen, ob ich einer bin? Nun, einer Inquisition durch eine so hübsche Richterin kann ich nicht widerstehen.« Er ließ seine dicklichen Finger über ihren Arm bis in ihren Nacken galoppieren. Es kitzelte, und Columba lachte.

»Mir sind Ketzer vollkommen gleichgültig. Genau wie die Pfaffen auch. Unter beiden gibt es liederliches Pack. Gott allein vertraue ich mein Seelenheil an. Und den Leib ...«, er blickte ihr tief in die Augen und grinste, »meinem Täubchen, wenn ich Euch so nennen darf.«

Columba schlug seine vorwitzige Hand von ihrem Arm, das Täubchen behagte ihr nicht, aber sie verzieh es. Kosenamen, so nahm sie an, gehörten zur Liebe.

»Wenn Euch die Fragen der Religion so gleichgültig sind, so seid Ihr bestimmt kein Freund grausamer Verfolgungen, nicht wahr?«

Fritjof zuckte die Achseln und warf einen bedauernden Blick auf den kahlen Apfelbaum. »Was sein muß, muß sein. Und die meisten die sterben, sind ohnehin unnütze Starrköpfe, Störenfriede und Hungerleider.«

Vor nicht allzu langer Zeit hätte Columba ihm herzlich beigestimmt, schon darum, weil man in Köln seit Luthers Thesenanschlag nur wenige Ketzer gerichtet hatte, und diese nur, weil sie tatsächlich starrköpfig gewesen waren und für gärende Unruhe gesorgt hatten.

Das Mädchen drehte dem Freiherrn den Rücken zu, um ihre Unruhe zu verbergen.

»Und wenn es sich nicht um Starrköpfe handelt, wie fühlt Ihr dann? Es heißt, die Spanier verfolgen ohne Rücksicht in Eurem Land.«

»Freilich, die Spanier treiben es etwas zu weit, sie brennen die Leute wie Kerzen ab. Eine würdig gestaltete Hinrichtung laß ich mir gefallen, sie erschüttert die Seele und reinigt das Gemüt, aber sie lassen wahllos sogar schwangere Frauen lebendig begraben. Es gilt als milde Strafe und ziemlich, da der Wind beim Hängen die Röcke der Weiber blähen und heben könnte. Ich nenne es eine Barbarei, wenn ich nur an das Wimmern dieser Weiber denke ...«

Columba erschrak und zitterte heftig. Fritjof legte zart seine rechte Hand auf ihre Schulter, sie wehrte sich nicht, er faßte sie fester und zog sie zu sich herum. Fast flehend blickte sie ihn an, der feiste Freiherr schaute verlegen in ihre tränennassen Augen. Nicht nur wimmernde Weiber dauerten ihn, ein weinendes Mädchen, das war fast noch unerträglicher. Überhaupt war dieses Gespräch für seinen Geschmack merkwürdig ernst.

»Wenn Ihr eine solche Hinrichtung verhindern könntet«, fragte Columba mit belegter Stimme, »Ihr würdet es tun, nicht wahr?«

Unlogisches Weibergewäsch, jetzt glomm doch tatsächlich Hoffnung in den Augen seiner künftigen Braut auf. Also doch eine von den Empfindsamen, nicht daß sie ihm doch noch mit der Laute und Gedichten und solchem Schnickschnack kam! Der Junker seufzte. Er war zum ersten Mal Bräutigam, da mußte man sich wohl bequemen und Zartheit des Gemüts vortäuschen. Der bittende Blick Columbas ließ ihn nicht los. Er ließ seine Augen an ihr hinabgleiten. Sie war die Mühe wert. Und die beachtliche Mitgift dazu. Fritjof räusperte sich.

»Nun ja. Wenn man so etwas ohne Not und Gefahr verhindern kann, dann sollte man es tun.«

Obwohl Columba den Ton seiner Stimme etwas lau fand, lächelte sie so dankbar es eben ging, und ihr Lächeln war schön.

Junker Fritjof spitzte die Lippen zum Kuß. Was wartete er noch? Sie wußte doch, was jetzt kam. Sein pralles Gesicht näherte sich ihrem. Diesmal würde sie die Augen nicht schließen, um dieses Erschauern, die gefährliche, lustvolle Hingabe einmal ganz bewußt zu erfahren. Sie stellte sich auf die Zehenspitzen und bot ihm ihren Mund dar.

Lazarus sah es deutlich, während er mit seinen Briefrollen hinter den Kaufherrn an das geöffnete Fenster trat. Van Geldern nickte befriedigt und schloß das Fenster mit lautem Klirren. Columba lernte derweil im Garten, daß der Freiherr nicht nur beim Essen schmatzte und Küsse nicht immer von süßer Erregung begleitet waren.

Im ersten Stockwerk trat der Kaufmann hinter seinen Schreibtisch. Lazarus folgte ihm mit festem Schritt, der unterdrückten Ärger verriet. Er wollte sich eben setzen, als die Rüstung, die rechts von ihm stand, einen metallischen Schritt auf ihn zumachte. Mit zwei dumpfen Stößen setzte sie rasch hintereinander die stählernen Sohlen auf den Ziegelboden und stand ihm degenschwingend gegenüber. Erschrocken wich er zurück, der Kaufmann lachte befriedigt und richtete sich in seinem Sessel auf. »Kein Grund zur Furcht. Es ist nur ein Automat. Ich habe ihn eben aufgezogen, er reagiert auf heftige Erschütterungen des Bodens. Eine Spielerei, die ich in Italien erwarb, die Ingenieure dort sind Meister ihres Faches. Setzt Euch.«

Der Bartlose gehorchte und legte seine Briefrollen mit den schweren königlichen Siegeln, die an roten Bändern baumelten, auf den Tisch. Van Geldern tat, als beachte er sie gar nicht. Gier oder Neugier ziemten sich nicht bei einem erfolgreichen Geschäftsmann. Beide Regungen verbarg van Geldern gut, nur ein genauer Beobachter hätte das forschende Glitzern in seinen Augen erkannt. Lazarus war einer von ihnen, doch er schwieg und wartete mit ganz unbeteiligtem Gesicht.

»Wie ich hörte«, sagte van Geldern schließlich, »habt Ihr meiner Tochter vor wenigen Tagen einen Gefallen getan. Bei der Alten Mauer am Bach.«

»Es war nichts«, gab Lazarus zurück und betrachtete das Schreibzeug aus fein ziseliertem Silber, das Tintenfaß mit den verschlungenen Schriftzügen darauf und das Papiermesser, während der Kaufmann enttäuscht den Versuch aufgab, sich an den Ort und die Zeit zu erinnern, da er diesem oder einem ähnlichen Mann schon einmal begegnet war.

»Es war hilfreich genug«, antwortete Arndt van Geldern und fügte floskelhaft hinzu: »Wenn ich etwas für Euch tun kann, sagt es mir.« Dann streckte er die Hand nach den Briefen aus. Lazarus war entlassen, doch er ging noch nicht.

»Euer Angebot nehme ich gerne an. Mir liegt daran, eine Weile in Köln zu bleiben.«

Van Gelderns Hände zuckten zurück. Köln? Was wollte dieser Kerl in Köln? »Dann seid mein Gast«, sagte er gezwungen.

»Vielleicht könnte ich mehr sein. Ich bin im Haushalt eines Kaufmanns großgeworden, habe auch ein wenig Juristerei studiert und mich bei Don Cristobal mit den europäischen Geschäften vertraut gemacht. Die Stelle eines Fakturisten würde mir gefallen.«

Unruhe stieg in van Geldern hoch. »Ich bitte Euch, ein Philosoph wie Ihr! Dazu der Vertraute des spanischen Finanzsekretärs. Was sollte ich Euch dagegen zu bieten haben?« Er prüfte Lazarus mit kaltem Blick – der junge Mann schien arglos.

»Die Philosophie, werter Kaufherr, ist eine schöne Kunst, doch leider nicht sehr einträglich, wenn man sie nicht nach den Wünschen der Herrscher verbiegt und betreibt. Den Dienst bei den Spaniern habe ich quittiert. Ihr Sold ist schlecht und kommt nur unregelmäßig.«

»Ihr tragt ihre Uniform.« Der Hausherr unternahm einen letzten Versuch.

»Ich werde sie mit Freuden ausziehen.«

Der Kaufmann spürte wieder seine Steine. Das Blut wich aus seinem Gesicht. Lazarus sprang geschmeidig auf, um ihm zu Hilfe zu eilen. Der Automat ließ den Degen herabsausen, Lazarus fegte ihn mit einem Handkantenschlag beiseite, scheppernd ging der hohle Kerl zu Boden. Lazarus kniete neben dem Kaufmann, dessen Gesicht von Schmerz entstellt war. Seine knochigen Hände umkrallten die Lehnen seines Sessels im Krampf. Mit Abscheu betrachtete er den jungen, kraftvollen Mann.

»Weg«, stöhnte er, »bleibt weg.« Er atmete heftig, endlich fiel der Schmerz wie ein Flamme in sich zusammen, brennende Wut nahm seinen Platz ein. »Ich bin dem Grab noch nicht so nah, daß ich des Mitleids bedarf«, sagte er, und Lazarus stand auf, ging um den Tisch herum und nahm wieder Platz.

»Eine Stelle als Fakturist wollt Ihr also haben? Nun gut, ich werde darüber nachdenken. Kennt Ihr England?«

»Ja, ich war bereits dort.«

»Ich habe Außenstände in London, die es zunächst zu sichten und zu prüfen gilt; es könnte eine Reise vonnöten sein, sobald das Wetter eine Überfahrt erlaubt.« Etwas in der Stimme des Mannes ließ Lazarus aufhorchen, etwas darin klang nach Gefahr.

»Mit Verlaub, persönliche Geschäfte zwingen mich, für

eine Weile in Köln zu bleiben. Dringende Angelegenheiten. Danach reise ich gern.«

Die Augen van Gelderns verengten sich – saß er einmal mehr einem Erpresser gegenüber?

»Wir werden sehen«, sagte er schließlich matt, »einstweilen seid Ihr mein Gast. Ich werde das Gesinde anweisen, ein Zimmer für Euch herzurichten. Wenn es recht ist, unter dem Dach, wo die anderen Angestellten Wohnung haben.«

Der junge Mann nickte. »Gewiß, ich möchte wie jeder andere behandelt und bezahlt werden.«

»Dann holt Eure Sachen, Euer Gepäck, Euer Pferd, ich werde die Briefe alleine studieren, da Ihr ja nun keine Antwort mehr an Don Cristobal weiterleiten werdet.«

Lazarus verneigte sich und verließ das Zimmer. Wenig später schlüpfte der Dürre herein. »Nun?« fragte er.

»Finde heraus, wer der Mann ist. Ich muß alles über ihn wissen, was zu erfahren ist. Egal um welchen Preis.«

»Wenn ich noch einmal an die Sache mit der Begine Anna erinnern darf?« Der Dürre leckte sich die trockenen Lippen. »Vielleicht solltet Ihr sie einmal selbst empfangen.«

»Störe mich nicht länger, ich habe Wichtigeres zu tun.«

13

Du bist ja toll, Mädchen, nie im Leben habe ich etwas Derartiges gesagt! Willst du mich auf das Schafott bringen?« Der Freiherr schüttelte heftig den Kopf, als säße ihm Wasser in den Ohren. »Schlag es dir aus dem Kopf.«

Columba wich ängstlich zurück, ganz rot war das Gesicht des Junkers vor Wut. »Eine überführte und angeklagte Ketzerin aus einem Gefängnisturm befreien! Nur weil du eine Partie Schlittschuh mit ihr gelaufen bist. Wann hat man je so etwas Unsinniges gehört. Wenn ich das deinem Vater erzähle ...« Müßte der die Mitgift kräftig erhöhen, schoß es ihm durch den Kopf, und er verstummte, um genauer darüber nachzudenken.

Das Mädchen umklammerte mit den Händen den steinernen Rand des Brunnens, der in der Mitte des Gartens stand. Der Junker sollte nicht sehen, daß sie zitterten. Sie hatte einem Maulhelden und Hallodri vertraut. Einem, dessen Mut so lau wie seine nassen Küsse waren. Sie schlug die Augen nieder vor Scham. Tringin war verloren, doppelt verloren und verraten durch ihre Unvorsichtigkeit.

Fritjof sah ihre plötzliche Demut mit Wohlgefallen. »Ah, ich merke, daß du deinen Fehler erkennst. Dein Erröten bekommt dir. Ich will dir den ganzen Unsinn verzeihen, wenn du schwörst, nie wieder von so etwas zu reden.«

Columba hielt den Blick gesenkt und atmete erleichtert auf. Der dralle Flame hatte in seiner gutmütigen Dummheit den Ausdruck von Schuld in ihrem Gesicht falsch verstanden und ihr dabei einen Ausweg gewiesen. Mädchenhaft scheu nickte sie und sah ihn mit großen, bewundernden Augen an. »Ich danke dir, du bist ein so kluger Mann. Verzeih mir meine falschen Gedanken.«

»Gedanken! Weibische Launen waren's. Zuviel Wasser im Leib, darum auch die ständigen Tränen, das schwanke Gemüt, ganz wie Albertus Magnus schon schrieb. Das Weib ist aus dem Sumpf geboren. Ich kenne mich aus«, brauste der Junker noch einmal auf. Wenn er jetzt nachlässig war, würde sie ihm später auf der Nase herumtanzen.

Columba unterdrückte alle Anzeichen ihres aufkeimenden Ärgers und trat näher an ihn heran.

»Lieber Fritjof, ich bedarf deiner Führung und Anleitung. Du bist von so klarem Verstand. Es wäre schrecklich, wenn unser heiliger Bund in Gefahr wäre, nur weil du meinem Vater von meinen Torheiten erzählst. Er könnte auf die Idee kommen, mir eine Ehe zu verbieten und mich statt dessen zur ewigen Läuterung in ein Kloster sperren. Er ist in Glaubensdingen unduldsam.«

Sie zwang sich, an Tringins Unglück zu denken, und endlich fühlte sie die rettenden Tränen aufsteigen.

Weinende Mädchen! Verfluchter Weiberkram. Der Junker trat mit den Stiefelspitzen gegen die Brunnenmauer. »Ich werde es mir überlegen«, brummte er.

Columba sank an seine Brust und legte ihre Arme um seinen dicken Leib. Der Junker schaute halb verlegen, halb lüstern auf sie hinab. Ihm hatten die Küsse gut geschmeckt. Er legte seine rechte Hand unter ihr Kinn und zog ihr Gesicht ganz nah an seines heran.

Nur das nicht wieder! Columba löste sich aus der Umarmung, schürzte die Röcke und sauste davon. Es war ihr unmöglich, sich länger zu beherrschen, ganz schlecht war ihr.

Kopfschüttelnd sah ihr der Junker nach. Wegen der Mitgift mußte er noch einmal ernstlich mit sich zu Rate gehen. Liebe war ein anstrengendes Geschäft. Von plötzlichem Hunger geplagt, machte er sich auf den Weg in die Küche.

Columba flog die Treppe zum ersten Stockwerk hinauf, je zwei Stufen auf einmal nehmend, und prallte mit Lazarus zusammen, der eben das Zimmer des Kaufmanns verlassen hatte.

»So stürmisch? Treibt dich wieder die Leidenschaft für deinen Verlobten?«

»Geh mir aus dem Weg«, schimpfte sie und entlud dabei all den eben unterdrückten Zorn.

Lazarus trat zur Seite. »Spricht so eine verliebte Braut?

Hat er sich nicht zu einem Antrag bequemt? Hast du ihn mit deiner unbändigen Zuneigung bedrängt?«

Sie nahm wortlos die nächste Stufe, doch plötzlich hielt sie inne. Sollte sie es ein zweites Mal wagen?

Sie drehte sich langsam um und betrachtete den Bartlosen. Sein leicht vorspringendes Kinn verhieß Entschlossenheit, die schwarzen Augen verrieten den Mann, der Geheimnisse zu wahren und zu entschlüsseln vermochte, allein dieser überhebliche, selbstherrliche Mund war abstoßend.

»Wegen Tringin«, begann sie schließlich zögernd.

»Nicht hier«, unterbrach er sie warnend, den Blick über ihre Schultern auf die Galerie geheftet.

Sie nickte und schaute sich kurz um. »Ich werde Euch ans Tor begleiten«, sagte sie laut und fest, als spräche sie für ein Publikum. An seiner Seite schritt sie die Treppe wieder hinab. In der Vorhalle vertrat der Junker den beiden den Weg.

»Wohin geht es, mein Täubchen?« fragte er und legte keck seinen Arm um die Hüfte des Mädchens.

Ärgerlich schob Columba ihn weg und sagte kalt: »Ich begleite unseren Gast bis zum Tor, der Vater wünscht es, Mijnheer van Ypern.«

»Ah, nun ja, gewiß«, stotterte der Freiherr um Worte verlegen. Dann begriff er, warum van Gelderns Tochter plötzlich so förmlich und kalt zu ihm war. Seine Braut war im Beisein eines Fremden noch schüchtern, solange die Heirat nicht bekanntgegeben war.

»Dann werde ich Euch ein Stück begleiten«, meinte er munter, »nichts tut dem Leib so wohl wie ein wenig Bewegung.«

»Oder eine gute Mahlzeit«, sagte Columba, »es ist schon hoch nach Mittag, lieber Herr Fritjof, und der Tag war so anstrengend.«

Der Junker lächelte sie fast selig an. Soviel Fürsorge, soviel Zärtlichkeit. »Wo du, äh, Ihr es sagt – ich spüre tatsächlich einen gewaltigen Appetit.«

»Geht in den Morgensaal, ich werde sofort dafür sorgen, daß man Essen aufträgt.«

Der Junker entfernte sich mit erwartungsfrohem Gang.

»Er wird ein folgsamer Gatte sein, wenn du ihn regelmäßig fütterst«, flüsterte Lazarus in Columbas Ohr.

»Ich begleite dich zum Tor«, erwiderte sie ärgerlich.

Im Schutz des Mauerbogens hielten beide an. »Wegen Tringin«, begann Columba, »was können wir tun?«

»Cassander, der Gelehrte, der für die Ketzer eintritt, hat große Macht. Vielleicht kann er nichts mehr für Luthger tun, aber das Mädchen könnte er noch retten, wenn sie nur ein wenig Einsicht und Demut zeigt. Du mußt mit ihr sprechen.« Er sah sie eindringlich an.

Columba biß sich auf die Lippen. »Ich weiß nicht, ob ich das kann. Sie vertraut mir nicht wirklich, sie sagte nichts von der drohenden Verhaftung.«

»Sie liebt dich, sie wollte dich schonen, dir die grausamen Fakten verschweigen.«

»Weil ich«, Columba hob scheu den Blick, »weil ich ein solches Kind bin, nicht wahr? Das willst du doch sagen.« Lazarus lächelte gegen seinen Willen, Columba verstand sein Lächeln nicht und zog sich wieder in sich zurück.

»Was«, sagte sie, »wenn Cassander keinen Erfolg hat?«

»Dann gilt es, etwas anderes zu wagen.« Lazarus starrte über ihren Kopf hinweg die Mauer an, sein Gesicht so steinern wie sie.

»Was meinst du damit?« flüsterte Columba aufgeregt.

»Nichts, was dich interessieren sollte.«

»Verflucht! Ich bin kein Kind mehr, begreife es endlich. Ich habe nicht weniger Mut als du.«

»Es gibt einen Unterschied zwischen Mut und Übermut«, erwiderte der Bartlose ernst und blickte ihr direkt in die Augen.

»Sage mir, was du vorhast«, beharrte Columba hartnäkkig, »woran du denkst.«

»Ich denke an Karneval.«

Sie ballte die Hand zur Faust und schlug sie hart gegen seine Brust. »Du bist ein grausamer, alberner Kerl. Warum treibst du solche Spiele mit mir – und meinen Gefühlen.«

Lazarus fing ihre Faust ab und umschloß sie hart mit der Rechten. »Du täuschst dich, ich spiele nicht. Erst recht nicht mit Gefühlen – im Gegensatz zu dir, kleine Närrin. Was ich meinte, ist ...«

Das Geräusch von eiligen Schritten unterbrach sie. Es kam von der Straße her und näherte sich durch den Gang. Die Gestalt eines Mönches schälte sich aus dem Dunkel. Weiß leuchtete sein Habit unter grauem Skapulier.

Mit ernstem Blick näherte er sich Lazarus, der rasch von Columba wegtrat.

»Lazarus Ossianus?« fragte der Mönch knapp. Der Bartlose nickte. »Ich komme vom Kloster Maria ad Gradus. Cassander ruft Euch.«

»Weshalb?«

»Er stirbt und hat noch eine Botschaft für Euch. Er sagt, es sei dringend, eine Sache von Leben und Tod.«

Lazarus packte den Mönch am Ärmel. »Rasch, bring mich zu ihm!« Grußlos und ohne sich noch einmal umzudrehen, verschwand er mit dem Kirchenmann.

Von Cassander war also keine Rettung mehr zu erwarten. Langsam und nachdenklich ging Columba in den Hof zurück. Karneval. Was hatte Lazarus damit gemeint, wenn er keinen groben Scherz mit ihr trieb? Bunte Bilder zogen durch ihren Kopf, tanzende Narren, Verkleidungen und Masken. Masken?

»Columba«, rief eine vorwurfsvolle Stimme vom Hauseingang her. »Ich habe Hunger, behandelt man so einen Gast?«

14

Anna sah sich verstohlen in dem leeren Gang vor den Schlafzellen um. Dann schob sie lautlos den Riegel zur Kammer der Magistra zurück und schlüpfte hinein. Unter dem Arm trug sie ein Bündel sauber gefalteter Hauben und eine gewaschene Beginentracht, die sie achtlos auf die Truhe warf. Mit leisen Schritten näherte sie sich dann dem Stickrahmen und hob das Abdecktuch. Sie betrachtete das Höllenbild mit Wohlgefallen. Am Rande hatte Rebecca bereits ihr Zeichen eingestickt. Trefflich, vortrefflich! Dieser Teppich würde ihr noch von großem Nutzen sein. Rebecca arbeitete an ihrem eigenen Untergang. Sie ließ das Tuch fallen und wandte sich zu dem schmalen Holzbett. Noch einmal drehte sie lauschend den Kopf zur Tür. Dann zog sie ein Fläschchen unter ihrer Tracht hervor, öffnete es und ließ eine durchsichtige Flüssigkeit auf die Bettlaken tropfen, wobei sie sich sorgsam die Nase zuhielt. Sie deckte das Bett wieder zu. Suchend sah sie sich um und entdeckte den Krug mit dem Wasser. Sie nestelte ein Papierbriefchen hervor und ließ ein weißes Pulver hineinrieseln, schwenkte den Krug, bis es sich aufgelöst hatte.

Die Glocke im Hof rief die Konventsschwestern zum Abendgebet und anschließender Lesung. Mit einem zufriedenen Lächeln verließ die Schaffnerin den Raum, nicht ohne vor der Madonna geknickst zu haben. Zwei Stunden noch, dann würde Rebecca sich wie alle zum Schlaf zurückziehen. Und was für einen Schlaf! Sie hatte die Dosis langsam gesteigert, auch die Tropfen in den Laken taten ihr Werk. Die Stickereien der Magistra bewiesen, daß ihre Arzneien wirkten. Bald war es an der Zeit, das Gift ganz unverdünnt zu benutzen.

Anna zog die Tür hinter sich zu, strich ihre Tracht glatt und stieg mit hocherhobenem Haupt die Treppe zum Gebetsraum hinab. Ein golden funkelndes Augenpaar folgte ihr, bis sie die letzte Stufe erreicht hatte.

Rebeccas dunkle Stimme sprach im Versammlungsraum bereits die ersten Verse eines Schutz- und Schildgebets, das der Seele ihrer Schwester Katharina gewidmet war.

Anna trat in den Saal und senkte demütig Blick und Knie, mit leisem Wispern stimmte sie in das Gebet mit ein.

Columba hörte es, während sie die letzten Stiegen hinab, vorbei am Gebetsraum in den Hof schlich. Sie hatte gefunden, was sie brauchte, trug es fest an sich gepreßt unterm Arm. Im Torbogen angelangt, spähte sie vorsichtig nach beiden Seiten in die winterdunkle Gasse. Nein, er war nicht da. Diesmal hatte sie dem Dürren ein Schnippchen geschlagen. Die Listigen dieser Welt waren nur mit List zu schlagen, wußte schon der Kirchenvater Augustinus.

Die Konventsschwestern saßen derweil auf den Wandbänken des Versammlungsraumes. Spinnräder schnurrten, Klöppelspulen flogen leise klackernd über samtene Kissen. Verschleierte Köpfe beugten sich über grobe und feine Handarbeit. Ruhig blakten die Fackeln, die den holzgetäfelten Raum ausleuchteten.

»Nun, Schaffnerin Anna, welchen Text hast du zur erbaulichen Lesung für uns ausgesucht?« Rebeccas sanfter Blick ruhte auf der Mitschwester, die ein in braunes Leder gebundenes Büchlein im Schoß hielt.

»Ich möchte aus der Legende der Christina von Stommeln vortragen.«

Die anderen Beginen nickten wohlgefällig und erwartungsfroh. Sie liebten die Berichte über die großen Charismatikerinnen der Vergangenheit. Christina von Stommeln war eine von ihnen. Ein einfaches Landmädchen, vor bald vierhundert Jahren bei Köln geboren und dort Schwester in einem der ersten Beginenkonvente. Berichte und Gerüchte über ihre Gottesbegegnungen, Prophezeiungen und Ekstasen waren bis in alle Schichten des Volkes bekannt, auch wenn die jüngeren Päpste die weiblichen Visionen inzwischen mit Argwohn beobachteten und als meist betrügerisch verdammten. Sie beriefen sich zunehmend auf Paulus, der in seinem ersten Korintherbrief befahl, daß das Weib in der Gemeinde zu schweigen habe und keinen unmittelbaren Anteil an göttlicher Offenbarung habe.

Dennoch waren die heiligen Mystikerinnen in den Herzen vieler Nonnen und Beginen lebendig. Anna schlug also feierlich das Buch auf, las einige Vorbemerkungen und zitierte dann Christinas eigene Schilderungen über ihre mystischen Empfindungen bei Andacht und Messe:

»›Vor Fülle der Empfindungen konnte ich mich kaum erheben bei der Elevation des Sanctissimus, oft falle ich hin, werde geschüttelt vom Weinen oder bin starr wie ein Stein.‹«

Rebecca stöhnte leise wie unter Schmerz.

Anna fuhr fort mit Zeugnissen der Zeitgenossen: »›Zuweilen‹«, so berichtete einer, »›war sie so voll göttlicher Süßigkeit, daß sie sich gebärdete, als ob sie trunken sei. Sie selber aber sagte von sich: Christus selbst ist in mir gegenwärtig und strahlt in meinem armen Herzen, kleidet mich in unsterblichem Glanz und durchleuchtet alle meine Glieder. Meine, der Allerärmsten Hand ist Christus. Nur ihm bin ich anvermählt.‹«

Allgemeines, beifälliges Seufzen.

»Amen«, murmelte Rebecca und schlug das Kreuz. Einige aus der Frauenrunde sahen ihre Meisterin mit wissendem Nicken an.

Anna hob die Augen und betrachtete die Magistra mit listigem Ausdruck. Die Schwestern arbeiteten sittsam und still. Die Schaffnerin räusperte sich und senkte die Stimme zu einem düsteren Zischen. »›Doch dann geschah es, daß der Leibhaftige an sie herantrat, wie er es bei besonders heiligen Frauen zu tun pflegt.‹« Wohliges Erschauern, gedämpftes Entsetzen, endlich kam die Schaffnerin zu den wirklich spannenden Fakten. Nur Rebecca runzelte die Stirn.

Die Vorleserin fuhr ungerührt fort und schilderte mit wachsender Inbrunst in der Stimme die Heimsuchungen Christinas. In Gegenwart der Jungfräulichen zerbarsten plötzlich Fenster, Kleider wurden zerrissen von unsichtbarer Hand. Die heilige Hostie erschien ihr als Kröte. Brandblasen bildeten sich auf ihrem Körper, als stünde sie in Flammen. Sie erbrach Blut in Mengen. Anna machte eine Pause, die Spannung war atemlos. »›Zu Ostern zwölfhundertdreiundachtzig plagten sie nicht weniger als zweihunderttausend Dämonen. Qualvolle Krämpfe suchten Christina heim. Die Augen verdreht, die Haare gesträubt, die Zähne fletschend, dann mit ihnen in Tollwut klappernd, das Gesicht mit allerlei Farben überlaufen, wand sie sich wie eine Schlange und prallte in die Höhe wie ein Federball.‹«

Rebecca erbleichte. Warum hatte Anna heute eben diesen Text gewählt? Kannte sie kein Zartgefühl, wußte sie wirklich nicht, daß eine solche Schilderung sie an die Leiden der armen Schwester, den Tod Katharinas erinnern mußte?

Anna hob wieder an. »›Wer mit Christina Umgang hatte, stand in Gefahr. Ihr Vater wurde mit Steinen von Unsichtbaren beworfen, andere schnitten sich in ihrer Gegenwart in die Finger, ihnen faulte das Fleisch, sie empfingen Wunden voll wimmelnder Würmer. In der Kirche kam der Dämon und riß zwei Fische aus der Schüssel, beschmutzte die letztere und warf sie mit dem Kot in die verschlossene Beginenklause.‹«

Ekel machte sich in den Gesichtern ihrer Zuhörerinnen breit.

»›In ihrem Essen sah Christina Kröten, Schlangen und Spinnen. Sie hörte auf zu essen, um nicht weiter davon gequält zu werden.‹«

Der mächtige Leib der Kornmeisterin zitterte, sie schüttelte sich. »Wie unsagbar gemein der Böse ist«, sagte sie empört. Rebecca mußte leise lächeln, doch bei den nächsten Worten Christinas erstarb alle Fröhlichkeit in ihr.

»›Eines Nachts kam der Teufel und rammte ihr spürbar eine Lanze in den Leib und den Mund, so daß sie große Mengen Blut erbrach und doch Wollust dabei empfand. Immer wieder stieß der Leibhaftige zu und sang dabei: Ich bin dein Gott. Ich bin dein Gott. Am Ende meinte Christina, Christus sei so veranlagt wie jeder Mann und die Hölle das Himmelreich.‹«

Schrill stieß Anna die letzten Sätze hervor, so als erschauere sie selbst unter dem machtvollen Leib Satans.

Die Nadeln in den Händen einiger Beginen zitterten wie ihre Hauben. Wie schrecklich, wie tückisch, wie lüstern doch der große Versucher war. Die reine Gottesminne einer Jungfrau so zu besudeln.

»Anna«, Rebecca unterbrach ärgerlich den Vortrag, »es ist genug und an der Zeit, daß du uns von der Erlösung Christinas erzählst, denn nur darum werden ihre schrecklichen Versuchungen in so intensiven Farben gemalt.« Sie brach ab und biß sich auf die Lippen.

Beschämt schlugen einige Mitschwestern die Augen nieder. Die Schaffnerin aber warf Rebecca einen triumphierenden Blick zu. »Erlösung? O gewiß. Wie ich schon sagte, aß Christina kaum mehr. Dazu trug sie stets einen Bußgürtel und Schuhe ohne Sohlen, sie schlief in Kreuzform auf dem nackten Boden, und endlich sah sie das Jesuskind in der Hostie, und ihre Hände und Füße wurden des Nachts von Nägeln durchbohrt. Sie trug die Wundmale Christi und sagte: ›Ich kann nicht irren, denn ich habe einen Lehrer und Meister, der mich und die Menschen liebevoll unterweist.‹« Anna schlug das Buch zu und schloß:

»Zwölfhundertachtundachtzig endeten die Visionen, und ihre restlichen vierundzwanzig Jahre lebte Christina in Ruhe. Freilich gab und gibt es Menschen, die die verehrungswürdige Christina für eine schändliche Betrügerin halten.«

Einige ihrer Mitschwestern räusperten sich enttäuscht. Rebecca aber wußte nun, warum Anna eben diesen Text gewählt hatte. So schmerzlich es war, sie mußte es sich eingestehen: Die Schaffnerin, der sie soviel Gutes getan hatte, hegte eine tödliche Feindschaft gegen sie.

»Laßt uns zu Bett gehen und für Christina beten«, schloß sie die Versammlung, »damit ihr Beispiel uns tröste und erleuchte. Rettung gibt es für jede Seele.« Mit bedeutungsvollem Blick schaute sie Anna an, die aber schien in Gedanken fern von hier.

15

Umsonst, alles umsonst. Das Fest, die Ehrbezeigungen, die Ausgaben und Schmeicheleien – alles umsonst. Mit zusammengekniffenen Augen überflog van Geldern das letzte Schreiben. Der König hatte eine fast dämonische Lust an Tinte und Papier, langatmig und umständlich waren seine Worte. Die Schrift groß, schwer, verschlossen, seine Buchstaben begannen alle mit Spiralen im Inneren, und die Kurven schlossen sich nach außen ab, als hielten sie mühsam an einem Geheimnis fest. Dabei war der Sinn der Botschaft für den Geschäftsmann van Geldern unmißverständlich. Wütend schleuderte er das Schriftstück zu Boden. Das Siegel von billigstem Blei – nein, nicht einmal dafür reichte Philipps Silber noch – schlug dumpf und ohne Klirren auf.

Gewiß, der spanische König bot ihm in höchst zeremoniöser, herablassender Weise weitere Privilegien als Ersatz für das ausbleibende Geld an, darunter einen Titel. Aber mit dem war nicht einmal eine winzige Pfründe verbunden. Und zum Ritter hatte ihn bereits der Vater, Kaiser Karl V., gemacht. Sollte er sich etwa geschmeichelt fühlen, weil ein so mächtiger Herrscher die Tatsache, daß seine Kriegspolitik ihn zum Bankrotteur machte, hinter soviel Buchstaben verbarg? Papier, nichts als Papier, davon hatte er genug.

Mit wütendem Gesicht erhob sich der Kaufmann, trat hinter dem Schreibtisch vor und betrachtete den immer noch am Boden liegenden Blechkerl. Ein treffliches Bild für die Hoheit der Könige, die sich alle noch für Ritter hielten. Ritter des Glaubens, Ritter der Welt, alles einerlei. Die am Alten festhielten, waren doch alle längst verloren. Rostiger Schrott, vergangener Glanz, mochten sie an ihren Höfen auch noch so viele Turnierspiele zelebrieren: Eine verkommene Mode war dieses vorgeblich fürstliche Rittertum, sonst nichts. Es lag kein Verdienst darin, nicht für ihn jedenfalls.

Er trat so heftig nach einem fein ziselierten Beinschoner, daß er scheppernd und kratzend über die Fliesen trudelte. Van Gelderns Blick folgte ihm. Im Geiste rechnete er die Einnahmen hoch, die ihm Katharinas Erbe gebracht hatten. Eine stattliche Summe, wenn er sie nicht auf seine Schulden verwenden, sondern klug investieren würde. Langfristige Leihgeschäfte verboten sich ihm momentan. Wenn er nur einen einträglichen neuen Markt fände, auf dem schnelles, hitziges Geld zu verdienen war. Wieder fiel sein Blick auf die zerschlagene Rüstung. Gute Handwerksarbeit. Sein Gehirn arbeitete fieberhaft. Aus dem Dunkel der Gedanken tauchten die Gesichter der Waffenschmiede auf, die sich beim Empfang des Rates an Don Cristobal herangewagt hatten. Eine gefährliche Sache, der Waffenhandel. Gefährlich, aber einträglich, man mußte ihn unter einem Deckmantel betreiben.

Langsam fügte sich das Chaos in ihm zu einem Bild. Die gärenden Niederlande, die drohende Lähmung des Antwerpener Marktes, das Volk, das nach Vergeltung schrie, und die Fürsten, die sich bereits aufbäumten zum Kampf gegen die spanischen Herren in ihrem Land. Königin Elisabeth von England, so hieß es, gab ihnen heimlich Geld und Waffen, um Philipp in Schach und von einer Unternehmung gegen ihr Inselreich abzuhalten.

Möglichkeiten, lauter Möglichkeiten. Wäre er nur jünger, tauglicher für ein so wagemutiges Geschäft, er würde es unternehmen. Ihm fehlte es nicht an Tollkühnheit, auch Verbindungen ließen sich knüpfen, Waffen heimlich erwerben – vor Kölns Toren lagen Pulvermühlen, die Arkebusen aus den Werkstätten der Domstadt waren berühmt in ganz Europa.

Was ihm fehlte, war ein Mann, der lachend jede Gefahr verachtete, einer, dem er bedingungslos vertrauen konnte. Doch war Vertrauen nötig und der richtige Weg? Er hielt sich lieber an die Weisheit Machiavellis, der riet, daß Mißtrauen gegen die Menschen unter dem Anschein der Zuneigung bei weitem sicherer war. War also nicht einer besser, der zur Not auch zu opfern war, dem man bei Entdeckung die Schuld zuschieben konnte? Einer wie ... Van Geldern spürte, wie sein Blut heftig zu pulsieren begann. Ja, das war es! Ein Lächeln stahl sich in sein Fuchsgesicht, und noch einmal fühlte er sich jung. Jung wie damals, als er – noch in Brügge – sein erstes heimliches Geschäft gemacht hatte. Mit seinem Kompagnon, der so vertrauensselig gewesen war wie sein dunkles, sanftes Gesicht ... Plötzlich wußte er, woher er das Gesicht des Bartlosen kannte. Unmöglich! Das Blut schoß zu seinem Herzen zurück, so rasch wie es eben belebend durch seine Adern gejagt war. Er trat an den nach flämischer Sitte gekachelten Kamin, um sich zu erwärmen. Die Flammen tanzten und leckten gierig um das frisch aufgeschichtete Holz. Das Leben war immer voller Gefahr. Aber, sagte sich der Kaufmann, Gefahr hatte er nie gescheut. Das eben hatte ihn einmal so reich und so mächtig gemacht.

In der Vorhalle schlug eine Glocke. Sie rief ihn zum gemeinsamen Essen mit Gesinde und Angestellten. Der ganze Haushalt sollte bei dem Leichenschmaus der Herrin Katharina gedenken.

Am langen, schwarz abgedeckten Tisch im Morgensaal angelangt, vermißte der Kaufmann ein Gesicht. »Wo ist Columba?« fragte er Mertgin, die ihm den Wein auftrug.

»Zu Bett, Herr, sie fühlt sich nicht wohl.«

Auch der Dürre fehlte – hoffentlich tat er seine Pflicht und stieg nicht der elenden Begine nach.

IV.

Fluchtversuche

1

Columba unterdrückte ein Gähnen. Feuchte Kälte fing sich in der Mauernische und kroch ihr unter Umhang und Rock, der Boden unter ihren Füßen war von brackigem Wasser durchtränkt und roch faulig wie Abfall. Ein unbequemes, aber sicheres Versteck. Seit einer Stunde harrte sie nun schon hier aus. In regelmäßigen Abständen hallten die festen Tritte der Mauerwächter auf den Holzbohlen des Wehrganges über sie hinweg. Die Kniestücke ihrer Harnische und die Sporen an den Stiefeln klirrten leise. Wenn zwei sich begegneten, tauschten sie derbe Scherzworte oder verfluchten die kalten Nebelschwaden, die vom Fluß zu ihnen aufstiegen. Columba fror nicht, zum einen, weil sie doppelte Kleidung trug, aber auch, weil Erregung ihr Blut warm pulsieren ließ – Abenteuerlust vermischt mit Angst. Sie zweifelte keinen Augenblick daran, daß ihr kühner Plan gelingen würde. Verächtlich dachte sie an Junker Fritjof, noch verächtlicher an Lazarus, der eine töricht, der andere ein wortgewandter Zauderer.

Kurz vor der Wachablösung würde sie aus dem Schatten gleiten, ihren Spruch vortragen, und der Rest wäre ein Kinderspiel, wenn sie erst im Turm war. Die Glocken von Groß St. Martin fingen an zu läuten, riefen zur Laudes. Die ersten Karren rumpelten übers Pflaster, Fuhrknechte riefen sich heisere Grüße zu, husteten im Nebel, stolperten im Dunkel, Gebete murmelnd zogen alte Weiblein auf die Kirche zu. Riegel knirschten, die Scharniere eines nahegelegenen Tores gaben seufzend nach. Der Tag begann, bevor der Morgen graute. Die Mauern wurden für die heranziehenden Bauern, Händler und Marktweiber geöffnet. Columba drückte sich tiefer in ihr Versteck. Nur eine halbe Stunde noch.

Eben graute der Morgen, als der Greve – höchster Richter des Erzbischofs in der Reichsstadt, Herr über Leben und Tod und allein berechtigt, überführte Ketzer zu verurteilen – beim Frankenturm anlangte. Zwei kurfürstliche Schöffen gingen an seiner Seite. Ihnen voran schritt feierlich der Rutenträger des Hohen Gerichts. Seine buntgestückelte, leuchtende Kleidung täuschte ein wenig über die Ernsthaftigkeit seines Amtes hinweg, nicht so seine Miene. Columba erschrak, als sie ihn erblickte. Kam sie zu spät? Steinern war sein Gesicht unter dem schwarzen, hohen Spitzhut. Mit beiden Händen trug er den Richterstab vor sich her, der nach vollendetem Prozeß über dem Angeklagten gebrochen werden würde oder nicht. In diesem Falle freilich gab es über den Ausgang keinen Zweifel.

Die Überlieferung des Ketzers Luthger, genannt der gebrannte Kopp, war in der Woche zuvor vom Rat beschlossen worden. Die Magistratsherren waren sonst zögerlich, wenn es darum ging, Angeklagte an das Hochgericht des Kurfürsten und damit ein Stück ihrer Macht aus den Händen zu geben. Diesmal hatten sie einhellig zugestimmt. Gnade war unmöglich geworden. Der unbelehrbare Delinquent hatte vor Cassander, dem Turmmeister und einem Priester alle Heiligen als Götzen beschimpft. Auch nachdem man ihn auf dem Alter Markt dafür gestäupt und mit dem Halseisen gedroht hatte, bekannte der halsstarre Greis sich mit lauter Stimme zum Täufertum und warb mit aufrührerischer Predigt für seine Religion, obwohl er aus den Wunden auf seinem Rücken heftig blutete. Wüst beschimpfte er die Pfaffen als wollüstige Sünder, die wie Schweine lebten. In so scharfen Worten übte er Kritik, daß das Volk – nicht eben freundlich gegen die oft ausschweifenden Gottesdiener gesinnt – Gefallen daran fand. Der Diener des Scharfrichters hatte dem Aufwiegler endlich eine Maulschelle verpaßt, woraufhin Luthgers Tochter sich ans Volk gewandt hatte.

Der Turmmeister hatte sie gewähren lassen, denn er kannte sie als brave Gefangene, die wenig mit Religionsdingen im Sinn hatte und gerne mit seinen Kindern spielte. Er nahm an, sie würde nun Abbitte tun für den irrenden Vater und vor dem Volk um Gnade flehen. Aber nein, sie brachte mit leidenschaftlicher Stimme ebenso blasphemische Ketzereien hervor. »Sieh Vater!« rief sie. »Der ganze Himmel tut sich auf, und ich sehe hunderttausend Engel über uns jubeln, laß uns froh sein: Wir werden für die Wahrheit sterben.« Zu ärgerlich, daß just in jenem Moment tatsächlich die fahle Wintersonne durch die Wolkendecke brach und der Himmel für einen Moment ganz in Gold, andere sagten in Blut, schwamm. Ja, Gnade war unmöglich geworden. Seit beinahe vierzig Jahren stand auf Wiedertäufertum die Todesstrafe, und erst 1555 hatte der Rat das in einem Religionsedikt bekräftigt.

Columba tat einen Schritt aus der Nische, unsicher, ob ihr Plan nun noch durchführbar war. Verfluchter Lazarus! Warum hatte er nicht sofort gehandelt, nachdem ihm der Beschluß des Rates bekannt geworden war.

Der Rutenträger hob den Stab und schlug dreimal gegen das fest verklausterte Tor des Frankenturms. Sofort wurde ihm aufgetan. Der Nachtwächter neigte sich tief vor dem Richterboten, der Greve bat in genau festgeschriebenen

Formeln, den Gewaltrichter und den Turmmeister sehen zu dürfen: »Denn mir, dem kurfürstlichen Greven, wurde kund und zu wissen getan, daß ihr in eurem Turm unbelehrbare, schimpfliche Gotteslästerer verwahrt.«

Der Gewaltrichter trat wie auf ein Stichwort hinter dem Nachtwächter hervor. Er trug volles Amtsornat, grüßte ehrwürdig, bat die Amtmänner des Kurfürsten einzutreten in den städtischen Turm und lud sie – auch das war Sitte – zunächst auf ein Glas Wein.

Columba atmete tief ein. Sie mußte rasch handeln, in wenigen Minuten würde der Nachtwächter abgelöst werden. Sie mußte vorher in den Turm gelangen. Sie lief zu dem Kerl, der in langen Schritten vor dem Tor auf und ab ging.

»He, guter Mann«, sprach sie ihn mit warmer Stimme an.

Er drehte sich um und runzelte die Stirn. »Was willst du hier so früh am Morgen, Mädchen, ohne Begleitung?«

Columba schluckte. »Meine Tante, die Begine Rebecca, schickt mich.«

Das Gesicht des Wächters hellte sich auf. »Die Frau Rebecca, freilich. Sag ihr Dank für ihre Salbe. Mein böser Finger ist wieder gut, dabei hatte der Barbier geraten, ihn abzunehmen, weil er meinte, daß das Fleisch schon brandig sei. Ich hatte die Wunde mit Speckscheiben umwickelt, was nach Ansicht Rebeccas falsch war.«

Columba, einerseits erleichtert, daß der Nachtwächter so zutraulich war, andererseits ungeduldig, weil er anhob, seine Leidensgeschichte noch weiter auszumalen, legte ihm eine Hand auf den Arm. »Ich freue mich, daß es Euch besser geht. Rebecca sagte, die Rettung kam im letzten Augenblick.«

»Wohl wahr.« Der Wächter nickte mit seltsamem Stolz. »Wohl war. Meine Frau meinte auch ...«

Wieder unterbrach ihn Columba. Jeden Moment konnte der Tagwächter erscheinen. »Nun, Ihr versteht, wie rasch eine harmlose Wunde einem zum Verderben werden kann. Darum schickt mich Rebecca, dem Mädchen Tringin eben diese Salbe zu bringen. Sie fürchtet, sonst könnte auch ihre Kopfwunde faulen und brandig werden.«

Der Nachtwächter kratzte sich den Schädel. »Die Tringin? Ach, das tut keine Not mehr, man liefert sie mit dem anderen Ketzer gerade ans Hochgericht. Die hohen Herren sind schon da. Noch ein Glas Wein, dann ...«

Vertraulich beugte Columba den Kopf vor. »Ihr habt recht, guter Mann, sie ist so gut wie tot, wenn sie erst einmal an den Greven ausgeliefert ist, aber stellt Euch vor, sie stirbt in seinem Keller an den Folgen der schlechten Behandlung auf dem Frankenturm. Der Greve sähe es gewiß nicht gern. Man achtet streng auf das Befinden der Gefangenen und will einen ordnungsgemäßen Prozeß.«

Der Mann kaute nachdenklich an seinem Schnurrbart. Schon richtig, was das Mädchen da sagte, die städtischen Turmwächter ließen sich von den Leuten des Kurfürsten nicht gern irgendwelche Nachlässigkeiten nachsagen. Möglichst unversehrt und aufrecht sollten die Gefangenen für Verhör und Folter sein. Man wollte schließlich kein Unmensch sein.

»Rebecca schickt dich, sagst du?«

Columba nickte und strahlte ihn aus golden funkelnden Augen an.

»Hinein«, brummte er und wies ihr den Weg mit dem Kopf. Im Nu war sie in der Vorhalle. Sie war leer, denn Turmschreiber und Gerichtsboten saßen mit dem Gewaltrichter beim Wein. Verstohlen blickte Columba sich um. Vor dem Tor wurden Schritte laut. Die Wachablösung.

»Gott zum Gruße, Goswin.«

»Gott zum Gruße. Hattest du eine ruhige Nacht?«

»Gewiß. Eben kamen der Greve und die Schöffen. Wirst das hübsche Spektakel einer Übergabe erleben.«

Der andere brummte nur, dann fragte er geschäftsmäßig: »Sonst etwas, das zu beachten wäre?«

»Nichts Besonderes. Die Begine Rebecca schickte jemand, um nach dieser Tringin zu sehen. Ich habe sie passieren lassen.«

Vortrefflich, dachte Columba. Nun war der Weg nach draußen gesichert. Der Morgenwächter würde sich nicht wundern, wenn in Kürze eine Begine an ihm vorbei den Turm verlassen würde, denn daß ein Bürgermädchen im Auftrag Rebeccas vorgesprochen hatte, sagte der Nachtwächter nicht. Noch einmal atmete sie tief ein, dann stürmte sie die Stufen der gewundenen Treppen hinauf bis in den dritten Stock. Letzte Atempause. Mühsam zwängte sich erstes Morgenlicht durch die Schießscharten, trotzdem herrschte im Turm noch halbe Finsternis. Mit gesenktem Kopf nahm sie die letzte Treppenschnecke zum vierten Stock

Auf dem Gang vor Tringins Stube klapperte die Frau des Turmmeisters auf Holzpantinen umher. In den Händen trug sie Schüsseln mit dampfendem Brei und ein rasselndes Schlüsselbund. Sie klopfte an die Tür von Tringins Kammer. »Mach auf«, brummte sie verschlafen, »ich bringe dein letztes Mahl.«

Wie roh, dachte Columba erzürnt, bezähmte sich aber und trat von hinten an die Frau heran. »Verzeiht«, sagte sie und hielt dabei den Kopf gesenkt.

»Herr im Himmel, verflucht noch mal«, fuhr die derbe Person herum. »Oh, es tut mir leid, ich wollte nicht ...«

»Den Höchsten beschwören?« sagte Columba leise.

»Nein, nein gewiß nicht«, versicherte die Ertappte aufgeregt, »es entfuhr mir nur, es ...«

»Betet zur Buße drei Rosenkränze. Ich komme im Auftrag der Begine Rebecca, und nun sperrt auf, ich bringe eine Arznei für die Gefangene.«

Die Erwähnung Rebeccas ließ die Frau wieder zusammenfahren. »Gewiß, gewiß, verzeiht noch einmal.«

Mit schwerem Rasseln versenkte sie einen Schlüssel im Schloß, drehte und stieß die Eichentür auf. Columba nahm ihr die Breischüssel ab und trat ein. Die Wartefrau zog sich zurück und schloß die Tür. Was fiel den Leuten nur ein, sie so früh bei der Arbeit zu stören. Sie packte einen Eimer und einen Reisigbesen, um den Austritt in der Nische auszufegen.

Columbas Augen schweiften durch den kargen Raum, über die kleine Pritsche, den abblätternden Putz zum vergitterten Fenster. Tringin stand davor, den Rücken zu ihr gewandt. Columba sah, daß sie die Hände gefaltet hielt und betete.

»Tringin«, rief sie leise. Das Mädchen fuhr herum und öffnete überrascht den Mund. Columba legte den Zeigefinger an die Lippen. »Psst. Nicht schreien. Schnell, ich bin gekommen, um dich hier herauszuholen.«

Tringin glitt auf sie zu und betrachtete sie erstaunt. »Wie willst du das machen?«

Columba streifte den Umhang ab, öffnete Mieder und Rock, schlüpfte aus beidem heraus und stand in grauer Tracht da. Sie nestelte eine Haube hervor und strich sie glatt.

»Bist du unter die Beginen gegangen? Was soll die Verkleidung?«

»Das wirst du gleich begreifen, rasch, zieh deine Sachen aus.«

»Columba!«

»Schwatz nicht, mach schon, wir müssen uns beeilen.«

»Und Vater?«

Columba zögerte kurz. »Für ihn wird ein anderer sorgen«, log sie. Daß unter ihren Füßen bereits der Greve mit seinen Schöffen wartete, verschwieg sie.

2

So soll ich also noch einmal den Tag begrüßen.« Erschöpft ließ Cassander das bleiche Haupt in das Kissen zurücksinken. Schweiß benetzte sein Gesicht, auf das der Tod schon sein Siegel gedrückt hatte. Gründlich war der schwarze Gevatter vorgegangen. Erbarmungslos. Die Gicht hatte fast alle Gelenke Cassanders befallen, entzündet und versteift. Knoten saßen ihm auf Fingern und Zehen, Fieber und Darmkoliken hatten ihn geschüttelt, jagende Schmerzen seinen ausgemergelten Leib gequält. Der Kampf war vorbei. Cassander wußte, daß er seine letzten Atemzüge tat, und tat sie friedlich, fast heiter. »Lösche die Kerzen, damit ich das Morgenlicht sehe«, sagte er mit großer Kraftanstrengung.

Lazarus gehorchte schweigend. Die Geistlichen, darunter der Domdechant, Mönche und ein Priester, hatten auf Wunsch des Sterbenden die Zelle bei Einbruch der Dämmerung verlassen. Sie hatten ihre Pflichten erfüllt: die Letzte Ölung erteilt, die Sterbegebete verlesen und, wie sie meinten, ein großes, ein gutes, ein barmherziges Werk getan, indem sie den von Krämpfen geschüttelten, halb besinnungslosen Gelehrten überredet hatten, seine Thesen zur religiösen Toleranz zu widerrufen und den Druck seiner entsprechenden Schriften zu untersagen. Zornig und schweigend hatte Lazarus es verfolgt, nachdem er vergeblich versucht hatte, die eifrigen Kirchendiener von ihren Überredungsversuchen abzuhalten. Cassander aber hatte ihm mit wehen Augen einen warnenden Blick zugeworfen.

»Den Psalm De profundis, Lazarus, in Deutsch«, flüsterte der Greis nun heiser.

Lazarus setzte sich an sein Bett und lächelte mühsam. »Es heißt, das sei ein ketzerischer Psalm.«

Der Alte rang sich ein erwiderndes Lächeln ab. »Ich bin eben unverbesserlich«, hauchte er.

Lazarus sprach: »Aus der Tiefe rufe ich, Herr, zu dir. Herr, höre meine Stimme! Wenn du, Herr, Sünden rechnen willst, wer wird bestehen? Denn bei dir ist die Vergebung, daß man dich fürchte. Meine Seele wartet auf den Herrn von einer Morgenwache bis zur andern. Denn bei dem Herrn ist die Gnade ...«

Cassander hob leise eine Hand. »Genug, mein Sohn, es ist genug. Du siehst, so einfach ist das. Beim Herrn allein ist die Gnade, egal was hinieden die großen Religionsgelehrten behaupten.« Er seufzte und ließ langsam die Hand sinken. Seine Augen schlossen sich, sein Atem kam nur noch stoßweise.

Lazarus neigte den Kopf auf die Brust und kämpfte gegen die Tränen. Mit Cassander ging der letzte väterliche Freund aus einer heiteren, hellen Vergangenheit. Es war ihm, als würde mit dem gelehrten Greis das Licht des Humanismus endgültig verlöschen, das ganze Jahrhundert in Dunkelheit versinken. Wut stieg in ihm auf. Hatte man ihn darum in seiner Jugend mit all diesen glänzenden Bildern einer besseren, einer gebildeteren, einer freundlicheren Menschenwelt gefüllt, um ihn nun zurückzulassen an einem wüsten Ort? Zurückzulassen, wie sein Vater es getan hatte. Für eine Wahrheit sterbend, die er ganz in sein Grab mitgenommen hatte. Törichte alte Männer, leere Menschheitsträume, dachte er bitter. Warum habt ihr sie in meine Seele gesenkt, um sie mir dann für immer zu entreißen?

»Wegen deines Vaters«, rief ihn die matte Stimme des Sterbenden in die Gegenwart zurück. Lazarus hob jäh, wie ertappt den Kopf und zwang sich zu einem freundlichen Lächeln.

Cassander schloß wieder die Augen, so als müsse er seine Kräfte ganz auf seine Stimme konzentrieren. »Du fragtest mich, wer ihn verraten hat. Ich will es dir sagen, weil du selbst in Gefahr bist.« Er atmete rasselnd, hustete, dann fuhr er fort: »Van Geldern verriet deinen Vater.«

Lazarus sprang auf. »Van Geldern?« fragte er schrill. »Wie das?«

Wieder hustete Cassander, gefährliche Röte stieg in seine Wangen, er erholte sich eben noch und flüsterte: »Er schrieb einen Brief an Calvin, in dem er sich darüber empörte, daß man den Schwärmer Servet gefangennahm, obwohl viele Genfer Bürger dagegen wären, denen der Mund verboten sei. Es war ein glühender Brief für die Toleranz. Er zeigte ihn mir und schwärmte von der Freundschaft unter allen humanistischen Brüdern, die stärker sei als der Tod.«

»War er das, ein Bruder?«

»Er war ein Verräter, schlimmer als Judas. Er nannte im Brief die Namen der Männer, die mit ihm einer Meinung und gegen Calvins Willkür waren.«

»Er nannte meinen Vater?« Ungläubig starrte Lazarus den Todkranken an.

»Er nannte ihn an erster Stelle.«

»Warum tat er das?«

»Ich weiß es nicht.«

»Ich werde es herausfinden.« Lazarus' Miene verriet grimmige Entschlossenheit. Alarmiert sah der Sterbende ihn an, mit hohler Stimme beschwor er Lazarus: »Die Rache ist ein gefährliches Geschäft. Laß ab von deinen Plänen. Versprich mir, das Haus van Gelderns zu verlassen, mein Sohn. Gehe weg aus Köln, hörst du?«

Der junge Mann kämpfte mit sich. Cassander wartete die

Antwort nicht ab. Er spürte, daß seine Zeit gekommen war. Seine Sätze überschlugen sich nun fast. »Versprich mir, Sohn, daß du dein Bestes tun wirst, um diesen Luthger und seine Tochter zu retten. Ich war zu schwach. Ich war zu schwach. Nur die Jugend ist für die Taten gemacht, das Alter für Weisheit und Schmerz.«

Lazarus sank neben dem Bett auf die Knie und faßte zart die Rechte Cassanders. »Ich werde alles für sie tun, was in meiner Macht steht, Cassander. Wenigstens das habe ich von Euch gelernt, daß man die Menschen in all ihrer Torheit und Schönheit lieben soll, auch wenn man sie nicht achten kann.«

»Nicht von mir, von Christus lerntest du das.«

Lazarus schwieg, obwohl ihm eine trotzige Erwiderung auf den Lippen lag. Cassanders Hand krallte sich unter der seinen plötzlich in die Laken. Sein Körper schnellte nach oben, als säße er auf einer mechanischen Feder. Mit lauter, gesunder Stimme sprach er: »Gelobt sei Jesus Christus. Ich bin da.« Ein Seufzen. Entseelt fiel der Körper auf das Lager zurück.

Lazarus erhob sich, ohne einen Blick auf das Bett zu werfen, schnell durchquerte er die Zelle, riß die Tür auf und rief nach dem Ordenspriester. Der trat ein, auf den Lippen die ersten Verse der Sterbelitaneien. Vor der Zelle waren bereits die roten Leuchter für die Trauerkerzen aufgestellt. Im Kreuzgang vor dem Krankentrakt zankten die Spatzen.

3

Hastig hatten die Mädchen die Kleider getauscht. Tringin stand als Begine da, das graue Überkleid spannte über ihrer Brust, Columba schob eine letzte Strähne ihres Blondhaars unter die Haube. »So«, sagte sie und betrachtete zufrieden ihr Werk. »Nun geh, aber vergiß nicht, deinen Kopf in Demut gesenkt zu halten.«

Tringin starrte sie fassungslos an. »Gehen? Allein?«

»Natürlich. Schließlich war ich auch allein, als ich den Turm betrat. Eine Botin Rebeccas kam, eine geht. So einfach ist das. Der Nachtwächter hat nicht gesagt, daß es ein Bürgermädchen war, das im Auftrag Rebeccas vorsprach. Der Tagwächter wird also keinen Verdacht schöpfen, wenn eine graue Frau den Turm verläßt.«

»Und du?«

»Gib mir eine Ohrfeige, eine kräftige.«

Tringin schüttelte verwirrt den Kopf. »Was soll dieser Schabernack?«

»Ich muß behaupten, du hättest mich besinnungslos geschlagen, mir dann das Wäschebündel der Tante geraubt und ...«

Tringin blitzte sie wütend an. »Weiß Rebecca davon? Columba, niemand wird dir diesen Unsinn glauben.«

»Man wird es wohl müssen, ich bin eine van Geldern«, antwortete ihre Gefährtin trotzig.

Tringin begann an der Haube zu zerren. »Niemals werde ich dich oder Rebecca in Gefahr bringen. Vergiß den Plan, gib mir meine Kleider zurück.«

»Ich denke nicht daran.« Mit beiden Händen drückte Columba die Haube wieder auf Tringins Kopf.

Das blonde Mädchen wich zurück und setzte sich auf die Pritsche. »Du wirst mich nicht zwingen, dich ins Unglück zu bringen. Du ...«

Ein lauter »Hab acht«-Ruf am Fuße des Turmes brachte sie zum Schweigen. Beide Mädchen stürzten zum vergitterten Fenster, das auf die Frankenwerft hinausging. Sie sahen den Spitzhut des Rutenträgers, dahinter den Greven und den Gewaltrichter mit ihren samtenen Baretten, dann den kahlen Schädel eines alten Mannes. Die Hände waren ihm auf den Rücken gekettet, ein eiserner Knebel steckte in seinem Mund, um ihn daran zu hindern, Gotteslästerungen auszustoßen.

»Vater!« rief Tringin entsetzt. »Sie führen Vater ab. Columba, wir sind verloren.«

»Du nicht«, rief diese beschwörend und verzweifelt, »rasch! Noch kannst du den Turm unbemerkt verlassen. Die Zeremonie wird eine Weile dauern.«

Unten stellten sich Gewaltrichter, Turmmeister und Turmschreiber mit dem Rücken zur Stadtmauer. Gaffer scharten sich in einem Halbkreis um sie. Mit feierlicher Stimme sprach der Gewaltrichter die Übergabeformel, wobei er forderte, dem Gefangenen Recht und kein Unrecht widerfahren zu lassen. So schrieben es die städtischen Gesetze vor.

Luthger biß in den Knebel und stieß einen Laut des Unwillens hervor.

Der Greve gab nun formelhaft Antwort und fragte: »Ist der Gefangene der peinlichen Befragung unterzogen worden?«

»Nein«, antwortete der Turmmeister.

»Hat er seine Habseligkeiten zurückerhalten?«

»Ja, hochwürdiger Greve, sein Besitz an Kleidern und der Inhalt seiner Taschen wurden ihm ausgehändigt. Nur diese Ketzerbibel behielten wir als Beweisstück ein.« Er übergab das schwarz gebundene Buch einem der Schöffen, der es mit strenger, fast angewiderter Miene in Empfang nahm.

Columba zerrte verzweifelt an Tringins Arm. »Nun mach endlich, geh. Sie sind bald am Ende. Sie werden dich holen. Nur einige Fragen noch, dann bist du dran.«

Widerwillig ließ Tringin sich vom Fenster fortziehen. Mit traurigen Augen sah sie Columba an, dann holte sie aus und schlug der Freundin so hart ins Gesicht, daß diese taumelte und zu Boden ging. Ruhig sah sie auf Columba nieder und nahm auf der Pritsche Platz.

4

Die Morgenmesse war gelesen, der Duft von Weihrauch hing noch in der Luft, als Juliana in einem weißen Samtgewand langsam die Treppe von der Hauskapelle in das sich leerende Kirchenschiff hinabstieg. Eine kleine Mesnerin verteilte Buchsbaum und Tannenzweige in den Vasen vor den Heiligenbildern. Juliana wartete in einer Kirchenbank, bis auch sie – nach einem Knicks vor der Jungfrau Maria – verschwand. Rasch erhob sich Juliana und glitt mit leisen Schritten hinüber zur Sakristei. Schon wollte sie die Tür aufstoßen, als sie dahinter aufgeregte Stimmen vernahm. Die des Mannes erkannte sie sofort und hörte sie mit wohligem Schauer. Der Diakon sprach. Ein aufgeregtes Weib unterbrach ihn schrill, Juliana preßte ihr Ohr gegen das Holz.

»Wenn ich es doch sage, ehrwürdiger Vater. Sie erbrach Blut und rief alle Heiligen und Engel des Himmels um Hilfe an. Wenn Ihr mir nicht glaubt, fragt die anderen Schwestern. Ihr müßt kommen und das Mysterium in Augenschein nehmen. Vielleicht hat ja der Teufel die Hand im Spiel.«

»Schweig, Nichtswürdige!« kam es barsch vom Diakon.

»Was sollte der Leibhaftige mit einer so Tiefgläubigen zu schaffen haben? Sie ist reiner als die Seelen aller Jungfrauen der heiligen Ursula. Ihr Geist ist so klar und erleuchtet wie der keines anderen Weibes.«

Juliana biß die Zähne aufeinander, nie hatte sie soviel Leidenschaft, soviel zärtliche Besorgnis in der Stimme des angebeteten Mannes vernommen. Für welche Frau warf er sich so lebhaft in den Kampf? Unmöglich konnte es Melina sein.

Kurze Stille, dann kam es wie schmeichelnd von der Weiberstimme. »Gewiß ist sie eine der edelsten meines Geschlechts. Eine wahrhaft Berufene. Aber ist es nicht so, daß der Satan stets die Frömmsten in Versuchung führt? Nicht alle widerstehen ihm. Die Legenden der Heiligen beweisen es.«

»Die Legenden beweisen auch, daß die Zweifler am Ende bestraft werden. Denke an die Heilige Brigitta von Schweden. Ihren Ankläger traf der Schlag, seine Leiche stank so sehr, daß die Totengräber sich weigerten, ihn fortzutragen. Und heute hat Brigitta die Ehre der Altäre erlangt. Ich weiß, daß es Rebecca nicht anders ergehen wird. Hüte dich also, bevor du Verdächtigungen streust.«

Wieder Stille. Dann sagte die Frau mit fester Stimme: »Wenn Ihr es so genau wißt, warum prüft Ihr sie dann nicht? Sicher verfügt Ihr über die Gabe der discretio spirituum. Stellt fest, um welche Geister es sich handelt, die die Magistra heimsuchen. Ich weiß, daß Rebecca an Eurem Trost und Beistand größten Gefallen fände.«

Diesmal war das Schweigen endgültig. Juliana meinte das Rascheln von Stoff zu hören. Eilige Schritte näherten sich der Tür. Ihr blieb eben noch Zeit, in eine Kirchenbank zu schlüpfen und die Hände zu falten, schon stürmte der Diakon in das Kirchenschiff, rauschte an ihr vorbei, der Saum seines dunklen Mantels schleppte auf den Steinen nach.

Eine Frau in grauer Tracht folgte ihm auf den Fersen. Sie war aufmerksamer als der Kirchenmann. Ihr Blick traf den Julianas, sie beugte kurz das Haupt unter der grauen Haube. Schon war auch sie vorbei, wenig später fiel dumpf die Seitentür ins Schloß.

Juliana mühte sich nicht, den Namen der Begine zu erinnern, sie war nur die unbedeutende Schaffnerin. Ein anderer Name hielt ihre Gedanken gefangen: Rebecca. Zornig fegte sie ein liegengebliebenes Gesangbuch zu Boden. Dieser elende Heuchler, dieser trügerische Bock! Dann sank sie langsam wieder auf die Bank. Was hatte die elende Schaffnerin von Rebecca gesagt? Blut spuckte sie und rief alle Heiligen des Himmels um Hilfe an? Sie mußte den Konvent besuchen. Sie mußte herausfinden, was dort vor sich ging, und vor allem, welche Leidenschaft den Diakon so eilig dorthin trieb. Liebe? Nein, das konnte es nicht, das durfte es nicht sein. Die grüne Schlange Eifersucht würgte Julianas schönen weißen Hals.

5

Mit ruhiger Sorgfalt leerte der Pulvermacher aus kleinen Fässern sechs Teile Salpeter, einen Teil Schwefel und einen Teil Lindenholzkohle in den großen, muldenförmigen Steintrog, über dem ein mächtiger Stampfbalken schwebte. Neben ihm tauchte sein Knecht eine Schöpfkelle in einen Bottich und hielt dem Pulvermacher die sauer und stechend riechende Flüssigkeit unter die Nase. Der Meister tauchte einen Finger hinein und legte ihn an die Zunge.

»Zu wenig Essig«, brummte er.

Der Knecht stellte die Kanne ab und lief aus dem kleinen dunklen Mühlenhaus zu dem Vorratshaus im Hof. Der Pulvermüller lächelte verstohlen, dann knöpfte er sich die Hose auf und stellte sich breitbeinig vor den Bottich. Ein zögerndes Tröpfeln, dann verriet aufrauschendes Plätschern seine Verrichtung.

»Das also ist Euer Geheimnis, Rutger!« rief ihn eine Stimme von der Tür her an.

Der Büchsenmeister fuhr herum, die Hände am Hosenlatz. »Verfl ...« Er unterbrach sich verblüfft. »Arndt van Geldern! Welch hoher Besuch. Was treibt Euch zu so früher Stunde hier heraus vor die Stadt?«

»Euer berühmtes Schwarzpulver.«

Rutger sah ihn aus zusammengekniffenen Augen an. Der Kaufmann fuhr in scheinbar argloser Plauderlaune fort: »Ihr feuchtet es also nicht nur mit Essigwasser, sondern auch mit Harn an.«

Rutger nickte seufzend. »Ja, aber Ihr sollt verdammt sein, wenn Ihr das meinen Gesellen verratet. Erst Männerharn macht ein Pulver hochbrennbar, das wissen nur die Besten unseres Fachs.«

»Seid versichert, daß Geheimnisse bei mir so gut verwahrt sind wie bei Euch.«

»In meinem Geschäft sind Geheimnisse lebensnotwendig.«

»Ihr seid ein Mann nach meinem Geschmack. Ich habe Euch etwas vorzuschlagen.«

Der Knecht kehrte mit einem Steinkrug zurück und füllte weiteren Essig in den Bottich.

»Gib stetig von der Flüssigkeit hinzu, sobald der Stampfbalken hinabstößt«, wies ihn sein Meister an. »Das Pulver darf nicht trocken zermahlen werden, sonst sprengt es uns alle in die Luft.«

Er machte van Geldern ein Zeichen, und beide traten vor die Tür in den geschäftigen Hof der Pulvermühle. Der Meister machte ein Zeichen zu den Knechten im Tretrad, das über Zahnräder und Gestänge den Stampfbalken über dem Bottich antrieb. »Fangt an!« befahl er den Männern. Unter ihren kräftigen Tritten setzte sich das Rad schwerfällig und knirschend in Gang. Bald ertönte das dumpfe Stampfen des Balkens aus der Mühle. Befriedigt nickte Rutger und wandte sich an seinen Gast: »Ich muß noch die Trockenhäuser kontrollieren, danach lade ich Euch gern auf einen Krug Bier in meine Stube.«

»Ich begleite Euch«, bot van Geldern leutselig an und bekundete großes Interesse am Handwerk seines Begleiters. Gemeinsam betraten sie eine langgestreckte gemauerte Halle, in der Pulvermehl zu Kuchen gepreßt, getrocknet und schließlich zerschlagen wurde, so daß es in kleinere und größere Körnchen zersprang.

Rutger tauchte seine Rechte in einen Bottich solcher Körner und ließ sie langsam durch seine Finger rieseln. »Das ist das beste Knollenpulver, das sich im Umkreis von hundert Meilen finden läßt«, sagte er stolz. »Wenn es erst gesiebt und vollständig getrocknet ist, widersteht es der Feuchtigkeit und reagiert beim Zünden so heftig, daß den Feind die Kugel trifft, bevor er seine Seele Gott anbefehlen kann.«

Sie schritten die langen Reihen von Rüttlern, Trichtern, Sieben und Trockenladen ab, an denen emsig gearbeitet wurde. Am Ende der Halle wurde fertiges Schießpulver in mit Zinnfolie ausgeschlagene Fässer verpackt, die man fest verschloß und endlich aus der Halle hinaus zum Pulvermagazin rollte, das doppelt mit Blei gedeckt war, um das Eindringen von Regen zu verhindern.

Van Geldern betrachtete den steinernen Bau mit beifälligem Blick. »Ein festes, schönes Haus, darin lassen sich gewiß viele Tonnen Eures Pulvers sicher lagern.«

Rutger seufzte. »Mehr Tonnen, als mir lieb sind. Es ist

voll bis unter das Dach. Nur an den städtischen Büchsenmeister habe ich kürzlich ein paar Faß geliefert. Der gewaltige Rest ist nutzlos, solange die lästigen Handelssperren die Ausfuhr nach den Niederlanden und England verbieten.«

Beide Männer legten die Hände auf den Rücken und schlenderten zum Wohnhaus des Pulvermachers, einem ehemaligen Bauernhaus, das von Feldern umgeben, eine halbe Meile vom Severinstor entfernt lag. Ein Abstand, der sicher genug war, um bei einer möglichen Explosion der Pulvermühle die Stadt nicht zu gefährden.

»Warum liefert Ihr nicht nach Frankreich, an die katholischen Parteien?« setzte van Geldern listig das Gespräch mit dem Pulvermüller fort.

»Der Weg ist unsicher und weit.« Der Pulvermacher schüttelte den Kopf. »Die Flüsse nach Frankreich sind, wie Ihr wißt, mühsam zu befahren.«

Natürlich wußte van Geldern das, aber er wollte es aus dem Mund des Müllers hören. »Und wie wäre es mit Lieferungen an die Spanier? Man sagt, ihre Waffentechniken sind veraltet, und sie sind dringend angewiesen auf ausländische Lieferungen egal welcher Art«, bohrte der Kaufherr weiter.

»Die Spanier!« schnaubte sein Gefährte verächtlich. »Ich will wohl glauben, daß die Iberer Waffen aller Art brauchen und Schießpulver dazu. Nur zahlen können sie für nichts.« Der Kaufmann murmelte Zustimmung. Im geheimen freute er sich, daß der Pulvermacher ein so einfacher Verhandlungspartner war, und so einfältig, ohne Umschweife zuzugeben, daß er auf seinem wertvollen Produkt festsaß.

Rutger stieß die Tür zu seinem Hause auf. Sie traten in eine winzige, steingeflieste Diele, in der es nach schmutzigem Stroh und Mist stank. Rechter Hand befand sich nach alter Sitte der Kuhstall als Teil des Hauses. Vor der Kälte des Winters pflegten die Bauern seit Jahrhunderten nachts zwischen die warmen Körper ihrer Tiere zu kriechen.

Der Pulvermacher führte den Kaufherrn eilig in die Stube, die gegenüber vom Kuhstall lag. Bescheidener Wohlstand sorgte für Behaglichkeit, die die früheren Bewohner des Hauses gewiß nicht gekannt hatten. Die Fenster des Raumes waren grün verglast, ein Kamin in die Wand gehauen und die Wände mit Ledertapeten beschlagen. Der Boden war mit frischen Binsen bedeckt, und auf einem Brett an der Wand tickte das Prunkstück des Hauses: eine mit goldenen Figuren geschmückte Tischuhr. Sie zeigte die zehnte Stunde und den aufstrebenden Ehrgeiz des Hausherrn.

»Stine!« brüllte der Pulvermeister nach seiner Hausmagd. »Bring uns Bier, von dem niederländischen Hopfenbier für die Gäste.« Ohne eine Antwort abzuwarten, nahm er auf einer Eckbank schräg gegenüber von van Geldern Platz.

»Nun, Herr van Geldern, da Ihr jetzt alles über mein Pulver wißt, sagt mir, was Euch daran gelegen ist. Soviel ich weiß, leiht Ihr Geld oder handelt mit Wein, Stahl und Korn, was in Zeiten wie diesen gewiß einträglicher als mein Handwerk ist. Mit Korn kann man schließlich keine Kriege beginnen.«

»Sagt das nicht. Im letzten Sommer, als in den Niederlanden der Hunger ausbrach und England eine Handelssperre verhängte, um die Hungernden zum Aufstand gegen ihre spanischen Herrn zu treiben, war Korn eine gewaltige Waffe. Und leider riß man sie mir aus der Hand. Viele Fuder besten Weizen, den ich in Antwerpen lagerte, um ihn nach England zu verschiffen, beschlagnahmten die Spanier.«

»Und bezahlten es nicht«, schnaubte Rutger.

»Nicht so, wie ich es mir vorgestellt hatte.«

Stine trat ein, einen Krug in der einen, zwei Holzbecher in der anderen Hand. Sie knickste, schenkte ein und verschwand. Höflich, wenn auch mit gewissem Widerwillen führte der Kaufherr den angebotenen Becher an den Mund.

»Ihr seid Besseres gewöhnt, nicht wahr?« fragte der Pulvermüller.

Van Geldern kostete einen weiteren Schluck, dann setzte er den Becher ab und wischte sich den Bart. »Auch Ihr könntet Euch an Besseres gewöhnen. Süße Rheinweine und feurige Burgunder.«

»Wenn ich nur das Geld dazu hätte!« Rutger seufzte.

»Ihr sollt es haben, denn mir schwebt ein einträgliches Geschäft mit Euch vor.«

»Mit mir?«

»Und mit den Niederländern.«

»Welchen Niederländern?« Mißtrauisch sah der Pulvermacher sein Gegenüber an.

»Nun, zum Beispiel Wilhelm von Oranien.« Totenstille trat ein, unterbrochen nur vom Ticken der Uhr.

»Man sagt, er ist ein Aufwiegler, ein Abtrünniger, ein Rebell und vielleicht sogar Ketzer«, zählte der Pulvermacher auf.

»Eben das macht ihn so interessant. Rebellen brauchen Pulver.«

»Er ist ein Feind der ganzen katholischen Welt.«

»Er ist ein Provinzstatthalter der Niederlande, ein machtvoller Fürst, ein tapferer Soldat und noch König Philipps Mann«, hielt van Geldern dagegen. »Was, wenn er heimlich Pulver kaufen wollte, um – sagen wir – seinem geliebten Herrscher, seiner Majestät Philipp dem Zweiten, ein Geschenk zu machen.«

»So treu ist er den Spaniern gewiß nicht ergeben.«

»Ist es unsere Sache, uns darüber den Kopf zu zerbrechen? Wir sind einfache Geschäftsleute. Die Mathematik ist unser Schlachtfeld, nicht die krude, unvernünftige Welt der Politik. Wir handeln nur mit Pulver, andere benutzen es. Wofür, das ist ihre Sache.«

»Ich handele nicht mit Spitzbuben«, empörte sich der Müller, fügte jedoch hinzu: »Außerdem verbot der Rat von Köln eine Lieferung in die Niederlande.«

»Ein Verbot kann umgangen werden. Vor zwei Jahren waren auch Waffenlieferungen nach Schweden verboten, weil es der Hansestadt Lübeck den Kampf erklärte. Nicht weniger als zehn Kölner Kaufleute lieferten dennoch. Und allesamt waren sie Mitglieder unseres ehrsamen Rats.«

»Woher wißt Ihr das?«

»Informationen sind Geld wert, und mir sind Informationen nie zu teuer. Aber wenn Euch Oranien so zuwider ist, auch Elisabeth von England wäre zu interessieren. Sie rüstet auf, seit Maria Stuart in Schottland ist und sich frech die wahre Königin von England nennt. Sie fürchtet eine katholische Invasion aus dem Norden und einen Angriff Philipps aus den Niederlanden. Eine hervorragende Abnehmerin für Euer Produkt.«

»Elisabeth, die Ketzerkönigin?« Rutger verschluckte sich an dem Namen und hustete. Röchelnd rang er nach Atem. »Das, das wäre zur Zeit fast ein Hochverrat.«

Der Protest kam merkwürdig spät, zu spät, der brave Rutger hatte sich längst in den gefährlichen Plan verstrickt. Van Geldern wußte es. Er schüttelte mit gespielter Traurigkeit den Kopf. »Ihr seid ein aufrechter Mann, doch der Aufrechte wird leicht zum Narren. Es ist einträglicher, die aufgehende als die untergehende Sonne zu bewundern. Liefert mir nur Euer Pulver, ich liefere nach England nur

Wein, mehr müßt Ihr nicht wissen.« Rutger nickte nachdenklich, er wußte mehr, als ihm lieb war.

6

Rebecca kniete vor der Madonnenstatue, während sie sprach. »Es ist zu schrecklich, ehrwürdiger Vater, als daß ich es auszusprechen wage.«

Der Diakon trat von hinten an sie heran. »Mir kannst du vertrauen, Rebecca, du weißt es. Sage mir, was du gesehen hast in der letzten Nacht.« Seine Stimme war sanft.

Die Magistra zögerte, dann schloß sie die Augen und sagte langsam: »Ich sah die Passion unseres Herrn. Das Haupt voll Blut und Dornen. All seine Qualen, und trotzdem lächelte er. So süß, so überirdisch schön, daß ich zu weinen begann. Er war der Tod und die Liebe und größer als beide zugleich.«

Der Diakon blickte bewundernd und mit sehnsüchtigem Schmerz auf sie hinab. »Du bist eine Gesegnete, wenn du es sahst. Sprach Christus zu dir?«

Rebecca schüttelte langsam, wie abwehrend den Kopf. »Nein, er war es nicht, der zu mir sprach. Er war es gewiß nicht. Es war nur eine Stimme.«

Der Diakon legte eine Hand auf ihr Haupt, strich sanft über den groben Schleier und erschauderte.

»Liebste Schwester, du kannst es nicht wissen, was sagte die Stimme zu dir?«

Rebecca wich seiner Hand aus und richtete sich auf.

»Erleichtere dein Herz, dein Wissen ist sicher bei mir.«

Rebecca schluckte und warf einen Blick über die Schulter. Die Augen des Diakons ruhten mit einem Ausdruck großer Freundlichkeit auf ihr. Sie seufzte. »Die Stimme, die ich vernahm, sagte: ›Ich verkünde dir die ganze und einzige Wahrheit, nämlich daß Gott im Himmel und in der Hölle und in der ganzen Welt und an jedem Ort und in jedem Ding existiert, in jeder Kreatur‹ ...« Sie zögerte, dann entschloß sie sich weiterzusprechen: »›Selbst im Dämon.‹ Und dann sah ich Tausende von Teufeln in wildem Tanz. Teufel mit Gesichtern, die ich kenne. Mit Gesichtern von Freunden, Nachbarn, Bekannten. So geht es nun schon seit einigen Tagen, meine Visionen enden in der Dämonie.«

Der Diakon schwieg. Er wußte, daß das, was er eben gehört hatte, entweder reinste Ketzerei oder das Zeugnis einer Besessenen war.

Rebecca wagte nicht, ihn anzusehen. »Vielleicht«, sagte sie leise, »ist es an der Zeit, einen Exorzismus durchzuführen. Holt mir Galisius, den kurfürstlichen Inquisitor.«

»Nein!« rief der Mann im Priesterhabit erschrocken. »Nicht diesen Dominikaner, nicht diesen Schergen der Inquisition, er würde dich verderben. Deine Seele strebt nach dem unschuldigsten Zustand, und da sie eins mit Gottes Willen ist, kann sie nicht sündigen. Galisius aber sieht in allem das Böse. Er weiß nichts von discretio spirituum, der Unterscheidung der Geister.«

»Braucht es das noch?« Rebecca seufzte müde. »Ich glaube ja selbst, daß Satan zu mir sprach.«

»Man redet es dir ein. Hör nicht auf die dummen Weiber, die dich umgeben, sie wollen deinen Untergang.«

»Der Wille des Herrn geschehe. Ich bin bereit, für ihn zu sterben. Meine Liebe zu ihm ist stärker als der Tod.«

»O meine Herrin, mein Augenstern, meine allerreinste Liebe, Leben meiner Seele, gesegnetes Herzblatt, du weißt nicht, was deine Worte mir bedeuten.«

Erschrocken drehte Rebecca sich zu dem jungen Mann um. Verzückung ließ sein bleiches Antlitz strahlen, aus sanfter Freundlichkeit war brennende Leidenschaft geworden. Er breitete die Arme aus und trat auf sie zu.

»Vater, Ihr vergeßt Euch. Ihr wißt nicht, wovon Ihr sprecht. Ihr wißt nicht, wie es wirklich um meine Seele bestellt ist.« Sie eilte zum Stickrahmen und riß das Abdecktuch herab. »Seht her! Seht Euch an, wozu ich imstande bin. Bin ich in Verzückung, liebe ich auch Reptilien, Kröten, Schlangen, sogar Dämonen, was immer ich sehe, selbst Todsünden mißfallen mir nicht.«

Die Augen des Diakons flitzten über den gestickten Teppich. Ein Rausch aus Farben, Szenen von sinnlichster Grausamkeit. Das Bild war gewachsen in der letzten Nacht. Er erkannte sich selbst in einer Figur, die mit beiden Händen die nackten Brüste einer schönen Frau umfing, einer Frau mit grauen Augen, die sanft und lüstern zugleich waren. Seine wildesten, seine kühnsten, seine sehnsüchtigsten Träume sah er erfüllt. Er bemerkte nicht das schuldige Entsetzen in den Augen Rebeccas, die neben ihm stand und ihn ansah.

Seine Kehle war trocken, als er wieder sprach: »Es ist der vollkommenste Teppich, den ich je sah. Es ist ganz so wie Paulus es in seinem Brief an die Korinther fordert: Strebet nach der Liebe! Befleißiget euch der geistlichen Gaben, am meisten aber, daß ihr weissagen möget. Denn wer in Zungen redet, der redet nicht für Menschen, sondern für Gott.« Er wandte ihr sein Gesicht zu. Das Gesicht eines Fiebernden, eines Verlorenen, eines Verliebten.

Entsetzt floh Rebecca zur Tür. »Ich bitte Euch, geht«, flüsterte sie atemlos, »geht und laßt uns vergessen, was hier geschah. Ich werde Buße tun, in jeder nur erdenklichen Form, ich werde nicht mehr essen, nicht mehr schlafen, nicht mehr ruhen, bevor diese entsetzliche Heimsuchung ein Ende hat. Geht und laßt mich beten.« Sie riß die Zellentür auf.

»Es ist keine Heimsuchung! Siehst du nicht, was der Herr uns befiehlt? Gemeinsam werden wir ihn empfangen, du und ich werden sie erleben, die unio mystica, von der ich mein Leben lang träumte. Sein Wille geschehe.«

»Magistra«, eine Stimme riß Rebecca herum. Anna stand auf der Schwelle. Zum ersten Mal seit langer Zeit war Rebecca für ihren Anblick dankbar. Besser eine Verräterin als ein rasend Verliebter, ein verführter Priester.

»Ein Bote steht unten. Er hat dringende Nachricht, etwas Schreckliches ist geschehen. Columba, deine Nichte.« Sie zögerte.

»Was?« drängte Rebecca.

»Man hält sie fest im Frankenturm. Sie saß in der Zelle der Ketzerin Tringin, als man kam, um diese abzuführen.«

»Nur ein Besuch«, unterbrach Rebecca sie heftig und um den Augenblick der Wahrheit hinauszuzögern.

»Kein Besuch«, sagte Anna kalt. »Sie schmuggelte eines deiner Gewänder in den Turm, so heißt es. Die schändliche Tringin trug es. Es kann kaum Zweifel geben, daß sie die Flucht darin plante und Columba ihre Helferin war.«

Schwarze Blitze zuckten vor Rebeccas Augen, sie taumelte, im letzten Moment fing sie sich und lehnte gegen die Wand. Anna sah über ihren Kopf hinweg den Diakon, der fasziniert den Teppich im Stickrahmen anstarrte. Er fixierte die Gestalt eines dunkelhaarigen Mädchens. Columba! Zwei Bocksfüßige zerrten von links und von rechts an ihr. Beide hatten in der vergangenen Nacht ein Gesicht erhalten. Ein von Feuer und Narben entstelltes Antlitz der eine – Luthger, der gebrannte Kopf. Der andere trug auf seinen Schultern eine spitze Haube von scharlachrotem Stoff, mit zwei Schlitzen für die Augen – der Henker. Der Diakon hatte keinen Zweifel mehr: Rebecca war eine erwählte Prophetin.

Die Schaffnerin nagte an ihren Lippen. Zunächst hatte

sie sich geärgert, daß auch der Diakon von einer Klage gegen Rebecca weit entfernt schien. Nun erkannte sie, daß die Sache weit besser lief, als sie es sich ausgemalt hatte. Was für eine Närrin die Magistra war. Den Teppich vorzuzeigen! Aber der Diakon, der war ein noch weit größerer Narr. Seine Liebe war Rebeccas sicherer Tod, dafür würde sie sorgen. Nichts war Kölns Bürgern bis zum Pöbel hinab verhaßter als ein sündiger Pfaffe, der einer Frau im frommen Gewand nachstellte. Es war an der Zeit, daß van Geldern sie anhörte, egal was sein vermaledeiter Spitzel dazu sagte. Van Geldern würde gehört werden. Er hatte Macht und nach Columbas Verhaftung mehr Grund als zuvor, jeden Ketzerverdacht von seinem Hause abzulenken. Ein Angriff auf Rebecca wäre seine beste Verteidigung. Rebecca – eine Verblendete –, so könnte er vorbringen, hatte seine Tochter verführt. Wenn er nur endlich sie, die Schaffnerin, vorlassen würde.

7

Columba schwieg, weil sie wütend war. Die Vorhaltungen des Gewaltrichters fruchteten nichts. Sie sagte kein Wort, weder zu ihrer Verteidigung noch um zu gestehen. Sie verhielt sich klug, ohne es zu wissen. Allein ihr Zorn gegen Tringin erfüllte sie. Und ein kleiner Stich von Neid darüber, daß die Liebe der Freundin zu dem starrköpfigen Vater so groß und opferbereit war. Tringin hatte man dem kurfürstlichen Greven übergeben, der sie mit ihrem Vater zu seinem privaten Keller gebracht hatte. So war es üblich, da der Kurfürst-Erzbischof in Köln kein Gefängnis unterhielt bis auf die Hacht beim Dom, wo jedoch nur rechtskräftig Verurteilte und Todgeweihte unterkamen. Ganz soweit war es mit dem Wiedertäufer und seiner Tochter noch nicht.

»Euren Vater, Eure gute Familie in solch einen Verdacht zu bringen, ist ein Frevel ohne Vergleich!« schimpfte der Gewaltrichter, während er in seiner Kammer im Frankenturm auf und ab ging. »Dazu ein Gewand Eurer ehrwürdigen Tante, deren makelloser Ruf gerade nach Katharinas Tod von so lebenswichtiger Bedeutung ist. Wenn Ihr wüßtet, wie töricht Ihr wart.«

Zum ersten Mal blickte Columba auf. Was schwafelte dieser aufdringliche Mann da? Rebeccas Ruf in Gefahr?

»Ihr seid ein verstocktes Ding, fürwahr. Sagt endlich, was genau Ihr in der Zelle der Ketzerin vorhattet. Wir finden es ja doch heraus, wenn wir Tringin erst auf der Streckbank haben. Die Wahrheit läßt sich nicht verbergen. Beim ersten Gliederreißen, beim ersten Springen einer Sehne verfallen selbst die Verstocktesten in einen Geständnisrausch, und dann gnade Euch Gott.«

Drohend beugte sich der Mann über Columba, beide Arme auf die Lehnen ihres Stuhles gestemmt. Das Mädchen funkelte ihn aus trotzigen Augen an. Mit Vergnügen hätte sie dem feisten Kerl in seiner pompösen Amtstracht direkt ins Gesicht gespuckt.

Als er fortfahren wollte, hinderte ihn ein Klopfen an der Tür daran. Lazarus trat ein, als ein Wächter sie geöffnet hatte.

Wie verändert er aussieht, dachte Columba erstaunt. Erst nach einer Weile erkannte sie den Grund der Verwandlung: Er trug nicht mehr die spanische Uniform, sondern eine schlichte schwarzbraune, pelzverbrämte Tracht. Es war ein Reisekostüm, das ihn dunkler und geheimnisvoller erscheinen ließ, als er es ohnehin war.

»Mit Verlaub«, sagte er und verbeugte sich knapp vor dem Richter und tief vor Columba. »Ich komme aus dem

Hause van Geldern und vernahm dort eine Nachricht, bei der es sich nur um einen bösen Scherz handeln kann. Es heißt, man habe die Tochter Columba verhaftet.«

Der Gewaltrichter trat hinter seinen Tisch und richtete sich zu voller Größe auf. »Ihr irrt, mein Herr. Es handelt sich gewiß um keinen Scherz. Wir fanden die hier anwesende Weibsperson in der Zelle einer Ketzerin und haben Grund zu der Annahme, daß sie der Angeklagten zur Flucht verhelfen wollte.«

Lazarus' Gesicht blieb ausdruckslos. »Was veranlaßt Euch zu einer so abenteuerlichen Anklage?«

»Sie trug das Gewand einer Begine bei sich«, sagte der Gewaltrichter.

»Ist das ein Verbrechen? Ihre Tante ist immerhin Meisterin eines Konvents«, erwiderte Lazarus, »sicher gibt es eine einfache Begründung.«

Ungeduldig winkte der Gewaltrichter ab. »Die Begründung ist einfach genug. Im Augenblick ihrer Verhaftung trug die beklagte Tringin das Gewand. Die beiden Frauenspersonen hatten die Kleider getauscht. Der Versuch einer arglistigen Täuschung, soviel ist gewiß. Die Ketzerin glaubte wohl, unerkannt dem Turm entkommen zu können.«

»Warum tat sie es nicht?« fragte Lazarus trocken.

Die Frage traf den Gewaltrichter unerwartet, er meinte, seine Beweisführung bereits abgeschlossen zu haben. »Nun«, stammelte er, »sie erkannte wohl im letzten Moment den Wahnsinn dieser Tat.«

»Und zog doch das Gewand an?«

»Sie ist ein verwirrtes, dummes Weib, was weiß ich.«

»Und was tat Columba?«

Der Gewaltrichter ärgerte sich. Stand er hier zum Verhör? Wütend schnaubte er: »Nichts tat sie, sie lag nur besinnungslos da.«

»Lag da? Haben Eure Männer sie etwa geschlagen?«

»Gott bewahre!« brauste der Gewaltrichter auf. »Nicht wir, diese Tringin war es, seht selbst die roten Striemen auf den Wangen des Mädchens. Es sind die Spuren einer tückischen Frauenhand.«

Lazarus trat von der anderen Seite an den Tisch heran. »Und Ihr hegt auch nur den kleinsten Verdacht gegen Columba van Geldern, wo der Fall so klar liegt? Die Angeklagte verlangte von dem Mädchen das Gewand, Columba weigerte sich, es kam zum Kampf, und Tringin schlug dieses unschuldige, wohlmeinende Lamm nieder.«

Er deutet auf Columba, die ihn fassungslos anstarrte und den Mund zum Protest öffnen wollte. Mit einem kalten Blick brachte Lazarus sie dazu zu schweigen und wandte sich herausfordernd an den Gewaltrichter. »Ist es nicht vielleicht so, daß Ihr mit der voreiligen Verhaftung dieses naiven Geschöpfs, das sich nicht zu wehren vermag, eigene Nachlässigkeiten vertuschen wollt? Warum war die Ketzerin so gänzlich unbewacht?«

Die Augen seines Gegenübers verengten sich zu Schlitzen, schnaubend vor Wut starrte er den jungen Mann an. »Ihr habt kein Recht, solche Fragen zu stellen. Und was auch immer Ihr sagt, eine Tatsache bleibt bestehen: Das Mädchen Columba schmuggelte das Gewand einer Begine in den Turm, um meine Leute zu täuschen und zu überlisten!«

Triumphierend schaute er Lazarus an, als eine sanfte Stimme von der Tür her sagte: »Meine Nichte schmuggelte gewiß kein Gewand, sie trug es nur bei sich, um es mir zu bringen. Ich vergaß es im Hause meines Schwagers.« Ruhig und entschlossen stand die blasse, ausgezehrte Rebecca da.

Der Gewaltrichter zögerte einen Moment, dann donnerte er los: »Wollt Ihr mich alle zum Narren halten? Ein

Mädchen, das noch vor Morgengrauen durch die Stadt schleicht, um der Tante ein Gewand nachzutragen? Unsinn, sag ich.«

Rebeccas Blick blieb ruhig, Lazarus sah es mit wachsendem Respekt. »Ich sandte nach meiner Nichte, da ich unwohl war.«

»Und da war Euer erster Gedanke der an eine graue Kutte?«

»Nein, ich ließ ihr ausrichten, daß sie an meiner Stelle Tringin einen letzten Besuch abstatten möge, den ich versprochen hatte. Ich sah es als meine Pflicht, der Ketzerin auf ihrem schweren Gang Trost zu spenden und hoffte, daß meine Nichte diesen Dienst übernehmen würde.«

»Aber das Gewand«, beharrte der Richter.

»Columba nahm es mit, weil sie schon immer ein umsichtiges, braves Mädchen war, das beschwöre ich vor allen Richtern Kölns.«

»Ihr seht«, mischte sich Lazarus wieder ein, »daß Eure Verdächtigungen sich bei genauem Hinsehen in Luft auflösen. Mir will scheinen, daß es für Euch und Euren Ruf höchst abträglich wäre, wenn die Familie van Geldern Euer voreiliges Handeln ahnden würde.«

Der Gewaltrichter unternahm einen letzten Versuch. »Und was, bitte schön, habt Ihr überhaupt mit der ganzen Angelegenheit zu schaffen?«

Lazarus zögerte einen Moment, schließlich hatte der sterbende Cassander ihn um das Versprechen gebeten, Köln zu verlassen, van Geldern den Rücken zu kehren. Daher das Reisekostüm. Sein Besuch im Frankenturm hatte Luthger und Tringin gelten sollen, doch dann erfuhr er von der Verhaftung, dem Verhör, dem Verdacht gegen Columba. Sein Blick fiel auf das Mädchen, das zusammengekauert in dem Lehnstuhl saß, beschämt und gedemütigt. Rebecca stand bei Columba. Sie sah ihn freundlich an. Der junge

Mann schluckte. »Ich habe eine Stelle im Hause van Geldern angetreten und agiere als sein juristischer Berater.« Überrascht blickte Columba auf. Lazarus beachtete sie nicht und fuhr fort: »Man kennt mich beim Rat als den Sekretär Don Cristobal de Castellanos. Ich hoffe, damit wißt Ihr genug.«

Ja, mehr als genug. Ärgerlich senkte der Gewaltrichter den Blick, er wußte, wo seine Macht Grenzen hatte. Was seinen Ärger noch unerträglicher machte, war der Gedanke an das nette Sümmchen, das ihm durch seinen Diensteifer entronnen war. Hätte er diese elende Columba nur nicht so leidenschaftlich angeklagt, es lieber bei einem vagen Verdacht belassen und sich abwartend verhalten! Der Kaufmann hätte gewiß noch einmal bezahlt, um seine Tochter ohne Aufsehen freizubekommen. Statt dessen drohte nun eine ernsthafte Beschwerde des Rates.

»Vergeßt die ganze Angelegenheit. Geht«, sagte er barsch, »geht, verlaßt mein Zimmer. Ich habe viel zu tun, meine Morgengeschäfte sind alle noch unerledigt.«

»Gewiß«, antwortete Lazarus mit beleidigender Sanftmut, »ein Mann von Eurer Bedeutung hat viel zu tun.«

Rebecca runzelte tadelnd die Stirn, sie half Columba auf und ging wortlos mit ihr zur Tür. Van Gelderns neuer Angestellter folgte, drehte sich an der Tür jedoch noch einmal um.

»Ein Letztes noch: Hat die Ketzerin selbst Anschuldigungen gegen Columba van Geldern erhoben? Wenn ja, wird sich eine Anklage unsererseits nicht vermeiden lassen, um den Ruf des Hauses zu schützen.«

Die Adern im Nacken des Gewaltrichters schwollen bedrohlich an. Mit zusammengebissenen Zähnen zischte er: »Ein Prozeß ist unnötig, hört Ihr. Die Ketzerin hat bereits alle Schuld auf sich genommen. Ihr Schlag gegen ein braves Bürgermädchen wird sie noch teurer zu stehen kommen. Das verspreche ich und hoffe, daß Euch damit endlich Genüge getan ist. Tringin wird büßen.«

Vom Gang her ertönte ein erstickter Aufschrei. Rebecca legte ihre schlanke Hand fest auf Columbas Mund und zog sie die steile Treppe hinab. Lazarus verbeugte sich und schloß die Tür.

Zu dritt passierten sie den Morgenwächter, der das Maul aufriß und ihnen kopfschüttelnd nachstarrte, während sie in der lärmenden Menge verschwanden. Rebecca hielt Columba fest beim Arm, ging mit großen Schritten die Werft entlang und bog rechts durch die Pforte zum Fischmarkt ein. Sie passierten die Kaufhalle, in der um die letzten Räucheraale, Stockfische und eingesalzenen Lampreten gefeilscht wurde. Die amtlichen Heringsschröder brannten den kölnischen Dreikrone-Stempel auf Fässer und Tonnen, um die Qualität der angelieferten Waren zu bestätigen, die, mit diesem Gütesiegel versehen, weiter rheinauf verschifft und zu noch höherem Preis verkauft werden sollten.

Die beiden Frauen bemühten sich, den glitschigen Fischabfällen auszuweichen. Struppige Katzen kreuzten ihren Weg, die das genaue Gegenteil im Sinn hatten. Auf flinken Pfoten versuchten sie, den Leimköchen, die auf der Suche nach tranigen Fischschuppen waren, und streunenden Schweinen, die mit ihren Rüsseln nach Leckerbissen wühlten, zuvorzukommen.

Die Frauen bogen in die Lintgasse ein, wo Greise und Kinder aus Lindenbast die Körbe für den Fischtransport flochten und Schnürseile drehten. Aufatmend hoben Rebecca und Columba die Köpfe. Über den Haustüren und Toren knarrten Haus- und Wappenschilder im Wind, die dem Ortsfremden mit deutlichen Bildern den Weg wiesen. Ein in eine prächtige Rüstung gewandeter Reiter verriet dem Suchenden, der des Lesens nicht mächtig war, daß er das Haus »Zum Ritter« gefunden hatte, ein halber Mond das gleichnamige Wirtshaus. Als sie das »Haus zum Geier« passierten, blieb Columba plötzlich stehen.

»Vor diesem Totenvogel, Tante, hast du mich gerettet. Ohne dich wäre ich jetzt verloren. Ich danke dir, nie werde ich vergessen, was du für mich getan hast, obwohl ich dein Vertrauen und dein Gewand schändlich mißbraucht habe.«

Rebecca hob müde und erschöpft die Augen. Sie sparte sich jeden Tadel, jeden Vortrag gegen Ketzer – was Columba dankbar registrierte, aber nicht verstand. Die Tante sagte nur: »Ich glaube, noch größerer Dank gebührt deinem treuen Freund dort. Seine entschlossene Verteidigung hat den Gewaltrichter wanken gemacht. Er ist ein wahrer Freund. Ich hoffe nur, daß er dir nicht mehr ist, dein Vater würde es nicht billigen.«

Columba schüttelte ärgerlich den Kopf. »Was denkst du nur, keinen Mann verabscheue ich mehr als ihn.«

Rebecca schien beruhigt, denn auf heimliche Liebschaften gegen den Willen der Eltern standen hohe Strafen in Köln. Sie wandte sich mit herzlichem Lächeln Lazarus zu, der eben zu ihnen aufschloß. »Sag ihm wenigstens Dank und verletze seine Gefühle nicht«, flüsterte sie ihrer Nichte zu und schlenderte zu einer gegenüberliegenden Gaddeme, wo eine Korbmacherfrau ihre Waren feilbot.

Columba seufzte widerwillig und sah dem jungen Mann in die Augen. Wieder lag dieser Ausdruck von Sorge darin, der sie zaghaft machte.

»Lazarus«, begann sie mit leiser Stimme, »ich muß dir danken. Ich ...« Der junge Mann unterbrach sie überraschend hart: »Schweig! Das ist nun das zweite Mal, daß ich dich vor einer tödlichen Dummheit schützen mußte. Wirst du nie vernünftig werden? Siehst du nicht, was du angerichtet hast mit deiner unüberlegten, törichten Tat?«

Columba stockte der Atem. Das hatte sie nicht verdient. »Unüberlegt, sagst du? Ich mußte beherzt handeln, nachdem du jede Gelegenheit zur Rettung hast verstreichen lassen, obwohl du wußtest ...«

»Obwohl ich wußte«, schnitt Lazarus ihr das Wort ab, »daß der Grevenkeller bei weitem schlechter bewacht und viel weniger fest gebaut ist als der städtische Turm. Nach deiner Einmischung allerdings wird man die Wachen verschärfen, wahrscheinlich auch die Türen und Schlösser verstärkt kontrollieren, und das, obwohl zur Karnevalszeit sonst allgemeine Nachlässigkeit herrscht. Überlasse heldenhafte Taten demnächst besonnenen Menschen, die nicht nur ihrem raschen Blut gehorchen und nach Abenteuern dürsten, die nur für Männer gemacht sind.«

»Solchen wie du?« gab Columba scharf zurück. »Männer, die sich am liebsten mit dem Maul zum Helden machen? Ich muß dir dankbar sein, doppelt dankbar, aber deine geschickten Betrugsmanöver und Reden beeindrucken mich nicht. Einmal gab dir die spanische Uniform Mut und Deckung, diesmal der Name meines Vaters.«

Lazarus erstarrte. Ungerührt fuhr Columba fort: »Wäre je ein armer Mensch auf deine Tatkraft und deinen Mannesmut angewiesen, würde er gewiß auf dem Scheiterhaufen enden und elend verbrennen.«

Lazarus erbleichte. Columba ahnte nicht, an welche Wunde sie eben gerührt hatte. Sie erkannte nur den maßlosen Schmerz, der die Augen des Mannes dunkel werden ließen. Ein Schmerz, der alle Zuneigung, die er je für sie empfunden haben mochte, unter sich begrub. Sie hatte ihren Willen bekommen, sie hatte ihm einen vernichtenden Schlag versetzt. Stumm verneigte sich Lazarus und verschwand in Richtung des Alter Markt.

Rebecca stieß einen Seufzer aus. »Warum nur läßt du immer dein Temperament mit dir durchgehen? Was sollte diesen Mann dazu treiben, dir zu helfen, wenn nicht eine aufrichtige Zuneigung, die du nicht einmal erwiderst?«

Columba zögerte einen Moment. Längst bereute sie ihre Worte, der dunkle Blick des Mannes hatte sich bis tief in ihr Herz gebrannt. Trotzig warf sie den Kopf zurück. »Ich bin sicher, nur sein Vorteil treibt ihn. Du hast gehört, daß er sich Vaters Angestellter nannte. Als Gast schlich er sich ein, nun will er sich unentbehrlich machen. Es ist unser Geld, auf das er es abgesehen hat.«

Rebecca starrte über die Köpfe der Passanten hinweg in die Richtung, in die der junge Mann verschwunden war. »Du täuschst dich, Columba, diesem Mann ist es nicht um Geld zu tun, er sucht etwas ganz anderes, und vielleicht bist das nicht einmal du.«

»O Tante, ich bitte dich, verschone mich mit deiner Herzensschau, sag mir lieber, wie ich all das meinem Vater erklären soll. Seine Strafe wird furchtbar sein.«

Die Strafe wurde zwei Wochen später den Mitgliedern der Gemeinde St. Alban mit einem ersten Aufruf von der Kanzel mitgeteilt. Der Diakon kündigte nach der Sonntagsmesse die Hochzeit Columba van Gelderns mit dem Junker Fritjof van Ypern an Mariä Verkündigung an, fünf Tage nach Frühlingsanfang und neun Tage vor dem Osterfest. Zwei solcher Aufrufe mußten nach alter Sitte noch vorangehen. Beim dritten Mal, so ließ der Kaufmann außerdem verkünden, würde er zum Angedenken an seine verstorbene Frau ein seidenes gesticktes Altartuch für die Marienkapelle stiften. Ein hochherziges, frommes Geschenk, mit dem van Geldern alle Lästerzungen zum Schweigen bringen wollte, die das Freudenfest der Tochter für unziemlich früh hielten.

Hätten sie gewußt, wie schwankend die Freude der Tochter war, hätten sie weit appetitlicheren Klatsch auskosten können. So blieb nur der fade Bissen eines anstößigen Verhaltens in der Trauerzeit. Er war schnell durchgekaut. Van Geldern war eben unverbesserlich geschäftstüchtig und mußte sich die Hafenrechte des Schwiegersohns sichern.

Herzhafter schienen die Leckerbissen, die aus dem Konvent der Tante des Mädchens an die aufmerksame Öffentlichkeit drangen. Von wiederholten Ekstasen, brautmystischen Visionen, ja sogar vom plötzlichen Erscheinen des Brautringes Christi am Finger der Begine ging die Rede.

Süß schmeckten den meisten diese wundersamen Nachrichten, gierig labten sich die Frommen daran, aber ebenso heimlich wie schnell brodelten bei einigen Gerüchteköchen Zweifel hoch. Die Hölle war dem Heiligsten von jeher so nah, der Schatten der Gefährte des Lichts und alle Engel Geschwister Luzifers, den Gott aus dem Himmel verstieß.

8

Schweißperlen standen auf Mertgins Stirn, während sie in einem Mörser ein halbes Dutzend Eierschalen zu feinem Pulver zerstieß. In kleinen Tiegeln standen außerdem Alaun, Borax und weiße Mohnsamen bereit, dazu weiches Wasser, das dreimal unter einem Mühlrad durchgelaufen war. Columba betrachtete die Verrichtungen ihrer Magd mit stummem Groll. Auf einer Truhe unter dem Fenster lagen Dutzende fein gestrickte seidene Strümpfe, die die Beine weit schlanker erscheinen ließen als die üblichen Beinkleider aus steifem Taft. Perlenbesetzte Haarnetze aus feinen Gold- und Silberfäden lagen da, zart wie Spinnennetze, in denen Tautropfen schimmern. Daneben stapelten sich Nachthemden, Leibtücher, Taschentücher, goldbestickte Mieder, eine pfirsichfarbene Nachtjacke, mit grober Spitze überzogen und orangefarbenem Sarsenett gefüttert, ein loser Umhang aus zartem Batist mit silbernen Streifen, Hauben aus apfelgrüner Seide und was es mehr an verschwenderischen Luxusgütern für eine Braut gibt, deren Bräutigam keine Ausgaben scheut.

Columba betrachtete das prachtvolle Sammelsurium mit Abscheu. »Wie ein Turnierpferd will er mich aufzäumen«, sagte sie ablehnend.

All der Tand tröstete sie nicht darüber hinweg, daß sie seit drei Wochen eine Gefangene im eigenen Vaterhaus war und nur zur Messe, den Mahlzeiten und – was besonders widerlich war – um dem Freiherrn im Morgensaal schön zu tun, ihre Kammer verlassen durfte. Stets in Mertgins Begleitung und meist argwöhnisch beobachtet von van Gelderns dürrem Spion. Sie vermißte ihre heimlichen Ausflüge in die Straßen, auf die Märkte, an den Rhein, in den Garten, wo zart die ersten Krokusse aus der Erde hervorbrachen und die Weiden Knospen ansetzten. Sie vermißte den frühjährlichen Jubel der Vogelstimmen, ja sogar den Gestank der Gassen vermißte sie. Heute abend sollte das feierliche Verlobungsfest im Haus stattfinden und der Ehevertrag unterzeichnet werden.

Columba trat ärgerlich gegen die Truhe und schaute sehnsüchtig einer Amsel nach, die aufgeschreckt vom äußeren Fensterbrett aufstob. Ihr Blick fiel in den Hof. Wieder rumpelte ein schwerbeladener Karren mit Fässern herein. Seit Tagen schon empfing van Geldern Weinlieferungen. Zu gerne hätte Columba auch etwas über die neuen Geschäfte des Vaters erfahren. Alles war spannender als diese elende Brautgefangenschaft.

Lazarus trat aus dem Kontor, unter dem Arm trug er Aktenrollen. Beim Anblick des vollbeladenen Karrens stutzte er kurz und wandte seine Schritte zu dem Fuhrwerk. Knechte liefen mit Brettern, Seilen und Schubkarren herbei, um die Fracht zu entladen. Gedankenversunken stand Lazarus davor, als plötzlich der Dürre von hinten an ihn herantrat. Ein eifriger Wortwechsel war die Folge, Lazarus' Gesicht verfinsterte sich in bitterem Zorn, dann verließ er zögernd, wie widerwillig den Hof. Ob er noch an Tringin und Luthger dachte? Wie gerne hätte Columba mit ihm gesprochen.

»Ihr seid undankbar«, schalt Mertgin plötzlich, »all die schönen Dinge, und Ihr kennt keinen Dank.« Fritjofs Großzügigkeit hatte sie längst zu einem milderen Urteil über den Verlobten ihres Schützlings gezwungen. Ihr selbst hatte der spendable Junker einen Unterrock aus knisterndem schwarzen Bombasin verehrt und, Gott sei gelobt, einen Rosenkranz. Wie jede alte Jungfer maß sie einer Hochzeit größte Bedeutung zu und durchlebte alle Wonneschauer einer verzückten Braut am eigenen Leib – im Gegensatz zu Columba, der Fritjof inzwischen gänzlich zuwider war.

Zum Beweis dafür, daß sein Täubchen gezähmt war, erwartete er ständiges Tändeln und Küssen, sobald Mertgins strenge Augen einmal abgelenkt waren. Columba hatte keine ruhige Minute mehr. Dieser ekelhafte, feiste Mann, wenn sie ihn nur vergessen könnte. Wenn sie nur nicht wüßte, daß es Küsse gab, die so süß waren, daß man dabei kleine Tode starb.

Lazarus war in den Hof zurückgekehrt, mit eiligen Schritten lief er übers Pflaster, blickte sich um und verschwand im Weinkeller. Was hatte er darin zu schaffen? Übte er Betrug an ihrem Vater? War er doch nur ein geldgieriger Schwindler? Columba preßte ihr Gesicht fest gegen das Fensterglas.

»Was tut Ihr da? Kommt weg vom Fenster, was schert Euch das Treiben im Hof!« rief Mertgin ungehalten. »Erst heute morgen brachte der Freiherr ein neues, köstliches Geschenk, Ihr habt es nicht einmal angesehen. Dort auf dem Tisch, vor dem Spiegel, steht es. Setzt Euch nur schon davor, das Bleichmittel für Eure Haut ist gleich fertig.«

Murrend und schlurfend begab sich Columba zu dem Frisiertisch, der erst vor wenigen Tagen aufgestellt worden war, als man begonnen hatte, sie verschiedenen Verschönerungsprozeduren zu unterziehen. Das Bleichen der Haut war ihr besonders widerwärtig.

»Ihr werdet sehen«, rief ihre Magd munter und füllte weißen Brei in einen Tiegel ab, »wenn wir das hier bis zur Hochzeit dreimal die Woche aufstreichen, werdet Ihr so hell wie Eure Schwester sein. Ihre Sklavin Melina verriet mir das Rezept.«

Columba krauste die Stirn und schaute sich widerwillig im Spiegel an. »Du träumst, Mertgin, niemals werde ich so weiß wie unser Schwan. Vor kurzem hast du mich selbst noch eine Vogelscheuche und häßliche Krähe genannt.«

»Die Freude wird Euch verschönern, das ist gewiß«, erklärte Mertgin und rührte die Hautbleiche glatt.

Columba nahm gelangweilt das letzte Geschenk des Freiherrn zur Hand. Eine Parfümflasche aus Bernstein, deren Stöpsel mit dem Wappen der van Gelderns – dem Greif auf dem Blitzbündel – geschmückt war.

»Mein Vater wird ihm eine ordentliche Mitgift versprochen haben, sonst würde er sich nicht so in weitere Schulden stürzen«, sagte sie mißmutig und hob den Stöpsel an. Sie schnupperte und stellte das Fläschchen angewidert ab. »Wie grauenhaft. Mit Geld kann man sich keinen feinen Geschmack kaufen.«

»Aber ein angenehmes, würdiges Leben führen«, erwiderte Mertgin streng. »Ihr werdet in Dordrecht zu den ersten Bürgerfrauen der Stadt zählen. Und darum wünscht der Junker auch, daß Ihr so schön und prächtig wie möglich auftretet.«

»Aber muß ich darum riechen, als wäre ich in ein Faß Jasminöl gefallen? Ich liebe diese schweren, süßen Düfte nicht. Sie erinnern mich an Juliana. Soll sie das Parfüm ruhig haben, vielleicht betrügt den Freiherrn seine Nase, und er stellt meiner Schwester nach. Noch wäre Zeit, das Heiratsversprechen zu lösen.«

»Columba!«

»Juliana wäre begeistert von all diesem Plunder.«

»Ihr irrt, egal mit wieviel Prunk sie sich umgibt, sie ist vor allem der Kirche zugetan. Seit Tagen schon besucht sie jede Messe in Sankt Alban, erhebt sich sogar des Nachts zum Gebet und sucht häufig den Konvent Rebeccas auf, um sie zu pflegen und den Frauen zur Hand zu gehen. Eure Torheiten mit dem Ketzerpack haben Eure Schwester arg mitgenommen. Ihr solltet dankbar sein, daß sie so inbrünstig für das Wohl der Familie arbeitet und betet.«

Columba schnaubte verächtlich. »Mich täuscht sie nicht. Ich bin sicher, ihr frommes Getue gilt allein dem bleichen Diakon. Auch zu den Beginen geht sie nur, wenn er dort ist, um Rebecca die Beichte abzunehmen. Sie ist gewiß grün vor Eifersucht – trotz ihres sagenhaften Bleichmittels.«

Mertgin schwieg entsetzt, trat von hinten an ihren Schützling heran und strich ohne Vorwarnung mit einem Pinsel die beißende Paste auf Columbas Stirn und Nase auf.

»Verfl ...«, stieß das überraschte Mädchen hervor. Eine große Portion Brei füllte ihren Mund und verschluckte den Fluch.

»Vielleicht«, sagte Mertgin voll grimmiger Genugtuung, »hilft dieses wundervolle Mittel bei Euch wenigstens von innen.«

9

Ich will ihn nicht sehen, sag ihm, ich sei zu krank, um ihn zu empfangen.« Erschöpft ließ Rebecca den Kopf auf das mit Hirse gefüllte Kissen sinken.

»Er ist dein Beichtvater, du mußt ihn vorlassen«, entgegnete Anna bestimmt. »Es geht um dein Seelenheil.«

»Wenn es darum geht, so schicke nach einem anderen Priester«, sagte Rebecca müde. Sie dachte an die Briefe des Diakons, die er ihr fast täglich schrieb und nach den Beichtgesprächen aufdrängte.

»*Keinen Namen der Liebe«,* hatte es im letzten geheißen, *»so ausgesucht er sein mag, kann ich sagen, der da hinreichte, auch nur zum hundertsten Teil genügend die himmlische Liebe auszudrücken, die ich für Dich empfinde. Sie ist ganz lauter und voller Segen Gottes und Zerschmelzen des Herzens. Herrliche, ich dürste nach Deinen Küssen, die Küsse des Herrn sind, erhöre mich.«*

Die Zeilen waren verbrannt, doch die Worte in ihrem Gedächtnis nicht ausgelöscht. Satan verdarb nicht nur sie, er machte sie auch zu einer Verderberin. Die Briefe des Kirchenmannes bewiesen ihr endgültig, daß es nicht Gott war, der ihr die Träume, die Schmerzen, die Ekstasen schickte. Sie konnte es nicht zulassen, sie mußte sich – um jeden Preis – aus Satans Macht befreien, doch sie fühlte sich schwach. Nachts erbrach sie inzwischen Blut und weiße Galle, des Tags aß sie nichts, um sich zu reinigen und trug einen Gürtel mit Eisendornen. Es nützte nichts. Auch Doktor Birckmann wußte keinen Rat. Von Dämonen freilich wollte er nichts wissen, sondern hielt es mit Johann Weyer, dem Leibarzt des Herzogs von Cleve, der schon 1562 urteilte, daß Dämonenschau eine Form der Geistesverwirrung sei. Birckmann riet Rebecca vom Fasten ab, »da ein leerer Bauch die schrecklichsten und schönsten Illusionen zeugen kann.«

Rebecca erkannte, daß er sie für so verwirrt wie ihre verstorbene Schwester hielt. Wenn es das nur wäre!

»Es ist an der Zeit für einen Exorzismus. Ich will die Schutz- und Schildgebete hören.« Rebecca wandte sich entschlossen an die Schaffnerin. Sie zögerte einen Moment. »Rufe Galisius, den kurfürstlichen Inquisitor und Exorzisten. Er soll prüfen, wie viele Dämonen von mir Besitz ergriffen haben, und ob es noch Rettung gibt.«

Anna betrachtete ihre bleiche, abgemagerte Meisterin im Bußgewand alarmiert. Es war noch nicht an der Zeit, Rebecca in die Obhut des Dominikaners zu geben. Ihr Ruf war noch unbefleckt. Kein Kölner Bürger von Einfluß und Ansehen hatte bislang Anzeige erstattet, und der Rat liebte keine direkte Einmischung eines kurfürstlichen Beamten. Schon aus politischen Gründen würde er schnell ein erzbischöfliches Verfahren gegen Rebecca ablehnen.

Eine Überprüfung der Phänomene auf Wunsch einer Besessenen war außerdem eine unsichere Angelegenheit. Und selbst wenn sie gegen die Meisterin ausging, selbst wenn der Rat einer Verhaftung und Hinrichtung zustimmte, wäre das Vermögen Rebeccas für jeden weltlichen Nutznießer verloren. Die Kirche würde es ganz einstreichen, da ein Ankläger, der das Recht auf die Hälfte des Besitzes hatte, fehlte. Sie mußte die freiwillige Prüfung verhindern.

»Dämonen?« rief sie deshalb mit gespieltem Entsetzen. »Wie kannst du deine wundersamen Gottesvisionen dem

Leibhaftigen zuschreiben? Täglich drängen sich unten die Menschen, um etwas zu erhaschen, das du berührt hast. Sie betteln um ein Fetzchen von deinen Röcken, um eine deiner Spindeln, Nadeln, selbst Brotkrümel, die du übrigläßt, halten sie für wundertätig und heilsam. Zugleich verehren sie dir die köstlichsten Geschenke. Sie verehren dich.«

Rebecca stöhnte. »Sie irren sich, sie irren sich grausam, arme verführte Menschen. Aber du, Anna, du hast oft von Teufeln zu mir gesprochen, wenigstens du mußt mir doch beistehen, wenn ich weiß, daß Satan in mich gefahren ist!«

»Der Diakon ist ein scharfsichtiger, unbestechlicher Mann, gewiß hätte er die Zeichen des Bösen erkannt«, antwortete sie ausweichend.

Rebecca schloß die Augen. »Wenn du nur wüßtest, wie die Teufel mich in der Nacht geschüttelt haben, am ganzen Leib spürte ich ihre reißenden Klauen, meine Brust ist davon blutig zerkratzt. Ich litt ein Fieber, das heiß wie das Fegefeuer war, auch glaubte ich, durch den Raum zu schweben, du weißt, was das heißen kann. Gott schickt keine Flugträume.«

»Und der Ring an deinem Finger der Rechten? Satan kann ein solches Wunder nicht wirken. Du bist eine Erwählte, dein Verlobter ist Jesus Christus, der Gekreuzigte. Es wäre Sünde, sich dagegen zu sträuben.«

»Dieser Ring, wie du es nennst, ist nur eine Verfärbung der Haut«, sagte Rebecca tonlos.

»Warum läßt sie sich dann nicht fortwaschen?«

»Schweig, du überzeugst mich nicht. Rufe Galisius.«

»Und der Diakon? Was soll ich ihm sagen?«

Die Magistra antwortete nicht, ihre Lippen bewegten sich in stummem Gebet. Leise schloß Anna die Tür. Dann stieg sie nachdenklich die Stiegen hinab. Wenn nur van Geldern sich bewegen ließe. Aber, so berichtete der Dürre, der Kaufherr schien nicht interessiert, das Geld Katharinas gab ihm Freiheit genug, um seine Geschäfte zu verfolgen.

In der Vorhalle wartete der Diakon ungeduldig. »Was ist, kann ich hinauf?« fragte er hastig.

Die Schaffnerin schüttelte den Kopf. »Sie will Euch nicht sehen, sie verlangt nach Galisius, dem Inquisitor.«

Der Diakon wurde bleich und kämpfte gegen ein Zittern an. »Sie ist nicht bei Sinnen, ausgerechnet diesen Dominikaner, dem die freien Frauenkonvente verhaßt sind. Wie schnell könnte selbst eine Heilige wie Rebecca in Verdacht geraten! Die Dominikaner wissen nichts von Gottesminne und Paradiesvisionen, trockene Prediger und widerwärtige Gewissensschnüffler sind das. Sie kennen nicht die wahre Seligkeit, sie fühlen nicht ...« Er brach ab. Die allgemeine Furcht vor den Dominikanern, im Volk auch domini canes – Spürhunde des Herrn – genannt, hatte ihn zu seinen unbedachten Äußerungen hingerissen. Erst im letzten Moment zügelte er sich, denn Anna betrachtete ihn aufmerksam, so als notiere sie im Geist seine Worte.

»Laß mich zu ihr!« verlangte der Diakon barsch.

Annas Gesicht veränderte sich. Ganz freundlich, gefährlich freundlich schaute sie ihn an. »Ich sehe, wie besorgt Ihr seid. Keine Angst, ich werde den Dominkaner nicht holen, ich werde Rebecca sagen, er sei in Bonn am Hof des Kurfürsten und unabkömmlich.«

»Aber was nutzt das?« fragte der Diakon verzweifelt. »Sie wird wieder nach ihm verlangen. Du weißt, von welch entschlossener Art sie ist. Sie wird von Dämonen sprechen, sich der größten Frevel anklagen, ich kenne ihre Beichten. Sie ist in ihrer frommen Verzweiflung imstande, sich dem Tod in die Arme zu werfen.« Und ihn dazu. Die Hunde des Herrn würden sich in die Geschichte verbeißen, wenn Rebecca dem Frauenhasser Galisius so farbig wie ihm von ihrer Gottesschau berichten würde. Was, wenn sie Galisius den Teppich enthüllte? Was, wenn sie von seinem eigenen Eifer in der Sache berichten würde? Ein Verdacht auf Ketzerei war wie ein Strudel, der mit immer gewaltigerem Sog am Ende alles hinabriß.

Anna schlug die Augen nieder und tat, als kämpfe sie gegen einen großen Kummer an. Dann senkte sie vertraulich die Stimme, blickte sich um, als fürchte sie Lauscher. »Verehrter Diakon, ich will ehrlich zu Euch sein, denn auch ich liebe unsere Magistra und fürchte um sie. Warum kommt Ihr nicht des Nachts wieder, um die Erscheinungen zu prüfen? Ihr könntet Rebecca heimlich beobachten und dann am Morgen davon überzeugen, daß es nicht der Teufel ist, der sein Spiel mit ihr treibt.«

Der Diakon zögerte. Anna sah ihn flehend an. »Ich weiß, daß sie Euch braucht. Manchmal ruft sie voller Verzweiflung Euren Namen, oh, wenn Ihr es nur hören könntet!«

Ein weniger verliebter Narr hätte die Kupplerin in Anna spätestens jetzt erkannt, doch der Diakon war ein längst Erblindeter. »Nun gut, ich werde es mir überlegen«, sagte er. »Halte bis dahin Galisius vom Konvent fern.«

»Ihr könnt Euch ganz auf mich verlassen.«

Er wandte sich zur Tür, blieb stehen. »Eins noch«, sagte er und zog ein gefaltetes Briefchen aus der Seitentasche seiner Soutane. »Gebt das hier Rebecca. Es sind Gebete, Trostworte, die ich für sie in der Bibel fand.«

Anna knickste und nahm das Briefchen an sich. Kaum war der Kirchenmann im Hof verschwunden, entfaltete sie mit gierigen Fingern das Papier.

»Du, der Du ein Engel des Herrn bist, mich dürstet nach der süßen Milch Deiner Weisheit. An Deinen geistlichen Brüsten will ich die Lehre saugen. Himmlisch ist meine Liebe, groß und stark ...«

»Was stehst du da müßig herum und liest?« unterbrach eine Stimme sie mißtrauisch. Die Kornmeisterin.

»Ich prüfe eine Abrechnung«, antwortete Anna abweisend und ließ den Brief in ihrer Rocktasche verschwinden.

»Eine Abrechnung, soso! Sie scheint dich mächtig zu entzücken, was mich wundert. Ist es eine Abrechnung, die dir ein dürrer Mann in Schwarz überbrachte?«

»Ich weiß nicht, von wem du jetzt redest«, erwiderte Anna hoheitsvoll. »Ich jedenfalls habe jetzt zu tun.« Die Kornmeisterin vertrat ihr mit ihrem mächtigen Leib den Weg.

»Seit unsere Magistra krank ist, laufen unsere Geschäfte schlecht. Du rennst nur durch die Gassen und schwatzt von Wundern, lockst die Krüppel und Kranken an. Die fromme Bewunderung einer Begine kann leicht ins Gegenteil umschlagen, du weißt das. Es ist an der Zeit, daß du deine Sorgfalt wieder auf unsere Finanzen verwendest, anstatt herumzustreunen und gefährliche Märchen zu erzählen.«

»An die Finanzen mußt gerade du mich nicht erinnern. Geh in die Küche und tu, was deine Pflicht ist, ohne dich der Sünde der Völlerei zu ergeben.«

Die Kornmeisterin schürzte wütend die Lippen. »Glaube bloß nicht«, sagte sie nun endlich mit drohendem Unterton, »daß *dein* sündhaftes Treiben der Welt verborgen bleibt, Schaffnerin Anna. Hier im Konvent gibt es genug wachsame Augen. Augen, die dich in der Waschküche sahen. An der Seite des dürren Mannes. Und eins ist klar, deinen Pflichten als fromme Frau bist du dort nicht nachgegangen. Sollte ich je herausfinden, was du gegen Rebecca im Schilde führst, dann hüte dich vor meiner Rache.« Sie stieß Anna grob beiseite und steuerte auf die Küche zu.

Haßerfüllt blickte die Pfennigmeisterin ihr nach, dann stahl sich ein höhnisches Lächeln auf ihre Lippen. »Vortrefflich«, murmelte sie, »einfach vortrefflich, wie voll von gefühlvollen Narren diese Welt ist.«

10

Zum ersten Mal nach Katharinas Tod wurde der Festsaal im Hause van Geldern wieder geöffnet. Die Mägde und Knechte stießen die Fenster auf, um den ersten Duft des Frühlings hereinzulassen. Sie fegten den Dielenboden mit Sand, legten frische Binsenmatten aus, hängten Teppiche und Ledertapeten über die holzgetäfelten Wände und schmückten die Rahmen der prachtvollen Gemälde und die Kerzenleuchter mit Buchsbaum, dem Laub der unschuldigen Jungfrau.

Wieder einmal gingen Haus- und Mietköche in der Hofküche ihrem Werk nach, wenngleich nicht in der Anzahl wie damals, als es die Ankunft des Finanzsekretärs zu feiern galt. Der Aufwand, der getrieben wurde, war würdig, aber nicht verschwenderisch, lediglich beim Essen sparte der Brautvater nicht. Er kannte die Leidenschaften seines künftigen Schwiegersohns, die der Tochter schienen ihm gleichgültig.

Der Freiherr stand mit geröteten Wangen beinahe schon im Kamin und hielt schnuppernd und händereibend seine Nase über die simmernden Kessel und dampfenden Töpfe. »Und was ist das?« fragte er gierig und neugierig einen vorbeieilenden Koch.

»Gesottene Kaldaunen«, brummte der Mann.

»Köstlich, köstlich!« rief der Freiherr entzückt.

Der Koch warf ihm einen halb erstaunten, halb spöttischen Blick zu. Im Gehen murmelte er: »Das finden zumindest die Jagdhunde unseres Herrn auch.«

»Die Hunde?« Van Ypern hob enttäuscht die Brauen, als er aus den Augenwinkeln heraus zwei Mägde entdeckte, die mühsam prustend ein Lachen unterdrückten. Um Würde bemüht richtete er sich zu seiner stattlichen Größe auf und stieß sich dabei den Kopf an einer herabhängenden Kupferpfanne. Ein gongartiger Ton erklang.

Ärgerlich trat Fritjof in den Küchenraum. »Natürlich die Jagdhunde. Jeder gute Jäger weiß, daß er seine Tiere nur mit ausgesuchten Leckerbissen zu bester Leistung anspornen kann. Ich selbst pflege meiner Meute nur blutiges Federvieh vorzusetzen, frisch geschlachtet, lebenswarm, das weckt, äh«, er hatte sich endlich bis zur Tür vorgearbeitet und stieß sie erleichtert auf, »den Eifer, jaja.«

Er war schnell genug draußen, um das Gackern, das einer der Knechte imitierte, während er mit vorgereckter Brust um den Tisch gockelte, nicht mehr vernehmen mußte. Gar nicht mehr hatte vernehmen können, wie sich van Ypern im Hof selber versicherte.

Seufzend schaute er sich um, wie sehr sehnte er sich auf sein eigenes Gut zurück. Er war nicht gemacht für das Stadtleben, ihn gelüstete es, mit seinem jungen Weib endlich zu jagen, zu reiten, zu ... Er wollte seine Augen zum Fenster Columbas heraufgleiten lassen, als er Lazarus sah, der ebenfalls dort hinaufsah. Van Ypern stapfte mit festen Schritten auf ihn zu.

»Sucht Ihr vielleicht jemanden, Herr?« Lazarus wandte ihm langsam den Kopf zu. »Ich bewunderte nur gerade Eure Braut.«

Der Freiherr wußte nicht, ob er sich durch das Kompliment eines Kaufmannsgehilfen geschmeichelt oder verärgert fühlen sollte. Nun ja, schließlich obsiegte seine Gutmütigkeit. Immerhin war dieser bartlose Jüngling einmal

Vertrauter Don Cristobals gewesen und damit mehr als ein einfacher Gehilfe.

»Ja«, sagte er deshalb, »ich bin sehr glücklich, daß ich das Herz eines so liebreizenden Mädchens für mich gewann. Wer hätte das gedacht. Eine van Geldern, und so hübsch dazu. Dagegen ich, nur ein Landjunker, feist und tumb.«

»Ihr seid zu bescheiden«, gab Lazarus zurück.

»Bescheiden? Oh, nun ja, im Grunde habt Ihr recht. Schließlich gilt sie allgemein nicht als große Schönheit. Zu dunkel, nicht wahr. Sie kann sich glücklich schätzen, einen Freiherrn zum Bräutigam zu haben. Die Privilegien, dazu mein Gut, das bald wieder schuldenfrei sein wird. Es hat viele hundert Morgen fruchtbarstes Land, Felder und Waldungen, voll von den fettesten Wildschweinen, die Ihr je saht.«

»Columba van Geldern wird stolz sein, Herrin darüber zu werden.«

Van Ypern runzelte die Stirn, klang in der Stimme des anderen nicht doch der Unterton von Spott an? »Ich nehme an, Ihr werdet heute bei der Verlobungsfeier dabei sein?« fragte er steif.

»Nicht lange, fürchte ich, denn morgen in aller Frühe muß ich reisen.«

»Reisen? Wohin?«

»Nach London über Antwerpen. Dringende Geschäfte.«

»Aber die Frühlingsstürme im Kanal! Mitten im März müßtet ihr übersetzen. Das scheint mir töricht, ja geradezu gefährlich. Wollt ihr es wirklich wagen?«

»Ich habe nichts zu verlieren, außer meinem Leben, und van Geldern wünscht, daß ich reise. Er fürchtet, daß der Wein, den er in den letzten Tagen angekauft hat, durch eine zu lange Lagerung nicht besser wird.«

»Die Engländer würden es kaum merken! Sie kennen

sich nicht aus«, scherzte der Freiherr jovial und wollte dem anderen lachend die Rechte auf die Schulter legen.

Doch Lazarus beachtete ihn nicht mehr. Wieder schaute er am Haus hinauf, und der Junker folgte seinem Blick.

Columba hatte die Flügel des Fensters geöffnet und blickte zum Treppenturm hinüber. Sehnsucht lag in ihrem Blick. Ihr schwarzes Haar fiel ihr auf die Schultern. Ein heftiger Windstoß hob es an, und einen Moment lang sah es aus, als würde ihr Gesicht von Rabenschwingen getragen.

»Wirklich sehr dunkel«, murmelte der Freiherr. »Wenn sie zu ihrem Wesen das angenehme Aussehen der Schwester hätte, dann freilich wäre sie wunderbar. Aber vielleicht schlagen unsere Kinder ja mir nach.«

Lazarus kehrte ihm schweigend den Rücken und überquerte den Hof zum Weinkeller hin.

»Mein Täubchen!« rief der Freiherr und warf eine entzückte Kußhand.

Columba schaute verärgert zu ihm hinab, während Lazarus derweil durch eine offene Falltür in den Keller hinabstieg. »Ich komme, um die Faßzahl zu kontrollieren!« rief er dem Kellermeister zu.

»Nur zu«, gab der zurück, »aber stecht kein Faß an, van Geldern ist darin ziemlich eigen. Was er vorgekostet hat, soll niemand in Zweifel ziehen. Bei dem Zeug freilich lohnt es sich auch kaum, riecht wie reiner Essig mit Schwefel, wenn Ihr mich fragt. Eine trübe Brühe wird es sein.«

Lazarus verschwand im feuchten Dunkel des Gewölbes. Wenig später hatte er gefunden, was er gesucht hatte.

Wieder im Hof, trat er durch den Torbogen in die Gasse. Eine Schar bunt Vermummter – wenige Tage vor dem Fastnachtsabend fand Köln bis tief in die Nacht kaum noch Schlaf – zog lärmend, Pfeife spielend und Trommel schlagend vorbei. Unter ihnen ein angetrunkener Ratsherr mit Namen Weinsberg, der ein selbst gedichtetes Lied sang:

Liebhaber hör, / dich nicht verstör, /
will sie nicht wohl, / werde nicht doll.

Laß ab gering, / La, fa, re sing,
Ade fahr hin, / du bist nit min.

Sei wohlgemut, / ein Schiff, das geht,
ein andres kommt an, / fahr nur davon.

Den Abschluß des Trupps bildeten drei Schmiedegesellen, die blinkende Schwerter schwangen und einen wilden Tanz aufführten. Johlend und kreischend spritzte die gaffende Menge auseinander, wenn die Klingen durch die Luft sausten.

Lazarus tastete nach den beiden festverschnürten Lederbeuteln in seinem Wams. Sie trugen das stolze Wappen des Kaufherrn van Geldern: den Greif von einem Bündel Blitzen getragen. Ein Bündel von Blitzen, dachte Lazarus mit bitterem Hohn, genau das würde den Mörder seines Vaters vernichten.

Ihm blieb nur noch eine einzige Nacht, um seinen Plan auszuführen. Danach würde er Köln – ausgestattet mit den Passierscheinen van Gelderns und seiner Ware – für immer den Rücken kehren. Seine Rache an dem Kaufmann, der seinen Vater verriet, würde vollkommen sein und ihn dort treffen, wo er am empfindlichsten war: bei seinem Vermögen, das er unter anderem mit dem Tod seines einstigen Geschäftspartners angehäuft hatte. Lazarus hatte die alten Schuldscheine im Hause Arndt van Gelderns gefunden. Die schönen, geschwungenen Buchstaben stammten eindeutig von der Hand seines Vaters und gewährten Arndt Kredite von phantastischer Höhe.

Sein Vater hatte einem Mann vertraut, der nie die Absicht hatte, seine Schulden zurückzuzahlen. Darum war er am Schandpfahl verbrannt, verurteilt von Calvin, doch den Zunder zum Feuer hatte Arndt van Geldern mit seinem tükkischen Brief geliefert.

11

Du bist eine Teufelin.« Verzückt haschte der Dürre nach den Rockschößen der Begine.

Anna wich ihm aus. »Laß mich. An diesem Ort stirbt mir die Lust.«

»Eben hatte ich einen ganz anderen Eindruck«, erwiderte ihr Liebhaber mit lüsternem Blick und umklammerte ihre linke Fessel.

Anna trat kräftig aus und erhob sich vom kalten, feuchten Steinboden der Waschküche. Sie strich ihre zerknitterte Tracht glatt.

»Hast du Angst vor der Kornmeisterin?« fragte der Mann am Boden.

»Nein, im Gegenteil, sie paßt hervorragend in den ganzen Plan.«

»Teufelin!« zischte der Dürre wieder und schickte sich zu einem letzten Verführungsversuch an.

Anna blinzelte ihn zornig an. »Mir ist es leid, einem Versager wie dir meine Gunst zu schenken.«

Mit einem erstaunlich flinken Satz war auch der Spitzel auf den Beinen. Er zog seine Beinkleider hoch, während er drohend auf sie zutrat. »Versager? Überschätze deine Fähigkeiten und deine Reize nicht, du kahlköpfige Hure. Auf dem Berlich gibt es Dutzende, wie du eine bist, und die meisten von ihnen leben nicht lange. Glaube nicht, daß ich ein Zauderer bin.«

»Du bist es, der sich hier überschätzt hat. Von Anfang an. Warum empfängt dein Herr mich nicht endlich? Die Zeit ist bald reif.« Sie las Haube und Schleier vom Boden auf.

»Die Zeit ist unser Acker. Wir müssen geduldig sein«, knurrte der Spitzel.

»Du hast es leicht, geduldig zu sein, während ich alle Arbeit tue!«

Der Dürre räusperte sich und sagte, um einen einlenkenden Ton bemüht: »Lange kann es nicht mehr dauern. Rebecca ist nicht mehr Herrin ihrer Sinne. Sie rief schon selber nach Galisius, wie du sagst. Und wenn erst der Diakon des Nachts das tut, was ich glaube, dann haben wir bald mehr als genug Beweise, um sie direkt in die Hölle fahren zu lassen ...«

»Beweise, Beweise! Die schaffe ich fast täglich heran, dabei hatte ich schon nach dem Tod Katharinas genug. Einen Ankläger brauchen wir! Einen, der den windigen Gewaltrichter und den schwerfälligen Rat hinter sich bringen kann. Wir brauchen van Geldern, verflucht.«

Der Dürre biß sich auf die Lippen, bis sie weiß wurden. Endlich sagte er mit der triumphierenden Miene eines Verräters, der sein letztes und größtes Geheimnis preisgibt: »Warum Arndt van Geldern? Würde nicht seine Tochter eine ebenso glaubhafte Beklägerin sein?«

»Diese Columba? Wie soll das gehen? Du bist ja toll.«

Überlegenheit spiegelte sich in den Zügen des Dürren. Nur selten gelang es ihm in letzter Zeit, seine listige Geliebte zu übertrumpfen, diesmal war er ihr mit seinem Wissen voraus.

»Ich sprach nicht von Columba, ich sprach von Juliana, der Lieblingstochter Arndt van Gelderns. Ihre Frömmigkeit ist stadtbekannt, wenn auch mehr auf Pomp und Augenschein bedacht als die ihrer Tante. Eine Ketzeranklage aus ihrem schönen, jungfräulichen Munde ...«

»Diese scheinheilige, falsche Katze? Wie sollte sie uns nützen? Scharwenzelt fast täglich hier herum, um einen Abglanz des Wunders zu erheischen, sich darin zu spiegeln, sich selbst als Teil des heiligen Geschehens aufzuspielen.«

Der Dürre legte seine Rechte um Annas Handgelenk und zog sie zu sich heran. »Du irrst dich, Anna.«

»Ich mich irren?« Halb wütend, halb unsicher blitzte sie ihn an.

Seine knochigen Finger tasteten nach ihren Brüsten, er preßte seinen mageren Leib fest an sie. »Juliana kommt nicht ihrer Tante wegen. Sie kommt wegen des Diakons. Wenn du hübsch artig bist, werde ich es dir erklären. Später.«

Anna atmete tief ein. »Wegen des ...«, hob sie an, doch dann spürte sie die dünnen harten Lippen des Spitzels auf ihren. Seine Zunge schob sich gierig in ihren Mund, beweglich wie eine Schlange. Anna erwiderte den Kuß, doch ihre Gedanken waren mit etwas ganz anderem beschäftigt. Sie sah den Diakon vor sich, den Diakon und Juliana. Der Dürre hatte recht, diese Konstellation bot ungeahnte Möglichkeiten.

V.

Die Verlobung

1

Auf dem Konzil von Trient, das mit Unterbrechungen von 1545 bis 1563 getagt hatte, waren Europas Purpurträger unter Vorsitz des Papstes unter anderem zu dem Beschluß gelangt, daß eine Heirat nicht mehr in Privathäusern zelebriert werden dürfe, sondern nur noch während der Heiligen Messe. Zu groß schien den um eine große katholische Reformation bemühten Kirchenmännern die Gefahr heimlicher Ehen, die nicht Gottes, sondern der Venus wegen geschlossen wurden. Nur in Gotteshäusern sollte das heilige Sakrament der Ehe fürderhin gespendet werden.

Vornehme Bürger und Patrizier freilich murrten gegen die Bestimmung, weil diese sie gleichzeitig um die Möglichkeit brachte, in ihrem Haus all den Hochzeitsprunk zu entfalten, der sonst nur Adeligen zustand. An der Verlobungsfeier im privaten Kreise hielten sie hingegen fest. In Köln wurde dabei der Heilich genannte Ehevertrag besiegelt und nach uralter Formel die Braut dem Bräutigam übergeben.

Van Geldern hatte ein schwarzes Samtgewand angelegt und trug sein prachtvollstes Barett mit goldener Kette, während er im festlich erleuchteten Prunksaal die Zeremonie der Brautübergabe vornahm.

Neben ihm stand der Diakon von St. Alban, um Zeuge

des Aktes zu sein. Hinter dem Brautpaar hatten sich die Familie, die Fakturisten, Schreiber und ein Teil des höherstehenden Gesindes im Halbkreis aufgestellt. Der Kaufherr wandte sich mit feierlichem Ernst an den Freiherrn.

»Bist du hier, damit du Columba van Geldern zu einem heiligen Bunde und zum Bettgenossen nehmen willst?«

Der dralle Mann räusperte sich und sagte dann das vorgeschriebene »Ja, ich«.

Arndt van Geldern sah nun seiner Tochter Columba fest in die Augen, sie erwiderte mit überheblich stolzem Blick. Für Außenstehende mochte es den Anschein haben, als prüften zwei Duellanten gegenseitig ihre Verwegenheit.

»Bist du hier, damit du Fritjof van Ypern ...«

Wieder räusperte sich der Flame. »Freiherr«, soufflierte er in Richtung seines künftigen Schwiegervaters, der aber beachtete den Einwurf nicht, sondern fuhr fort: »... zum ewigen Gesellen und Bettgenossen nehmen willst?«

Van Gelderns Augen bohrten sich wie Dolche in die seiner Tochter.

Columba schwieg. Mertgin seufzte hörbar, und die anderen senkten peinlich berührt den Blick. Kaum einer von ihnen hätte unter den Augen des Dienstherrn eine so freche Schweigepause gewagt. Endlich machte van Geldern einen drohenden Schritt nach vorn. Er brachte sein Gesicht dicht an das seiner Tochter heran. Sie senkte endlich die Augen.

»Ja, ich«, stieß sie mühsam hervor.

»Ach«, seufzte der Bräutigam gerührt, »welch sittsame Bescheidenheit mein teures Täubchen doch hat. Kaum traut sie sich, den heiligsten Stand der Frauen, den der Jungfrauschaft ...«

Ein Schnauben Julianas unterbrach ihn.

»Den Ring«, zischte der Brautvater unwirsch. Der Freiherr besann sich und zog einen goldenen Reif aus seiner Brusttasche.

Van Geldern griff nach der linken Hand seiner Tochter, zerrte sie zu sich heran und bot sie dem Freiherrn. Der wollte nun den Ring an Columbas Finger stecken, doch der Reif erwies sich als zu eng.

»Er will nicht passen, der gottverdammte ...« Erneutes Schnauben, diesmal war es Mertgin. Lazarus, der hinter ihr stand, beugte sich vor und flüsterte: »Ist dies, deiner Meinung nach, ein schlechtes Omen?«

Mertgin warf ihm über die Schulter einen halb strafenden, halb mitleidigen Blick zu. Lazarus' Miene verschloß sich in kaltem Spott.

»Gebt ihr einfach den Gotteshеller und die Morgengabe«, sagte der Kaufherr und brachte damit die inzwischen unwürdige Prozedur zu einem Ende.

Fritjof versenkte den ärgerlichen Ring in seinem Wams, zog statt dessen den Gotteshеller hervor, der den Heilich besiegelte, und nahm von einem Diener einige in Seide gehüllte Goldstücke und Edelsteine entgegen, die die Braut später an Arme und Bedürftige zu verteilen hatte. Beides gab er van Geldern, der drückte es Columba in die Hände, die nicht wagte, es abzulehnen.

Aufseufzend trug der Kaufherr den letzten Teil der Verlobungsformel vor: »Ich befehle euch hiermit zur Heirat mit Gold und Gestein, Silber und Geld, beides nach Fränkischer und Sachsen Weise, daß keiner von euch vom anderen lassen soll, weder um Leben noch um Leid, noch um kein Ding, das Gott dem einen oder anderen in den Weg legen wird.«

»Amen«, sagte der Diakon. »Die Ehe soll nach zwei weiteren Aufrufen von der Kanzel an Mariä Lichtmeß geschlossen werden. Mein Segen sei mit euch.«

Der Freiherr van Ypern wischte sich mit einem zierlichen Taschentuch kleine Schweißperlen von der Stirn. Die Türflügel des Saales wurden aufgetan, und ein Diener kam mit einem silbernen Krug und zwei Bechern herein.

Stumm brachte er das Tragbrett zur Braut und verneigte sich kurz. Columba schenkte ein und bot einen Becher ihrem Bräutigam an. Sie hielt die Augen gesenkt, während er den Wein heinabstürzte. Dann reichte er ihr den anderen Becher. Noch einmal senkte sich angespannte Stille über den Saal. Wie geistesabwesend nahm die Braut den Becher, führte ihn an die Lippen und nippte. Ganz zierlich.

»Den Durst eines Vögelchens hat meine Taube. Den Durst eines Vögelchens.« Der Freiherr überspielte mit jovialer Munterkeit die offensichtliche Beleidigung. »Ich hoffe nur, in der Ehe ist sie mir eine bessere Trinkgefährtin, schließlich heißt es gerade über die Kölnerinnen, daß sie mit jedem Mann mithalten können, wo es ums Trinken und Feiern geht.« Er wirbelte herum. »Wo bleibt die Musik, das Essen? Laßt uns feiern.«

Die Zuschauer verharrten auf ihrer Position.

»Der Kuß«, soufflierte diesmal der Vater der Braut.

Van Ypern biß sich die Lippen. Der Kuß, selbstverständlich. Er beugte sich zu Columba herab, die ihn mit freudlosen Augen ansah. Ganz nah war er nun ihren Lippen, noch immer keine Regung. Ihn fror. Was, wenn sie diese Kälte bis in das eheliche Schlafgemach beibehalten würde? Mit einem Ruck ließ er den Kopf vorschnellen, Columba wich im letzten Moment aus, und der Junker küßte schmatzend ins Nichts.

Van Geldern gab rasch ein Zeichen. Trommeln und Flötenspiel setzten ein, endlich verteilten sich die Zuschauer im Saal und um die Tische an der Fensterseite. Die Verlobten blieben stehen, um Glückwünsche und Geschenke in Empfang zu nehmen.

Mit hochmütiger Miene kam zuerst Juliana auf Columba zu. »So hast du endlich bekommen, was dir zusteht, liebe Schwester. Ich wünsche dir alles Glück, das du verdienst.

Ehen werden, wie du weißt, im Himmel geschlossen. Wie immer bewundere ich den weisen Ratschluß des Herrn.«

Columba antwortete nicht, Juliana wandte sich dem Bräutigam zu und schenkte ihm ihr strahlendstes Lächeln. Er machte einen verlegenen Kratzfuß und fragte sich, ob gelegentliches Lautenspiel wirklich so ärgerlich gewesen wäre oder so verstörend, wie es die Kälte seiner Braut zweifelsohne war.

Mertgin knickste nun vor Columba und tupfte sich mit einem Tüchlein ein paar Tränen von den vertrockneten Wangen.

»Meine liebe Herrin, was für ein glücklicher Tag. Ich sah genau, wie prall gefüllt das Seidentuch war. Solche Großzügigkeit, und das allein für die Armen.« Sie senkte die Stimme. »Ich sah, daß Ihr gezögert habt, aber fürchtet Euch nicht, alles in allem ist er doch ein hochherziger und auf seine Weise frommer Mann.«

»Das Geld in dem Tuch stammt von meinem Vater«, sagte Columba kalt, »es ist leicht mit fremder Leuts Dukaten großzügig zu sein.«

Die Angestellten traten einzeln vor und überreichten kleine Gaben, silbern ziselierte Fingerhüte, Scheren und anderen Hausrat. Vornehme Freunde, darunter Doktor Birckmann, der leicht betrübt aussah, machten großzügige Geldgeschenke. Zuletzt stand Lazarus vor Columba. Mit Erstaunen bemerkte er, daß das Mädchen errötete.

»Wieder ein Zornesanfall? Keine Angst, schon morgen wirst du meinen Anblick nicht mehr ertragen müssen«, sagte er leise. Nicht leise genug. Doktor Birckmann hatte den vertraulichen Ton sehr wohl vernommen. Schützend stellte er sich zwischen die Redenden und den Bräutigam.

»Was seid Ihr doch für ein Glückskerl, obwohl ich jedem meine kleine Columba mißgönne. Dieses Temperament, keine Minute werdet Ihr künftig Langeweile haben«, schmeichelte er mit lauter Stimme van Ypern, klopfte ihm auf die Schulter und drängte ihn dabei zum Fenster hin.

Columba schlug verlegen die Augen nieder.

Lazarus lächelte zum ersten Mal an diesem Abend. »Man könnte wirklich meinen, daß du ein Sinnbild der Sittsamkeit bist. Hat die Verlobung dich gezähmt?«

Das Mädchen sah ihn an, und Lazarus erschrak. Wut hatte er erwartet, Wehmut überraschte ihn. »Was ist dir? Sag es mir.«

»Zu spät«, murmelte Columba tonlos und schaute an ihm vorbei.

Lazarus beugte sich tiefer zu ihr hinab. »Ich trage kein Geschenk für dich bei mir. Mir schien, daß der Freiherr dich damit ohnehin überhäuft. Aber warte bis morgen, dann wirst du eine Überraschung erleben, die vielleicht deine Trübsal vertreibt. Nimm sie als Beweis meiner Freundschaft, als Beweis des Mannesmuts, den du bei mir so sehr vermißt hast.«

Columba starrte ihn an, öffnete den Mund, um etwas zu sagen.

»Bemühe dich nicht«, kam Lazarus ihr zuvor, »du schuldest mir keinen Dank. Und um ehrlich zu sein, waren mir deine Dankesbezeigungen bislang immer ein wenig zu heftig.«

Er verneigte sich, bevor Columba eine Antwort einfiel, und verließ mit langen, festen Schritten den Saal.

Das Mädchen kämpfte gegen Tränen an. Nicht die Verlobung hatte sie an diesem Abend zur Frau gemacht. Es war dieser Abschied, der sie mit beiden Seiten der Liebe gleichzeitig vertraut machte: der verlangenden Sehnsucht und des verzehrenden Schmerzes.

Doktor Birckmann trat an sie heran. Nachdenklich betrachtete er Columba. »Mädchen, so traurig?«

Columba biß sich auf die Lippen. »Es ist nichts. Nichts, nur dieser Lazarus ist ein seltsam trauriger Mann, er dauert mich.«

Birckmann hob die Brauen und nickte. »Das ist wahr, eine betrübliche Geschichte um seinen Vater. Ich kannte ihn kaum, aber Cassander versicherte mir, bevor er starb, daß er ein aufrechter Humanist und Menschenfreund war. Eine Schande, daß er auf dem Scheiterhaufen starb.«

Columba atmete hastig. »Auf dem Scheiterhaufen? War er ein Ketzer?«

Birckmann legte nachdenklich den Kopf zur Seite. »Ja und doch wieder nein. Er starb, weil er sich gegen Calvin auflehnte, dem er Gehorsam geschworen hatte, weil er in ihm den Weltverbesserer sah. Am Ende jedoch war Lazarus' Vater ein Skeptiker, ein einsamer Mann, der niemanden außer seinem Schatten hinter sich hatte.«

»Aber was tat sein Sohn?«

»Er hatte sich kurz zuvor mit dem Vater überworfen. Hielt ihm vor, er habe mit seinem Übertritt zum Calvinismus die wahre Menschlichkeit, das Gesetz der Toleranz verraten. Lazarus war schroff, ungestüm, jugendlich aufbrausend. Er litt unter der evangelischen Tyrannei des Asketen Calvin, der alles verpönte, was heiter und sinnlich ist, dessen Kirchen so kahl und stumm sind wie sein Herz es war. Darum verließ Lazarus Genf. Er konnte nicht zurück, um seinem Vater zu helfen. Es wäre sein eigener Tod gewesen. Ich kann ihm darum keine Vorwürfe machen, aber er selbst tut es.«

»Liebte er denn seinen Vater so sehr?« fragte Columba erstaunt.

Birckmann nickte kurz, dann fuhr er fort. »Danach schloß Lazarus sich verschiedenen Heeren an, kämpfte im Mittelmeer gegen die Barbaresken, in Frankreich auf beiden Seiten, in den Niederlanden. Es war ihm gleichgültig, wofür er stritt, er suchte einen raschen Tod. Aber das Schicksal tat ihm diesen Gefallen nicht. Immer wieder ging er als tapferer Mann aus den Schlachten hervor. Es war so, als mache seine Todesverachtung ihn unverwundbar. Egal welche Kriegspartei, sie alle nahmen ihn gerne in ihre Dienste. Er aber suchte sich stets die gefährlichste Aufgabe. Man munkelt, daß er sogar – obwohl in spanischer Tracht – ein Spitzel Oraniens war, als er hier in Köln erschien.«

»Er war wirklich ein Söldner?« fragte ungläubig Columba.

»Ja, am Ende sogar Fähnleinführer und Kommandant«, bestätigte Birckmann. »Und doch, so versicherte mir Cassander, im Grunde seines Herzens immer ein Philosoph und Menschenfreund. Ein Melancholiker eben, den nichts von seiner Schwermut kurieren kann.«

»Nichts?«

»Nichts, was ein Mediziner ihm geben kann«, sagte Birckmann und wandte sich ab.

2

Sachtes Klopfen, ein Stöhnen als Antwort. Die Kornmeisterin hob mit der linken Hand entschlossen den Türriegel und trat in die düstere Zelle der Magistra. In der rechten Hand trug sie ein verlockend duftendes Weckbrot, das Anna ihr gegeben hatte. Das Geschenk eines frommen Bewunderers für Rebecca. Die Kornmeisterin war entschlossen, ihre Meisterin zum Verzehr des Leckerbissens zu überreden. Essen war eine vortreffliche Medizin, erst recht in Zeiten der Trübsal.

Ein einziges Kerzenflämmchen flackerte unter der Madonnenstatue und warf tanzende Schatten auf die weißen Wände. Die Fenster des Raumes hatte Rebecca mit Brettern vernageln lassen. Ein sinnloser Schutz gegen das Eindringen nächtlicher Geister. Die Kornmeisterin räusperte sich.

»Meisterin, warum quälst du dich so? Laß mich mehr Licht holen. In dieser Finsternis ist es kein Wunder, daß du Teufel siehst.«

Rebecca richtete sich auf ihrem Lager auf. »Laß nur, liebe Schwester, fast bin ich soweit, daß ich die Dämonen liebe, denn sie halten mich in Demut. Vorbei die Zeiten, als ich mich hochmütig für eine connubium spirituale – eine Braut Christi – hielt. Gott straft meine Hoffahrt.«

»Rebecca, verzeih, aber mir gefällt das alles nicht. Die Wandlung deiner Visionen kam zu rasch. Früher waren sie so rein und gut, dann plötzlich begannst du von Teufeln zu träumen. Ich las in einigen Legendenbüchern und stieß dabei auf Seltsames. Hast du nicht gestern einen Korb mit Gebeinen und schwarzen Hostien aus Rübenscheiben unter deinem Bett gefunden, von denen du glaubst, du hättest sie ausgespien?«

Rebecca seufzte. »Woher weißt du das?«

»Anna erzählt es herum, wie alle anderen Erscheinungen auch. Sogar auf der Straße. Und das macht mich stutzig. Sie ist nicht die Frau, die an deinem Ruhme weben möchte. Hast du jemals von Magdalena vom Kreuze gehört?«

Rebecca setzte sich unter Mühen ganz auf. Sie war so abgemagert, daß ihr die Knochen spitz unter dem Büßerhemd hervortraten. »Du meinst die Klarissin von Cordoba, die Kaiser Karl als Heilige bezeichnete?«

Die Kornmeisterin nickte grimmig und setzte sich zu Rebecca aufs Bett. »Eben die. Er ließ sie sogar den Segen über Taufhemd und Haube seines Sohnes Philipp sprechen und den Säugling in ihr Ordenshabit einwickeln. Groß war ihr Ruhm. Bis man einen Korb mit Gebeinen und Hostien unter ihrem Bett entdeckte. Bis man die Stigmen auf ihrer Stirn, die sie jeden Freitag empfing, als Nadelstiche entlarvte und erkannte, daß die Wundmale an ihren Händen von Zugsalbe erzeugt waren. Sie war eine Betrügerin, ein falsches Rabenaas. Nicht umsonst nannte der Ketzer Luther alle Legenden nur Lügen. Zumindest in diesem Fall hatte er recht, und es gibt mehr solcher Fälle.«

Rebecca sank kraftlos gegen die Wand. »So glaubst du also, daß ich alle diese Visionen und Ekstasen selbst erzeuge, um die Welt zu betrügen?«

Die Kornmeisterin streckte die linke Hand aus und legte sie auf Rebeccas Arm. »Da sei Gott vor! Was denkst du von mir. Nein, ich weiß, daß du reinen Herzens bist. Ich glaube auch, daß du empfänglich bist für die Mysterien unseres Herrn, aber was jetzt mit dir geschieht, sind die Folgen eines bösen Betrugs. Den Korb kann jemand unter dein Bett geschoben haben.«

Rebecca schüttelte den Kopf. »Du weißt nicht, wie eindringlich meine Wahrnehmungen des Nachts sind. Ich bin erschrocken über die Bosheit meines Herzens. Ich bin eine Tochter des Stolzes und ein Gottesgreuel, denn ich gab mich als Tochter des Gebets und war doch nur eine Tochter des Zorns und des Teufels.«

Die Kornmeisterin wich zurück vor der Leidenschaft, die aus Rebeccas Stimme sprach. Diese leicht entflammbaren Naturen standen immer in Gefahr, an sich selbst zu verglühen. Welch eine Vergeudung. Sie hielt es mehr mit dem Evangelium der Tat. »Wie kannst du dich nur so quälen?« fragte sie darum mit leisem Tadel. »Was treibt dich zu solch furchtbaren Selbstanklagen?«

»Nimm die Kerze, gehe zum Stickrahmen und hebe das

Tuch«, befahl Rebecca mit harter Stimme. Die Kornmeisterin gehorchte verwundert und sah in flackernder Kerzenflamme, was vor ihr so viele erschreckt, entzückt und fasziniert hatte. Staunend und schaudernd stand sie da und meinte, die Figuren des Teppichs würden unter dem zukkenden Licht lebendig.

»Du weißt, daß nur ich diese Stiche gemacht haben kann, und ich begann die Arbeit daran, lange bevor meine Visionen so heftig und quälend wurden. Das Böse ist in mir, und ich kann mich nicht wehren.«

Hilflos drehte die Kornmeisterin sich zu ihr um, der Schmerz, der Rebeccas Züge durchglühte, zerriß ihr schier das Herz. Sie verkrampfte die Hände und fühlte dabei, daß sie noch immer den süßen, weichen Weck in der Rechten trug. Der Duft von Zimt und Ingwer stieg ihr in die Nase. Sie streckte das Brot vor und sagte leise: »Meisterin, ich glaube es sind die Martern, die du dir zufügst, die deinen Geist so verdüstern.«

Die Begine auf dem Bett mußte lächeln, ein dünnes Lächeln, das nur ein Abglanz ihrer früheren Fröhlichkeit war. »Du sprichst wie mein Arzt, Doktor Birckmann, der glaubt, daß mein leerer Magen mir die Visionen eingibt.«

»Na also«, erwiderte die Kornmeisterin erleichtert, »wenn der Doktor es sagt, dann kann es nicht ganz falsch sein.«

Rebecca sank wieder in sich zusammen. »Ich wünschte, ich könnte dir glauben. Ich spüre deine Zärtlichkeit.«

»Dann iß diesen Weck.«

»Iß du ihn für mich und bitte um Gottes Gerechtigkeit. Bitte darum, daß die Dämonen meine Seele verlassen.«

Rebecca legte sich wieder nieder und schloß erschöpft die Augen. Unschlüssig schaute die Kornmeisterin auf sie hinab. Rebecca war eingeschlafen.

Achselzuckend verließ die Kornmeisterin die Zelle,

zog die Tür hinter sich zu und betrachtete den arg zerdrückten süßen Weck in ihrer Hand. Zimt und Ingwer. Welch erlesene Kostbarkeit. Sie schnupperte an dem Teigwerk, dann biß sie kräftig hinein. Herzhaft kauend und schluckend schlurfte sie durch den Gang auf ihre Zelle zu. Sie war fest entschlossen, auch den zweiten Teil von Rebeccas Bitte zu erfüllen. Immer noch kauend kniete sie vor dem schlichten Holzkreuz in ihrem winzigen Gemach nieder und begann ein Gebet. Sie kam nicht weit. Eine unbezwingbare Müdigkeit holte sie ein, mit schläfriger Stimme setzte sie zu einem Amen an, doch das Wort erstarb auf ihren Lippen. Ingwer und Zimt? Ihr Kopf kippte nach hinten, besinnungslos lag sie da, bis sie der Flügelschlag des Gehörnten traf.

Kreischend fuhren seine Höllengefährten auf sie nieder, während sie wie angenagelt auf dem Boden lag. Ein ganzer Schauer schwarzer Gestalten, die sich wieder und wieder teilten, sich zu einer Heerschar vermehrten. Greulich waren ihre Gesichter, gelb blitzten ihre Augen, und die Pupillen waren schwarze Schlitze, einige spielten Flöte auf Totengebeinen, andere schlugen Ochsengerippe, als seien es Lauten. Mit aufgerissenen Schlünden und vorgereckten Klauen stürzten sie sich auf sie, Reißzähne blitzten auf und drohten sich in ihr Fleisch zu bohren. Sie wand sich wie unter Schmerzen und fühlte doch keine Regung, bis endlich aus den Tiefen ihres Leibes eine Welle hochbrandete. Eine brennende, ekle Flüssigkeit schoß in ihren Hals und ergoß sich in ihren Mund, füllte ihn ganz aus, nahm ihr den Atem. Sie schmeckte Eisen und Tod.

Die Kornmeisterin schnellte hoch, drehte den Kopf zur Seite und erbrach in einem einzigen Schwall Magensaft, Blut und Weckbrocken.

Keuchend saß sie da, immer noch taumelte Höllengetier auf sie herab. Doch die Geister wurden langsamer, ihre Fratzen immer blasser. Sie zitterte und wollte schreien, brachte aber nur die Kraft auf, die Augen aufzureißen. Mit einem Schlag war der Spuk vorbei. Ungläubig starrte die Frau zur Decke empor. Der saure Geruch des Erbrochenen stieg ihr in die Nase – und machte sie wütend. So wütend, daß sie ihre Kräfte zurückkehren fühlte. Das Weckbrot!

Die Kornmeisterin stemmte sich fest auf ihre Hände, kam auf die Knie und wuchtete ihren schweren Leib nach oben. Teufel, Dämonen, Höllengetier. Alles Unsinn! Ein heiliger Zorn trieb sie an. Sie achtete nicht auf den Schwindel in ihrem Kopf, tauchte nur kurz die Hand in einen Krug mit Wasser und wischte sich die brennende Stirn. Das Fieber war wie die Visionen von Menschenhand gewirkt. Immer heißer fühlte sie die Wut in sich toben. Sie würde diesen Schleier gemeinster Lüge zerreißen. Was für ein Bubenstück, was für ein grausamer Betrug gegen alle wahre Frömmigkeit. Sie würde es Rebecca mitten ins Gesicht sagen. Kein Zaudern mehr, kein Zögern, keine Rücksichtnahme. Dieses Verbrechen verdiente die härteste Strafe. Die Inquisition hatte recht mit ihrem heiligen Haß gegen solche falschen Frauenzimmer. Die Inquisition mußte diesem Betrug ein Ende machen. Ohne Erbarmen.

Sie riß die Tür auf und trat mit festen Schritten in den Gang.

Nur wenige Schritte noch, dann würde sie Rebecca endlich die ganze Wahrheit enthüllen, und Anna, dieser wahren Hexe, endlich das Handwerk legen. Die Kornmeisterin glühte noch immer vor Zorn, während sie sich ihre Worte zurecht legte. Anna hatte ihr den Weck gegeben, wohl wissend, daß der Weck in ihrem Magen landen würde. Aber sie hatte nicht mit ihrer Widerstandsfähigkeit gerechnet.

Sie, die Kornmeisterin, war nicht so empfänglich für Visionen und Ekstasen, sie hatte erkannt, aus welchem Stoff die Höllenträume gemacht waren. Rebecca hingegen – die Kornmeisterin schüttelte ärgerlich den Kopf. Eine empfängliche Seele wie die ihre war schnell verdorben und verwirrt. So war es immer, die Listigen dieser Welt übten ihre Bosheit gegen die Unschuldigsten, die Wehrlosen, die wahrhaft zarten Gemüter.

Rebecca mußte wenigstens in diesem Fall von all ihrer Milde und Sanftmut befreit werden. Die Kornmeisterin hatte Beweise. Sie wußte jetzt, was die Schaffnerin stets in aller Heimlichkeit in der Kammer der Magistra getrieben hatte. Sie hatte es nicht heimlich genug getan. Tief atmete die Kornmeisterin durch, als sie an der Treppe vorbeikam und sich zur Tür der Konventsherrin wenden wollte, als eine graue Frau ihr den Weg vertrat. Sie war so plötzlich aus dem Dunkel aufgetaucht, daß die Kornmeisterin zurückfuhr. Ihr blieb keine Zeit für einen Schrei, ein harter Stoß nahm ihr den Atem, sie taumelte rückwärts, spürte die Kante der ersten Treppenstufe noch unter der rechten Ferse, dann verlor sie unter einem zweiten Stoß endgültig den Halt. Sie stürzte in die Leere, verzweifelt suchten ihre Hände nach Halt und fanden ihn nicht. Sie ruderte mit den Armen. Ihr Körper drehte sich, riß sie mit seinem Gewicht weiter nach unten, sie überschlug sich, riß die Augen auf. Dumpf schlug ihr Kopf an eine Treppenkante, sie schloß die Augen.

Anna wußte, daß es für immer war. Leise lief sie zu dem leblosen Körper am Fuß der Stiegen, riß das Leibtuch über der Brust auseinander und zückte ein Messer. Die Haut der Toten war ganz weich und lebenswarm. Anna arbeitete mit raschen, scharfen Schnitten, so wie sie es schon bei Katharina getan hatte. Dann flog sie die Treppe wieder hinauf, öffnete die Tür zur Zelle Rebeccas, warf das blutbeschmierte Messer hinein und hob an, Zeter und Mordio zu schreien.

3

Hellwach lauschte Columba in die Dunkelheit hinein. Das Schnarchen Mertgins schwoll zu einem drohenden Sägen an. Zuviel Wein! Eindeutig zuviel Wein. Columba hatte ihrer Magd immer wieder zugetrunken, und Mertgin hatte nicht ein einziges Mal nein gesagt. Vortrefflich. Columba zog unter ihrem Bett ihren groben Rock, ihr einfachstes Mieder und den geliebten schwarzen Umhang hervor. Rasch zog sie alles an, dann schlich sie in die Fensternische und setzte sich auf die Truhe, die dort stand. Sie war gewappnet. Langsam gewöhnten sich ihre Augen an die Dunkelheit, aufmerksam spähte sie in den Hof hinab. Ein mit Fässern und Kisten vollbeladener Reisewagen wartete dort. Noch vor Morgengrauen sollten sechs Pferde angespannt werden, der angemietete Kutscher schlief bei ihnen im Stall. Die Reise sollte ausnahmsweise über Land gehen.

Wo aber war der Herr des Unternehmens – Lazarus? Sie hatte ihn noch einmal auf dem Korridor vor dem Kontor des Vaters gesehen, als er letzte Anweisungen und gute Wünsche für die Fahrt entgegennahm. Danach hatte er sich die Treppe hinauf in seine Dachkammer begeben. Sie war sich sicher, daß er sie noch nicht wieder verlassen hatte. Es ging auf Mitternacht. Hin und wieder hallten die Schreie ausgelassener Trinkbrüder und Narren von der Straße her über den Hof. Man feierte den kleinen Fastenabend, den Donnerstag vor dem Höhepunkt des Karnevals am Sonntag. Karneval, das war Lazarus' Stichwort gewesen. Sie wußte, daß er heute nacht handeln würde.

Im Geiste lief Columba noch einmal den Weg bis zum Haus des Greven, das am vornehmen Holzmarkt lag, und in dessen Keller Tringin und Luthger saßen. Sie mußte diesen Weg auch in tiefster Dunkelheit finden können. Am sichersten war die Strecke am Rheinufer entlang im Schatten der Stadtmauer, wo die Wege teilweise gepflastert waren. Eine Fackel verbot sich, und sich Lazarus offen anzuschließen, wagte sie nicht. Sein Ziel aber, da hatte sie keine Zweifel, würde das gleiche wie ihres sein. Sie unterdrückte ein Gähnen und kniff sich fest in die Waden, um nicht vom Schlaf überfallen zu werden.

Endlich wurde das Warten belohnt.

Eine stille Gestalt huschte über den nachtdunklen Hof. Im Schein seiner Fackel erkannte Columba Lazarus. Rasch glitt sie von der Truhe herab, schlich zu Mertgins Lager hinüber und löste das Schlüsselbund vom Gürtel ihres Nachtgewands. Fest umklammerte sie das klirrende Bündel, wenig später entließ sie sich selbst aus ihrer Gefangenschaft und rannte auf leisen Sohlen den Korridor entlang, die erste Treppe hinab. Von der Hauskapelle leuchtete ein Lichtstrahl zu ihr herüber – Juliana!

Das Mädchen kümmerte sich nicht darum, flog die zweite Treppe hinab und bremste sich im letzten Augenblick. Die Tür zum Morgensaal tat sich leise knarrend auf. Noch jemand hatte dort den nächtlichen Hof bewacht. Columbas Herzschlag setzte für einen Moment aus. Der Dürre!

Mit angehaltenem Atem wartete sie, bis der Spitzel durch die Haustür geschlüpft war, dann schlich sie ihm nach. Draußen vernahm sie dumpfe Huftritte. Lazarus mußte Lappen um die Hufe seines Pferdes gebunden haben. Immer schwächer wurde das Geräusch, jetzt mußte er den Torbogen passiert haben. Verflucht, was machte der Spitzel?

Columba schloß die Augen und zählte, dann öffnete sie beherzt die Tür zum Hof. Er war leer. Fest schlug sie den Umhang um sich und lief leichtfüßig zum Tor, wenig später drückte sie sich an Häuserwänden entlang auf das Rheinufer zu. Die Augen fest auf den Boden gerichtet, spähte sie nach offenen Kellerlöchern, die nächtlichen Zechern immer wieder zum halsbrecherischen Verhängnis wurden. Derbe Gesänge drangen aus einigen Gassen, Winkelschenken und Kaschemmen zu ihr, schwollen an und verstummten wieder. Columbas Herz klopfte schnell. Nicht so sehr aus Angst. Wenn sie einen Gedanken darauf verschwendet hätte, hätte sie es ehrlich eingestanden. Es war unbändige Lust, die es so hoch schlagen ließ. Kölns Gassen hatten sie wieder, und in den Gassen herrschte Karneval.

So auch im Haus der Greven am Holzmarkt. Das erste Stockwerk war hell erleuchtet. Die Nacht war Musik. Saitenspiel und Gelächter verrieten den Maskenball. Wie in Kölns vornehmen Häusern üblich, dauerten diese Feste bis tief in die Nacht.

Ein Mann mit Vogelmaske spähte an der Hauswand empor, sah sich nach allen Seiten um und verschwand schließlich in einer handtuchschmalen Gasse neben dem Haus. Mit leisen Schritten lief er an der Seitenmauer entlang, endlich entdeckte er knapp über dem Boden das vergitterte Loch. Er kniete nieder, streifte die Maske über die Stirn und stieß einen leisen Pfiff aus. Nichts regte sich. Er drehte sich noch einmal um, dann drückte er sein Gesicht ganz nah ans Gitter. Er rief einen flämischen Gruß in die Finsternis. Stroh raschelte leise, leichtfüßige Tritte wurden laut.

»Wer ist da?« flüsterte eine aufgeregte Frauenstimme.

»Ich bin es Tringin, Lazarus. Ich bin gekommen, um deinen Vater und dich zu befreien.«

»Lazarus?«

»Schweig und hör mir zu. Ich habe zwei Masken und Umhänge bei mir. Ich werfe sie jetzt zu dir hinab. Zieht beides an und hockt euch in die hinterste Ecke der Zelle.«

Tringin zögerte, dann streckte sie die Hand vor und empfing Masken und Umhänge.

»Mit wem sprichst du?« fragte hinter ihr eine heisere Stimme.

»Luthger!« rief Lazarus. »Vertrau mir, ich bin gekommen, um euch herauszuholen.«

»Mein Sohn, ich bitte dich, bemühe dich nicht. Ich bin bereit, für meinen Glauben zu sterben.«

»Vater«, protestierte Tringin verzweifelt.

Ungeduldig preßte Lazarus sein Gesicht noch näher an das Gitter. »Laß ab von deinem Starrsinn, alter Mann. Cassander bat mich auf seinem Sterbebett, dir zu helfen. Er war sich sicher, daß das der Wunsch meines Vaters gewesen wäre. Also gehorche deinem alten Dienstherrn ein letztes Mal.«

In das Schweigen hinein erklangen die süßen Flötentöne des Grevenfests.

»Ihnen ist's egal, was wir um unseren Glauben leiden«, knurrte der alte Mann im Kerkerloch verbittert.

»Eben darum sollte es dir nicht so eilig mit dem Sterben sein. Geht nun in die Ecke, schützt euch mit den Armen und erschreckt nicht, wenn es gleich einen mächtigen Knall gibt.«

»Was hast du vor?«

»Ich werde die Mauer aufsprengen.«

»Man wird uns alle fangen!« rief Tringin entsetzt.

»Nicht, wenn ihr flink wie ein Blitz seid. Die Masken werden uns auf den Gassen schützen, niemand wird in euch die Gefangenen erkennen. Und sollte es doch geschehen, so war es der Wille des Herrn.« Lazarus trat zurück.

»Falls es einen gibt«, murmelte er und zog die Lederbeutel mit dem Pulver van Gelderns hervor.

Der Dürre stand leise atmend am Kopfende der Gasse. Das Gemurmel der Stimmen verstand er nicht, doch als jetzt der Mann in der Vogelmaske seine Fackel an eine lange Lunte hielt, wußte er genug, um rasch hinter einem Mauervorsprung abzutauchen. Funken sprühten, zischend fraß sich ein blaues Flämmchen durch den mit Salpeter getränkten und mit Bleizucker gebeizten Hanfstrick. Das Glimmen näherte sich kriechend einem frisch gefüllten Tonkrug, er zerbarst mit ohrenbetäubendem Knall.

Rauch und Qualm stiegen in dicken Wolken empor, aus bröckelndem Mauerwerk quoll weißer Ziegelstaub. Flammen tanzten im Keller hoch, leckten an Stützbalken und fraßen sich gierig ins Stroh.

Lazarus zog mit festem Griff erst Tringin, dann Luthger zu sich herauf. Beide unterdrückten mühsam ihr Husten und rangen gleichzeitig nach Luft. Ohne sich umzuschauen bahnte Lazarus sich einen Weg durch Geröll und Qualm. Am Ende der Gasse wartete er auf die Gefährten, stieß sie auf den offenen Platz und befahl ihnen, hinüberzulaufen. Dahin, wo sein Pferd stand, ein trainiertes Soldatenpferd, das der Unruhe, dem Lärm, dem Geruch verbrannten Pulvers trotzte.

Die Haustür des Greven wurde aufgestoßen, Wächter, Maskierte, Pfaffen und kreischende Damen stürzten in einer Wolke aus Qualm auf den Marktplatz. Die meisten auf der Flucht vor dem Brand, der sich mit rasender Wut im gesamten Keller ausbreitete. Besonnenere schrien nach Wasser.

Lazarus sah, daß der Greve seinen bewaffneten Knechten Befehl gab, in den Keller hinabzusteigen, um die Gefangenen zu bergen. Die Wächter weigerten sich und machten Geschrei. »Der Waffenkeller! Das Arsenal. Wenn das Feuer dahin rast ... Weg, weg!«

Lazarus zögerte noch einen Moment, dann zog er die leeren Lederbeutel hervor und warf sie in eine Gassenpfütze. Das Feuer würde sie nicht verzehren. Sein Vater wäre gerächt, sobald die Beutel gefunden würden. Die Vogelmaske vorm Gesicht wollte er Luthger und Tringin folgen, als der Dürre ihm den Weg vertrat.

»Wohin so eilig, Ketzerfreund?« rief er höhnisch. »Wollt Ihr dem Greven nicht Euren Gruß entbieten?« Er drehte sich zu der Gruppe von Menschen, die wild und lauthals schrie, und weit entfernt vom Haus versammelt stand, wo der Herd des Brandes lag. Der Dürre öffnete den Mund. »He, da!« Weiter kam er nicht. Ein harter Schlag von hinten ließ ihn zu Boden fallen. Ein Stein folgte ihm.

Lazarus sah in das schreckensbleiche Gesicht Columbas.

»O Gott, was habe ich getan«, stieß sie hervor und wollte neben dem Dürren auf den Boden sinken.

»Laß ihn, er ist nicht tot«, sagte Lazarus barsch, packte Columba beim Ellbogen und zog sie in den Schatten einer Hauswand. Einen kurzen Moment wartete er ab, dann rannte er, Columba am Arm, los. Sie liefen auf eine Gruppe Narren zu, die sich schwankend und aufgekratzt dem Unglücksort näherten.

»Was ist geschehen?« schrie einer mit der viel zu lauten Stimme des maßlos Betrunkenen.

Lazarus drückte Columbas unbedecktes Gesicht an seine Schulter. »Ein Unglück, wir laufen nach Hilfe.«

»Haben wohl Schützenfest gespielt! Ausgerechnet der Greve, dessen Haus voller Waffen steckt. Darum wohl der Knall ...« Wie auf ein Stichwort kam die zweite Explosion. Diesmal tatsächlich aus der Waffenkammer, die im Keller zur Straße hin lag. Mit Wucht zerschlug sie die Außenmauer, wirbelte Steine und Balken wie Federn empor. Federn, die krachend zu Boden schlugen und den Spitzel unter sich begruben. Lazarus sah es aus den Augenwinkeln, und obwohl erleichtert über das Ende des einzigen Zeugen, sorgte er dafür, daß Columba nichts davon sah.

Er riß sie mit sich fort. Endlich erreichten sie sein Pferd. In einer Nische der Stadtmauer verborgen, warteten Luthger und Tringin. Mit einem Schrei der Überraschung stürzte diese auf Columba zu, riß sich die Maske vom Gesicht und schloß das bleiche Mädchen in die Arme. Columba weinte an der Schulter der Freundin, die zärtlich ihr Haar strich und sie sanft ausschalt. »Wie kannst du mir nur immer wieder nachlaufen, du dummes Geschöpf.«

Lazarus half Luthger auf das Pferd, hielt es am Zügel und betrachtete die beiden Frauen eine Weile schweigend. »Kommt jetzt«, sagte er endlich, »wir müssen von hier verschwinden, bevor alle Turm- und Mauerwächter das Viertel abriegeln. Noch bietet die allgemeine Verwirrung uns Schutz.«

Columba löste sich von Tringin und warf den Kopf nach hinten. »Lazarus hat recht, laßt uns verschwinden.«

»Aber wohin? Wo sind wir sicher?« fragte Tringin.

»In der Kirche Sankt Alban«, erwiderte Lazarus knapp.

»In eine Kirche willst du uns führen? Ausgerechnet dahin?« fragte Luthger und machte Anstalten vom Pferd zu springen.

»Keine Angst, alter Mann, nur für wenige Augenblicke mußt du den Anblick von Hochaltar und Sanctissimus ertragen. Von der Kirche führt ein Weg in die Hauskapelle van Gelderns ...«

Luthger verschluckte sich an einem Fluch.

»In das Haus meines Vaters willst du sie bringen?« fragte Columba entsetzt.

Lazarus ging, das Pferd am Zügel, voran. Tringin lief neben dem Pferd her und versuchte ihren Vater zu beruhigen. Sie bogen in eine kleine Gasse ein, die zu schmal und finster für die herannahenden Helfer war.

»Du kannst die beiden unmöglich in unserem Haus verstecken«, rief Columba atemlos.

»Das habe ich nicht vor, du Närrin. Ich muß sie nur unbemerkt in den Hof deines Vaters und zu dem Reisewagen bringen. Dort warten bereits zwei leere Kisten, in denen ich sie sicher aus Köln hinausbringen kann. Der Weg durch die Kirche ist unauffälliger als der durch den Torweg.«

Columba schwieg. »Was ist mit dem Spitzel«, fragte sie schließlich schüchtern, »er hat dich erkannt.«

Lazarus zögerte einen Moment. »Er wird schweigen.«

»Du kennst ihn nicht, er ist heimtückisch, verschlagen.«

»Er *war* es.«

»Ich habe ihn also doch getötet?«

»Nein, nicht du. Es war die Hand des Herrn, wenn du so willst. Sie warf einen brennenden Balken auf ihn herab.«

Columba schrie kurz auf. »Hör mir zu, Columba«, sagte Lazarus mit großem Ernst, »diesmal bin ich es, die dir danken muß. Du hast mein Leben gerettet. Warum hast du das getan?«

Columba senkte den Blick. »Ich ...«, begann sie leise und brach ab.

»War es wegen Tringin?« fragte Lazarus ebenso leise.

Columba schüttelte stumm den Kopf. »Ich tat es für dich.« Der Satz kam wie eine Befreiung. Es war, als hätte sie endlich den Schlüssel zu den tiefsten Geheimnissen ihrer Seele gefunden, und sie empfand die köstlichste Erleichterung dabei, es gesagt zu haben. Sie hob die Augen und versuchte im Dunkel der Gasse Lazarus' Gesicht zu erkennen. Sie sah nur die Umrisse, vielleicht gab ihr das den Mut.

»Ich liebe dich, Lazarus.«

Die Antwort war Schweigen. Lazarus gab dem Zügel einen Ruck, das Pferd trabte wieder an. Er führte es mit raschen Schritten aus der Gasse. Columba taumelte neben ihm her. Alles was sie fühlte, war Schmerz.

4

Der Diakon kniete vor dem Venus-Altar. Tief senkte er den Kopf. »Rebecca«, murmelte er leise, »was soll ich nur tun?« Er hob seinen Kopf und suchte mit den Augen das steinerne Relief des heidnischen Altars ab, betrachtete sehnsüchtig die gemeißelten Brüste der Liebesgöttin, die ihre Arme geöffnet hielt, bereit, den Liebhaber zu empfangen mit kühlem, beinahe keuschem Blick. »Ich weiß, daß die Liebe eine göttliche Kraft ist, und daß Gott uns die Körper gab, um uns fleischlich miteinander und so mit ihm zu vermählen. Alles andere ist Lüge. Alle Scham ist Frevel an seinem Werk.« Wieder sank sein Haupt auf die Brust.

»Ich habe keine Scham«, erklang eine Stimme vom Eingang des unteridischen Gewölbes her.

Jäh fuhr er herum.

Juliana öffnete langsam ihren Samtmantel und streifte ihn von ihren Schultern. Er fiel zu Boden und enthüllte ihren nackten Leib. Weiß hob er sich von den feuchtschwarzen Wänden ab. Sie schlüpfte aus ihren zierlichen Pantoffeln und glitt auf nackten Sohlen zu dem Knienden. Hochmütig starrte sie auf ihn hinab. »Nun siehst du, was du verschmähst. Einen Engel wie Gott keinen zweiten schuf.«

Der Diakon atmete heftig. Widerwillen und Begehren kämpften in ihm. Juliana löste ihr Haar. Das Gefühl der Macht war köstlicher für sie als das der Wollust. Der Diakon stieß sie heftig von sich fort.

»Nein!« rief er. »Du bist nicht der Mensch, den ich am tiefsten begehre. Du bist nicht die Zwillingsseele, die Gott mir geschickt hat, um mich zu erhöhen. Du bist nur voller Eitelkeit und Laster. Ein Weib, das der Hölle entstieg. Deine Schönheit ist hohles satanisches Blendwerk.« Er spuckte aus und wischte sich den Mund. »Und wäre nur eine einzige himmlische Regung in dir, sie wäre nichts als ein Tropfen Rosenwasser in einer Schale mit Gift!« schleuderte er ihr entgegen.

Juliana erstarrte. Schön war sie wie La bella Simonetta – die blonde Venus von Botticelli. Nichts davon sah der Diakon, und Juliana merkte es, spürte ihre Niederlage.

Sie kämpfte mit den Tränen. Wut, Scham und nie gekannter Schmerz stiegen in ihr hoch. Sie schluckte und reckte stolz das Haupt. »Das, kleiner Diakon, ist dein Tod!« Sie wirbelte herum, lief zu ihrem Mantel, riß ihn hoch und verschwand.

Der Diakon blickte ihr nicht nach, sondern warf sich vor dem Altar auf den Boden, breitete die Arme zur Seite und bildete mit seinem Körper das Kreuz. »Verzeih mir Rebecca. Verzeih. Bald werde ich dir gehören, und du mir. Ich habe der letzten Versuchung widerstanden. Ich bin stärker als der Tod, du wirst mich erlösen, Himmlische.«

Etwa zur gleichen Zeit versammelten sich die aufgeregten Schwestern des Konvents auf dem Gang vor Rebeccas Kammer. Das ferne Dröhnen der Explosion hatte auch die letzte von ihnen geweckt. Ihnen allen schien es nun ein weiteres Zeichen des Unheils zu sein. Eine meinte schlaftrunken, daß der Tag des Jüngsten Gerichts gekommen sei. Einige wimmerten, andere schluchzten hemmungslos, einige standen mit hängenden Schultern vor der Zelle Rebeccas, andere knieten am Fuß der Treppe neben der toten

Kornmeisterin und betrachteten schaudernd den blutigen Schriftzug auf ihrer Brust.

JESUS.

Und so wie sie sich in dieser Nacht in zwei Gruppen teilten, so sollten sie am Morgen zwei Gruppen bilden. Die eine würde fest davon überzeugt sein, daß alles, was in der Nacht geschah, von Gott gewirkt war. Die andere – wenn auch in der Minderzahl – würde unverrückbar an der Vermutung festhalten, daß der Leibhaftige im Spiel war: Satan, der Rebecca die Hand gegen die Kornmeisterin geführt hatte. Die Magistra selber lag bewußtlos in ihrer Zelle mit einer Dornenkrone auf ihrem Haupt. War es ein Wunderzeichen des Himmels oder der freche Frevel einer Besessenen? Das blutige Messer, das neben ihr am Boden lag, zeugte für letzteres. Aber wer wollte darüber entscheiden? Die Achtung, die die Schwestern für ihre seherisch begabte Magistra hegten, war groß.

Die Schaffnerin war zufrieden mit ihrem Werk. Die lästige Zeugin war elegant und mühelos beseitigt. Nicht der Schatten eines Verdachtes streifte sie selber. Hingegen war unter den Konventsschwestern der erste Zweifel gegen die Magistra gesät. Rebeccas Ruf war befleckt, und sie – Anna – konnte, wenn van Geldern nur mitspielte, jederzeit den letzten, den vernichtenden Stoß führen. Hätte sie geahnt, wie wundervoll sich die Explosion im Hause des Greven in ihren Plan einschmiegte, hätte sie schon jetzt die süßen Wonnen des vollkommenen Triumphs empfunden. Mit frohem Herzen ging sie in den Vorraum des Konvents herab und legte sich einen Umhang über die Schultern.

»Was hast du vor?« fragte eine der Schwestern mit banger Stimme.

»Ich gehe zum Hause van Geldern. Ich muß dem Schwager sagen, was geschah.«

»Weshalb dem Schwager?«

Ein listiger Blick stahl sich in die Augen der Schaffnerin. »Nur er kann noch helfen. Er hat Ansehen und Macht, um eine Anklage zu verhindern. Wir müssen Rebecca schützen.«

»Schützen? Vor dem Satan schützt sie auch der mächtige Kaufherr nicht«, warf eine Mitschwester ein, die zur Partei der Zweifelnden gehörte. Was würde sie für eine treffliche Zeugin sein, wenn der Zeitpunkt gekommen war, dachte Anna befriedigt.

»Was redest du«, sagte eine andere, »eine Diele oben ist lose, was hat das mit Satan zu tun? Die Kornmeisterin stürzte unglücklich ...«

»Und brachte sich dabei selbst die Verletzungen mit dem Messer bei?« trumpfte die andere auf.

»Nein, aber auch Satan war es nicht, ihm wäre die Klaue verbrannt, hätte er den Namen Jesus buchstabiert. Frage einen Exorzisten, er wird es dir bestätigen. Mit dem Heiligsten scheut der Böse jeden Umgang, schon ein einfaches Kreuz bezwingt ihn.«

»Ich bleibe dabei, er führte Rebecca die Hand. Wir alle sind in Gefahr.«

Einige Schwestern knieten spontan nieder und begannen ein Gebet. Anna lauschte mit wachsender Freude dem Zank. »Der Gewaltrichter muß den Fall untersuchen, hole ihn!« forderte nun eine der Beginen forsch.

»Nicht, bevor ich mit van Geldern gesprochen habe«, sagte die Schaffnerin scharf. »Bahrt die tote Kornmeisterin in ihrer Kammer auf und haltet Wache an der Bahre, wie es sich geziemt. Wir sind nur dumme Weiber, wir bedürfen der Hilfe.«

»Dieser Fall bedarf vor allem geistlicher Überprüfung, wenn schon nicht der Gewaltrichter eingreifen soll«, beharrte hartnäckig eine der Frauen.

»Dann gehe ich eben auch zum Diakon, unserem Beichtvater. Nun macht schon, tragt die Tote fort. Kümmert euch um Rebecca, betet für beide. Ich habe zu tun.« Damit verschwand sie in die weichende Nacht.

5

Ohne auf den Weg zu achten, war derweil Columba in die Kirche vorausgegangen. Sie stieg müde die Treppe zur Hauskapelle hinauf, öffnete die Tür und spähte hinein. Dunkelheit. Columba beugte sich über die Brüstung des Triforiums und machte den anderen, die bei der Kirchentür warteten, ein Zeichen. Luthger und Tringin schlichen durch das Kirchenschiff, das nur von einigen ewigen Lichtern erleuchtet war. Tringin ging mit gesenktem Haupt, ihr Vater – unverbesserlicher Starrkopf – lupfte vor der Madonnenstatue spöttisch die Mütze, dann spuckte er aus.

Columba erschrak. Mochte dieser Mann glauben, was er wollte, mochte er ein Verfolgter sein, es war trotzdem eine Häßlichkeit, gerade die Mutter Gottes, dieses Sinnbild für Gottes ganze Zärtlichkeit, zu entweihen. Mit Freuden sah sie, daß auch Lazarus den alten Mann mit einem zornigen Blick strafte.

In der Hauskapelle angelangt, legte Lazarus den rechten Zeigefinger auf die Lippen und deutete mit dem Kopf zur Tür in das Haus. Columba verstand, sie schlüpfte in den Korridor, lief zur Treppe und spähte hinauf und hinab. Es herrschte jene vollkommene Stille, die der Morgendämmerung unmittelbar vorangeht. Eilig kehrte sie zur Kapelle zurück und führte die drei Wartenden in die Vorhalle. Lazarus lief über den Hof zum Karren, schwang sich behende auf die Ladefläche und öffnete zwei mannslange Kisten. Dann winkte er.

Schweigend umarmten sich die Freundinnen. »Ich danke dir, Columba«, flüsterte Tringin und küßte das Mädchen fest auf beide Wangen. »So Gott will, werden wir uns wiedersehen. Du bist für immer in meinem Herzen.«

Columba schluckte, während Tringin über den Hof schlich. Luthger zögerte noch, fest sah er Columba in die Augen. »Ich hätte es nie für möglich gehalten, aber tatsächlich muß ich einer van Geldern Dank sagen. Dank für mein Leben. Wiewohl ich es mit Freuden hingegeben hätte für meinen Glauben an den einzigen, den wahren, den gerechten Gott, dessen Wort ewig ist.«

Zorn regte sich in Columba. Wie haßte sie plötzlich dieses Geschwätz. »Dankt Lazarus«, sagte sie kalt, »ich habe Euch nicht geholfen, und wäre er bei der ganzen Sache zu Schaden gekommen, ich hätte Euch ebenso gehaßt wie ihr meinen Vater!«

»Oho, soviel Zärtlichkeit von der Tochter des Mannes, der Lazarus' Vater heimtückisch in den Tod schickte? Weiß der Sohn deine Liebe denn zu schätzen?«

»Was redest du nur? Mein Vater soll ein Mörder sein?«

»Gewiß. Weißt du es nicht? Er klagte Lazarus' Vater bei Calvin als geheimen Katholikenfreund und damit als Ketzer an. Und der Genfer Zelot war nie zimperlich, wenn es um Feinde seiner Konfession ging. Er ließ den armen Mann brennen. Dein Vater mordete feige mit der Feder, wo andere den Dolch benutzen.«

»Du lügst!« stieß Columba heftig hervor. »Du lügst!«

Der alte Wiedertäufer zuckte abfällig mit den Schultern und verschwand im Hof.

Columba stand da wie erstarrt. Freilich, das würde alles erklären. Lazarus' kaltes Schweigen! Den Spott, die Abscheu, die immer wieder in seinem Gesicht und seiner

Stimme aufgeglommen waren, wenn sie miteinander sprachen. Aber ihr Vater ein Ketzerankläger? Niemals. Ihn interessierte das Religionsgezänk nicht, wenigstens darin glich er ihr, wenigstens dafür achtete sie ihn und sein kaltes Herz.

Sie riß sich aus ihren Gedanken und beobachtete, wie Lazarus die Deckel über den Kisten verschloß, in denen sich Tringin und Luthger versteckt hatten. Er schlug die große Plane des Reisewagens über das gewölbte Eisengestänge und zurrte sie fest. Dann lief er durch den Torweg zur Kirche, holte sein Pferd und band es an den Karren im Hof. Im Stall wurde eine Laterne entzündet, der Kutscher war wach. Lazarus sah zu Columba hinüber und schlenderte zögernd auf sie zu.

»Ich muß fort.« Er schaute mit unbewegter Miene auf das Mädchen. Sie hielt sich mit zitternden Händen am Türriegel fest. »Willst du mir keinen Abschiedsgruß sagen?« fragte er leise.

Sie hielt den Blick gesenkt. »Ich dachte nicht, daß du Wert darauf legst.«

Lazarus nahm sie bei den Armen. »Ich lege mehr Wert darauf, als mir lieb ist. Sage wenigsten Lebewohl und laß uns alles andere vergessen, was zwischen uns war.«

Columba schaute ihn ungläubig an. »Du mußt mich hassen.« Verblüfft starrte er sie an. Columba biß sich die Lippen.

Lazarus lächelte traurig. »Ich hasse dich nicht, ich habe dich nicht eine Sekunde gehaßt.« Einem Impuls folgend beugte er sich zu ihr hinab. Dicht war sein Gesicht an dem ihren, so dicht wie damals im Morgensaal, als er ... Columba bezähmte sich nicht länger. Sie bewegte den Kopf ganz sacht, fand seinen Mund und vergaß für einen wirbelnden Moment alles, was gegen diesen Kuß sprach. Die Leidenschaftlichkeit, mit der sie liebte und ihn begehrte, entsprach dem ganzen Ungestüm ihres hitzigen Temperaments. Als sie sich voneinander lösten, war es Lazarus, der sie ungläubig anschaute. Wie nackt war sein Gesicht für einen Augenblick, nackt, jung und verwundbar. Columba legte ihre rechte Hand an seine linke Wange, es war eine zarte Berührung, so zart und hingebungsvoll, daß Lazarus heftig erschrak und zurückzuckte. »Nicht«, sagte er bittend.

»Oh Lazarus, wende dich nicht von mir ab. Ich bin nicht mein Vater. Luthger sagte mir alles. Was immer die Schuld meines Vaters ist, ich habe keinen Anteil daran. Warum soll ich dafür büßen, was er getan haben mag?«

Der junge Mann schwieg, Bestürzung malte sich auf seinen Zügen ab.

»Lazarus, glaube mir, ich liebe dich wie keinen anderen. Es ist ein Gefühl, das ich nicht kannte und nie suchte. Es ist ein Gefühl, das stärker ist als wir beide, was immer dagegen spricht. Ich liebe meinen Vater nicht so, wie du den deinen geliebt hast und bin bereit, gegen seinen Rat und seinen Willen ...«

»Columba«, stieß er hervor, »du weißt nicht, wen du so zärtlich anfaßt, wem du dein Herz anvertraust.«

»Ich weiß alles, weil ich dich liebe«, sagte Columba fest und schaute ihn beinahe flehend an, »die Liebe verzeiht alles, sie duldet alles, sie fragt nichts ...«

Lazarus unterbrach sie mit harter, kalter Stimme.

»Du weißt nicht alles. Ich habe in dieser Nacht deinen Vater verdorben. Die Pulversäcke, die ich beim Haus des Greven zurückließ, sind aus seinem Keller. Sie tragen seinen Stempel. Man wird ihm wahrscheinlich einen Prozeß machen, bei dem er sein Vermögen und seine Ehre verliert. Da der Dürre als stummer Zeuge tot am Tatort zurückblieb, wird kaum noch ein Zweifel bestehen, daß dein Vater bei der Ketzerbefreiung die Hand im Spiel hatte.« Er brach ab.

Das Mädchen erstarrte, taumelte zurück, prallte mit dem Rücken gegen die Tür. »Hast du«, brachte sie schließlich schluckend hervor, »hast du dabei nicht an seine Familie, an sein Haus, an mich gedacht?«

Lazarus streckte seine Hände nach ihr aus, sie wich weiter zurück, preßte sich fest an das Holz des Türflügels.

»Du hast keine Ahnung, wie sehr ich ihn haßte, Columba. Und ich glaubte nicht, daß du ... Denk an van Ypern, deine Wildheit, deinen Zorn, ich hatte so lange auf ein Zeichen von dir gewartet. Zu lange ...« Wieder brach er ab.

»Nicht lange genug.« Columba richtete sich auf. »Und du hast mir vorgeworfen, ich wüßte nichts von Liebe«, rief sie anklagend. Ihre Stimme war schrill von unterdrückten Tränen. »Du spielst den Menschenfreund, du gibst dich vor der Welt als ...« Sie suchte nach Worten.

Lazarus riß sie an sich, Columba wehrte sich, doch seine Hände umklammerten hart ihre Arme. »Ich werde es wieder gutmachen, Columba, ich verspreche es. Ich werde die Lederbeutel holen, alle Spuren verwischen bevor ich Köln verlasse. Versprich mir, auf mich zu warten, bis ich von der Reise zurück bin. Versprich es, ich werde zurückkommen ...«

Das Mädchen stieß ihm beide Fäuste in die Brust, Lazarus schnappte nach Luft und fuhr zurück.

Columba riß einen der Türflügel auf. »Kümmere dich nicht um mich, in zwei Wochen bin ich die Frau des Freiherrn van Ypern.«

»Du liebst ihn nicht.«

»Ich verzichte auf alles, was *du* Liebe nennst. Es ist nichts als eine Verwirrung der Gefühle, eine lästige Krankheit. Ich werde sie überwinden.«

Die Glocken von St. Alban verkündeten den Beginn eines neuen Tages. »Ich werde dir eine Nachricht zukommen lassen, Columba. Schon in wenigen Tagen. Versprich mir zu warten! Heirate nicht.«

Dumpf fiel die Tür ins Schloß. Lazarus starrte auf das Holz. Schritte wurden laut im Hof, das Klappern von Holzschuhen. Gähnende Mägde schlurften zum Stall, die Kühe zu melken. Ein Hausknecht entzündete Fackeln beim Tor.

»He!« schrie der Kutscher. »Was ist? Wenn wir heute Strecke machen wollen, sollten wir fahren. Heute nacht war mir, als hätte ich in der Ferne ein mächtiges Donnern vernommen. Gebe Gott, daß das nur eine Täuschung war.« Er schnalzte mit der Zunge und ließ das Gespann anziehen, lenkte es bis zum Tor. »Nun macht schon, sonst schaffen wir es nicht einmal bis zu den Stadttoren und verpassen den sicheren Troß der anderen Händler. Gleich verstopfen das Marktgesinde und die Kappesbauern alle Gassen.«

»Sofort!« rief Lazarus unwirsch, leise sagte er: »Ich komme zurück. Gott verzeihe mir, was ich getan habe.« Dann wandte er sich von der Tür ab und lief zum Wagen hinüber.

Er wußte nicht, daß der Kaufherr alles getan hatte, um seine Rückkehr zu verhindern. Van Geldern war nicht entgangen, daß ein Neugieriger seine Papiere studiert hatte – alte Schuldscheine, Kreditbriefe, Verträge. Er hatte daraufhin entschieden, daß Lazarus nie mehr nach Köln zurückkehren sollte. Ein Brief reichte aus, um die Beseitigung dieses lästigen Menschen zu bewerkstelligen, nachdem er seine Dienste als unwissender Pulverschmuggler versehen hätte. Im englischen Kanal hatten schon viele Kaufleute ein kühles Grab gefunden, und keiner fragte lange danach, denn dort wimmelte es von Freibeutern, bestechlichen Matrosen und anderem Mördergesindel.

Lazarus setzte sich neben den Mann auf den Kutschbock. Hakenbüchsen, Luntenrohre, Stöcke und sein Degen lagen darunter. Schon auf der Straße nach Antwerpen lauerten die Straßenräuber, weshalb der Kutscher drängte, den Troß der anderen Kaufreisenden zu erreichen, die sich zu einer Reisebruderschaft zusammenschließen wollten. Doch Lazarus dachte nicht an die Gefahren seiner Reise, seine Gedanken waren bei Columba.

»Wir fahren über den Holzmarkt«, wies er den Kutscher an.

»Das ist ein unnötiger Umweg«, protestierte der Fuhrmann, »wir müssen zur Weyerpforte.«

»Schweig und fahr los!« befahl Lazarus und beachtete den fluchenden Kerl nicht weiter. Auch der Frau in grauer Beginentracht schenkte er keine Aufmerksamkeit, obwohl sie ihr Haupt stolz erhoben trug, und – während sie eine Pfütze übersprang – die groben Röcke lupfte, als sei sie eine Königin auf dem Gang zum Audienzsaal.

6

Wo ist mein Sekretär?« Zornig ging Arndt van Geldern in seinem Büro auf und ab. Verängstigt beobachtete ihn Mertgin. »Was treibt dieser Kerl sich des Nachts herum, anstatt meine Tochter zu bewachen?«

»Es ist meine Schuld, Herr. Ich schlief zu fest, ich ...« Mertgin unterbrach sich und knetete ihre Schürze.

»Du warst betrunken, altes Weib. Darum hatte der Dürre Auftrag, im Morgensaal zu wachen. Wo zum Teufel lungert er herum? Wenn er eigenen Geschäften nachgeht, dann soll er zur Hölle fahren. Ständig drängt er mich, diese vermaledeite Begine Anna zu empfangen, die wohl sein Liebchen ist, dieses ekle Rabenfleisch!«

Mertgin schlug ein rasches Kreuz, um die Flüche des

Kaufherrn abzuwenden, von denen sie wußte, daß sie auf den Fluchenden zurückfielen, wenn man sie nicht bannte. Sie räusperte sich schüchtern. »Vielleicht ist alles ganz harmlos. Immerhin ist Columba nun wieder in ihrer Kammer. Unversehrt.«

»Aber was tat sie in den Gassen?«

»Sie will es mir nicht sagen, ganz verstockt ist sie. Stumm und sehr bekümmert. Sie dauert mich fast.«

Der Kaufmann fegte mit wütender Geste eine Münzwaage vom Tisch. Klirrend ging sie zu Boden. »Bekümmert? Nun, das werden wir ändern. Die Hochzeit mit dem Freiherrn soll am nächsten Sonntag, dem Sonntag nach Karneval stattfinden. Schicke Nachricht an den Diakon, er soll die Aufrufe tun, den letzten am Freitag vor dem Freudenfest. Columba muß endlich mein Haus verlassen. Sie stürzt uns alle in ein Unglück mit ihren lästigen Streichen.«

»Aber was wird der Freiherr dazu sagen? Diese Eile, Herr, könnte ihn stutzig machen.«

»Nicht stutziger, als er ohnehin schon ist. Er wird eine stattliche Mitgift erhalten, die ihn von seinen ärgsten Nöten befreien wird, nun soll er seinen Part erfüllen. Jetzt verschwinde und laß den Sekretär suchen. Er soll sofort zu mir kommen, wenn ...«

Ein Klopfen unterbrach ihn.

»Ja?« rief der Kaufmann ungehalten.

»Vielleicht ist er das«, sagte Mertgin erleichtert, lief zur Tür und öffnete. Im Rahmen stand Anna. Den Kopf stolz erhoben, ließ sie ihre Augen durch den Raum schweifen. Mertgin wollte die Tür zuwerfen, doch die Begine stellte ihren Fuß auf die Schwelle, stieß die Magd beiseite und trat frech ein.

»Was fällt dir ein, unverschämtes Weibsstück!« donnerte van Geldern und richtete sich drohend auf.

Mertgin wollte der Schaffnerin erneut den Weg verstellen, doch Anna setzte sich durch und ging zum Kaufmann hinüber. Fest sah sie ihm in die Augen. »Ich habe schreckliche Nachrichten. Aus dem Konvent Eurer Schwägerin.«

»Was geht mich das an?« zischte der Kaufmann mit bedrohlich leiser Stimme.

Mertgin gab nicht auf und zerrte Anna von hinten beim Arm, die gab ihr mit dem Ellbogen einen heftigen Stoß in die Magengrube. Mertgin röchelte und fing sich eben noch am Schreibtisch ab, um nicht zu stürzen. Weder der Kaufmann noch die Begine beachteten sie.

»Unsere Kornmeisterin ist tot.«

»Mein herzliches Beileid, auch an meine Schwägerin, aber nun mach, daß du fortkommst. Ich habe damit nichts zu schaffen.«

»Aber die Umstände! Ein Messer war im Spiel. Wie damals bei Eurer geliebten Frau Katharina. Gott habe sie selig.«

Ein Schluchzen wurde laut. Unwirsch wandte van Geldern sich an die greinende Mertgin, die sich an die Kante seines Schreibtischs klammerte. »Hinaus!« befahl er mit harter Stimme.

Mertgin verschwand auf schwankenden Beinen.

Der Kaufherr ging mit ruhigen Schritten zu seinem Lehnstuhl hinter dem Schreibtisch. Er setzte sich, seine Miene versteinerte sich wie jedesmal, wenn er gegen seine stechenden Blasenschmerzen ankämpfte. Verfluchte Schwäche, die ihn jedesmal überfiel, wenn Unerwartetes auf ihn einstürmte.

»Was willst du elende Vettel von mir?« fragte er endlich kalt. »Ich weiß, daß du den Dürren mit deiner Buhlerei umgarnt hast. Ständig liegt er mir wegen dir in den Ohren. Nun gut, rede, aber mache es kurz, ich höre nicht gerne Huren zu.«

Anna quittierte die Beleidigungen mit einem höhnischen

Lächeln. »Ihr solltet mir dankbar sein, werter Kaufherr van Geldern. Wenn es nach einigen der Schwestern ginge, wäre ich gleich zum Gewaltrichter gegangen.«

»Ich werde dich nicht aufhalten. Gehe nur, vielleicht wird er dich freudiger empfangen. Sogar freudiger, als dir lieb sein kann. Der Dürre mag deinen armseligen Reizen verfallen sein, aber ein Dummkopf ist er nicht. Seiner Arbeit als Spitzel gilt seine wahre Leidenschaft.«

Van Geldern zog eine Schublade auf und nahm einige Papiere heraus. Amtliche Siegel baumelten daran. »Hier«, sagte er, während er die Briefschaften mit lässiger Geste auf den Schreibtisch warf, »mein Sekretär erkannte die Hure in dir, er hatte genug Umgang mit deinesgleichen. Sein Zeugnis wäre dein Ende.«

Anna erbleichte, sie hatte die Siegel erkannt und wußte, daß es sich um Protokolle handelte. Beglaubigte Abschriften von Gerichtsprotokollen aus Kleve, Neuss und anderen Städten, in denen ihre Person aufgefallen und bekannt war. Auf ihrem Nacken glaubte sie den kalten Stahl des Henkerbeils zu spüren.

»Nun?« fragte der Kaufmann mit aufreizender Milde und lächelte die Schaffnerin höhnisch an. »Was willst du mir also sagen, elende Hure?«

Anna befeuchtete ihre Lippen mit der Zunge. Sie hatte sich entschlossen, noch nicht aufzugeben. »Ihr seid ein ausgezeichneter Geschäftsmann, heißt es, einer, der gute Gelegenheiten erkennt und zu nutzen weiß«, begann sie. Ihr Gehirn arbeitete fieberhaft, während van Geldern sie mit dem Blick einer Katze bedachte, die sich Zeit lassen kann, zuzuschlagen.

»Wenngleich«, fuhr Anna fort, »Eure Finanzen, wie man sagt, in letzter Zeit etwas erschüttert waren.«

Van Geldern hob spöttisch seine linke Braue, sein Mund entspannte sich, er war wieder schmerzfrei.

»Das Vermögen Eurer Schwägerin hingegen ist groß und sicher angelegt. Eine Schande, daß es nicht für ein hübsches Geschäft genutzt werden kann.«

»Sie nutzt es für ihren Konvent und fromme, gottergebene Seelen wie dich«, warf van Geldern spöttisch ein.

»Wie Ihr eben selbst festgestellt habt, bin ich so fromm nicht«, erwiderte Anna unverfroren und setzte damit alles auf eine Karte.

Der Kaufmann schwieg eine Weile, dann sagte er knapp: »Deine Frechheit ist erstaunlich.«

Anna begriff es als Aufforderung, weiterzureden. »Die Kornmeisterin starb, wie gesagt, in der letzten Nacht. Ein Treppensturz.«

»Was hat das mit Rebeccas Vermögen zu tun?«

»Eine Ketzerin geht ihres Vermögens schnell verlustig.«

»Eine Ketzerin ja, eine Mörderin nicht. Sie kann in ihrem Testament frei darüber verfügen.«

»Es war kein einfacher Mord, Herr. Ein Messer war im Spiel. Die Brust der Toten war aufgeritzt. Das Wort Jesus stand in Blut darauf geschrieben.«

Der Kaufmann fuhr hoch. »Du elende Teufelin. Das ist deine Handschrift. So warst es also du, die meine Frau gemetzelt hat, du, die ...«

Anna beugte sich jäh zu ihm über den Schreibtisch: »Kam Euch das so ungelegen? Habt Ihr nicht von Eurer Frau eine hübsche Summe geerbt? Seid nicht so empfindlich. Die Messerschnitte töteten sie nicht, ein gewisses weißes Pulver ließ sie ruhig entschlafen. Ein Pulver, wie auch Rebecca es leicht mischen könnte, irregeleitet durch ihren religiösen Wahn. Man müßte den Gewaltrichter nur auf diese Spur setzen, der Rest würde sich von alleine fügen.«

»Hinaus, du Mörderin! Oder ich zeige dich an.«

Anna richtete sich auf und nahm seelenruhig in dem

Stuhl ihm gegenüber Platz. »Ihr täuscht mich nicht, van Geldern. Eine Anzeige gegen mich ist das letzte, was Ihr wünscht. Ihr hättet es längst tun können, aber Ihr scheut den Verdacht, der auf Euren Namen fallen könnte. Hatte Eure Tochter Columba nicht schon verschiedentlich Umgang mit Wiedertäufern, und war es nicht dieses Messer, mit dem Katharina verstümmelt wurde? Ich weiß mehr, als Euch lieb sein kann.« Sie hielt das Papiermesser hoch, die Spitze auf ihn gerichtet.

Der Kaufmann sank in seinen Stuhl zurück. »Keiner würde auf die Worte einer so elenden Metze hören.«

Anna lächelte kalt. »Ihr habt recht«, sagte sie zur Verblüffung des Kaufherrn, »und nun zum Geschäft. Wenn es mir gelingt, den Ketzerverdacht gegen Rebecca zu erhärten, dann fehlt es nur an einem Ankläger, dessen Wort Gewicht hat. Nicht nur beim Gewaltrichter. Auch beim Rat, der allein die Sache dem Greven übergeben kann. Das Ganze gelingt nur, wenn das geistliche Gericht des Kurfürsten sich der Sache annimmt. Wenn Galisius ...«

Van Gelderns Augen verengten sich zu funkelnden Schlitzen. »Ich will mit diesem Mann nichts zu schaffen haben.«

»Früher oder später wird Rebecca mit ihm zu schaffen haben. Galisius ist ein erbitterter Gegner der weiblichen Laienkonvente. Er wird die Untersuchung betreiben. Rebecca selbst hat schon um seinen Beistand gebeten ...«

»Rebecca? Das ist Wahnsinn.«

»Freilich«, sagte Anna mit unbekümmerter Stimme, »ich konnte sie eben noch davon abhalten. Was, wenn sie sich selbst der Ketzerei anklagte? Wenn sie – ohne Eure Anzeige – überführt würde? Ihr ganzes schönes Vermögen würde der Kirche zufallen. Ihr seid Geschäftsmann genug, um diese Möglichkeit zu verabscheuen. Wenn Ihr hingegen mit mir zusammenarbeitet, gehört ein stattlicher

Anteil Euch. Ich verlange nur einen bescheidenen Lohn. Sagen wir fünftausend Dukaten. Golddukaten versteht sich. Rebecca besitzt ein Vielfaches davon, ich kenne die Bücher.«

Van Gelderns Zähne lagen hart aufeinander, seine Kiefer waren schmerzhaft angespannt: Dieser elenden Schaffnerin war es tatsächlich gelungen, ein Netz zu knüpfen, in dem Rebecca sich tödlich verfangen konnte.

»Du willst also, daß ich meine eigene Schwägerin bei der Inquisition anzeige und den Rat davon überzeuge, eine der angesehensten und vornehmsten Bürgerinnen Kölns an das kurfürstlich-erzbischöfliche Gericht zu übergeben?« Er machte eine kurze Pause. Zeit genug, um die häßliche Frage langsam verklingen und wirken zu lassen.

Mit gespanntem Blick beobachtete ihn die Schaffnerin und schwieg. Ihr Schweigen war Antwort genug.

Der Kaufmann atmete langsam aus, dann fuhr er fort: »Du weißt nicht, mit welcher Gegnerin du es zu tun hast. Das Volk steht hinter Rebecca, selbst vornehmste Bürger sehen eine Heilige in ihr, andere schätzen sie als Tochter aus dem Hause Scarpenstein. Der ungeklärte Tod einer Kornmeisterin wird sie nicht gegen deine Magistra einnehmen. Und ich würde den Teufel tun, mich darum ins Gerede zu bringen. Rebeccas Ruf ist über alles erhaben.«

»Auch über die Sünde des fleischlichen Umgangs mit einem Diener des Herrn?« Es war ihr letzter Trumpf, den sie nun ausgespielt hatte. Fast erschöpft lehnte Anna sich in ihrem Stuhl zurück.

Der Kaufmann strich sich den Bart. Wenn es Teufel gab, und daran zweifelte er, dann saß einer ihm in Gestalt dieser Begine gegenüber. Er zögerte. Endlich hatte er seinen Entschluß gefaßt. Er stand auf und legte beide Hände auf den Tisch. Es war eine abschließende Geste. Anna freute sich.

»Wer das Tuch zum Mantel stiehlt, dem gibt Satan das

Unterfutter dazu«, zitierte zu ihrer Verblüffung der Kaufmann gelassen.

»Was, was wollt Ihr damit sagen?« fragte sie.

»Du verstehst mich nicht? Nun, ich habe keine Lust, mit einer Hure windige Geschäfte zu machen. Tu, was dir beliebt, aber rechne nicht auf mich. Deine Methoden sind mir zu grob. Sie ziemen sich nicht für einen Mann meines Standes und meiner Vernunft.«

Empört sprang Anna auf. »Ihr seid also zu vornehm für mich? Ihr glaubt Euch über mich erhaben? Nach einem Gespräch wie diesem?«

»Es ist beendet. Verschwinde aus meinen Augen, bevor ich dich vom Henker mit der Schandrute aus der Stadt prügeln lasse.« Erstaunlich flink kam er hinter dem Schreibtisch hervor, riß die Begine vom Stuhl und zerrte sie zur Tür. Eben wollte er nach dem Riegel greifen, als sie vom Korridor her aufgestoßen wurde. Van Geldern fuhr zurück.

Mertgin stand mit bleichem Gesicht vor ihm. Sie war zu aufgeregt, um das merkwürdige Gerangel zwischen Kaufmann und Begine zu beachten.

»Herr, ein Unglück, ein schreckliches Unglück. Der Sekretär!«

Van Geldern ließ die Begine fahren, sie schlüpfte in den Hintergrund, hielt die Ohren gespitzt. Mertgins Stimme überschlug sich nun fast. »Es ist entsetzlich. Man fand ihn tot beim Haus des Greven.«

»Tot?«

Mertgin redete hastig weiter: »Tot wie ein Sargnagel. Erschlagen von herabfallenden Balken. Schlimmer noch, es scheint, er hat heute nacht Ketzer aus dem Kerker befreit. Und das mit Schwarzpulver, welches – so heißt es – aus Eurem Hause stammt. Der Gewaltrichter ist schon auf dem Wege hierher. Schwarzpulver aus Eurem Hause! Es kann nicht sein. Alles Lüge, Teufelswerk. Ein Fluch liegt über uns, Herr, ein Fluch. Was soll nur aus uns werden? Warum straft uns der Allmächtige mit seinem Zorn?«

Die Schaffnerin fror die Szene mit eiskaltem Blick ein: die schreckensstarre Gestalt des Kaufherrn. Aller Hochmut war aus seinen Zügen gewichen. Mertgin, die auf den Knien liegend die Hände rang wie ein bezahltes Klageweib. Und endlich die Gestalt des Gewaltrichters, der in prachtvoller Amtsrobe, den Gerichtsstab in der Hand, erschien. Fortuna, dachte Anna, ist auf meiner Seite, und Fortuna ist mächtiger als Gott.

7

In allen Gassen zum Holzmarkt waren die Ketten vorgelegt. Murrend verlangten einige der Schiffsknechte Durchlaß. Vergebens. Hellebardenträger verwehrten den Zugang.

Der Fuhrknecht brachte fluchend den Wagen zum Stehen. Unruhig schnaubten die Pferde. »Da seht Ihr, was für eine närrische Idee es war, über den Holzmarkt zu fahren«, schimpfte er. »Alles verklaustert und verrammelt. Liegt kalter Brandgeruch in der Luft, schätze, hier ist ein Unglück geschehen. Es gibt kein Durchkommen.«

Lazarus sprang vom Kutschbock, klopfte beruhigend die Flanke eines tänzelnden Zugpferdes und ging zu dem Kettenwächter hinüber.

»Ich grüße Euch, Mann. Was gibt es, weshalb verwehrt Ihr die Durchfahrt?«

»Wir handeln auf Anweisung des Greven. Eine Explosion zerstörte heute nacht sein Haus am Platz.«

Lazarus tat erstaunt und erschreckt, dann sagte er:

»Eine fürchterliche Sache. Köln kann sich glücklich schätzen, so wackere Wächter wie Euch zu haben. Schnell und tüchtig.«

Der Hellebardenträger reckte das Kinn vor und bemühte sich um einen noch tüchtigeren Gesichtsausdruck. »Ich verstehe, daß unser Gespann nicht über den Platz rollen kann.« Er gab dem Kutscher das Zeichen zu wenden. Ein Schwall von Flüchen war die Antwort. Wieder wandte sich Lazarus an den Kettenwächter. »Nur eine Bitte habe ich. Ich bin auf dem Weg nach Antwerpen und muß im Haus zum Schwan noch eine Nachricht für einen Handelspartner dort abholen. Laßt mich kurz durch.«

Der Wächter setzte eine amtliche Miene auf. »Habt Ihr Papiere?«

»Gewiß«, antwortete der Bartlose freundlich lächelnd und zog die vom Erzbischof erteilten und vom Rat beglaubigten Passierscheine Arndt van Gelderns hervor. Der Wachmann warf einen Blick auf das Gaffelzeichen. »Hm, einer von der Kaufmannsgaffel Windeck ist also Euer Auftraggeber. Ziemlich vornehm, fürwahr.« Er bohrte seine Blicke weiter in das Papier, so als wolle er es mit seinen Augen verbrennen.

Lazarus begriff, der tüchtige Kettenwächter konnte nicht lesen. »Ja«, sagte er zuvorkommend, »Arndt van Geldern gehört zu den ...«

»Van Geldern?« stieß der Wächter hervor. »Unmöglich kann ich Euch durchlassen. Unmöglich, denn ...«, er kaute auf den Enden seines Schnurrbartes und schaute verwirrt drein. »Wartet einen Moment«, sagte er endlich entschlossen, »ich werde den Greven befragen. Wartet hier.«

Der Wächter verschwand, mit alarmiertem Blick verfolgte Lazarus ihn. Dann drehte er sich um, rannte zu dem Fuhrwerk, das der Kutscher eben gewendet hatte, sprang auf. »Fahr los, zum Henker, fahr!« schrie er. Verblüfft gab der Kutscher den Pferden die Peitsche, mit gewaltigem Ruck zog der Wagen an.

Der Planwagen rumpelte über holpriges Pflaster, fuhr über alte Krautköpfe auf den Heumarkt zu. Marktschreier riefen heiser, maskierte Narren tanzten, es stank nach Abfall. Hühner entwischten gackernd den Hufen, ein Schwein lag grunzend in der Mitte der Fahrbahn, Bauern trieben ihr Vieh zu Markte, vor den Brunnen standen Mädchen, vor den Kirchen Bettler, vor der Münze auf dem Heumarkt Juden und Holländer. Verwundert folgten auch ihre Blicke dem Fuhrwerk, das schwankend und mit knirschenden Achsen ein wahres Höllentempo vorlegte. Der Schlamm spritzte unter dem Hufschlag der Pferde nach allen Seiten, Schaum stand den Tieren vor dem Maul,als der Fuhrmann sie zügelte und zum Stehen brachte.

Stolz wandte er sich – bei der Weyerpforte angelangt – an Lazarus. »Nun?« fragte er triumphierend.

»Du bist verflucht noch mal der beste Kutscher, den ich je sah«, lobte Lazarus grimmig. Der Fuhrknecht lachte und streckte seine schwielige Pranke aus. Sein Dienstherr legte einen blanken Taler hinein. »Dafür«, versprach der Fuhrmann, »werde ich gerne mein Maul halten. Eure Freundschaft ist es wert.«

Die Torwächter an der Weyerpforte ließen die Nachzügler unkontrolliert passieren. Nur wenig später fanden sie Anschluß an den Troß, der gen Antwerpen zog: Weinhändler, Tuchkaufleute, Getreideverkäufer in prachtvollen Fuhrwerken, dazwischen unternehmungslustige Kleinkrämer, die mit Kölner Töpferware, Kiepen voller Lederzeug und Kurzwaren beladen hatten. Sie hofften, ihre Ware in Antwerpen gegen Spezereien einzutauschen, mit denen sie in Köln doppelten Gewinn machen würden – Safran, Kaneelblumen, Nelken, Priskörner, Zedewar, Brasilholz, Zinnober und Grünspan oder einfach ein paar Fäßchen

Rosinen. Mehr ging diesen kleinen Glücksrittern nicht durch den Kopf.

Lazarus hingegen trug schwer an seiner Schuld, die er nicht mehr hatte tilgen können. Die Pulversäckchen van Gelderns waren entdeckt, sein Ruin sicher und Columba für ihn verloren. Die gelungene Rettung Tringins und Luthgers tröstete ihn nicht. Grübelnd starrte der junge Mann in die Ferne. Regenwolken ballten sich am Horizont. Die Reise führte mitten in eine schwarze Gewitterwand.

8

Ärgerlich drängte der Diakon die greinenden und tuschelnden Frauen beiseite. Er ging mit festen Schritten zu der Kammer, in der die Kornmeisterin aufgebahrt war, betete an ihrem Bett und segnete sie mit knappen Gesten. Dann gab er Anweisung, die Leiche zu waschen, anzukleiden und den Sargmacher zu bestellen. Als Termin für das Begräbnis nannte er den nächsten Tag, als Ort den kleinen Gottesacker bei St. Alban. Er sprach mit großer Überzeugungskraft, dennoch schauten ihn die Konventsschwestern zweifelnd an.

»Ehrwürdiger Vater, ist es richtig, den Fall nicht dem Gewaltrichter zu melden? Muß dieser Todesfall nicht untersucht werden? Was haltet Ihr von der schrecklichen Verstümmelung?« bestürmten die Konventsschwestern ihn.

»Es war ein Treppensturz, die bedauernswerte Frau brach sich das Genick.«

»Aber die blutigen Buchstaben auf ihrer Brust? Haltet Ihr sie nicht für Satanszeichen? Unsere Magistra glaubt selbst, sie sei besessen, o Herr im Himmel, hilf!«

Der Diakon runzelte ärgerlich die Stirn und brachte die Frauen mit einer Handbewegung zum Schweigen. »Laßt ab von diesem Gewäsch, diesem ganzen Sauerteig aus Bosheit und Schalkheit. Denkt an das Pauluswort: ›Wie in allen Gemeinden der Heiligen lasset eure Weiber schweigen, wollen sie aber etwas lernen, so lasset sie daheim die Männer fragen.‹ Ich bin euer Beichtvater und Mittler Gottes. Ich werde den Fall prüfen. Bis dahin seid still und geht an eure Arbeit. Du«, wandte er sich an eine Novizin, die ihn aus schreckensweiten Augen anstarrte, »wirst die Tote waschen und ankleiden. Du«, wies er eine andere an, »laufe zum Sargschreiner Goswin.«

Die angesprochenen Frauen senkten den Kopf und gehorchten, einige wenige wagten ein Murren. Der Diakon beachtete sie nicht weiter, betrat die Kammer der Magistra und schloß die Tür hinter sich.

Rebecca lag in unruhigem Schlaf auf ihrem Bett, sie hatte das Bewußtsein noch nicht wiedererlangt. Stöhnend warf sie sich auf dem Lager hin und her. Der Diakon kniete sich neben sie hin und faßte nach ihrer rechten Hand. Die Magistra seufzte, mit den Lippen formte sie ein Wort. Der Diakon beugte sich zu ihr hin.

»Was, meine Geliebte, willst du mir sagen?« fragte er flüsternd. Rebeccas Augenlider begannen zu flattern, endlich hoben sie sich. Mit leerem Blick schaute sie den Mann über sich an. Sie erkannte ihn nicht.

»Was siehst du?« drängte der Diakon.

»Tod«, flüsterte sie tonlos und sank zurück in ihre Betäubung.

»Den Tod?« fragte der Beichtvater zärtlich. »Der Tod ist verschlungen in den Sieg. Tod, wo ist dein Stachel? Hölle, wo ist dein Sieg? Fürchte dich nicht, meine Herrin. Mundus praegnans de Deo est – die Welt ist schwanger mit Gott, und ich bin schwanger mit dir, denn wir sind sein erwähltes Paar.« Er preßte seine Lippen auf ihren Mund. »Bald werde ich mich dir ganz anvermählen, süßes Herz, der Herr wird mir ein Zeichen geben, nur darauf warte ich.«

Am nächsten Morgen noch schrieb Rebecca einen Brief an den Kurfürst-Erzbischof. Darin klagte sie sich selbst der Besessenheit an. Sie übergab ihn, die Schaffnerin meidend, einem Metzgersboten, während sie im Garten einen kurzen, sehr kurzen Gang tat.

Wie lange würde der Brief bis in die Bonner Kanzlei benötigen? Man wußte es nicht, es war Karneval.

VI.

Maskeraden

1

Heftige Regenfälle hatten eingesetzt. Sie überfluteten die Keller der rheinnahen Häuser, spülten die Samenbeete der Gemüsebauern fort und die Narren in die Schenken und Tavernen, wo sie ausgelassen den Karneval feierten. Sie »beschütteten sich dabei so sehr mit Wein, daß sie wie Schweine zwischen den Tischen lagen«, notierte ein Ratsherr später.

Am darauffolgenden Mittwoch wurde im Dom die Fastenzeit eingeläutet. Asche wurde mit Weihwasser besprengt und in kleinen Kreuzen auf die Stirn der frommen Sünder gestrichen, wobei der Priester die immer gleiche Formel wiederholte: »Memento, homo, quia cinis es« – Gedenke Mensch, daß du Asche bist und zur Asche zurückkehrst. Sodann kniete er nieder, um die sieben Bußpsalmen zu beten: Gloria patri – Ehre sei dem Vater – Kyrie eleison – Herr, erbarme dich unser ...

Im Hause Arndt van Gelderns herrschte bleierne Stille. Das Gesinde hatte es nicht gewagt, an den üblichen Tanzvergnügungen und Zechereien teilzunehmen. Entsprechend mürrisch gingen Knechte und Mägde ihrer Arbeit nach. Mertgin hüllte sich in tiefstes Schwarz und Schweigen, obwohl in vier Tagen – am Sonntag, dem Fest des Apostels Matthias – die Heirat ihres geliebten Schützlings Columba stattfinden sollte. Die Fakturisten und Buchhalter hockten in ihren Kammern unter dem Dach und klatschten über das Verhängnis, das über die stolze Familie hereingebrochen war. Die eine Tochter – Juliana – wählte die Hauskapelle oder St. Alban als Zufluchtsort vor dem Unglück. Man hielt sie für fromm. Die andere Tochter lag von seltsamer Schwermut geplagt im Bett, zu schwach, um sich gegen die unwillkommenen Zärtlichkeitsbeweise und Tröstungen ihres Verlobten zu wehren, der sich in der Rolle des allesverzeihenden Helden ausnehmend gut gefiel.

»Mein Täubchen«, gurrte er, »so still? Ein wenig munterer gefällst du mir besser. Freilich ist das Unglück deines Vaters nicht gering, aber tröste dich. Auf meinem Landgut bist du fern davon. Dort gibt es genug zu tun. Und die Wälder, die Jagd. Mein Vogt schrieb mir, daß er so früh im Jahr noch nie so viele Frischlinge sah. Drei Wilddiebe hat er schon aufgeknüpft und sagt, sie schaukeln prachtvoll im Wind. Ich fürchte, die Hungersnot verführt die meisten zu solchen Freveltaten.«

Columba stöhnte unwillig. »Mußt du ausgerechnet vom Tod sprechen?«

Der Freiherr seufzte und nahm einen Schluck Bier. »So zimperlich warst du nicht immer. Gräme dich nicht so über die lästige Geschichte. Dein Vater hat Ansehen und gewiß auch Vermögen genug, um sich herauszuwinden. Und ich verspreche dir, dich nach unserer Heirat nie an den Makel zu erinnern, der von nun an auf eurem Namen liegen wird. Mein Täubchen, die Suppe, ißt du sie noch?«

Columba schüttelte stumm den Kopf, und der Freiherr nahm sich mit großzügigem Appetit der Suppe an.

Arndt van Geldern verbrachte die Tage und die Nächte in seinem Kontor, von ständigen Schmerzen geplagt, ruhelos und voll brennendem Haß. Der Gewaltrichter hatte ihn, da er ein vornehmer Bürger und kein gewöhnlicher Krimineller war, nur unter Hausarrest gestellt. Der Rat würde die Geschichte um das Pulver und den toten Sekretär öffentlich zu untersuchen haben, schließlich war mit dem Erwerb von Schwarzpulver gegen einen offiziellen Handelsboykott verstoßen worden, und das zum Schaden der Stadt.

Bis zu dieser Verhandlung waren das Vermögen des Kaufherrn eingefroren, seine Waren allesamt beschlagnahmt, jeglicher Geschäfts- und Briefverkehr verboten. Van Geldern wußte, daß er nicht um sein Leben zu bangen brauchte – die Anklage auf Ketzerbefreiung würde man auf den Dürren abwälzen –, aber sein drohender Ruin schmerzte ihn nicht weniger. Das Strafgeld des Rates würde hoch sein. Den größten Teil von Katharinas Erbe hatte er in den Pulverhandel gesteckt, mit dem es nun vorbei war. Fieberhaft arbeitete er an einer Lösung.

Der Gewaltrichter hatte ihm, ebenfalls gegen einen hübschen Anteil an den eingefrorenen Geldern, Verschwiegenheit und Aufschub zugesichert bis Columbas Hochzeit vollzogen war.

»Danach«, so hatte der Amtmann mit dem gierigen Blick des Erpressers gedroht, »werde ich entscheiden müssen, wer in die Ketzerflucht verwickelt und somit dem kurfürstlichen Greven auszuliefern ist. Freilich glaube ich nicht, daß ein vornehmer Kaufherr wie Ihr oder etwa die reizende Columba damit zu schaffen haben. Gewiß handelte der untreue Sekretär auf eigene Faust, wenngleich Eure Tochter schon einmal ...« Das Geschenk eines Fäßchen besten Malvasiers hatte ihn von dieser Erinnerung abgelenkt.

Van Geldern starrte in die absterbenden Flammen des Kaminfeuers. Tropfen nadelten gegen die Fenster, ein Rauschen ging durch die zartbelaubten Gartenbäume, kündigte einen neuen, heftigen Schauer von Westen her an. Westen! Antwerpen! Wenn nur der elende Lazarus schon tot wäre.

Van Geldern schüttelte ärgerlich den Kopf. Zu früh. Der

verräterische Kerl konnte noch nicht einmal die Hälfte der Strecke hinter sich haben. Ganz zu schweigen von der Schiffsreise nach London, dem bestochenen Matrosen, dem kurzen Stoß, dem Sturz über die Reling, der Lazarus' Verderben gewesen wäre, nachdem er den Hauptteil des Pulvers in Antwerpen zu Geld gemacht hätte. Van Geldern war noch immer überzeugt, daß der Plan gelungen wäre, mit dem er auf sicherste Weise Geld gewonnen und einen gefährlichen Feind verloren hätte. Doch nun? Nach der Explosion taugte der Plan nicht mehr.

Freilich, wenn Lazarus mit dem Pulver und den Flüchtlingen noch vor Antwerpen ertappt würde, dann könnte er, van Geldern, ihm die Schuld zuschreiben, ihn einen Lumpen, einen Betrüger, einen Komplizen des Dürren nennen. Ja, der Rat würde ihm wohl glauben, ihn selber von jeder Schuld freisprechen. Schließlich war Lazarus ein Fremdling, der unter falschem Namen aufgetreten war, dazu Sohn eines Calvinisten, ein Freund Luthgers. Trotzdem, es blieb eine heikle Sache.

Der Kaufmann seufzte und strich sich mit der Rechten den kalten Schweiß von der Stirn. Er mußte einen Brief aus dem Haus schmuggeln. Das Pulver mußte er verloren geben, das große Geschäft mit den Waffen war dahin, aber es blieb kein anderer Weg. Lazarus' Tod war seine Rettung.

Er brauchte einen Boten, eine geschickte, unauffällige Person, die niemand beim Verlassen des Hauses durchsuchen würde, und die nicht zauderte, in Hafenschenken nach gewissenlosen Bündnispartnern zu suchen. Eine Person wie den Dürren. Ein müdes Lächeln stahl sich auf die Lippen des Kaufmanns. Zum ersten Mal in diesen Tagen dachte er tatsächlich mit Wehmut an den toten Spitzel, der eine diabolische Lust an den Geheimnissen und dem Verderben anderer gehabt hatte. Er schien unersetzlich. Einen Mann wie ihn würde er so schnell nicht wieder finden. Einen Mann? Van Gelderns Miene entspannte sich weiter, er wußte nun, wen er mit dem Botengang betrauen konnte.

2

Drei Tage war es her, seit er Köln verlassen hatte, als er Luthger und Tringin im Schutze der Dunkelheit und bei einem Wirtshaus nahe Heerlen endgültig aus ihrem schaukelnden Gefängnis befreite. Der Troß der anderen Kaufleute hatte sich längst im Schankraum aufs Stroh gebettet, Pferde und Fuhrwerke standen verlassen im Stall, den Lazarus zu bewachen sich angeboten hatte. Niemand sah, was er tat. Die Flucht der Ketzer war vollendet und geglückt.

Ein kleiner Lederbeutel mit Geld, ein wenig Stockfisch, Wein und Brot als Proviant waren alles, was Lazarus dem alten Mann und seiner Tochter mit auf den Weg in eine ungewisse Freiheit geben konnte. Sie nahmen beides mit Dank. »Ich werde nie vergessen, was du für mich getan hast«, sagte der alte Mann gerührt, »dein Vater rettete mir vor langer Zeit das Leben, nun stehe ich auch in der Schuld des Sohnes. Der Herr zeige mir, wie ich es vergelten kann.«

»Ich tat wenig genug«, wehrte Lazarus ab, »und viele Gefahren liegen noch vor euch.«

»Sorge dich nicht, ich werde mich auch auf den Dörfern als Knochensieder und Gebeinschnitzer zu ernähren wissen. Tringin ist jung, sie kann sich leicht als Magd verdingen. Wir werden ein karges, aber gutes Leben führen, weil es ein gottgefälliges ist. Würde der Herr nur meine Gebete erhören, Sohn, und auch dich zum wahren Glauben führen.

Aber es ist nicht zu spät für deine Taufe.« Lazarus lachte kurz auf, Luthger schwieg störrisch.

Tringin entging die tiefbekümmerte Miene ihres jungen Befreiers nicht. »Was ist dir?« fragte sie ihn eindringlich und betrachtete ihn im Schein der Fackel, die er bei sich trug, um ihnen den Weg zu einer abseits gelegenen Scheune zu weisen.

Lazarus warf ihr einen kurzen Blick zu, schwieg aber. »Du bist nicht so glücklich wie wir darüber, daß du Köln den Rücken gekehrt hast, nicht wahr?«

Lazarus zuckte mit den Achseln und ging weiter. Auf einem verschlammten Feldweg erreichten sie die Scheune, über deren Torbogen nach Landessitte eine tote Eule angenagelt worden war, um Unheil und Feuer abzuwenden. Lazarus übergab Luthger die Fackel, und der Wiedertäufer inspizierte den Unterschlupf.

Tringin hielt Lazarus am Ärmel seines Wamses zurück. »Ist es Columba, um die du dich grämst? Tue es nicht, freue dich statt dessen, Lazarus, denn du wirst wiedergeliebt. Ich sah es in ihren Augen, glaube mir.«

»Das ist nicht nötig«, sagte der junge Mann trocken, »sie sagte es mir selbst.«

»Was bläst du da noch Trübsal?« fragte Tringin verblüfft. »Gehe zurück nach Köln und hole sie zu dir.«

»Eine Entführung? Noch dazu die einer Braut? Darauf stehen hohe Strafen.«

»Keine, die dich noch schrecken könnte. Mit unserer Befreiung hast du bewiesen, daß das Gesetz keine Gewalt über deine Entschlußkraft hat. Und so wenig ich Columba auch kennen mag, eines ist sicher, sie zieht ein Leben nach eigener Wahl jedem Zwang vor. Gefahren scheut sie nicht, und du hast in der Welt Freunde und Beziehungen genug, um dir ein Leben aufzubauen.«

Lazarus stieß mit der Spitze seines Stiefels nach einem

Stein. »Ich kenne Columbas Mut, ich schätze ihr ungestümes Wesen, von dem ich dachte, es sei das eines törichten Kindes ...«

»Du hast sie unterschätzt, ihre Leidenschaften und Gefühle sind die einer Frau.«

»Und die einer Tochter. Wie sollte sie je dem Mann angehören wollen, der ihren Vater verdarb? Als ich euch befreite, sorgte ich dafür, daß alle Beweise gegen den Kaufherrn van Geldern sprechen. Am Morgen unserer Ausfahrt kam ich zu spät, um die Spuren noch zu verwischen. Zu spät, um mein Unrecht wiedergutzumachen. Columba haßt mich, und ich kann nichts mehr tun, außer mich selbst dem Gewaltrichter auszuliefern, um meine Schuld zu tilgen und van Geldern von jedem Verdacht zu befreien.«

Tringin faßte ihn erschrocken beim Arm. »Du willst dein Leben für das des Mörders deines Vaters geben? Das kannst du nicht tun. Ich beschwöre dich, tue es nicht.«

»Wie auch immer ich mich entscheide«, sagte Lazarus und richtete sich auf, »eine Verbindung mit Columba ist unmöglich. Weil ich mich von Rachegelüsten treiben ließ, habe ich die Liebe meines Lebens auf immer verloren. Cassander warnte mich umsonst. ›Mein ist die Rache spricht der Herr.‹ Ich hätte auf das Bibelwort vertrauen sollen.«

»Es muß einen anderen Ausweg geben!«

»Ich kenne keinen.«

Er riß sich von Tringin los und verschwand mit eilenden Schritten in der Dunkelheit. Als er den Weg erreichte, der zur Schänke zurückführte, stutzte er. Helle Fackeln erleuchteten den Hof des Gasthauses. Das unruhige Wiehern und Stampfen von Pferden drang zu ihm herüber.

»Macht auf!« donnerte eine Stimme. Der Mann sprach deutsch. Vorsichtig schlich Lazarus sich näher heran und verbarg sich im Schatten einer ausladenden Weide, die knapp vor dem Gasthoftor stand. Vier Männer in leichter Rüstung und den geschlitzten Pluderhosen der Landsknechte hatten sich im Hof verteilt, ihre schnellen Reitpferde, deren schweißnasse Flanken einen scharfen Ritt verrieten, hielten sie bei den Zügeln. Der Befehlshaber im Rang eines Hauptmanns – ein vierschrötiger, dunkler Kerl von grober Art, dessen übertriebene Halskrause vor Schmutz starrte – stand breitbeinig vor der Tür zum Schankraum und wartete darauf, daß der Wirt sie öffnete. Endlich tat sie sich auf, der verschlafene Hausherr stand im groben Nachtgewand auf der Schwelle und riß den Arm hoch, um seine Augen gegen den grellen Schein der Fackel zu schützen, die ihm der Söldnerführer direkt vor das Gesicht hielt.

»Beherbergt Ihr einen Kaufmannstroß aus Köln?« fragte der Hauptmann barsch. Der Wirt verzog mißmutig den Mund und tat, als verstehe er nicht. Der Söldner gab ihm einen groben Stoß vor die Brust, der den Mann taumeln ließ. »Ich werde dich noch Deutsch lehren, dummer Kerl. Sprich endlich, ist bei dir ein Angestellter aus dem kölnischen Haus van Gelderns zu Gast? Lazarus ist sein Name, so jedenfalls nennt er sich.«

Der Wirt legte den Kopf zur Seite und begann radebrechend in deutscher Zunge zu reden. Was es denn für eine Bedeutung für den Hauptmann habe, welche Gäste in seinem Hause schliefen, wollte er wissen. Das ginge ihn nichts an, beschied der Söldnerhauptmann. Nun, erwiderte der Wirt widerborstig, dann ginge ihn – den Hauptmann – auch nichts an, wer unter seinem Dach kampiere. Es sei denn, der Mann könne offizielle Papiere für seine Unternehmung vorweisen. Der Soldat schob den Wirt grob beiseite. Wenig später trat er wieder in den Hof, hielt in der Rechten sein Schwert und mit der Linken Lazarus' Kutscher beim Kragen, der so verschreckt schien, daß er sogar seine üblichen Flüche vergessen hatte.

»Zeig uns den Karren, den du fährst«, wies der Söldner ihn an. Seine Kumpane versammelten sich bei der Tür zum Gasthaus und hielten die anderen Gäste zurück, die sich herausdrängten. Mit gezückten Schwertern und einer Hakenbüchse hielt man sie in Schach, wohlwissend, daß reisende Kaufleute gemeinhin gut bewacht und nicht zimperlich waren, wenn es um die Verteidigung von Leib und Ware ging.

»Beruhigt euch, haltet euch zurück«, beschwichtigte einer der Söldner die zornigen Gaffer. »Wir reiten im Auftrage des Kaufherrn van Geldern, der einen Betrüger fassen will, der ihm Ware gestohlen hat. Außerdem hat der Kerl zwei Ketzer auf seinem Wagen versteckt. Tag und Nacht sind wir geritten, um den Lumpen zu stellen.«

Einige der Gäste zogen sich daraufhin wieder in den Schankraum zurück – mit Ketzerschmuggel wollte man nichts zu schaffen haben. Zwar schienen diese lärmenden Haudegen in zerschlissener Uniform eine zweifelhafte Bande zu sein, aber daran war man gewöhnt. In Friedenszeiten mußten marodierende Landsknechte sich ihr Brot mit allen möglichen Aufträgen verdienen. Besser sie handelten auf Befehl eines reichen Patriziers, als auf eigene Faust und als Strauchdiebe.

Der Anführer stieß den Kutscher nun in Richtung des Stalls. Als beide darin verschwunden waren, nutzte Lazarus die Gelegenheit, um sich im Schutz der Mauer zum Stall zu schleichen. Blitzschnell bog er um die Ecke, lautlos tauchte auch er in den Stall ein. Maulend stand der Kutscher bei seinem Karren. »Steig hinauf und öffne Fässer und Kisten«, wies der Hauptmann ihn an.

»Ich gehorche nur den Befehlen meines Herrn«, antwortete der Fuhrknecht trotzig.

Der Soldat versetzte ihm eine derbe Maulschelle und riß gleichzeitig sein Schwert hoch, ein schwerer Flamberg mit doppelt geschliffener Klinge. Der Kutscher rieb sich die Wange, spuckte aus und erklomm dann die Ladefläche des Wagens.

»Öffne die beiden Kisten dort!« befahl ihm der Hauptmann. »Mir scheint, darin ließen sich leicht einige Halunken verstecken. Wenn dem so ist, dann gnade dir Gott, dein Leben ist keinen Heller mehr wert.«

Der Fuhrknecht wirbelte herum. »Ketzer sagst du? Davon hätte ich etwas merken müssen.«

»Du merkst nicht einmal, wenn dir eine Fliege im Mund sitzt. Mach schon Kerl.«

»Komm herab!« befahl ein anderer hinter ihm.

Der Hauptmann wirbelte herum, und mit einem Satz sprang der Mann im Brustharnisch und mit der Eisenhaube auf Lazarus zu. Mit einem gewaltigen Hieb traf das harte Blatt seines Zweihänders die leichte Klinge des Degenträgers.

Lazarus spürte den Schlag bis hinauf in die Schulterblätter, der geschmeidige Stahl seiner eleganten Waffe hielt der Anfechtung jedoch stand, und er parierte mit aller Kraft den Schlag. Die Kunst des Fechtens hatte er in Spanien erlernt und wußte, daß der flinke Gebrauch der Füße ebenso entscheidend für einen Sieg war wie die Kraft der Hände.

Schwerfällig riß der Soldat seine mörderische Waffe wieder nach oben. In wildem Haß wollte er sie beidhändig auf den Bartlosen herabsausen lassen, der aber wich aus und machte – sicher in der Kniebeuge ruhend – einen Ausfall. Eins, zwei, drei parierte er in schnellem Wechsel. Der Hauptmann fing einen Hieb ab und glitt mit seiner schweren Klinge an Lazarus' Degen entlang. Ein Schaben, die Klingen wurden wieder getrennt, kreuzten sich erneut.

Blitzen und Klirren. Der Hauptmann holte brüllend aus, hieb mit voller Wucht nach dem Fechtarm seines Gegners und traf den zierlichen Gitterkorb. Lazarus' Griff lockerte sich unter der Wucht des Schlages, die Spitze des Schwerts bohrte sich zwei Zoll tief in seine Schwerthand und verfehlte um Haaresbreite die Pulsader. Lazarus verbiß sich den Schmerz, umklammerte den Degengriff fester und antwortete mit einer leichten Terz, die auf das Herz seines Gegners zielte. »Gib auf«, forderte Lazarus und zog den Degen nach Sitte des Edelmanns, der seinem besiegten Gegner die Würde nicht nehmen will, um wenige Millimeter zurück.

Doch der Hauptmann warf sich wieder nach vorn. Er hatte Lazarus' ritterliche Geste richtig eingeschätzt. Der junge Mann war nicht gewillt, ihn aufzuspießen. Der Schwerthieb des Hauptmanns traf Lazarus mit der stumpfen Seite der Klinge in der Seite. Der spürte, wie eine Welle der Übelkeit in ihm hochstieg, Sterne tanzten vor seinen Augen, er wankte.

Mit beherztem Satz sprang nun der Fuhrknecht dem Soldaten in den Rücken und rächte sich mit einem harten Nakkenschlag für die vorhin empfangene Maulschelle.

Der Hauptmann wirbelte herum, schüttelte wie ein wütender Stier den frechen Fuhrknecht ab, hob seinen Zweihänder bis über den Kopf und wollte ihn auf den Wehrlosen herabsausen lassen, als ihn der finale Stoß von Lazarus' Degen traf – ein nadelscharfer Stich über der Brustwarze. Er ließ das Schwert fallen, Stroh dämpfte das Klirren. Regungslos stand der Hauptmann da. Er war leichenblaß, seine Augen standen weit offen, sein Mund klaffte. Eine Elle Stahl war ihm in den Leib gedrungen und beim Schulterblatt wieder ausgetreten. Er sank in die Knie und stöhnte. Blut tropfte aus der Wunde. Ein weiterer Hieb des Fuhrknechts nahm ihm das Bewußtsein, bevor er einen Schrei tun konnte. Dann zog der Kutscher einen Daggert aus dem Gürtel. Mit einer einzigen, knappen Bewegung hockte er sich hin, lockerte den Halsriemen an der Eisenhaube des Verwundeten, um den Harnisch zwischen Halsschild und Kinnriemen zu öffnen. Mit der anderen Hand zog er die Schneide der Klinge sanft und ruhig mit sauberem Schnitt durch die Kehle des Soldaten. Der Kutscher wischte den Daggert im Stroh ab und steckte ihn wieder in den Gürtel.

»Nun?« fragte er mit eben dem Triumph in der Stimme, den er Tage zuvor nach der Höllenfahrt durch Köln verspürt hatte, und hielt seine offene Pranke hin.

»Später bekommst du deinen Lohn«, zischte Lazarus angewidert.

»Was wollt Ihr?« fragte der Kutscher verdutzt. »An der Degenwunde wäre er ohnehin verreckt. Alle Achtung, Ihr versteht es, tödliche Wunden zu versetzen.«

Stumm sattelte Lazarus mit den geübten Händen des Feldsoldaten sein Pferd und schwang sich hinauf. »Greife dir eine Hakenbüchse und suche dir das schnellste Pferd. Wir müssen verschwinden, bevor die anderen Söldner eindringen.«

»Und die Ladung? Unser Reisekarren?« protestierte der Fuhrmann. »Nie habe ich auch nur die geringste Fuhre im Stich gelassen. Kein Straßenräuber hat mich bislang vom Weg abgebracht oder erleichtert. Schon gar nicht um die Waren eines so vornehmen Kaufherrn wie van Geldern einer ist. Meinen Frachtlohn erhalte ich nur, wenn ich den Wagen sicher in Antwerpen abliefere.«

»Dein vornehmer Kaufherr würde es dir nicht vergelten. Der hier«, Lazarus machte eine Kopfbewegung zu dem toten Söldner hin, »ist gekommen, um uns beide mit dem Himmel vertraut zu machen bevor wir nach Antwerpen kommen.«

»Ich dachte, nur *du* solltest ...« Der Kutscher brach ab. Lazarus betrachtete ihn aufmerksam. »Dein Dolch sollte also auch über meine Kehle gleiten?« fragte er trocken.

»Nein, das hätte ein anderer erledigt. Ein Matrose auf dem englischen Kanal«, stieß der Knecht hervor. »Aber verflucht, Ihr habt recht, wenn van Geldern bereit war, einen töten zu lassen, warum nicht gleich zwei. Er muß seine Pläne geändert haben. Laßt uns abhauen.«

Er lief zu einem Grauschimmel, dessen schlanke Fesseln das Reittier verrieten, und erklomm es unter einigen Mühen. Lazarus wendete sein Tier zum offenen Stalltor, wollte ihm die Sporen geben, als zwei Söldner ihm den Weg versperrten. Grimmig betrachteten sie ihren toten Hauptmann im blutigen Stroh.

»Teufel noch mal!« schimpfte der Kutscher. »Wie viele davon gibt es noch?«

Einer der Söldner riß seine Büchse plötzlich hoch und legte an. Lazarus erkannte den Schwefelgestank, den die Lunte verbreitete, und richtete sich im Sattel auf. »Ein Schuß, du Tor, ein Funken, und du jagst uns alle in die Luft. Der Wagen dort ist bis zum Rand mit Pulver beladen. Ich rate dir, nicht zu feuern, wenn dir dein Leben lieb ist.«

Verwirrt ließ der Mann das Feuerrohr sinken und wollte nach seinem Schwert greifen. In diesem Moment hieb Lazarus seinem Pferd die Hacken in die Flanken und preschte mit gestreckten Hufen vor, hielt auf die Männer beim Eingang zu, die verblüfft zur Seite sprangen und auch den zweiten Reiter passieren ließen, der lachend auf den Hof jagte. Wenige Meter nur, und das Tor war erreicht.

Noch immer lachte der Kutscher grölend, als eine doppelte Salve die Geräusche der Nacht übertönte. Die Kugeln sausten wie wütende Bremsen auf sie zu, die Pferde der

Flüchtenden stiegen gleichzeitig hoch. Ein harter Schlag drohte Lazarus aus dem Sattel zu heben, brennender Schmerz breitete sich in seinem Brustkorb aus, nahm ihm den Atem. Ihm blieb keine Zeit nachzudenken. Keine Zeit, einen weiteren Blick auf den Fuhrknecht zu werfen, der mit starrem Blick vom Pferd rutschte und mit offenen Augen im Kot des Hofes liegenblieb. Lazarus beugte sich über den schlanken Hals seines Pferdes, flüsterte etwas, und das Tier schien zu verstehen, es beruhigte sich und fand in gestrecktem Galopp seinen Weg aus dem Hof. Mit aller Kraft krallte Lazarus sich in die Zügel, preßte seine Beine in die Flanken und hielt sich so auf dem Rücken des Tieres. Der Lärm im Hofe verebbte hinter ihm. Er lockerte seinen Griff an den Zügeln, das Pferd verfiel in gleichmäßigen Trab. Als auch der Druck von Lazarus' Schenkeln auf seinen Flanken nachließ, verlangsamte das Pferd weiter sein Tempo. Sein Reiter verspürte eine Welle von Wärme, dann überkam ihn Übelkeit und das Bedürfnis zu schlafen. Die Dunkelheit vor seinen Augen war tiefer als die Dunkelheit der Nacht, und Lazarus glaubte den knöchernen Finger von Gevatter Tod auf seiner Schulter zu spüren. Nun also holt er mich, dachte er grimmig, jetzt, da ich ihn nicht mehr suchte, ihn nicht mehr herausfordern wollte. Er schloß die Augen. Kraftlos sank er von seinem Pferd in eine tiefe schwarze Ohnmacht.

3

Es war der Tag vor dem Fest des heiligen Apostel Matthias. Morgen würde der vornehme Priesterherr von St. Alban im Beisein aller Kanoniker und Stiftsherren höchstselbst das Hochamt feiern. Die Verwaltung seiner zahlreichen Kirchengüter ließ es nur selten zu, daß er seinen Pflichten als Seelsorger nachkam. Ein feierlicher Umgang im Chor der Kirche würde sich der Messe anschließen, sodann die Enthüllung des Altartuchs der Familie van Geldern in der Marienkapelle und dort – in kürzester Form – die Trauung der Tochter Columba im Beisein des Kirchenvorstandes und der Gemeinde. Sogar der Bürgermeister wurde erwartet. Als Kunstfreund war Konstantin von Lyskirchen begierig, die neue Stiftung des Kaufherrn zu sehen.

Heute blieb es noch einmal die Aufgabe des Diakons, die öffentliche Messe nach den Morgengebeten zu feiern und den letzten Aufruf vor der Hochzeit zu tun.

Im Hause van Gelderns legte man mit größter Sorgfalt festliche Kleidung an. Es war früh am Morgen, ein letztes Mal wurde Columba der Prozedur des Hautbleichens unterzogen, obwohl sich das Rezept Melinas in ihrem Fall als wenig erfolgreich erwiesen hatte.

»Haltet still!« schimpfte Mertgin, als ihr Schützling von dem Sessel vor dem Spiegeltisch gleiten wollte. »Ich habe genug von diesem eitlen Unsinn«, gab Columba wütend zurück, und beinahe freute Mertgin sich über diesen Temperamentsausbruch. Das Mädchen war ihr beängstigend still erschienen in den letzten Tagen, und das nicht nur wegen des Unglücks, das den Kaufmann getroffen hatte. Sie ließ Columba schließlich ihren Willen und reichte ihr sogar ein Leintuch, um das Bleichmittel aus dem Gesicht zu wischen. Heftig rieb sich Columba die Haut, bis sie rosig glänzte.

»Geh hinab«, wies sie danach Mertgin an, »und frage, ob es eine Nachricht oder einen Brief für mich gibt.«

Mertgin seufzte. »Was habt Ihr nur seit Tagen mit den vermaledeiten Briefen? Wer sollte Euch schreiben? Euer Verlobter ist im Hause, keiner Eurer Freunde weilt außerhalb der Stadt. Die Glückwünsche zur Verlobung sind längst alle eingetroffen.«

»Sei still!« fuhr Columba sie an. »Ich sah eben einen Boten in den Hof einreiten, sein Felleisen war gut gefüllt, also lauf und frage nach, was er abgeliefert hat.«

Mertgin raffte widerwillig die Röcke und ging zur Tür. Sie kramte nach ihrem Schlüsselbund.

»Und frage nicht beim Vater«, warnte Columba.

Mertgin ließ den Schlüssel sinken. Forschend schaute sie das Mädchen an. »Was habt Ihr vor dem Kaufherrn zu verbergen?«

»Es geht dich nichts an.«

»Sehr wohl geht es mich etwas an«, erwiderte Mertgin scharf, »ich will mir nicht ein weiteres Mal vorwerfen lassen, daß ich nicht genügend auf dich acht gab.« Trotzig reckte sie das Kinn vor, Columba verlegte sich aufs Schmeicheln.

»Liebste, beste Mertgin, tu mir nur noch dieses Mal den Gefallen. Ich verspreche dir, daß ich nach meiner Hochzeit alles tun werde, was mein Gatte von mir verlangt, wenn du nur nachschaust, ob ein Brief für mich abgegeben wurde. Ist keiner da, dann will ich mich allem fügen.«

Ihre Worte beruhigten Mertgin nicht. Im Gegenteil. »Was für ein Brief kann das sein, von dem Ihr so sehr Euer Schicksal abhängig macht?« fragte sie mißtrauisch.

»Eine Nachricht meiner Tante Rebecca«, log Columba, »du weißt, sie hat seherische Gaben, und ich möchte ihre Zustimmung zu meiner Heirat. Sie versprach, mich zu benachrichtigen, falls sie eine Vision hat.«

Mertgin runzelte ungläubig die Stirn. »Ihr redet Unsinn, und ihr wißt es. Rebecca ist seit Wochen krank, zu schwach – so scheint mir – um eine Botschaft zu schikken. Zu schwach, um sich gegen ihre Stellvertreterin, diese elende Schaffnerin, durchzusetzen, die hier im Hause ein- und ausgeht als gehöre sie zur Familie. Sogar zu Eurer Hochzeit ist sie geladen. Ich verstehe nicht, was der Kaufherr an ihr findet!« Columba hatte einen Einfall. »Ihr habt ganz recht«, sagte sie mit großem Ernst, »eben darum warte ich auf einen Brief meiner Tante. Sie hat versprochen, mir noch vor der Heirat zu schreiben. Vielleicht will sie mir mitteilen, was es mit dieser Anna auf sich hat. Eben darum sollst du auch nicht bei meinem Vater nach dem Brief fragen, er könnte ihn mir vorenthalten wollen. Rebecca kann niemandem außer mir in diesem Hause vertrauen.«

Mertgin zögerte kurz, dann steckte sie den Schlüssel ins Schloß. »Also gut, ich werde in der Vorhalle nachsehen. Euer Vater ist noch im Bade, man wird die Briefe unten abgelegt haben, damit die Schreiber sie sortieren, bevor sie ins Kontor gehen.«

»Dann eile, die Glocke schlug eben halb acht, sie werden gleich mit ihrer Arbeit beginnen. Ein Glück, daß heute Samstag ist, sonst hockten sie schon lange an ihren Pulten.«

Mertgin nickte kurz. Erleichtert atmete Columba auf, als die Magd endlich auf dem Korridor verschwand.

Die Tage der Lähmung waren vorüber. Die Tage des Zorns ebenso. Sie hatte Lazarus nicht vergeben, aber sie war bereit zu vergessen, wenn er ihr nur in einem Brief seine Gefühle, seine Erklärungen darlegen würde. Noch immer hallte sein Satz in ihren Ohren: »Warte auf mich.« Der flehende Ton ließ keinen Zweifel zu. Lazarus liebte sie, und sie liebte ihn. Mit jedem Tag ihrer Trennung war ihr Widerwillen gegen den Freiherrn gewachsen. Jetzt, da sie einen Vergleich hatte, wußte sie, daß es ihr unmöglich sein würde, an seiner Seite ihren Seelenfrieden zu finden oder auch nur ein erträgliches Dasein. Der Gedanke an eine fleischliche Vermählung mit diesem törichten Freßsack erfüllte sie mit nie gekanntem Ekel. Was sie früher vielleicht mit Gleichgültigkeit hätte ertragen können, war unmöglich geworden, schien ihr der niederträchtigste Verrat an Lazarus und ihrer eigenen Natur. Es durfte nicht sein, es konnte nicht sein. Ihr Vater schien zudem seit zwei Tagen wieder besten Mutes, hatte bei Tisch sogar mit ihr gescherzt. Alles sprach dafür, daß die Sache mit dem Pulver trotz allem ein glimpfliches Ende finden würde.

Wenn nur endlich eine Nachricht von Lazarus einträfe! Ein einziges Wort, und sie wäre zu allem bereit. Die letzten zwei Tage hatte sie mit bangem Warten verbracht. Heute mußte eine Nachricht eintreffen. Acht Tage war es her, daß Lazarus Köln verlassen hatte, längst mußte er auf der vielbefahrenen Strecke auf einen Viehtreck getroffen sein, dessen Treibern er nach Kaufmannssitte Briefe hätte mitgeben können. Noch vor den Toren Kölns hätte er eine solche Metzgerspost, wie es im Volksmund hieß, aufgeben können. Vielleicht hatte er nur gezögert, weil er zunächst Luthger und Tringin aus dem kurfürstlichen Hoheitsgebiet und über die Grenze nach den Niederlanden hatte schaffen wollen. Ja, das mußte es sein, beruhigte sich Columba und ging dabei unruhig in ihrer Schlafkammer auf und ab.

Sie war fest davon überzeugt, daß das Schicksal Lazarus und sie zusammengeführt hatte, daß es ihnen bestimmt war, sich trotz der mörderischen Beziehung ihrer Väter miteinander zu versöhnen – in Liebe zu versöhnen. Die Erinnerung an ihre letzten Worte beim Abschied trieben ihr noch einmal die Schamesröte in die Wangen.

»Ich verzichte auf alles, was *du* Liebe nennst. Es ist nichts als eine Verwirrung der Gefühle, eine lästige Krankheit. Ich werde sie überwinden«, hatte sie gesagt. Wie schon oft verfluchte sie ihr aufbrausendes Wesen. Zu oft lag ihr das Herz auf den Lippen. Wenn man Worte doch nur zurücknehmen könnte. Dennoch vertraute sie auf die Festigkeit von Lazarus' Charakter. Er war nicht der Mann, der leicht vergaß, der schnell von seinen Gefühlen Abschied nahm, seine Liebe zu seinem Vater bewies es, und doch ...

Schritte ertönten, das Klappern von Holzpantinen. Mertgin kehrte zurück, und an der Ungleichmäßigkeit der Schritte, dem unruhigen Klimpern der Schlüssel, der Hast mit der die Magd die Tür aufsperrte, erkannte Columba sofort, daß sie eine Nachricht bei sich trug. Gebe Gott, flehte Columba mit plötzlichem Erschrecken, daß die Magd den Anstand besessen hatte, den Brief nicht zu lesen.

Zur gleichen Zeit nahm Arndt van Geldern sein Bad vor der Messe. Eben streckte er den Arm über den Rand der Wanne, der Bader legte ein Lederband um den Oberarm und zog es fest, bis das Blut sich staute. Dann setzte er den Schröpfschnepper an und ritzte vorsichtig die Haut ein. Blutstropfen traten aus. Eilig griff er nach den gläsernen Schröpfköpfen, die er über dem Badekamin erwärmt hatte, und setzte sie auf die Schnitte. Sie saugten sich schmatzend fest, die Schnitte begannen heftig, aber gleichmäßig zu bluten.

»Ein Viertel Quart werde ich zapfen, werter Herr, das sollte genügen, um Euren Körper von den lästigen Harngiften zu befreien.«

»Könntet Ihr nur auch die elenden Blasensteine aus meinem Leib treiben, dann würde ich Euch fürstlich entlohnen.« Der Kaufmann stöhnte mit geschlossenen Augen.

»Wenn ihr Euch nur zum Steinschnitt entschließen könntet«, ereiferte sich der Bader, der gleichzeitig als Chirurgus und Barbier tätig war.

»Würdet Ihr mir denn für mein Leben garantieren?« wollte der Kaufmann mit einem abfälligen Lächeln wissen.

Der Bader hob die Brauen. »Nun, von elf Schnitten, die ich ausgeführt habe, gelangen mehr als die Hälfte.«

»Zu wenig«, erwiderte der Kaufmann kalt. »Außerdem plagen mich zur Zeit andere Sorgen.«

»Wenn der Rat nur ein Einsehen hätte«, sinnierte der Bader unbeeindruckt, »in anderen Städten darf man die Operationen an Hinrichtungskandidaten üben. Nur zwei-, dreimal bedürfte ich dieser Gelegenheit, um meine Fingerfertigkeit zu erhöhen. Als dem letzten König von Frankreich beim Turnier eine Lanzenspitze ins Auge gefahren war, übten die Chirurgen bei neun Todgeweihten den schwierigen Eingriff.«

»Der König ist lange tot.«

»Gewiß, er starb, ein Wundfieber raffte ihn nach dem Eingriff dahin, aber welch nützliche Erkenntnisse konnten seine Chirurgen dabei gewinnen.«

»Nimm die Schröpfköpfe ab. Ich brauche meine Kräfte heute noch.«

Der Bader gehorchte und löste die Gläser, das Blut quoll langsamer, zog sich – vom Sog befreit – schließlich wieder ganz in die Venen zurück. Der Bader öffnete einen Salbentiegel und bestrich die Wunden, dann legte er Pflaster aus Flachsfasern auf. »Nun noch ein Glas kräftigen, roten Wein, und Ihr werdet frisch wie ein Jüngling sein. Soll ich Euch den Bart noch stutzen?«

Ein Klopfen unterbrach das Gespräch. »Herr«, rief draußen vor der Tür einer der Angestellten, »Herr, ein Brief ist eingetroffen. Aus den Niederlanden. Ich fürchte, es handelt sich um eine schlechte Nachricht. Ein Eilbote überbrachte ihn am Morgen. Es geht um die Fracht nach Antwerpen. Sie ist verloren.«

»Ich bin nicht allein.« Van Geldern brachte mit scharfer Stimme den voreiligen Jüngling zum Schweigen.

Dann erhob er sich hastig und bereute es sofort. Der Blutverlust ließ solch plötzliche Bewegungen nicht zu. Ihn schwindelte, und zu seinem Unwillen mußte er die Hilfe des Baders annehmen, um aus der hohen Zinkwanne zu steigen. Statt dem Mann zu danken, herrschte er ihn an: »Bringt mir meinen Mantel und laßt Euch von einem der Knechte entlohnen. Aber wagt es nicht, auch einen Bartschnitt zu berechnen!«

»Aber, mein Herr van Geldern«, protestierte der Bader, während er dem Kaufmann den pelzverbrämten Morgenrock reichte.

»Ich kenne Euresgleichen, nicht umsonst gilt Eure Zunft als zwielichtig und Euer Handwerk als unrein. Geht und sagt dem Schreiber vor der Tür, daß ich ihn noch vor der Messe in meinem Kontor erwarte.«

Als der Barbier die Badestube verlassen hatte, griff van Geldern nach einem goldgerahmten Handspiegel.

Ein Brief aus den Niederlanden. Er musterte sein bleiches Antlitz mit befriedigtem Blick. Und schlechte Nachrichten dazu!

Er lächelte und lobte sein Spiegelbild: »Du hast noch nichts verlernt, alter Fuchs.«

Weniger Freude herrschte derweil im Schlafgemach Columbas. »Oh, welch ein Unglück, was für ein Bubenstück. Betrogen vom eigenen Angestellten. Ich mag es kaum glauben. Was für ein Teufel, dabei hatte er ein solches Engelsgesicht. Nie hätte ich ihm das zugetraut, aber Satan wählt sich immer die unschuldigsten Mienen, um sich dahinter zu verbergen.« Mertgin wischte sich mit dem Rockzipfel eine Träne aus den Augenwinkeln. Natürlich hatte sie den Brief gelesen, den der Schreiber in seiner Aufregung achtlos geöffnet auf dem Tisch im Morgensaal hatte liegen lassen, um sofort den Hausherrn zu informieren.

»Wie gut nur«, stellte Mertgin jetzt befriedigt fest, »daß ihn sogleich die gerechte Strafe ereilt hat. Wobei der Tod durch eine Kugel noch zu gut für ihn ist. In der Hölle soll er schmoren, Euren Vater so hinters Licht zu führen. Pulver hat er geschmuggelt und«, sie hielt inne, um ihr Entsetzen zu zügeln, »Ketzer befreit.« Sie schlug ein Kreuz und atmete ruhiger.

Dann fiel ihr Blick auf Columba. Starr saß das Mädchen auf der Kante ihres Bettes. Alle Farbe war aus ihrem Gesicht gewichen, sie war weißer als die Laken auf ihrem Bett.

Mertgin faßte sich. »Mein Kind, fürchtet Euch nicht. Bedenkt nur, Euer Vater ist nun frei von jedem Verdacht. Niemand kann noch annehmen, daß er etwas mit der Explosion im Grevenkeller zu schaffen hatte. Gott hat die Gerechtigkeit siegen lassen. Lobt den Herrn, den einzigen, wahren Gott, der es nicht zuläßt, daß Götzendiener und Antipapisten ihm die Herrschaft auf Erden streitig machen. Freut Euch, Columba, freut Euch, alles wird gut. Lazarus ist tot, und Ihr werdet morgen eine herrliche Hochzeit feiern.«

Ein rauhes Stöhnen löste sich aus Columbas Kehle, dann sank sie zu Boden. Im Hof fing ein Trupp Musikanten an zu spielen. Trommeln, Pfeifenspiel, ja sogar Hörner, obwohl sie laut der Ratsgesetze gegen übertriebenen Luxus zu diesem Anlaß verboten waren. Doch der Freiherr van Ypern ließ sich nicht lumpen und – einer kölnischen Sitte gemäß – seiner Herzensdame ein Morgenständchen bringen. Die Musikanten spielten und sangen mehr als eine

Viertelstunde, bis der Kaufherr van Geldern einen Knecht zu ihnen hinabschickte und sie vom Hof jagen ließ. Derselbe Knecht hatte Anweisung, die Wachleute des Gewaltrichters, die vor dem Tor standen, darüber zu informieren, daß er, van Geldern, ihren Dienstherrn nach der Messe erwarte. Eine wichtige Wendung im Fall der seltsamen Explosion läge vor.

Die Sache sei geklärt. Der Gewaltrichter möge eilen. Die Ankündigung eines üppigen Mittagsmahls gab der Nachricht eine appetitanregende Note.

4

Gefolgt von seinen beiden Subdiakonen und den Meßdienern trat der Diakon von St. Alban aus der Sakristei. Brausende Orgelklänge begleiteten seinen Einzug, stolz und beinahe schön sah er aus, der hochgewachsene, magere Mann in seiner schwarzen Cappa mit Kapuze und dem seidenen Chormantel, den er darüber trug. Mit gemessenen Schritten schritt er zum Altar, knickste und stimmte das Antiphon an, Subdiakone und Chor fielen mehrstimmig ein.

Juliana warf beim Anblick des Kirchenmannes stolz den Kopf zurück. Ihre Sklavin Melina holte hörbar Atem. Columba, die im Chorgestühl neben der Schwester saß, nahm nichts von alldem war. Auch das Augenzwinkern ihres Verlobten, der neben dem Vater im Chorgestühl der männlichen Familienmitglieder saß, war an sie verschwendet. Nur das anschwellende Pfeifen, das Brausen und Echo der Orgel drang zu ihr durch und erfüllte sie mit einem gewaltigen Sturm von Gefühlen. Ohnmächtige Trauer mischte sich mit verzehrendem Schmerz. Das Gloria traf sie wie ein Messerstich mitten ins Herz. Und während der Diakon feierlich die Messe zelebrierte, fand sie langsam zu ihren Gedanken zurück, die allesamt düster, schwarz und ohne Hoffnung waren. An die Stelle der Liebe war ein ebenso heftiges Gefühl getreten, das ihr alle Lebenskraft zu rauben drohte. Es war, als wolle ihre Seele sich von ihrem Körper lösen. So mußte es sein, wenn Gevatter Tod erschien. Aber der Tod kennt kein Erbarmen – sie würde weiterleben, und ihr Herz würde eine Wüste sein.

Der Diakon und die Subdiakone knieten vor dem Altar und begannen miteinander die Bußpsalmen zu beten – Herr erbarme dich unser. Endlich drang das »oremus« – lasset uns beten – an Columbas Ohr. Mechanisch sank sie wie der Rest der Gemeinde auf die Knie, faltete die Hände.

»Wir bitten dich, Herr, erhöre die Bitten der Flehenden ... Deine unaussprechliche Barmherzigkeit ...« Zwei Kantoren sangen die Litanei vor, und Columba empfand zum ersten Mal in ihrem Leben den tiefen Trost, der von diesen ewig gleichen, unveränderlichen religiösen Formeln und Übungen ausging. Das Gebet, so glaubte sie, würde jede Leidenschaft in ihr töten und jeden Gedanken überlagern. »Gott, dem es eigen ist, stets Erbarmung zu üben und zu schonen ...«

Der Freiherr van Ypern betrachtete sie bei alldem verzückt. Was die Religion doch aus den Weibsbildern machte! Engel, wahre Engel. Und dieser Engel dort drüben, der – von dunklen Holzschnitzereien eingerahmt – so leuchtend schön und keusch schien, würde bald der seine werden. Der Kontrast zwischen seinen durchaus fleischlichen Begierden und der seelenvollen Frömmigkeit seiner Braut erhöhte den Reiz dieser Vorfreude. Süßes Schweben der Lust. Er war der Jäger, sie die Beute. Die Unnahbare würde schon in der morgigen Nacht in seinen Armen liegen. Er würde sich an dem versiegelten Brunnen laben, diese hübschen Zwillingslämmchen zähmen, einen Engel zur Frau machen, ganz wie es Gott und ihm gefiel.

Mit leichtem Widerwillen betrachtete Arndt van Geldern den derben Flamen neben sich, der nur stöhnend und schnaubend von den Knien hochkam. Ein feister, genußsüchtiger Kerl. Die Mitgift würde er mit Gewißheit allzu rasch durchbringen und sich dann bettelnd an ihn wenden. Um so besser, die Hafenrechte wären ihm als Pfand für weitere Anleihen gewiß. Seine Brust weitete sich beim nächsten Atemzug und diesem Gedanken. Endlich konnte er wieder planen, die Pulvergeschichte war aus der Welt.

Er ließ seinen Blick über die Köpfe der Gemeinde im Kirchenschiff schweifen, suchte in den Frauenbänken links des Ganges ein Gesicht. Da saß sie tatsächlich und wand sich unter seinem Blick vor Stolz und Freude wie eine Schlange, die Schaffnerin Anna. Nun ja, sie hatte sich als taugliche Botin erwiesen, hatte – dank ihrer zwielichtigen Vergangenheit – keine Scheu gekannt, in schäbigen Hafenspelunken ein paar rohe Söldner aufzutreiben. Und doch, sollte er das Geschäft, was Rebecca betraf, mit ihr wagen?

Anna gelang es, dem Diakon frech zuzunicken. Es schien, als wolle sie ihm ein Zeichen geben. Wofür? Van Geldern verzog angewidert den Mund. Er dankte Gott, daß ihm durch Lazarus' Tod wieder Raum und Zeit gegeben waren, um das Angebot der Schaffnerin ordentlich zu überdenken. Sein Selbstvertrauen war wiederhergestellt, und er war überzeugt, Rebeccas Vermögen auch auf eigene, elegante Weise in seinen Besitz zu bringen.

Er betrachtete Columba, die morgige Braut. Eine Heirat? Vielleicht. Schließlich legten Beginen keine ewigen Gelübde ab, und würde Rebecca vor die Wahl zwischen Brandpfahl und Ehe gestellt, dann ...

Van Ypern nahm sich vor, seine Trinklust beim Brautschmaus zu zügeln. Columba verdiente seine volle Aufmerksamkeit und Manneskraft. »Amen.« Seufzend erhob er sich ein letztes Mal von seinen schmerzenden Knien und warf Columba einen sehnsüchtigen, sprechenden Blick zu. Sie fing ihn auf und fuhr zusammen. Die Gebete waren gesprochen, ihr süßer, einlullender Trost dahin.

Wie roh, wie kränkend und wie unerträglich war der Anblick des derben Flamen für sie. Nie, niemals konnte sie seine Frau werden. Doch eben jetzt trat der Diakon vor die Gemeinde, um den letzten Aufruf zu tun und damit das Verlöbnis auf immer bindend zu machen. Columba dachte an nichts, während sie sich erhob und aus dem Chorstuhl glitt. Julianas Hand griff bei dem Versuch, sie in das Gestühl zurückzuziehen, ins Leere. Mit festen Schritten ging Columba zum Altar. Die Gesichter der Gemeinde wandten sich ihr zu, der Diakon bemerkte die gespannte Aufmerksamkeit der Gläubigen und wußte, daß sie nicht ihm galt. Er drehte den Kopf. Columba stand neben ihm, ihre Augen waren starr nach vorn gerichtet, so als sähe sie bei der Kirchentür etwas, das ihre ganze Aufmerksamkeit fesselte. Sie öffnete den Mund, um zu sprechen und ihrem Schicksal eine neue Wendung zu geben.

»Gott soll mein Zeuge sein, daß ich allem Irdischen entsage und künftig nur Ihm, dem Allerhöchsten, dienen und Ihm, dem Allerherrlichsten, zu Ehren keusch und besitzlos leben will. Hiermit tue ich meinen Entschluß kund, in den Konvent meiner Tante Rebecca einzutreten. Ich bitte um den Segen der Kirche ...« Columba, die bis dahin mit fester Stimme gesprochen hatte, stockte kurz, fuhr dann fort: »... und um den Segen meiner Familie.«

Van Geldern war schon bei den ersten Worten aufgefahren. Neben ihm saß kraftlos der Freiherr, öffnete und schloß den Mund, als schnappe er wie ein gestrandeter Karpfen vergeblich nach Luft. Der Kaufherr raffte seinen schweren Mantel und wollte zum Altar eilen, doch seine Tochter Juliana verstellte ihm den Weg.

»Vater«, flüsterte sie beschwörend, »nicht hier. Bedenkt den Skandal, wir dürfen unsere Überraschung, unsere Abscheu nicht zeigen. Sie hat die Formel gesprochen, sie ist nun eine Novizin der Beginen. Wir müssen stolz und glücklich scheinen.«

Van Geldern ballte seine Rechte zur harten Faust, schloß darin allen Zorn ein, doch sein Verstand blieb kühl genug, um die berechtigten Einwürfe Julianas zu begreifen. Columba hatte nach einer mehr als zweihundert Jahre alten Sitte gehandelt, die es Frauen – wiewohl es sich meist um Witwen handelte – gestattete, sich nach dem Gottesdienst und vor der Gemeinde zum Beginentum zu bekennen.

Freilich war es bei reichen Bürgerstöchtern üblicher, sich in ein vornehmes Stift einzukaufen oder in einem ordentlichen Nonnenkonvent Zuflucht zu nehmen. Allein im Falle Columbas würde das Vorbild der Tante als Erklärung für ihren Entschluß genügen. Wenn die Familie sich nun nur klug verhielte, ruhige Miene bewahrte und Zustimmung heuchelte, würde sie jedes Gerücht über Streitigkeiten zwischen den Brautleuten oder in der Sippe im Keim ersticken.

Schon bereute Arndt van Geldern seine unüberlegte Reaktion und sank, um es zu überspielen, in die Knie, so als wolle er Gott für den Entschluß seiner Tochter danken. Juliana tat es ihm nach, und so verharrten sie demütig am Boden, bis zum letzten Mal die Orgel einsetzte und der Diakon feierlich der Sakristei zustrebte.

Auf dem Weg dahin streifte sein Rock die Schulter Julianas, die rasch einen Blick zu ihm hinaufwarf, doch er schien sie nicht wahrzunehmen. Columbas Torheit war für Juliana vergessen. Der Zorn über die Kälte des Diakons brannte heißer.

»Steh auf«, flüsterte nun der Vater befehlend, »geh zu deiner Schwester und bring sie ins Haus. Sie soll nicht länger Gegenstand der Gaffer sein. Ich kümmere mich um den Freiherrn.«

Der lag mehr als er saß in seinem Chorstuhl, klammerte sich an einen geschnitzten Dämon und rang noch immer nach Atem. Sein Gesicht hatte eine leicht bläuliche Farbe angenommen. Trotzdem war er kräftig genug, um dem Kaufherrn, als dieser ihn endlich hochgezogen hatte, mitzuteilen, daß er die versprochene Mitgift nach wie vor als die seine betrachte. »So will es das Gesetz, wie Ihr wißt! Wenn nicht noch mehr«, keuchte er. »Diese Schande, diese öffentliche Demütigung wird sich kaum durch ein Schmerzensgeld tilgen lassen, trotzdem ...«

»Kommt ins Haus und trinkt ein Glas Wein«, schnitt ihm der Kaufmann das Wort ab, »dabei läßt sich alles leichter bereden.« Er zog den Freiherrn zur Treppe hinüber, die zum Triforium und der Hauskapelle führte und an deren Fuß Anna wartete. Keck war ihr Blick, vielleicht sogar eine Spur frecher als sonst. Der Kaufherr wollte sie zur Seite schieben, während er den Freiherrn auf die Treppe drängte.

Die Schaffnerin behauptete ihren Platz. »Auf ein Wort«, zischte sie.

»Schweig!« herrschte Arndt van Geldern sie an. Anna gab nicht nach.

»Ihr wollt doch nicht wirklich, daß Columba in den Konvent eintritt?«

Bei dem Wort Columba wandte der Freiherr sich wieder um. Van Geldern knurrte ärgerlich. »Ich weiß einen Weg, wie Ihr Eure Tochter zurückbekommt.« Sie warf einen raschen Blick auf den Freiherrn. »Schließlich wäre es schade um die Mitgift«, flüsterte sie.

Der Kaufherr zögerte kurz. »Nun gut. Ich treffe dich am Nachmittag nach der Vesper hier im Umgang.« Er wandte sich ab und erklomm, den Freiherrn vor sich her treibend, die Stufen.

Anna lächelte, dann sah sie sich um. Das Kirchenschiff leerte sich allmählich, sie wartete ab und machte sich dann auf den Weg in die Sakristei. Sie wußte, daß der Diakon sie sehnsüchtig erwartete.

5

Tringin hatte es gewagt und war dafür belohnt worden. Einer Eingebung folgend, war sie noch in der Nacht des Überfalls zum Wirtshaus gelaufen. Stille hatte über dem Hof gelegen, nachdem die Haudegen den Kutscher und ihren Hauptmann ohne Zimperlichkeiten im Feld verscharrt und dessen Dahinscheiden mit einigen Kannen Wein und wenigen Tränen begossen hatten. Schnarchend lagen sie im Stroh der Scheune, im eintrocknenden Blut des Kameraden. Am folgenden Morgen würden sie einen Boten losschicken, um dem Kaufherrn den Erfolg ihrer Mission zu vermelden. Es war unnötig, noch nach dem geflohenen Mann zu suchen, der war mit Sicherheit hinüber, der Schuß hatte gesessen, in dem zusammengesackten Reiter hatte kein Funken Leben mehr gesteckt.

War die Botschaft erst abgeschickt, dann wäre das Pulver auf dem Karren ihres und damit ein großer Batzen Geld. Auf dem Markt zu Antwerpen würde es eine stattliche Summe bringen, weit mehr als die versprochene Entlohnung durch den Kaufherrn. Alles in allem also waren die drei Söldner dem Schicksal dankbar, und so zufrieden, wie es Landsknechte ohne Krieg, Brandschatzung und Plünderung nur sein konnten.

Tringin hatte mit klopfendem Herzen den Wirt vor seinem Haus entdeckt. Eine Laterne stand neben ihm, er hielt vorsichtshalber Wache, besorgt darüber, daß die schnarchenden Söldner seinen Weinkeller weiter plündern würden.

»Wer da?« hatte er mißtrauisch gerufen, und Tringin hatte, allen Mut zusammennehmend, mit der Grußformel der Wiedertäufer geantwortet. Der Erfolg war vollkommen gewesen, denn der Wirt erwiderte den Gruß.

Das war nun einige Tage her. Jetzt saß sie in einem finsteren Kellergeschoß, dessen kleine Fenster zum Hof gegen die Blicke Neugieriger dicht verschlossen waren. Man erstickte fast in der schlechten Luft, und Tringin warf einen besorgten Blick auf den bleichen Mann, der neben ihr auf einem Strohsack lag und unruhig schlief. Zwei Knechte hatten ihn im Schutz der Dunkelheit hierhergetragen. Mit Messerschnitten hatte der Barbier des nahen Dorfes Lazarus' Wunde geöffnet und hineingegriffen, um die Kugel zu entfernen. Die Wunde hatte er mit Essig ausgewaschen, und da Lazarus in tiefer Ohnmacht lag, war alles ohne großen Lärm geschehen. Tringin hatte Bandagen geschnitten und die Wunde damit verbunden.

Heute würde der Barbier einen weiteren Besuch wagen, obgleich er nach der Operation wenig Hoffnung für das Überleben des Mannes geäußert hatte. »Obwohl, er ist jung, sein Herz kräftig, vielleicht ...«

Tringin und Luthger hatten gebetet, nach ihrer Art, in jedem Fall voll Gottvertrauen, und der Herr schien sie zu erhören, denn Lazarus lebte noch. Doch sein Fieber stieg wie eine Flamme. Ein Abszeß hatte sich auf der Wunde gebildet, er delirierte häufig und schrie manchmal nach Wasser.

Schweren Herzens erstickte Tringin die Schreie des Schwerverwundeten jedesmal mit einem Knebel, bevor sie ihm dann etwas Flüssigkeit einflößen konnte.

Ein leises Pochen an der Brettertür, ein Flüstern, die Stimme des Wirtes. »Ich bringe den Barbier, Schwester, öffne die Tür.«

Tringin schlüpfte hinüber und öffnete. Das Licht der kleinen Fackel, die der Wirt vor sich her trug, blendete sie, nachdem sie Tage und Nächte nur bei dem Licht eines kleinen Talglichts gesessen hatte.

Der Barbier nickte stumm zum Gruß und ging direkt zum Krankenlager, kniete nieder und öffnete die Bandagen. Ernst schüttelte er den Kopf. »Wenn nur der Eiter abfließen würde«, sagte er. Nachdenklich strich er sich den Bart. Der Wirt und Tringin schauten ihn erwartungsvoll an. »Ich kenne nur eine Behandlung, aber sie ist äußerst schmerzhaft und nicht immer von Erfolg gekrönt. Ich zögere, sie anzuwenden.«

»Tut es«, sagte Tringin entschlossen, »schlimmer als jetzt kann es kaum werden.« Der Barbier warf ihr einen raschen Blick zu. Auch er war heimlich einer anderen Religion als der katholischen zugetan. Er war, wie viele Niederländer, Calvinist, aber großherzig genug, um in dem Greis und seiner Tochter ebenfalls Verfolgte und damit Menschen zu erkennen, die ähnlichen Gefahren wie er selber ausgesetzt waren.

Titelmans, der Beauftragte der spanischen Inquisition in den Niederlanden, trieb nun schon seit Monaten sein Unwesen – verhaftete Menschen, weil sie in ihren Häusern beteten, folterte andere, weil sie die Mütze nicht vor dem Kreuze zogen. All das genügte, um aus Brabantern, Holländern, Zeeländern und Flamen eine Einheit zusammenzuschweißen, die einen gemeinsamen Feind hatte, und der hieß Philipp. In Zeiten wie diesen fragte darum keiner lange nach dem Woher oder Wohin eines Verfolgten.

»Holt mir kochendes Öl«, wies der Barbier den Wirt an, »und bringt einen Mann mit, der den Kranken festhalten kann.« Der Wirt verschwand eilig. »Besser, du gehst eine Weile an die Luft«, riet er Tringin, »was jetzt kommt, ist selbst für männliche Gemüter nur schwer zu ertragen.«

Tringin schüttelte den Kopf. »Nein, ich bleibe. Dieser Mann dort hat mehr für mich und meinen Vater erduldet, als wir ihm je vergelten können. Ich werde bei ihm bleiben.« Sie schluckte kurz. »Und wenn es seine letzte Stunde ist, dann werde ich ihm die Hand halten, bis er die Augen schließt, und seine Seele Gott empfehlen.«

»Amen«, flüsterte der Barbier. Luthger und der Wirt erschienen in der Tür und trugen eine Pfanne mit siedendem, zischenden Öl.

Der Geruch verbrannten Fleischs nahm den drei Menschen am Krankenlager beinahe den Atem. Der Barbier hatte Lazarus' Wunde mit dem kochenden Öl ausgebrannt. Die rohen Schmerzen hatten den Verwundeten ohnmächtig werden lassen.

»Wird er überleben?« fragte Luthger mit belegter Stimme.

Der Barbier wiegte vorsichtig den Kopf. »In meiner Profession gibt es keine sicheren Vorhersagen.«

Der Wirt räusperte sich. »Mit Verlaub, wie lange kann seine Heilung dauern? Hier in der Gegend wimmelt es seit Tagen von spanischen Söldnerunternehmern. Ein Trupp Werber haust bei mir, sie werben Freiwillige für König Philipp. Es ist unruhig im ganzen Land, ich möchte es nicht auf eine Visitation meines Kellers anlegen.«

Tringin warf dem Mann einen ärgerlichen Blick zu. Der Bader seufzte. »Guter Mann, soviel kann ich Euch versprechen, wenn er die nächsten drei Tage übersteht, dann gibt es Hoffnung, dann könnte er in ein, zwei Wochen dieses Quartier verlassen und in eines Eurer Zimmer ziehen.«

»Unmöglich!« protestierte der Wirt, der seinen Großmut zu bereuen begann.

»Ihr könnt einem Schwerkranken nicht die Tür weisen«, empörte sich der Bader, »vergeßt nicht, er ist Euer Glaubensbruder.« Luthger und Tringin widersprachen nicht.

Der Wirt brummte noch vor sich hin, als plötzlich schwere Stiefel die Treppe heruntergepoltert kamen.

»He da!« rief ein Mann. »Wirt, wir sind durstig, wo steckst du?« Bei seinen letzten Worten hatte der Kerl die Tür zum Kellerverlies aufgestoßen. Erstaunt erfaßte sein Blick die Gruppe, die das Lager des Schwerverletzten umstand. Angeekelt rümpfte er die Nase, der Gestank war unerträglich. Dennoch trat er ein und schob mit der gebieterischen Geste eines spanischen Feldhauptmannes den Bader und den Wirt zur Seite. Er warf einen Blick auf das Krankenlager. »Wen zum Teufel versteckt ihr hier? Elendes, niederländisches Pack. Alle Feinde Philipps sind auch die meinen.«

6

Stumm hielt Columba die Hand ihrer Tante. Für einen Moment waren alle eigenen Sorgen vergessen. Lange hatte sie die Muhme nicht mehr besucht, hatte nichts von ihren Qualen gewußt. Wie blaß und mager Rebecca war. Unruhig flatterten ihre Augenlider über hohlen, ausgezehrten Wangen. »Liebe Tante«, flüsterte Columba erschrokken, »was ist mit dir? Warum bist du so elend?«

Rebecca stöhnte. Columba sah, daß sie etwas sagen wollte, doch ihre gesprungenen Lippen verrieten, wie trocken ihr die Kehle war. Rasch lief Columba nach einem Krug mit Wein und Wasser. Sie roch daran und hielt den Krug angewidert von sich weg. Ohne zu überlegen, rannte sie aus der Tür, die Treppe hinab in die Küche, goß den Inhalt des Kruges aus dem Fenster und füllte ihn mit frischem Wein. Sie lief zurück in die Kammer der Kranken und flößte Rebecca von dem frischen Getränk ein.

Unter großen Mühen schluckte die Tante, sank zurück auf das Lager und fuhr sich langsam mit der Zunge über die Lippen. »Wie süß und köstlich dieser Wein ist«, flüsterte sie verwundert, »ich danke dir Columba. Aber warum bist du gekommen?«

»Ich bin zu dir gekommen, um an deiner Seite zu leben«, begann Columba. »Ich habe vor der Gemeinde meinen Entschluß bekannt gemacht. Ich werde mich um dich kümmern. Warum ist keine Krankenwärterin bei dir? Weshalb läßt man dich so allein? Wie unbarmherzig deine Mitschwestern sind.«

Endlich gelang es Rebecca, die Augen zu öffnen. Mit wehem Blick schaute sie die Nichte an. »Du brauchst nichts zu sagen, liebe Tante, wenn es dich zu sehr anstrengt. Ich laufe nach unten und werde etwas Brei holen. Du mußt essen!«

Rebecca wollte den Kopf schütteln, doch Columba achtete nicht weiter darauf. Sie ließ ihr kleines Bündel mit Kleidern und Leibtüchern in der Ecke liegen und flog wieder die Treppe hinab in die Küche. Sie hatte gehofft, die Kornmeisterin anzutreffen, doch statt dessen standen nun zwei mißmutige Frauen in Beginentracht beim Herd, rührten eine Suppe um und schnitten Kohl hinein.

»Wo ist die Kornmeisterin?« fragte Columba erstaunt und mit einem Unterton des Zorns.

Eine der Frauen, Hergard war ihr Name, warf dem Mädchen einen ärgerlichen Blick zu. »Was fällt dir ein, so mit uns zu sprechen? Eine Novizin hat darauf zu warten, bis man sie anspricht oder ihr Befehle erteilt.«

Columba war nicht Novizin genug, um diesen Tadel demütig entgegenzunehmen. »Ich spreche nicht als Novizin, sondern als Nichte. Warum kümmert sich niemand um die Magistra? So elend, wie sie ausschaut, hat sie seit Tagen nichts Rechtes gegessen. Ist das eure Art, einer großherzigen Stifterin zu danken, die euch Unterkunft und Auskommen verschafft?«

Hergard straffte den Rücken, die andere Frau sah betroffen drein. »Sie selbst«, erwiderte nun Hergard, »verweigert jede Nahrung. Erst recht, seit die Kornmeisterin zu Tode gekommen ist.«

Columba erbleichte. Die Kornmeisterin tot? Unmöglich. Das Bild der drallen, rotwangigen Begine erschien vor ihr. Nichts erinnerte darin an Vergänglichkeit, an Krankheit, an Tod. »Unmöglich«, sagte sie.

»Unmöglich?« wiederholte Hergard höhnisch. »Du kannst ihr Grab besuchen. Es ist schon nicht mehr ganz frisch, wurde aber rasch geschaufelt.«

Columba nahm kraftlos auf einem Schemel Platz. »Wie konnte das geschehen?«

Hergard öffnete den Mund, um etwas zu sagen, doch diesmal kam ihr die andere Begine zuvor. »Ein Unfall, sie stürzte des Nachts die Treppe hinab.« Hergard wandte sich dem Herd zu und schwieg.

Columba seufzte. »Kein Wunder, daß meine Tante nicht essen mag. Sie hat sehr an der Kornmeisterin gehangen.«

Hergard schnaubte verächtlich, die andere Begine legte beschwichtigend ihre Hand auf ihren Arm. Dann lief sie nach einer Schöpfkelle und einem Holztiegel und tat etwas von der Suppe auf. »Hier, es ist zwar nur unsere gewöhnliche Kost und nicht, was die Schaffnerin für die Magistra zu kochen pflegt«, sagte sie mit einem annähernd freundlichen Lächeln, »aber versuche dein Glück. Vielleicht ißt sie etwas, wenn du es ihr gibst.«

Columba griff das Schüsselchen und etwas Brot und verließ nachdenklich die Küche.

»Ein Unfall! Besser wäre es, Rebecca stürbe, bevor sich ein weiterer ereignet«, schimpfte Hergard, »du hegst ein allzu großes Gottvertrauen, Schwester!«

»Dein Urteil ist hart und unbarmherzig, Schwester Hergard. Der Diakon hat den Fall untersucht. Er sagt, daß nichts für einen Frevel spricht.«

Hergard fuhr herum, Küchendampf umwirbelte sie. »Und die blutigen Buchstaben auf der Brust der Toten? Hat er sie mit seinen Worten weggewischt aus deinem Gedächtnis?«

Die andere biß sich auf die Lippen. »Nein, aber vielleicht gibt es eine ganz einfache Erklärung.«

Hergard nickte spöttisch. »Freilich gibt es die. Satan hat in unserem Konvent Quartier genommen.«

»Der Diakon leugnet es. Er ist ein tiefgläubiger, kluger Mann, er würde sich nicht täuschen lassen.«

»Nun«, sagte Hergard beinahe einlenkend, »wenn es nicht Satan ist, der hier sein Unwesen treibt, muß es Rebecca selber sein. Vielleicht stieg ihr die Verehrung der Gläubigen zu Kopf, vielleicht hat sie alle ihre Visionen, ihre mystischen Erscheinungen, diesen Brautring Christi nur vorgetäuscht.«

Die andere runzelte zweifelnd die Stirn. »Warum sollte sie dann die Kornmeisterin töten? Das eben ergibt keinen Sinn.«

Hergard tauchte einen Holzlöffel in die Suppe und kostete. Sie leckte sich die Lippen, dann sagte sie kalt: »Das ergibt durchaus Sinn. Was, wenn die Kornmeisterin unsere

Magistra bei einer ihrer Betrügereien entdeckte? Hast du dich nie gefragt, was sie bei Nacht auf dem Korridor suchte? Die Kornmeisterin war nicht zu gutmütig, um scharfsinnig zu sein. Nur wenige Tage vor ihrem Tod machte sie zu mir eine Bemerkung über ein Unrecht, dem sie auf der Spur sei.«

»Sprach sie dabei von Rebecca?« fragte die andere hartnäckig.

»Wen sonst hätte sie meinen können?«

»Eine, die boshaft genug wäre, um allen Verdacht auf Rebecca zu lenken. Eine, deren Herz und Gemüt von Haß und Neid zerfressen ist. Eine wie ...«

»Was steht ihr herum und schwatzt!« Die scharfe Stimme der Schaffnerin ließ die beiden Köchinnen ertappt herumfahren.

7

Mein lieber, werter van Geldern, wie froh bin ich, daß die ganze leidige Sache aus der Welt ist.« Vom üppigen Mahl gesättigt, hob der Gewaltrichter seinen Weinpokal und prostete dem Hausherrn zu. Sie saßen allein im Morgensaal. Butterwecken, eingelegte Kirschen in Zimt, gedörrte Äpfel und mit buntem Zucker überzogene Korianderkörner bildeten den Abschluß des Mittagsmahls.

Der Kaufherr nickte kurz und trank ebenfalls. Hastig setzte der Gewaltrichter wieder ab, wischte sich den Mund und bemerkte: »Wenngleich da noch der Pulvermüller Rutger ist. Verstockter Kerl. Möchte sein, daß ich ihm mit dem peinlichen Verhör drohen muß, um ihn zum Reden zu bringen. Wie konnte er sich so vergessen, sein Pulver an Euren Angestellten zu verkaufen ...«

»Vergeßt den Kerl. Übt Barmherzigkeit, er ist der beste Pulvermacher unserer Reichsstadt. Es wäre ein großer Verlust, wenn er Schaden nähme. Die Verteidigung Kölns ist zu wichtig, als daß man auf ihn verzichten könnte.«

Der Gewaltrichter stimmte zu, nur um sofort einen weiteren Einwand zu machen. »Ihr seid ein wirklich umsichtiger Mann, van Geldern. Eine Schande, daß Ihr nicht im Rat sitzt. Da bleibt nur die Frage, was Euer dürrer Sekretär mit der ganzen Sache zu schaffen hatte. Er ist nie als Ketzerfreund auffällig geworden. Oder hatte er eine Neigung zu Eurer Tochter Columba?«

Van Gelderns Augen verengten sich zu Schlitzen. Infamer, gieriger Kerl. »Ich verstehe Euch nicht. Was sollte meine Tochter mit ihm zu schaffen haben? Sie weiß, was sich geziemt. Und wie kommt Ihr darauf, sie mit den Ketzern in Verbindung zu bringen? Heute hat sie sich zu einem keuschen Leben als Begine entschlossen und ...«

»Wird bei Rebecca, Eurer Schwägerin leben. Seltsam, van Geldern, nicht wahr, wie viele unberechtigte Verdächtigungen es gegen Eure Familie gibt. Der Herr erlegt Euch viele Prüfungen auf, so als wäret Ihr Hiob. Aber so macht er es wohl mit denen, die er am meisten liebt und begünstigt.« Er griff nach einem Schälchen mit entsteinten Kirschen und stopfte sich genüßlich eine Handvoll Früchte in den Mund. Blutrot rann der Saft von seinen Mundwinkeln herab.

»Ihr habt recht.« Der Kaufherr seufzte. »Langsam scheint es mir angebracht, mich eines gewissen Schutzes zu versichern. Man kann nicht genug auf seinen guten Ruf achten.«

»Schon gar nicht als Kaufmann«, bestätigte der Gewaltrichter und wischte sich mit einem Mundtuch das Gesicht. »Es wäre mir eine Ehre, Euch zu Diensten zu sein.«

Van Geldern strich mit dem Zeigefinger über den Rand

seines Weinpokals. »Gebt mir ein wenig Bedenkzeit«, sagte er mit ausgesuchter Höflichkeit, »dann werde ich Euch ein Angebot machen können, das Ihr nicht zu verachten braucht. Ein Mann von Eurer Bedeutung sollte genügend Mittel haben, um sie auch hervorzustreichen.«

Der Gewaltrichter lächelte wie geschmeichelt. »Ich danke Euch, van Geldern. Für dieses köstliche Essen. Besonders diese Kirschen ...«

»Ich werde dem Koch Anweisung geben, einige Krüge davon zu Euch schicken zu lassen. Es war eine reiche Ernte im letzten Sommer.«

»Fürwahr eine reiche Ernte.« Der Gewaltrichter nickte zufrieden.

Van Geldern erhob sich und verließ mit einem letzten stummen Gruß den Morgensaal. Der Gewaltrichter blieb zurück, um gegen die Welle heftiger Übelkeit anzukämpfen, die ihn plötzlich befiel. Geschäfte mit dem Kaufherrn van Geldern hatten immer einen üblen Beigeschmack. Argwöhnisch betrachtete er das leere Kirschenschälchen.

8

In den Gängen des Wirtshauses herrschte rege Geschäftigkeit. Mägde flitzten aufgeregt hin und her, schleppten Wasserkrüge und Leinenzeug. Knechte wurden aufgescheucht, um Brennholz zu hacken. »Aber keine feuchten Scheite, wie Ihr sie für meinen Kamin gebraucht«, herrschte der Feldhauptmann den Wirt an. »Ich weiß, daß Ihr mit solchen Schäbigkeiten gegen meine spanische Tracht rebelliert, aber wenn Ihr meinen Freund Lazarus ähnlicher Unbill ausliefert, dann gnade Euch Gott. Welcher auch immer.« Schon wandte der Mann sich ab und stürmte in die helle, geräumige Schlafkammer, die man für Lazarus hergerichtet hatte.

Tringin empfing ihn mit scheuem, ehrfurchtsvollem Blick. Trotz der feindlichen Uniform erkannte sie einen gutherzigen, stattlichen Mann in dem Söldnerführer. Er mochte gut fünfundvierzig Jahre zählen, vielleicht auch weniger, ein unstetes Leben konnte seine Alterung beschleunigt haben. Sein von grauen Strähnen durchzogener Bart war gepflegt, auch seine Kleidung verriet Sorgfalt und vielleicht eine Spur von Eitelkeit. Das einzige, was in seinem Gesicht jedoch den Anspruch auf Schönheit erheben konnte, waren die dunklen Augen, die im Zorn drohend wirken mochten, im Moment aber nichts als wärmste Besorgnis ausdrückten.

Unbeholfen stand der Kriegsmann nun neben dem Bett des Verwundeten. Ihm blieb nichts mehr zu tun, nachdem er alle Befehle zur Umbettung und Pflege von Lazarus gegeben hatte. Tatenlosigkeit, das sah man deutlich, war ihm zuwider.

Tringin ging beherzt zu ihm. »Wir können nichts tun, außer zu hoffen und zu beten«, sagte sie beruhigend. »Seine Ohnmacht kam zur rechten Zeit, er würde die Schmerzen sonst kaum ertragen haben.«

Der Feldhauptmann biß sich auf die Lippen. »Ein viehisches Verfahren. Selbst meinem Gaul würde ich es nicht zumuten. Wie roh die Wunde aussah.« Er drehte sich ungeduldig auf dem Absatz um, riß die Tür auf und brüllte in den Gang: »Wo bleibt der verfluchte Feldscher? Treibt ihn auf. Wenn er betrunken in den Armen einer Hure liegt, dann treibt ihn mit Stockschlägen her!«

Mit einem Knall schloß er wieder die Tür. »Ist ein verflucht guter Wundenflicker. Der hat mir schon ein halbes Dutzend Kugeln aus dem Fleisch geschnitten. Aber«, er wandte sich wieder zu dem Bett, »der da, der ist der einzige, der mir wirklich mal das Leben gerettet hat. Ich sag's dir, Mädchen, bei St. Quentin, als es gegen die Franzosen ging, wäre es um mich geschehen gewesen, wenn er sich nicht vor mich geworfen und mit einem Degenhieb meinem Angreifer die Schwerthand vom Arm getrennt hätte.«

Tringin unterdrückte ein Schaudern. »Sprecht leiser, werter Mann, die Unruhe schadet dem Verwundeten.«

Zu ihrer Überraschung schwieg der Feldhauptmann betreten. Flüsternd fuhr er fort: »Vielleicht wunderst du dich über die Heftigkeit meines Gefühls, aber einer wie ich findet selten einen Freund, der bereit ist, sein Leben für das eines anderen zu geben. Lazarus war ein seltsamer Soldat. Voller Todesverachtung und dabei von melancholischer Natur. Ein Grübler, ein kluger Geist, vielleicht zu klug für diese grobe Welt. Seine Seele blieb mir immer ein Geheimnis. Kennst du seine Geschichte?«

Tringin senkte den Blick. »Ein wenig«, bemerkte sie vorsichtig.

»Calvin ließ seinen Vater brennen«, bemerkte der Feldhauptmann knapp, »hat seinen Sohn schwermütig gemacht und doch nicht zum Menschenfeind. Dazu gehört eine starke Natur. Seltsame Liebe, mit der er an Menschen hängt, obwohl er die Menschheit zu verachten scheint. Manchmal wünschte ich, auch ich könnte über soviel Tiefe des Gefühls verfügen. Hingegen, wenn ich an meine Sippe denke ...« Er spuckte aus.

Tringin seufzte erleichtert auf. Obwohl in spanische Tracht gewandet, schien den Kriegsmann die Ketzerfrage nicht weiter zu bedrücken. »Als Ihr in den Keller kamt, sagtet Ihr, daß alle Feinde Spaniens auch die Euren seien, wie verträgt sich das mit Eurer Fürsorglichkeit?« fragte sie mutig und fast ein wenig scherzend.

Der Feldhauptmann stieß ein trockenes Lachen aus.

»Der Krieg ist ein Geschäft, Mädchen. Ich bin im Rheinischen geboren und habe wie beinahe jeder Söldner schon auf allen Seiten gekämpft, für jeden, der mich zahlt. Mir ist es eins, welchem Glauben ein Kriegsherr anhängt. Es gibt nur eins, das ich wirklich verabscheuen muß, und das ist der Frieden. Er läßt mich verhungern. Wenn einer wie ich nichts zu kämpfen hat, dann ist schimmeliges Stroh sein Bett, ranziger Speck seine Kost und Regen sein Waschwasser.«

Er seufzte und hockte sich auf einen Schemel neben Lazarus' Bett. »Ich brauche den Krieg, obgleich ich mich manchmal durchaus nach einem Leben in Frieden sehne. Aber zu vieles trennt mich davon.«

Nachdenklich betrachtete Tringin den Feldhauptmann. Kein Zweifel, auch er hatte ein Leben hinter sich, das schwer und leidvoll gewesen war. Die Wunden seiner Seele gingen tiefer als alle Narben auf seinem Körper. Plötzlich fühlte sie, daß die Erfahrung von Leid, wo sie nicht zur Verrohung der Seele führte, ein weit festeres und zärtlicheres Band zwischen Menschen knüpfen könnte als jede Religion. Es war etwas, das ihr Vater nie begreifen würde. Etwas, für das das Wort Liebe stand.

Die Tür zur Kammer öffnete sich. Der Feldscher trat ein, ein wieselflinker, drahtiger Mann, den niemand ernsthaft der Hurerei oder Trunkenheit verdächtigen konnte. Tringin lächelte leise, während der Mediziner mit geübten Fingern die Wunde freilegte.

»Äußerst rohe Behandlungsmethode«, stellte er sachlich fest, »aber nicht ganz verkehrt.«

Der Hauptmann knurrte unwillig. Der Feldscher setzte Kanülen an die Wunde, um sie vollständig vom Eiter zu entleeren, dann strich er eine Salbe aus Eigelb, Terpentin und Rosenöl auf.

»Du mußt ihm nun regelmäßig warme Umschläge aus

einem Aufguß aus Salbei, Rosmarin, Thymian, Lavendel, Kamillen, in Weißwein gedämpften roten Rosen und gewaschener Eichenrinde machen. Alles, was du brauchst, werde ich dir bringen lassen«, sagte er an Tringin gewandt. Sie nickte.

»Und das wird helfen?« fragte der Feldhauptmann aufbrausend.

»Das und viel Ruhe. Ich werde dem Verwundeten auch etwas Opium geben, damit er seine Schmerzen leichter erträgt. Mehr läßt sich nicht tun.«

»Besteht Hoffnung?« fragte Tringin.

»Hoffnung, mein Kind, besteht immer. Und nun, Herr Hauptmann, überlassen wir dieses Schlachtfeld dem Weib. Das Mädchen hier ist für die Pflege eines Verwundeten besser geeignet als ein lärmender Knasterbart wie Ihr einer seid.«

9

Melina betrachtete ihre junge Herrin mit ernsthafter Sorge. Seit Tagen schon glänzten Julianas Augen wie vom Fieber, unruhig und fahrig waren alle ihre Bewegungen. Den Nachmittag nach der Messe hatte sie im zornigen Selbstgespräch verbracht, war murmelnd in ihrem Schlafgemach auf und ab gelaufen, als hocke ihr der Leibhaftige im Nacken. Die schwarze Zofe saß auf einem gepolsterten Schemel in einer Ecke neben dem Bett. Lange hatte sie nicht gewagt zu sprechen, der Raum war nun dunkel, wie der Abend vor den Fenstern. Jetzt wollte sie dem Spuk, der in Julianas Kopf zu toben schien, ein Ende setzen.

»Herrin, es ist an der Zeit. Ihr müßt Euch für Gebet und Abendmahlzeit umkleiden.«

Juliana wandte unwirsch den Kopf zu ihr, mußte sie im Dunkel der Ecke suchen. Als sie die Magd entdeckte, fuhr sie auf. »Ich gehe nicht zur Abendmahlzeit. Ich bin krank, sage das meinem Vater. Geh nur, geh.«

Melina erhob sich langsam. »Euer Vater wird Eure Gesellschaft heute abend brauchen. Ihn schmerzt der Verlust Columbas.«

»Unsinn.« Juliana schüttelte den Kopf. »Was bedeutet sie ihm schon?«

»Aber der Freiherr«, wandte Melina zaghaft ein, »er muß bei Laune gehalten werden. Was, wenn er auf einem Schadensgeld besteht, weil Columba das Verlöbnis brach?«

Juliana schwieg und nahm vor einem Spiegel Platz. Melina eilte herbei, um mit einem einsam flackernden Talglicht die Kerzen neben dem Spiegel und in den Wandhaltern zu entzünden. Das milde Licht der Kerzenflammen schien ihre Herrin zu besänftigen. Wie gewohnt löste sie die Haube von ihrem Kopf, zog die Nadeln aus dem Zopfkranz und ließ ihre Haare herabfallen. »Kämme mich«, befahl sie Melina.

Das schwarze Mädchen strich sanft die Haare glatt und griff zum Hornkamm.

»Ich will den roten Damast tragen, dazu das goldbestickte Mieder und darüber den schwarzen Samtumhang«, wies Juliana ihre Dienerin weiter an.

»Den Samtumhang? Weshalb? Das Haus ist warm, Ihr braucht ihn nicht. Das Schwarz ist so trübsinnig, es könnte dem Freiherrn mißfallen.«

Juliana stieß die Hand der Magd fort und drehte sich wütend um. »Was hast du nur mit diesem elenden Freiherrn? Glaubst du etwa, ich sollte nun den Platz meiner törichten Schwester einnehmen? Dieser feiste Geck soll sich nur zurück in sein Nebelland beim Meer scheren, wir brauchen ihn nicht, Vater wird ihn schon auszahlen.«

Melina faßte neuen Mut. »Ich hörte, daß Euer Vater so reich nicht mehr ist. Bemerkt Ihr nicht, wie besorgt er zuletzt immer wieder schien? Die Tage und Nächte, die er in seinem Kontor verbrachte, haben seine Gesundheit angegriffen. Besser wäre es, wenn Ihr sobald als möglich einen Mann erhören würdet und ...«

Juliana erhob sich von ihrer Bank, sie zitterte vor Wut, während sie ganz nahe an die Magd herantrat. »Du vergißt dich, Melina. Bilde dir nur nichts auf dein einmaliges Beisammensein mit dem Diakon ein. Er liebt dich nicht, ich weiß es. Und wenn du meinst, daß unsere gemeinsamen Nächte bei den Engeln dir das Recht geben, über mein Leben zu bestimmen ...«

»Das, das wollte ich nicht, ich fürchte nur ...«

»Du fürchtest, daß ich den Diakon für mich gewinnen könnte, nicht wahr? Du eifersüchtige Schlange.« Juliana ergriff eine schwere silberne Bürste und schlug sie in Melinas Gesicht. Einmal, zweimal holte sie aus, bis die Magd stöhnend zusammensank und bewußtlos am Boden liegenblieb.

Juliana erschrak, als sie es sah. Dieser verfluchte Diakon trieb sie zu den gröbsten Bösartigkeiten. Er mußte endlich aus ihrem Leben verschwinden, sie mußte seine Macht brechen, bevor sie noch rasender, noch grausamer werden würde.

Sie lief zu einer Truhe, öffnete den Deckel und hob fein gefaltete Gewänder und Mieder heraus, dann legte sie den Kleiderstapel auf ihr Bett, dachte kurz nach, wählte aus, entschied sich anders und kleidete sich endlich an. Den schwarzen Umhang um die Schultern trat sie in den Korridor.

Sie schaute sich kurz um, und als niemand zu sehen war, lief sie leise zum Kontor des Vaters und klopfte. Als keine Antwort kam, öffnete sie die Tür und eilte zum Schreibtisch hinüber. Sie fand rasch, was sie suchte, steckte es in ihre Rocktasche und trat wieder in den Korridor. Noch einmal schaute sie sich um und entdeckte Mertgin, die eben aus der Hauskapelle trat. Die alte Frau schien zutiefst bekümmert. Die Augen auf den Boden geheftet und mit gebeugten Schultern schlich sie über den Gang.

Juliana vertrat ihr den Weg. »Ich suchte eben meinen Vater, doch er ist nicht hier. Wenn du ihn siehst, sag ihm, daß ich nach dem Gebet direkt zu Bett gehe. Ich fühle mich nicht wohl.«

Mertgin hob kaum die Augen, nickte nur stumm, dann ging sie weiter. Albernes Weibsbild dachte Juliana abfällig und betrat die Hauskapelle.

Draußen im Gang verharrte Mertgin für einen Moment. Erst jetzt erreichte das Bild ihre Gedanken. Warum hatte Juliana einen schwarzen Mantel getragen? Genau wie damals Columba, als sie des Morgens ausbrach, zum Schlittschuhlauf. Damals. Mertgin schüttelte wieder traurig den Kopf. Columba, dumme, geliebte Columba.

Es hatte nicht lange gedauert, bis auch ihr vertrocknetes Herz es gefühlt hatte: Das Mädchen liebte diesen elenden Lazarus. Gegen alle Sitte, gegen allen Verstand, und dafür hatte Gott sie gestraft. Der Herr war gerecht. Der Herr war grausam. Mertgin schlurfte weiter in Richtung Treppe. Ihr Täubchen von der Welt ausgesperrt in einem Konvent. Die schwarzen Haare versteckt unter der Beginenhaube. Niemals, niemals würde Columba das ertragen. Und sie selber ertrug es am allerwenigsten.

Juliana hielt sich nicht lange auf beim Gebet. Ein kurzer Knicks bei der Madonnenstatue, dann öffnete sie leise die Tür zum Triforium. Der Vespergottesdienst von St. Alban war beendet, der leise Geruch von Weihrauch lag noch in der Luft. Juliana schlich zur Treppe und hinab in das verlassene Kirchenschiff. Sie durchquerte die hohe Steinhalle bis zur Marienkapelle. Der Atem stockte ihr. Da kniete er. Seine Lippen bewegten sich, sein Gebet aber war stumm. Mit schwerem Knarren öffnete sich die Seitentür der Kapelle, eine weitere Gestalt schlich herein. Erst als sie neben den Diakon trat, erkannte Juliana im hellen Licht der Opferkerzen die Schaffnerin Anna. Die Begine beugte sich zu dem Diakon hinab, und Juliana nutzte die Gelegenheit, um zu einer nahen Säule zu huschen. Angestrengt lauschte sie.

»Hochwürden«, wisperte Anna, »die Magistra ist wieder unruhig. Ich denke, heute nacht wird sie wieder eine ihrer Visionen haben.«

Der Diakon senkte seine Stirn auf die gefalteten Hände und schwieg eine Weile, dann hob er den Kopf. Ohne Anna anzuschauen, fragte er: »Bist du sicher?«

»Ganz sicher.«

»Aber was ist mit der Tochter des Kaufherrn? Sie scheint eine neugierige Person.«

»Niemand wird Euch sehen, ich sorge dafür. Auch Columba nicht.«

Noch immer schien der Diakon unentschlossen. »Es handelt sich um eine äußerst wichtige Angelegenheit, ich will nicht unüberlegt oder voreilig handeln.«

Eine Zornesfalte zerteilte für einen Moment Annas Stirn, Juliana sah es, der Diakon sah nur das milde Lächeln der Madonna. »Hochwürden, ich flehe Euch an, die Sache bedarf endlich einer genauen Überprüfung. Die Geschichte mit der Kornmeisterin ...«

Der Diakon warf ihr endlich einen Blick zu. »Schweig, die Geschichte ist vergessen.«

»Nicht bei allen Schwestern, erst heute am Nachmittag tuschelten wieder einige häßlich darüber. Keine wagt es, in Rebeccas Kammer zu gehen. Wäre ich nicht gewesen, so hätte Rebecca seit Tagen nichts zu beißen bekommen. Ihr müßt Rebeccas heilige Berufung endlich vor aller Welt bezeugen. Auf Euch werden die Schwestern hören.«

»Auf mich, der heimlich in ihre Kammer schleicht, der ...«

Juliana hatte genug vernommen. Leise löste sie sich aus dem Schatten der Säule, beugte sich tief hinab und arbeitete sich gebückt bis zur gegenüberliegenden Seitentür der Kirche zu. Mit einem Ruck riß sie sie auf und verschwand in der Dunkelheit.

Das Klappen der Tür ließ die beiden in der Marienkapelle aufhorchen. »Was war das?« fragte der Diakon alarmiert.

»Der Wind nehme ich an«, antwortete Anna, »was ist nun? Werdet Ihr mitkommen?«

Juliana ging ziellos durch die Gassen. Ihre Gedanken rasten, ihr Herz schmerzte vor Kummer. Es mußte etwas geschehen. Diese verzweifelte, vergebliche Liebe war unerträglich. Zum ersten Mal in ihrem Leben spürte das schöne Mädchen einen solchen Schmerz. Doch der Schmerz läuterte sie nicht, sondern trieb sie zu immer verwegeneren Rachegedanken. Endlich faßte Juliana einen Entschluß und schlug den Weg zum Konvent ihrer Tante ein.

Die lehnte in diesem Moment erschöpft mit dem Rücken an der kalten Wand ihrer Klosterzelle. Der rauhe Stein gab ihr Kraft und Halt. Sie hatte nur wenige Löffel Suppe und zwei Becher verdünnten Weins zu sich nehmen können, dennoch fühlte sie sich endlich wieder ein wenig erfrischt. Mit dem Abglanz eines Lächelns betrachtete sie ihre Nichte Columba, die bei ihr auf dem Bett saß und mit mehr Ungeduld als Liebe eine Stickarbeit in den Händen hielt.

»Quäle dich nicht damit, mein Kind«, sagte Rebecca heiser.

Überrascht hob Columba den Blick. »Liebe Tante, du bist wieder bei Kräften.«

Rebeccas Lächeln vertiefte sich ein wenig. »Ich wünschte, ich hätte deine Zuversicht.«

Columba seufzte und warf die Stickerei achtlos beiseite. »Zuversicht! Nein, liebe Tante, die habe ich nicht mehr. Seit ich Lazarus tot weiß, ist alle irdische Freude für mich dahin. Nun will ich nur noch Gott dienen.«

Rebecca richtete sich weiter auf. »Das klingt aus deinem Mund, als handele es sich dabei um eine Strafe.«

»Nein!« protestierte Columba. »So war es nicht gemeint. Ich habe ja dich als mein Vorbild. So lange schienst du eine der glücklichsten Frauen, die ich kannte. Wenn erst deine Krankheit überstanden ist, werden wir unter diesem Dach ein friedliches, ruhiges Leben führen. Du kannst es mich lehren.«

Rebecca schloß die Augen, ihr Mund zuckte. »Ich fürchte, dafür ist es zu spät.«

»Aber Tante, wie kannst du so verzweifelt sein. Gewiß, der Tod der Kornmeisterin ist ein großes Unglück, aber ...«

»Es muß mehr als ein Unglück sein. Seit sie tot ist, spricht kaum eine der Schwestern noch mit mir. Niemand will mir verraten, was in jener Nacht geschah. Auch die Schaffnerin weicht meinen Fragen aus. Es ist, als habe sich eine unsichtbare Mauer um mich herum errichtet. Columba, es kann sein, daß ich etwas mit dem Sturz der Kornmeisterin zu schaffen habe. In jener Nacht sah ich den Tod bei meinem Bett stehen, er trug einen Dolch und griff nach meiner Hand.«

Das Mädchen schüttelte energisch den Kopf. »Unsinn. Du hast so wenig mit ihrem Tod zu schaffen, wie ich mit dem Katharinas.«

Rebecca stöhnte kurz und schloß wieder die Augen.

»Nimm noch etwas von dem Wein. Ich habe ihn neu gezapft, das Gebräu, das ich am Mittag in deinem Krug fand, schmeckte scheußlich wie ein nasser Lodewig. Die Schaffnerin prellt dich um deine besten Weine, wahrscheinlich trinkt sie die selbst.«

Rebecca schüttelte sanft den Kopf. »Verhöhne sie nicht. Sie allein hat sich in den Tagen meiner Krankheit um mich gekümmert. Sie brachte mir Essen und Wein, wusch mich und salbte meine Wunden.«

Columba verzog den Mund. »Ich mag sie dennoch nicht leiden, ich weiß gar nicht, warum du so gut zu ihr bist.«

»Barmherzigkeit ist keine Frage der Zuneigung, sondern der Pflicht eines Christenmenschen. Wollten wir nur gut zu denen sein, die unser Herz erwärmen, dann stünde es schlecht um viele arme Sünder in dieser Welt.«

Columba lachte kurz auf. »Endlich erkenne ich dich wieder Rebecca. Selbst die böseste Krankheit kann nichts gegen deine Gutmütigkeit und deine fromme Gesinnung ausrichten. Wenn es einen Menschen auf dieser Welt gibt, der mich lehren kann, mein Schicksal zu ertragen, dann bist du es.« Sie wischte sich verstohlen einige Tränen aus den Augenwinkeln.

»Ich wünschte, es wäre so«, meinte Rebecca, »aber die letzten Wochen meiner Krankheit waren angefüllt mit immer schrecklicheren Traumbildern, die so wirklich schienen. Entsetzliche Grausamkeiten habe ich gesehen, Verbrechen, deren Erwähnung ich scheue, und die allesamt Tod und Verdammnis nach sich ziehen, und dennoch verspürte ich keine Abscheu. Nacht für Nacht sehe ich nichts anderes, und des Tags liege ich erschöpft da, kaum fähig zu sprechen, so als hätte ich zuvor eine lange Reise gemacht.«

Columba strich sich nachdenklich das Haar aus der Stirn. »In der Nacht, als du in unserem Haus schliefst, als Katharina krank war, hattest du da Visionen, Traumbilder?«

Rebecca runzelte verwirrt die Stirn. Lange versuchte sie, ihre Gedanken zu ordnen. »Nein«, sagte sie endlich, »damals hatte ich keine Erscheinungen.«

»Vielleicht ist es dann ja diese Kammer, die dich zum Träumen bringt. Vielleicht ist dieser Ort verflucht, liebe Tante. Wie, wenn du nur eine Nacht mit mir in einer anderen Zelle schlafen würdest?«

Rebecca drehte langsam ihren Kopf, zweifelnd schaute sie die Nichte an. Eifrig fuhr Columba fort: »Denke doch nur an das verwunschene Haus am Perlenpfuhl. Niemand mag darin auch nur eine Nacht verbringen, seit der letzte Mieter um seinen Verstand gekommen ist. Auch er war von Dämonen geplagt, von Satansbildern verfolgt, lief durch die Gassen und war ganz irrwitzig.«

Die Magistra beugte sich unter großen Anstrengungen vor. »Ich wünschte, es gäbe eine Erklärung so einfach wie diese.«

»Laß es uns versuchen, dann wissen wir schon morgen mehr.«

Rebecca streckte ihre rechte Hand vor und griff nach Columbas Arm. Eine kraftlose Geste, doch die Stimme der Magistra war nun merkwürdig fest. »Liebes Kind, ich kann nicht bei dir schlafen. Was, wenn der Leibhaftige des Nachts in mich einfährt und mich dazu bringt, Hand an dich zu legen?«

Columba reckte trotzig das Kinn vor. »Ich fürchte mich nicht vor dir und auch nicht vor dem Teufel.« Leise fügte sie hinzu. »Was ich fürchte, ist das Leben. Und glaube mir, ich kenne keine größere Furcht.«

»Nun gut«, stimmte Rebecca mit einem schwachen Lächeln zu, »dann laß uns in die andere Kammer übersiedeln. Ich bin sehr müde und möchte mich ausruhen.«

»Mir geht es nicht viel anders«, erwiderte die Nichte seufzend und erhob sich.

Juliana war nur wenige Straßen von dem Konvent entfernt, doch ein Mistschräffler, der plötzlich um die Ecke bog, hielt sie auf. Rasch schlüpfte sie in eine Mauernische, um nicht von dem Mann entdeckt zu werden. Der Kerl stieg vom Bock seines hochbeladenen, stinkenden Ochsenkarrens, um in der dunklen Gasse fluchend und spuckend seiner Arbeit nachzugehen. In schenkelhohen Stiefeln inspizierte er eine Sickergrube, die seitlich eines Hauses lag. Mit einer Forke stach er hinein, um festzustellen, wie hoch Kot und Jauche standen. Dann zog er zunächst einen Hundekadaver hervor, spießte ihn auf und trug den aufgedunsenen Tierleib vor sich her zum Karren, warf ihn mit Schwung hinauf.

Juliana, die sich im Schatten eines Hauseingangs verbarg, hielt sich angewidert die Hand vor Mund und Nase. Aber sie hielt tapfer aus, sie hatte sich geschworen, sogar durch die Hölle zu gehen, um ihr Ziel zu erreichen. Als der Gossenräumer endlich mit einem Eimer in die Sickergrube hinabstieg, huschte sie in die Gasse, am Karren vorbei und bog in das Halbmondgäßchen. Flink lief sie bis zum Konvent der Tante. Eine Mauer umschloß das kleine Anwesen. Juliana tastete sich daran bis zum Hoftor vor, über dem das trübe Licht einer Laterne flackerte. Sacht drückte Juliana gegen einen Torflügel, doch er war fest verriegelt. Verärgert wandte sie sich wieder der Mauer zu. Stolpernd lief sie weiter die Mauer entlang und entdeckte endlich eine kleine Gartenpforte. Ein leichter Druck genügte, und sie schwang auf. Durch feuchtes Gras, vorbei am Waschhaus, näherte Juliana sich dem Hauptgebäude. Still und dunkel lag es da, die Schwestern waren direkt nach der Komplet zu Bett gegangen. Kaum eine legte noch Wert auf die Spinn- und Leseabende, es gab keine Gemeinschaft mehr. In der Einsamkeit suchten die Schwestern ihren Frieden und Trost.

Juliana überquerte den kleinen Hof, begleitet vom unruhigen Grunzen eines Schweins. Ohne Mühe gelangte sie in das Haupthaus. Juliana streifte ihre Holztrippen ab, mit denen sie ihre feinen Ziegenlederschuhe gegen den Schlamm der Straße geschützt hatte. Auf leisen Sohlen erklomm sie die Stiegen zum ersten Stockwerk. Noch einmal atmete sie tief ein, dann schob sie den Riegel zur Schlafkammer Rebeccas beiseite. Sie drückte die Tür auf und trat ein. Finsternis. Langsam tastete sie sich bis zu dem einfachen Lager der Tante vor. Unter dem Bildnis der hölzernen Madonna glomm ein kleiner Funke, ein ewiges Licht, das langsam im eigenen Talg ertrank. Juliana streckte die Hand vor und fühlte die grobe Decke auf dem Holzbett. Langsam ließ sie die Hand darüber gleiten, dann schneller, endlich riß sie die Decke hoch. Das Bett Rebeccas war leer. Verwundert wollte sie die Decke wieder fallen lassen, als sie Geräusche und eine vertraute Stimme auf der Treppe vernahm

Noch immer flüsterte der Diakon seine Proteste. Juliana besann sich kurz, dann riß sie ihren Umhang herunter, öffnete ihr Mieder, stieg aus ihrem prachtvollen damastenen Rock und stand endlich nackt da. Rasch blickte sie sich um, dann stopfte sie hastig ihr Kleiderbündel unter das Bett und schlüpfte hinein. Das ewige Licht verlosch endgültig, Juliana lächelte selig in die vollkommene Dunkelheit hinein. Nun würde ihre Rache vollkommen sein.

Die Schaffnerin trat leise in die Zelle, vor sich trug sie ein kleines Öllämpchen. Sie eilte auf leisen Sohlen zu dem Tisch, auf dem Weinkrug und Breischüssel standen. Sie hob den Krug an und stellte fest, daß er leer war. Befriedigt nickte sie, dann hielt sie ihr Lämpchen kurz über das Bett. Die Schlafende hatte sich ganz zur Wand gedreht und die Decke über ihren Kopf gezogen.

Vor der Tür wartete der Diakon ungeduldig. »Nun?« fragte er flüsternd, als die Schaffnerin zu ihm hinaustrat.

»Es ist noch nicht ganz Mitternacht. Die Stunde, um die herum sie gewöhnlich ihre Visionen hat. Kommt mit mir und trinkt noch ein Glas Wein zur Stärkung.«

Der Diakon zögerte. »Ich möchte nichts verpassen«, sagte er.

»Ihr Schlaf ist noch zu leicht, sie könnte erwachen«, warnte die Schaffnerin.

»Nun gut«, antwortete der Diakon und ließ sich in die Küche hinabführen, wo die Schaffnerin schon längst einen ganz besonderen Wein vorbereitet hatte. Zwei Becher nahm der Diakon und fühlte, daß das Getränk ihn mit einem merkwürdigen Feuer erfüllte und jeden Zweifel in ihm vernichtete. Schließlich war seine Ungeduld so groß, daß er sich nicht länger zurückhalten ließ. Anna versprach, die Nacht im Gebet und in ihrer Kammer zu verbringen, und der Diakon schlich leise die Treppe hinauf. Vor der Kammer der Magistra angelangt, schlug er noch einmal ein Kreuz, dann schob er erregt und beseligt den Riegel zur Seite.

Finsternis empfing ihn. Noch immer waren die kleinen Fenster der Zelle so vollständig abgedichtet, daß auch der stärkste Mondstrahl keine Ritze fand. Mit kleinen Schritten schaffte er es bis zum Bett seiner Angebeteten. Er kniete davor nieder und rief sie leise an: »Rebecca, hörst du mich?«

Stille.

Noch einmal wiederholte der Diakon seinen Ruf. Die Gestalt im Bett regte sich leise und seufzte. »Rebecca, bist du wach?«

Keine Antwort.

»Ich bin gekommen, um gemeinsam mit dir Gott zu empfangen. Siehst du ihn?«

Heftiges Atmen war die Antwort. Wieder ein Seufzen und dann eine Stimme, die fremd in den Ohren des Diakons klang, dabei lockend und süß war. »Ja, ich sehe Jesus Christus, dessen Braut ich bin. Er zeigt mir alle seine Wunden, und er ist süß wie die Liebe und wie der Tod.«

»Sprich mehr von ihm!« rief der Diakon verzückt und wagte es, seine Arme über den Leib der Frau zu legen. Sie wand sich ein wenig, und er glaubte ihre Brüste unter der groben Decke zu spüren. Seine Hände entspannten sich.

Juliana bemerkte es mit Ungeduld, langsam schob sie die Decke mit den Beinen beiseite. Ihre nackte Haut würde den dummen Kerl gewiß endgültig entflammen.

Der aber bettelte weiter, um Beschreibungen des Gekreuzigten. »Wie sieht er aus, dein himmlischer Bräutigam?« drängte er.

»Er ist beschaffen wie jeder Mann, und er ist nackt in seiner ganzen Schönheit.«

»Oh, ich wußte es, ich wußte es. Erzähle mir mehr.«

»Er durchstößt mir Herz und Schoß in jeder Nacht mit Pfeilen und Speeren, damit ich seine Wunden mit ihm teile.«

»Göttliche!« Der Diakon richtete sich auf, die Hände zum Gebet gefaltet, sein Blick fiel auf die entblößten Fesseln Julianas, ein Rauschen durchfuhr ihn, eine Welle von Süßigkeit und heiligster Wollust. Hingerissen hob der Diakon die Decke weiter an, entdeckte, daß die Frau darunter nackt war und gab sich endgültig dem Taumel seiner frommen Lust hin. »Sag, was du fühlst«, bat er flehend.

»Nichts als die lautere Liebe Gottes und seine Wärme in deinen Händen.«

»In meinen Händen?« Es gab kein Halten mehr, der Diakon richtete sich ganz auf, streifte hastig seine Gewänder ab und legte sich zu der Frau in das Bett. Nur ein Rest der Decke trennte ihre Körper noch voneinander. Die vollkommene Dunkelheit erhöhte seine sinnliche Lust. Obwohl die Kammer kühl war, glaubte er, daß sein Leib brannte und auch der Leib der Geliebten war wie aus fließendem Feuer geformt. Mit hastiger Lust riß er die Decke ganz von ihr herab. Die Begine schien willig, er sah das Gesicht der Madonna von St. Alban vor sich, schmeckte das weiche weiße Fleisch der Frau und versank endlich in ihr. Kurz war der Akt, aber vollständig seine Verzückung. Als es vollbracht war, sank er erschöpft neben sie. »Rebecca«, stöhnte er voll Liebe und Dankbarkeit.

Der Leib neben ihm verhärtete sich, spannte sich wie ein Stück Bogenholz. Juliana setzte sich auf. »Rebecca?« rief sie höhnisch.

Der Diakon glaubte, vom Himmelstor herab direkt in den Schlund der Hölle zu fallen. Ihm stockte der Atem, dann riß er sich von der jungen Frau los. »Unmöglich«, stammelte er. »Unmöglich, du kannst nicht ...«

Juliana schnitt ihm das Wort mit dem Messer ab. Sie hatte es die ganze Zeit unter dem Kopfkissen verwahrt und es im Augenblick seiner höchsten Lust und größten Schwachheit hervorgezogen. Ohne zu zögern stieß sie den blanken Dolch jetzt in die Brust des Mannes, dahin, wo sein Herz pochte. Sein entsetztes Röcheln klang nicht weniger erbärmlich als das eines verendenden Schlachtviehs, das den Tod unter ebensolchen Schmerzen empfängt wie wir. »Denn der Mensch ist wie das Vieh, und es ist alles eitel«, dachte Juliana kalt, dann brachen die Tränen aus ihr heraus.

Sie hatte getötet, was sie am meisten geliebt hatte. Sie fühlte sich ganz und gar nicht wie eine zum Engel Erwählte. Der Diakon hatte sie in allem belogen und betrogen. Der Diakon hatte ihr Leben zerstört. Der Diakon hatte sie in dieser Nacht zur Frau und zur Mörderin gemacht. Sie konnte nicht aufhören, ihn zu hassen, ihn zu lieben.

10

Nach dem dritten Krug Wein hatte sich der Freiherr endlich ganz aufs Jammern verlegt. Beredt und betrunken schilderte er die Schmerzen seines Verlustes, malte Bilder des eigenen Elends als verschmähter, verspotteter, verzweifelter Bräutigam und erfüllte Arndt van Geldern mit einer Abscheu, die an Haß grenzte.

»Selbst die Mitgift, die mir ja in jedem Falle zusteht«, greinte sein feister Zechkumpan zum wiederholten Mal, »vermag mich kaum darüber hinwegzutrösten, daß mein Täubchen mir diese Schmach antat. Vor allen Leuten, vor so vielen Menschen.«

»Die Euch kaum kennen«, warf van Geldern trocken ein und erhob sich aus seinem Lehnstuhl, um sich die Hände am Feuer zu wärmen und dem Anblick des völlig aufgelösten Trinkers zu entkommen, der mit offenem Hemd und herabhängender Halskrause dasaß.

»Mich kaum kennen?« heulte der Junker auf. »Alle wissen von mir. Zweimal wurde der Aufruf zur Hochzeit bereits getan, dazu die Verlobung, der Kuß vor Zeugen. So vornehme Zeugen.« Er verdrehte die Augen zu der prachtvoll getäfelten Decke des Morgensaals.

»So vornehm, daß sich keiner von ihnen das Maul zerreißen wird. Faßt Euch, werter Freiherr van Ypern, noch ist nicht alles verloren.«

Er dachte an das nachmittägliche Gespräch mit der Schaffnerin. »Faßt Euch«, hatte auch sie beim Treffen im Chorumgang gesagt, »Ihr werdet Eure Tochter noch in dieser Woche wieder bei Euch haben. Der Konvent wird nicht mehr lange bestehen. Ich verspreche Euch, daß Ihr noch am Montag, vielleicht sogar morgen schon, die Erlaubnis des Kurfürsten-Erzbischof erwirken könnt, Columba aus dem Konvent zu holen.«

»Dafür muß ich schwerwiegende Gründe angeben«, hatte van Geldern mißtrauisch erwidert.

»Geht Ihr nur am Morgen zur Messe und betet. Den Rest will ich besorgen, schon bald werdet Ihr in großem Glanz dastehen, reicher und mächtiger als je«, hatte die Schaffnerin geheimnisvoll gesagt, dann war sie verschwunden.

Unerträgliches Weib, es gefiel ihm nach wie vor nicht, mit einer Hure im Einvernehmen zu stehen. Die nörgelnde Stimme seines künftigen Schwiegersohnes holte ihn in die Gegenwart zurück.

»Ihr glaubt, daß nicht alles verloren ist? Was könnte mich wohl trösten, mir mein Leid noch lindern?« Er schenkte sich nach und schwieg, um zu trinken.

Van Geldern konnte ihm unmöglich von seinen Verhandlungen mit der Begine berichten, also versuchte er die Gedanken des derben Flamen in eine ganz andere Richtung zu lenken.

»Mit kühlem Verstand werdet Ihr bald erkennen«, warf er ein, »daß Euer Verlust so groß nicht ist.«

Der Freiherr richtete sich schwankend in seinem Stuhl auf und ließ seinen schweren Oberkörper nach vorn auf die Tischplatte fallen. »Kühler Verstand? Wie könnt Ihr in einer solchen Angelegenheit von Verstand reden? Es geht um die Liebe. Nichts ist schmerzhafter für einen Mann, nichts verwundet ihn mehr, als verschmäht zu werden von der Dame seines Herzens. So steht es in jedem Ritterroman.« Er stieß auf und bekämpfte einen drohenden Schluckauf mit einem weiteren Becher Wein.

»Ihr könnt Euch wieder verlieben«, bemerkte der Kaufmann spöttisch, »vielleicht sogar weit heftiger, und wenn Ihr Glück habt, noch einmal gewinnbringend. Eine doppelte Mitgift müßte selbst einen gefühlvollen Mann wie Euch trösten können.«

Der Junker runzelte die Stirn. »Wieder verlieben? Niemals. Unmöglich. Keine gleicht Eurer Tochter Columba. Diese Haare, dieser Mund, diese herrlichen blauen Augen.«

Vollends verärgert fuhr der Kaufmann herum. »Sie sind braun, werter Mann, braun wie der Pelz meines Mantelkragens. So blind macht selbst die heftigste Liebe nicht, daß man das übersehen kann.«

Betreten schwieg der Freiherr für eine Weile und versuchte, sich an das Gesicht der Verlorenen zu erinnern. Vergebens, ein ganz anderes tauchte vor ihm auf, wohl deshalb, weil er nicht der Mann war, der sich ernsthaft von einem treulosen Weibsbild demütigen ließ. Der Gedanke gefiel dem Freiherrn.

»Vielleicht«, lallte er endlich, »habt Ihr recht, guter, verehrter Schwiegervater. Wenn ich es mir recht überlege, ist da eine Frau, die ich durchaus mag. Sie hat blaue Augen und herrlichstes Haar.«

»Von wem sprecht ihr?«

»Von Eurer ältesten Tochter Juliana. Das Lautenspiel ließe sich ihr doch wohl abgewöhnen?«

11

Lazarus schlug beim ersten Licht des Morgens die Augen auf. Der Geruch von Rosmarin und Lavendel stieg ihm in die Nase. Er wollte einen kräftigen Atemzug tun, doch die Luft strich ihm scharf wie eine Klinge über den linken Lungenflügel. Mit schmerzverzerrtem Mund schob er sich hoch, blinzelte und erkannte neben sich in einem hohen Lehnstuhl die unruhig schlafende Tringin.

Lazarus befeuchtete seine trockenen Lippen mit der Zunge. Durst verbrannte seine Kehle. Er stöhnte kurz auf und weckte seine treue Pflegerin dabei. Rasch wischte Tringin sich den Schlaf aus den Augen, griff nach einem Holzbecher, hob mit dem Arm sanft seinen Kopf und flößte ihm etwas Essigwasser ein. Mit leichtem Widerwillen schluckte der Patient die saure Flüssigkeit.

Beruhigend sprach Tringin auf ihn ein. »Eine kleine Weile noch, Lazarus, dann wirst du wieder süßen Wein genießen können. Der Feldscher sagt, daß der Essig gut für dich ist, er ließe dich freier atmen und töte die giftigen Säfte, die noch in deiner Wunde stehen. Nimm noch einen Schluck.«

Lazarus gehorchte, dann ließ er seinen Kopf wieder in die Kissen sinken. Wenig später fühlte er sich kräftig genug, um zu sprechen.

»Was ist geschehen? Ich erinnere mich nur an den dunklen Keller, in dem ich zuletzt lag. Weshalb nun dieses weiße, weiche Bett, diese geräumige Kammer, das Feuer? Wie hast du das vollbracht?«

Tringin lächelte gähnend. »Danke nicht mir. Danke dem spanischen Feldhauptmann, der uns im Keller entdeckte.«

»Ein Spanier?« fragte Lazarus verwundert.

»Nun, nicht ganz. Er sagt, er ist im Rheinischen geboren. Ich hörte, wie seine Landsleute ihn mit Melchior ansprachen, ansonsten nennt er sich Don Seraph di ...«

»Saragossa!« rief Lazarus überrascht und zutiefst erfreut aus. »Mein guter, alter Don Seraph.« Pfeifend holte er Atem, mußte husten und Tringin legte ihm besorgt ihre Hand auf die Brust. Lazarus wischte sie ungeduldig beiseite.

»Laß nur, Mädchen, die Freude wird mich nicht umbringen. Was für ein Glücksstreich des Schicksals! Ausgerechnet unsere Wege kreuzen sich an diesem elenden Ort. Du brauchst mir nichts mehr zu erklären. Don Seraph ist der gütigste Mensch, den ich mir denken kann. Ach was, du mußt es bereits wissen, da er dich unter seinen Schutz gestellt hat.«

Tringin nickte. »Ja, du hast recht, er ist mir und meinem Vater wohlgesonnen, obwohl er hier ist, um Truppen auszuheben, die gegen die religiösen Rebellen in den Niederlanden vorgehen sollen. Der Wirt spricht von nichts anderem als der spanischen Furie, die kommen wird, um das Licht der Sonne für immer zu verdunkeln. Es heißt, daß einige der Statthalter unter Führung Wilhelm von Oraniens eine Erhebung gegen König Philipp planen, und überall werben Heckenprediger für Calvins Gottesstaat auf Erden ...«

Lazarus seufzte. »Sprich mir nicht von diesem elenden Gezänk, es ist mir zuwider. All das habe ich schon einmal erlebt und weiß, daß es zu nichts Gutem führt.«

»Der Hauptmann sagte, daß du zu den tapfersten Soldaten gehörtest, die jemals unter seinem Fähnlein kämpften. Er erzählte von deinem Mut, deiner Todesverachtung, von ...«

Unwillig drehte Lazarus ihr den Kopf zu, sein grimmiger Blick brachte sie zum Schweigen. »Ich mag nicht mehr an diese Zeit denken. Ich war hochmütig in meinem Gefühl, selbstherrlich und arrogant. Die guten Eigenschaften, die man mir zugesteht, gründeten auf nichts als den eitelsten Gefühlen. In meiner Trauer um den Vater hielt ich mich für großartig und todesmutig. Ich verachtete das Leben. Ich weiß es, seit ich Columba kenne. Sie war mir zunächst ein Spiegel meiner selbst. Ihr Ungestüm, ihre Selbstbegeisterung, ich kannte es alles von mir. Aber sie hatte etwas, das ich längst verloren habe.«

Tringin schüttelte den Kopf. »Klage dich nicht so hart an. Deine Liebe zu den Menschen, so sagte Don Seraph, war immer ungebrochen. Darin kann Columba dich nicht übertroffen haben.«

»Eine abstrakte, leere Liebe, von der du sprichst, ein hohles Ideal, das keinen Menschen wärmt. Mir fehlte, was Columba im Übermaß besitzt. Die Alchimisten nennen es viriditas.« Tringin schaute ihn fragend an. »Es ist der unschuldige Durchbruch des Seins, die ungetrübte Lebensfreude, ein Stück Leben im Reinzustand. Das höchste Glück, das wir Menschen zu empfinden imstande sind, und vielleicht unser göttlichster Teil. Nie freveln wir, wenn wir uns in diesem Zustand befinden, nichts außer der Freude des Gebens, der Mitteilung dieser reinsten Lust am Dasein kann dieses Glück erhöhen. Columba gab mir den Glauben an das Leben zurück. Jede Religion gäbe ich mit Freuden dafür hin.«

Tringin senkte betroffen den Blick. »Das klingt bei weitem ketzerischer als alles, was man sich von uns Wiedertäufern erzählt«, sagte sie endlich. »Es klingt nach einer Religion ohne Gesetze und ohne Gebote, es klingt wie«, sie suchte vergeblich nach Worten und brach ab. Dann lächelte sie plötzlich. »Was schwätze ich da. Das Gebot der Nächstenliebe sagt mir, daß ich deine Verbände wechseln und dir eine Suppe zum Frühstück bereiten sollte.«

Sie legte mit geschickten Händen die Wunde frei. Das Fleisch schimmerte rosig, aller Eiter war abgeflossen. Mit dem vom Feldscher beschriebenen Sud wusch sie die Wundränder, um eine weitere Entzündung zu vermeiden, dann legte sie neue Leinenstreifen darüber, half Lazarus sich aufzurichten, kreuzte die Bänder auf seinem Rücken und verknotete sie. Danach stand sie auf, um in der Küche des Gasthauses einen Brei zu holen. »Ich werde ihn mit einem Löffel Honig und etwas Malz würzen, das bringt Kräfte«, versprach sie.

Lazarus lächelte unter Schmerzen. »Du hast recht, liebe Tringin. Ich will so rasch wie möglich wieder zu Kräften kommen, um die Reise nach Köln anzutreten.«

Tringin, die schon bei der Tür stand, erstarrte. »Das kannst du nicht tun, Lazarus. Haben wir dich darum wieder zusammengeflickt, damit du in deinen sicheren Tod reitest?«

»Tod? Wer spricht hier vom Tod?« unterbrach sie lärmend der Feldhauptmann Don Seraph. Er drückte die Tür weit auf und sah Lazarus mit offenen Augen in den Kissen liegen.

»Ich sehe hier einen, der eben unter die Lebenden zurückgekehrt ist. Gott zum Gruße, Lazarus. Bist du wieder einmal dem Teufel von der Schippe gesprungen? Bei meiner Seele, würde ich dich nicht besser kennen, ich würde meinen, daß du mit ihm einen Seelenpakt geschlossen hast.« Mit diesen Worten stürmte er zum Bett des Verwundeten und hielt sich eben noch zurück, ihn herzlich zu umarmen.

Lazarus lächelte matt. »Don Seraph! Deine Freundlichkeit ehrt mich, aber sie ist verschwendet, nun, da du mein Leben gerettet hast, schuldest du mir nichts weiter.«

Der Feldhauptmann setzte eine empörte Miene auf. »Kerl, was redest du? Schätzt du meine Freundschaft so gering? Los, Mädchen, spute dich und besorge eine Mahlzeit für diesen elenden Spottvogel. Wenn er erst wieder bei Kräften ist, werde ich ihn in meinen Dienst zurücknehmen. Solch ein unverwüstlicher Kämpfer ist im Feld nicht mit Gold aufzuwiegen. Der nimmt es mit jedem Hellebardenträger auf und mäht mir die stolzesten Reiter aus dem Sattel. Noch heute wird er mir den Werbebrief gegenzeichnen. Meine Satteltaschen sind voll von spanischen Golddublonen. Herzog Alba stattete mich aus, um seine Vorhut zu bilden. Ich habe Sold für viertausend, ein ganzes Regiment.

In wenigen Tagen, Lazarus, reitest du wieder an meiner Seite. Es mangelt nicht an Narren, die wir zu unseren Feinden machen können.«

VII.

Von Heiligen und Huren

1

Ganz Köln trug Sonntagsstaat. Man feierte die kirchlichen Feste gern, und man feierte oft. Neben den Sonntagen kannte der Kirchenkalender der heiligen Stadt achtundvierzig hohe Feiertage, an denen weder gewebt, gebraut, gehandelt noch auf andere Weise gearbeitet werden durfte. Dem Apostel Matthias zu Ehren wurde heute von der Laudes bis zum Kompletorium gesungen, gebetet und gepredigt. Zahlreiche Pilger, viele davon aus dem fernen Ungarn, bevölkerten die Stadt, um die in ganz Europa berühmten Reliquien des nordischen Jerusalems zu verehren. Die Gebeine der Heiligen Drei Könige, die Knöchelchen und Schädelsplitter der elftausend Jungfrauen der heiligen Ursula, die Überreste der Heiligen Lanze, dazu Fingerkuppen, Scham- und Körperhaare, Zähne und gedörrte Innereien unzähliger anderer Märtyrer.

Der Weihbischof des Kurfürsten würde das mittägliche Hochamt im Dom zelebrieren, und auch in Kölns anderen Kirchen ließen es sich an diesem hohen Feiertag die Priesterherren nicht nehmen, die Messen selbst zu feiern. Daher vermißten die Gläubigen in St. Alban den Diakon nicht, während der Priesterherr den Säumigen mit einer entsprechenden Buße zu belegen gedachte.

Jetzt rief der Klang der Glocken zur Prim und zur ersten

Messe. In der Sakristei streifte der Kirchenmann seinen seidenen Chormantel über und prüfte in einem Spiegel, den einer der Meßdiener ihm hinhielt, die Wirkung der vornehmen Tracht. »Vorzüglich«, murmelte er in das Geläut der Glocken hinein.

»Eine Begine aus dem Konvent der Magistra Rebecca hat ihn gewebt«, sagte einer der Subdiakone und verneigte sich.

»Recht ordentlich«, schwächte der Priesterherr sein Lob ab, »werden wir heute nicht noch mehr von dieser Kunst zu Gesicht bekommen?«

Der Subdiakon nickte. »Nach der Messe gilt es, ein neues Altartuch in der Marienkapelle zu segnen.«

»Der Kaufherr van Geldern stiftete es, nicht wahr?« erkundigte sich der Priesterherr. »Recht ordentlich«, wiederholte der oberste Hirte, »wenngleich wir eine Spende für den Guß einer Preciosa besser gebrauchen könnten, mir scheint der Klang der alten Glocke ein wenig matt und dumpf.«

Der Meßdiener reichte ihm die Stola, der Priester küßte sie, legte sie um und trat aus der Sakristei. Die Orgel rauschte auf, die Messe nahm ihren vorgeschriebenen Gang.

In der Marienkapelle verfolgte van Geldern ungeduldig das Zeremoniell. Es hätte ein außergewöhnlich guter Morgen sein können, die Steine plagten ihn ausnahmsweise nicht, und die Schaffnerin hatte eine entscheidende Wende in der Sache Columbas versprochen, doch ihn verärgerte das zimperliche Verhalten seiner ältesten Tochter. Bleich und zitternd stand Juliana neben ihm, dunkle Ringe um die Augen. Sie war für ihre Verhältnisse höchst nachlässig gekleidet, so als sei es in großer Hast geschehen. Immer wieder rutschte der Spitzenschleier von ihrem Haar, und ihre Magd Melina, die häßliche rote Striemen auf den Wangen trug, tat nichts, um den Schleier wieder zu richten.

Juliana verpaßte die Momente, in denen sie zu knien hatte, sang die falschen Texte zu den Liedern, ließ immer wieder das Gebetbuch fallen, das, zu allem Überfluß, der Freiherr jedesmal mit äffischer Eilfertigkeit aufhob. Kopfschüttelnd wandte sich der Kaufherr dem Marienaltar zu, wo unter einem einfachen Leinentuch seine Stiftergabe auf die Enthüllung wartete.

Der Priesterherr stand, beleuchtet vom Bunt der Bogenfenster, hinter dem Altar und machte sich zum Opfer bereit. Rot leuchteten seine Handschuhe. Er nahm die Patene mit dem Brot und den Kelch mit dem Wein, sprach die liturgische Formel. Endlich hob er die Hostie. Nach der Elevation kniete er sich zum stillen Gebet, sprach das Paternoster und brach die Hostie über dem Kelch, zum Zeichen und Gedächtnis, daß Christi Leib in der Passion zerbrochen und die Seele vom Leib durch den Tod gesondert wurde. Dann kommunizierte er in der Gestalt des Brotes und des Weines.

Wie immer beeindruckt von der Feierlichkeit des Aktes seufzten die Frommen und senkten die Sünder den Blick. Van Gelderns Tochter Juliana aber drohte plötzlich in Ohnmacht zu sinken. Der lästige Freiherr sprang im letzten Moment herbei, um die junge Frau aufzufangen, wobei seine Arme unnötig lange auf der Taille Julianas verweilten.

Arndt van Geldern strafte den vorwitzigen Kerl mit drohenden Blicken, doch dann zwang ihn der Beginn des feierlichen Umgangs im Chor, eine friedfertige Miene zu machen.

Begleitet von Meßdienern in weißen Chorhemden, die eifrig die Weihrauchfäßchen schwenkten, hatte sich der Priesterherr auf den Weg gemacht. Ihm folgten ehrwürdige Kanoniker und Kanonissen in schwarzseidenen Chormänteln, dann die vornehmsten Bürger des Viertels, darunter Doktor Birckmann, außerdem Bürgermeister Konstantin von Lyskirchen in roter und schwarzer Festtagstracht. Der

Zug endete bei der Marienkapelle. Der Priesterherr kniete vor dem dortigen Altar nieder, schlug das Kreuz, verehrte die Madonna. Dann wandte er sich der Familie van Geldern zu, neigte herablassend das Haupt und kündigte feierlich die Stiftergabe an.

Ein Tuscheln und Raunen erhob sich, halb beifällig, halb abfällig, denn es gab durchaus Nachbarn, die dem Kaufherrn die Ehre einer persönlichen Ansprache durch den Priesterherrn mißgönnten. Nur sein Geld, so maulten einige, nicht sein vorbildlicher Glaube verschafften ihm diese Ehre.

Der oberste Kirchenherr von St. Alban wies nun zwei Meßdiener an, rechts und links von dem Tuch Aufstellung zu nehmen. Man reichte ihm Wedel und Weihwasser, er begann, ein Mariengebet zu sprechen, in das die anderen Teilnehmer der kurzen Prozession und die Familie van Geldern einstimmten. Julianas Stimme war so schwach, daß ihr Vater eine weitere Ohnmacht befürchtete und abgelenkt war, als endlich das Altartuch enthüllt wurde.

»Allmächtiger!« Der schrille Ausruf des Freiherrn ließ ihn auffahren. Er wirkte wie ein Signal, auf das hin alle anderen Anwesenden in Schreckenslaute und Äußerungen des Entsetzens ausbrachen.

Langsam wandte van Geldern seine Blicke zu dem Tuch und betrachtete mit kältestem Zorn die maßlosen Teufeleien. Nein, das war ein anderes Tuch als das, welches er bestellt und zuletzt vor einigen Wochen in der Webstube des Konvents begutachtet und für tauglich befunden hatte. Er blinzelte kurz, dann entdeckte er Rebeccas golden leuchtenden Namenszug am Rande des Tuches. Er verstand, gab sich einen Ruck und begann mit großem Können die Rolle zu spielen, die Anna, die Schaffnerin ihm zugedacht haben mußte.

Nie hatte einer der Anwesenden leidenschaftlichere Empörung und glaubwürdigere Abscheu im Gebaren und Ausdruck eines Mannes erlebt, dem gemeinhin nur Geldgier und Berechnung zugetraut wurde. In diesem Augenblick schien der vornehme Kaufmann nur von einem einzigen frommen Gedanken getrieben: Rebecca vor aller Welt als niederträchtigste Ketzerin anzuzeigen, die es gewagt hatte, die heilige Mutter Kirche öffentlich zu entweihen, und der noch ganz andere Freveltaten zuzutrauen seien. Arndt van Geldern beendete seinen Ausbruch mit der Ankündigung, auf der Stelle und ohne Zögern den kurfürstlichen Greven mit einer Inquisition zu beauftragen. Lediglich der grelle Aufschrei Julianas nahm seinem Auftritt ein wenig an Wirkung.

Am Ende einigten sich die umstehenden Zeugen darauf, daß Julianas Entsetzen auf die Entsetzlichkeiten des gestickten Teppichs zurückzuführen sei, der jede nur erdenkliche Todsünde zeigte und – schlimmer noch – lauter vertraute Gesichter darin verstrickt zeigte. Die ganze Sippe der van Geldern, Nachbarn, ehrbarste Bürger, der Diakon von St. Alban, ja sogar die vornehmsten Ratsherren und der Erzbischof selbst versammelten sich auf dem Bild in wilder Orgie und Anbetung des Satanischen, der über den Hörnern – Gipfel der Blasphemie – die Dornenkrone Christi trug und sich Rebecca in Gestalt des Diakons voll Wollust fleischlich zugesellte.

Die Gesichter der Betroffenen erstarrten in Abscheu und Entsetzen. Lediglich der Bürgermeister wahrte beim Anblick des Tuches die Ruhe. Mehr noch, in seinen Augen spiegelten sich warmes Interesse und leise Bewunderung. Der Kaufmann hingegen versicherte mit machtvoller Stimme, seine Schwägerin sei eine unverbesserliche Ketzerin, die von religiösem Wahn befallen, sogar seine eigene Frau verdorben und irre gemacht habe. Jetzt erst erkenne er ihre ganze Abscheulichkeit. Jetzt erst wisse er, daß sie eine Ketzerin sei, die auch seine Tochter Columba in ihren Bann gezogen habe, um sie zu verführen.

»Es grämt und empört mich zu erkennen, daß Rebecca von Scarpenstein, eine Bürgerin aus vornehmster Familie, die Schwester meiner eigenen, herzlich geliebten Frau, nichts weiter als eine von Irrlehren verblendete Begine ist, wie es schon so viele gegeben hat.«

Arndt van Geldern machte eine kurze Pause, in der er sich langsam bekreuzigte und endlich auf die Knie sank, den Blick fest auf die hölzerne Madonna geheftet. »Ich schwöre im Antlitz der heiligen Mutter Gottes, daß ich sie dem geistlichen Gericht anzeigen und ausliefern werde, denn ihre Boshaftigkeit verdient die härteste Bestrafung. Nur Brandpfahl und Scheiterhaufen sind geeignet, das Übel in ihrer Brust auszumerzen.«

»Amen«, sagte der Priesterherr. »Brennt sie!« riefen einige. Andere, denen Rebecca so manchen Dienst am Krankenbett erwiesen hatte, schwiegen betroffen.

»Es kann nicht wahr sein«, murmelte auch Doktor Birckmann, doch dann fiel ihm die rätselhafte Krankheit der Frau Katharina ein, und er verstummte. Der Bürgermeister aber trat nun ganz nahe an den Teppich heran und versank verzückt in dessen Betrachtung.

2

Wut verzerrte ihr Gesicht zu einer häßlichen Fratze. Mit keifender Stimme versuchte sie ein allerletztes Mal, Rebecca zur Umkehr zu bewegen. Umsonst. Das bleiche, ernste Gesicht der Magistra bliebt unbewegt, mit energischer Geste und bar aller Schwäche zog sie den Vorhang des Tragsessels zu und schloß sich so vor allen

Blicken ab. Die Läufer hoben an und machten sich gleichgültig, den Lohn hatten sie bereits in der Tasche, mit flinken Schritten auf den Weg zum ehemaligen erzbischöflichen Palast auf dem Domhof. Dahin, wo nur das Gesetz des Kurfürsten-Erzbischof galt. Dahin, wo der Greve in finsteren, feuchten Kellern Ketzer und andere Religionsverächter verhörte und foltern ließ, Schöffen sie befragten und verurteilten. Die Magistra des Konvents hatte es von den Läufern verlangt und dafür gezahlt. Mochte das andere Weib zetern und toben, sie würden den Auftrag pünktlich ausführen. Alles andere ging sie ganz einfach nichts an.

Als sie schwankend das Ende der Gasse erreichten, wandte die Schaffnerin sich zornbebend Columba zu, die mit hängenden Schultern im Tor zum Konventshof stand. »Du Närrin, warum hast du nicht mehr getan, um sie davon abzuhalten?«

Columba hob den Kopf und schaute die Schaffnerin müde an. »Du sahst selbst, wie entschlossen sie war. Ich habe alle Überzeugungskraft verwendet, aber sie will es so. Sie drängt darauf, daß ihr Fall, wie sie sagt, untersucht wird.«

»Sich selber anzuzeigen für eine Tat, die sie nicht beging. Nicht begangen haben kann.« Neu aufflammende Wut ließ ihre Stimme erneut schrill werden. »Wer lag in dem Bett?« wollte sie wissen.

Columba schwieg.

»Es ist gleichgültig. Rebecca sagt, der Herr will, daß sie Buße tut für den Tod des Diakons.«

»Verflucht«, stieß die Schaffnerin ärgerlich hervor, »verflucht, alles ist verloren.«

Erstaunt sah das Mädchen sie an. Konnte es sein, daß diese neidische, boshafte Person tatsächlich so besorgt und bekümmert über das Schicksal ihrer Magistra war?

»Rebecca vertraut darauf, daß die Gerechtigkeit siegt«, sagte sie um einen tröstenden Ton bemüht.

»Gerechtigkeit!« Die Schaffnerin spuckte das Wort fast aus. »Niemandem widerfährt im Keller des Greven Gerechtigkeit.«

»Schrei nicht so«, warnte Columba verärgert, »sonst wirst du selbst in kürzester Zeit eben dort landen. Was du sagst, ist Blasphemie. Komm ins Haus.«

»Nichts dergleichen werde ich tun. Ich werde deinen Vater suchen, er muß eingreifen. Es ist keine Zeit zu verlieren. Verfluchte Rebecca, verfluchte Törin, alles macht sie mir zunichte!«

Verwundert starrte Columba der Begine nach, die ihre Röcke schürzte und in Richtung des St. Alban-Viertels davonrannte. Was nur trieb diese Frau um? Mitgefühl schien es trotz allem nicht zu sein. Und was glaubte sie beim Kaufmann erreichen zu können? Nie, niemals würde Rebecca sich von ihrem Schwager von dem einmal gemachten Entschluß abbringen lassen. Nein, Columba schüttelte den Kopf, nein, vom Vater war keine Hilfe zu erwarten. Schon gar nicht, wenn es darum ging, am Ende seine geliebte Tochter Juliana anzuklagen. Elende Juliana.

Noch einmal rief Columba die Bilder der Nacht wach. Szenen voller Widersprüche. Das Geschrei Annas hatte den Konvent geweckt, mit Rebecca war sie aus der Kammer gestürzt und hatte als erste die Zelle ihrer Tante erreicht. Anna hatte auf der Schwelle gestanden, eine Kerze in der Hand, die mit gespenstischem Flackern ein grausames Bild beleuchtete: Der Diakon lag nackt in seinem eigenen Blut vor dem Bett der Tante, in dem sich eine wimmernde Gestalt zusammengekauert in die grobe Decke gehüllt hatte.

Energisch hatte Rebecca die Schaffnerin zur Seite gestoßen, die beim Anblick ihrer Herrin so plötzlich verstummt war, als habe der Schlag sie getroffen. Man hätte meinen können, sie sähe ein Gespenst. Der Kerzenhalter war ihrer Hand entglitten, das Wachslicht über den Boden gekollert und im Blut des Predigers verloschen. Finsternis hatte die Leiche des Diakons umhüllt.

Andere Schwestern eilten herbei, drängten sich vor der Tür. Columba hatte sie zurückgehalten und Ruhe befohlen. Dann war sie – an Anna vorbei – in die Kammer geschlüpft und hatte die Tür so fest zugeschlagen, daß alle Gaffer davor zurückprallten.

»Kind, was hast du getan?« flüsterte in ihrer Erinnerung Rebecca noch einmal. Columba hatte nichts als Dunkelheit gesehen und doch gewußt, daß die Tante nicht mit ihr sprach.

»Ich habe den getötet, den ich geliebt habe.«

Columba war erstarrt. Juliana! Sie hatte die Stimme der Schwester deutlich erkannt, doch was sie sagte, schien keinen Sinn zu haben. »Er hat immer gepredigt, das mache mich zu einem Engel, zu seiner Gemahlin, zur Fürstin unserer Versammlung. Das Hohe Paar. Er hat immer gesagt, daß ... O Gott, ich habe es getan ... ich habe es wirklich getan ... Überall Blut. An meinen Händen, es ist noch ganz warm ... Verzeih mir, verzeih.«

»Es ist gut, mein Kind«, hatte Rebecca in die Stille hinein gesagt, »er war ein verdorbener Mann. Und daran, was hier geschah, habe ich Schuld, ich allein.«

»Tante!« hatte Columba entsetzt aufgeschrien.

»Still. Gehe du hinaus und sage den Schwestern, sie sollen sich im Gebetsraum versammeln.«

»Aber ...«

»Spute dich, bevor sie argwöhnen, daß wir nicht alleine hier sind. Ich muß deine Schwester durch den Garten hinausbringen. Niemand darf sie sehen, hörst du. Geh schon.«

Wie betäubt hatte Columba der Tante gehorcht, nicht ahnend, daß schon in diesem Moment Rebeccas Entschluß festgestanden hatte. Der Entschluß, sich endgültig dem hohen geistlichen Gericht auszuliefern.

Bei diesem Gedanken seufzte Columba jetzt laut auf. Mit langsamen Schritten überquerte sie den Hof des stillen Konvents, der für einen kurzen Moment von der milden Frühjahrssonne, die durch die Wolken brach, in friedlichen Glanz getaucht wurde. Glockengeläut hob an und kündete vom Ende der ersten Morgenmessen. Noch immer saßen die anderen Schwestern im Gebetssaal und taten, was die bleiche Rebecca ihnen befohlen hatte: Sie hielten stille Andacht. Columba verharrte auf der Schwelle zum Haupthaus. Regen setzte ein.

»Das also«, sagte sie zu sich selbst, »das war Julianas Geheimnis. Der Diakon, wie abscheulich.« Keinen Augenblick zweifelte sie daran, daß alles als ein eitles Spiel begonnen hatte, die Tändelei einer gelangweilten, verwöhnten Puppe, die es gewohnt war, daß jede ihrer noch so törichten Begierden und jeder ihrer Wünsche erfüllt wurden. Eine verblendete Schönheit, die immer und überall den vornehmsten Platz einnehmen wollte, sogar in einer Sekte der Engel.

Vielfältig waren die Sekten und Kongregationen, Bruderschaften und Geheimzirkel in jenen Tagen der religiösen Verwirrung und Zersplitterung. Alle experimentierten mit der göttlichen Offenbarung. Die einen suchten ihr Heil in der Alchimie, die anderen im Studium apokrypher Schriften, die nächsten in halb heidnischen Riten, sogar in Satansbeschwörungen oder eben in Engelssekten. Aber ausgerechnet die eigene Schwester? Wie fremd sie ihr war. Und doch hatte Columba in Rebeccas Sinne gehandelt, weil auch sie die Rettung Julianas wollte. Trotz deren entsetzlicher Tat. Ein kaltblütiger Dolchstoß mitten ins Herz des wehrlosen Mannes. Sie hatte die Wunde gefühlt, als sie die Decke über dem Leichnam ausgebreitet hatte.

Schaudernd blickte sie an der Hausfront empor. Noch immer lag der Tote in Rebeccas Kammer. Rebeccas Kammer! Auch dieses Rätsel verwirrte Columba. Was hatte der Diakon dort nur des Nachts zu suchen gehabt? Und welche Schuld hatte die Tante nun tatsächlich auf sich geladen? Konnte es sein, daß sie und der Diakon, der ganz ohne Zweifel ein Ketzer gewesen war, daß Rebecca und er ...

»Nein«, sagte Columba laut und entschieden. »Nein!« Dann ging sie langsam ins Haus und schloß die Tür. Einem Hagelschauer gleich stieß eine Schar Tauben in den Hof hinab, um enttäuscht festzustellen, daß an diesem Morgen niemand an sie gedacht hatte.

3

Der März ging zu Ende und mit ihm der dauernde Regen. Freundlich begann der April, und die Gemüsebauern schöpften Hoffnung auf einen noch freundlicheren Mai. An der Börse wurde eifrig spekuliert. Seit das Gerücht ging, der neue Papst Pius habe König Philipp fünfhunderttausend Dukaten als Finanzierungshilfe für den Kreuzzug gegen alle Ungläubigen gewährt, falls dieser in den Niederlanden einmarschiere, stieg der Wert spanischer Kriegsanleihen. Reiche Flüchtlinge aus Flandern und Brabant, wo Abtrünnige predigten und Philipps Soldaten bereits aufmarschierten, brachten schon jetzt Geld in die Stadt, belebten den Handel und das Handwerk. Neue Gesetze gegen die neuen Religionen wurden erlassen und vom Rat so milde wie möglich gegen die gewinnbringenden Fremden und so hart wie nötig gegen unbequeme, arme Gotteslästerer – wie die leidigen Wiedertäufer – angewandt.

Auch der Kaufherr van Geldern war guter Stimmung. Krisen belebten ihn. Wenn seine Tatkraft gefordert war, vergaß er jeden körperlichen Schmerz und vermied alles schädliche Grübeln. Zudem war das Glück ihm hold. Aus London war ein Teil jener Summe eingetroffen, um die er solange vergeblich gekämpft hatte. Es schien, daß die jungfräuliche Königin Elisabeth bei ihren Merchants darauf gedrängt hatte, ihre Schulden bei ausländischen Kaufherren zu begleichen. Sie wollte sicher sein, daß die wohlhabenden Geldsäcke aus Flandern oder dem Deutschen Reich ihr gewogen blieben, wenn Philipp in den Niederlanden einmarschieren und sie somit zwingen würde, Geld in ganz Europa zu leihen, um selbst Truppen zu werben, denn Philipp auf der anderen Seite des Kanals bedeutete eine ernsthafte Bedrohung für ihr protestantisches Königreich.

So brachten die Wechselspiele der Religionswirren und der Weltpolitik dem Kölner Kaufmann van Geldern sein Geld zurück. Zwar war es schlechtes Geld, zehntausend Dukaten, alle am Rand beschnitten und geschliffen, doch die Summe genügte ihm, um sich Luft und damit Zeit zu verschaffen.

Es galt an mehreren Fronten zu kämpfen: Der Prozeß gegen Rebecca mußte vorangetrieben werden, gegen den Widerstand ihrer immer noch zahlreichen Freunde und Anhänger, die einer ehemals reichen Patrizierin die Treue nicht brechen wollten. Der schändliche Priestermord mußte auch sie am Ende verstummen lassen. Rebecca leugnete ihn nicht einmal, behauptete aber, sie habe dem Willen des Herrn genüge getan und würde bald offenbaren, wie tief ganz Köln in gräßlichste Sünde verstrickt sei.

Es war ein verwickelter Prozeß. Die Schöffen des Kurfürsten hatten bislang nur soviel beschlossen: Eine Anklage auf Hexerei und Schadenszauber sei zu vermeiden.

Zwei Gründe sprachen dagegen: Zum einen fürchteten sie, daß Rebecca ihre Ankündigung wahr machen und viele, auch vornehmste Bürger, der Teilnahme an Hexentänzen bezichtigen könnte. Zum anderen hatte man für solche Vergehen in Köln bislang nur ein paar alte, unbedeutende und lästige Vetteln abgeurteilt. Die letzte vor knapp zehn Jahren. So sollte es bleiben.

Hingegen schienen die erzbischöflichen Juristen nicht abgeneigt, an Rebecca ein Exempel wegen hartnäckiger Ketzerei zu statuieren. Im Volk, das wußten sie, gab es heimlich Beifall für den Mord an dem Diakon, der unzweifelhaft an monströsen Ausschweifungen beteiligt gewesen war. Solchen Beifall galt es im Keim zu ersticken.

Van Geldern war es gleichgültig, wofür seine Schwägerin am Ende brannte. Er schätzte sich sehr glücklich, weil es ihm an jenem Sonntag im März gelungen war, seine Anzeige zu erstatten, bevor Rebecca den erzbischöflichen Palast erreicht und sich selbst ausgeliefert hatte. Sie war zuvor der Beichte wegen in den Dom gegangen. Eitle Frömmigkeit, sie würde der Schwägerin nichts nutzen.

Den städtischen Gewaltrichter hatte van Geldern mit einer kleinen Pension ausgestattet und beauftragt, die Untersuchungen im Fall seiner verstorbenen Ehefrau Katharina wiederaufzunehmen. Mit großer Strenge und amtlichem Eifer verhörte und verschreckte der Gewaltrichter das Hausgesinde van Gelderns, bedrängte Mertgin um eine belastende Aussage und fand in Anna, der Schaffnerin, eine nur allzu willige Zeugin für weitere Greueltaten ihrer ehemaligen Konventsherrin. Beredt gab sie über den rätselhaften Tod der Kornmeisterin Auskunft, sprach von betrügerischen Visionen Rebeccas, ihren vorgetäuschten, mystischen Empfindungen.

»Eine elende Gleisnerin ist sie, werter Herr, uns alle wollte sie täuschen. Ich kann mir kein schändlicheres Verbrechen denken. Doch wie sollten wir – ein paar armselige Weiber – Argwohn hegen, wenn sogar ihr eigener Beichtvater diesem Blendwerk verfiel?«

Der Gewaltrichter nickte ernst. »Ihr habt wohl recht, mich selbst besuchte sie einmal im Turm und streute mir Sand in die Augen. Ja, sogar ihr Schwager, der ehrenwerte Kaufherr van Geldern, saß ihren Lügen auf, obwohl sie sicher den Tod seiner eigenen Frau verschuldete.«

»Fragt nur meine Mitschwestern, und Euch werden noch entsetzlichere Dinge offenbart werden«, versprach die Schaffnerin, und der Gewaltrichter rieb sich erwartungsfroh die Hände.

Da der Konvent Rebeccas jedoch der geistlichen Gerichtsbarkeit unterlag, durfte der städtische Gewaltrichter hier nicht tätig werden. Aber van Geldern war auch in dieser Sache guter Hoffnung. Längst hatte er, gemeinsam mit anderen Verwandten der dort lebenden Beginen, beim Kurfürsten um Auflösung des Konvents nachgesucht. Der Rat unterstützte dieses Ersuchen, und täglich wartete man auf eine Botschaft aus Bonn, die es van Geldern erlauben würde, Columba aus dem Beginenhof zu holen und dem Freiherrn zu vermählen.

Seine Aktivitäten und Verhandlungen nahmen den Kaufmann so sehr in Anspruch, daß ihn die augenfällig schlechte Verfassung seiner ältesten Tochter nicht weiter bekümmerte. Nur einen Besuch bei der Tante, im Verlies des erzbischöflichen Palastes, hatte er ihr ausdrücklich verboten, obwohl sie inständig um seine Erlaubnis bat.

»Wenn du etwas für das Seelenheil dieser Ketzerin tun willst, die den Namen unserer Familie so schändlich entehrt, dann gehe in die Kapelle und bete«, hatte er sie abgewiesen.

Doch Juliana war alles Religiöse ein Greuel. Sie ertrug nicht den Anblick der lächelnden Madonna. Sie zuckte zusammen bei der Erwähnung des Erlösers. An einem späten Aprilmorgen wies sie ihre Zofe Melina an, das letzte Abbild des Gekreuzigten in ihrem Zimmer mit einem dunklen Tuch zu verhängen.

Schweigend gehorchte die Magd. Sie konnte nur ahnen, was in jener Nacht geschehen war, nachdem ihre Herrin sie geschlagen und bewußtlos am Boden hatte liegen lassen. Der Diakon war tot, soviel stand fest. Rebecca saß im Kerker. Doch die verzehrende Reue einer Sünderin legte Juliana an den Tag. Melina war sich sicher, daß ihre Ahnungen der Wahrheit sehr nahe kamen.

»Soll ich Euch kämmen?« fragte sie mit jener ton- und ausdruckslosen Stimme, die sie sich seit dem Vorfall angewöhnt hatte.

Juliana schien sie nicht zu hören, sondern rieb sich weiter die Hände in einer Schüssel mit Bleichmittel, das sonst nur der Pflege ihres Gesichts gedient hatte, sogar Schenkel und Brüste bestrich sie damit. Nachlässig lag ein seidener Morgenmantel um ihre Schultern, in zerzausten Strähnen hing ihr blondes Haar herab.

»Herrin?« fragte Melina ein zweites Mal.

Juliana warf ihr einen verwirrten Blick zu, dann murmelte sie: »Er straft mich. Er straft mich grausam. Jede Nacht erscheint er mir. Er will mich zu sich hinabziehen.«

Melinas Mund verzog sich zu einem leisen, verächtlichen Lächeln. »Er will meinen Untergang«, erklärte Juliana voller Ernst ihrem Spiegelbild, »seine Liebe ist mein Tod.«

»Von wem sprecht Ihr?« fragte Melina mit harter Stimme.

Juliana schüttelte den Kopf. »Nichts, es ist nichts, laß mich.«

»Ihr müßt etwas essen, Herrin, es ist schon spät am Vormittag. Nehmt wenigstens etwas von dem Gerstenbrei. Ihr müßt bei Kräften bleiben.«

Juliana lachte schrill auf. »O ja, bei Kräften, um dies Ungeheuer zu nähren, dieses ...« Sie brach ab.

»Ihr müßt sehr hungrig sein.« Diesmal hatte Melinas Stimme den Unterton boshafter Genugtuung. Lauernd betrachtete sie die blonde Frau im seidenen Morgengewand, tastete mit den Blicken die schwellenden Brüste ab. Bald würde sie es genau wissen und genau sehen, wie alle Welt.

»Wenn ich nur Rebecca besuchen könnte«, flüsterte Juliana, »sie kennt sich aus, sie wüßte Hilfe, ein Mittel.«

»Euer Vater will von so einem Besuch nichts wissen.«

Melina begann das Gespräch mit ihrer Herrin zu genießen – ein Gefühl, das sie nie zuvor gekannt hatte.

Juliana schien aus ihrer Verwirrung zu erwachen. Müde schaute sie ihre Magd an. »Ich sehe, du triumphierst.« Sie tastete auf dem Tisch nach der Bürste.

Melina sah es und straffte die Schultern. »Schlagt mich nur, Herrin. Es wird Euch nichts nützen. Ihr seid verloren, genau wie ich verloren wäre, wenn ich mich in Eurem Zustand befände.«

»Du wagst es, dich mit mir zu vergleichen?«

»Alle Welt wird es tun, wenn die Saat aufgeht, die Ihr im Schoß tragt. In diesem Falle teilen wir das Schicksal aller Weiber, gleichgültig welchen Standes wir sind.«

Kraftlos ließ Juliana die Bürste fallen. »Schweig, bitte schweig. Du weißt nicht, was du sprichst«, sagte sie matt.

»Ich weiß, daß Eure geheimen Leibtücher rein und weiß bleiben, obwohl der Mond schon einmal voll geworden ist und eben wechselte.«

Mit kaltem Blick wartete Melina die Wirkung ihrer Worte ab. Sie mußte nicht lange warten. Juliana brach in Tränen aus, sank auf den Boden und schlug sich mit den Fäusten gegen den Unterleib.

Melina sah es zunächst mit Genugtuung und dann – zu ihrer Verwunderung – mit einem aufrichtigen Gefühl des

Mitleids. Ihre Liebe zu dem Diakon war nicht weniger verblendet gewesen, als die ihrer Herrin. Langsam ging sie auf die Weinende zu und beugte sich zu ihr hinab.

4

Argwöhnisch betrachtete der kurfürstliche Wachmann die junge Frau in grauer Beginentracht. Ihr Antlitz, ihre funkelnden Augen, ihr entschlossener Mund waren zu lebhaft für den frommen Stand. Und zu keck. Genau wie ihr Auftreten vor dem Tor des erzbischöflichen Gefängnisses auf dem ehrwürdigen Domhof.

»Laß mich durch!« forderte Columba schon zum zweiten Mal.

»Hast du eine Erlaubnis? Ein Schreiben?«

Das Mädchen blitzte ihn angriffslustig an. »Ich will zu meiner Tante, der Begine Rebecca. Doktor Birckmann von Unter Fetten Hennen schickt mich, mit etwas Wein und einem gesottenen Huhn zu ihrer Stärkung.«

»Doktor Birckmann? So.« Der Name des berühmten Mannes verunsicherte ihn. Ratlos ließ der Wächter seinen Blick von dem Mädchen zu dem schweren Weidenkorb wandern, den sie über dem Arm trug. »Was ist da drin?« führte er endlich – mit weniger Schwung, aber immer noch grimmiger Miene – seine Befragung fort.

»Wein, ich sagte es bereits«, antwortete Columba ungeduldig.

»Wein?«

Columba verdrehte die Augen. »Ja, und ein gesottenes Huhn.«

»Huhn.« Der Schwung des Wachmanns ließ spürbar nach. »Laß mich hineinsehen.«

Columba stellte den Korb in den Staub und schlug ein Leintuch zurück. »Reich mir eine von den Flaschen, ich muß es überprüfen. Wer weiß, was wirklich in den Flaschen steckt.«

»In keinem Fall das Huhn«, trotzte Columba auf und fügte beschwichtigend hinzu: »Du kannst beide Flaschen nach Herzenslust überprüfen, wenn du nur sofort den Weg freimachst. Zum Mittagsgebet muß ich zurück im Konvent sein. Als Novizin habe ich nur Erlaubnis für kurze Besuche.«

Der Wächter überlegte kurz, fand das Geschäft günstig und zog sich mit seinen Kostproben in einen kleinen Bretterverschlag beim Tor zurück, während Columba von einem Gerichtsboten durch den muffigen Hof des alten, trostlosen Gemäuers zu den Verliesen und Kellern geführt wurde.

Schaudernd stieg sie mit ihm die Treppen hinab, eisigkalte, feuchte Luft empfing sie. Es ging durch labyrinthische Kellergänge, in denen die ungefügen Mauerquadern Nässe spiegelten, es nach Kot und Auswurf, Krankheit und dem Angstschweiß ungezählter Menschen roch, die hier durch die Hölle gegangen waren und gehen würden.

Endlich gelangten sie zum Hauptgitter, vor dem an einem groben Tisch ein beinahe farbloser Kerkerwächter saß.

Ratten durchflitzten das Stroh. Hin und wieder traf sie ein Stockschlag des Wächters, der träge auf einem Schemel hockte. Zögernd bequemte er sich, das Gitter für die junge Begine zu öffnen. An den Verliesen anderer Übeltäter vorbei gelangten beide schließlich zu dem Kerker, den man der Magistra zugewiesen hatte. Was man sich von den Verliesen des Greven erzählte, war nicht übertrieben: kaum ein Gefängnis in Köln war finsterer, feuchter und trostloser als dieser Keller direkt unter der geweihten Erde des Domhofes.

Columba kniff die Augen zusammen, als sie die Zelle der Tante betrat, und suchte im Dunkel nach ihrer Gestalt. Sie entdeckte Rebecca in der Ecke, die einem hoch oben liegenden, vergitterten Fensterloch am nächsten war. Darunter hatte sie ein geschmiedetes Kreuz in das Stroh gestellt. Mit gefalteten Händen kniete sie davor und betete.

Der Kerkerwächter spuckte ins Stroh. »Eine Viertelstunde habt Ihr«, beschied er dem Mädchen.

»Bringt mir eine saubere Holzschüssel und einen Krug Eures Weins«, bat Columba ungerührt.

»Wein?«

»Den ich bei mir trug, beschlagnahmte der Torwächter.«

»Verflucht.«

»Hier habe ich Geld. Für Euren Wein wird es wohl reichen.«

Der Kerkermeister hielt die Münze ins Licht und rechnete flink aus, was ihm als Trinkgeld davon blieb. »Gut«, sagte er dann, »eine Viertelstunde also, der Wein kommt gleich.« Er verschloß den Kerker und verschwand.

Rebecca erhob sich von den Knien, pflückte Stroh von ihrem Gewand und lächelte traurig. Columbas Augen hatten sich an das Dunkel gewöhnt, sie lief auf die Tante zu und stellte den Korb ab. Eifrig begann sie zu plaudern. »Ich habe das fetteste Huhn geschlachtet, und wenn du nichts davon ißt, dann ...«

»Danke, Columba, du mußt mich nicht überreden. Ich habe einen guten Appetit und freue mich darüber.«

Verwundert schwieg die Nichte. Seit langem hatte nicht soviel Zuversicht und Kraft in Rebeccas Stimme durchgeklungen. Fast heiter wirkte sie in ihrer Ruhe. »Du wunderst dich über meine gute Verfassung?« erriet die Tante Columbas Gedanken. »Nun, mir selber war es zunächst fast unheimlich, wie gut es mir nach wenigen Tagen in diesem Verlies ging. Aber die Finsternis, das faulende Stroh, der

Unrat, die Ratten sind nichts im Vergleich zu den schweren Wochen, den schrecklichen Nächten, die ich hinter mir habe. Gott meint es gut mit mir. Er schenkt mir täglich neue Kraft.« Sie setzte sich ins Stroh, schlug die Leinentücher über dem Korb zurück.

»Hast du den Vogel nach dem Kochen mit genau den Kräutern gefüllt, die ich dir angab?« fragte sie.

Columba nickte. »Sie stecken im Bauch, in einem leinernen Säckchen. Ich fand alle im Kräutergarten oder als Trockensträuße in dem Verschlag hinter dem Waschhaus.«

»Genau, wie ich es mir gedacht habe.«

»Außerdem fand ich dort ein Töpfchen Salbe. Ich habe es ebenfalls im Bauch des Tieres versteckt. Von wem stammen diese Dinge?«

Rebecca schüttelte lächelnd den Kopf, zum Zeichen dafür, daß sie es nicht sagen wollte. Dann zog sie das Säckchen und den Salbentiegel aus dem Vogel und löste dann mit geschickten Fingern einen Hühnerschlegel.

»Vorsicht!« warnte Columba. »Es war auch Bilsenkraut im Balg.«

»Keine Bange, da du das Säckchen erst nach dem Kochen hineingesteckt hast, schadet es dem guten Fleisch nichts.« Herzhaft biß sie hinein.

Der Wächter erschien mit Wein und Holzschüssel, erhielt von Columba eine weitere Münze und verabschiedete sich beinahe freundlich.

Rebecca aß und trank mit großem Genuß. Als sie die Mahlzeit beendet hatte, wusch sie sich sorgfältig Gesicht und Hände. »Deine Besuche sind eine große Freude für mich, und deine kleinen Geldgeschenke an die Wächter bescheren mir täglich frisches Wasser und abends ein kleines Kohlebecken. Lange habe ich alle diese Dinge nicht mehr so genossen wie hier.«

»Tante, wie kannst du nur so heiter sein? Ich freue mich

zwar über deine Gelassenheit, aber es zerreißt mir das Herz, wenn ich daran denke, in welcher Lage du dich befindest. Dein Vorbild mag wahrhaft christlich sein, deine Geduld von Gott gegeben, aber wie kannst du deinem Prozeß, den Verhören, deinem ...« Sie unterbrach sich, um das Wort Tod zu vermeiden. »Wie kannst du so gefaßt sein? Es geht nicht an, daß du für ein Verbrechen büßt, das du nicht begangen hast. Wie du will auch ich nicht, daß man Juliana an den Richter liefert, aber daß du für sie stirbst, ist mehr, als der Herr verlangen könnte. Er will dieses Opfer gewiß nicht.«

Rebecca hatte schweigend gelauscht. Mit großem Ernst schaute sie Columba an. »Ich gebe dir recht.«

Keine Antwort hätte das Mädchen mehr in Erstaunen versetzen können. »Ich gebe dir recht und habe weder vor, den Tod durch die Hand des Henkers zu erfahren noch Juliana anzuklagen. Vertraue mir, mein Kind, ich bin gewappnet. Mögen sie nur mit dem Prozeß beginnen. Ich weiß nun, daß ich ganz und gar unschuldig bin.«

»Aber, aber«, stammelte Columba verwirrt, »ich verstehe nicht. Denkst du an Flucht?«

»O nein, das ganze Gegenteil. Ich werde standhalten. Ich werde mich dem Verfahren stellen, denn ich fürchte nichts.« Rebecca reckte entschlossen das Kinn, ein Lichtstrahl stahl sich durch das Fensterloch und beleuchtete ihr Gesicht.

Columba las nichts als unerschütterliches Gottvertrauen und milde Heiterkeit in ihren Zügen. All das entsetzte sie, da sie annahm, Rebecca sei nun einem religiösen Wahn verfallen, der weit gefährlicher war als ihre Visionen: dem Wahn der Märtyrer.

»Du willst also leugnen? Glaube nicht, daß sie darauf eingehen. Auf die Androhung des peinlichen Verhörs wird die Folter folgen. Du weißt, was das bedeutet. Die meisten gestehen bereits beim Anblick der Streckbank alle Verbrechen, derer man sie bezichtigt. Ein wahrer Bekenntnisrausch befällt sie. Oh, Tante, ich weiß, wie stark du bist, wie groß dein Glaube und Gottvertrauen sind, aber das ist mehr, als ein Mensch ertragen kann. Und selbst, wenn du immer wieder deine Unschuld beteuerst ...«

»Das habe ich nicht vor«, sagte Rebecca, und mit wachsendem Entsetzen entdeckte Columba nun den Schalk in ihren grauen, sanften Augen aufblitzen.

»Liebe Tante!« rief sie entsetzt, doch Rebecca beachtete den Protest nicht.

»Auch ich werde beim Anblick der Streckbank gestehen. Die Inquisitoren und die Schöffen, allen voran Galisius, werden ihre Freude an mir haben. Mehr als ihnen lieb ist.« Ihr schelmenhaftes Lächeln vertiefte sich bei diesen Worten.

Bevor Columba eine weitere Frage stellen konnte, drehte sich rasselnd der Schlüssel des Kerkerwächters im Schloß. Vom Dom her erklang der Glockenschlag zur zwölften Stunde. Mittagszeit. Der Kerkerwächter war nicht gewillt, seine fällige Mahlzeit noch weiter hinauszuschieben, und Columba hatte kein Geld mehr bei sich, um ihn von diesem Entschluß abzubringen.

Widerwillig verließ sie das Gefängnis und kehrte zum Konvent zurück. Anna, die Schaffnerin, trat eben mit einem Bündel ihrer persönlichen Habseligkeiten aus dem Hof. »Dein Vater schickte mir Nachricht«, sagte sie, so hochmütig und herablassend lächelnd, daß Columba ihr am liebsten eine Ohrfeige versetzt hätte. »Er bittet mich, sein Gast zu sein, da der Konvent sicher bald aufgelöst wird. Seine Einladung an mich ist eine großzügige Geste, nie hätte ich mit solch einer Ehre gerechnet.«

Ihr Grinsen verriet, daß das Gegenteil der Fall war. Sie griff nach dem Arm des Mädchens. »Komm am besten gleich mit mir, mein Kind.«

Columba riß sich los. »Ich bin und bleibe Begine!« rief sie wutentbrannt, betrat den Hof und warf das Tor zu. Es schloß sich mit dumpfem Poltern.

Anna zuckte mit den Achseln. Das lästige Mädchen würde bald keine andere Bleibe als das Haus ihres Vaters mehr haben. Sicher würde in Kürze die Nachricht des Erzbischofs eintreffen. Damit war ein Teil ihrer Abmachung mit dem Kaufherrn erfüllt. Blieb noch der Prozeß von Rebecca. Wenn der erst beendet ist, dachte Anna mit wachsender Befriedigung, bin ich nicht mehr auf die Gastfreundschaft des Herrn van Geldern angewiesen. Aber immerhin, sein Haus war keine schlechte Unterkunft.

Sie sah das Schlafzimmer der verstorbenen Frau Katharina vor sich. Die juwelenbesetzten Spiegel, den hohen Kamin, das geschnitzte Bett, die Brokatvorhänge. Nein, keine schlechte Unterkunft, und warum sollte sie eigentlich nicht mehr als nur Gast in van Gelderns Haus sein? Rebeccas Geld – von dem sie wußte, daß sie bald im Überfluß davon besitzen würde – war tatsächlich nicht alles. Ihre Erwartungen an das Leben waren schon immer hochgespannt gewesen. Nun, da die Erfüllung so greifbar nah war, hielt sie die lange gehegten Wünsche für fast schon bescheiden. Was sprach noch dagegen, nun nach der Ehre, dem Ansehen und dem Stand einer Ehefrau zu streben? Der Ehefrau des mächtigen Kaufherrn van Geldern. So übel sah er für sein Alter nicht aus. Überhaupt, sein Alter. Gerade das erhöhte den Reiz des Gedankens beträchtlich. Wie berauscht atmete Anna die milde Luft des sonnigen Nachmittags ein. Wie schön der April sein konnte – und wie trügerisch.

5

Schau, was ich hier habe.« Don Seraph hielt nacheinander eine pelzgefütterte Schaube, eine phantastisch geschlitzte kurze Pluderhose, ein brokatenes Wams mit gepufften Ärmeln und ein Paar Stulpenstiefel hoch. Wie ein übermütiger Marktschreier pries er die kostbaren Kleidungsstücke an.

Lazarus verfolgte alles mit einem Lächeln. Aufrecht saß er im Bett, ein wenig bleich noch, aber wieder bei Kräften. Unter Tringins Pflege verheilte seine Wunde erstaunlich gut, wenn auch das Sprechen ihm noch Mühe bereitete.

»Ich mache dich zu meinem Stellvertreter, Lazarus. Du sollst mein erster Werbehauptmann und im Feld mein Leutnant sein. Einen Besseren kann ich nicht finden. Nun, was sagst du? Wir werden eine großartige Zeit haben.«

Tringin, die neben dem Krankenlager saß und aus Leintüchern frische Binden schnitt, warf Lazarus einen erwartungsvollen Blick zu. Dessen Lächeln verblaßte, sein Gesicht wurde ernst.

»Lieber Don Seraph, es schmerzt mich, dich enttäuschen zu müssen, aber ich kann nicht mit dir reiten.«

Don Seraph warf die Stiefel zur Seite, als handele es sich um widerwärtigen Plunder. »Was redest du da? Alles ist abgemacht. Heute erhielt ich Nachricht aus Brüssel, die Generalstatthalterin Margarethe von Parma wünscht uns zu sehen. Sie wird bereits Aufträge haben.«

Lazarus richtete sich weiter auf seinem Lager auf. »Ich kann nicht mit dir nach Brüssel, Don Seraph. Ich muß nach Köln zurück.«

Tringin stieß einen Seufzer aus und schüttelte den Kopf. »Du hast nicht einmal das Geld, um dir Brot für die Reise zu kaufen«, murmelte sie warnend. Lazarus beachtete sie nicht. »In zwei Tagen hoffe ich wieder reiten zu können, dann bin ich fort.«

Die Miene des Feldhauptmanns verfinsterte sich. »Was willst du in Köln? Noch dazu ohne einen Heller in der Tasche. Denk an die satten Städte Flanderns, an die reiche Beute, die wir machen werden, wenn erst der Aufstand losbricht. Wir werden uns die Taschen füllen.«

»Du vergißt, daß du von meiner Heimat sprichst«, warf Lazarus ein, »mir steht nicht der Sinn danach, meine eigenen Landsleute zu plündern und zu brandschatzen.«

»Landsleute! Unsinn, es geht nur gegen die calvinistischen Aufrührer. Irregeleitete Schwärmer, die jede Ordnung auf den Kopf stellen und grausame Tyrannei üben, wenn sie erst einmal an der Macht sind. Ich dachte, gerade du hast genug davon. Denke an Genf. Was war denn das für ein Gottesstaat, der dir den Vater nahm?«

Lazarus schwieg einen Moment und atmete langsam, um seine Lungen zu kräftigen. »Du irrst dich, Don Seraph, wenn du mir Rachedurst unterstellst. Rache ist ein schlechtes Geschäft. Ich will damit nichts weiter zu schaffen haben. Und noch einmal: Ich kann nicht gegen meine Landsleute kämpfen.«

Verblüfft ließ der Söldnerführer sich in einen Lehnstuhl beim Kamin fallen. »Früher war es dir ganz gleichgültig, wer unser Feind war. Du warst ein Abenteurer wie ich, kein Unternehmen war dir waghalsig genug, keine Gefahr zu groß. Und war es nicht eine spanische Uniform, die du zuletzt getragen hast? Beim Finanzsekretär Don Cristobal?«

Tringin ging still zu einem Tisch hinüber, schenkte aus einem Krug einen Becher Wein ein und reichte ihn dem Feldhauptmann.

»Uniformen sind nur Kleidungsstücke, Don Seraph. Laß uns darüber nicht streiten. Die Geschäfte, die mich nach Köln zurückzwingen, sind dringend«, beharrte Lazarus.

»Köln.« Don Seraph schüttelte den Kopf. Schweigend starrte er für einen Moment in die Flammen. Die Glut brachte sein Gesicht zum Leuchten. »Weißt du, daß das meine Vaterstadt ist? Vielleicht hätte ich ja Lust, dich dorthin zu begleiten.«

Lazarus strich sich mit der Hand über das Kinn. »Du würdest mich begleiten?«

Don Seraph wog nachdenklich den Kopf. »Wie gesagt, ich muß ein ganzes Regiment Söldner anwerben. Deutsche Landsknechte gehören zu den besten Kämpfern. Das Rheinland ist nah, der kurkölnische Erzbischof ein treuer Anhänger des alten Glaubens, er würde die Musterung sicher gestatten. In Köln selber gibt es zudem gute Waffen und Rüstungen zu kaufen. Es fehlt mir noch an eisernen Knechtsbrüsten und Hakenbüchsen.«

Lazarus' Miene verriet wachsende Aufregung. »Don Seraph, wenn du mich begleitest, dann will ich den ganzen Geckenplunder, den du da vor mir ausgebreitet hast, willig tragen, und ein federgeschmücktes Barett dazu.«

»Lazarus!« rief Tringin erschrocken. »Bedenke, was du sagst. Köln ist nicht sicher für dich, denke an ...« Sie unterbrach sich mit Blick auf den Feldhauptmann, errötete und griff nach einem Eisenhaken, um das Feuer zu schüren.

Don Seraph hob fragend eine Augenbraue, doch Lazarus erklärte sich nicht. »Nun, Lazarus, dann ist es abgemacht. Du begleitest mich zunächst nach Brüssel, danach ziehen wir zu Reislauf und Musterung nach Kurköln. Dort kannst du deinen Geschäften nachgehen, solange sie dich nicht von deinen Pflichten als Werbehauptmann ablenken.«

»Wieviel Zeit wird uns der Aufenthalt in Brüssel kosten?« fragte sein Freund mißtrauisch.

»Der Ritt dauert nicht einmal zwei Tage, ich habe die schnellsten Pferde. Wenn wir die Nacht durchreiten, schaffen wir es sogar in achtzehn Stunden. Dann werden wir zwei Tage in der Stadt verweilen und ...«

Lazarus schlug die Decke zurück, schwang die Beine über die Bettkante und stand schwankend auf. »Dann laß uns sofort reiten«, sagte er.

Tringin eilte zu ihm hinüber und legte ihren Arm um seine Taille, um ihn zu stützen. »Du kannst noch nicht reiten. Frage den Feldscher, er wird dich nicht gehen lassen. Es ist zu gefährlich, deine Wunde könnte aufreißen. Das kann nicht dein Ernst sein.«

Lazarus löste sanft Tringins Arm. Ein Abglanz seines spöttischen Lächelns lag um seinen Mund. »Don Seraph wird dir gerne bestätigen, wie ernst es mir ist.«

Der Feldhauptmann sprang aus seinem Lehnstuhl und lachte fröhlich. »Mir ist nicht bange um ihn, Tringin. Er hat ganz andere Fährnisse auf sich genommen. Ich lasse die Pferde satteln, in einer halben Stunde sind wir auf dem Weg.« Mit langen Schritten war er bei der Tür. Noch einmal wandte er sich um. »Du darfst dir einen meiner Pagen als Leibburschen auswählen. Als mein Stellvertreter hast du ein Recht darauf. Nun?«

Tringin griff nach Lazarus' Arm, ein letzter Versuch ihn zurückzuhalten, doch der junge Mann langte bereits nach den engen Beinkleidern und der Pluderhose, die Don Seraph auf sein Bett geworfen hatte. »Gehe nicht«, flüsterte sie. »Ich kann dich nicht alleine lassen.«

Lazarus warf ihr einen kurzen Blick zu, dann sagte er in Richtung des Feldhauptmanns: »Einen Leibburschen brauche ich nicht, aber wenn du bereit bist, den entsprechenden Sold an Tringin zu zahlen, so habe ich nichts dagegen, wenn sie uns als meine Pflegerin begleitet.«

»Pflegerin, soso«, brummte der Feldhauptmann und schien ärgerlich. »Du kannst reiten?«

»Ja«, sagte sie nach kurzem Zögern.

»Und bist du auch bereit, deinen Vater zu verlassen, um dich einem Troß von Kriegsknechten anzuschließen?«

Tringin nickte entschlossen. »Er will ohnehin als Schankknecht beim Wirt bleiben.«

»Wohlan«, schloß der Feldhauptmann, »sie soll den Burschensold erhalten. Wenn sie genug gespart hat, kann sie Proviant und Krämerware einkaufen und künftig als Marketenderin mitziehen. Ein paar hübsche Weiber gehören zu einem Kriegszug dazu. Meinen Männern soll es an nichts fehlen, wenn es in den niederländischen Krieg geht.«

Tringin runzelte die Stirn und warf einen flehenden Blick auf Lazarus. »Don Seraph«, sagte der, »Tringin ist keine von den üblichen Troßhuren.«

Der Feldhauptmann lachte hart auf. »Ich wollte euch nur necken.« Er warf einen kurzen Blick auf das blonde Mädchen und seufzte leise. »Nun, Lazarus, du bist nicht der erste Verwundete, der sich in seine Pflegerin verliebt. Und die Kugel saß sehr nah am Herzen. Sie ist also dein Liebchen?«

Lazarus nickte.

»Ich verstehe dich gut. Keiner wird Hand an sie legen, ich verspreche es.« Er wandte sich ab.

»Don Seraph!« Lazarus rief ihn noch einmal zurück. »Ich werde dein Werbeoffizier sein, aber rechne nicht mit mir, wenn es tatsächlich gegen die Flamen, die Brabanter, die Zeeländer oder Holländer geht. Ob Calvinisten oder nicht, es sind meine Landsleute.«

»Wir werden sehen, mein Freund, wir werden sehen. Wenn du erst im Troß mitreitest, wird dich die Lust am Krieg schon wieder überkommen.«

Der Feldhauptmann riß die Tür auf und verschwand mit polternden Schritten im Gang. Lazarus schüttelte seufzend den Kopf. »Er weiß nicht, mit wem er in den Krieg zu ziehen gedenkt.«

Tringin schaute ihn fragend an, Lazarus streifte sich schweigend die kurzen Pluderhosen über. »Nun siehst du wirklich wie ein Spanier aus«, sagte Tringin mit leisem Widerwillen.

»Dabei bin ich nichts weniger als ihr Freund«, stieß Lazarus verächtlich hervor.

6

Dampf zog in dichten Schwaden durch die Badestube, setzte sich in perlenden Tropfen auf den Bleiplatten ab. Melina betrachtete mit kaltem Blick ihre Herrin, die bleich und entschlossen neben dem Badezuber stand. »Ihr werdet Euch verbrühen, wenn ihr da hineinsteigt. Das Wasser kocht beinahe.«

Mertgin erschien mit einem weiteren Eimer Wasser in der Tür. »Ich habe es direkt vom Feuer geholt, wie Ihr befohlen habt«, sagte sie und schleppte den Eimer zum Zuber, goß ihn hinein.

Schweiß trat auf das Gesicht Julianas.

»Bei Gott, Ihr seht wirklich krank aus«, bemerkte Mertgin mit einem Anflug von Mitleid. »Wäre es nicht doch besser, den Doktor Birckmann rufen zu lassen? Ich kann auch selber gehen, es macht mir keine Mühe.«

Juliana schüttelte den Kopf. »Nein. Es ist gut, das Bad wird mir helfen. Die Hitze wird alle kranken Säfte aus meinem Körper austreiben. Geh nur.« Mertgin zögerte, bis Juliana sie mit gehobener Stimme anherrschte: »Verschwinde!«

Mit zweifelnder Miene schlich die alte Magd zur Tür. Ihr Blick fiel auf einen Badeschemel, auf dem ein Tuch aus weicher Baumwolle zum Abtrocknen lag, unter dem einige

Stengel getrockneten Krauts hervorschauten. Mertgin erkannte es und erschrak. Die silbergraue Farbe, die zarten Blättchen, kein Zweifel: ein Strauß Wermut lag unter dem Tuch. Leise zog sie die Tür hinter sich so zu, daß ein kleiner Spalt offen blieb. Sie harrte im Gang aus, nachdem sie sich überzeugt hatte, daß niemand sie beobachtete.

Juliana tauchte nun prüfend ihre rechte Hand in das siedendheiße Wasser. Schaudernd zog sie sie zurück.

»Ich sagte doch, es ist zu heiß«, bemerkte Melina noch einmal.

»Es gibt keinen anderen Weg, hole mir den Wermut.« Die Zofe lief zum Schemel und zog das Sträußchen hervor, zerrieb das trockene, bitterwürzige Kraut über der heißen Wanne. Juliana steckte sich die Haare hoch, schloß die Augen, hielt den Atem an und stieg über den Rand in den Zuber. Mit zusammengebissenen Zähnen ließ sie sich in das Wasser gleiten, die Hitze nahm ihr fast das Bewußtsein, ihre Haut brannte wie in einem Feuer, sie stieß einen erstickten Schrei aus, dann saß sie ganz im Wasser.

»Schon dieser Schmerz«, sagte sie endlich, »müßte diesem vermaledeiten Geschöpf in meinem Schoß den Garaus machen.«

»Ich glaube nicht an die abtreibende Kraft des Wermut«, sagte Melina seufzend. Vor der Tür erbleichte die alte Magd. Sie glaubte, ihren Ohren nicht zu trauen.

Juliana verzog unter Schmerzen das Gesicht. »Hast du kein Mitleid?« fragte Juliana mit belegter Stimme.

Melina schwieg.

»Du bist anmaßend und frech«, fuhr Juliana daraufhin in ihrem gewohnt herrschsüchtigen Ton fort. »Hüte dich! Ich könnte dich jederzeit aus dem Haus jagen. Niemand würde dir helfen. Auf dich alleine gestellt, bliebe dir nichts als die Hurerei oder der Bettel. Willst du das?«

Melina sagte leise: »Ihr könnt mich nicht aus dem Hause

jagen. Ich weiß zuviel von Euch. Euch und dem Diakon. Und sollte die Frucht in Eurem Schoße aufgehen, dann wird alle Welt wissen, daß ich die Wahrheit sage.«

Julianas Zorn wich wieder der Angst. »Melina«, sagte sie mit flehender Stimme, »bitte hilf mir. Kennst du kein anderes Mittel als diesen Wermut? Kannst nicht du zu Rebecca gehen?«

Melina schüttelte den Kopf. »Das könnt Ihr nicht verlangen. Was soll sie noch für Euch tun? Nie und nimmer würde sie einen Kindsmord auf sich laden.«

»Dann besorge mir ein anderes Weib mit kundigen Händen. Frage im Hurenhaus auf dem Berlich. Es gibt solche Weiber, ich weiß es.«

»Es heißt, sie töten mit dem Kind auch meist die Mutter.« Juliana erhob sich aus dem Wasser, Übelkeit stieg in ihr hoch, ihr Unterleib zog sich in Krämpfen zusammen. »Hilf mir hinaus.«

Melina reichte ihrer Herrin die Hand. Mertgin wagte einen Blick durch den Türspalt und sah, daß die Haut Julianas am ganzen Leib heftig gerötet war. Heftig krümmte sie sich plötzlich zusammen und erbrach sich mit einem Schwall in die Wanne.

»Es wird leben«, sagte Melina traurig. Es dauerte sie, ihre Herrin so zu sehen.

Verzweifelt schluchzend sank Juliana auf die Knie. »Sag mir, was ich tun soll, Melina, sag es mir. Verzeih, was ich je gegen dich getan habe, ich war hochmütig und boshaft. Die Liebe zu dem Diakon machte mich blind, die Eifersucht zerfraß mir das Herz. Aber sag, war ich nicht auch gut zu dir in den Jahren zuvor?«

»Das wart Ihr.«

»Dann bitte sag mir, was ich noch tun kann.« Sie streckte sich wimmernd auf dem nassen, glatten Boden aus.

Melina schaute auf die sich windende Frau. Tief war sie

gefallen, tiefer als Melina es je zu hoffen gewagt hatte, als sie selbst noch in den Diakon verliebt gewesen war. Vorbei, vorbei. Liebe und Eifersucht waren zerronnen wie eine Schneeflocke.

»Ich wüßte einen Ausweg«, sagte Melina endlich. »Ihr müßt heiraten.«

Mertgin schlug ein Kreuz. Fast widerwillig nickte sie.

Juliana hielt in ihrem Schluchzen inne. »Heiraten? Wen denn nur? Seit mein Vater in die elende Pulvergeschichte verstrickt war, seit die Tante in der Hacht gefangen ist, haben sich alle Bewerber zurückgezogen. Mir bleibt keine Zeit, auf ihre Rückkehr zu warten. Es gibt auch keinen, den ich je soweit ermutigte, daß er in Liebe zu mir entbrannt ist und eilig genug, um mich binnen der nächsten zwei Wochen zu heiraten.«

»Ihr braucht nicht auf einen Bewerber zu warten. Der Mann, den ich meine, ist bereits im Haus.«

Juliana hob ihr tränennasses Gesicht und schaute die schwarze Magd verwirrt an.

»Ich meine den Freiherrn van Ypern.«

Mertgin griff nach dem Türriegel um nicht zu taumeln, der Atem stockte ihr.

»Der Verlobte meiner Schwester?« fragte Juliana ungläubig.

»Gewiß.«

»Er hofft noch immer auf ihre Rückkehr. Mein Vater hat es ihm zugesagt.«

»Ihr kennt Columba. Sie ist störrisch wie ein Esel. Sie will den Junker nicht heiraten, und selbst wenn sie sich anders besänne, Euch bleibt bis dahin Zeit genug, ihn für Euch zu gewinnen. Ihr wißt, er braucht die Mitgift, er braucht Geld.«

»Er ist ein widerwärtiger, dummer Tölpel.«

»Und eben darum der geeignete Kandidat für eine rasche

Heirat.« Und das beste Mittel gegen den gefährlichen Hochmut meiner Herrin, dachte sie bei sich. »Rasch, ich werde Euer Haar frisieren. Dann legt Ihr Eure besten Kleider an. Schon beim Abendessen könnt Ihr ihn mit Eurem schönsten Lächeln empfangen.«

Mertgin hatte genug gehört. Auf leisen Sohlen flog sie über den Gang. Sie brauchte Muße, Ruhe, um nachzudenken. Keinen Augenblick zweifelte sie daran, daß Juliana Erfolg haben würde, wenn sie sich zu dem falschen Spiel entschlösse. Doch das wollte die alte Magd verhindern. Der Junker war Columbas Bräutigam, es sollte eine Hochzeit geben.

Mit zitternder Hand tastete sie nach dem Brief, den sie seit Tagen in ihrer Rocktasche versteckt hielt. Sie hatte ihn abgefangen, ein Zufall für den sie dankbar war. Ach was, Zufall, eine Fügung des Herrn. Der Brief stammte von Lazarus' Hand. Der elende Ketzerfreund lebte! Und kündigte seine Rückkehr nach Köln an, schrieb von Liebe, bat um Vergebung für seine Vergehen am Vater. Eile war geboten. Was, wenn er tatsächlich wiederkehrte, heimlich, in einer Maske? Er würde erfahren, daß sich der Verdacht gegen den Kaufherrn zerschlagen hatte. Und Columba? Warum sollte sie Begine bleiben, wenn der einzige Grund, der sie zu diesem Schritt bewegt hatte, nichtig wurde. Mertgin schüttelte entschlossen den Kopf. Columba und der Ketzer. Nein, diese Verbindung mußte sie um jeden Preis verhindern.

Columba mußte fort. Eine Heirat würde sie endlich aus Köln wegbringen, wo überall Gefahr und Versuchung lauerten.

Zur gleichen Zeit standen im obersten Stockwerk des Hauses die Begine Anna und der Kaufherr van Geldern beisammen.

»Die Dachkammer ist zugig und unbequem. Ich denke, Ihr habt schönere Gasträume in Eurem Haus«, murrte die Schaffnerin, während sie mit einem Druck ihrer Hand die strohgefüllte Matratze überprüfte. »Dieses Lager ist allenfalls eines kleinen Dienstboten würdig.«

Van Geldern betrachtete die anmaßende Person im Licht der Abenddämmerung, das durch eine kleine, unverglaste Luke in die Kammer fiel. »Hast du nicht das Gelübde der Armut abgelegt?« fragte er höhnisch.

»Spart Euch Euren Spott. Zu den Armen gehöre ich bald nicht mehr.«

Der Kaufmann trat an das Fenster und starrte in den dunklen Himmel. »Deine Zuversicht scheint mir verfrüht. Noch ist Rebecca nicht verurteilt.«

»Habt Ihr plötzlich Zweifel?« fragte Anna kopfschüttelnd.

»Ich habe Zweifel an dem Wert deiner Versprechungen. Columba lebt noch immer im Beginenkonvent und besucht täglich ihre Tante. Wenn sie so weitermacht, könnte auch ein Verdacht auf sie fallen.«

»Der Gewaltrichter wird es verhindern. Schließlich ist er Euch zu großem Dank verpflichtet, nicht wahr?« Anna ließ sich auf die Strohmatratze fallen, spürte die kratzigen Halme in ihrem Rücken. »Nein«, sagte sie trotzig, »dieses Lager nehme ich nicht an.«

»Ein anderes wirst du nicht von mir bekommen.«

»Ich denke doch. Und noch bei weitem mehr.« Langsam erhob sie sich von dem Bett und trat hinter den Kaufmann. Sie streckte die Hand vor, um ihn am Ärmel seiner pelzgefütterten Schaube zu berühren. Im letzten Moment und beim Anblick seines angespannten Rückens zuckte sie zurück. Es war noch zu früh.

»Was«, begann sie schließlich mit einschmeichelnder Stimme, »wenn ich noch ein paar hübsche Beweise hätte, die den Prozeß gegen Rebecca beschleunigen würden?«

Der Kaufmann drehte sich zu ihr um, ihre Augen leuchteten im trüben Licht. »Ihr liebt, soweit ich weiß, verräterische Schriftstücke, nicht wahr? Ich denke an die Urkunden, die der Dürre über meine Person besorgte.«

Van Geldern räusperte sich. »Was sollte das mit Rebeccas Fall zu tun haben?«

»Nichts. Ich hätte sie nur gern zurück. Im Gegenzug biete ich Euch Briefe, die Rebeccas Ende vorantreiben.« Sie machte eine kurze Pause und genoß die Anspannung, die sie in den Zügen van Gelderns erkannte. »Es sind Briefe des Diakons. Liebesbriefe.«

Der Kaufmann sog hörbar den Atem ein. »Du lügst. Nie wäre Rebecca so töricht gewesen, solche Briefe in Empfang zu nehmen oder aufzubewahren.«

Anna legte kokett den Kopf zur Seite – eine Bewegung, die den Kaufmann mit Abscheu erfüllte.

»Ich war die Liebesbotin zwischen beiden. Mag sein, daß ich nicht jede Nachricht zustellte.«

»Ich werde mir das Geschäft überlegen«, sagte van Geldern und schob die Begine zur Seite. Mit langsamen Schritten ging er zu der dünnen Brettertür.

»Überlegt nicht zu lange«, warnte ihn die Schaffnerin, »Papier brennt so leicht, und hier ist mir sehr kalt, so kalt, daß ich sicher ein hübsches Feuerchen machen werde.«

Der Kaufmann drehte sich nicht mehr zu ihr um, während er die Tür öffnete. »Du wirst ein anderes Zimmer bekommen«, sagte er kalt, als er in den Gang trat.

»Und andere Kleider!« rief Anna munter. »Schließlich bin ich nun keine Begine mehr. Im Schlafgemach Eurer Frau sah ich viele Truhen. Sicher findet sich darin ein kleidsames Samtgewand, mit dem ich bei Tisch Ehre einlege.«

Wutentbrannt drehte der Kaufmann sich noch einmal um, drohend reckte er das Kinn vor. »Treibe es nicht zu weit, du elende Metze.«

»Nicht weiter als nötig«, gab Anna zurück und senkte die Stimme zu einem kehligen Gurren, »nicht weiter, als Ihr es wünscht.«

»Hure!« stieß der Kaufmann hervor und schloß die Tür. Wenig später hielt Anna die Urkunden über ihre Vernehmungen und Prozesse in den Händen, während der Kaufmann in seinem Kontor die Briefe des Diakons studierte.

Lachend warf sich Anna auf das weiche Bett in dem holzgetäfelten Gastzimmer, das man für sie gefegt und gelüftet hatte. Sie drückte die knisternden Pergamente an sich, zerknüllte sie und warf sie in das hoch auflodernde Kaminfeuer. Nun war sie frei, wirklich frei und dem Kaufmann gleichgestellt. Er hatte nichts mehr gegen sie in der Hand, sie war sicher.

7

Am nächsten Morgen beschlossen der Greve, die beiden kurfürstlichen Schöffen und der ebenfalls vom Erzbischof gesandte Galisius, die Ketzerin Rebecca mit der Folter zu konfrontieren.

Dem Exorzisten und von Rom eingesetzten Inquisitor Galisius war die heitere Gelassenheit der Begine zuwider. »Dreist ist sie, als sei sie mit Satan im Bunde«, sagte er beim Frühstück im Amtszimmer des geistlichen Richters und schob voll Abscheu seine Breischüssel zur Seite. Der Greve stieß sein Messer in ein Stück Käse und steckte es sich genüßlich in den Mund. Heftig kauend sagte er: »Kein Wort von Satan oder Hexerei, werter Galisius. Es handelt sich um ein Vergehen wider die Religion. Nicht mehr, aber auch nicht weniger. In dem Konvent scheint es zu geheimen Konventikeln gekommen zu sein. Wir fanden in einer Truhe Rebeccas eine lutherische Ketzerbibel.«

Die Schöffen nickten. »Und doch würde ich sie gerne einmal auf Hexenmale untersuchen«, beharrte der schmächtige Mann im purpurfarbenen Seidengewand. »Daß sie nicht weint, nicht klagt, nährt meine Überzeugung, daß der Leibhaftige seine Hand im Spiel haben könnte. Ihr wißt, was im Hexenhammer über die fehlenden Tränen der Teufelshuren steht.«

Der Greve legte seufzend sein Messer nieder. »In dem gleichen Buch steht auch, daß besonders heftiges Wehklagen ein Indiz für zauberische Umtriebe ist. Diese ganze Hexengeschichte ist ein vertracktes Ding.«

Galisius nickte eifrig. »Fürwahr, darum beschäftigen sich auch nur die besten Wissenschaftler damit.«

Einer der Schöffen verdrehte heimlich die Augen. Dieser Galisius war fürwahr ein eingebildeter Geck.

»In diesem Fall aber«, bemerkte der Greve, »halte ich dafür, nicht auf Magie und Schadenszauber zu untersuchen. Über die Frau Rebecca gehen zuviel widersprüchliche Berichte um. Noch vor kurzem wurde sie überall verehrt wie eine Heilige. Was, wenn unsere Untersuchungen genau das bestätigten? Wer eine Frau auf Hexerei untersucht, kann auch zu dem Ergebnis kommen, daß das Gegenteil der Fall ist. Einige Weiber ihres Konvents sind immer noch davon überzeugt, daß ihre Visionen und Ekstasen von Gott gewirkt sind.«

»Weiber!« warf Galisius verächtlich ein. »Seit dem fünften Laterankonzil fünfzehnhundertsechzehn steht der Beschluß, daß alle Prophezeiungen und Visionen von Beginen der kirchlichen Überprüfung bedürfen. Die Magistra hätte sich nicht dagegen sperren dürfen. Schon das macht sie verdächtig.«

»Eben darum, so sagen einige der Schwestern«, warf einer der Schöffen ein, »soll der Diakon in jener Nacht im Konvent gewesen sein.«

»Nachts?« rief Galisius mit spitzer Stimme.

»Es heißt, daß zu eben dieser Zeit die Visionen der Magistra besonders häufig auftraten«, bemerkte der Schöffe. »Außerdem schrieb sie selber einen Brief an den Erzbischof, in dem sie um eine Überprüfung bat. Er kam erst nach der Karnevalszeit an, aber er beweist ...«

»Nichts beweist er«, ereiferte sich Galisius.

»Werte Herren«, sagte der Greve beschwichtigend, »Ihr seht, daß unser Streit zu nichts führt. Vergessen wir diesen ganzen Hokuspokus um Visionen und Ekstasen. Seit die Frau Rebecca hier einsitzt, hatte sie keine ihrer merkwürdigen Heimsuchungen. Und was den Diakon angeht, so ist es besser, wenn wir nicht zu viel Aufhebens um seine Anwesenheit im Konvent machen, sonst wird das Volk eine Erklärung für den nächtlichen Besuch finden, die dem Ansehen unserer Mutter Kirche mehr schadet als alle Ketzereien.«

Galisius warf ihm einen entsetzten Blick zu. »Da sei Gott vor«, sagte er ernst. »Seine Eminenz, der Erzbischof, legt großen Wert darauf, daß man seine Maßnahmen zur Besserung des kölnischen Klerus in Rom anerkennt. Der Ruf der Diözese hat ohnehin genug gelitten in den letzten Jahren.«

Munter und vom Mahl gestärkt schlug der Greve die Handflächen auf den Tisch. »Nun denn, dann sind wir uns also einig. Führen wir die Angeklagte in den Folterkeller.« Er wandte sich an Galisius. »Ihr übernehmt wie immer die Erläuterung von Streckbank, Daumenschrauben, Knebel und Eisendornen, wie ich annehme?«

Galisius nickte geistesabwesend. Noch immer schien er nicht ganz zufrieden. »Was aber ist mit dem Altartuch von Sankt Alban? Diese bösartigen, grauenvollen Höllenbilder, wie wollt Ihr die erklären, ohne den Teufel dafür verantwortlich zu machen? Kein Mensch kann solch widerliche Bilder erfinden.«

Einer der Schöffen wagte es zu grinsen. Galisius warf ihm einen tadelnden Blick zu. Der Greve erhob sich vom Tisch und legte seine Amtsrobe um. »Diesen Teppich«, sagte er, »hat der Bürgermeister in Verwahrung genommen.«

»Der Bürgermeister? Wie konntet Ihr das zulassen«, protestierte Galisius. »Er wurde auf Kirchengrund enthüllt und ist eines unserer ersten Beweisstücke.«

»Nun«, erwiderte der Greve, »der Bürgermeister hält ihn dagegen für ein Kunstwerk. Er zeigte mir in seiner Sammlung das Bild eines flämischen Malers mit Namen Bruegel. Ich sage dir, dieses Bild war bei weitem grauenvoller als der Teppich.«

»Dann ist auch der ein Satanist!« empörte sich Galisius triumphierend.

»Wohl kaum«, bemerkte der Greve knapp, »immerhin sammelt König Philipp selbst die Bilder dieses Mannes, um sie im Escorial in seinen Schlafgemächern aufzuheben.«

Galisius schnappte nach Luft. »Unmöglich!«

»Unmöglich?« wiederholte der Greve fragend. »Kommt es nicht lediglich darauf an, wie man solche Bilder oder den Teppich betrachtet? Der Bürgermeister versicherte mir, daß diese Grausamkeiten nur der Läuterung dienen und uns die eigene Sündhaftigkeit und Endlichkeit vor Augen führen.«

Galisius runzelte angewidert die Stirn. »Eine sehr leichtfertige Begründung. Der Teppich muß Gegenstand der Untersuchung sein.«

»Der Erzbischof ist anderer Ansicht. Er teilte mir mit, daß er keinesfalls eine weitere öffentliche Zurschaustellung des Tuches wünscht, was bei einem Prozeß unvermeidbar wäre. Überlassen wir es also dem Bürgermeister, der genug Sinn und Verstand besitzt, um die läuternde Wirkung der Stickerei zu genießen. Unser Geschäft ist eine Anklage auf Ketzerei und Mord. Lassen wir es dabei bewenden.«

Eifrig nickten die Schöffen, unzufrieden folgte der Inquisitor den anderen die Stufen hinab zu den Verliesen und dem Folterkeller. Wie töricht und verblendet die Welt doch ist, dachte er grimmig, man wollte die Hexen nicht sehen, selbst wenn sie einem direkt auf dem Schoß saßen. So wie auf dem Teppich Rebeccas eine gehörnte Buhle zwischen den Schenkeln des Erzbischofs.

Was für eine leichtsinnige, unverständliche Entscheidung, solch einen Beweis für das Wirken Satans zu unterdrücken. Angewidert von der Unvernunft des Greven betrat er den beinahe kreisrunden Folterkeller, an den sich zwei Stufen höher ein Raum für Beobachter anschloß. Ein Tisch trennte diesen Raum von dem Folterrund, dahinter pflegten Schöffen und Greve Platz zu nehmen, um dem Schauspiel von Tortur und Geständnis beizuwohnen. Vom Tisch aus konnte man genau beobachten, was der Delinquentin geschah und ob ihre Leiden echt waren. Zugleich diente der Tisch der Bequemlichkeit der Juristen, indem sie daran ihre Mahlzeiten einnehmen konnten, wenn sich ein Beschuldigter bei der Folter als so hartnäckig und verstockt erwies, daß die Prozedur über Gebühr verlängert werden mußte. Nicht wenige Folterknechte haßten die Standhaften unter den Gefolterten regelrecht, denn immer grauslicher war deren Pein mit anzusehen, kaum zu ertragen. Es verdarb die Lust am eigenen Handwerk, weshalb sie ihren Opfern nach ein oder zwei Foltergängen stets rieten, zu gestehen und hinterher zu widerrufen, um ihnen die zunehmenden Schmerzen und sich selbst den Anblick der ausgekugelten Gelenke, der gesprungenen Sehnen, der blutgeschwollenen, zerschmetterten Gliedmaßen zu ersparen.

Galisius prüfte nun mit kundigen Händen die Gerätschaften. Mit strenger Miene postierten sich Greve und Schöffen hinter der Streckbank.

Galisius stellte sich feierlich davor. Der Kerkermeister führte Rebecca herein. Bleich war sie, ein Anblick des Jammers und der Schwäche, kaum konnte sie sich auf den Beinen halten.

Übles Teufelsaas, elende Schauspielerin, dachte Galisius und sah sie kalt an.

Rebecca taumelte ihm entgegen, starr und durchdringend schaute sie ihm ins Gesicht.

Galisius griff nach dem silbernen Kreuz, das um seinen Hals hing, als suche er Schutz vor dem bösen Blick. Er riß es hoch und hielt es der Begine entgegen.

Rebecca stürzte darauf zu, griff danach, küßte es, dann fiel sie vor dem zitternden Mann auf die Knie.

»Seliger!« rief sie. »Ich sehe, Ihr seid gekommen, um mich zu retten. Der Erzbischof hat meinen Brief also erhalten.«

Verwirrt entwand Galisius der Frau das Kreuz. »Was faselst du da, sündiges Weib, weißt du nicht, was dich erwartet?«

»Ich weiß es, denn Jesus Christus selbst steht neben Euch. Er segnet, was hier geschieht. Ich sehe ihn deutlich, ein weißes Lamm trägt er vor der Brust. Agnus dei. Foltere mich, demütige mich, erlöse mich.« Sie faltete die Hände und sank bewußtlos zu Boden. In einer einzigen Bewegung streckte sie alle Glieder von sich und lag starr da.

Der Kerkermeister beugte sich zu ihr hinab, Gehilfen eilten herbei, um Rebecca aufzurichten. Umsonst. Niemand war imstande, ihre Glieder zu lockern oder in eine andere Lage zu bringen. Betroffen schauten Greve und Schöffen auf die Frau, deren Gesicht von einem überirdischen Lächeln beseelt schien.

»Ist sie tot?« fragte hilflos einer der Schöffen. Der Greve zuckte mit den Achseln. Der Kerkermeister nickte heftig.

»Bringt mir eine Nadel!« schrie Galisius schrill. »Eine Nadel, so wie man sie zum Zusammennähen von Säcken braucht.«

Die anderen betrachteten sich schweigend, forschend, voll Mißtrauen. Ein jeder versuchte unauffällig, in der Miene des anderen abzulesen, ob auch er wahrnahm, was jeder im Raum wahrgenommen hatte: ein süßer, köstlicher Rosenduft hatte die dumpfe Luft des Kerkerlochs durchzogen, als Rebecca von Christus gesprochen hatte. Rosenduft. Im April. Unmöglich. Und doch. Die Rose, das Blut Christi. Konnte es sein, durfte es sein, daß sie eben Zeuge einer himmlischen Erscheinung geworden waren?

Blut trat in kleinen Tropfen aus den Wunden an Fußsohlen und Händen. Doch die Frau am Boden rührte sich nicht, stöhnte nicht, zeigte keine Anzeichen von Schmerz. Noch einmal fuhr Galisius mit der Nadel in Rebeccas Leib, wieder Blut, wieder kein Aufschrei.

»Bringt mir heißes Blei!« herrschte er ungeduldig die Kerkerknechte an. »Ich muß diesen Zauberschlaf brechen«.

Einer der Schöffen erbleichte. »Das könnt Ihr nicht tun!«

»Es gehört zu der Prüfung«, sagte Galisius kalt und schlug Rebecca mit erstaunlicher Kraft die geöffnete Hand ins Gesicht. Die Spuren seiner beringten Finger zeichneten sich deutlich auf ihren bleichen Wangen ab, doch ihr Lächeln blieb unverändert.

»Haltet ein«, verlangte nun der Greve mit belegter Stimme. »Ihr seht, daß sie nichts von den Torturen empfindet. Sie ist unserem Einfluß ganz entrückt. Es ist ein Wunder.« Erleichtert hielt er inne, erleichtert darum, weil er sich ermannt hatte, die Wahrheit auszusprechen. Eine gottgegebene Wahrheit, genau wie der Rosenduft, der ganz leise noch in der Luft hing wie ein Federwölkchen am Frühlingshimmel.

Einer der Schöffen strich sich den Bart. »Vielleicht ist etwas daran, was der Greve sagt. Denkt an die Legenden der heiligen Brigitta, an Christina von Stommeln.«

Galisius richtete sich ärgerlich auf. »So schnell laßt Ihr Euch narren und verführen? Seht Ihr nicht, daß auch Satan hier wirken könnte? Seine Macht ist groß, unfaßbar groß, leicht kann er seine Buhlen über jeden Schmerz erhaben machen.«

»Auch gegen das Kreuz? Sie selber küßte es«, warf der Schöffe mutig ein. »Hältst du die Macht der heiligen Symbole für so gering, daß Satan sie wirkungslos machen könnte?«

»Und sie redete Euch selber mit dem Namen des Erlösers an. Satan aber verabscheut seinen Namen, erträgt nicht die Erwähnung Christi in seiner Gegenwart.«

Ein Rascheln war die Antwort. Rebecca regte sich, seufzte, dann schlug sie die Augen auf. »Herr, ich danke dir für deine Güte«, sagte sie mit weicher Stimme und hob den Blick zur Gewölbedecke. Galisius hatte einen Satz zur Seite gemacht. Rebecca wandte ihm nun freundlich die Augen zu.

»Ihr habt mich das Martyrium des Herrn nachempfinden lassen, ich danke Euch.« Sie streckte ihre blutenden Hände aus.

»Frevlerin, Teufelsweib!« stieß Galisius hervor. »Was sprichst du vom Martyrium! Keinen Wehlaut hast du ausgestoßen während der ganzen Prozedur, keine Klagen.«

»Ich war in Christo. Auch er litt geduldig. Sein Lächeln erfüllte mich mit ganzer Süße. Ich kostete Gott, und mir mangelte an nichts. Er sagte mir, ich solle auf seine Wunden schauen, wobei er mir vom Haupt bis zu den Füßen seine Leiden zeigte, sogar die ausgerissenen Haare des Bartes, und er zählte alle Geißelschläge auf.«

Die Schöffen und der Greve betrachteten die Frau mit Ehrfurcht. Selbst Galisius schien schwankend zu werden, denn er räusperte sich und schwieg.

Die Knechte erschienen in der Tür zum Verlies, an einer Holzstange balancierten sie einen Eimer mit kochendem Blei, giftig stiegen die bitteren Dämpfe empor. Der Pesthauch der Hölle schien Einzug zu halten.

Die Schöffen rissen ihre Mundtücher hervor und hielten sie sich vor das Gesicht. Der Greve hustete, nur Galisius schien an die giftigen Schwaden gewohnt.

»Mit Verlaub«, sagte der Greve heiser, »aber ich verbiete diese Überprüfung. Die Beschuldigte befindet sich nicht mehr im Zustand der Ekstase. Das Blei zu verwenden wäre nichts als unsinnige Folter. Ihr kennt die Vorschriften, Galisius.«

Der Inquisitor mußte es widerwillig eingestehen. Natürlich kannte er die genauen Vorschriften über die Anwendung des peinlichen Verhörs, seine Dauer, seine langsam zu steigernde Intensität. In diesem Stadium, in dem es eher um einen Fall des Exorzismus zu gehen schien, war die Anwendung des Bleis verfrüht. Handauflegen, Bekreuzigungen, allenfalls die schon vollzogene Nadelprobe und das Anhauchen der Besessenen waren geboten.

»Laßt Weihwasser vom Dom herüberbringen«, entschied er endlich. »Wir wollen sehen, ob sie es auf ihren Wunden zu ertragen weiß.«

Der Greve nickte zustimmend. Einer der Schöffen meldete sich zu Wort. »Laßt uns einstweilen mit der Befragung fortfahren. Holt den Kerkerschreiber.«

Ein Pult wurde aufgestellt, Papier, Tinte und Sandbüchse darauf geordnet. Rebecca nahm auf einem Schemel Platz.

Die Wunden an Füßen und Händen schien sie mit Gleichmut zu ertragen, noch immer quoll Blut hervor. Die ihr beigebrachten Verletzungen waren scheußlich anzusehen und verliehen ihr – gepaart mit dem Gleichmut ihres Gebarens – eine fromme Würde.

»Angeklagte«, begann ein Schöffe mit harter, amtlicher Stimme, »dir wird zur Last gelegt, in der Nacht auf Matthäi den Diakon von Sankt Alban in deinem Konvent bei der Seidenmachergaß mit einem Dolch angegriffen und ihn tödlich verwundet zu haben. Desgleichen geht die Anschuldigung vom städtischen Gewaltrichter, daß du deiner eigenen Schwester Katharina nach dem Leben getrachtet und ihren Tod befördert hast. Was hast du zu diesen Vorwürfen zu sagen?«

Rebecca schenkte dem Mann ein Lächeln, das von demütiger Frömmigkeit durchglüht war. Ihre Haube war verrutscht, und die feine, weiße Stirn leuchtete im trüben Dunkel rein und hell. Ihr Lächeln vertiefte sich. Der Schreiber saß aufmerksam hinter seinem Pult, die Feder schwebte über dem Papier.

Rebecca richtete sich auf und sprach: »Wegen dem, was mir angelastet wird, will ich gern und bereitwillig sterben, wenn unser Herr es so wünscht. Ihr mögt schon jetzt auf meine Kosten das Holz dazu kaufen. Ich selbst will es zum Scheiterhaufen tragen, denn so meine Unschuld nicht bewiesen werden kann, bin ich für die Welt verloren.«

Der Greve schaute sie aufmerksam an. »Ist das alles, was du zu sagen hast?«

»Alles. Sofern der Herr nicht wieder durch mich spricht.«

Galisius schenkte ihr einen verärgerten Blick. »Du häufst weitere Frevel auf dein Haupt mit diesen Worten. Wie kannst du es dir anmaßen, so auf den Beistand des Allerhöchsten zu vertrauen? Ein elendes Weib, befleckt mit der Erbsünde! Warum sollte Gott durch dich sprechen?«

Rebecca betrachtete ihn mit Milde. »Gott allein kennt die Wahrheit. Gott ist die Wahrheit und das Licht, mehr weiß ich dazu nicht zu sagen. Ich spüre nur, daß er es wohl mit mir meint, denn seit ich hier im Kerker sitze, empfinde ich nichts als süßesten Frieden. Der Teufel hat keine Macht mehr über mich. Ich danke Euch, Galisius.«

Die Feder des Schreibers kratzte über das Papier, kurz zögerte er bei den Worten über Gott, die Wahrheit und das Licht. Zweifel regten sich in ihm, ob er hiermit die verworfensten Ketzereien oder einen Teil der himmlischen Offenbarung für die Nachwelt festhielt. Verstohlen betrachtete er den Greven, seinen Herrn. Der schien betroffen, berührt – von Zweifeln oder von plötzlicher Erkenntnis? Er tunkte die Feder ins Tintenfaß und beendete den letzten Satz, griff nach dem Sandfäßchen.

Ein Dompriester erschien mit dem Weihwasser, und man unterbrach das Verhör. Galisius sprach ein kurzes Gebet und den Segen über das Wasser. Dann nahm er den ihm dargereichten Wedel, tunkte ihn ein und schritt feierlich auf Rebecca zu, die bereitwillig die Hände ausstreckte. Mit angehaltenem Atem verfolgten die Schöffen, der Greve, der Dompriester und die Kerkerknechte den heiligen Akt. Das Wasser spritzte auf und ging in einem feinen Sprühregen auf die blutenden Handflächen nieder. Alles starrte auf die Wunden. Würden sie brennen, sich schwarz verfärben, würden schweflige Dämpfe daraus hervorsteigen? Nichts von alledem geschah – und doch ein Wunder: Die Wunden an Rebeccas Händen hörten auf zu bluten.

»Allmächtiger«, stieß der Greve hervor, und dem Schreiber entglitt die Feder, taumelnd fiel sie hinunter, ein Windzug erhaschte sie von der Tür her, wirbelte sie hoch, dahin wo Rebecca saß, sanft fiel sie herab, genau in den Schoß der Angeklagten.

»Ein Zeichen des Herrn«, murmelte der Dompriester.

»Blendwerk!« schrie Galisius. »Elendes Blendwerk. Schafft sie fort, schafft sie fort, bevor sie uns alle behext. Stellt sie unter strengste Bewachung. Ich selbst nehme Quartier im Palast.«

VIII.

Die Rückkehr

1

Ein scharfer Nachtritt lag hinter ihnen. Nun gönnten sie den Pferden eine gemächlichere Gangart. Das Land lag reingefegt vom Atem des Meeres, am Wegrand grüßten hohe Pappeln und Weiden, vom Wind geduckt, die beiden Reiter. In grünlich schillernden Dorfteichen spiegelte sich der hohe Himmel, wie einsame Riesen erhoben sich die Kirchtürme in den Ebenen. Auf den Kanälen fuhren Segelschiffe, auf frühlingsnassen Weiden graste friedlich das Vieh.

»Ein reiches Land«, bemerkte Don Seraph zufrieden, »und leicht zu plündern.«

Lazarus warf ihm einen müden Seitenblick zu. »Ich wünschte, du sprächest nicht immer von diesem Krieg.« Dann drehte er sich im Sattel und suchte das weite, flache Land hinter sich ab. Die Nachhut, ein Troß von etwa fünfzig Mann, Don Seraphs verwegenste Kämpfer, war noch nicht zu sehen. Tringin war unter ihnen. Mit wippenden Füßen ritt sie auf einem hübschen Esel, tapfer hielt sie sich im Sattel. Ihr Anblick war Don Seraph eine Freude gewesen. Ein wenig neidete er dem Freund die Liebe dieses Mädchens, doch lenkten ihn die Geschäfte in Brüssel angenehm ab.

»Wer weiß«, sagte er in das regelmäßige Trappeln der

Hufe hinein, »vielleicht hat die Generalstatthalterin schon genaue Marschbefehle für uns. Mag sein, daß es einige Dörfer zu überrennen und zu befrieden gibt. Im Flandrischen sollen die Heckenprediger schon reichlich Zulauf haben.«

Lazarus war nicht bereit, ein solches Gespräch – ausgerechnet über seine Heimat – fortzusetzen, und obwohl seine Lungen wieder schmerzten, gab er seinem Pferd die Sporen und legte erneut einen Galopp vor. Derb und fröhlich fluchend tat der Freund es ihm nach und in einer Art Wettrennen erreichten sie endlich die Tore Brüssels. Der erzerne Schall der Kirchenglocken und das Geläut des mächtigen Belfrieds am Markt begrüßten sie mit zehn Schlägen. Ein plötzlicher Nebel lag wie Pulverdampf über der Stadt.

Als die beiden nach spanischer Mode gewandeten Kriegsmänner durch die Straßen ritten, trafen sie mißmutige Blikke, heimlich spuckte man hinter ihnen aus. Verhaltene Unruhe füllte die Gassen und Plätze. Zwei Tage zuvor war eine Kavalkade von etwa dreihundert niederländischen Adligen eingeritten, und man hatte sie begeistert begrüßt. In den Satteltaschen trugen sie eine Bittschrift, die sie heute der Generalstatthalterin übergeben wollten. Darin forderten sie eine Entschärfung der Ketzeredikte. Christkatholische Barone hatten ebenso unterzeichnet wie calvinistische Provinzfürsten. Vor dem Hause Wilhelms von Oranien, nahe beim Stadtpalast der Regentin Margarethe, waren sie abgestiegen. Doch der deutschstämmige Provinz-Gouverneur Wilhelm von Oranien – der Ziehsohn von Philipps Vater, Kaiser Karl – verhielt sich klug und zurückhaltend, wie es seine Art war. Nicht umsonst trug er den Beinamen »der Schweiger«. Nicht, daß er einem Gespräch, munterem Plaudern oder dem Austausch von Gedanken abgeneigt war, aber auf seinem dunklen Gesicht, in seinen braunen Augen vermochte niemand zu lesen, wie er wirklich über den gärenden Aufruhr gegen die spanische Herrschaft und die Inquisition dachte. Immerhin war seine Frau eine Protestantin, wenn sie auch in den Niederlanden stets die Messe besuchte. Und schon dieser Umstand gab den meist jugendlichen adligen Bittstellern Hoffnung, er möge ihr Führer werden in einem Kampf um die Freiheit der Niederlande.

Lazarus und Don Seraph erreichten den Sandplatz vor dem Palast. In kleinen Grüppchen standen dort die Männer beisammen, die heute bei Margarethe vorsprechen wollten. Deren Halfter waren leer, sie trugen keine Schwerter, dennoch waren die Palastsoldaten merklich nervös.

Don Seraph sprang vor den Stufen zum Palast vom Pferd, stürmte die Treppe hinauf und wurde mit vorgehaltener Hellebarde begrüßt. Kopfschüttelnd schlug er seinen Mantel zurück, griff in sein Wams und zog die Botschaft der Generalstatthalterin hervor.

Der Wachmann erkannte das Siegel, ließ den eisernen Spieß sinken. Pagen eilten herbei und führten die beiden Pferde durch ein Tor in die Stallungen. Lazarus und Don Seraph wurden durch hohe, gepflasterte Korridore in den großen Sitzungssaal geführt. Unruhe und Anspannung beherrschten auch hier die Mienen der Anwesenden, darunter Wilhelm von Oranien, Egmont, einige andere Ritter vom Goldenen Vlies, ausländische Gesandte, Mitglieder des geheimen Rates. Der Nebel vor den Fenstern ließ den Prunksaal düster scheinen, die Holztäfelungen und schweren Gobelins schluckten das Licht der wenigen Fackeln, die man entzündet hatte.

Margarethe von Parma saß auf dem Thronsessel unter dem Baldachin Burgunds, genau da, wo einst der große Kaiser Karl Apfel, Zepter und Krone niedergelegt und seinem Sohn Philipp feierlich übergeben hatte – einst, als die

Tore zum Mittelalter noch nicht zugefallen und eine Einheit aller Christenmenschen unter Kaiser und Papst noch vage möglich schien.

Die kleine, rundliche Regentin zeigte die Blässe und den melancholischen Ernst einer freudlosen Witwe. Ihre verkniffenen Lippen hätten einer guten Hausfrau besser angestanden als der Regentin eines ganzen Staates. Drei Hofdamen standen bei der Fürstin und glichen mit ihren hochmütigen Mienen jenen Mangel an selbstbewußter Herrschaftsfülle aus, der Margarethe kennzeichnete.

Lazarus hielt sich im Hintergrund, während Don Seraph, von einem Pagen geleitet, vor der Regentin auf die Knie fiel und demütig das Haupt senkte. Sie gab ihm mit müder Handbewegung ein Zeichen, sich zu erheben. Don Seraph tat es flink und mit dem Selbstbewußtsein des Kriegers, der wußte, daß seine Fähigkeiten dem Erhalt der Herrschaft dienten. Stumm reichte er der Fürstin ein Schreiben, von dem Lazarus wußte, daß es der Bestallungsbrief des Herzogs von Alba war. Die Regentin las – abgewandt vom Rest der Versammlung – das Dokument. Ein Blick Wilhelms von Oranien traf Lazarus. Darin lag eine Frage, und Lazarus wußte, wie die Frage lautete. Mit kurzem Blinzeln beantwortete er den Blick. Der mächtige Provinzstatthalter wandte sich ab, als habe er nur zufällig in Richtung des bartlosen Leutnants geschaut, und parlierte in höfischem Plauderton mit einem englischen Gesandten.

Die Regentin winkte Don Seraph zu sich heran und flüsterte etwas in sein Ohr. Don Seraphs Gesicht wechselte die Farbe. Fast flammendrot hob es sich vom hellen Antlitz der Fürstin ab, und Lazarus wußte, daß er wütend war.

Ihm blieb nicht viel Zeit darüber nachzudenken, denn jetzt verkündeten zwei Wachsoldaten den Aufmarsch der Bittsteller vor dem Palast. Margarethe von Parma zitterte bei dieser Nachricht, während der Herzog Berlaymont, der neben ihr stand, beruhigend auf sie einsprach. »Habt keine Angst, Madame, das sind doch nur Geusen, elende Bettler«, übersetzte Lazarus für Don Seraph, der mit finsterem Gesicht neben ihn getreten war.

»Sie hat aber Angst«, zürnte der Feldhauptmann, »verbietet mir das heimliche Anwerben von Truppen. Ich soll ihr den Sold übergeben. Sie sagt, wir sollen warten, bis sie mit dem Staatsrat eine Entscheidung über die Petition getroffen hat.«

»Warten?« fragte Lazarus scharf.

»Ja, mein Freund. Mit Köln wird es wohl nichts, bis diese zimperliche Dame endlich einen Rüffel von ihrem Halbbruder Wilhelm erhält und hart durchgreift. Scheint, sie neigt zur Milde. Ich hasse Weibsbilder auf Thronen.«

»Ich muß nach Köln«, beharrte Lazarus.

»Noch stehst du in spanischem Sold, vergiß das nicht!« warnte der Feldhauptmann schlecht gelaunt und schlug ungeduldig seine Handschuhe gegen die Schenkel.

2

Juliana traf den Freiherrn am späten Nachmittag im Garten des Hauses. Ein Abglanz ihres triumphierenden Lächelns lag auf ihrem blassen Gesicht, als sie van Ypern bei der Laube stehen sah. Er hatte die Verabredung nicht vergessen. Ein tiefer Ausschnitt, ein perlendes Lachen, ein immer wieder nachgeschenktes Weinglas hatten das Werk getan.

Wie lächerlich einfach dieser Tölpel zu bestricken war. Hochmütige Verachtung stieg wieder in ihr hoch. Sich an diesen derben Flamen zu verschenken war eine Schande. Sie verharrte kurz beim Brunnen, sah eine braune Kröte auf dem Rand sitzen und erschrak. Kröten bedeuteten Kindersegen. Unfruchtbare Frauen pflegten die eklen Dinger zu küssen, um ihren Schoß lebendig zu machen, Jungfrauen legten sich bei Krötenbrunnen schlafen, um eine baldige Heirat herbeizuführen.

Juliana schüttelte sich in ihrem Ekel. Und doch, es half nichts, der Freiherr war die Kröte, die sie zu küssen hatte. Möge Gott ihr nur gnädig sein, und Fritjof vor der Zeit dahinraffen als gerechte Strafe für übermäßiges Essen und Trunksucht.

Bei diesem Gedanken schöpfte Juliana Hoffnung. Auf seinem Landgut bei Dordrecht würden die fetten Aalpasteten, das geröstete Schweinefleisch, kaltes Bier zum Frühstück und fetter Hammel zur Nacht nie ausgehen. Ja, sie würde seine Völlerei fördern. Auch darum, weil das Essen und der Wein ihm von allen leiblichen Genüssen die liebsten zu sein schienen. Sie würden ihn über die Sprödigkeit hinwegtäuschen, die Juliana noch in der Hochzeitsnacht zu ihrer hervorstechendsten Eigenschaft machen würde. Sie gab sich einen Ruck und lief – mit entzückter Stimme seinen Namen rufend – auf den Freiherrn zu.

»Wie schön, Ihr habt mich nicht vergessen«, sagte sie, als sie ihn erreichte und ihm die zarte Hand zum Kuß entgegenstreckte. Der Junker stutzte kurz, dann preßte er ungeschickt seinen Mund darauf. Wieder dachte Juliana an Kröten und entwand ihre schlanken Finger seiner derben Pranke.

Fritjof runzelte unzufrieden die Stirn.

»Wie herrlich männlich Ihr heute morgen wieder ausseht«, beeilte sie sich ihre vorschnelle Geste wieder gutzumachen, »das Jägergrün Eurer Hosen, dazu das rotgewürfelte Wams – Ihr seid ein Mann von vortrefflichem Geschmack.«

Der Junker schaute an sich herab, streckte eitel ein Bein

vor. »Fürwahr, und was sagt Ihr zu den Stiefeln?« Gelb waren sie und machten aus dem Flamen genau den Gecken, der er war.

»Wie wäre es mit einem Gang durch den Garten, dann könnt Ihr ihren Sitz genau überprüfen«, schlug Juliana vor.

»Lieber wäre mir ein hübscher Ritt vor die Mauern oder auf den Neumarkt. Wie ich hörte, üben sich dort heute die Schützenbruderschaften. Ein Büchsenmacher erzählte mir auch von einem neuartigen Luntenrohr, das man ausprobieren will. Eine Muskete, die nicht mehr mit dem Haken auf der Schulter verankert wird, um den Rückstoß abzufangen, sondern die, auf eine Metallgabel gestützt, abgefeuert wird. Und ...«

Weiter langweilte der Freiherr die schöne Tochter des Kaufherrn, bis sie ihn endlich unterbrach. »Ich liebe es, wenn Männer so ganz den Waffen, der Jagd, dem Kampf zugetan sind. Aber Ihr versteht sicher, daß eine zarte Weibsperson wie ich den Pulverdampf, das Sausen der Kugeln, den Knall der Schüsse kaum zu ertragen weiß. Hingegen würde ich Euch sehr gerne ein wenig mild und zärtlich stimmen. Kommt in den Morgensaal, und ich spiele die Laute für Euch. Für Euch ganz allein.«

Sie begleitete den letzten Satz mit einem aufreizenden Augenaufschlag und ahnte nicht, wie wenig sie mit ihrem Angebot zum Wohlbefinden des Mannes beitrug. Als er sich wand und ungeschickt nach Ausreden suchte, glaubte sie, den dummen Kerl mit ihrer gewandten Art, ihrer zierlichen Rede und ihrer sanften Schönheit so vollkommen betört zu haben, daß er seiner fünf Sinne nicht mehr mächtig war.

Spielerisch strich sie mit den Händen über den Brunnenrand, wohl wissend, wie zart und weiß ihre feingliedrigen Finger sich gegen den rauhen Ziegel ausnahmen. Sie summte leise und schaute träumerisch in den Brunnenschacht hinab. Als sie sich wieder zu ihrem neuerkorenen Freier umdrehte, war der jedoch verschwunden. Zorn umwölkte ihre Stirn. Mit lauter, ungeduldiger Stimme rief sie nach Melina.

Im ersten Stockwerk des Hauses wurde ein Fenster zugeschlagen. Mertgin trat in das Kontor des Kaufmannes zurück. Ihr gefiel, was sie gesehen hatte. Nein, der Freiherr war noch nicht für Columba verloren. Feste Schritte ließen sie zusammenfahren. Arndt van Geldern öffnete die Tür und entdeckte die Magd. Doch zu ihrer Verwunderung blieb sein Gesicht freundlich.

»Mertgin!« rief er ganz aufgeräumt. »Soeben traf gute Nachricht ein. Aus Bonn.«

»Bonn?«

Der Kaufmann nickte, warf einige Papiere auf seinen Schreibtisch und rieb sich vergnügt die Hände. »Der Konvent Rebeccas wird noch heute abend aufgelöst. An den Rat ist Befehl und Erlaubnis ergangen, das Gehöft zu verklaustern und alle Bewohnerinnen nach Hause oder in das Armenspital Ipperwald zu verbringen. Columba wird in dieses Haus zurückkehren.«

Mertgin schlug die Hände vor ihr Gesicht, lachte, weinte, besann sich endlich. »Ich werde mit einem Knecht zum Konvent eilen und sie holen, wenn Ihr es erlaubt.«

»Ich befehle es sogar. Meine störrische Tochter bringt es soweit, sich mit den anderen grauen Weibern in das Armenspital zu begeben.«

Mertgin zögerte nicht länger und eilte zur Tür.

Der Kaufherr rief sie kurz zurück. »Schicke den Freiherrn zu mir. Er soll die gute Nachricht auch erfahren. Wir können unser Haus sehr bald zur Hochzeit rüsten.«

»Sofort!« rief Mertgin froh. »Sofort.«

3

Wilhelm von Oranien liebte es, seine Gäste vom Bett aus in seinem Brüsseler Stadtpalais zu empfangen. So auch an diesem Abend. Er war erschöpft von der langen Sitzung des Staatsrates, bei der die Petition der jungen Adligen in flammenden Reden angegriffen oder verteidigt worden war.

Die Regentin hatte die Bittschrift noch auf der Treppe vor dem Palast mit Tränen in den Augen gelesen. Laubstill war es derweil auf dem Sandplatz gewesen. Die jungen Männer forderten nichts außer einer Milderung der Inquisitionsgesetze. Und doch wußte Margarethe von Parma, wie sehr ihr Halbbruder gerade das Gerede von der »Gewissensfreiheit« verabscheute. Toleranz war ihm verhaßt. Er wollte keine Gnade auf Erden walten lassen, denn er war überzeugt, daß dies die Verdammnis in der Ewigkeit nach sich zöge – für ihn und für alle Verteidiger und Anhänger der neuen Religionen. Sie wußte, er würde jede Milderung in der Ketzerverfolgung ablehnen, mehr noch, er würde eher sein ganzes Weltreich dem Untergang preisgeben, als nur einen Schritt von seinem Wege abzuweichen.

Lange Zeit war sie darum stumm geblieben. Die Knaben gingen schließlich, nachdem sie versprochen hatte, der Staatsrat würde ihre Vorschläge ernsthaft debattieren. So war es geschehen.

Oranien hatte – mit Unwillen, da er nicht gerne seine wahren Gedanken preisgab – zu bedenken gegeben, der Verbund der Adligen verdiene Achtung, denn viele seien Freunde, ja Verwandte, loyale Edelleute und ehrenwerte Patrioten, die ihr Vaterland vor Gefahr schützen wollten. Egmont, der zuvor begeistert für einen Krieg gegen die Aufrührer votiert hatte, schützte nach dieser Rede nun eine

Beinentzündung vor und sagte, er gehe in die Bäder nach Aachen.

Der Herzog Berlaymont aber hatte sich noch einmal gegen diese »Geusen«, diese »Bettler« ereifert, die in ihren Worten so maßlos seien wie im Trinken und nun den König lehren wollten, ein Land zu regieren.

Man war in Unfrieden geschieden. Ihre Hoheit, die Herzogin aber, schien zu Konzessionen bereit, hatte zugesagt, einen Gesandten an Seine Majestät König Philipp zu schikken, um darüber zu verhandeln.

Oranien wußte, daß sich die jungen Adligen mit diesen blanken Worten bescheiden würden. Oranien wußte auch, daß diese Worte soviel wert waren wie ein Fetzen Papier, mit dem ein Hund spielt. Trotzdem: Schon feierten die Verbündeten voll jugendlichem Übermut. Sie hielten ein Bankett im Kulemburgschen Haus, tranken und stritten über den Namen ihres Bundes: »Bund der Freiheit« oder »Erretter der verlorenen Freiheit« wollten sie heißen, bis einer rief: »Der Berlaymont nannte uns Bettler, Geusen, nehmen wir den Namen an.«

Die Begeisterung schlug hohe Wellen, schon ließ sich der Wortführer den ledernen Schnappsack und die hölzerne Trinkschale eines fahrenden Bettlers bringen, hängte den Sack um die Schulter, die Geusenschale um den Hals und trank auf seinen Entschluß. Lärm und Schwüre schlossen sich an, ungeheure Humpen wurden geleert, Tische umgestürzt. Man beschloß, fürderhin aschgraue Hosen, Wämse und kurze Mäntel zu tragen, dazu grobe Filzhüte, und diese Tracht zu tragen, bis König Philipp der Petition zustimmte. Und sie waren sicher, daß er – von ihnen über seine Unmäßigkeit belehrt – genau das tun würde. »Vivant les Gueux« – »Es leben die Geusen« schrien dreihundert junge Männer und fühlten sich als Helden.

Oranien wußte es besser: mit Maulhelden war kein

Krieg zu gewinnen. Schon gar nicht ein Krieg gegen den mächtigsten Herrscher der Zeit. Schweigen war das erste Gebot. Verstellung. Stille Vorbereitung, geschickte Spionage beim Feind, ruhige Gelassenheit und kalte Miene. Eben darum hatte er noch am Abend einen Boten in das Wirtshaus geschickt, in dem Lazarus Herberge genommen hatte. Er schüttelte das Daunenkissen in seinem Rücken auf und wartete voll Ungeduld, bis es endlich klopfte und Lazarus sein Schlafgemach betrat. Der junge Mann schien erschöpft, sein Gesicht war bleich. Oranien bot ihm mit einer knappen Geste einen Lehnstuhl beim Bett an.

»Ich habe lange nichts von dir gehört, Lazarus Ossianus. Hast du unserer Sache den Rücken gekehrt? Hat dich dein Mut verlassen? Warum kamen keine Nachrichten mehr von dir?«

Lazarus schüttelte den Kopf. »Nichts vergaß ich. Doch in Köln schöpfte der Finanzsekretär Cristobal Verdacht, daß ich ein Spitzel sei. Er entließ mich aus seinen Diensten. Es schien mir daher ratsam, mich eine Weile aus dem Geschehen zurückzuziehen.«

Oranien sah ihn zweifelnd an. »Nun gut, die Nachrichten über die Kriegsbeihilfe gegen die Niederlande, die Cristobal beim Papst erbitten sollte und inzwischen erhalten hat, war eine wichtige Information. Du hast gut gearbeitet. Aber noch nicht genug.«

Lazarus sah sich unruhig in dem prunkvollen Schlafzimmer um, betrachtete den Gobelin mit einer Darstellung der Schlacht von St. Quentin, in der Oranien und Egmont, Seite an Seite mit ihm, für Philipp und gegen Frankreich gekämpft hatte. Lazarus räusperte sich. »Mit Verlaub, werter Fürst, ich bin zur Zeit nicht frei, um mich ganz Eurer Sache zu widmen.«

Oranien richtete sich jäh in seinem Kissen auf. »Soll das heißen, du hast in vollem Ernst den Sold dieses spanischen

Truppenwerbers angenommen? Ich hasse es, dich wieder in spanischer Tracht zu sehen. Hast du dein Fähnlein nach dem Winde gedreht? Ich warne dich, ein Sturm wird dir ins Gesicht blasen. Philipp unterschätzt die Niederländer.«

»Er ist mir so verhaßt wie jeder Tyrann, der die Menschen nur darum verfolgt, weil sie ihre Freiheit wollen.«

»Du weichst mir aus. Sage mir offen und ehrlich, ob du gedenkst, für den König und gegen dein eigenes Land zu kämpfen?«

»Nie und nimmer. Und doch kann ich meinen Freund Don Seraph nicht verlassen. Er versprach mir, mich mit sich nach Köln zu nehmen, und dahin muß und will ich, sobald es möglich ist. Am liebsten noch morgen.«

»Was treibt dich an den Rhein?«

»Eine Angelegenheit, die nichts mit unserer Sache zu tun hat und mir dennoch ebenso teuer, so wichtig ist. Es geht um meinen Seelenfrieden, ohne den ich nicht frei denken und handeln kann.«

Oraniens Züge entspannten sich. »Ich sehe, daß auch du in gewissen Fällen die Verschwiegenheit vorziehst. Nun, auch ich will – wie die Königin von England zu sagen pflegt – keine Fenster in die Seelen der Menschen stoßen. Aber vielleicht kann ich dir die Reise nach Köln ermöglichen und finanzieren.«

Lazarus richtete sich gespannt in seinem Lehnstuhl auf. Oranien lächelte. »Es handelt sich ebenfalls um eine Angelegenheit, die meinem Seelenfrieden dient. Meine Gattin fürchtet, daß sie als deutsche Protestantin in den Niederlanden nicht mehr lange sicher ist. Die Zweifel an meiner Spanientreue wachsen. Es wäre mir lieb, wenn du sie nach Köln geleiten würdest, wo wir Freunde haben. Reiche Freunde.«

Lazarus blickte kurz auf. Er wußte, daß die Flucht der Fürstin einem weiteren Zweck diente. Sie sollte bei deutschen Freunden, bei protestantischen Landesfürsten, um Geld bitten. Geld, um Truppen anzuwerben. Oranien also war entschlossen, Philipp die Stirn zu bieten. Er nickte stumm. »Ich verstehe. Dankend nehme ich den Auftrag an, habe aber eine Bitte.«

»Du wirst ausreichenden Lohn empfangen, ich verdoppele den Sold, den du von diesem Don Seraph empfängst.«

»Darum ist es mir nicht zu tun, aber es geht um Don Seraph. Ich möchte, daß er mich begleitet.«

Oranien stieß mit den Beinen die Bettdecke zurück und schwang sich aus dem Bett. »Bist du des Teufels? Warum sollte ich einen spanischen Söldner in meinen Zug aufnehmen?«

Lazarus hob abwehrend die Hände. »Er ist kein treuer Spanienfreund, er ist nicht einmal Spanier, sondern Deutscher wie Ihr, Kölner sogar. Er kann uns Zutritt in die Stadt verschaffen, in der ich nicht eben wohlgelitten bin. Mache ich den Truppführer, wird man uns die Einfahrt verbieten ...«

Drohend stand Oranien vor ihm. »Und darum soll ich mir eine Laus in den Pelz setzen?«

»Er ist ein Söldner vom alten Schlag, für ihn zählt nicht, für wen er kämpft, nur daß er kämpft. Gegen gutes Geld. Wenn Ihr ihn in Euren Dienst nehmt, dann verspreche ich Euch, daß er die besten Männer anwirbt, um für Euch zu kämpfen, sobald das Geld dafür bereitsteht.«

Oranien griff nach einer Kanne kalten Biers, die neben seinem Bett stand, und leerte sie in einem Zug. Er strich sich den Schaum aus dem Bart, dann sagte er: »Wenn du dich irrst, Lazarus, dann ist das dein Tod.«

Der junge Mann verneigte sich mit der Geschmeidigkeit eines höfischen Ritters.

Noch in derselben Nacht wurde der Zug der Fürstin zusammengestellt. Voran ritten Lazarus und ein grimmig schweigender Don Seraph. Die Reisewagen der Oranierin und ihres Gefolges schlossen sich an, die Nachhut bildeten Seraphs verwegene Kämpfer, unter ihnen Tringin. Im Schutz der Dunkelheit verließ man Brüssel. Knapp zwei Tage und zwei Nächte würde die Reise ins Kurkölnische dauern. Zwei Tage und zwei Nächte, in denen Lazarus' Ungeduld beständig wuchs. So viele Hindernisse und Widerstände hatte er überwunden, so viele Menschen von der Dringlichkeit der Reise überzeugt, doch er hegte Zweifel, daß seine Überzeugungskraft genügen würde, um Columba für sich zu gewinnen.

Wolken zogen den Reitern nach, wie einen wüsten Traum ließen sie die gärenden Niederlande hinter sich. Am dritten Morgen sahen sie von Ferne den Domturm in der Ebene aufragen, am Leprosenhospiz von Melaten vorbei näherte sich ihr Zug der Stadt.

»Köln!« rief Lazarus erfreut.

»Köln«, wiederholte nachdenklich sein Feldhauptmann. Er wandte das Gesicht seinem jungen Begleiter zu. »Besser, du machst nun eine Rast, in Kürze erreichen wir den Bannkreis der Stadt.«

Lazarus packte ihn beim Arm. »Du mußt mich noch heute nacht in die Stadt hineinbringen.«

Tringin schloß zu ihnen auf. Mit stillem Ernst musterte sie von unten her den aufgeregten Lazarus. Sie schluckte: »Wenn du dich hineinwagst, will auch ich dir folgen.«

Der Feldhauptmann seufzte. »Die Liebe ist eine wahrhaft törichte Angelegenheit. Wenn ich es recht verstehe, ist es euer beider Untergang, wenn ihr in der Reichsstadt aufgegriffen werdet.«

4

Abenddämmerung setzte ein, die Luft wurde merklich kühler, vom Rhein wehte ein kräftiger Wind über die Stadtmauern und strich durch das Geäst knospender Obstbäume und Weinranken.

Fröstelnd schlug Columba den grauen Umhang ihrer Tracht fester um sich. Die Haube hatte sie sich tief in die Stirn gezogen. Niemand beachtete die graue Gestalt, die durch die Severinstraße, vorbei an Lust- und Weingärten, einem ummauerten Grundstück nahe der Stadtmauern zueilte. Wenn es nur Sommer wäre, dachte das Mädchen verzweifelt. Wenn wenigstens die Obstbäume schon Früchte trügen. Hunger plagte sie. Das wenige Geld, das sie in den Taschen gehabt hatte, als sie Mertgin und dem Knecht beim Alter Markt entschlüpft war, war seit zwei Tagen verbraucht. Den letzten Bissen Brot hatte sie am Morgen gekaut.

Erschöpft vom langen Laufen, dem Herumirren in Kölns Gassen, erreichte sie ein geschmiedetes Tor. Ein eiserner Adler, der ein Bündel Blitze in den Klauen trug, saß obenauf. Columba warf dem Wappentier der van Gelderns einen müden Blick zu. Sie drückte sich gegen das Tor, doch es war fest verschlossen. Trotzdem, sie konnte nicht zurück in das Haus im St. Alban-Viertel. Der Vater hatte alles getan, um sie aus dem Konvent herauszuholen, und nun wollte er nicht mehr zögern, sie dem Freiherrn van Ypern anzuvermählen.

Vorbei wäre es dann mit den Besuchen bei Rebecca. Vorbei mit jeder Hoffnung auf deren Befreiung. Vorbei mit ihrem Seelenfrieden. Nein, den Verlust der Tante würde sie nicht mehr ertragen können. Nicht, nachdem schon Lazarus ... Sie umklammerte die kalten Gitterstäbe des Tores und drückte ihr Gesicht dagegen. Was war dagegen der Verlust eines Vaterhauses, in dem sie niemand liebte?

Und doch, alleine, auf sich gestellt, war es ihr unmöglich, lange zu überleben. Schmählich hatten ihre heutigen Versuche der Bettelei geendet. Alle guten Plätze – vor den Kirchen, vor den Klöstern und dem Dom – waren vom Bettelvogt der Stadt verteilt an die Stadtarmen, die Findelkinder und die Leprakranken von Melaten. Wer kein Bettelzeichen, keine Lepraklapper trug, wurde von den Konkurrenten angezeigt und von Bütteln des Vogts rasch aufgegriffen. Turmhaft stand auf unerlaubte Bettelei, Kax – wie man in Köln den Pranger nannte – und Rutenschläge oder, in ihrem eigenen Fall, die gewaltsame Rückführung in das Haus des Vaters.

Columba preßte ihre Stirn so fest gegen die harten Stäbe, daß es schmerzte. »Aber ich kann nicht zurück«, flüsterte sie, »ich kann nicht.«

Sie löste sich vom Tor, sie kannte einen anderen Weg in den Garten – ein Loch in der Mauer, an der Rückseite. Ein Loch, das im vergangenen Sommer die Wiedertäufer benutzt hatten, um im Kelterhaus ihre heimlichen Konventikel zu halten.

Columba raffte die Röcke und lief um die Mauer des weitläufigen Geländes herum. Tatsächlich, niemand hatte die Öffnung, die herausgebrochenen Ziegel, bislang entdeckt und verschlossen.

Das Mädchen zwängte sich geduckt durch den Spalt. Dorniges Gestrüpp schlug ihr entgegen, zerkratzte ihr Gesicht. Schützend legte sie ihren rechten Arm davor und bog das Geäst beiseite. Der Geruch von totem Laub und frühlingsfeuchter Erde stieg ihr in die Nase. Mit gebeugtem Rücken kämpfte sie sich durch das dichte Heckenwerk und erreichte endlich den Gartengrund. In geraden Reihen erhoben sich im letzten Dämmerlicht die von Gärtnern frisch gestutzten Weinstöcke vor ihren Augen. Sehnsüchtig dachte sie an Septembertrauben, während sie durch eine Rebengasse zum Kelterhaus schlich. Es war ein gemauertes Haus, das ihr wenigstens Schutz vor Kälte und Regen bot.

Sie wickelte den Stoff ihres Umhangs um ihren rechten Arm, winkelte ihn an und zerstieß mit aller Kraft eines der Glasvierecke, aus der die Fensterscheibe zusammengesetzt war. Sie langte mit der Hand hinein, schob den Riegel hoch und stieß die Fensterflügel auf. Dann stemmte sie sich am Sims hoch, kletterte behende hinauf und schwang sich in den Raum. Wieviel Freude ihr ein solches Abenteuer noch im vergangenen Sommer bereitet hatte! Sie stieß ein verächtliches Schnauben aus. Kindischer Unsinn.

Suchend blickte sie sich in dem dunklen Kelterraum um. Bottiche, Pressen und Fässer waren nur noch in ihren Umrissen zu erkennen. Ein säuerlich stechender Geruch lag in der Luft. Vorsichtig durchquerte sie den Raum, stieß eine Tür auf, die in eine kleine Kammer führte, in der die Gärtner ihre Geräte verwahrten und an einem kleinen Tisch ihre Mahlzeiten einnahmen. Man hatte bereits gelüftet, die Geräte geordnet und alles für die Frühjahrsarbeiten vorbereitet.

Columba entdeckte einige Talglichter, Zunderschwamm, Kienspan und Schwefel. Es dauerte lange, bis ihre ungeübten Hände eine Flamme erzeugt und damit den Docht eines Talgschälchens entzündet hatten. Das Licht bereitete ihr Freude, und sie faßte wieder ein wenig Mut. Flackernde Schatten tanzten auf den gekälkten Wänden des Raums, und so unheimlich sie einem Ängstlichen hätten erscheinen müssen, so belebend wirkten sie auf ein Mädchen wie Columba.

Nachdem sie eine Weile, auf einem Schemel hockend, das Flammenspiel beobachtet hatte, machte sie sich auf die Suche nach etwas Eßbarem. Im Kelterraum fand sie einige fest versiegelte Krüge Wein – der von einem Gärtner heimlich abgezweigte Anteil an der letzten Ernte, wie sie annahm. Immerhin besser als das Wasser aus dem Gartenbrunnen, von dem niemand wußte, wie gefährlich es vielleicht war.

Erfrischt vom Wein durchstöberte Columba einige Transportkisten, die achtlos in der Ecke aufgetürmt waren, um später als Brennholz zu dienen. Sie fand nichts darin außer einem Rattengerippe und einigen langbeinigen Spinnen. Seufzend gab sie die Suche auf und richtete sich im Nebenraum ein Lager aus leeren Säcken her. Der Hunger war ihr ärgster Feind. Sie wußte es. »Trotzdem. Ich gehe nicht zurück«, sagte sie entschlossen, schlug ein Kreuz und legte sich nieder. Der Wein tat seine Wirkung, bald schlief sie fest und friedlich.

Weniger friedlich ging es im Hause ihres Vaters zu, wo Columba wieder einmal Gegenstand des Gesprächs zwischen Freiherr und Kaufmann war.

»Ich will mich nicht länger gedulden! Eure Versprechen taugen nichts.« Die greinende Stimme des Freiherrn verfolgte den Kaufmann bis in sein Arbeitszimmer. Voll Wut warf der dem künftigen Schwiegersohn die Tür vor der Nase zu, schob den Riegel vor und beendete so das leidige Gespräch mit dem lästigen Mann.

Der Junker stand noch eine Weile klagend im dunklen Korridor. Nein, so wollte er sich nicht wieder abspeisen lassen. Zum zweiten Mal war er genarrt worden. Die Braut verschwunden! Am besten war es, nach Hause zu reiten, einen Advokaten mit der Sache zu befassen und van Geldern wegen des gebrochenen Heiratsversprechens zu verklagen, um endlich Mitgift und vielleicht ein Bußgeld dazu einzustreichen. Sollte doch ganz Köln über den Kaufherrn und dessen widerspenstige Tochter lachen. War das seine Angelegenheit? »Nein!« stieß der Junker hervor und schüttelte heftig den Kopf, als ihm von hinten eine Hand am Ärmel zupfte. Erschrocken fuhr Junker Fritjof herum.

»Verzeiht«, sagte Mertgin und zuckte unter dem zornigen Blick des Mannes zusammen. »Verzeiht, aber ich brauche Eure Hilfe.«

»Hilfe?« entgegnete der Freiherr empört. »Was sollte ich einer Magd zu helfen haben?«

Mertgin blickte sich verstohlen um, dann trat sie flüsternd an ihn heran. »Es geht um Columba.«

»Co ...«

»Psst. Nicht hier, kommt mit mir in die Kapelle, dort können wir ungestört reden.«

Verdutzt folgte der Junker dem dürren Weib. »Also?« fragte er laut, noch bevor sie die Kapellentür geöffnet hatte.

Noch einmal brachte Mertgin ihn mit einer Geste zum Schweigen. Erst als sich die Tür mit sanftem Klappen hinter ihnen schloß und sie in einer Bank Platz genommen hatte, begann sie zu sprechen.

»Es geht um Columba.«

»Das sagtest du schon«, maulte der Freiherr gereizt.

»Sie will Euch nicht heiraten.«

»Was wagst du, Weib, so mit mir zu reden!« Er hob die Hand. Zitternd krümmte Mertgin sich in der Bank zusammen, redete aber weiter. »Ich will Euch nicht beleidigen, Herr, aber es ist nun einmal so, daß meine Herrin einen anderen liebt.«

Der Freiherr öffnete den Mund voller Erstaunen. »Einen anderen? Wen?«

»Das tut nichts zur Sache, denn er ist tot. Und nur darum hat sie sich entschlossen, in den Konvent einzutreten.«

»Der vor drei Tagen aufgelöst wurde! Wo, zum Teufel, steckt das Mädchen?«

Mertgin fuhr bei dem Fluch zusammen und sprach eine

Bannformel mit Blick auf die Madonna. Sie tat es flüchtiger als sonst, denn es lag ihr daran, das Gespräch fortzusetzen, bevor der Mut sie verließ. »Ich glaube, ich weiß, wo Columba ist.«

Der Freiherr beugte sich aufgeregt zu ihr hinab.

»Dann sag es ihrem Vater. Er wird sie schon hierher zurückbringen.«

Mertgin seufzte. »Eben das will ich vermeiden. Columba und ihr Vater sind von ähnlichem Temperament, beide stur und unbeweglich in ihren einmal gefaßten Entschlüssen. Wenn er Columba mit Gewalt hierher zurückführt, wird sie sich weiter hartnäckig weigern, Euch zu heiraten. Glaubt es mir, sie bringt es fertig, vor dem Angesicht des Herrn und der Gemeinde, ihr Ja zu der Ehe mit Euch zu verweigern.«

Wut verzerrte das feiste Gesicht des Junkers. »Ich hätte nicht übel Lust, dieses elende kleine Biest mit meiner Faust bekannt zu machen. Nichts als Demütigungen bringt sie mir ein. Nein, ich habe genug, ich werde nach Dordrecht zurückkehren, ich werde ...«

Mertgin sprang auf und legte ihre Hand auf seinen Arm. »Ich bitte Euch, tut es nicht. Nicht ohne Columba jedenfalls.«

»Du sagtest selbst, sie würde mich nicht heiraten.«

»Nicht, wenn Ihr Vater sie dazu zwingt. Was aber, wenn Ihr sie heimlich aus Köln wegführt, wenn Ihr ihr Retter wäret, der Mann, der sie aus diesem Haus wegbringt, aus der Macht des Vaters befreit. Sie ist ein lebensfrohes Geschöpf, ich bin sicher, daß sie wieder zu ihrem alten Wesen zurückfindet, wenn sie nur erst aus Köln fort ist.«

Mit gekrauster Stirn starrte der Junker das Weiblein in der Kirchenbank an. Hatte sie recht? Würde ein Beweis seines Mannesmutes Columba für ihn einnehmen? Das Gespräch im Garten fiel ihm wieder ein, Columbas Vorschlag, die Ketzer zu befreien. Ja, sie hatte diese seltsame Abenteuerlust im Blut. Ganz sicher. Lästige Geschichten. Er mußte sich setzen, um das Für und Wider von Mertgins Vorschlag abzuwägen. Immer noch sprach vieles für die Einheirat in die mächtige Sippe van Geldern. Das Erbe lockte. Ein Erbe, dem bald noch das Vermögen der Schwägerin zugeschlagen würde. Die hübsche Meute junger Jagdhunde, die er kürzlich auf einem Gut bei Brühl besichtigt hatte, stahl sich in seine Überlegungen. Ja, das Erbe würde sicher noch großzügiger ausfallen als die Mitgift und die mögliche Entschädigung, die ihm ein Prozeß um das Heiratsversprechen einbrächte. Und doch. Er räusperte sich.

»Was du mir vorschlägst, ist die Entführung einer Kölner Bürgerin, darauf stehen hohe Strafen. Ich weiß nicht ...«

»Sie ist Euch bereits anverlobt, mit Zustimmung des Vaters. Kein Richter wird es eine Entführung nennen, wenn Ihr mit Eurer Braut nach Dordrecht reist, um sie dort zu heiraten.«

»Aber ihr Vater wird sie verstoßen, vom Erbe ausschließen.«

Mertgin schüttelte energisch den Kopf. »Das wird er nicht tun. Diese Ehe ist für ihn ein Geschäft, Ihr wißt es. Warum sollte das Geschäft verdorben sein, nur weil Ihr den entscheidenden Schritt tut, um es abzuschließen?«

Der Junker richtete sich plötzlich auf und musterte die Magd im trüben Schein der Kerzen, die zu Füßen der Holzmadonna brannten. »Warum bist du so interessiert an einer Heirat zwischen mir und deinem Schützling, von dem du behauptest, sie liebt einen anderen?«

Mertgin seufzte. »Columba wurde mir als Kind anvertraut. Ich kenne ihr ungestümes Wesen, ich weiß, wie unbesonnen sie oft handelt, wie trotzig sie ist, und ich fürchte um sie. Denkt nur an ihre Tante Rebecca, der sie mit so großer Liebe anhängt. Eine Ketzerin! Eine Mörderin. Columba muß aus Köln fort, sonst wird es ihr Verderben sein.«

»Nun, wo verbirgt sie sich also?«

»Im Kelterhaus bei der Severinstraße. Im Weingarten des Vaters.«

Van Ypern wollte eben zu einer Antwort ansetzen, als das Rasseln eines Schlüssels ertönte.

»Was ist das?« fragte er verdutzt und blickte zur Kapellentür. Im gleichen Moment wiederholte sich das Geräusch auf der anderen, zur Kirche hin gelegenen Seite der Kapelle.

Alarmiert erhob sich Mertgin aus der Bank, drängte den Freiherrn zur Seite. Sie lief erst zur einen, dann zu der anderen Tür, rüttelte an den Riegeln, dann drehte sie sich mit entsetzt geweiteten Augen zu dem Flamen um. »Man hat uns eingesperrt. O mein Gott, alles ist verloren! Wir sind verraten.«

»Von wem redest du, altes Weib?«

5

Juliana traf Anna, die Schaffnerin, vor dem Portal von St. Alban. »Nun?« flüsterte Anna, »hast du gehört, was Mertgin sagte?«

»Ja, im Kelterhaus hat sich meine Schwester versteckt. Hier ist der Schlüssel zum Garten.«

Die Schaffnerin griff danach und ließ ihn in ihrer Tasche versinken, dann sagte sie: »Wir müssen Columba holen, bevor der Morgen dämmert und man die beiden in der Kapelle entdeckt. Rasch.«

Juliana hielt sie beim Ärmel zurück. Mißtrauisch fragte sie: »Was meinst du damit, wir müssen sie holen? Du weißt, wie unsere Abmachung lautet. Columba muß aus dieser Stadt verschwinden, damit ich den Freiherrn heiraten kann. Ich habe Geld genug bei mir, damit ihr euch beide eine Schiffspassage den Rhein hinab kaufen und zum Beginenhof in Brügge reisen könnt.«

Anna riß sich los. »Gewiß, gewiß«, sagte sie ungeduldig und spähte die nächtliche Gasse hinab. »Nehmt die Fackel dort, die Wolken verhüllen den Mond, es ist so finster, daß man die Hand vor Augen nicht sieht.«

Juliana fühlte, wie Empörung in ihr hochstieg. Was wagte dieses elende Weibsbild, ihr Befehle zu erteilen? Der Lohn, den sie der armseligen Begine für ihre Mithilfe versprochen hatte, war groß genug, und hatte sie nicht sogar freiwillig ihre Hilfe angeboten? »Um der lieben Columba, die mir sehr ans Herz gewachsen ist, weitere Unbill zu ersparen und ihr ein friedvolles Leben in klösterlicher Abgeschiedenheit zu ermöglichen«, hatte sie gesagt.

Wohin war diese fromme Demut jetzt?

»Du trägst die Fackel!« sagte Juliana schroff. Anna kümmerte sich nicht weiter um sie, sondern lief los.

Ärgerlich riß Juliana die Fackel aus der Eisenhalterung beim Kirchentor und folgte ihr. Beim Hohlweg in der Höllen holte sie die Begine ein, sie tauchten hinab in den tief eingeschnittenen, lichtlosen Pfad, der zu einer Sandgrube führte. Endlich bogen sie in die Gasse der Wappensticker ein, Teil jener Straße, die seit den Tagen der Römer Köln von Süd nach Nord durchzog und im Süden in der Severinstraße endete.

Dank der zurückliegenden regenfreien Tage waren die Straßen trocken und die Überreste römischer Straßenpflasterung erlaubten ein rasches Fortkommen. Lediglich der immer feuchte Waidmarkt mit seinen stinkenden Abfall-

Pfuhlen bildete ein Hindernis, das sie viel Zeit kostete. Juliana kämpfte gegen Übelkeit an, als sie durch Schlamm watete und der süßliche Geruch von Verwesung ihr verriet, daß hier allerlei Kadaver verrotteten. Anna hingegen bekümmerten die pestilenzischen Ausdünstungen nicht weiter. Sie hatte nur ein Ziel vor Augen: Sie wollte Columba finden und in das Haus des Vaters zurückholen. Lediglich diese dumme Juliana war ihr dabei lästig. Die hatte ihre Rolle brav gespielt und sie zur Kapelle gebracht, wohl wissend, daß Mertgin sich verraten würde. Juliana war gewiß nicht dumm, aber ihre eigene Not machte sie blind gegenüber den Absichten und Interessen anderer.

Anna warf einen kurzen Blick über die Schulter und sah, wie Juliana vorsichtig ihre Röcke lupfte, um über eine Abfallgrube zu springen. Doch im letzten Moment schien ihre Kraft zu versagen, sie neigte die Fackel, griff sich mit der Linken an den Mund und erbrach sich heftig. Anna ergriff die Gelegenheit, eilte zu der geschwächten jungen Frau und entriß ihr die Fackel. Juliana wehrte sich nicht, sondern erwartete Hilfe. Die Begine aber verschwand mit eiligen Sprüngen in der Dunkelheit.

Hilflos und elend sah Juliana dem Leuchten der Fackel nach, bald war es nur noch ein winziger Lichtpunkt inmitten von Finsternis. Dann fiel sie kraftlos auf die Knie, stützte sich mit den Händen im Kot der Straße auf und erbrach sich erneut. Es mußte die Frucht eines Teufels sein, die da in ihrem Schoß wuchs, die sie niederzwang in diesen widerwärtigen Schmutz. Ein heiserer Ruf ließ sie aufhorchen, gedämpftes Trappeln von Hufen. Sie war zu schwach, um sich zu erheben, sie war zu schwach, um Schutz zu suchen.

Anna kam indes munter voran. Seit sie Juliana abgeschüttelt hatte, wuchs ihr Selbstvertrauen. Sie würde ein leichtes Spiel haben. Vor Columba war ihr nicht bange, sie war stärker als das gewiß entkräftete Mädchen, und sie würde sie im Schlaf überraschen. In der Tasche trug sie außerdem ein Messer, von dem sie im Falle des Widerstandes Gebrauch machen würde. Eine gezielt beigebrachte Wunde, ein einziger Stich würde genügen, um das Mädchen kampfunfähig zu machen. Van Geldern würde es ihr zu danken wissen – danken müssen.

Sie lächelte, während sie den mächtigen Turm von St. Severin vor sich aufragen sah. Rechterhand lag das Karthäuserkloster mit seinen riesigen Gartenanlagen, kurz davor der ausgedehnte Weingarten van Gelderns. Sie zog den Schlüssel zum Tor hervor, überquerte die Straße und ließ sich in den Garten ein. Mit zusammengekniffenen Augen spähte die Begine in die Nacht, die Fackel nach allen Seiten hinstreckend. Endlich entdeckte sie die dunklen Umrisse eines kleinen Gebäudes. Das mußte es sein. Mit leisen Schritten näherte sie sich dem Kelterhaus.

Derweil wurden auf dem Waidmarkt, wo Juliana noch immer bei der Pfütze kauerte, die Stimme und ein Huftrappeln immer lauter. Endlich konnte sie die Rufe des Mannes unterscheiden. Es war einer der Kölner Nachtwächter, der die Stunden ausrief und die Leute anwies, in ihren Häusern zu bleiben.

Juliana blieb bei dem schmutzigen Loch hocken. Sie hatte keine Kraft mehr, sich zu verbergen, sollte der Mann sie nur finden, nach Hause bringen, nur weg von diesem stinkenden Ort.

»Holla, wer ist da?« rief sie nun der Reiter an. Er schien sein Tier vorsichtig durch die Landschaft aus Mistbergen und Zintherschrott zu lenken.

Juliana hob vorsichtig den Kopf. Der Schein einer Laterne blendete sie. »Was macht Ihr hier, zu so später Stunde?« fragte der Nachtwächter streng und saß ab. Bald stand er vor ihr und musterte prüfend ihr Gesicht, ihr verschmutztes Gewand. »Ihr seid ein Fräulein von Stand, wie ich sehe. Was habt Ihr hier zu schaffen?«

Juliana schluckte, sie mußte eine gute, eine sehr gute Antwort finden, um nicht den ernsthaftesten Verdächtigungen ausgesetzt zu sein. Immer wieder munkelte man zu Köln von gelangweilten Bürgerstöchtern, die sich nachts heimlich aus dem Haus schlichen, um ein Stelldichein mit einem Liebhaber oder gar einem reichen Freier zu genießen. Gerade jetzt, in ihrem Zustand, durfte sie nicht den Schatten eines solchen Verdachts auf sich lenken. Fieberhaft und verzweifelt arbeitete ihr Gehirn, dann formte sich ein häßlicher Gedanke in ihr, wie ein wilder Hund sprang er sie an. Bevor sie ihn zu Ende gedacht hatte, sprach sie schon. »Guter Mann, ich suche meine Schwester, von der ich fürchte, daß sie an einem geheimen Konventikel nahe der Severinstraße teilnimmt.«

Der Mann räusperte sich. »Ein Konventikel? Schon wieder. Ich dachte, die Stadt hätte erst vor zwei Monaten diesen elenden Ketzern einen so ordentlichen Streich versetzt, daß Ruhe herrscht. Verfluchtes Pack, wie die Ratten sitzen sie in allen Löchern!«

Juliana streckte ihm die Hand entgegen. »Wie froh ich bin, daß ich Euch traf. Ich bin ein viel zu schwaches Weib, um mich auf ein solches Abenteuer einzulassen. Aber ich wollte alles versuchen, um meine Schwester zu retten, ihre Seele vor weiterer Verführung zu schützen.«

Das Pferd des Mannes begann unruhig zu schnauben. Beruhigend strich er über dessen Nüstern, dann wandte er sich wieder an die Frau, die er vor sich hochgezogen hatte. »Sagt mir Euren Namen, und ich werde überlegen, was zu tun ist.«

»Mein Name ist Juliana van Geldern.«

»Van Geldern?« stieß der Mann verwundert hervor. »Eine Tochter jenes van Geldern der bei Sankt Alban wohnt?«

»Eben der.«

»Und Ihr sagt, Eure Schwester hat mit Ketzern zu schaffen?«

»Ich fürchte, so ist es. Bereits im letzten Sommer griff man sie während einer Versammlung von Wiedertäufern auf. Der Gewaltrichter kann es Euch bestätigen. Damals schwor sie auf alle Heiligen unserer Stadt, nichts mit den Wiedertäufern zu schaffen zu haben. Aber ich fürchte ...«

Der Mann kniff die Augen zusammen und schürzte den Mund. »Ihr erhebt eine sehr schwere Anschuldigung. Wißt Ihr, was mit Eurer Schwester geschehen könnte, wenn man sie erneut bei einem Konventikel antrifft?«

Juliana seufzte wie unter großer Gewissensnot. »Guter Mann, nichts könnte mir mehr Leid bereiten.« Sie machte eine kurze Pause und senkte den Blick, im Schein der Laterne sah sie nun aus wie die schmerzensreiche Madonna, sie wußte es und fuhr fort: »Nichts könnte mich mehr schmerzen, außer dem Verlust des ewigen Heils, der meiner Schwester droht, wenn sie von unserer einzigen, wahren Kirche abfällt. Darum bitte ich Euch, helft mir sie zu finden.«

»Hmm. Eure Inbrunst scheint echt. Aber gebt mir Zeit, einige Kettenwächter zu sammeln. Alleine möchte ich mich nicht an die Verhaftung wagen. Es braucht Zeugen.«

»Ich kann Eure Zeugin sein«, bot sich Juliana eifrig an.

Der Nachtwächter schüttelte den Kopf. »Nein, geht Ihr nur nach Hause, und ich will vergessen, daß ich Euch hier sah. Denkt daran, jeder Mensch, der einem Ketzer hilft, ihn schützen oder ihm zur Flucht verhelfen will, ist selbst verdächtig.«

Juliana senkte wie betroffen das Haupt. »Aber«, sagte sie leise, »sie ist meine Schwester.« Ein Hund schlug an.

»Geht«, sagte der Nachtwächter, »geht, bevor ich es mir anders überlege.«

Columba schlief friedlich. Anna erkannte es im Schein ihrer Fackel. Suchend blickte sie sich um und entdeckte einige feste Seile. Sie steckte die Fackel in einen Krug, riß ein Seil hervor und warf sich über die Schlafende. Mit hartem Griff packte sie Columbas Arme, drehte sie auf den Rükken und band sie so fest, daß sich der rauhe Hanf in ihr Fleisch schnitt. Davon erwachte das Mädchen. Zögernd öffnete sie die Augen, ungläubig starrte sie in das Gesicht der Schaffnerin, die zurücktrat und höhnisch auf Columba hinabblickte. Das Mädchen wollte sich aufrichten. Allein die gebundenen Arme hinderten sie. Mit einem Schlag war sie hellwach.

»Was soll das? Was willst du von mir?« rief sie wütend.

»Beruhige dich, alles geschieht zu deinem Besten.«

Columba trat mit den Füßen die Säcke beiseite, mit denen sie sich zugedeckt hatte. Doch bevor sie aufspringen konnte, hatte die Schaffnerin das Messer gezogen und hielt es ihr vors Gesicht. Im Schein der Fackel blitzte die Klinge auf. Columba wich zurück. »Du bist gekommen, um mich zu töten?« stieß sie verwundert hervor.

»Du hast die Wahl. Wenn du endlich dem Willen deines Vaters gehorchst und mir in sein Haus folgst, sollst du leben.«

»Niemals!« schrie Columba und war mit einem Sprung auf den Beinen, sie warf sich der Schaffnerin entgegen, der im Moment der Überraschung das Messer entglitt. Mit scharfem Klirren fiel es auf den kalten Steinboden.

Annas Hände schnellten nach vorne, um Columba abzuwehren, die sich so heftig auf sie stürzte, daß beide Frauen zu Boden gingen. Doch Anna war es ein leichtes, das gefesselte Mädchen von sich abzuwerfen und Columba auf den Boden zu drücken. Doch diese zog beide Knie an, rammte sie der Gegnerin mit aller Kraft in den Leib. Anna schnellte hoch und rang nach Atem, während Columba den

Augenblick nutzte, um aufzuspringen und zur Tür zu laufen. Allein, Anna war schneller. Sie stellte sich zwischen die Tür und das Mädchen, das Messer blitzte wieder in ihren Händen. Sie hob es über den Kopf, ließ es hinabfahren, und die Spitze des Dolches bohrte sich in Columbas rechten Oberarm.

Das Mädchen schrie auf unter dem brennenden Schmerz, der wie ein Blitz ihren Arm durchjagte, und sank zu Boden.

»Du hast es nicht anders gewollt«, zischte Anna böse und verwahrte das blutende Messer im ledernen Gürtel ihres Gewandes. »Und nun ...«

Die Tür in ihrem Rücken wurde aufgestoßen, das Türblatt traf sie so hart, daß sie taumelte und vornüber fiel – direkt auf die wehrlos daliegende Columba. Ein spitzer Schrei. Das Messer im Gürtel der Schaffnerin traf ein zweites Mal auf weiches Fleisch. Diesmal ohne deren Zutun, diesmal tödlich.

»Was habt ihr bettelgrauen Weiber hier zu schaffen?« donnerte eine männliche Stimme. Ein verzagtes Wimmern war die Antwort.

Etwa um diese Zeit entließ Juliana Mertgin und den Freiherrn aus ihrer Gefangenschaft in der Hauskapelle van Gelderns. Bleich und zitternd stand die alte Magd vor ihr, mit zornesroten Backen der Freiherr. Seine Halskrause hing lose über seiner entblößten Brust. In seiner Wut über die Gefangenschaft hatte er sich von den lästigen Kleidungsstücken befreit, die ihm den Atem abzuschnüren drohten.

»Habt Ihr uns diesen vermaledeiten Streich gespielt?« herrschte er nun die blonde Frau an.

Juliana hob trotzig das Kinn. »Einen Streich nennt Ihr das? Ich habe Euch lediglich vor einer gefährlichen Dummheit bewahrt. Wollte dieses alte Weib Euch nicht zu einer Flucht mit meiner Schwester überreden?«

Sie deutete mit ausgestrecktem Zeigefinger auf die zitternde Mertgin, die in sich zusammensank.

»Was erdreistet Ihr Euch«, wütete der Freiherr weiter.

Juliana gab ihrer Stimme einen weichen Ton. »Lieber Freiherr, Ihr habt recht, mich dreist zu nennen. Aber wartet, bis ich Euch alles erzählt habe.« Sie warf ihm einen flehenden Blick zu, und der Junker zauderte. »Ich handelte aus lauter Liebe zu Euch, lieber Fritjof.«

Der Mann prallte zurück und fand seinen gewöhnlichen, leicht erstaunten Gesichtsausdruck wieder.

»Als ich am Abend zu einem letzten Gebet in die Kapelle wollte, wurde ich unfreiwillig Zeuge Eures Gesprächs. Als Mertgin vom Kelterhaus bei der Severinstraße sprach, war ich auf das höchste alarmiert. Wißt Ihr denn nicht, daß man dort meine Schwester schon einmal aufgriff?«

Sie machte eine Pause, nichts als das verzweifelte Schluchzen Mertgins füllte die Stille im dunklen Gang zwischen Kapelle und Katharinas ehemaligem Schlafgemach.

Die Augen des Junkers waren hervorgetreten. »Aufgegriffen?« wiederholte er.

Juliana nickte und ließ einen imaginären Schmerz ihre Züge durchfahren. »Ja. Sie und den Rest einer großen Wiedertäufergemeinde. Im vorigen Sommer war es.«

»Ihr lügt«, brach es aus Mertgin hervor, »ich war ja dabei.«

»Um so schlimmer«, unterbrach Juliana sie kalt, »vielleicht bist ja du es gewesen, die meine Schwester zur Ketzerei verführte.«

Mertgin schwankte und suchte nach Halt, die Anschuldigung verschlug ihr die Sprache.

»Ketzerei?« stammelte der Freiherr. Wo war er da nur hineingeraten? Weiber, Schlangen!

Juliana schenkte ihm zur rechten Zeit einen demütigen

Blick. »Nur darum versperrte ich die Tür. Ich eilte sofort hinaus, wollte auf die Severinstraße. Doch ich fürchte, ich war zu spät. Eben sah ich einen ganzen Trupp Reiter, Nacht- und Kettenwächter in Richtung von Sankt Severin reiten. Über ihr Ziel habe ich keinen Zweifel. Noch in diesem Moment, so fürchte ich, wird man Columba aufgreifen.«

»Allmächtiger!« stieß der Junker hervor.

Mertgin ertrug die schändlichen Reden Julianas nicht länger, sie spuckte aus und rannte an ihr vorbei auf die Treppe zu.

»Das ganze Haus wird sie noch wecken«, bemerkte Juliana ungerührt und wandte sich wieder dem Junker zu. »Glaubt Ihr nun endlich an meine tiefe Liebe, werter Fritjof? Vom ersten Augenblick da ich Euch sah, wußte ich, daß wir einander bestimmt sind. Könnt Ihr noch zweifeln, nach dem, was ich heute nacht für Euch tat?«

Der Flame riß die Augenbrauen hoch und versuchte vergeblich, seine Gedanken zu ordnen. Juliana ließ sich an seine Brust sinken und schlang ihre Arme um seinen kurzen Hals. Er spürte ihren warmen Atem an seiner nackten, rosigen Brust und atmete selber den Jasminduft ihres blonden Haares, das in Strähnen unter ihrer Haube hervorschaute. Schon einmal hatte er sich an diesem langen Abend in die Rolle des Helden und Frauenretters geträumt, nun fiel ihm diese schöne Rolle ganz ohne sein Zutun zu. Gerührt blickte er auf die wohlig seufzende Frau hinab. Wie zahm sie war. Er zögerte noch, dann liefen unvermutet die hübschen Jagdhunde aus Brühl wieder durch seine Gedanken, und er ermannte sich zu einem sanften Kuß auf das Samthäubchen.

»Van Ypern!« unterbrach ihn eine zornige Stimme. »Juliana!« fuhr sie fort. Beide wandten sich wie ertappt dem Kaufherrn zu.

Arndt van Geldern stand mit einem Nachtlicht da und kämpfte gegen den messerscharf stechenden Schmerz, den seine Blasensteine durch seinen Körper jagten.

6

Lazarus umklammerte den regungslosen Leib Columbas. Tränen liefen über seine Wangen, er vermochte nicht zu sprechen. Alle Farbe war aus seinem Gesicht gewichen. Betroffen standen Don Seraph und Tringin um ihn herum.

»Wer ist das?« fragte der Feldhauptmann leise. Doch bevor Tringin antworten konnte, verbot er ihr das Wort. »Still. Ich höre Schritte, Pferdehufe.« Mit den Ohren eines geübten Waffengängers erkannte er solche Geräusche, lange bevor weniger geschulte Menschen sie wahrnahmen.

Tringins Herz setzte aus. Jetzt vernahm auch sie ein leichtes Trappeln und das ferne, leise Klirren von Waffen.

»Steh auf, Lazarus!« befahl der Hauptmann. »Komm schon, hier sind wir nicht sicher. Ich Tor hatte gedacht, euch eine besonders sichere Unterkunft zu zeigen. Ich konnte nicht ahnen, daß halb Köln dieses elende Kelterhaus zu besuchen scheint.« Don Seraph packte Lazarus beim Arm und wollte ihn nach oben zerren.

»Laß mich«, wehrte sich der junge Mann und umschlang Columba noch fester, »ich kann sie nicht alleine lassen.«

Die Schritte waren nun deutlicher zu hören. Don Seraph vermutete sie in Höhe der zur Straße hin gelegenen Mauer.

»Ich sehe ein Licht«, flüsterte nahe beim Gartentor ein Kettenwächter dem Nachtwächter zu, der den Trupp anführte. Jetzt machte er halt und spähte zum Kelterhaus hinüber. »Du hast recht. Verfluchtes Ketzerpack. So kurz vor Morgengrauen halten sie also ihre Konventikel.«

»Woher hast du davon gewußt?« fragte halb bewundernd, halb verdutzt der Kettenwächter.

»Man hört so dies und das, wenn man nachts durch die Gassen streift«, erklärte der Nachtwächter großspurig.

»Wird einen hübschen Anteil an den Geldbußen geben«, lobte der andere.

»Geldbußen?« schnaubte der Nachtwächter. »Wenn die damit mal davonkommen. Los, laßt uns das Haus umstellen.«

»Halt, da sehe ich einen Schatten!«

Die Männer, fünf an der Zahl, spähten angestrengt ins Dunkel. Tatsächlich, wieder ein Schatten. Huschende Gestalten, eine ganz unförmig und langsam. »Der trägt den Teufel huckepack«, scherzte ein Kettenwächter grimmig. Die anderen bekreuzigten sich.

»Seht nur, das Haus. Das Licht wird immer größer!«

»Los, bevor uns der letzte entwischt!« schrie der Nachtwächter, und sie stürmten die Rebengassen entlang auf das Kelterhaus zu. Einer blieb zurück, um die Vordertür zu bewachen, während der Rest durch die Hintertür eindrang. Mit wildem Geschrei und erhobenen Stöcken und Schwertern stürzten sie in den Kelterraum. Rauch schlug ihnen entgegen, sie husteten, rissen ihre Umhänge hoch, um ihr Gesicht zu schützen. Flammen schossen durch die Brettertür, die zur Gerätekammer führte, suchten ihren Weg durch das Bodenstroh, sprangen knisternd auf trockene Fässer, leckten an den Stützbalken empor.

Doch der Nachtwächter war ein gottesfürchtiger, mutiger Mann. Mit einem Tritt öffnete er die Brettertür und sah im mächtigen Schein des hier wütenden Brandes den leblosen Körper einer Frau, ein Messer steckte ihr bis zum Heft im Unterleib. Schön ist sie einmal gewesen, dachte der

Nachtwächter kurz, denn ihr ganzer Leib schien zu leuchten. Die Flammen bekamen sie jetzt zu packen, umzüngelten ihre Haare, steckten sie in Brand. Im nächsten Moment war sie eine Fackel aus Fleisch, ekel war der Geruch, gierig das Feuer. Krachend fuhr ein Dachbalken nieder.

»Zurück!« schrie der Nachtwächter. »Zurück, oder wir sind des Todes.«

7

Fahl bohrte sich das erste Licht der Dämmerung durch den vergitterten Fensterdurchbruch. Stumm, wie benommen betrachtete Galisius das marmorweiße Antlitz der schlafenden Frau. So ruhig waren ihre Züge, so friedlich, nichts zeugte von den Ungeheuerlichkeiten, die er in dieser Nacht hatte erleben müssen.

Mit tausend verschiedenen Zungen hatte der Teufel zu ihm gesprochen. Mit dem lüsternen Gurren einer Dirne, mit dem dröhnenden Baß eines fröhlichen Zechers, im giftig sägenden Ton einer boshaften Alten, mit dem gezierten Plänkeln des Höflings, mit der ehrfurchtgebietenden Stimme des Erzbischofs und – ihn schüttelte es bei der Erinnerung – mit einer leicht schnarrenden Stimme, die er als seine eigene erkannt hatte. Noch einmal nahm er einen Schluck Wein, obwohl er wußte, daß er seine Seele nicht befrieden konnte. Nie zuvor waren ihm, dem geübten Exorzisten, ähnlich viele Dämonen entgegengefahren.

Hatte Rebecca nicht von Anfang an gesagt, sie wisse, ganz Köln sei in Sünde verstrickt? War demzufolge, was er in dieser Nacht gehört hatte, die Wahrheit? Ganz Köln? Bis hinauf in die vornehmsten Familien, ja bis hinauf zum Erzbischof. Und nicht zuletzt er selber hatte als Satansanhänger aus dieser Frau gesprochen.

Als die ersten Worte in seiner Stimme erklangen, hatte er die Kerkerwächter hinausgeschickt. Mit Weihwasser, Kreuz und Gebet war er mutig dem Dämon entgegengetreten. Er hatte nicht gewankt, er war nicht gewichen, bis Rebecca endlich die Augen geöffnet und mit ihm ein Gebet gesprochen hatte. Wieder war sie danach in tiefe Trance versunken, wieder war Rosenduft ihrem Leib entstiegen und wieder hatte ihm die Nadelprobe bewiesen, daß dieser Anfall echt war.

Ein Klopfen ließ ihn hochschrecken. Es war eine Wartefrau, die eine Schüssel mit Brei und etwas Milch brachte. Galisius machte ihr ein Zeichen, Rebecca zu wecken. Doch noch war ihre Trance nicht beendet. Müde winkte Galisius ab, aus den Augenwinkeln sah er, daß die Nonne ein Kreuz schlug – eine Geste der Ehrfurcht, nicht des Entsetzens.

Der Gedanke erschreckte ihn. Was, wenn noch mehr fromme Weiber sich zusammenfanden in ihrer Bewunderung für die seltsame Begine? Was, wenn Unberufene zu hören bekamen, welche Teufel sie heimsuchten? Es blieb nur ein Weg: Er mußte sie alle austreiben, bevor ein Schreiber sie zu Protokoll nehmen konnte.

Wieder klopfte es, der Greve trat ein. »Nun?« fragte er munter. »Was habt Ihr in dieser Nacht an der Seite dieser Frau erlebt? Machte sie Geständnisse?«

Galisius starrte zum Gitterfenster hinauf. »Sie machte Geständnisse, ja«, antwortete er tonlos.

»Sehr gut«, der Greve rieb sich die Hände, »dann wollen wir sie heute dem ersten Foltergang unterziehen, damit sie ordnungsgemäß bekennt. Vielleicht haben wir Glück, und sie unterschreibt noch heute das Protokoll, dann wird sie in wenigen Tagen, spätestens nach Ostern an den blauen Stein geführt und zu Melaten verbrannt. Seid Ihr bereit? Soll ich den Schreiber in die Folterkammer rufen, die Schöffen ...«

Galisius drehte jäh den Kopf. »Nur das nicht!« sagte er voll Entsetzen. »Keine Protokolle, keine Akten. Der Fall muß so schnell wie möglich abgeschlossen werden.«

»Weshalb das?«

»Weil jedes Wort von ihr die vornehmsten Bürger Kölns brandmarkt. Ihr habt nicht gehört, wen sie alles beschuldigte. Der Teppich ist nichts dagegen. Sie sprach vom Bürgermeister, vom Erzbischof.«

Der Greve runzelte die Stirn. »Sie ist irrwitzig!«

Galisius schüttelte energisch den Kopf. »Nie und nimmer. Besessen ist sie, sage ich. Wahrhaft besessen.«

»Also wirklich eine Hexe?«

»Nein, Ihr mißversteht mich.«

»Euch? Der gestern noch vehement nach einem Verfahren wegen Magie und Teufelsbuhlschaft verlangte?«

Galisius nahm einen letzten Schluck Wein, wieder holte ihn der Duft von Rosen ein.

Er schluckte. »Ich bin im Exorzismus geübt, wie Ihr wißt. Ich weiß die Geister zu unterscheiden. In der Seele dieser Frau führt das Böse einen Kampf gegen das Allerheiligste.«

Verstohlen seufzte der Greve auf. »Was also gedenkt Ihr zu tun?«

»Würdet Ihr mir die Frau überlassen?«

Der Greve bemühte sich, einen inneren Kampf vorzutäuschen. »Nun ja«, meinte er zögernd, »eigentlich ist ein ordentliches Verfahren unumgänglich. Denkt an die Sache mit dem Diakon ...«

»Der war gewiß des Teufels. Vielleicht war er der Verführer. Vielleicht tötete Gott ihn durch die Hand dieser Frau.«

»Wenn es dafür nur Beweise gäbe!«

»Es gibt sie. Wir müssen sie nur finden.« Entschlossen richtete Galisius sich auf. »Ans Werk.«

»Und was sagen wir den Schöffen, weshalb das Verfahren ausgesetzt wird?«

Galisius zuckte hilflos mit den Schultern. In diesem Moment regte sich die Frau im Stroh. Rebecca schlug die Augen auf und lächelte in Richtung des Exorzisten.

»Ehrwürdiger, ich danke Euch, in dieser Nacht war es mir, als führen tausend Teufel aus meiner Brust. Laßt uns mit der Befragung fortfahren, damit ich alles sagen kann, was ich sah und fühlte. Denkt nur«, sie wandte sich mit strahlendem Blick an den Greven, »auch Ihr erschient mir.« Wie erschrocken runzelte sie dann die Stirn. »Nun, da ich es sage, kommen die Bilder zurück. Ich sah Euch auf dem Neumarkt bei einem Feuer stehen, der Bürgermeister war bei Euch, Ihr tanztet ...«

»Genug!« Der Greve brachte sie mit Blick auf den Gesandten des Erzbischofs zum Schweigen. »Kommt, Galisius, wir haben noch vieles zu besprechen. Der Schöffen wegen.«

8

Mit ausdrucksloser Miene lauschte Arndt van Geldern den Erklärungen seiner schönen, blonden Tochter. Sie saßen in seinem Kontor, vor dem Fenster sang eine Spottdrossel ihr aufreizendes Lied.

Kein Wort glaubte ihr van Geldern. Zum ersten Mal sah er die ganze Falschheit in ihrem Blick, hörte den lügnerischen Ton ihrer Stimme mit aller Deutlichkeit. Nur deshalb hatte sie ihn so lange täuschen können, weil er ihr zuvor nie zugehört, weil er ganz auf ihre süße Erscheinung vertraut hatte, die ihm die höchsten Hoffnungen auf ihre Erhebung in den höchsten Stand und damit seine Erhöhung eingab.

Einen Sohn aus altem kölnischen Patriziergeschlecht hatte er ihr zugedacht, einen mit Geld, Macht, Einfluß und Verstand. Alles hatte er getan, um ihre Reize zu unterstreichen, ihre köstliche Erscheinung zu vervollkommnen. Kleider, erlesenster Schmuck, eine schwarze Dienerin, Unterricht in Lautenspiel, Gesang und höfischem Tanz. Eine eitle, dumme Puppe hatte er herangezogen. Unwillkürlich mußte er an Columba denken. Wie anders sie war. Freilich zu ungestüm, zu dunkel, zu eigenwillig und doch – im Gegensatz zu Juliana – leidenschaftlich in ihrer Liebe zur Wahrhaftigkeit. Zum ersten Mal spürte er so etwas wie das Gefühl eines Verlustes, während er die Eigenarten und Eigenschaften seiner Jüngsten still für sich aufzählte. Unsinn, dachte er wütend und betrachtete Juliana, seinen ehemals ganzen Stolz. Vorbei, verloren, vertan.

Wortreich beteuerte sie, in den elenden Junker verliebt zu sein. Diesem verschuldeten Deppen, der gerade gut genug gewesen war, ihn von der ungestümen Columba zu befreien. Juliana hingegen für ein paar Hafenrechte herzugeben war ein mehr als schlechtes Geschäft.

»Erspare mir weitere Geständnisse der Leidenschaft. Sie stehen dir nicht zu Gesicht«, sagte er hart.

»Vater«, protestierte Juliana und verstummte, als sie seinen feindseligen Blick auffing. Sie schlug die Augen nieder und spielte nervös mit den Bändern ihrer Samthaube.

»Ich erkenne eine Lügnerin, wenn sie vor mir sitzt. Also, was bringt dich wirklich dazu, eine Ehe mit diesem widerwärtigen Flamen eingehen zu wollen?«

Juliana wand sich in dem hohen Lehnstuhl, lenkte ihren Blick zum Fenster, schaute auf ihre Füße. Ihr Vater blickte sie unverwandt an, und ihr war, als müsse sie unter seinem

Blick verbrennen. Ein Klopfen an der Tür befreite sie aus ihrer unangenehmen Lage.

Arndt van Geldern schaute auf, ein Handelsdiener stand in der Tür. »Herr, der Gewaltrichter ist eben eingetroffen, er bittet dringend um eine Unterredung. Die Angelegenheit erlaube keinen Aufschub.«

Van Geldern erhob sich. Im Gehen warf er einen letzten Blick auf seine Tochter und stutzte. Ihr Gesicht war tiefrot, sie atmete heftig. Er faßte die Armlehnen ihres Stuhles und beugte sich über sie. »Was ist dir?« fragte er drohend.

»Vater«, sagte Juliana atemlos, »Vater, er ist gekommen, um dir von einer Verhaftung zu berichten.«

»Einer Verhaftung?«

Juliana drückte sich tiefer in den Stuhl. »Columba«, flüsterte sie voller Angst.

»Ich verstehe nicht?«

»Man hat sie heute nacht im Kelterhaus des Weingartens aufgegriffen.«

Van Geldern erstarrte für einen Moment, seine Hände umklammerten die beiden Armlehnen, dann löste er die Rechte, holte aus und versetzte Juliana eine Ohrfeige, die ihr fast die Besinnung nahm. Jäh wandte sich der Kaufmann von ihr ab und verließ das Kontor.

Juliana lag stumm in dem Stuhl, langsam stieg ihr ein Schluchzen in die Kehle. Das Morgenlicht stach ihr in die Augen, und sie begann zu weinen. Immer heftiger kamen die Tränen, immer wilder schluchzte sie, bäumte sich in dem Stuhl auf und entkam dem eigenen Elend nicht. Ein unbekanntes Gefühl marterte sie, lange suchte sie nach einem Namen dafür. Reue. Ja, sie bereute, was sie getan hatte. Sie bereute bitterlich. Hätte ihr Vater sie so gesehen, er hätte gewußt, daß ihre Zerknirschung nicht vorgetäuscht war.

Van Geldern stürmte in den Morgensaal. Beim Kamin

wartete der Gewaltrichter. Mit Erstaunen registrierte van Geldern, daß die Stirn des erpresserischen Lumpen von Sorgen und echtem Ernst umwölkt war. Brachte er wirklich die schreckliche Nachricht, die Juliana ihm angekündigt hatte? Mit Mühe gewann der Kaufmann seine Fassung wieder, stützte sich aber am Tisch ab, denn er fühlte, daß ihm die Beine schwach wurden.

»Seid gegrüßt«, sagte er hölzern, »wollt Ihr eine Erfrischung?«

Der Gewaltrichter winkte ab. »Nein, ich danke Euch. Ich komme mit schlechten Nachrichten.«

Van Geldern straffte den Rücken, um den Schlag zu empfangen.

»Es geht um ...«

»Meine Tochter?«

Verwundert blickte der Gewaltrichter auf. »Eure Tochter? Nein. Ich weiß noch nicht, wo sie ist, aber sorgt Euch nicht, meine Büttel werden sie schon aufspüren.«

Van Geldern bereute seinen vorschnellen Einwurf sofort. Jetzt hüllte er sich in abwartendes Schweigen.

»Heute morgen«, erklärte der Gewaltrichter, »sprach ich beim erzbischöflichen Palast vor. Als Vertreter der Stadt wollte ich über den Gang des Verfahrens gegen Rebecca unterrichtet werden. Ein geschwätziger Kerkerknecht hatte mir berichtet, daß man sie gestern zum ersten Mal der peinlichen Befragung ausgesetzt hat.«

»Und?«

»Nichts weiter. Der Greve weigerte sich, mich zu empfangen. Die Schöffen gingen grußlos an mir vorbei, schlüpften in den Raum, als sei es ihnen peinlich, mit mir zu sprechen.«

Van Geldern legte fragend den Kopf zur Seite. »Was kann das bedeuten?«

»Ich fürchte, nichts Gutes. Der eben genannte Kerkerknecht murmelte mir etwas von einem Wunder, einer erstaunlichen Wende in dem Verfahren. Auch wollte er kein Geld von mir annehmen, um weitere Nachforschungen anzustellen. Endlich traf ich auf eine der Wartenonnen. Ich hielt sie an und fragte nach dem Befinden der Ketzerin.« Der Gewaltrichter biß an seinem Daumennagel herum.

»Weiter«, forderte van Geldern ungeduldig.

»›Ketzerin‹? sagte die Frau in unverschämter Weise. ›Wenn ihr von der Frau Rebecca sprecht, so nehmt dieses Wort nicht in den Mund. Sie ist eine Heilige.‹ Sprach's und verschwand. Wie ich fürchte, um eben das in aller Welt herumzuerzählen. Es ist ein seltsames Ding mit Eurer Schwägerin. Alle Welt scheint von ihr behext.«

Van Geldern stieß einen Laut des Unwillens aus.

»Wir brauchen unwiderlegbare Beweise, sonst fürchte ich, daß alles im Sande verläuft«, meinte der Gewaltrichter.

»Wartet hier«, erwiderte der Kaufmann und verließ den Morgensaal. Wenig später kehrte er zurück, in der Rechten trug er die Briefe des Diakons. »Übergebt das dem Greven. Laßt Euch nicht abwimmeln. Droht, wenn nötig, mit dem Bürgermeister. Der Rat der Stadt Köln wird es sich nicht gefallen lassen, eine Ketzerin in seinen Mauern so milde behandelt zu sehen.«

»Euer Wort in Gottes Ohr.« Seufzend verließ der Gewaltrichter den Raum.

9

Magere Rauchsäulen stiegen aus den losen Bretterbuden heraus, die eng geduckt in den Bögen der Stadtmauer standen. Kölns ärmstes Volk zimmerte sich im Schutz des Gemäuers hartnäckig und gegen die immer wieder erneuerten Erlasse des Rates seine Unterkünfte. Lumpenvolk, Bettler, Mühlenstoßer, Müßiggänger, Hoffnungslose und Haltlose mischten sich in windigen Verschlägen zu einer Gemeinschaft der Ausgestoßenen. Hierhin hatte Don Seraph seine Freunde geführt. Hier fragte man nicht allzuviel, und gegen ein paar Weißpfennige war man bereit, selbst die zwielichtigsten Gestalten so lange zu beherbergen, bis deren Auslieferung an die Stadtgewalt einen noch besseren Lohn versprach.

Eine zahnlose Kupplerin hatte ihren Bretterverhau geräumt, der sich immerhin einer kleinen Feuerstelle rühmen durfte. Bissiger Qualm stand in dem feuchten Verschlag, dessen drei grobe Wände an der Mauer lehnten. Dort war auch ein schäbiges Lager aus einem Strohsack und schmutzigen Decken bereitet, auf dem Columba lag. Lazarus kniete neben ihr, er hatte die Beginenhaube gelöst, strich ihr das dunkle, schweißnasse Haar aus der Stirn, rieb ihr die Hände und die Füße gegen die Kälte. Das Mädchen fieberte heftig. Tringin hatte die Wunde nach bestem Wissen mit Essig ausgewaschen und mit einem Stück mäßig sauberen Leinens verbunden.

»Wir brauchen einen Arzt«, sagte Lazarus zum wiederholten Male. »Die Wunde geht tief.«

»Nicht so tief wie die deine ging«, versuchte Tringin ihn zu beruhigen. »Ich denke, es war mehr die Überraschung, dich zu sehen, die Aufregung um den Tod dieser anderen Frau, was sie so schwächte.«

Don Seraph strich sich nachdenklich den Bart. »Willst du mir nicht endlich sagen, wer das ist?«

Lazarus schwieg. Tringin wagte nicht, das Geheimnis preiszugeben. »Wenn du mir nicht sagst, wer sie ist, wenn du nicht einmal mir vertraust, kann ich unmöglich den Feldscher hierherbringen, Lazarus. Er ist eine treue Seele, aber ich kann seine Verschwiegenheit nicht allzu sehr strapazieren, nachdem er schon dich so brav zusammengeflickt hat.«

»Ich weiß, wen wir holen können«, meldete sich Tringin zu Wort. Don Seraph und Lazarus schauten sie an. »Doktor Birckmann. Er ist ein besonderer Freund Co ..., des Mädchens«, verbesserte sie sich rasch.

»Doktor Birckmann? Hmm, ich erinnere mich aus meinen Knabenjahren an einen gewissen Theodor, Sohn des reichen Druckers von Unter Fetten Hennen.«

»Eben den meine ich!« rief Tringin erfreut. »Ihr kennt ihn?«

Don Seraph nickte. »Sehr gut, er ist so alt wie ich. Wir spielten oft im Hause meines Vaters zusammen. Er war ein ernster, strebsamer Bursche, ich kann mir gut denken, daß er ein trefflicher Arzt geworden ist.«

»Der Beste im ganzen Kurkölnischen. Er behandelt sogar den Erzbischof«, sagte Lazarus.

»Den Erzbischof? Und Ihr denkt, Birckmann ist der rechte Mann, um an einem Ort wie diesem Eure seltsame Freundin in Beginentracht aufzusuchen? Sie muß eine mächtig bedeutende Persönlichkeit sein, wenn ein Birckmann sie schätzt.«

»Und welch mächtig bedeutende Person bist du, daß er dich als Knabe zum Spielgefährten nahm?« fragte sein Freund mit wütendem Spott.

Don Seraph seufzte. »Nicht ich war bedeutend, mein Vater war's. Arndt van Geldern gehörte damals zu den reichsten Kaufherrn der Stadt, vielleicht tut er das heute noch. Was ist? Glaubt ihr mir nicht?«

Verwundert blickte er in die Gesichter von Lazarus und Tringin. Beide schienen wie erstarrt, beide waren mit einem Schlag ganz weiß geworden.

»Ich weiß, daß ich nicht vornehm wirke«, sagte der Feldhauptmann betreten, »bin kein Mann von Bildung. Ein Hasardeur, ein Tunichtgut oder Lumpensack, wie mein Vater mich zu schimpfen pflegte. Aber es ist wahr. Sagte ich dir nicht«, er wandte sich an Tringin, »daß ich Melchior heiße und in Köln geboren bin?«

Rote Flecken zeigten sich jetzt auf den Wangen des Mädchens. Sie nickte. »Ja, das ist wahr.«

Lazarus war aufgesprungen, er packte seinen Freund bei den Schultern. »Wenn es die Wahrheit ist, dann sollst auch du die Wahrheit erfahren: Das Mädchen dort ist deine Schwester. Es ist Columba. Columba van Geldern.«

Don Seraph schnappte nach Luft, hustete, weil ihm der Qualm der Hütte dabei in die Lungen fuhr, er griff sich an die Kehle, stürzte endlich aus dem Bretterverschlag und rang draußen nach Atem. Tringin und Lazarus schauten sich an.

10

Hier lest das, Galisius.« Der Greve reichte dem Exorzisten über den Tisch hinweg einige Papiere, vertiefte sich dann in die Briefe, die noch vor ihm lagen.

Galisius' Augen saugten sich geradezu an den Buchstaben fest, seine Hände begannen zu zittern. »Welch abscheuliche Blasphemie«, stöhnte er. »Hört Euch das erst an«, warf der Greve ein und las: *»Meine himmlische Liebe zu Dir, Herrin, ist groß und mächtig. Sprich mir nicht vom Teufel, denn er wohnt nicht bei Dir. Nur Du kannst mich erheben, scheue nicht die Lust des Fleisches, denn es ist eine heilige Lust. Die Schaffnerin Anna sagt mir, daß Du Dich eine Besessene nennst. Du irrst. Tausendmal irrst Du. Du, Leben meiner Seele, Gesegnete, Erhabene. Ich weiß, wo die Teufel wohnen ...«*

Galisius entriß dem Greven das Schriftstück und warf es zu Boden, als handele es sich um ein giftiges Tier. »Es ist abscheulich. Widerwärtig. Unfaßbar. Das Weib muß ihn verführt haben.«

»Das Weib?« fragte der Greve erstaunt. »Lest genau, nicht das Weib hat ihn verführt, sondern er das Weib.«

»Verdrehte Welt. Verkehrt, verkehrt!« schrie Galisius wie von Sinnen.

»Besinnt Euch. Denkt an die Beweise, nach denen wir suchten. Hier, wir halten sie in unseren Händen. Ein ekler Ketzer war der Kerl. Wie er die Bibel benutzt, das heilige Wort mißbraucht und besudelt. Er nennt sich selbst Satan, beschwört seine widerwärtige Lust ...«

»Nie darf jemand das zu Gesicht bekommen.«

»Außer den Schöffen«, entschied der Greve. »Wir müssen das Verfahren gegen Rebecca einstellen, wenn sie von diesen Briefen erzählt.«

Galisius erbleichte. »Wenn sie die Namen nennt«, fuhr der Greve fort, »die sie uns nannte. Das Volk würde rasen ...«

»Wir können sie noch mundtot machen!«

»Nie und nimmer, Ihr habt gesehen, daß sie gewöhnlichen Schmerzen zu widerstehen weiß. Gott hält seine schützende Hand über sie, er macht sie stark.«

»Das würde heißen, sie sagt die Wahrheit.« Galisius wurde wennmöglich noch blasser. »Die Wahrheit, Greve, wißt Ihr, was das hieße? Ganz Köln ein Pfuhl schlimmster Sünden.«

Der Greve schwieg und dachte nach. »Wir müssen jemanden brennen«, beharrte Galisius, »wir sind es der Wahrheit schuldig.«

»Wen wollt Ihr brennen lassen?« fragte der Greve wütend. »Den Erzbischof vielleicht? Den Bürgermeister?«

»Es muß einen Schuldigen geben für den Tod des Diakons. Wir müssen ihn reinwaschen. Er war ein Mann der Kirche.«

Der Greve griff wieder nach einem Brief. Hastig überflog er den Inhalt. »Hört zu«, sagte er endlich, »hier schreibt der Elende von einer Schaffnerin Anna: ›*Sie kam zu mir und sagte, Du seiest bereit für mich. Bald, so bald. Sie erfüllte mich mit Hoffnung, daß auch Du, allerreinste Seele, mich so begehrst, wie ich Dich begehre. Mehr als den Leib Christi selbst, mehr als sein Blut. Köstlich sind mir ihre Worte ...*‹«

Galisius sprang auf und lachte. Lachte so ausgelassen, daß der Greve für einen Moment befürchtete, der Mann sei irre geworden. Endlich faßte sich der Exorzist. »Vortrefflich«, sagte er, »vortrefflich. Nun sehe ich alles so klar und hell wie die Morgensonne. Ich wußte es doch. Ein Weib mußte dahinterstecken.«

Er sank auf die Knie. »Herr, ich danke dir. Gepriesen seist du, der Höchste, der das Männergeschlecht, in welchem er ja für uns geboren werden und leiden wollte, bis heute von einem so großen Verbrechen wie der Hexerei bewahrt hast.«

Fragend schaute der Greve den dürren Gelehrten an.

Der kam munter wieder auf die Füße. »So steht es im Hexenhammer. Ich bin beruhigt, der Wahrheit ist Genüge getan, wenn wir diese Anna herbeischaffen können. Ihr Tod wird alles, richten. Sie ist doch nur eine einfache Begine, nicht wahr?«

»Ja, vollkommen unbedeutend.«

»Nun denn, holt die Schöffen, zeigt ihnen die Briefe, erklärt alles, und dann verbrennt diese Ketzereien eines Verführten.«

»Worauf lautet die Anklage gegen die Schaffnerin Anna?«

»Auf Hexerei, was sonst.«

Der Greve nickte langsam. »Ich denke, in diesem Fall

kann ich Euch recht geben. Ich werde den Gewaltrichter der Stadt mit ihrer Festnahme betrauen. Der Konvent ist aufgehoben, also wird sie sich auf weltlichem Gebiet bewegen.«

Galisius stimmte in das Nicken mit ein. »Ja, das klingt vortrefflich. Damit ist auch dem Rat Genüge getan, seine Machtbefugnis anerkannt, der Mord hinreichend erklärt. Was für einen herrlichen Morgen uns der Herr geschenkt hat. Ich denke, ich gehe zum Gebet in den Dom.« Er strich sein Gewand glatt, wandte sich zum Gehen.

»Noch eins. Wie soll ich mit Rebecca verfahren?« wollte der Greve wissen.

»Hat sie Verwandte?«

»Nur den Schwager, der sie anzeigte.«

Galisius blieb sinnend in der Tür stehen. »Freunde vielleicht?«

»Mehr als genug.« Der Greve seufzte.

»Es müßte ein verschwiegener Mensch sein.«

»Einer der nichts auf ihr Geschwätz von Teufeln gibt.«

»Nana«, warnte Galisius streng.

»Ich denke, der Doktor Birckmann wäre recht.«

»Von mir aus«, stimmte Galisius widerwillig zu, »obwohl er ein widerwärtiger Humanist ist und, wie ich hörte, Leichen aufschneidet, um im Werk des Herrn rumzupfuschen.«

»Er ist streng katholisch.«

»Hält es aber leider mit der Toleranz.«

»Nun, immerhin hat der Erzbischof ihn schon mehrmals in seiner Residenz in Brühl empfangen.«

Galisius hob gnädig die Augenbrauen. »Nun denn. Ihr habt recht. Bestellt den Quacksalber her, er möge die Begine Rebecca abholen, sobald die Schöffen ihre Zustimmung gegeben haben.«

Der als Quacksalber Gescholtene kniete mit sorgenvoller Miene neben der immer noch bewußtlosen Columba.

»Nun?« fragte Lazarus ungeduldig.

Birckmann schüttelte den Kopf. »Ich wünschte, ich könnte euch allen Hoffnung machen, aber leider bin ich ratlos. Die Wunde am Arm ist harmlos gegen den tiefen Fieberschlaf.«

»Aber es muß doch irgendein Kraut, eine Tinktur dagegen geben«, mischte sich der Feldhauptmann unwirsch ein.

»Du bist noch immer derselbe ungeduldige Geist wie in unseren Kindertagen, Melchior«, antwortete Birckmann halb wehmütig. Noch einmal schüttelte er den Kopf. »Wenn ich nur Rebecca holen könnte.«

Tringin schaute ihn aufgeregt an. »Ihr habt recht, sie gab mir damals im Kerker so wundersame Tinkturen zu trinken, daß mir der Kopf ganz leicht wurde. Sie ist ...«

»... die beste Krankenwärterin, die ich kenne«, schloß Birckmann nickend, »doch leider ist sie für uns unerreichbar.«

»Was soll das heißen?« fragte Lazarus.

»Sie sitzt im erzbischöflichen Kerker. Man hat sie der Ketzerei angeklagt, und des Mordes.«

Der Feldhauptmann schaute verwirrt von einem zum anderen. »Rebecca? Sprichst du von Rebecca, der Schwester meiner Mutter? Was redest du von Ketzerei? Eine Seidenkauffrau ist sie, eine tüchtige Handwerkerin.«

»Das ist sie schon lange nicht mehr, Melchior. Vor Jahren schon gründete sie einen eigenen Konvent, nahm den grauen Schleier der Beginen. Sie hatte Visionen. Glaubte, der Herr spräche zu ihr. Und eben das, so fürchte ich, wurde ihr zum Verhängnis.«

»Verfluchte Religion!« stieß der Feldhauptmann hervor.

Birckmann sah ihn strafend an. »Sei es drum«, sagte er

dann, »ich kann sie nicht im Kerker aufsuchen. Man gerät leicht selbst in Verdacht, wenn man mit einer Ketzerin Umgang hat.«

»Elender Feigling!« rief Lazarus. Tringin hielt ihn zurück und suchte ihn zu beruhigen.

»Feigling nennt Ihr mich? Was ich hier tue, ist dreimal wider das Gesetz, und doch bin ich gekommen. Ich stehe hier neben einer überführten Wiedertäuferin, der Ihr – ein Pulverschmuggler und Landfriedensbrecher – zur Flucht aus Köln verholfen habt. Ich pflege ein Mädchen, das sich gegen den Willen des eigenen Vaters als Bettlerin in Köln herumtreibt und mutwillig ihren Bräutigam verließ. Ich mache mich strafbar, weil ich sie nicht anzeige, nicht frage, wer ihr diese Wunde beigebracht hat. Nun nennt mich noch einmal Feigling, wenn Ihr es wagt!«

Lazarus wandte sich ab.

Der Feldhauptmann aber betrachtete mit zärtlichem Stolz seine Schwester. »Widersetzt sich dem eigenen Vater«, sagte er kopfschüttelnd. »Was für ein hübscher Teufelsbraten. Ich werde zu Rebecca gehen und um Rat fragen. Mir wird niemand einen Besuch bei der eigenen Tante vorwerfen.«

»Ich begleite dich«, sagte Lazarus entschlossen.

»Ein Landfriedensbrecher?« Melchior van Geldern schüttelte energisch den Kopf. »Das ist Mutwillen, kein Mut, mein Freund. Du bleibst.«

»Ich kann nicht tatenlos herumsitzen und Columba beim Sterben zuschauen.« Er griff nach seinem Degen.

Noch bevor er sich ganz gebückt hatte, traf ihn der Faustschlag Don Seraphs. Stöhnend ging er zu Boden und blieb bewußtlos liegen. »Hier, Herr Doktor, ein weiterer Casus. Beeil dich nicht zu sehr mit der Heilung. Ein oder zwei Stunden werde ich fort sein.«

»Freigelassen sagt Ihr?« Van Geldern lief unruhig hinter seinem Schreibtisch hervor und packte den Gewaltrichter beim Wams, schüttelte den mächtigen Mann, als wäre er ein Sack Hafer.

Der wehrte mit wütender Hand den alten Mann ab. »Jawohl, frei«, sagte er brüsk.

»Das kann nicht sein. Sie ist eine elende, widerwärtige Ketzerin!«

»Das Hohe Gericht hat anders entschieden, und das nach Anwendung der Folter. Hingegen soll ich nun der Schaffnerin nachstellen. Anna. Darum bin ich hier. Sie wohnt doch in Eurem Haus, nicht wahr?«

Der Kaufmann taumelte. Er fühlte alle seine Pläne wie Schneeflocken schmelzen. »Die Schaffnerin? Sie ist nicht hier! Wessen klagt man sie an?« Schreckliche Ahnungen stiegen in ihm hoch.

»Der Hexerei, soweit ich es verstanden habe. Man hat mich mit dem Fall betraut. Ich bin gekommen, um Euer Haus nach der abgängigen Person zu durchsuchen.«

Der Kaufmann erholte sich, richtete sich auf und schaute dem Gewaltrichter fest in die Augen. »Ich bezahle Euch einen hohen Lohn dafür, daß Ihr Rebecca hinter Gitter bringt, nicht diese Schaffnerin.«

Der Gewaltrichter war beleidigt. »Wollt Ihr mich etwa der Bestechlichkeit bezichtigen?« Drohend schaute er den Kaufmann an.

»Ihr nehmt meine Dukaten wie Birnen, elender Gierhals.«

»Noch ein Wort, und ich walte meines Amtes, werter Kaufherr. So hat noch nie jemand mit mir gesprochen. Und auch das höchste Gericht beleidigt Ihr. Was, wenn ich dem Greven davon Meldung mache, daß Ihr seine Verfahrensweise anzweifelt? So mächtig seid Ihr nicht, daß Ihr es mit dem Richter des Erzbischofs aufnehmen könnt. Und ich fürchte, Ihr werdet in nächster Zeit noch an Macht verlieren.«

Mit diesen Worten ließ er den Kaufmann stehen und polterte zur Tür. »Ich komme noch am Nachmittag mit meinen Bütteln zurück. Vom Dach bis zu den Kellern werden wir dieses Haus durchkämmen. Betrachtet diesen Aufschub als einen letzten Freundschaftsdienst.«

Er verschwand im Gang, ging federnd die Treppe hinab, erleichtert darüber, daß er, wie schon so oft, im rechten Moment die Seiten gewechselt hatte. Freilich war es schade, daß damit die sprudelnde Quelle versiegte, die van Geldern ihm gewesen war, aber er war nicht bange, andere zu finden, die ebensoviel Geld wie lästige Geheimnisse hatten.

Munter pfeifend durchquerte er den Hof und betrachtete entzückt einige Osterglocken, die im Wind mit den Köpfen nickten. Welch ein wahrhaft herrlicher Frühlingstag! Die Glocken schlugen zum Mittag, der Gewaltrichter freute sich auf eine Mangoldpastete. Seine Frau verstand es, trotz der Fastenzeit, immer ein paar Griebchen Speck hineinzuholen.

Doch beim Frankenturm empfingen ihn vier Männer der Kettenwacht, um von einem nächtlichen Feuer, von der Auflösung eines heimlichen Konventikels zu berichten.

»Gute Leute«, beschied er die aufgeregten Männer, von denen er wußte, daß sie ihr aufregendes Wissen über Gebühr genossen. »Das hat Zeit bis morgen. Wenn doch alle Wiedertäufer, wie ihr sagt, euch entwischt sind.«

»Nicht alle«, warf einer schnell ein.

»Und wo ist die Person?«

»Sie liegt verkohlt und schwarz noch im Kelterhaus an der Severinstraße.«

»Von welchem Kelterhaus sprichst du?«

»Von dem des Herrn van Geldern!«

Vergessen war die Mangoldpastete, vergessen sogar die Speckgriebchen. »Eine tote Frau im Weingarten des Kaufherrn? Ich lasse sofort mein Pferd satteln. Es scheint, daß hier doch ein dringlicher Fall vorliegt.«

11

Du kannst unmöglich den ganzen Weg zu Fuß zurücklegen.« Besorgt betrachtete der Feldhauptmann Rebecca.

»Du weißt nicht, über welche Kräfte ich verfüge, seit ich dieses stinkende Loch verlassen habe«, antwortete die Tante und verbiß sich den Schmerz, den ihre wunden Fußsohlen ihr bereiteten. Er war geringer, als er es eigentlich hätte sein müssen, doch die Drogen, die sie genommen hatte, linderten die Schmerzen.

Sie waren eben an der Pforte angelangt, die aus der Immunität des Domhofes hinausführte. Der Neffe bat sie auszuruhen, Rebecca lehnte ab. »So schnell mich der Greve los sein wollte, so schnell will ich diesen Platz verlassen. Wie gut, daß du sagtest, Doktor Birckmann habe dich geschickt.«

»Das war nicht einmal gelogen.«

»Guter Birckmann, er mag Columba wirklich. Ich wünschte, wir wären schon bei ihnen.«

»Laß mich zu meiner Herberge gehen. Ich will mein Pferd holen. Das Gasthaus ist nicht weit von hier, auf dem Alter Markt.«

Rebecca schaute Melchior aufmerksam an. »Aus dem ungestümen Jüngling ist ein entschlossener Mann geworden, wie ich sehe. Ich habe es deiner Mutter immer gesagt, daß aus dir ein Kerl wird, auf den sie hätte stolz sein können.«

Der Feldhauptmann nickte ein wenig beschämt. Ein seltener Anblick, den keiner seiner Söldner jemals genossen hatte. »Wie, wie starb meine Mutter?« fragte er leise.

»Später will ich es dir erzählen. Später, Melchior. Nun erlaube mir, dich bis zum Alter Markt zu begleiten. Dort ist ohnehin der Apotheker, bei dem ich die Kräuter gegen das Fieber besorgen kann. Wenn alles erledigt ist, können wir gemeinsam reiten, falls du auch mir ein Pferd besorgen kannst.«

Sie stiegen zwei Stufen herab.

»Eine Frau in Beginentracht auf einem Pferd, sieht das nicht ein wenig merkwürdig aus?« meinte kopfschüttelnd Melchior.

»Besorge mir einen Esel, wenn dir das besser gefällt. Niemand wird sich über eine Begine wundern, die auf einem Eselsrücken einen Besuch bei den Stadtarmen macht.«

Melchior lächelte. »Du scheinst wirklich prophetische Gaben zu haben. Tatsächlich ist auch Tringins Eselchen im Stall der Herberge untergebracht.«

»Tringin! Sag nicht, daß auch sie unter der Mauer kampiert.« Melchior nickte. »Ja, sie ist so störrisch wie ihr Esel, keiner konnte sie davon abhalten, ihren Lazarus zu begleiten.«

Ihren Lazarus? Rebecca stutzte kurz, schwieg aber, dann sagte sie munter: »Was für eine Versammlung von ausgemachten Ketzern, zu der du mich da bringst.« Sie mußte lachen. »Wenn Galisius wüßte, wen ich dort alles treffe, kaum daß man mich aus dem Gefängnis entlassen hat, er würde mit bloßen Händen das Holz zum Galgenberg von Melaten schleppen, um uns alle brennen zu lassen.«

»Tante!« rief der Söldner neben ihr entsetzt. »Du trägst eine fromme Tracht, solche Witze stehen dir nicht an.«

»Glaube mir, mein lieber Melchior, die Tracht macht mich nicht fromm. Allein der Glaube zählt, darin muß ich diesem Aufrührer Luther inzwischen recht geben.«

Sie gingen eine Weile schweigend weiter durch die Gasse Unter Goldschmieden. Leises Hämmern und Klopfen begleitete ihre Schritte. Melchior räusperte sich. »Von Luther sprichst du, bist du am Ende zum Protestantismus übergewechselt?«

»Würde es dir etwas ausmachen? Wie ich sehe, trägst du spanische Tracht.«

Nun war es Melchior, der grinste. »Und bin zur Zeit doch als treuer Reisebegleiter der Frau von Oranien unterwegs, die schon als Protestantin getauft wurde. Nein, um ehrlich zu sein, ich halte es mit keiner Religion, denn auf dem Schlachtfeld, habe ich festgestellt, sterben sie alle gleich elend. Sogar die Muslimen verrecken so traurig wie der allererste Christ.«

»Ich verstehe.« Rebecca seufzte. »Und es mag sein, daß ich bald genau diesen Glauben annehme, nämlich daß Gott erhaben ist über alle Religionen, über das Gezänk dieser Welt. Was wäre das für eine Gemeinschaft von Gläubigen, die sich über alle Konfessionen hinweg die Hand reichten.«

Sie bogen in den Platz vorm Rathaus ein. »Tante, Tante, wer hat dir nur solche Ketzergedanken eingegeben?«

»Die Vertreter der höchst heiligen römisch-katholischen Kirche, die mir mit der Folter drohten, damit ich ihnen munter Lügen erzähle.«

»Wie hast du die Folter überstanden?«

»Es gibt gewisse Kräuter, die dir die Stärke dazu verleihen, und dank meines Geschicks, im rechten Moment zu schweigen, um dann wieder zu reden, kamen sie nur bis zur Nadelprobe. Das kochende Blei, das sie meinen Füßen zudachten, hätte ich gewiß nicht ertragen.«

Melchior zuckte bei dem Gedanken an das Blei zusammen. »Aber«, sagte er schwach, »immerhin heißt es, daß das Erleiden ungerechter Folter einem im Jenseits die Zeit im Fegefeuer verkürzt.«

Rebecca schüttelte verächtlich lachend den Kopf. »Ich fürchte, die Hölle, die diese Herren meinen, ist hier auf Erden allein. Ich schwöre dir, lieber Neffe, wenn sie nur weiter so mit ihren treuesten Anhängern verfahren, wird es bald nur noch wenige geben.«

»Oder einen Krieg wie in den Niederlanden.« Einen letzten Hauch von Begeisterung konnte er bei diesen Worten nicht unterdrücken.

»Krieg sagst du? Ja, ich fürchte, ohne ihn wird es nicht abgehen.« Sie schauderte kurz. »Vielleicht war es das, was mir alle diese schrecklichen Visionen der vergangenen Monate sagen sollten. Die Welt ist auf dem Weg zur Hölle. Ich sah Priester, die zu Teufeln wurden, und Antipapisten, die in Wahrheit unsere Erlöser sind. Alles scheint verkehrt, nichts gehorcht mehr der alten Ordnung.«

Melchior betrachtete die Tante von der Seite. Unter die Philosophen war sie also gegangen. Genau wie sein Freund Lazarus. Seltsames Geschlecht, diese Philosophen, stets von einem Schleier der Traurigkeit umhüllt. Gut nur, daß Lazarus eine wie die Tringin zur Seite hatte. Ein munteres Mädchen, handfest; schmuck würde sie als Marketenderin und Soldatenbraut aussehen. Viel zu schade, um nur Troßhure zu sein oder für eine Maienehe, die nur für einen Feldzug hielt. Diese Tringin würde dem Bartlosen die Flausen schon aus dem Kopf treiben. Obwohl, dachte er seufzend, ich hätte gerne ein paar eigene Flausen gehabt, damit eine Tringin sie mir aus dem Kopf treiben könnte.

12

Die Visitation war beendet. Immer noch schwelten einige Balken, hing der Geruch kalten Rauches in der Luft. Weiße Ascheflocken waren weit über das Grundstück verteilt. Einige Gärtner stiegen in schweren Holzpantinen durch die Trümmer und löschten die letzten Brandherde mit Wasser, das sie aus dem Gartenbrunnen zogen. Der Gewaltrichter stand neben der Bahre, auf die man die vollends verkohlte Leiche einer Frau gehoben hatte. Mit einem Stock stocherte er daran herum, hob schwarze Fetzchen hoch, von denen man nicht sagen konnte, ob es einmal Haut oder Stoff gewesen war. Der Nachtwächter stand mit lächerlich stolzer Miene neben ihm. Fast sah er aus wie ein gut abgerichteter Jagdhund, der soeben brav die Beute apportiert hat.

»Und du sagst, es war eine Begine?« fragte ihn der Gewaltrichter.

Eifriges Nicken. »Bei meiner Seel. Den grauen Schleier und das graue Gewand trug sie.«

»Kannst du sie nicht etwas genauer beschreiben? Ich suche nach zwei Beginen, die aus dem Konvent der Frau Rebecca Scarpenstein stammen. Eine junge, dunkelhaarige Person von schlankem Wuchs ...«

»Schlank?« unterbrach ihn der Nachtwächter, dann formte er mit beiden Händen zwei Körbchen vor seiner Brust, die schwer zu wiegen schienen, »wenn Ihr das schlank nennt?«

»Spar dir deine obszönen Gesten«, schalt ihn der Gewaltrichter streng.

Der Nachtwächter setzte wieder seine Hundemiene auf und fuhr fort: »Nein, schlank war sie nicht eben. Auch nicht mehr sehr jung, wiewohl gut erhalten.« Er warf einen Blick auf den zusammengekrümmten, verbrannten Körper.

»Jedenfalls besser erhalten als jetzt.« Er konnte ein Kichern nur mit Mühe unterdrücken.

Seltsam, dachte der Gewaltrichter kurz, wie viele Menschen der Anblick des Todes zum Lachen reizt. Selbst bei Hinrichtungen hatte er schon die ausgelassensten Heiterkeitsausbrüche erlebt.

Er beendete sein Verhör und wies seine Knechte an, die Bahre zu nehmen und zum nächsten Totengräber bei St. Severin zu schaffen. Dort sollte sie bleiben, bis der Greve und vor allem Galisius sie in Augenschein genommen hatten. Handelte es sich um die gesuchte Hexe, so war es sicher nicht angebracht, sie in geweihter Erde zu bestatten.

Nachdenklich ging er zu seinem Pferd, das beim Tor friedlich graste. Seltsam, dachte er, daß dieses Weibsstück ausgerechnet im Garten van Gelderns verreckt war. Und ob sie nun den Feuertod verdient hatte oder nicht, ein ordentlicher Gerichtsprozeß hätte ihm vorausgehen müssen. Gewiß würde der Greve nicht zufrieden sein. Gewiß hätte er gerne einen Delinquenten in seinen Händen. Schon merkwürdig, wie viele Menschen im Umfeld des Kaufmanns van Geldern so starben.

Vielleicht ließe sich daraus ja doch noch ein ordentlicher Casus konstruieren ohne Mummenschanz und Hokuspokus, an den der Gewaltrichter ohnehin nicht recht glaubte. Ketzer hatte er schon viele gesehen und gehört, aber nie Weiber, die durch Schornsteine fuhren oder nachts auf dem Neumarkt tanzten. Wenn man es ihm befahl, wollte er gerne daran glauben, für sich im stillen aber fragte er sich, warum Weiber, wenn sie denn hexenmächtig wären, sich nicht einfach einen Topf von Gold herbeihexten und sich ein munteres Leben machten? Er jedenfalls würde es genauso halten. Erschrocken fuhr er zusammen und schlug ein Kreuz. Sein Magen knurrte. Auf welch unnütze Gedanken man mit hungrigem Magen doch kam.

13

Juliana saß weinend bei Melina im Garten. Die schwarze Zofe redete sanft auf sie ein, beinahe so sanft wie damals im Bad, als sie beide noch von den Wonnen der Engelssekte schwärmten. Sie sah mit Wohlgefallen und ehrlichem Mitleid, wie sehr die Herrin sich demütigte. Mit geschickten Fingern flocht sie einen Kranz aus grünen, biegsamen Weidenkätzchen und Osterglocken. Sie legte ihn Juliana in den Schoß. »Da«, sagte sie, »denkt an Eure Hochzeit. Ihr werdet bald den Brautkranz tragen. Zur rechten Zeit.«

Juliana hob traurig die Augen. »Wie kannst du mir von der Hochzeit sprechen?«

»Weil ich in den Augen des Junkers endlich jenes gierige Glitzern sah, als wir ihm eben im Korridor begegneten.«

»Selbst einer wie er ist zu schade für mich. Melina, ich habe getötet.«

»Der Diakon war ein schlechter Mann. Wir waren verblendet. Er sprach von Liebe und Tod.«

Juliana seufzte. »Selbst wenn du mich in diesem Punkt überzeugen könntest, so gibt es nichts, was mich über meinen Verrat an Columba hinwegtröstet. Die eigene Schwester habe ich an das Gericht geliefert. Es geschah aus tiefster Verzweiflung, gewiß, aber dennoch ...«

Melina legte ihre Hand auf Julianas. »Noch haben wir keine Nachricht von einer Verhaftung. Vielleicht ist nichts geschehen. Ihr wißt nicht einmal, ob Columba im Kelterhaus war.«

»Mertgin glaubt es. Seit Stunden sitzt sie in der Kapelle und betet, läßt niemanden an sich heran. Sie ist so traurig, als sei Columba bereits tot.«

Sie stand auf und lief unruhig den Weg zwischen den grünenden Hecken entlang. Maiglöckchen reckten schon ihre zarten Köpfchen aus dem Gras, der Flieder schlug bereits aus. »Wenn ich nur das Haus verlassen und zum Weingarten gehen könnte.«

»Verärgert Euren Vater nicht weiter. Es scheint, ihn quälen schlimme Sorgen, schlimmere als Eure Heirat mit dem Freiherrn.«

Juliana warf ihr einen schmerzerfüllten Blick zu. »Bei Gott, seine Sorgen sind schlimmer. Er muß um das Leben seiner jüngsten Tochter fürchten. Meine Eigensucht bringt ihn ins Grab. Ich habe das größte Unglück auf unser Haus herabgezogen.« Sie warf sich vor Melina in die Knie, versenkte ihren Kopf in deren Schoß und schluchzte.

Sanft strich die Zofe das blonde Haar.

»Ei, was sehe ich da, mein süßer Engel ganz in Tränen aufgelöst.« Lästig wie eine vorwitzige Hummel war die Stimme des Junkers Fritjof. Schon wollte Juliana den Kopf hochreißen, doch Melina hielt ihn mit sanfter Gewalt in ihrem Schoß.

»Wie sollte meine Herrin nicht weinen, Herr. Der Vater will ihr die Hochzeit nicht erlauben. Es zerreißt ihr das Herz.«

Gerührt sah der junge Flame auf die am Boden kauernde Juliana hinab. Mit derber Hand riß er ein Bündel Osterglocken aus der Erde. »Vielleicht trösten ein paar Blumen dich, mein süßer Engel.«

Juliana vergrub ihr Gesicht nun tiefer im Schoß der Sklavin. Melina nahm mit demütigem Lächeln die zerquetschten Blumen entgegen, die bereits schlaff in der Faust des Freiherrn baumelten.

»Eine reizende, zierliche Geste, fürwahr. Doch wie wäre es, wenn Ihr noch einmal ein Gespräch mit dem Vater wagtet? Ihr habt lange genug geduldig in diesem Hause ausgeharrt. Die Hand Julianas, der Frau, die Euch so herzlich zugetan ist, wäre eben der gerechte Lohn für Eure Geduld. Die Geduld eines Engels.«

Juliana stöhnte auf. Der Junker mißverstand es. »Genug davon. Ich sehe, es ist an der Zeit zu handeln, mannhaft zu handeln.«

Mit diesen Worten eilte er davon, stolperte kurz über einen Eimer, gab dem Hindernis einen wütenden Tritt und verschwand durch die Hintertür. Mit langen Schritten erreichte er die Vorhalle, gerade noch rechtzeitig genug, um der Zeremonie einer gewaltrichterlichen Verhaftung beizuwohnen.

Mit lauter Stimme verlas ein Gerichtsdienerbote die schriftliche Anklage. Sie lautete auf Beherbergung und Begünstigung einer mutmaßlichen Hexe mit dem Namen Anna. Zwei Büttel traten vor. Rechts und links hakten sie den Kaufherrn van Geldern unter. Stumm verfolgten seine Angestellten und herbeigelaufenes Gesinde, wie ihr Herr abgeführt wurde.

Van Gelderns Gesicht hatte eine ungesunde, gelbliche Farbe, die den kundigen Mägden seines Haushalts verriet, daß ihn die Steine ärger plagten denn je. Die Stille hielt an, bis man ihn durch das Tor geführt hatte. Kopf über Kopf hing das Gesinde in den Fenstern und Türen, um auch noch seine letzten Schritte zu verfolgen. Als er verschwunden war, zerriß ein Schrei das Schweigen.

»Das ist sein Tod! Das Haus ist verflucht!« Alle wandten den Kopf und sahen Mertgin. Sie stand am oberen Ende der Treppe, ganz in Schwarz gekleidet – ein dürrer, krächzender Totenvogel.

14

Der Doktor ging, als Rebecca kam. Er war froh, diesen garstigen Ort verlassen zu können. So aufrichtig seine Menschenliebe war, sie hatte Grenzen. Doch als er erfuhr, daß der Greve selbst ihn dazu bestimmt hatte, Rebecca zu beherbergen, lud er sie noch einmal herzlich ein, sein Gast zu sein. Rebecca dankte lächelnd. »Ich werde es mir überlegen und Euch Nachricht geben.«

»Ich bitte Euch«, sagte der Arzt entsetzt, »zögert nicht. Unmöglich könnt Ihr die Nacht an einem so zugigen, stinkenden Ort verbringen.«

Rebeccas Lächeln vertiefte sich. »Glaubt mir, werter Birckmann, die letzten Nächte verbrachte ich an einem Ort, der hundertmal ungesünder war als dieser Platz, der nachts besternt und gut gelüftet ist.«

Betreten schwieg Birckmann und machte sich auf den Rückweg in die Stadt.

Rasch hatte Rebecca einen Trank bereitet, der würzig und leicht bitter roch, Tringin war ihr bei der Zubereitung geschickt zur Hand gegangen, während die beiden Männer vor dem Bretterverhau warteten.

»Sag, Don Seraph, ist es nicht an der Zeit, daß du in deine Herberge zurückkehrst, deine Männer könnten unruhig werden«, meinte Lazarus, als sie im Gras hockten und sich einen Krug Grutbier teilten, das einige Bettelweiber heimlich in einem Bogenstück unter der Mauer brauten.

Don Seraph wischte sich den Bart. »Keine Bange, Lazarus. Ich sah sie heute, als ich das Pferd holte. Sie sind wohlauf und munter. Sie haben Weiber bei sich, beinerne Würfel und ein weit besseres Bier als dieses hier.«

Lazarus lachte kurz auf. »Nun erzähle mir von deinem Leben, Don Seraph oder besser Melchior van Geldern. Ich denke, es ist Zeit, einige unserer Geheimnisse zu offenbaren.«

Der Feldhauptmann schwieg eine Weile, als suche er die Stationen seines Lebens noch einmal auf, dann begann er mit seinem Bericht.

Die Passage nach Peru war ihm schlecht ausgegangen – oder gut, wie man es eben nahm. Zwei Drittel der Mannschaft waren schon auf dem Hinweg an der Ruhr verreckt. Der Rest hatte sich an Land mit unwilligen Verwaltern und aufständischen Indianern herumgeschlagen. Am Ende war man mit weniger Silber, als die Ausrüstung des Schiffes gekostet hatte, nach Portugal zurückgekehrt. Wieder an Land, blieb dem unglücklichen Melchior nur der Dienst bei den Söldnern, doch erkannte er rasch, daß eben da seine Talente lagen.

Lazarus nickte an diesem Punkt, er kannte Don Seraph als ausgezeichneten Heerführer. »Mein Temperament ist vom Mars bestimmt. Ich bin ein unruhiger, kämpferischer Geist. Unternehmungslust ist mein Schicksal und mein Verdienst. Vielleicht bin ich darin meinem Vater ähnlich, wenn ich auch nicht die Kälte seines Herzens erbte.«

Lazarus schwieg versonnen. Er erwog nur kurz, dem guten Freund von dem Verrat van Gelderns an seinem Vater zu erzählen, doch er beschloß, über diesen Punkt für immer zu schweigen. Er wollte die Toten endlich ruhen lassen. Deshalb sagte er nur: »In all den Punkten, die du eben erwähntest, gleichst du deiner Schwester.«

Melchior warf dem jungen Mann einen raschen Seitenblick zu. Mißbilligung lag darin. Er unterdrückte dieses Gefühl, räusperte sich und sagte: »Erzähle mir von ihr. Erzähle mir von meiner Familie, denn du weißt mehr über sie als ich.«

»Warum hast du dich von ihnen losgesagt?« fragte Lazarus statt dessen.

»Mein Vater war ein elender Tyrann. Gewiß war ich nicht nach seinem Wunsch geraten, doch seine Schläge, seine beständigen Tadel taten nichts zu meiner Besserung. Meine Mutter verwöhnte und verzärtelte mich in blinder Liebe, weil auch sie unter der Kälte seines Herzens litt. Mit kurzen Worten, ich war ein verzogener, hochmütiger Bengel, der keine Zucht duldete.«

»Darin«, unterbrach ihn Lazarus lächelnd, »erinnerst du an deine andere Schwester.«

»Juliana? Sie war ein schönes, blondes Kind, als ich das Haus verließ. Ich war mir sicher, daß meine Mutter bald alle ihre Hoffnungen auf sie setzen würde, und schlug darum alle Zweifel an meinem Entschluß in den Wind. Was ist aus ihr geworden? Ist sie verheiratet? Ist sie so schön, wie sie es als Kind zu werden versprach?«

Zögernd begann Lazarus mit seinem Bericht, darauf bedacht, Melchior nicht zu verletzen und doch der Wahrheit treu zu bleiben. Immer wieder kehrte er in seinen Erzählungen zu Columba zurück, und immer wieder quittierte der Feldhauptmann die Erwähnung seiner jüngsten Schwester mit einem mißbilligenden Blick, der Lazarus entging.

Das Bettelvolk um sie herum entzündete bereits Feuer, die Nacht brach herein, als endlich Rebecca und Tringin zu ihnen traten. Lazarus sprang auf und freute sich, als er das Lächeln Rebeccas sah.

»Sie ist wach«, sagte die Frau in der Beginentracht erschöpft, aber freundlich. Lazarus wollte zu ihr, doch Rebecca hielt ihn zurück.

»Nein«, sagte sie sanft, »dein Anblick wäre mehr, als sie zur Zeit ertragen könnte. Ich erzählte ihr von Melchior, ihrem Bruder. Sie verlangt, ihn zu sehen.«

Enttäuscht wandte Lazarus sich ab, Tringin gesellte sich zu ihm und sprach tröstend auf ihn ein, gab ihm Hoffnung, was die Verletzung des Mädchens betraf. Der Feldhauptmann warf dem Paar einen letzten Blick zu, dann betrat er den Bretterverhau, um seine Schwester, von der er nun einiges erfahren hatte, als liebender Bruder zu begrüßen.

Lange schwiegen sie, hielten sich bei den Händen, so fest, als könnten sie ihr Glück nicht fassen, endlich eine verwandte Seele gefunden zu haben. Ungern zerteilten sie das zarte Band des Gefühls mit Worten. Columba machte endlich den Anfang, fragte nach den Abenteuern des unbekannten Bruders, gab im Gegenzug einen Bericht über ihr Leben, die Abenteuer der vergangenen Monate, den Tod der Mutter. Als das erzählt war, schwieg sie eine Weile.

»Bist du erschöpft?« fragte der Bruder fürsorglich. Columba schüttelte leicht den Kopf. »Nicht zu erschöpft, um dich zu lieben, Melchior.«

Der Söldner wandte den Kopf ab und fluchte über den Qualm, der ihm so in den Augen biß, daß sie tränten.

»Einen Bruder wie dich«, sagte Columba sanft, »habe ich mir immer gewünscht. Einen, dem ich alles erzählen darf. Wäre da nicht Lazarus, liebster Melchior, so könnte ich mit aller Aufrichtigkeit sagen, daß du der einzige Mann in meinem Herzen bist.«

Jäh drehte Melchior den Kopf zu ihr hin. »Lazarus?«

Aufgeregt richtete sich Columba auf. »Sage nicht, daß ich mich täuschte! Ich glaubte fest, daß ich ihn in der letzten Nacht im Kelterhaus durch die Tür stürmen sah. Er war es doch, der sich Anna in den Rücken warf, der mich vom Boden aufhob, an mich drückte. Bruder, was ist dir, warum schaust du mich so traurig an? Rede.«

Der Haß, so heißt es, wohnt Tür an Tür mit der Liebe. Ebenso empfand Melchior in diesem Moment. Nicht seine Schwester nährte dieses Gefühl, es war Lazarus. Lazarus, wie er ihn zuletzt bei Tringin hatte stehen sehen. Lazarus, wie er ihm beim Schein der Feuer von Columba erzählte, so warm, so leidenschaftlich, so verlogen.

Er schaute in die flehenden Augen seiner Schwester. Wieder das Flackern eines Feuers. Nein, er wollte nicht lügen, nichts verschweigen. »Liebste Columba. Du irrst dich nicht. Lazarus lebt.«

Columba sank auf ihr grobes Lager zurück, ein Lächeln entspannte ihre Züge. »Bringe ihn zu mir«, sagte sie leise, »ich wollte ihn nur ein wenig warten lassen, weil er mich so lange warten ließ.«

Verlegen fuhr sich Melchior mit der Hand durch die Haare. Räusperte sich, dann war sein Entschluß gefaßt. »Ich hole ihn erst, wenn du weißt, wem sein Herz gehört.«

Columba riß die Augen auf. »Sein Herz gehört?«

Er sah, daß er ihres mit den nächsten Worten zerreißen würde. Die Worte forderten mehr Mut von ihm als manche gerittene Attacke. »Tringin ist sein Liebchen, Columba.«

»Unmöglich.« Lachend schüttelte die Schwester den Kopf, bis er sauste.

»Es ist die Wahrheit. Er selbst hat es mir gesagt. Er selbst hat mich gebeten, sie im Troß nach Köln mitreiten zu lassen. Lazarus bat mich, sie unter meinen besonderen Schutz zu stellen, damit kein anderer ihr nahe komme.« Tiefes Schweigen.

Grölende Stimmen wehten zu ihnen herüber, Trinklieder und derbes Schäkern.

»Soll ich ihn nun hereinholen?« fragte Melchior heiser.

»Nein«, sagte Columba ruhig, »nein. Laß mich schlafen, einfach nur schlafen.«

Als der Feldhauptmann aus dem Bretterverschlag trat, wartete Lazarus bereits ungeduldig. »Was sagt sie? Wie geht es ihr?«

»Sie will schlafen.«

»Sie will mich nicht sehen?« Lazarus' Stimme klang verzagt. Der Feldhauptmann schüttelte nur stumm den Kopf.

»Laß nur, Lazarus«, beruhigte ihn Rebecca, »du tust mehr für sie, wenn du heute nacht hier Wache hältst.«

»Ich bleibe bei dir!« rief Tringin, und Melchior bereute nicht länger seinen Entschluß, die Wahrheit gesagt zu haben. Schroff wandte er sich ab. »Ich muß ins Quartier«, sagte er, »wohin kann ich dich mitnehmen, Rebecca? Zum Doktor Birckmann?«

Rebecca schüttelte den Kopf. »Ich kehre in mein Haus zurück. Niemand wird mich davon abbringen. Und du, Tringin, kommst mit mir. Eine hübsche Beginentracht wird dir gut stehen und macht dich sicher.«

»Warum können wir dann nicht auch Columba mitnehmen?« fragte das Mädchen.

»Sie ist noch zu schwach für den Ritt. Außerdem fürchte ich, daß ihr Vater sie bei mir suchen könnte.«

Zögernd willigte Tringin endlich ein. Lazarus versprach, Wache zu halten, bis der Feldhauptmann ihn in der Morgendämmerung ablösen würde. Zum Abschied nahm Don Seraph ihm das Versprechen ab, Columba nicht im Schlaf zu stören. Lazarus versprach es mit versteinerter Miene, und so sehr Melchior den Freund für einen Moment gehaßt hatte, so sehr war er davon überzeugt, daß der Bartlose sein Versprechen halten würde.

Der kölnische Klüngel, so konnte Lazarus während seiner Nachtwache feststellen, funktionierte auch zwischen Bettelvolk und Mauerwächtern. Gegen einige Kannen starken Grutbiers bewiesen die von den verschiedenen Zünften entsandten Wachleute eine erstaunliche Fähigkeit im Übersehen von menschlichen Behausungen und im Überhören lärmender Geselligkeit. Das aber bedeutete auch, daß im Falle eines Angriffs auf den Bretterverhau – vielleicht um nach Plündergut zu suchen oder aus reinem Mutwillen – die Mauerwächter ebenso blind und taub sein würden. So wurde es für Lazarus eine anstrengende Nacht. Eben erst von seiner schweren Verwundung genesen, kosteten ihn die Konzentration, die beständige Aufmerksamkeit doppelte Kraft. Freudig begrüßte er darum die ersten Zeichen der Morgendämmerung. Der Himmel schien in Blut zu schwimmen, die Sonne warf, bevor sie aufging, einen Strahlenkranz über die Erde. Das Gesindel und Bettelvolk lag schnarchend in Buden, Zelten oder unter den Mauerbögen. Ihr Grunzen und Schnarchen vermochte nichts gegen den Frieden dieses glühenden Himmels. Trotzdem war Lazarus' Herz leer, kein Sonnenstrahl schien in diese Finsternis. Als sich sanft eine Hand auf seine Schulter legte, glaubte er – wie damals beim Gasthof in Heerlen – die Knochenhand des Todes zu spüren.

Langsam wandte er sich um. Aber nicht der Tod, das Leben stand vor ihm. Columba. Wie traurig sie ihn ansah.

»Ich wollte dich noch ein letztes Mal sehen«, sagte sie leise und schluckte ihre Tränen hinunter. Trotzig warf sie den Kopf zurück. Ein leiser Wind spielte mit ihrem schwarzen Haar.

»Ein letztes Mal?« fragte Lazarus traurig.

»Ein letztes Mal, bevor ich in den Konvent zurückkehre.«

Lazarus sah sie unverwandt an. Jeden Zug ihres Gesichts, den Glanz ihrer dunklen Haare, die Augen, den Mund wollte er für immer in sein Gedächtnis einbrennen. Dieses Bild war alles, was er noch von ihr haben durfte.

»Du hast mir also nicht verziehen«, sagte er mit belegter Stimme.

»Ich habe dir alles verziehen, was du um deinen Vater getan hast«, sagte das Mädchen und senkte die Lider, um ihre Tränen mit den Wimpern aufzuhalten.

»Was gibt es dann noch, daß du mir nicht verzeihen kannst?« Drängend war die Frage, ein Funken Hoffnung schwang darin mit.

Columba biß sich auf die Lippen, drehte den Kopf zur Seite und verfluchte sich für ihre albernen Tränen. Dann brach es von Schluchzen begleitet aus ihr heraus: »Tringin!«

Lazarus sprang auf. Ein Lachen füllte seine Brust. Ein verzweifeltes, ein glückliches, ein trunkenes, ein irrsinniges Lachen. Das Leben gehörte ihm, und er dem Leben. Er riß die Arme hoch, als wollte er den ganzen Himmel damit umschließen.

Ein gütiger Gott war ihm gnädig.

Nur der Mörder weiß,
wem die Stunde schlägt

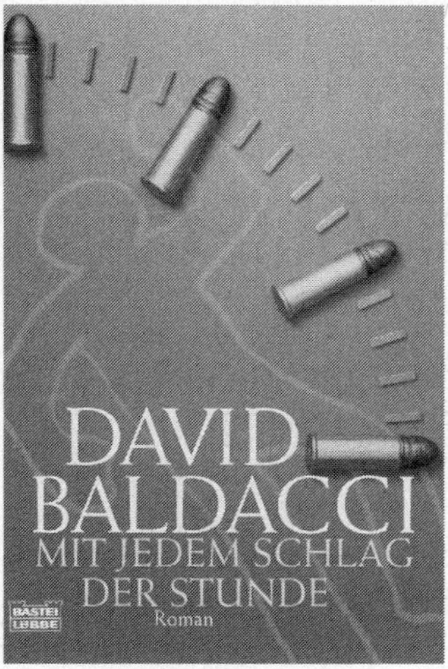

David Baldacci
MIT JEDEM SCHLAG
DER STUNDE
Roman
576 Seiten
ISBN 978-3-404-15793-8

Eine junge Frau, ermordet im Wald. An ihrem Handgelenk eine ungewöhnliche Uhr. Der Zeiger zeigt eins. Hat der Zodiac-Killer wieder zugeschlagen?
Sean King und Michelle Maxwell sind Ex-Agenten des Secret Service. Als der nächste Mord geschieht, sehen sich Sean und Michelle in das makabere Spiel eines Mannes hineingezogen, der im Stundentakt tötet.
»Ein absolut faszinierender komplexer Thriller ... mit einer überaschenden Wendung am Schluss, die Baldacci-Lesern wieder einmal vor Augen führt, warum sie diesen Autor so lieben.«
Publishers Weekly

Bastei Lübbe Taschenbuch